Für meine Frau Ursula und
unsere Söhne Morten und Christopher

Inhaltsverzeichnis

Die Erinnerung ist das schönste Geschenk Gottes!
- Andrzeij Szczypiorski -

Der Kessel

Als die Oma aufstand, war es draußen noch dunkel. Sie war wie immer ganz leise und vorsichtig, um mich nicht wach zu machen. Aber heute war ich schon wach. Irgend ein Geräusch hatte mich aus einem tiefen Traum gerissen, und zuerst wußte ich nicht, wo ich war. Ich zog die warme Bettdecke schnell über den Mund. Nun blinzelte ich in die Petroleumlampe, die von der Oma ganz klein gestellt war. Ich sah die schattigen Umrisse der Dinge im Zimmer, auf die das Licht fiel. Sie bewegten sich an der Zimmerdecke und an den kalkgetünchten Wänden.
Draußen mußte es wieder sehr kalt sein. Schemenhaft sah ich unser Erkerfenster, das wieder von einer silbrigweißen Eisschicht bedeckt war. In meinem Kinderbett, das direkt dem Fenster gegenüber an der Wand stand, war es aber mollig warm.
Ich stellte mich schlafend. Aber ich hörte, wie die Oma sich leise anzog. Sie wollte bestimmt wieder in die Frühmesse gehen. Und das bei dieser Kälte!
Die Messe fing um 6 Uhr in der „Großen Kirche" an, in Sankt Jakobus, drüben auf der anderen Neißeseite in der Stadt.
Aber die Oma machte das gern. In aller Herrgottsfrühe aufstehen, um dann mit ihren kurzen Trippelschritten von unserem Haus in der Friedrichstadt zum Ring in der Altstadt zu laufen. Da konnte sie nichts und niemand abhalten; auch die zehn oder 20 Grad Kälte an diesem Januarmorgen nicht.
In der Adventszeit, die noch gar nicht so lange her war, ging die Oma fast jeden Morgen in die Roratemesse. Aber wenn ich dann zur Schule mußte, war sie schon längst wieder da.

Auch in unserem Schlafzimmer war es an diesem Morgen wieder sehr kalt. Bei ihrem leisen Atmen stieß die Oma weiße Rauchfahnen aus. Wir machten das im Winter auch immer. Unten auf dem Hof beim Spielen oder auf dem Schulweg zur Hindenburgstraße. Es sah dann aus, als wenn wir schon Zigaretten oder Pfeife rauchten.
Die Oma nahm mich so früh nie mit in die Messe. Sonst ging ich eigentlich immer ganz gerne in die Kirche. Aber ich wußte nicht, warum es immer so früh sein mußte. Um 6 Uhr morgens, und dann noch bei eisiger Kälte! Im Sommer, wenn uns schon früh die Sonne wach machte, da war es ja wirklich nicht schlimm. Aber jetzt, im Winter, und dann bei dieser Dunkelheit und Kälte? Wenn es wenigstens die Dominikanerkirche bei uns in der Friedrichstadt gewesen wäre. Die war höchstens fünf Minuten von unserem Block entfernt. Vom Hof aus konnte man den kleinen Zwiebelturm gut sehen, da oben in der Eichendorffstraße.
Nein, die Oma mußte an jedem Sonntag in die „Stadt". In der Jakobuskirche gab es stündlich eine Heilige Messe. Und bei der allerersten am Sonntag mußte die Oma dabeisein.
An besonderen Festtagen ging die Oma aber auch in die anderen Kirchen der Stadt, in die Kreuzkirche am Kartoffelmarkt oder in die Jesuitenkirche am Salzring. Auch zur Franziskanerkirche in Rochus war es von uns aus gar nicht so weit. Erst vor einigen Wochen, am ersten Weihnachtstag, hatte mich die Oma dorthin mitgenommen. Sie wollte mich überraschen, und das ist ihr auch wirklich gelungen. Schon auf dem Hinweg am Neißedamm entlang sahen wir viele Leute, die nach Rochus pilgerten. Hinter der Bahnunterführung, wo sonst immer Rummel war, konnten wir das wuchtige Rotsteingebäude der Franziskanerkirche sehen. Dort mußte etwas Besonderes sein, wenn so viele Leute mit ihren Kindern hingingen. Den Grund dafür sollte ich bald kennenlernen, als wir die Kirche betraten und uns mit den vielen Menschen zum mit riesigen Tannenbäumen geschmückten Altar vorwärts schoben.

Die Franziskanermönche hatten eine menschengroße Weihnachtskrippe aufgebaut. Lebensechte Figuren und naturgetreu modellierte Tiere waren dort zu bewundern. Das war vielleicht ein Gedränge und Geschubse. Weil ich noch ziemlich klein war, ließ man mich ganz nach vorn. Da sah ich sie nun in voller Größe. So kannte ich sie von den Bildern und Geschichten der Oma: den bärtigen Josef, die Heilige Maria mit ihrem blauen Kopftuch, das Jesuskind in der Krippe, die Hirten und die Hirtenjungen und natürlich die Schafe, der Ochs' und der Esel.
Die Hirten stützten sich auf ihren langen Stöcken ab, und Hirtenjungen spielten auf Blockflöten. Es war bestimmt ein schönes Weihnachtslied, aber hören konnte man natürlich nichts.
Ganz verzaubert stand ich da. Ich hätte mir die Krippe stundenlang ansehen können. Aber die anderen Kinder wollten auch etwas sehen, und so wurden wir sacht zur Seite und zum Ausgang gedrückt.

Ob die Krippe jetzt auch noch neben dem Altar stand? Vielleicht gab es dort auch schon einen Gottesdienst? Aber ganz nach St. Rochus würde die Oma in dieser Frühe bestimmt nicht gehen.
Die Oma war nun fertig angezogen. Sie hatte immer wieder einmal zu meinem Bett herüber gesehen. Aber ich hatte mich nicht verraten. Nun vernahm ich, wie sie in der Küche Feuer anmachte. Ich hörte das Stochern im Herd. Ich sah in Gedanken die Asche in den Aschenbehälter fallen. Diese graue Mehlasche würde die Oma bestimmt gleich mit nach unten nehmen, um sie auf den Fußweg vor der Haustür zu streuen. Nun hörte ich das Holzknacken, das Zusammenknüllen von Papier und das Scheppern der Kohlenschaufel im Blechbehälter. Ich hörte das Zischen eines Streichholzes, und bald sah ich an der Küchenzimmerdecke den gelblichroten Feuerschein der Flammen aus dem Küchenherd. Ich hörte das Knacken des Holzes und stellte mir vor, wie die weiße Rauchfahne nun aus dem Schornstein in den dunklen Januarhimmel stieg.

Die Oma machte jeden Morgen zuerst das Feuer in der Küche an. Schon oft hatte ich ihr dabei zugesehen. In der Stube wurde erst am Nachmittag geheizt, wenn die Oma mit der Küchenarbeit fertig war. Es wäre sonst für uns viel zu teuer geworden, denn so viel Geld hatte die Oma nicht, um für zwei Öfen Kohle und Briketts zu kaufen.
Ich hatte es in meinem Bett schön warm. Wenn die Oma nachher aus der Kirche zurückkam, war die Küche bestimmt schon angewärmt und ich konnte aufstehen und mich waschen und anziehen. Und wir würden zusammen frühstücken.
Jetzt aß die Oma nichts. Sie ging wie jeden Morgen zur Heiligen Kommunion, und da durfte sie natürlich vorher weder etwas essen noch trinken.
Oma kam noch einmal ins Schlafzimmer. Sie zog sich den schwarzen Wintermantel an, der auf einem Bügel am Kleiderschrank gehangen hatte, band sich das schwarze Kopftuch um und hängte sich ihren Muff um den Hals. Das Gebetbuch hatte sie schon vorher in den Muff gesteckt. Dann kam sie noch einmal zu meinem Bett und sah, daß ich nun mit weitgeöffneten Augen dalag. Sie erschrak aber nicht etwa, als sie mich so sah, sondern flüsterte nur freundlich:
„Schlaf noch ein bißchen, Hansl, die Oma geht nur zur Kirche. Es ist erst halb sechs. Draußen ist es wieder sehr kalt. Freu' dich, daß du noch im Bett bleiben kannst. Ich bin bald wieder zurück. Hab keine Angst!"
Sie ging zur Petroleumlampe und blies sie von oben durch den Glaszylinder aus. Ich sah nur noch den schwachen Schein durch den Spalt der Schlafzimmertür. Dann hörte ich das Zuschließen der Flurtür und das Heruntergehen auf der Holztreppe im Treppenhaus. Das Quietschen der Haustür vernahm ich aus ganz weiter Ferne. Schnell kuschelte ich mich unter meine Bettdecke und war auch bald wieder eingeschlafen.
Es war schon etwas hell draußen, als die Oma mich freundlich aufweckte. Ich hatte sie gar nicht kommen hören. Sie gab mir einen Kuß mit ihren welken und kalten Lippen und sagte:

„Ich hab dir unseren lieben Herrn Jesus mitgebracht."
Das freute mich. Ich war sofort hellwach. Heute war Sonntag, und ich brauchte nicht in die Schule. Den ganzen Tag würde ich draußen spielen dürfen.
Ich stand schnell auf und ging zu meinen Kleidungsstücken, die auf einem mit grünem Samt bezogenen Stuhl lagen, der direkt in der Nische vor dem vereisten Erkerfenster stand.
„Vergiß das Leibchen nicht!" rief die Oma aus der Küche.
Im Zimmer war es noch ziemlich kalt. Ich zog schnell meine Unterwäsche und die langen unbequemen Strümpfe mit den Strumpfhaltern an. Diese Strumpfhalter waren mir immer sehr unangenehm, weil sie überall kniffen und ziepten. Warum hatte ich keine warmen und langen Hosen wie die anderen Kinder?
Die Oma kam aus der Küche zu mir herüber und half mir beim Anziehen.
„Oma, warum habe ich denn keine langen Hosen, so wie die anderen Jungen?"
„Du bekommst auch noch welche. Ich habe es schon deiner Mutter nach Wesermünde geschrieben. Vielleicht kann sie uns etwas Geld schicken. Der Winter ist noch lang."
Die Oma hatte auf alles eine schnelle Antwort. Und so gab ich mich jetzt schnell zufrieden.
„Das ist schlimm mit den Soldaten in Stalingrad," sagte die Oma plötzlich in der Küche.
„Sie sind in einem Kessel und kommen nicht mehr heraus. Und in Rußland ist es jetzt noch kälter als bei uns hier in Neisse."
Ich sah die Oma mit großen Augen an. Ich verstand gar nicht, was sie meinte. Ich hörte nur „Kessel". Ich sah gleich auf unseren Wasserkessel, der auf dem Küchenherd stand. Das Wasser darin war jetzt bestimmt schon schön warm. Die Oma würde gleich etwas Wasser aus dem Kessel in die weiße Emailleschüssel gießen. Dann würde sie mir mit dem Waschlappen kurz durch das Gesicht fahren. Was hatten aber unsere Soldaten in Rußland mit unserem Wasserkessel zu tun? Das konnte ich mir überhaupt nicht vorstellen. Über die Soldaten wußte ich sonst schon sehr

gut Bescheid. Jeden Morgen marschierten sie unten auf dem Neißedamm an unserem Fenster vorbei und sangen die schönen Soldatenlieder, die ich schon alle kannte. Überall in der Stadt sah man Soldaten. Und in der Wochenschau drüben im „Erholungs-Kino" kamen immer unsere ruhmreichen Soldaten vor.
Was die Oma da wohl wieder gehört hatte! Unsere Soldaten im Kessel! Da würde ich nachher erst einmal meine Freunde fragen, ob die etwas davon gehört hatten.
In der Küche war es schon schön warm. Die Eisschicht am Fenster hatte sich fast aufgelöst. Einige Wassertropfen waren an der vereisten Scheibe heruntergelaufen und lagen nun als kleine Lachen auf der weißen Fensterbank.
Ich kletterte auf einen Küchenstuhl und hauchte gegen die Scheibe. Bald war ein Loch in der Eisschicht. Ich konnte nach draußen sehen. Über Nacht hatte es wieder geschneit. Auf den kahlen Zweigen der Linden direkt vor dem Fenster lag eine dicke Schneeschicht. Unten auf dem Neißedamm konnte ich keine Fuß- oder Schlittenspuren mehr erkennen. Alles war vom frischen Schnee zugedeckt.
„Oma, darf ich gleich zum Schlittenfahren nach unten?"
„Ja, aber zuerst wird gefrühstückt, Hansl!"
Die Oma hatte ihren Kathreiner-Kaffee schon aufgegossen. Er roch frisch und würzig. Sie holte nun das frische, runde Brot aus dem Küchenschrank, das ich gestern vom Bäcker in der Königstraße geholt hatte. Bevor sie es anschnitt, machte sie mit dem Messer drei Kreuze auf den Brotlaib.
„Wir wollen dem lieben Gott danken, daß er uns das tägliche Brot gibt," betete und erklärte sie gleichzeitig.
Auch ich machte ein Kreuzzeichen. Mir fiel ein, daß ich es vorhin ganz vergessen hatte. Am Türrahmen an der Schlafzimmertür hatten wir ein kleines Weihwasserbecken aus Porzellan. Und jeden Morgen, wenn ich aufgestanden war, ging ich zur Tür, tauchte zwei Finger in das Wasser und bekreuzigte mich. Heute

morgen hatte ich es vergessen. Vielleicht hatte ich mich schon auf das Schlittenfahren draußen am Neißedamm gefreut.
Die Oma sah mich sorgenvoll an.
„Mir gehen die armen Soldaten nicht aus dem Kopf. Sie haben nichts Warmes mehr zum Anziehen. Und zu essen bekommen sie auch nichts mehr. Nun hat der Russe sie eingekesselt und sie kommen nicht mehr heraus."
Mit der Oma konnte ich sonst nicht über den Krieg sprechen. Ich merkte gleich, daß sie immer etwas dagegen hatte. Wenn ich aus dem Kino kam und ihr von den Panzerfahrern, den Stukas oder den U-Booten erzählen wollte, blockte sie gleich ab.
„Wenn das mit dem Krieg nicht einmal ganz schlimm endet! Der liebe Gott läßt nicht mit sich spotten!" sagte sie immer. Ich verstand zwar nicht, was sie damit meinte, aber am Tonfall ihrer Stimme erkannte ich, daß sie vom Krieg nicht viel hielt. Sie machte sich schon Sorgen um die Bekannten und Verwandten. Onkel Reinhold, ihr einziger Sohn, der früher Malermeister war und sonst mit seiner Familie uns gegenüber am Luisenplatz wohnte, war Polizist in Polen oder Rußland, Rottenführer im Osten, wie sie oft erzählte.
Schnell aß ich meine Scheibe Marmeladenbrot und trank dazu die warme Milch, die oben schon eine Haut hatte, was mir aber besonders gut schmeckte. Ich konnte gar nicht abwarten, endlich nach draußen zu kommen. Ich freute mich auf den frischen Schnee. Im Hausflur stand von gestern noch mein Schlitten unter der Treppe.
Die Oma zog mir die warme Jacke an, die bis jetzt an einer Leine über dem Herd gehangen hatte. Ich bekam noch einen dicken Wollschal um. Meine Handschuhe wurden an einem Band durch die Jackenärmel gezogen, damit ich sie nicht verlor.
Dann zog ich mir die hohen Schuhe an. Oma machte sie mir zu. Nun setzte sie mir noch die Teufelsmütze auf, die meine Ohren eng an den Kopf drückte. Endlich konnte ich nach draußen.
Ich stürmte die Holztreppe hinunter. Unter der Treppe stand der Schlitten. Ich schnappte ihn mir, öffnete die Hintertür unse-

res Hauses und stand nun vor der Steintreppe, die zum Neißedamm hochging. Eine dicke Schneeschicht lag auf den Treppenstufen. Der Schnee knirschte unter meinen Füßen. Die anderen Kinder aus dem langen Block waren noch nicht unten. Aber das machte erst mal nichts. Die würden schon bald kommen. Ich ging zum Fußweg, der hinunter zur Insel führte. Ich nahm einen kurzen Anlauf und warf mich dann bäuchlings auf den Schlitten. In rasender Fahrt ging es hinab. Ich jagte an den Schrebergärten vorbei und erreichte fast die Gänseställe, die auf dem halben Weg zur Neiße standen.
Was hatte die Oma mir nachgerufen?
„Heute gibt es Kartoffelklöße! Die magst du doch so gerne!"
„Ja Oma," hatte ich zurückgerufen.
Aber dafür hatte ich jetzt gar keine Zeit. Ich dachte nur an das Schlittenfahren. Auch der „Kessel" von Stalingrad, der meiner Oma heute morgen so viel Sorge gemacht hatte, war schon längst wieder vergessen.

Die Oma

Oma und ich wohnten in der Kaserne am Luisenplatz. Der fing gleich hinter der Neißebrücke an. Wenn man aus der „Stadt" kam, konnte man links hinter der Brücke gleich auf den Neißedamm gehen. Nach rechts fiel die Böschung ziemlich steil ab. Alte Steintreppen führten zu den Hintereingängen unseres Wohnblocks, der direkt am Damm lag. Links vom Damm standen einige Bäume, vor allem Linden, und links unten in Richtung Neisse gab es viele eingezäunte kleine Gärten. Dahinter war unsere Insel. Eigentlich war es gar keine Insel, aber alle Leute sagten zu der breiten Rasenfläche, die hinter den Gärten anfing und bis zum Neißeufer ging, Insel. Die Insel war das Spielparadies aller Kinder, die in unserem langen Wohnblock, der Kaserne, wohnten. Kein Tag verging, an dem ich nicht Kinderlärm von der Insel her gehört hätte. Von unseren beiden

Erkerfenstern konnte ich direkt auf die Insel und die Neiße sehen. Und so bekam ich immer mit, was da unten los war. Meistens war ich ja unter den spielenden Kindern. In unserem Block wohnten viele Kinder. Und immer war jemand draußen. Die Oma konnte mich sehen, wenn ich unten spielte. Wenn ich Hunger bekam, lief ich nicht etwa nach oben, sondern rief die Oma ans Fenster, und sie warf mir dann auch stets eine Butter- oder Schmalzstulle nach unten. Natürlich war sie in Butterbrotpapier eingewickelt.

Unsere „Kaserne" war ein langer Wohnblock aus der Zeit des „Alten Fritz", wie die Oma mir erzählt hatte. Der hatte damals in einem Krieg die Stadt Neisse den Österreichern abgenommen. Er hatte auch die „Friedrichstadt" bauen lassen, wo wir wohnten, und machte aus der mittelalterlichen Stadt Neisse eine uneinnehmbare Festung. Die hohen, ziegelgemauerten Wallanlagen fingen schon am Ende unseres Wohnblocks direkt am Neißedamm an. Dann gingen sie hinter der Pfefferkuchenfabrik Artelt und am Volksbad vorbei. Wenn wir im Sommer ins Bad wollten, mußten wir durch die Wallmauer hindurch. Die verlief dann weiter bis zum „Kiefernpüschl" hinauf, auf die Ottmachauer Chaussee zu. Aber dort hörte sie noch lange nicht auf. Die Wallmauer ging durch einen großen Wald bis hin zum Garnisonsfriedhof, wo mein Opa begraben lag. Dort hieß sie Ziegelbarriere. Durch Wald und Feld über Berg und Tal gingen die Wallanlagen dann weiter bis nach Rochus, in die Nähe der Franziskanerkirche. Diese Wallanlagen waren für uns Kinder aus der Kaserne und der ganzen Friedrichstadt die allerschönsten Spielplätze.

Oma und ich wohnten gleich vorn am Luisenplatz in der Hausnummer 2. Wir hatten zwei Zimmer oben direkt unter dem Dach. Über uns gab es noch einen Dachboden, auf dem die Leute viele Sachen abgestellt hatten. Ich glaube, ich war mit der Oma nur ein einziges Mal auf dem Dachboden. Die Oma zeigte mir einige Musikinstrumente von meinem Opa, der aber schon lange tot war. Da gab es eine Geige, eine Zither und eine kaputte Ziehharmonika. Musik hatte der Opa aber nur aus Spaß gemacht, in Wirklichkeit war er Malergeselle. Unten in unserer kleinen Wohnung hatte die Oma noch einen großen Grammophonschrank mit vielen Schallplatten. Der Schrank hatte an der rechten Seite eine Kurbel, und wenn die Oma mal Musik hören wollte, mußte sie mit der Kurbel das Grammophongerät erst aufziehen. Ich hörte gerne Musik. Am liebsten wäre ich in den Schrank hineingekrochen, wenn die Oma ihre Schallplatten abspielte. Ein Radio hatten wir leider nicht, nicht einmal den kleinen Volksempfänger. „Den können wir uns nicht leisten!" hatte die Oma mir gesagt.

Der Opa war mit einem zerschossenen Bein aus dem Weltkrieg gekommen. Er konnte nicht mehr arbeiten, und die große Familie mit meiner Mutter, ihren vier Geschwistern und den drei Stiefschwestern mußte von der Invalidenrente leben. Damals waren sie von der Brüderstraße in der Stadt in den Block am Luisenplatz gezogen, weil die Wohnungsmiete hier nicht mehr so hoch war. Ich habe den Opa nicht mehr erlebt, aber sein Bild stand auf dem Vertiko neben dem Erkerfenster in unserem Schlafzimmer.

Wir hatten nur zwei Zimmer. Vom Treppenhaus kam man gleich in die Küche, und durch eine Tür ging es ins Schlafzimmer, in dem wir uns aber nur nachmittags und abends aufhielten.

Im Treppenhaus war der Wasserhahn mit einen runden Spülstein und daneben das Klo für uns und die Familie Patzelt.

Die Oma war die zweite Frau vom Opa. Seine erste Frau war gestorben, und weil der Opa seine drei Mädchen nicht allein versorgen konnte, heiratete er die Oma. Die war damals natürlich noch viel jünger, aber sie hatte auch schon einen kleinen Jungen, den Franzl.

Der Franzl war an einer Kopfverletzung gestorben, als er erst fünf Jahre alt war. Im Sommer ging die Oma jede Woche mit mir auf den Jerusalemer Friedhof und pflegte und begoß die Blumen auf dem Grab des kleinen Franzl. Sie erzählte mir viel

von ihm und warnte mich immer wieder, nicht so wild zu spielen oder überall herumzuklettern, damit mir bloß nichts Ähnliches wie dem Franzl passierte.
Mein Opa Reinhold und meine Oma hatten fünf eigene Kinder: die Tante Grete, den Onkel Reinhold, die Tante Kläre, die Tante Lisa in Berlin und meine Mutter Anna.
Die drei Mädchen von meinem Opa waren schon bald aus Neisse weggezogen. Meine Oma haben sie später auch nie besucht. Die Tante Grete war mit dem Onkel Richard verheiratet. Sie wohnten mit ihren vier Kindern auch in Neisse. Der Onkel Richard war blind. Ich glaube, die waren noch ärmer als wir. Aber sie hatten einen Volksempfänger. Wenn wir sie mal besuchten, saß die Tante Grete hinten am Fenster und nähte Knöpfe auf Pappkarten. Daneben stand das kleine Radio, das immer an war. Aus der tuchbespannten Mitte kam immer schöne Musik. Stundenlang hätte ich da zuhören können.
„Das Radio hat uns der Führer geschenkt!“ sagte mein Cousin Günter, der schon bei der HJ war. Ich bewunderte ihn in seiner schönen Kluft.
Die Tante Kläre war schon früh zu ihrer Großmutter, der Mutter meiner Oma, in die Weberstraße gezogen. Oma war nicht gut auf sie zu sprechen. Sie hatte geheiratet, sich aber bald darauf wieder scheiden lassen. Eva, meine ältere Cousine, wohnte hin und wieder bei uns. Als ich noch ganz klein war, sogar eine längere Zeit. Das war aber ganz gut. Sie nahm mich dann zum Spielen mit nach unten auf den Hof oder auf die Insel. Die großen Mädchen paßten dann auf uns Kleine auf, und die größeren Jungen, die immer dabei waren, spielten mit uns die wildesten Spiele.
Der Onkel Reinhold hatte erst Bäcker gelernt. Er wäre gerne Maler geworden, so wie mein Opa. Aber der Opa hatte es ihm verboten. Aber dann hat er doch noch Maler gelernt und wurde sogar Malermeister. Er wohnte mit der Tante Trude auf der anderen Seite unseres Luisenplatzes, direkt an der Ecke Eichendorffstraße. Und die Tante Lisa, meine Taufpatin, war

schon als junges Mädchen von Neisse nach Berlin gezogen. Seit einiger Zeit war sie mit dem Onkel Bruno verheiratet, aber besucht hatten sie uns noch nicht.
Als mein Opa noch lebte, war nur noch meine Mutter bei ihren Eltern zu Hause. Aber nun war sie in Wesermünde mit dem Onkel Heini verheiratet. Einmal im Jahr besuchte sie uns.
Opa lag auf dem Garnisonsfriedhof begraben. Auf seinem Grab war ein schönes Holzkreuz. Opa war evangelisch. Die Evangelischen wurden nicht auf dem Jerusalemer Friedhof begraben, sagte mir die Oma. So mußten wir immer auf zwei Friedhöfe gehen und Gräber begießen. Aber das machte uns nicht viel aus.
Ich erinnere mich noch daran, als meine Mutter und meine Schwester Ilona bei uns wohnten. Eines Tages war meine Mutter weg. Ich war mit der Oma und der Lona allein. Dann war meine Mutter plötzlich wieder da. Kisten und Kartons wurden gepackt. Meine Mutter und Lona zogen ganz weit weg, nach Wesermünde. Ich fand das gar nicht übel. Jetzt hatte ich die Oma ganz für mich allein!

Himmel und Hölle

Der Jerusalemer Friedhof war nicht weit von uns entfernt. Wir gingen vom Luisenplatz nur die Breite Straße hinauf. Bald konnten wir schon das Friedhofstor sehen und weiter hinten auch die schöne Friedhofskapelle. Oma ging gern mit mir auf dem Friedhof herum. Sie zeigte mir viele Gräber, erzählte von den Leuten, die hier begraben waren, und wir waren am längsten beim Grab des kleinen Franzl.
Ganz in der Nähe der Friedhofskapelle war ein Grab mit einem besonders großen Grabstein. Es war eine Grabplatte mit goldener Schrift.
„Hier liegt der Eichendorff mit seiner Frau begraben," erklärte mir die Oma. „Die haben ganz in der Nähe von uns gewohnt.

Das Haus steht heute noch oben in der Eichendorffstraße, schräg gegenüber der Dominikanerkirche."
„Wer war denn dieser Eichendorff, Oma?" fragte ich.
„Das war ein berühmter Dichter. Der hat viele Lieder und Gedichte geschrieben und schöne Geschichten. Eins davon handelt von einem Taugenichts."
Das merkte ich mir gleich. Das Wort „Taugenichts" hörte ich fast jeden Tag von der Oma. Sie meinte mich damit. Aber am Tonfall ihrer Stimme hörte ich, daß sie das alles nicht ernst meinte.
Die Eichendorffstraße kannte ich natürlich gut. Wenn wir aus unserem Haus kamen, brauchten wir nur am Kriegerdenkmal und dem kleinen Park vorbeizugehen, und schon fing die Eichendorffstraße an. Dort lag auch unsere Dominikanerkirche. Oma ging fast nur zu den Andachten in der Friedrichstadt-Kirche. Aber nun war ich schon alt genug, so daß sie mich oft mitnahm. Mir machte das „Kirche gehen" Spaß. Es roch so schön und es wurde immer gesungen.
„Oma, wohin kommt man eigentlich, wenn man gestorben ist?" fragte ich sie einmal auf unseren Friedhofsspaziergängen.
„Liebe und gute Menschen kommen zum lieben Gott in den Himmel. Böse Leute landen in der Hölle beim Teufel und seinen Gehilfen."
„Oma, wie ist es denn im Himmel und in der Hölle?"
„Im Himmel ist einfach alles sehr schön. Da gibt es keinen Hunger, keine Krankheiten, keinen Krieg mehr, keinen Zank und Streit. Die armen Seelen, die im Himmel sind, leben alle friedlich miteinander."
„Und wie sieht es in der Hölle aus?"
„Das weiß ich auch nicht. Aber es muß schon ganz schrecklich sein. Dort kommen auch nur die ganz bösen Menschen hin. Ich möchte nicht immer mit schlechten Menschen zusammenleben. Mir reichen die schon, die ich kennengelernt habe."
„Kennst du denn schlechte Menschen, Oma?"

„Ach, einige kenne ich schon! Am schlimmsten sind die Leute, denen man die Bosheit und Schlechtigkeit nicht gleich ansieht."
„Wieso, was machen die denn?"
„Die bringen Unfrieden in die Welt, die denken nur an sich, die quälen und töten andere Menschen, die räubern, die machen andere Menschen sehr unglücklich."
„Wohnen bei uns im Block auch böse Menschen?"
„Da könnte ich dir einiges erzählen, aber das würdest du noch gar nicht verstehen. Man soll sich auch davor hüten, andere Menschen schlecht zu machen. Da fängt das ganze Übel schon an. Andere Leute soll man nicht verurteilen. Das ist allein die Sache des lieben Gottes. Der ist immer gerecht und wird es schon bei allen Menschen richtig machen."
Ja, den lieben Gott kannte ich schon. Davon hatte mir die Oma oft genug erzählt. Der wußte immer ganz genau, was die Menschen taten. Manchmal belohnte er die guten Menschen und bestrafte die bösen.
„Oma, wo sind denn nun Himmel und Hölle?" bohrte ich weiter.
„Der Himmel ist über uns in den Wolken. Aber so genau weiß das niemand. Und mit der Hölle ist es auch so. Wo sie eigentlich ist, kann keiner sagen. Früher hat man uns erzählt, daß irgendwo ein großes Höllenfeuer brennt. Aber das glaube ich nicht mehr. Manchmal denke ich, daß sich die Menschen selber ihre Hölle machen. Wenn ich nur an den Krieg denke. Da müssen so viele unschuldige Menschen sterben. Das ist für viele bestimmt auch die Hölle."
„Oma, woher weißt du das eigentlich alles?"
„Ach Junge, deine Oma ist eine alte Frau. Ich habe viel erlebt und gesehen. Aber ich habe einen ganz festen Glauben. Ich habe eben Vertrauen zum lieben Gott. Der wird mich nie enttäuschen."
Das wußte ich schon. Die Oma war eine fromme Frau. Sie wäre am liebsten jeden Tag in die Kirche gegangen. „Das muß wohl so sein!" dachte ich mir. An Sonn- und Feiertagen ging sie sogar

zweimal in unsere schönen Gotteshäuser. Morgens zur Messe und nachmittags zur Andacht.
Zuhause saß sie oft mit einem Gebetbuch in der Hand in ihrem Sessel. Oder sie betete leise den Rosenkranz. Die Perlenkette raschelte in ihren Händen. Ich störte sie nie dabei. Meistens saß ich zu ihren Füßen auf dem Teppich und spielte mit meinen Bauklötzen oder Autos. Ich fand es schön, wenn die Oma mit dem lieben Gott oder mit der Gottesmutter sprach. Und was ich auch merkte, war, daß die Oma überhaupt vor nichts Angst hatte.
Ich bekam nur manchmal Angst, wenn die Oma mal zu lange wegblieb. Wenn ich mit anderen Kindern auf dem Hof, dem Neißedamm oder unten auf der Insel spielte, merkte ich natürlich nichts davon. Schlimm wurde es nur, wenn ich allein in der Wohnung war oder auf der Treppe im Hausflur saß und auf die Oma wartete. Wie lange das manchmal dauerte!
Ich bekam Angst, daß die Oma überhaupt nicht mehr zurückkommt. Aber dann sah ich sie doch über die Neißebrücke laufen. Von unserem Fenster aus konnte ich die lange Berliner Brücke zwischen der Friedrichstadt und der „Stadt“ überblicken. Die Oma war immer dunkel gekleidet, auch im Sommer. Und dann hatte sie auch noch einen breiten Hut auf dem Kopf. Am allerbesten erkannte ich sie jedoch an den schnellen Trippelschritten. So ging nur meine Oma.
Oma und ich verstanden uns sehr gut. Meine Mutter hatte ich bald vergessen. Die war weit weg. Manchmal schrieb sie uns, oder sie schickte ein Paket aus Wesermünde. Dort war sie mit dem Onkel Heini verheiratet. Und meine Schwester Lona war auch bei ihr. Oma hatte mir auch erzählt, daß sie jetzt noch einen kleinen Jungen hatte, den Heinerle.
Wenn die Oma jemanden auf der Straße traf und sich alles Mögliche erzählte, was ich immer sehr langweilig fand, erwähnte sie auch stolz, daß ihre Töchter nun alle gut verheiratet seien, auch die jüngste Tochter Anni. Meine Mutter hätte einen sehr

lieben Mann in Norddeutschland bekommen, und jetzt wohnten sie sogar in einer Villa.
Von meinem Vater war nie die Rede. Oma erzählte mir nichts von ihm, und ich bin auch nie auf die Idee gekommen, sie nach ihm zu fragen. Später merkte ich dann auch, daß manche meiner Freunde auch keinen Vater hatten. Aber die waren alle Soldaten im Krieg.
Ich war wohl drei Jahre alt, als meine Mutter und Lona von Neisse wegfuhren. Warum sie mich nicht mitnahmen, wußte ich damals noch nicht. Die Oma sagte mir nur immer wieder:
„Was für ein Glück, daß ich dich habe. So bin ich wenigstens noch zu etwas nütze."
Ja, bei der Oma fühlte ich mich wohl. Sie war ganz allein für mich da.
„Dem Jungen soll es an nichts fehlen!" hörte ich sie einmal zu einer anderen Frau sagen. Und bei der Oma fehlte mir auch wirklich nichts.

Bald war ich so groß, daß ich alleine unten spielen durfte. Das heißt, allein war ich nie. Auf dem Hof vor dem Haus spielten die Mädchen „Ball an die Wand", Seilhüpfen, Kreiselschlagen oder „Himmel und Hölle". Und sie kümmerten sich um die kleineren Kinder in der „Kaserne", das „Mutter und Kind spielen" war bei ihnen sehr beliebt. Ich war immer eines der Kinder. Unser Hof fing vorne an der Neißebrücke an und ging bis zur Breiten Straße. An der Straßenfront zum Luisenplatz hin war eine Mauer. Aber wir verließen damals den Hof nie. Die großen Mädchen paßten immer auf uns auf.
Doch schon ein Jahr später wurde von mir der Neißedamm und die „Insel" erobert. Die Insel war für uns alle das Spieleparadies. Die wilde Rasenfläche fing hinter den Schrebergärten vorn an der Neißebrücke an. Sie erstreckte sich an der Uferböschung der Neiße entlang bis zu den beiden Tümpeln flußaufwärts. Diese Tümpel waren zwei tote Nebenarme der Neiße, eigentlich zwei Teiche, aber durch zwei flache Furten mit dem manchmal rei-

ßenden, dann wieder träge dahinfließenden Fluß verbunden. Auf der Insel pflückten wir die ersten Frühlingsblumen. Im Sommer verbrachten wir Tage und Wochen auf zerschlissenen Wolldecken an der Neiße und planschten schon im flachen Wasser. Wir eroberten die Kies- und Sandbänke in der Mitte des Flusses. Wir versuchten mit unseren Händen Fische zu fangen, die es im flachen Wasser massenhaft gab. Wir ließen die platten Kieselsteine über das Wasser tanzen und freuten uns, wenn einer mal hüpfend das gegenüberliegende, mit Büschen zugewachsene Ufer erreichte.

Die großen Kinder schwammen schon in den tieferen Stellen des Flusses oder in den Tümpeln. Wir wurden immer wieder gewarnt, die Tiefen des Flusses zu meiden. Wir könnten dann ertrinken, und kein Hahn würde mehr nach uns krähen. Ich beneidete die Schwimmer. Ich hätte es so gerne gekonnt.

Die Sommer auf der Insel wollten wohl nie enden. Es war alles wunderbar.

Herr Luda aus unserem Haus hatte vorne auf der Insel ein Ruderboot im Wasser. Damit schipperte er oft auf der Neiße herum. Und er hatte immer Mitfahrer bei sich. Wie gerne wäre auch ich einmal Boot gefahren. Aber ich war viel zu schüchtern, ihn danach zu fragen.

Die Insel war auch ein Trainingsfeld für Fußballspieler. Die großen Jungen spielten manchmal stundenlang das für mich noch unbekannte Spiel mit Toren und Elfmeter.

Im Winter war die Neiße immer monatelang zugefroren. Wenn das Eis dick genug war, konnten wir die herrlichsten Rutschbahnen anlegen und über die Neiße bis ans andere Ufer laufen. Das war besonders angenehm, wenn wir ins „Erholungs-Kino" wollten. Dann konnten wir die Neißebrücke links liegen lassen.

So hatte ich mein Spielparadies direkt vor der Haustür. Aus dem Hinterhaus hinaus, die Neißedammtreppe aufwärts, den Sandweg nach unten laufen - und schon war ich auf der Insel.

Kinderbetreuung

Es muß irgendwann in den Sommerferien gewesen sein. Aber ich war noch gar nicht in der Schule. Jedenfalls spielten wir von morgens bis abends auf der Insel. Eines Tages wurde unter uns Kindern eine wichtige Nachricht verbreitet. Wir Jungen wurden sehr neugierig.

Alle Kinder unserer Kaserne sollten sich an einem bestimmten Morgen unten auf der Insel am Sandkasten treffen, der unter schönen Trauerweiden am Weg zwischen Neißedamm und dem ersten Tümpel angelegt war. Ich hatte noch nie jemanden im Sandkasten spielen sehen, und wir alle waren sehr erstaunt, daß wir uns gerade da treffen sollten.

An dem bestimmten Morgen waren wir alle schon sehr früh unten. Niemand wollte verpassen, was da passieren würde. Es waren auch alle gekommen, die ich kannte. Hans und Helmut Rieger, meine besten Freunde, die Warmbrunn-Kinder aus unserem Haus, Sigrid Schmidt und Gerhard. Die anderen Kinder kannte ich nur vom Sehen, aber sie waren alle aus unserem Block.

Und dann kamen sie den Weg vom Neißedamm herunter. Es waren zwei große Mädchen vom BDM. Sie hatten beide braune Röcke und weiße Blusen an. Um den Hals hatten sie die Tücher mit dem geflochtenen Lederknoten und an den Armen die Hakenkreuzbinden. Beide hatten lange Zöpfe. Die kamen nun und wollten uns zeigen, wie richtig gespielt wird.

Zuerst mußten wir einen großen Kreis machen und uns alle anfassen. Dann gingen wir herum, einmal nach links und dann nach rechts. Dann spielten wir „Brücke“ und schließlich noch „Dreh dich nicht um, der Plumpssack geht um“. Mir kam das schon die ganze Zeit komisch vor. Das waren ja alles Mädchenspiele. Aber ich ließ mir nichts anmerken. Als ich den Hans Rieger ansah, blinzelte er mir zu. Ich verstand sofort. Er raunte mir dann zu: „Das ist doch Kinderkram! Komm, wir hau'n ab!“

Aber das war gar nicht so einfach. Aus dem Kreis weglaufen? Das hätte doch jeder sehen können. Und die beiden BDM-Mädchen hätten dann auch noch gefragt:
„Wo wollt ihr denn hin? Einfach weglaufen? Nein, das dürft ihr nicht! Ihr müßt jetzt mitspielen, und auch am Nachmittag müßt ihr wiederkommen!"
Wir fühlten uns wie Gefangene.
Aber die Spiele gingen weiter. Die großen Mädchen waren eigentlich ganz freundlich, aber ihre Spiele machten uns wirklich keinen Spaß. Wir durften es uns jetzt nur nicht anmerken lassen.
Glücklicherweise wurde bald Pause gemacht. Die BDM-Mädchen setzten sich auf eine Bank, die unter einer Trauerweide stand, und aßen ihre Frühstücksbrote. Auf uns achteten sie nicht. Das war die Gelegenheit! Helmut, Hans und ich liefen schnell durch die Büsche hinauf zur Wallmauer, die ja direkt am Neißedamm anfing. Zwischen Sandweg und Mauer war ein Zaun, aber da konnte man gut drunter durchrobben. Nun standen wir an der alten Ziegelwand, die ungefähr vier Meter hoch war. Unterhalb der Mauer fingen die Kohlsdorfer Wiesen an. An der verwitterten Wand aus der Zeit des „Alten Fritz" waren glücklicherweise einige Steine herausgebrochen. So konnten wir auch diesmal mühelos nach unten klettern. Man mußte nur aufpassen, daß man mit einem Fuß fest in der Mauer stand und sich mit einer Hand an den Ziegelsteinen festhielt, sonst wäre man unsanft in den Büschen gelandet, die bis zu der Mauer gingen. Zudem war es auch etwas sumpfig da unten, und das wäre dann noch unangenehmer gewesen.
Aber heute klappte es gut.
Durch die Kohlsdorfer Wiesen in Richtung Kiefernpüschl führte zuerst nur ein Trampelpfad, aber hinter den Wasserteichen, die in der blumenübersäten Wiese lagen, kamen dann richtige Schlackenwege.
Oft konnte man Klapperstörche über die Wiese stolzieren sehen. Frösche und Schlangen gab es da genug.

Hier wuchsen die allerschönsten Feldblumen. Ich habe der Oma oft die großen weißen Margeriten gepflückt oder auch die lila Glockenblumen und die gelben Butterblumen. Sie hat sich darüber immer sehr gefreut.

Aber heute hatten wir dazu gar keine Zeit. Der halbe Vormittag war schon vorbei. Wir wollten zum Kiefernpüschl und dort „richtig“ spielen. Die bewaldete Anhöhe konnten wir schon von weitem sehen.

Unser „Kiefernpüschl“ war ein Berg, der mit Bäumen und Büschen bewachsen war. Zur Friedrichstadt hin war eine meterhohe Sandböschung. Oben auf dem Berg standen schlanke Kiefern, und dahinter verliefen die erwähnten Wallmauern mit manchen unterirdischen Räumen.

Der gelbweiße Sand war wunderbar fein und weich. Da konnten wir stundenlang herumtoben, ohne daß uns jemand störte. Manchmal bauten wir uns Burgen und Höhlen im Sand.

Das beste am Kiefernpüschl war jedoch der bewaldete Gipfel. Nur wenige Schritte in den Wald, und schon sah man die unheimlichen alten Gemäuer. Helmut sagte einmal, daß die unterirdischen Gänge geheime Ausgänge in den nahen Wäldern hätten. Aber das haben wir nie erforscht. Taschenlampen hatten wir nicht. Nachher hätten wir uns noch verlaufen oder wir wären in eine Fallgrube gestürzt und kein Mensch hätte uns mehr gefunden.

Eines unser Lieblingsspiele auf dem Kiefernpüschl war, oben vom Wald aus nach einem langen Anlauf in einem großen, weiten Bogen in die Sandkuhle hineinzuspringen. Als ich zum allerersten Mal am Rand der Sandkuhle stand, reichte es mir schon, mich ohne Anlauf die zwei Meter hohe Böschung vorsichtig hinunterzulassen. Sprang man jedoch mit Anlauf in die schräg abfallende Sandkuhle, dann flog man meterweit durch die Luft. Die älteren Jungen hatten es mir oft genug vorgemacht. Dabei sah es immer ziemlich leicht aus. Heute wollte ich es zum ersten Mal wagen. Mein Anlauf war nicht ganz so lang,

aber ich flog durch die Luft und landete butterweich im warmen Sand.
Natürlich liefen wir in der warmen Jahreszeit alle barfuß. Für uns war von April bis in den Oktober hinein Sommer. Das war die Zeit der kurzen Hosen, der einfachen Hemden, die ganz schnell auszuziehen waren, wenn es zu warm wurde, und die Zeit des Barfußlaufens.
So war es auch an diesem schönen Tag im Kiefernpüschl. Morgens war es noch ziemlich kühl gewesen, die BDM-Mädchen hatten uns erstaunt angesehen, als wir alle barfuß antanzten, aber nun schien die Mittagssonne mit aller Macht.
Ich hatte schon einige Sprünge hinter mir, als mir plötzlich die Idee kam, durch den kleinen Kiefernwald zu den leerstehenden Bunkergebäuden der Wallanlagen zu laufen. Was ich dort eigentlich wollte, weiß ich nicht mehr. Normalerweise hatte ich nur das angesteuerte Ziel vor Augen. Aber an diesem Vormittag sah ich plötzlich auf den Waldboden und stutzte erschrocken. Zuerst wollte ich gar nicht glauben, was ich da sah. Aber dann wurde es mir doch schreckhaft bewußt. Vor meinen nackten Füße wimmelte etwas. Auf dem gelbbräunlichen Kiefernwaldboden war ein Schlangennest. Die Hautfarbe der Schlangen hatte sich dem Erdboden angepaßt. Beinahe wäre ich mit meinen bloßen, kleinen Füßen in das Gewimmel hineingetreten. Schlangen sind giftig. Das wußte ich. Aber gesehen hatte ich noch keine. Hatte ich Glück! Wenn ich da hineingetreten wäre! Mein Schutzengel hatte mich gewarnt, das war mir sofort klar. Der hatte meine Augen auf den Waldboden gerichtet und mich gehindert, in mein Unglück zu laufen.
Schnell lief ich zu meinen Freunden.
„Da ist ein Schlangennest!" rief ich.
Hans und Helmut sahen mich ungläubig an. Vorsichtig führte ich sie zu der bestimmten Waldstelle. Nun konnten sie sich selbst von meiner Beobachtung und meinem Abenteuer überzeugen.

„Mensch, hast du Glück gehabt!“ sagte Helmut. „Was meinst du, wenn die alle zugebissen hätten. Du wärst jetzt schon eine Leiche.“
Mein Schrecken wurde immer größer. Die Lust, jetzt noch weiter in die Sandkuhle zu springen, war uns vergangen. Außerdem war es schon spät geworden. Frau Rieger, die Mutter meiner Freunde, und meine Oma warteten bestimmt schon mit dem Mittagessen auf uns. Deshalb zogen wir schnell unsere Hemden wieder an und rollten uns die Sandböschung hinab. Diesmal liefen wir nicht durch die Kohlsdorfer Wiesen zurück, sondern gingen gleich auf dem schwarzen Schlackenweg hin zur Breiten Straße. Zu unserer „Kaserne“ war es dann nicht mehr weit. War das ein Abenteuer, das wir da eben erlebt hatten! Unglaublich! Ich wäre beinahe in ein Schlangennest getreten. Und ich hatte es gewagt, mit Anlauf in die Sandkuhle zu springen. Toll!
Zu dem BDM-Spielkreis am Sandkasten auf der Insel sind wir nie wieder hingegangen.

Unsere Kaserne

Die Zeit, da die Oma mich in der Sportkarre durch die Straßen geschoben hatte, war vorbei.
Ich kann mich noch gut daran erinnern, wenn ich im Wagen saß und müde wurde. Mein Kopf wurde ganz dick, und dann war ich eingeschlafen. Wenn ich dann wieder wach wurde, stand die Oma mit irgendeiner Bekannten an der Straße und sie erzählten und erzählten. Ich fand das immer sehr langweilig.
Aber dann kam die Zeit, wo ich endlich allein laufen konnte. Das war ein Gefühl! Die Treppen hinunter, und dann waren da die vielen Kinder. Zuerst mußten noch Lona oder meine Cousine Eva auf mich aufpassen. Und dann kamen die anderen Mädchen aus dem Block. Die erschienen mir alle so groß, die Sigrid Schmidt oder die Renate Warmbrunn aus unserem Haus. Und ich fand richtige Freunde. Gerhard und Horst wohnten im

Nachbarhaus. Und später kamen Hans und Helmut Rieger dazu.
Ich weiß noch genau, als sie in unsere Kaserne einzogen. Die Familie hatte ungefähr zehn Kinder. Hans und Helmut waren in meinem Alter. Der Vater von ihnen war bei der Eisenbahn.
Mit den beiden konnte ich phantastisch spielen. Sie brachten mir viele Sachen bei. Zum Beispiel das Drachenbauen. Das machten wir unten im Hausflur. Wir besorgten uns ein paar Leisten, nahmen einfaches Zeitungspapier und Mehlpampe. Normaler Klebstoff wäre viel zu teuer gewesen. Woher sollten wir auch Geld bekommen? Etwas Mehl wurde mit Wasser verrührt und fertig war der Klebstoff. Und der klebte!
Zuerst machten wir ein Leistenkreuz. Darüber verklebten wir das Zeitungspapier zu einem Viereck. Der Schwanz des Drachens bestand aus einer langen Papierkette, die an die beiden hinteren Ecken des Drachens angeklebt wurde.
Das schwierigste beim Drachenbau war die Waage. Wir banden an das Kreuz in der Mitte und die beiden vorderen Ecken drei gleichlange Bindfäden. Die wurden dann unten zusammengeknotet. Und schon war unser Drachen fertig. Er stieg auch mühelos vom Hofboden auf. Der Hof vor unserer Kaserne war lang genug, um den Drachen richtig in die Höhe zu bringen. Unzählige Male sind wir dann hin- und hergerannt. Eine Wiese oder ein abgemähtes Getreidefeld zum Drachensteigen brauchten wir nicht. Alles passierte vor unserer Kaserne.
Aber während des Sommers hielten wir uns natürlich auf der Insel auf. Wenn man am Neißeufer entlang zur Schleuse ging, hörte man das Rauschen des Wasserfalls schon von weitem. Zwar konnte man die Neiße mühelos bis zu den Sandbänken in der Mitte durchwaten, aber es gab auch gefährliche, tiefe Stellen. Irgend jemand ertrank immer, und die Oma hatte mir schon viele Geschichten von Kindern erzählt, die in der Neiße ertrunken waren. Man mußte sich schon vorsehen. Ich wußte auch schon, daß die tiefsten Wasserstellen direkt am Ufer waren. Einmal war ich beim Baden an eine solche Stelle gekom-

men. Plötzlich sackte ich ab. Ich spürte keinen Grund mehr unter den Füßen. Furchtbar erschrak ich. Ich strampelte und strampelte, und dann stand ich wieder auf dem festen Kiesboden. Niemand hatte meine Todesangst bemerkt. Ich erzählte auch keinem davon. Aber ich war gewarnt, und dieser kurze Schreck saß mir lange in den Knochen.

Es war in dem Sommer, als ich zur Schule kommen sollte. Ich war erst fünf Jahre alt und konnte natürlich noch nicht schwimmen. Aber das Herumplanschen in der Neiße gehörte einfach für die kleinen Kinder dazu. Und die größeren Kinder paßten eigentlich ganz gut auf uns auf. Und wir lernten von ihnen tolle, unbekannte Sachen. Auf der Insel konnte man sehr gut kleine Lagerfeuer machen. Es durfte nur kein Steppenbrand entstehen. Das konnte leicht passieren, denn wenn es wochenlang nicht geregnet hatte, war das Gras von der Sonne verbrannt und knochentrocken. Streichhölzer hatten die großen Jungen immer dabei, und die wollte ich dann auch haben. Später wäre mir so ein Feuerchen auf der Insel fast zum Verhängnis geworden.

Und die Großen hatten stets Messer bei sich. Wenn sie schon beim Jungvolk waren, hatten sie ein Fahrtenmesser an ihrem Koppel. Andere hatten Taschenmesser. Wie gern hätte auch ich ein Messer gehabt. Aber die Oma hatte nicht genug Geld, mir eins zu kaufen.

Und dann passierte das Wunder. Ich war mit dem Hans Rieger zusammen im Wald hinter der Ziegelbarriere. Wir hatten Schlehen gepflückt, die es dort massenhaft gab. Auf dem Rückweg nach Hause sahen wir plötzlich beide gleichzeitig ein Taschenmesser im Sand liegen. Wir bückten uns beide danach, aber der Hans war etwas schneller und hatte es sich schon geschnappt.

„Ich hab es zuerst gesehen!" bettelte ich.

„Aber ich war schneller!"

„Ach, gib mir doch das Messer!"

Ich bot ihm etwas zum Tausch an. Er überlegte kurz, dann sagte er:
„Ich will mal nicht so sein. Hier hast du das Messer!"
„Und was willst du dafür haben?" fragte ich überglücklich.
„Gar nichts, behalt es!"
Das war ein Freund! Was war ich stolz, endlich ein eigenes Messer zu haben!
Nun konnte ich mir selbst die Weidenruten aussuchen, um schöne Flitzebogen zu machen. Ich konnte die Pfeile dazu schnitzen oder Degen und Schwerter herstellen. Und ich konnte mir eine Schleuder machen. Eigentlich war es gar keine Schleuder, sondern eine Zwille. Aber wir sagten nur Schleuder dazu.
Zuerst mußte man sich eine schöne Astgabel aussuchen. Die fand man leicht bei den unzähligen Weidenbüschen unten an der Neiße. Gummistreifen bekamen wir von alten Autoschläuchen. Die wurden dann mit Band an den Gabelenden befestigt. In die Mitte der beiden Gummistreifen kam ein Stück Leder, meistens ein Stück alte Schuhzunge. Auf Menschen und Tiere durften wir nicht schießen. Das war ein ungeschriebenes Gesetz. Aber andere Ziele gab es ja wirklich genug.
Dann kam die Zeit der Blasrohre. Munition waren Beeren, die wir überall fanden, aber die gar nicht immer so gut schmeckten.

Die Oma konnte mich nun schon längere Strecken mitnehmen: auf die Friedhöfe oder zur Tante Grete in die Jesuitenstraße. Manchmal besuchten wir auch die Mutter meiner Oma in der Weberstraße. Die hatte eine sehr große Wohnung. Aber sie war nicht so lieb zu mir wie die Oma. Und ich bekam bald mit, daß sich Oma vor ihrer Mutter fürchtete. Die Oma wurde immer ganz verlegen, wenn die alte, weißhaarige Frau mit ihr schimpfte. Viel später bekam ich dann auch heraus, was sie gegen meine Oma hatte. Sie machte ihr Vorwürfe, daß Oma ihre Töchter nicht richtig erzogen hätte; die Kinder in die Welt setzten, ohne zu heiraten, um sie dann bei der Oma abzuliefern.

Wenn wir dann wieder nach Hause gingen, schimpfte die Oma ihrerseits auf ihre Mutter:
„Die hat gut reden! Der geht es gut! Die ist Beamtenwitwe. Die hat immer Geld genug. Die weiß doch gar nicht, wie das ist, wenn man jeden Groschen umdrehen muß, bevor man ihn ausgibt!"
Alles verstand ich nicht, was die Oma da sagte. Aber ich spürte ihren Ärger, und daß wir nie Geld hatten, das wußte ich schon.
Es war Herbst geworden, und draußen wurde es kälter. Das Barfußlaufen war vorbei, und an der Neiße konnten wir auch nicht mehr spielen. Trotzdem kam ich oft genug mit durchnäßten Schuhen und Strümpfen nach Hause. Die Oma sah mich dann oft sorgenvoll an und sagte, daß sie mir keine neuen Winterschuhe kaufen könne. Das habe ich auch schnell begriffen. Aber das Planschen in den Pfützen war doch zu schön.
Aber es gab auch andere Spielmöglichkeiten. Wir ließen unsere Drachen steigen. Wir sammelten Kastanien und Bucheckern. Die Bucheckern ließen sich sofort knacken, und der köstliche Inhalt tat den Zähnen gut und schmeckte phantastisch. Mit den Kastanien konnten wir gut auf irgendwelche Ziele werfen. Oder wir bastelten interessante Tiere. Das machten wir mit Streichhölzern, die wir sowieso immer in der Tasche hatten.

In unserem Block war es nicht üblich, in fremden Wohnungen zu spielen. Es schien so, als hätten die Eltern etwas dagegen, fremde Kinder in die Wohnungen zu lassen. Wir sollten uns wohl draußen austoben, was wir ja auch zur Genüge taten. So wäre ich von mir aus gar nicht auf die Idee gekommen, mal ein anderes Kind mit nach oben zu nehmen.
Deshalb war ich einmal sehr überrascht, als die Sigrid Schmidt aus dem Nachbarhaus mich einlud, bei ihr in der Wohnung zu spielen. Ich war noch gar nicht in der Schule, aber die Sigrid kannte schon das, was sie Unterricht nannte, denn sie war zwei Jahre älter als ich.

Sigrid war ein hübsches blondes Mädchen und eine tolle Lehrerin. Wir waren allein in der Wohnung und die Mutter hatte vor ihrem Weggehen noch gesagt, wir sollten keine Dummheiten machen. Auf die Idee wäre ich sowieso nicht gekommen, denn mit Mädchen konnte man keine Streiche aushecken.

Wir spielten also Schule. Sigrid hatte eine Tafel. Sie schrieb etwas mit Kreide drauf. Aber ich verstand keines der Zeichen, die sie mir zeigte. Dann spielten wir Mutter und Kind. Sigrid zeigte mir ihre Puppen, die mir sehr gut gefielen, und erklärte mir, daß ich der Vater sei.

Das tat ich sehr gern, denn die Sigrid war wirklich eine gute Freundin. Dann machte sie auch noch Essen, und wir fühlten uns wirklich wie eine richtige Familie. Ich hatte lange nicht mehr mit Mädchen gespielt. Lona und Eva waren schon lange weg. Und damals war ich noch sehr klein gewesen.

Normalerweise spielten wir nicht mit den Mädchen. Unsere Streifzüge durch die Stadt, die Insel, das Kiefernpüschl und die Ziegelbarriere waren Jungensache. Mädchen waren dazu nicht zu gebrauchen.

Ein Nikolausabend

Im November wurde es dann richtig kalt draußen. Schnee und Frost kamen. Alles war weiß, und die Neiße bekam ihre erste Eisschicht. Auch unser Hof war ganz eingeschneit. Der Schnee reichte mir bis an die Knie.

Unser Neißedamm wurde jetzt zur Rodel- und Rutschbahn. Ich weiß gar nicht, woher die Kinder alle kamen, um unsere Rodelbahnen zu benutzen.

Die Oma hatte einen uralten Schlitten. Den Sommer über stand er in einem Kellerverschlag unter der Hausflurtreppe. Wenn wir ihn dann nach einem Jahr wieder herausholten, waren die Kufen ganz rostig, aber schon nach wenigen Tagen glänzten sie silbrig-blank.

Wir jagten den Neißedamm in Richtung Insel hinunter, im Sitzen oder auf dem Bauch, allein oder auch zu zweit. Die Wege waren nun richtige Eisflächen. Auch das Rutschen machte Spaß. Zuerst versuchten wir es in der Hocke, aber dann auch ganz mutig im Stehen.
Manche Kinder aus den vornehmen Häusern der Königstraße hatten schon kleine Skier, auf denen sie scheinbar schwebend den Berg hinab jagten. Sie hatten auch zwei Stöcke dabei, so daß sie nicht umfallen konnten. Sie fuhren auch viel weiter, als wir mit unserem Rutschen kamen, fast bis an die Neiße heran.
Ich wäre auch gerne mal auf solchen Brettchen leichtfüßig den Abhang hinunter gejagt. Aber ich kannte kein Kind, das mir seine Skier geliehen hätte. Oft war auch noch eine Mutter dabei. Die Sache war also aussichtslos. Was die Dinger wohl kosteten? Für die Oma waren sie bestimmt zu teuer.
Dann kam der Nikolaustag. Überall wurde erzählt, wie der heilige Mann mit seinem Knecht Ruprecht zu den Kindern kommt, um die lieben Kinder zu belohnen und die bösen zu bestrafen. Ob er auch zu mir kommen würde? Ich mochte gar nicht daran denken. Natürlich hatte die Oma immer wieder mal mit mir geschimpft. Da waren die Schuhe durchnäßt, die Hosen zerrissen; eigentlich gab es jeden Tag etwas bei mir, mit dem die Oma nicht einverstanden war. Ob das der Nikolaus wirklich alles in seinem dicken Buch eingetragen hatte?
Jedenfalls hatte ich den ganzen Tag über so ein komisches Gefühl. Es war schon früh dunkel an diesem Tag. Es war zwar noch nicht spät, aber unser Hof vor der Haustür war menschenleer. Kein Kind war weit und breit zu sehen. Von der Straße durch die Hofmauer bis zur Haustür zu laufen, war im Dunkeln immer unheimlich. Und heute am Nikolausabend war es besonders schlimm. Der Schnee glänzte. Ich sah nur den gestreuten Trampelweg vor mir. Und dann bekam ich einen gehörigen Schrecken. Links in der Ecke des Hofes gleich an der Mauer stand ein dicker Baum. Jedenfalls schien mir, als stände dahinter jemand, der nur auf mich gewartet hatte. Ich sah es aber nur aus

den Augenwinkeln, richtig hinsehen mochte ich erst gar nicht. War das nicht jemand mit einem langen Mantel, einer Kapuze und einem langen weißen Bart?
Schnell rannte ich zur Haustür, riß sie auf und stürmte die nur spärlich beleuchtete Treppe hinauf. Hoffentlich verfolgte mich niemand! Aber ich hörte nichts. Oben angekommen, trommelte ich an unsere Wohnungstür. Die Oma öffnete und sah mich erstaunt an. Ich stürmte hinein. Aus der Küche kam mir eine wohlige Wärme entgegen. Ich zog die Oma herein und rief:
„Oma, mach schnell die Tür zu und schließ sie ab! Da unten auf dem Hof steht der Nikolaus."
Die Oma beruhigte mich:
„Vor dem Heiligen Nikolaus brauchst du doch keine Angst zu haben, der wird dir schon nichts tun!"
Die Oma hatte gut reden. Die hatte die komische Gestalt da unten ja nicht gesehen. Na ja, die Wohnungstür war wenigstens abgeschlossen.
„Hast du 'was ausgefressen, daß du solche Angst vor dem Nikolaus hast?"
„Nein, bestimmt nicht! Aber ich weiß doch nicht, was der Nikolaus alles in seinem Buch über mich eingetragen hat!"
Und da fiel es mir schlagartig ein. Ich hatte mal versucht, der Oma zwei Groschen aus der Geldbörse zu klauen, weil ich mit Gerhard ins Kino gehen wollte. Das hatte sich der Nikolaus bestimmt aufgeschrieben. Aber das war schon so lange her. Und heute wollte ich das der Oma nicht gerade auf die Nase binden. Oder ob sie es damals gemerkt hatte? Zwei Groschen! Soviel kostete die Kindervorstellung in dem Erholungs-Kino auf der anderen Neißeseite. Hätte ich das damals bloß nicht gemacht. Mein Gewissen pochte. Aber jetzt durfte ich mir nichts mehr anmerken lassen.
Wir aßen zusammen Abendbrot. Nichts passierte. Dann gingen wir in die warme Stube. Ich spielte auf dem Fußboden und die Oma saß neben dem warmen Stubenofen und las in einem

Buch. Aber das komische Gefühl in meinem Bauch wollte nicht verschwinden.
Und dann hörte ich ein Poltern im Treppenhaus. Das Treppenhauslicht war angegangen. Es schimmerte durch die Milchglasscheibe unserer Küchentür. Schatten fuhren über die Scheibe. Durch das fahle Licht konnte ich es genau erkennen. Es sah wie ein Reisigbesen aus. Und dann pochte es auch gleich an unserer Tür. Ich ahnte etwas Schreckliches. Jetzt hatten mich meine Missetaten eingeholt! Ich verkroch mich hinter der Oma. Die aber ging zur Tür, drehte den Schlüssel um und öffnete sie. Zwei riesige Gestalten standen in dem spärlich erleuchteten Türrahmen. Dagegen sah die Oma ganz winzig aus. Ich hielt mir die Ohren zu. Könnte ich mich doch unsichtbar machen, wie der Siegfried mit seiner Tarnkappe!
Aber dann sah ich, wie die Oma zur Seite trat und die beiden Gestalten zu uns hereinließ. In der Küche brannte kein Licht, und so sahen die beiden Gestalten noch unheimlicher aus. Könnte ich doch im Erdboden verschwinden! Aber es nutzte alles nichts. Wohl oder übel mußte ich mich meinem Schicksal ergeben.
Nun standen sie in der Stube vor uns. Ich sah mutig nach oben. Der eine Mann hatte einen langen goldenen Mantel an und einen hohen spitzen Hut auf dem Kopf. Auf dem Hut war ein goldenes Kreuz. In der Hand hatte er einen langen Stock, der oben gedreht war. Sein Gesicht wurde von einem langen weißen Bart eingerahmt. Unter dem anderen Arm trug er tatsächlich sein dickes Buch.
Die andere Gestalt war ganz dunkel angezogen. Das Gesicht war schwarz. Der Mann sah aus wie die Kohlenträger, die uns die Kohlen und Briketts brachten. Er hatte eine Wollmütze auf dem Kopf. Über seiner Schulter hing ein schlapper Kartoffelsack. Den hielt er mit der einen Hand fest. Und in der anderen Hand hatte er tatsächlich einen Reisigbesen, allerdings ohne Stiel.
Die helle Gestalt stellte sich breitbeinig vor mich. Ich suchte Schutz an Omas Rock.

„Na, wen haben wir den da? Das ist also der Hansl! Da muß ich erst einmal in meinem Buch nachsehen, was über dich drinsteht!“
Der dunkle Mann mußte den langen Stock halten. Und der Heilige Nikolaus, denn das war er ohne Zweifel, blätterte in dem Buch herum.
„Da haben wir ihn ja,“ hörte ich die tiefe Männerstimme, „den Hansl, der oft seine Oma geärgert hat. Das ist aber nicht gut! Na, was sagst du denn dazu?“
Was sagen! Mir war der Hals zugeschnürt. Ich bekam keinen Ton heraus.
„Na, willst du denn wenigstens im nächsten Jahr der Oma folgen?“
„Ja,“ stammelte ich.
„So, so, das will ich auch schwer hoffen! Wenn wir in einem Jahr wiederkommen, will ich nichts Schlimmes über dich lesen! Hast du das verstanden?“
„Ja!“ antwortete ich immer noch eingeschüchtert.
„Sag mal, Hansl, was wünscht du dir eigentlich vom Christkind?“ fragte mich nun der weiße Mann mit der dunklen Stimme.
Das kam überraschend. Damit hatte ich nicht gerechnet. Meine Wünsche hatte ich der Oma schon vor Wochen gesagt. Doch dann fiel es mir schlagartig ein.
„Ein Paar Skier!“ rief ich erfreut.
„Ein Paar Skier?“ fragte die tiefe Männerstimme zurück.
„So, so! Ein Paar Skier. Na, das können wir dem Christkind ja noch sagen. Vielleicht haben wir noch ein Paar Skier im Himmel.“
Ich stand nun direkt neben der Oma. Von ihrem Rock hatte ich mich gelöst. Ich sah zu ihr hoch. Oma sah traurig aus. Aber den Grund wußte ich nicht. Oma sagte nichts. Und in dem kurzen Augenblick des Schweigens hörte ich nun wieder die dunkle Stimme vom Heiligen Nikolaus.
„Haben wir denn noch etwas im Sack für den kleinen Hansl?“

„Ja, ja," brummte der finstere Knecht Ruprecht.
Er nahm den Sack von der Schulter, griff hinein und holte eine Handvoll Pfeffernüsse heraus, die er mir in meine ausgebreiteten Hände legte.
„Na, was sagt man?" wandte sich die Oma an mich.
„Danke! Danke, lieber Nikolaus!"
Dann verabschiedeten sich die beiden großen Männer, der Heilige Nikolaus und sein Knecht Ruprecht. Sie stürmten durch unsere Flurtür und dann die Treppe hinunter.
Also gab es sie doch!
Aber die Rute hatte der Knecht Ruprecht nicht geschwungen! Und die Pfeffernüsse in meiner Hand waren der Beweis. Ich hatte das alles nicht geträumt!
Ich machte mich gleich über das Gebäck her, es waren Pfeffernüsse und anderes Neisser Konfekt. Wie das schmeckte! Ob die beiden auch bei meinen Freunden waren? Morgen würde ich es erfahren.
Nun konnte ich mich noch mehr auf Weihnachten freuen. Aber am Heiligen Abend lagen keine Skier unterm Tannenbaum. Im Himmel gab es wohl keine mehr.

Eine lange Reise

Wenn meine Mutter mit Lona und dem kleinen Heinerle aus Wesermünde zu uns zu Besuch kam, war das in der Kaserne immer ein großes Ereignis. Die Lona kannten noch viele Mädchen von früher, und seitdem sie in der Schule war, schrieb sie sich mit einigen von ihnen.
Der Heinerle wurde noch in einer Sportkarre herumgefahren. Ich sah dem Kommen meiner Mutter mit komischen Gefühlen entgegen. Es gab dann zwar immer kleine Geschenke, aber sie war viel strenger als die Oma. Sie kommandierte mich herum und ich hatte den Eindruck, daß sie Lona und Heinerle viel

lieber hatte. Deshalb war ich froh, wenn der Besuch nach einigen Wochen wieder weg war.
Jetzt hatte ich die Oma wieder ganz für mich allein. Niemand meckerte herum. Die Oma schimpfte nicht gleich, wenn ich mal dreckig nach Hause kam.
Ich weiß nicht, ob die Oma jemals aus Neisse herausgekommen war. Sie hatte sich erst um die große Familie und dann um den kranken Opa kümmern müssen. Die Stieftöchter waren schon lange weg, und drei ihrer Töchter wohnten weit entfernt von ihrer schlesischen Heimatstadt. Die Tante Kläre war am Rhein gelandet, Tante Lisa lebte in Berlin, und meine Mutter war in Wesermünde verheiratet. Sie lebte dort mit Lona, Heinerle und dem Onkel Heini in einem schönen Haus.

Mit fünf Jahren sollte ich im Herbst 1942 in die Schule kommen. Angemeldet war ich schon längst. Die Oma war mit mir in dem großen roten Schulgebäude in der Hindenburgstraße gewesen. Der alte dicke Rektor hatte mich streng angesehen, und der Oma war es sehr peinlich, als sie erklären mußte, daß ich gar keinen Vater hatte.
„Ich bin die Erziehungsberechtigte!" sagte sie.
Und dann stellte sich heraus, daß dieser alte Mann, der auf seinem Ledersessel hinter einem großen Tisch saß, meine Mutter noch kannte und sie früher sogar mal unterrichtet hatte.
„Was macht denn die Anni jetzt?" fragte er die Oma.
„Ach, die ist jetzt in Norddeutschland, in Wesermünde, gut verheiratet. Sie hat einen netten Mann bekommen. Es geht ihr sehr gut. Zwei Kinder hat sie dort. Aber der Hansl sollte lieber bei mir bleiben. Schließlich habe ich ihn großgezogen. Seine Mutter war kaum mal hier."
„Na, es wird schon klappen mit uns," wandte sich der Mann nun an mich, „deine Mutter war ja auch nicht die Dümmste."
Dann erklärte er noch der Oma, daß Ende August die Schule losginge.

Ich mochte gar nicht daran denken. Jeden Tag zur Schule gehen, wie die anderen Kinder aus der Kaserne, das konnte ich mir noch gar nicht vorstellen. Und dann jeden Nachmittag sitzen und Schularbeiten machen. Wenn man es nicht tat, kam der Lehrer mit einem langen Stock und versohlte die Kinder. Und dann mußte man stundenlang in der Schule ruhig sitzen. Ob ich überhaupt noch zum Spielen kam? Nein, Vorteile konnte ich an der Schule nicht erkennen.

Als wir dann endlich aus dem Rektorzimmer waren, die Steintreppen hinuntergingen und dem Ausgang zustrebten, um draußen die wunderbar frische Neisser Vorsommerluft einzuatmen, überraschte mich die Oma mit einer wichtigen Neuigkeit.

„So, das hätten wir geschafft! Jetzt machen wir erst mal eine lange Reise."

Ich sah sie erstaunt an. Verreist war ich noch nie. Ich war weder Zug noch Auto noch Pferdewagen gefahren.

„Wir besuchen die Tante Lisa und den Onkel Bruno in Berlin und deine Mutter in Wesermünde!"

„Und wie kommen wir dahin?"

„Mit der Eisenbahn natürlich!"

Eisenbahn fahren! Ich mochte es nicht glauben. Das war bestimmt eine tolle Sache. Am Neisser Bahnhof und bei der Eisenbahnbrücke in Rochus hatte ich schon die riesigen Dampflokomotiven gesehen. Sie pfiffen, zischten und rauchten. Es sah toll aus, wenn so ein Zug über die Brücke fuhr. Vorneweg die Lokomotive, dahinter der Kohlewagen, und dann die riesigen Personen- und Güterwagen. Und mit einem Zug würden wir nach Berlin und nach Wesermünde fahren. Was wohl meine Freunde dazu sagen würden? Ich freute mich, und an all die schlimmen Dinge, die mich in der Schule erwarteten, dachte ich bald nicht mehr.

Endlich war es soweit! Die Tante Lisa und meine Mutter hatten uns das Fahrgeld für den Zug geschickt, und die Oma war zum Bahnhof gelaufen und hatte die Fahrkarten gekauft.

Dann kam das Kofferpacken. Ich bekam nur einen kleinen Rucksack. Omas Koffer war ziemlich schwer. Den konnte sie natürlich nicht von der Friedrichstadt bis zum Bahnhof schleppen. Eine Nachbarin half ihr mit ihrem Handwagen aus. Der Koffer wurde auf den Wagen gestellt, und dann ging es los. Ich trottete mit meinem Rucksack hinterher. Diesmal hatte ich Schuhe an, und die Oma hatte mir mein bestes Sonntagszeug angezogen.

Es war ein herrlicher Sonnentag. Zuerst gingen wir vom Luisenplatz über die Neißebrücke. Rechts war die Garnisonskirche und vor uns lag der Berliner Torturm. Auf dem „Ring“ mußten wir nach links in die Breslauer Straße einbiegen. Die war ziemlich lang und wollte kein Ende nehmen. Viele Leute bevölkerten den Bürgersteig. Auf der anderen Straßenseite sah ich unseren „Schönen Brunnen“, und vor uns war ein zweiter wuchtiger Turm. Bald kam das Landratsamt, wo Oma immer das Geld für uns abholte. Dann kam noch ein kleiner Park, und endlich sahen wir den Neisser Bahnhof.

Die andere Frau half der Oma mit ihrem Koffer bis auf den Bahnsteig. Ein Bahnbeamter knipste unsere Fahrkarten ab. Ich mochte es noch immer nicht glauben: Stundenlang würden wir Eisenbahn fahren und erst heute abend in Berlin ankommen.

„Wir nehmen den „Sommersonderzug.“ Der fährt von Oberschlesien direkt nach Berlin. Wir brauchen gar nicht umsteigen,“ erklärte die Oma der Nachbarin.

Auf dem Bahnsteig standen schon viele Leute mit ihren Koffern. Auch viele Soldaten in ihren Uniformen waren darunter.

Meine Oma sah heute richtig vornehm aus. Sie hatte ihr schwarzes Kleid mit den weißen Punkten an und ihren großen Hut auf dem Kopf.

Endlich kam der Zug. Schon von weitem sah ich die riesige Lok. Sie zischte, dampfte und rauchte aus dem Schornstein. Erst kurz vor der eisernen Neißebrücke kam sie zum Stehen. Wir stiegen ein. Eine Frau half uns, den Koffer in den Wagen zu heben. Ein

freundlicher Soldat nahm den Koffer und brachte ihn in ein Abteil, wo noch einige Plätze frei waren.
Der Koffer kam in das Gepäcknetz über unseren Sitzen. Ich hatte mich gleich auf die Holzbank gesetzt und sah nach draußen. Ich konnte eine Trillerpfeife hören, und schon war der Zug in Bewegung. Oma hatte sich noch von der Nachbarin verabschiedet. Nun kam sie herein und setzte sich zu mir.
„Wir haben eine lange Reise vor uns. Wir fahren zuerst nach Berlin und dann nach Norddeutschland," fing die Oma gleich das Gespräch mit den anderen Leuten an. Alle sahen uns ganz freundlich an.
„Na, wie heißt du denn?" fragte mich ein Mann, der mir direkt gegenüber saß.
„Hansl," antwortete ich verlegen.
„Eigentlich heißt er Hans-Joachim," mischte sich gleich die Oma ein, „aber für mich ist er nur der Hansl."
„Meine Freunde nennen mich Hansi!"
„Gehst du denn schon zur Schule?" fragte der Mann weiter.
„Nein, aber im Herbst komme ich hin."
„Dann weiß ich auch, wie alt du bist," sagte der Mann, „sechs Jahre!"
„Der Junge ist erst fünf. Er wird erst im Oktober sechs," erklärte die Oma.
„Dafür bist du aber schon ein großer Junge! Bist du denn schon mal Eisenbahn gefahren?"
„Nein, noch nie. Ich fahre heute zum ersten Mal Zug."
Eigentlich hatte ich gar nicht so viel Lust, alle die Fragen zu beantworten. Viel lieber hätte ich aus dem Fenster geguckt. Und da gab es eine ganze Menge zu sehen. Ich hatte schon immer wieder zur Seite geschielt, um bloß nichts zu verpassen.
Da war eine riesengroße Wasserfläche. Ich sprang verwundert auf.
„Das ist aber ein großer See!" rief ich.
„Das ist das Ottmachauer Staubecken," erklärte der Mann. „Da fließt die Neiße hinein. Das Wasser wird dann durch eine

Staumauer zurückgehalten, damit es in Neisse keine Überschwemmungen mehr gibt. Vor einigen Jahren wäre fast die ganze Stadt abgesoffen."

„Ja, das stimmt!" sagte die Oma. „Wir wohnen direkt an der Neiße. Das Wasser stand nur wenige Zentimeter unter dem Neißedamm. Die ganze Stadt war überschwemmt. Du warst damals noch ganz klein, erst zwei Jahre alt. Ich hatte fürchterliche Angst um unser Haus. Es hätte schlimm werden können."

„Jetzt kann so etwas nicht mehr passieren!" meinte der Mann.

Längst waren wir an dem großen See vorbei. Nun sah man nur noch grüne Wiesen und Felder und in der Ferne hohe, blaue Berge. Und ich staunte über die vielen Telegrafenmasten, die am Eisenbahnfenster vorbeihuschten.

Dann hielt der Zug an. Einige Leute stiegen aus und andere ein.

„Hier ist Kamenz. Ganz in der Nähe von dieser kleinen Stadt wurde ich geboren. In Baizen bei Kamenz. Mein Vater war hier bei der Eisenbahn als Bahnbeamter tätig. Hier bin ich auch in die Schule gegangen. Erst später sind wir dann alle nach Neisse gezogen. Dein Urgroßvater war auch bei der Bahn beschäftigt."

„Beim Neisser Bahnhof?" fragte ich.

„Ja, genau bei dem Bahnhof, von wo aus wir heute weggefahren sind!"

„Ist der Uropa denn schon lange tot?"

„Schon sehr lange. Aber meine Mutter, die Uroma Klara, lebt ja noch. Die besuchen wir hin und wieder. Du weißt, die wohnt in der Weberstraße."

Ja, das stimmte. Die hatte eine viel schönere und größere Wohnung als wir. Und sie wohnte ganz allein darin. Aber so richtig wohl fühlte ich mich dort nicht.

Jetzt fuhren wir ganz nahe an hohen Bergen vorbei.

„Guck mal hinaus! Vielleicht siehst du den Berggeist Rübezahl."

Der freundliche Mann hatte sich an mich gewandt. Der Rübezahl war mir gut bekannt. Die Oma hatte mir schon manche Geschichte erzählt. Das war ein Geist, der sich in jede Gestalt verwandeln konnte. Der bestrafte die schlechten Menschen und

belohnte die armen und guten. Und niemand konnte ihn vorher erkennen. Ich hätte ihn auch gerne mal getroffen.
Plötzlich erschrak ich. Wenn der Rübezahl sich in jeden Menschen verwandeln konnte, dann war der Mann mir gegenüber möglicherweise Rübezahl persönlich? Und der konnte ja sogar Gedanken lesen.
Bei fremden Leuten sollte ich vorsichtig und nicht zu vertrauensselig sein. Das hatte mir die Oma oft genug gesagt. Ob sie dabei auch an den Rübezahl gedacht hatte?
Aber schon bald waren die hohen Berge verschwunden. Nun ging es durch riesige Wälder. Mich wunderte nur, daß der Zug so nahe an den großen Bäumen vorbeifuhr.
„Gleich kommt Liegnitz!“ sagte der Mann.
Das hatte ich zwar auch schon mal gehört, aber nun merkte ich es mir gut.
Die Zeit ging dahin. Mir wurde es überhaupt nicht langweilig. Der Zug hielt in Görlitz und dann auch noch in Cottbus. Draußen wurde es schon langsam dunkel. Und wir waren immer noch nicht am Ziel. Es wurde wirklich eine lange Reise.
Zwischendurch hatte mir die Oma etwas zu essen und zu trinken gegeben, aber richtigen Hunger hatte ich nicht. Vielleicht war ich auch zu aufgeregt.
„Bald sind wir in Berlin,“ sagte die Oma, „bist du auch müde?“
Nein müde war ich ganz und gar nicht. Wie es wohl in Berlin war? Ob uns die Tante Lisa vom Bahnhof abholt? Daran dachte ich jetzt.
Stundenlang waren wir nun unterwegs. Als wir dann endlich in einen riesigen Bahnhof einfuhren, war es draußen schon stockdunkel. Viele Menschen liefen auf dem Bahnsteig hin und her. Man half uns, den Koffer aus dem Zug zu schaffen. Nun standen wir unter den vielen Menschen wie verloren da. Ich sah, wie sich manche umarmten. Alle lachten und waren fröhlich. Und plötzlich umarmte auch eine Frau die Oma. Es war die Tante Lisa. Sie hatte uns unter den vielen Menschen gefunden. Auch der Onkel Bruno war dabei.

„Hansi, was bist du groß geworden!" freute sich die Tante.
Ich konnte mich nicht mehr an sie erinnern.
„Die Tante Lisa ist deine Patentante," hatte mir die Oma erklärt.
Der Onkel Bruno stand nur daneben. Er begrüßte die Oma auch ganz freundlich. Sie sah ihn heute zum ersten Mal.
Der Onkel hatte sich gleich den schweren Koffer von der Oma geschnappt. Wir mußten über einige Treppen hinab zur U-Bahn. Ich wußte gar nicht, was das war. Aber ich bekam es gleich zu sehen. Ein Zug ohne Lokomotive kam angeflitzt. Wir mußten schnell einsteigen. Und schon fuhr der Zug weiter.
„Wir fahren jetzt zum Gesundbrunnen," sagte die Tante Lisa. „Dort wohnen wir."
Die Bahn fuhr sehr schnell. Durch die großen Fenster konnte man überhaupt nichts erkennen. Nur wenn ein Bahnhof kam, sah ich die vielen Menschen auf den hellerleuchteten Bahnsteigen. Was ich heute erlebt hatte, würde ich bestimmt auch meinen Freunden in Neisse erzählen. Die waren noch nie in Berlin gewesen. Und ich war sogar schon U-Bahn gefahren. In Neisse gab es ja noch nicht einmal eine Straßenbahn.
Nach vielen Stationen kamen wir endlich da an, wo Tante und Onkel wohnten. Noch einmal mußten wir hohe Treppen hinauf, kamen dann auf eine große Straße und standen vor riesigen Häusern.
Wir gingen ein Stück auf dem breiten Bürgersteig entlang. Dann mußten wir durch ein hohes Tor. Wir gingen durch den Hausflur. Dahinter kam noch ein Haus. Oben im ersten Stock hatten sie ihre Wohnung. Sie war nicht gerade groß, aber immerhin doch noch etwas geräumiger als unsere Wohnung in Neisse.

Was hatte ich an diesem Tag nicht alles erlebt und gesehen! Das war bestimmt der aufregendste Tag in meinem Leben. Nun war ich aber auch richtig müde geworden. Hunger hatte ich keinen mehr.

Die Tante Lisa hatte für mich ein kleines Bett in der Stube eingerichtet. Die Oma sollte auf dem Sofa daneben schlafen. Aber so richtig sah ich das erst am nächsten Morgen, als ich wieder frisch und munter aufwachte.
Zu Tante Lisa und Onkel Bruno gehörte auch noch ein kleines Mädchen, die Liselotte. Die sah ich an diesem Morgen zum ersten Mal. Und sie war viel kleiner als ich.
Der Onkel Bruno war schon zur Arbeit gegangen. Oma saß am Tisch in der Küche und frühstückte. Die Tante Lisa hatte frische Semmeln vom Bäcker geholt. Sie sahen aber ganz anders aus als die bei uns in Neisse, und sie hießen auch anders. Ich mußte lachen, als ich den Namen heute morgen zum ersten Mal hörte: Schrippen! Das hörte sich ja wirklich komisch an.
Draußen schien schon die Sonne. Es war herrliches Sommerwetter. Nach dem Frühstück machten wir gleich einen Spaziergang durch die Straßen. Die kleine Liselotte hatte gerade laufen gelernt. Aber heute saß sie noch in einer Sportkarre.
Wir spazierten durch einen schönen Park, der so ähnlich war wie der Stadtpark in Neisse, durch den ich mit der Oma ging, wenn wir die Tante Grete besuchten, die in der Jesuitenstraße direkt an der Biele wohnte.
Die Biele war ein kleiner, rauschender Fluß, der immer so komisch roch und meistens ganz dunkles und schäumendes Wasser hatte.
Aber hier im Berliner Park gab es keinen Fluß, noch nicht einmal einen Bach.
Auf den breiten Parkwegen durfte ich den Wagen mit der Liselotte schieben. Ich spielte mit ihr Rennauto und sie lachte sich kaputt.
Die Tante Lisa hatte sogar einen Fotoapparat dabei. Sie machte einige Bilder von uns. Einmal bat sie eine fremde Frau, uns zu knipsen: die Tante Lisa, die Oma, die kleine Liselotte im Sportwagen und mich mit meinen kurzen Haaren.
Oma ließ mir meine Haare immer ganz kurz schneiden. Das sah fast so aus, als hätte ich eine Glatze. Manchmal ließ sie vorne an

der Stirn ein Haarbüschel stehen. Meine Freunde sagten dann, ich hätte Glatze mit Sprungbrett oder Glatze mit Abreißkalender. Aber mich störte das nicht weiter.
„Dann bekommst du keine Läuse!“ sagte die Oma, „und deine Haare werden auch nicht so schnell dreckig.“
Als wir aus dem Park herauskamen, waren wir wieder in einer riesigen Berliner Straße. Da gab es auch einen wuchtigen grauen Bau. Unten waren breite Schaufensterscheiben.
„Das ist ein Kaufhaus,“ sagte die Tante.
Das gab es in Neisse nicht.
Wir gingen durch die große Eingangstür. Das Haus hatte viele Stockwerke. Drinnen waren Treppen, die von ganz allein nach oben fuhren. Ich wollte gleich auf eine dieser Treppen hopsen, aber der Oma war das alles unheimlich. Sie hatte Angst, auf die sich bewegenden Stufen zu steigen. Tante Lisa sprach ihr Mut zu, aber die Oma wollte nicht.
„Laß mich mal die normalen Treppen hochgehen, Lisa!“
„Mutter, das ist doch viel zu anstrengend für dich. Komm her, wir können auch mit dem Fahrstuhl fahren!“
Ich wunderte mich, daß die Tante Mutter zur Oma sagte. Das hatte ich mir bis jetzt noch gar nicht überlegt, daß die Tante Lisa ja auch ein Kind von der Oma war, genauso wie meine Mutter.
Nun gingen wir zu einer breiten Tür. Die öffnete sich plötzlich nach beiden Seiten und viele Menschen strömten heraus. Dann gingen wir mit den anderen Leuten in ein kleines Zimmer. Die Tür schloß sich wieder und wir wurden wie von Geisterhand nach oben gehoben.
So fuhren wir von Stockwerk zu Stockwerk. Ich weiß gar nicht mehr, wie viele es waren. Aber das letzte Stockwerk war doch am allerschönsten. Hier war die Spielwarenabteilung. Auch die kleine Liselotte in ihrer Sportkarre wurde ganz unruhig, vor allem, als wir an den bunten Puppen vorbeikamen. Mich interessierten mehr die Burgen und Ritter und das viele Spielzeug, mit dem man richtig Krieg spielen konnte. Da gab es die ver-

schiedensten Soldaten, da waren Panzer und Flakgeschütze, Sanitätswagen mit roten Kreuzen, aber auch Fahnenträger mit kleinen Hakenkreuzfahnen. Das waren braune SA-Leute. Ich konnte mich kaum von diesem bunten Gewimmel trennen. Stundenlang hätte ich mir die Figuren ansehen können. Aber die Oma zog mich weg.
„Komm her, das ist nichts für dich! Ich hoffe, daß du nie in den Krieg mußt. Krieg ist kein Spiel. Der ist schrecklich genug!"
Die Tante Lisa kaufte mir einen kleinen Holzroller. Er bestand aus zwei Teilen und hatte rote Räder. In dem vorderen Teil mit dem Griff für die Hände war unten ein Rad. Das Brett, worauf man sich stellen mußte, wurde an das Griffteil gehängt, und es hatte hinten auch ein Rad. Die Verkäuferin zeigte uns, wie man beide Teile zusammensetzt. Ich drehte gleich eine kleine Runde durch die Gänge. Das war ein tolles Gefühl - und ein schönes Geschenk! Damit würde ich unten vor dem Haus gut fahren können. Die Bürgersteige in Berlin waren breit genug. Liselotte bekam ein kleines Holztier. Aber das war bei weitem nicht so schön wie mein Roller!
Anschließend fuhren wir wieder mit dem Fahrstuhl nach unten. Draußen setzte ich sofort den Roller zusammen. Mit einem Fuß stand ich auf dem Brett, mit dem anderen mußte ich mich abstoßen. Ich jagte immer vorneweg. Die Oma freute sich mit mir über das schöne Geschenk von Tante Lisa.
Nach dem Mittagessen durfte ich mit meinem neuen Roller zum ersten Mal allein nach unten vor das Haus. Tante Lisa hatte mir aber verboten, mit dem Roller auf die Straße zu fahren. Ich sollte nicht unter einen Pferdewagen oder gar ein Auto kommen.
Berlin gefiel mir schon ganz gut. Unten im Hof und auf der Straße spielten viele Kinder. Sie sprachen ganz anders als ich. Am Anfang konnte ich sie nicht richtig verstehen, aber mit der Zeit ging es ganz gut. Als sie mich fragten, woher ich komme, und ich „Neisse" sagte, zuckten sie nur mit den Schultern. Sie

kannten noch nicht einmal Neisse! So klein war unsere Stadt nun wirklich nicht.
Am nächsten Sonntag fuhren wir mit der Schnellbahn zum Zoo. Der Onkel Bruno war auch dabei. Und da gab es viel zu sehen. Die Tiere kannte ich nur aus Bilderbüchern oder aus dem Kino. Doch hier im Zoo sah ich sie zum ersten Mal in voller Größe. Elefanten waren da, Zebras und sogar Löwen und Tiger.
Unzählige Leute waren im Zoo. Den ganzen Tag über schien die Sonne. Mir kam das alles wie ein wunderschöner Traum vor. Meine Freunde in Neisse würden mir das bestimmt nicht glauben, wenn ich es ihnen erzählte.
An einem anderen Tag besuchten wir noch die Tante Auguste, oder wie die Oma sagte, die Tante Gustl. Das war die Schwester von der Oma. Sie lebte schon lange in Berlin.
Die Tante Gustl hatte eine große Wohnung, in der sie ganz allein lebte. Sie war sehr freundlich zu der Oma und auch zu mir. Bei ihr gab es sogar Torte. Auf dem Tisch stand ein großer runder Teller und darauf waren die bunten Tortenstücke verteilt. Ich glaube, ich hatte noch nie Torte gegessen. Die Oma backte zwar oft Streusel- und Mohnkuchen oder eine Babe, aber Torte hatte sie noch nie gekauft. Dafür hätte die Oma gar kein Geld übrig gehabt.
Dieser Kuchen war ganz weich, und ich mußte ihn mit einer kleinen Gabel essen. Ich wußte gar nicht, daß man Torte mit einer Gabel ißt. Ich dachte, die Gabel braucht man nur zum Mittagessen, für Kartoffeln, Gemüse und Fleisch. Jedenfalls hatte ich einen so leckeren Kuchen noch nie gegessen.
Natürlich ging die Oma in Berlin auch in die Kirche. Einmal nahm sie mich sogar mit. Das war aber eine ganz komische Kirche. Die war zwischen zwei Wohnblöcken eingeklemmt. Von vorn war sie gar nicht als Kirche zu erkennen.
Aber drinnen war es dann doch ein richtiges Gotteshaus. Ich sah die bunten Kirchenfenster, vorne am Altar das ewige Licht,

und es roch wie in den Neisser Kirchen, so schön nach Weihrauch.

In Berlin gab es fast jeden Tag etwas Neues und Interessantes zu sehen und zu entdecken. Aber ich dachte auch an unser Neisse und an meine Freunde, die bestimmt jeden Tag auf der Insel unten spielten.
Über Berlin habe ich so ausführlich erzählt, weil ich vier Jahre später dann wieder von Neisse nach Berlin wollte. Ich war unterdessen ganz allein auf der Welt, und an die Tante Lisa konnte ich mich noch gut erinnern. Die würde mir bestimmt helfen.
Unsere Reise war noch lange nicht zu Ende. Wir wollten noch nach Wesermünde fahren, um meine Mutter mit ihrer neuen Familie zu besuchen. So kam schließlich der Tag der Abreise. Der Onkel Bruno war bei der Arbeit. Die Tante Lisa hatte die kleine Liselotte bei einer Nachbarin abgegeben und Omas Koffer auf die Sportkarre gebunden. Diesmal fuhren wir mit der Schnellbahn zu einem anderen Bahnhof.
Unser Zug nach Wesermünde war sehr voll. Meistens waren es Soldaten, die verreisten. Ein freundlicher Mann nahm Omas Koffer durch das Zugfenster und bot ihr sogar seinen Platz an. Ich hatte nur einen Platz auf Omas Schoß bekommen.
Meinen Roller hatten wir in Berlin gelassen, denn auf der Rückfahrt nach Neisse wollten wir noch ein paar Tage bei der Tante bleiben.
Von Berlin aus fuhren wir zuerst bis Bremen. Ich konnte mir unter diesem Namen nichts vorstellen. Die Oma sagte, daß wir dort umsteigen würden, um dann in einem anderen Zug nach Wesermünde zu fahren.
Wir hatten wieder einen Schnellzug, aber diesmal war die Fahrt nicht so schön wie die Fahrt von Neisse nach Berlin. Der Zug war überfüllt. Alles war eng. Auf dem Gang standen oder saßen viele Leute. Ich konnte kaum mal zum Klo gehen.
Nach ein paar Stunden kamen wir endlich in Bremen an. Hier mußten wir den Zug verlassen. Da standen wir nun mit dem

Gepäck auf dem Bahnsteig. Die Oma sah sich hilflos um. Da kam uns plötzlich eine Frau schreiend entgegen.
„Mutter! Mutter!“ rief da jemand und fiel der Oma um den Hals. Da bemerkte ich erst, daß es meine Mutter war. Sie war von Wesermünde nach Bremen gefahren, um uns abzuholen. Und sie war nicht allein. Der Onkel Heini war dabei und auch Lona und Heinerle. Alle lachten und strahlten. Ich wußte nicht, was ich sagen sollte. Ich staunte nur, daß sie genau gewußt hatten, mit welchem Zug wir aus Berlin kommen.
Dann mußten wir Treppen runter und Treppen rauf gehen, um zu dem anderen Zug nach Wesermünde zu kommen. Der war aber nicht so voll wie der Zug von Berlin nach Bremen. Wir hatten sogar ein eigenes Abteil für uns. Der kleine Heinerle lief erst einmal herum, probierte alles aus und kippte dann einen Aluminiumaschenbecher auf den Fußboden.
Meine Mutter schimpfte gleich los, aber die Oma beruhigte sie.
„Der Junge konnte doch nicht wissen, was das ist.“
Meine Schwester Ilona saß bei der Oma auf dem Schoß. Ich saß neben meiner Mutter. Sie hatte mich fest an sich gedrückt, was mir gar nicht so angenehm war. Die Oma erzählte von Berlin und der Tante Lisa und daß ich nun bald zur Schule käme. Der Rektor hätte auch nach ihr gefragt, und sie hätte ihm erzählt, daß ihre Tochter Anna nun in Wesermünde gut verheiratet wäre. Die Lona schmuste gleich mit der Oma, und der Onkel Heini erzählte verschiedene Sachen, die ich aber nicht verstand. Ich saß glücklicherweise direkt am Fenster und sah nach draußen. Berge gab es hier überhaupt nicht, nur etwas Wald. Das ganze Land war flach und grün.
Die Fahrt dauert nicht sehr lange. Der Bahnhof in Wesermünde war viel größer als der in Neisse. Vor dem Bahnhof sah ich gleich die elektrischen Straßenbahnen. Das mußte wohl doch eine ziemlich große Stadt sein, wenn es sogar Straßenbahnen gab!

Der Onkel Heini war groß und stark. Er nahm sich gleich Omas Koffer. Lona und meine Mutter hatten die Oma eingehakt. Heinerle und ich liefen vorneweg.
Zuerst gingen wir an roten Ziegelhäusern entlang. Später liefen wir einen Sandweg durch Gärten hindurch. Dann mußten wir noch durch eine Eisenbahnunterführung. Dort war ein großer Friedhof. An der Straße davor standen viele kleine Häuser, meistens mit einem schönen Vorgarten. Und in einem dieser Häuser wohnten sie. Es hatte allerdings keinen Garten an der Straße, und es war auch größer als die anderen Häuser. Neben dem Haus war ein breites Tor. Dahinter sah ich einen großen Platz, auf dem ein Lastwagen standen.
„Hier wohnen wir, Mutter!" sagte meine Mutter stolz.
Sie wohnten unten. Über ihrer Wohnung wohnte noch eine andere Familie.
Das Haus war neu und sehr sauber. Ein so schönes Haus hatte ich noch nie gesehen. Der Onkel Heini hatte die Wohnung bekommen, weil er hier als Kraftfahrer arbeitete.
Sie hatten große Zimmer, eine Küche und sogar ein Klo mit Badewanne. Das war mit unserem Klo in Neisse überhaupt nicht zu vergleichen. Das hatte ja noch nicht einmal ein Fenster. Aber das hier war hell. Die Badewanne war schneeweiß. Sie war auch viel größer als Omas Zinkwanne, in die ich jeden Sonnabend hineingesteckt wurde, um den Schmutz einer ganzen Woche abzuspülen.
Ja, die konnten auf ihre Wohnung wirklich stolz sein. Und die Oma war es auch. Die staunte nur. Das war wirklich eine schöne Wohnung!
Lona und meine Mutter deckten den Tisch. Sie hatten für uns extra Streuselkuchen und eine Babe gebacken. Die Großen tranken richtigen Bohnenkaffee. Wir Kinder bekamen roten kalten Saft, der aber sehr gut schmeckte.
Anschließend ging ich gleich mit dem Heinerle nach draußen auf den Hof. Dort konnten wir ungestört spielen. Mein Bruder kannte alle Arbeiter. Er hatte auch ein Tretauto, einen Hollän-

der. Zuerst zeigte er mir, wie gut er schon fahren konnte. Er jagte den Hof entlang und zwischen den Lastautos hin und her. Hinten war ein großer Sandhaufen. Da konnten wir bestimmt unsere Sandburgen bauen. Dann kam ein Bretterzaun, und dahinter war ein Bahndamm. Später erfuhr ich, daß es die Strecke nach Bremen war. Es fuhren auch immer wieder Züge vorbei. Und dann kam sogar eine Kleinbahn mit einer winzigen Lokomotive und einem großen Schornstein. Sie zog viele kleine Anhänger.
Der Hof hinter dem Haus war wirklich ein toller Spielplatz. Das konnte nicht langweilig werden. Heinerle zeigte mir jeden Winkel. Und es gab viel zu entdecken. Und überall roch es nach Benzin und Öl, so wie Lastwagen eben riechen.
Durch das Holztor neben dem Haus durften andere Kinder nicht zu uns herein. Höchstens, wenn es der Heinerle wollte.
Meine Schwester hatte einen Puppenwagen. Den hatte ich im Hausflur gleich gesehen, als wir ankamen. Jetzt kam sie heraus und zeigte mir ihre neue Puppe. Puppen hatte ich furchtbar gern. Ich hätte auch gerne mal eine zum Spielen gehabt. Es machte mir immer Spaß, mit den Mädchen und ihren Puppen Mutter und Kind zu spielen. Ich habe mir sogar einmal eine Puppe zu Weihnachten gewünscht. Aber die Oma hat mich ausgelacht:
„Das ist nichts für Jungen! Damit wirst du von den anderen Jungen nur ausgelacht!"
Letztes Jahr hatte ich zu Weihnachten eine Ritterburg bekommen und von meiner Mutter aus Wesermünde einen Lastwagen mit Anhänger. Aber ich hätte viel lieber eine Puppe gehabt. Auf die Straße wäre ich damit ja gar nicht gegangen. Ich hätte sie tagsüber auf mein Bett oder auf den Sessel gelegt. Dann hätte ich sie schön mit einem Kissen zugedeckt.
Ilona war schon zwei Jahre in der Schule. In der großen Stube hatte sie eine Tafel stehen. Sie spielte mit mir und dem Heinerle Schule. Sie war natürlich die Frau Lehrerin und zeigte uns, wie man schreibt und rechnet. Heinerle interessierte das aber über-

haupt nicht. Und ich bekam einen großen Schrecken, als ich sah, wie schnell meine Schwester mit einem Stück Kreide auf die Tafel schrieb. Das war vielleicht schwer! Das würde ich nie lernen!

Meine Mutter war ganz stolz, daß sie der Oma jetzt zeigen konnte, wie gut es ihr ging. Und die freute sich.

„Du hast mir ja auch genug Sorgen gemacht!" sagte sie zu meiner Mutter. „Aber nun ist ja alles gut geworden. Hoffentlich muß der Heini nicht noch in den Krieg. Es ist alles so schrecklich. Aus Neisse sind schon so viele Jungen gefallen."

Und dann nannte sie auch einige Namen, die ich aber noch nie gehört hatte.

„Die Lona kommt nach den Sommerferien schon in die dritte Klasse," sagte meine Mutter. „Sie ist eine gute Schülerin. Wenn sie so bleibt, soll sie sogar zur Mittelschule. Hol mal dein Zeugnis!" forderte sie meine Schwester auf.

Die holte ein rotes Heft. Oma sah sich das Heft an, dann nahm sie die Lona in die Arme und drückte sie.

„Na ja, der Hansl kommt in Neisse auch zur Schule. Ich bin gespannt, wie der sich machen wird!"

An die Schule hätte sie mich lieber nicht erinnern sollen. Aber glücklicherweise hatte ich noch etwas Zeit damit. Jetzt waren wir erst mal in Wesermünde. Und ein Tag wurde schöner als der andere.

Wesermünde war tatsächlich viel, viel größer als Neisse. Zuerst lernten Oma und ich die Umgebung vom Haus kennen. Dann gingen wir in einen großen Park, wo es Enten und Schwäne auf einem großen Teich gab. Sogar Ruderboote fuhren dort herum. Manchmal fuhren wir auch mit der Straßenbahn. Es gab rote und grüne. Die Straßen waren so breit wie in Berlin, aber die Häuser waren nicht ganz so hoch. In Wesermünde gab es etwas, was ich in Berlin nicht gesehen hatte. Das waren die riesigen Schiffe. Einmal kamen wir an eine breite Promenade. Dahinter

fing gleich das Meer an. Und da sah ich zum ersten Mal in meinem Leben die großen Kriegsschiffe. Das Meer hieß Weser.
Das andere Ufer war ziemlich weit entfernt. Das hätte man mit dem Werfen eines Kieselsteins nie und nimmer erreicht. An der Promenade stand auch ein rotweißer Leuchtturm. Und es gab sogar einen kleinen Zoo. Der lag direkt am Meer. Er war natürlich nicht so groß wie der Zoo in Berlin, aber große Tiere gab es da auch: Eisbären, Seelöwen und Affen. Unten in einem Kellergewölbe sah man in großen Glasbehältern auch viele Fische.
An einem anderen Tag fuhren wir mit der roten Straßenbahn in einen anderen Stadtteil.
Dort wohnte die Tante Kläre mit ihrem Mann. Aber der Onkel Alfred war als Seemann im Krieg. Auch Eva war da, die ich von Neisse schon kannte, die aber jetzt noch viel größer war als damals in der Kaserne.
Die Oma war froh, daß es ihren drei Töchtern jetzt so gut ging. Alle drei hatten sie eine schöne Wohnung. Es ging ihnen nun viel besser als in Neisse bei der Oma.

Eines Tages wurde ich unsanft geweckt.
„Hansi aufstehen! Es ist Fliegeralarm!" So schüttelte mich meine Mutter wach. Draußen war ohrenbetäubender Lärm. Die Sirenen heulten in kurzen Abständen. Ich zog mich ganz schnell an. Dann gingen wir in den Keller. Licht durfte nicht angemacht werden. Meine Mutter hatte nur eine Taschenlampe. Der Onkel Heini war gar nicht da. Er mußte arbeiten. So saßen wir nun im Dunkeln und warteten den Fliegerangriff ab. Ich fand das ganz spannend. Natürlich hatte ich schon von Bombenangriffen gehört. Aber in Neisse hatte es noch keinen einzigen gegeben. Noch nicht einmal Fliegeralarm! Meine Freunde würden darüber bestimmt ganz schön staunen, wenn ich ihnen von meinem Kriegsabenteuer aus Wesermünde erzählte!
So saßen wir eine Zeitlang auf einer Bank und auf Stühlen im Keller. Der Heinerle schlief bei meiner Mutter auf dem Arm, und Lona hatte sich an die Oma gekuschelt.

„Was uns wohl der Krieg noch alles bringen wird?“ fragte die Oma meine Mutter. „Es gab ja genug Stimmen, die uns vor dem Hitler gewarnt haben. Ich bete jeden Tag, daß dieser Wahnsinn bald zu Ende ist!“
Meine Mutter sagte nichts darauf. Die war wohl auch zu müde.
Glücklicherweise kam bald die Entwarnung. Unser Haus war nicht getroffen worden. Auch sonst hatten wir keine Bomben fallen hören.
„Ein Glück,“ sagte meine Mutter, „es ist nichts passiert! Jetzt aber schnell wieder in die Betten!“
Auch in den anderen Nächten gab es immer wieder Fliegeralarm. Ich fand das ganz spannend. Aber nie passierte etwas. Ich verstand nicht, warum meine Mutter und Oma soviel Angst davor hatten.

Eines Morgens war Oma ganz traurig. Ich sah es ihr sofort an. Sie sagte mir aber nicht, was sie so betrübt hatte.
Nach dem Frühstück sagte sie nur:
„Wir fahren zurück nach Neisse!“
Ob es das war? Ob sie lieber hier in Wesermünde bleiben wollte? Das konnte ich mir nicht denken. Wir hatten doch unsere schöne Wohnung in Neisse. Und außerdem waren wir sowieso schon lange genug weg. Manchmal hatte ich sogar schon Heimweh bekommen, wenn ich an meine Freunde dachte, die jeden Tag auf der Insel am Wasser spielten.
Aber dann erfuhr ich auch, was die Oma so traurig gemacht hatte. Nicht die Rückfahrt nach Neisse war der Grund. Einige Tage später erzählte es mir die Oma im Zug. Meine Mutter wollte mich in Wesermünde behalten. Dort sollte ich auch zur Schule gehen. Darüber hatten die Oma, meine Mutter, Onkel Heini und die Tante Gesine, die Mutter von Onkel Heini, am Abend vorher geredet.
„Laßt mir doch wenigstens den Jungen! Er war doch bisher immer bei mir. Sonst bin ich ganz allein in Neisse!“ hat die Oma gesagt.

Mich hatte niemand gefragt. Natürlich wäre ich immer mit der Oma zurückgefahren. In Wesermünde waren wir doch nur zu Besuch.
Schließlich kam der Tag der Abreise. Mir hatte Wesermünde ganz gut gefallen. Da waren das Meer und die Schiffe, die Straßenbahnen, die hohen Häuser und die breiten Straßen. Und auf dem Hof hinter dem Haus hatten wir wirklich toll gespielt!
Alle brachten uns zum Bahnhof. Meine Mutter fuhr sogar mit uns nach Bremen. Sie wollte uns helfen, den richtigen Zug nach Berlin zu bekommen. Dort wollten wir noch einmal die Tante Lisa besuchen.
Beim zweiten Mal war es aber nicht mehr so schön und aufregend wie auf der Hinfahrt.
Und dann hatte ich mir auch noch den Magen verdorben und mußte brechen. Bis zum Klo hatte ich es nicht mehr geschafft. Ich kotzte alles auf den Flur.
Der Onkel Bruno stand in der Schlafzimmertür und schimpfte erst mich und dann die Tante Lisa aus. Was konnte die denn dafür, wenn mir schlecht wurde?
Die Oma war auch aufgestanden. Ihr war natürlich alles sehr peinlich, aber sie sagte nichts.
So fuhren wir eher als vorgesehen nach Neisse zurück.
Wir mußten wieder viel schleppen. Neben meinem Rucksack hatte ich nun noch den schönen Holzroller. Die Tante Lisa brachte uns zum Bahnhof.
Der Zug war diesmal furchtbar voll. Überall sahen wir Soldaten mit ihren schweren Rucksäcken und ihrem Stahlhelm hinten drauf.
Wir liefen hilflos am Zug entlang, um noch freie Plätze zu bekommen. Schließlich wurde unser Gepäck durch ein Fenster gereicht. Dann mußten wir uns durch den engen Gang drängeln. Überall standen oder saßen Soldaten und rauchten Zigaretten.
Unsere Fahrt dauerte wieder viele Stunden. Der Zug wurde nie leer. Die vielen Soldaten fuhren alle nach Schlesien.

Und dann fuhren wir über die Neißebrücke, da, wo sonst immer Jahrmarkt war. Ich erkannte sofort alles wieder.
„Neisse! Neisse!“ rief ich und hopste vor Freude am Zugfenster hoch.
Die Leute im Abteil lachten. Und die Oma freute sich auch. Endlich waren wir wieder zu Hause!

Schulanfang

Endlich konnte ich wieder mit meinen Freunden spielen. Sie hatten viel zu fragen, und ich mußte ein Menge erzählen. Und ich hatte den neuen Holzroller aus Berlin. Der war schnell zusammengebaut, und erst jetzt konnte ich richtig damit rasen. Oben von der Neißebrücke bis zu unserem Hoftor ging es etwas bergab. Der Bürgersteig war ganz glatt. So konnte ich von oben immer hinunterfahren, ohne viel mit dem Fuß abzustoßen. Jetzt hatte ich keine Schuhe mehr an. Barfuß ging es auch viel besser. Am schönsten war es, wenn ich mit beiden Füßen auf dem Brett stehen konnte.
Jetzt lief ich wieder den ganzen Tag über barfuß wie alle anderen Kinder. Nur wenn mich die Oma in die Kirche oder zu einem Besuch mitnahm, mußte ich Schuhe anziehen.
Abends waren meine Füße immer ziemlich dreckig. Dann kamen sie in eine Blechschüssel mit warmen Wasser, und die Oma seifte Füße und Beine ab. Meine Knie waren immer zerschunden. Es brannte fürchterlich, wenn die Oma mit dem Lappen und der Seifenlauge darüberging.
Das Barfußlaufen hatte noch einen großen Vorteil: Man konnte besser klettern. So wurde ich zu einem richtigen Spezialisten im Bäumeklettern. Am Neißedamm gab es riesige Lindenbäume, die im Sommer immer so schön in unser Erkerfenster hineinrochen. Die Oma sammelte die Lindenblüten und trocknete sie in einem Kissenbezug auf dem Dachboden. Im Winter gab es dann süßen Lindenblütentee. Aber an die hohen, übervollen

Blütenzweige in der Spitze der Bäume kam sie nicht heran. Sie konnte nur die Blüten abpflücken, die sie vom Neißedamm aus erreichen konnte. Für mich war es eine Kleinigkeit, nach oben zu klettern. Ich wurde nicht schwindelig, und so konnte ich ganz oben die allerbesten Blüten sammeln. Die Oma freute sich natürlich, wenn ich mit den Lindenblüten nach oben kam, aber sie warnte mich auch immer wieder, nur nicht vom Baum zu fallen.

Ich kletterte aber auch auf die Bäume, wenn es nichts mehr zu holen gab. Einmal kletterte ich so hoch in die Linde vor unserem Fenster, daß ich vom Baum aus direkt in die Wohnung sehen konnte. Ich erkannte die Oma, die gerade aufräumte.

„Oma!“ rief ich.

„Oma!“

Die Oma kam ans Fenster und sah nach unten auf den Neißedamm. Aber da war niemand. Ich saß ja ganz oben im Baum, in der gleichen Höhe wie die Oma.

„Oma, hier bin ich!“

Die Oma suchte mich ziemlich hilflos, aber durch die dichten Lindenblätter konnte sie mich nicht entdecken.

„Oma, hier oben bin ich, direkt vor deinem Fenster!“

Sehen konnte sie zwar immer noch nicht, aber sie ahnte wohl, wo ich steckte. Ich sah, wie sie erschrak.

„Hansl, bist du verrückt geworden? Steig da sofort runter!“

Ich verstand nicht, warum sich die Oma so aufregte. Das Bäumeklettern war doch das Einfachste der Welt.

Kein Baum war uns zu hoch, weder hier am Neißedamm, noch draußen an den Wallanlagen der Ziegelbarriere, wo es immer so tolle Wildkirschen gab.

Schwieriger war es, an Telegrafenmasten hochzuklettern. Barfuß ging das ganz leicht. Man mußte nur die Fußsohlen fest gegen den Holzpfahl drücken und sich dann mit den Händen hochziehen. Höllisch aufpassen mußte man nur auf die Holzsplitter, die man sich leicht in die Füße jagen konnte.

Wir bewunderten die Männer, die oben den Telegrafendraht spannten. Die hatten Steigeisen an den Schuhen, die sich im Holzstamm verhakten. Außerdem hatten sie noch einen Haltegurt um den Pfahl und den Bauch. Damit konnten sie nicht abrutschen. Es sah immer ganz leicht aus, wenn sie an einem Mast hochkletterten.
„Junge, du mußt doch deine alte Oma nicht so erschrecken. Ich hätte ja fast einen Herzschlag bekommen, als ich dich da oben im Baum sah," empfing mich die Oma, als ich mittags zum Essen nach oben kam.
„Ach Oma, das ist doch puppenleicht! Ich paß' schon auf, daß ich nicht vom Baum falle," beruhigte ich sie.

Dann kam der Tag des Schulanfangs. Die Oma zog mir meine besten Sachen an: kurze Hose, Hemd, Kniestrümpfe und Sandalen. Auch eine Jacke nahm sie für mich mit.
„Nachher gehen wir noch zum Fotografen," sagte die Oma.
Einen alten Tornister hatte ich auch schon. Viel war nicht drin: eine Schiefertafel, eine Fibel und ein Griffelkasten. Ein kleiner Schwamm und ein Putztuch waren mit Bändern an der Tafel befestigt und hingen seitwärts aus der Tasche heraus.
„Paß bloß auf, daß die Tafel nicht hinfällt, denn dann ist sie gleich kaputt."
Ich würde schon aufpassen!
Ein bißchen freute ich mich schon. Nun gehörte ich nicht mehr zu den ganz kleinen Kindern in der Kaserne. Aber ich hatte auch ein komisches Gefühl im Bauch. Ob ich das alles verstehen würde, was der Lehrer uns Kindern so sagen würde? Oder ob ich gleich zu den ganz Dummen in der Klasse gehörte?

Jedenfalls war es ein wunderschöner Tag im Sommer 1942, als wir uns von unserem Haus in der Friedrichstadt auf den Weg zur Schule an der Hindenburgstraße machten. Ich hatte nur den leichten Tornister auf dem Rücken. Aber die Oma hatte wieder genug zu schleppen: ihre schwarze Handtasche, meine Jacke, die

selbstgebastelte Schultüte und dann noch einen kleinen Blumenstrauß.
Es war für mich doch ziemlich aufregend!
Wir gingen über die Neißebrücke in Richtung Stadt. Sehnsüchtig sah ich zur Neiße und zur Insel hinunter. Doch kein Kind spielte da unten. Ob die schon alle in der Schule waren?
Auf der rechten Straßenseite war die Garnisonskirche. Einige Häuser weiter kam dann das Café Irmer. Manchmal wurde dort Eis an der Straße verkauft. Ich ging aber lieber zur Eisdiele am Luisenplatz. Die Eisverkäufer wohnten bei uns in der Kaserne, und so bekamen wir immer größere Portionen als die Kinder von der Königstraße.
Als meine Mutter im letzten Jahr in Neisse war, hat sie mir einmal Eis bei Café Irmer gekauft. Sie hatte ihre Lebensmittelmarken aus Wesermünde mitgebracht. Da waren noch genug Zukkerabschnitte dran.
Als Oma und ich hinter dem Café in die Hindenburgstraße einbogen, sahen wir auf der anderen Straßenseite schon das große, rote Schulgebäude. Zuerst mußten wir durch das Tor an der linken Seite, dann gingen wir noch ein Stück über den Schulhof und kamen dann zur hinteren Eingangstür der Schule. Drinnen roch es wieder ganz komisch. Ich erinnerte mich gleich an den Tag der Schulanmeldung, da war mir der Geruch auch schon aufgefallen.
Wir mußten einige Treppen nach oben steigen.
Auf dem ersten Flur standen schon viele Jungen in meinem Alter. Die meisten waren mit ihren Müttern gekommen, aber ich sah auch einige Väter in Uniform, sogar Offiziere waren darunter. Die erkannte ich an den silbernen Schulterlitzen mit den goldenen Sternen.
Die Jungen konnten wirklich stolz auf ihre Väter sein! Und ich hatte nur meine Oma.
Auch diese Jungen waren von ihren Müttern sauber angezogen worden. Einige hatten sogar kurze Lederhosen an. So eine Hose habe ich mir immer gewünscht, aber nie eine bekommen.

Nachdem wir eine Zeitlang gewartet hatten, kamen schließlich der Rektor und ein älterer Mann. Wir mußten nun alle in den Klassenraum. Dort wurden wir gleich auf die Zweiertische verteilt. Es waren Pulte mit kleinen, aufklappbaren Holzsitzen.
Ich bekam einen Platz in der allerletzten Reihe, direkt an der Wand. Die Erwachsenen hatten sich an beiden Seiten des Klassenraums aufgestellt. Die Oma stand glücklicherweise ganz in meiner Nähe.
Jetzt wurde es wirklich ernst! Nun gab es kein Weglaufen mehr. Erwartungsvoll saßen wir in den Bänken und sahen nach vorne. Dort war das Lehrerpult. Es war etwas höher als unsere Tische. Dahinter war eine große schwarze Tafel. Darüber hing ein Führerbild. Neben der Tafel sah ich große Bilder.
Der Rektor war in seiner SA-Uniform erschienen. Am Arm hatte er die Binde mit dem Hakenkreuz. Nun stellte er sich neben das Pult und brüllte laut:
„Aufstehen!"
Alle Jungen sprangen auf und stellten sich neben ihren Tisch.
„So stellt ihr euch immer auf, bevor der Unterricht anfängt oder wenn ein Erwachsener die Klasse betritt! Achtet darauf, daß ihr ganz gerade steht und genau hintereinander! Habt ihr verstanden?"
„Jawoll!" antworteten einige Jungen.
Ich bekam das alles gar nicht so schnell mit. Ich war froh, daß ich ganz hinten stand.
Nun schielte ich zur Oma hinüber. Sie sah ganz ernst zu mir herüber. Ich dachte schon, sie meinte mich, weil ich als einer der letzten Jungen aufgesprungen war und nicht gleich „Jawoll!" gebrüllt hatte.
„Ich begrüße euch hier alle in der Schule und auch eure Väter und Mütter!" rief der Rektor jetzt in die Klasse. „Heute ist ein wichtiger Tag in eurem Leben! Heute ist der Tag, wo ihr alle zu anständigen Deutschen erzogen werdet! Dabei möchte ich keine Klagen hören! Der Führer erwartet von uns allen, daß wir uns bei der Arbeit und beim Lernen anstrengen! Und das erwarte

ich auch von euch! Und auch, daß ihr auf euren Klassenlehrer, den Herrn Görlich, hört!“
Dabei zeigte er auf den älteren Mann, der mit ihm die Klasse betreten hatte und seitwärts neben dem Lehrerpult stand. Er hatte aber keine Uniform an, nur einen dunklen Anzug und einen Schlips um den Hals.
„Herr Lehrer Görlich hat schon viele Kinder unterrichtet. Bei dem werdet ihr eine Menge lernen. Ich hoffe, daß ihr alle folgsam seid und gut lernt! Sonst kann es auch mal etwas setzen!“
Dabei nahm er einen kurzen Stock vom Lehrerpult und ließ ihn durch die Luft pfeifen.
Es stimmte also doch. Wenn man in der Schule nicht auf den Lehrer hörte, nicht aufpaßte oder seine Schularbeiten vergaß, gab es Schläge!
Die Oma hatte zwar auch einen Rohrstock und manchmal drohte sie sogar damit, aber richtige Senge hatte ich noch nie bekommen. Ob der alte Lehrer da vorn wirklich mit dem Stock zuschlagen würde? Das konnte ich mir eigentlich nicht vorstellen. Bei dem Rektor in seiner SA-Uniform schon. Jedenfalls nahm ich mir vor, mich vorzusehen und nicht sonderlich aufzufallen.
Von den Erwachsenen, die an den Seiten standen, war wohl kein Mitleid zu erwarten. Einige lachten sogar, als der SA-Mann vom Stock sprach. Die Oma lachte nicht. Sie guckte ziemlich ernst. Auch unser Führer über der Tafel lachte nicht. Der guckte über alle Köpfe hinweg aus dem Fenster.
Den Führer, Adolf Hitler, kannte jeder. Seine Bilder waren überall zu sehen. Und auch in der Wochenschau trat er jedesmal mit seinen Männern auf. In vielen Schaufenstern der Stadt waren Bilder von ihm ausgestellt. Bei seinem letzten Geburtstag im April hingen nicht nur aus allen Fenstern die schwarz-weiß-roten Hakenkreuzfahnen, die Führerbilder waren überall mit Blumen und Girlanden geschmückt.
Wir hatten zu Hause keine Hakenkreuzfahne. Mir war es schon direkt peinlich, daß aus unserem Fenster nie eine hing. Aber die

Oma wollte das nicht. Sie sagte mir, daß wir am Fenster keine Fahnenhalter hätten und auch kein Geld für eine Hakenkreuzfahne. Aus den anderen Fenstern hingen auch immer genug Fahnen, so daß unsere kleinen fahnenlosen Fenster gar nicht auffielen.
Zur Feier des Schulanfangs hatte man an dem hohen Mast auf dem Schulhof eine Hakenkreuzfahne hochgezogen. Sie wehte nun in Höhe unseres Klassenfensters. Ich konnte sie genau sehen. Und der Führer bestimmt auch.
Schließlich wurden alle Erwachsenen nach draußen auf den Flur geschickt. In einer halben Stunden sollten sie uns abholen. Oma sah noch einmal zu mir herüber. Ob sie Angst hatte, daß ich auch alles richtig machte?
Der Lehrer Görlich war sehr nett und freundlich. Er ging durch die Bankreihen. Jeder Junge mußte vor ihm aufstehen und laut seinen Namen sagen und die Straße, wo er wohnte. Ich war ganz verlegen, als er vor mir stand. Ganz leise sagte ich: „Hansi Brandt, Luisenplatz 2".
„Na, das hat aber niemand verstanden. Kannst du nicht laut und deutlich sprechen?"
Ich sagte noch einmal meinen Namen. Diesmal war er zufrieden. Ich war froh, mich gleich wieder setzen zu dürfen.
Der Herr Görlich erzählte uns noch einige Geschichten. Manchmal fragte er auch die Klasse. Viele Hände gingen hoch. Obwohl auch ich alles wußte, meldete ich mich nicht. Nachher hätte er mich noch drangenommen. Und am ersten Schultag wollte ich mich nicht gerade blamieren, wenn ich vielleicht etwas Falsches sagte.
Dann sangen wir noch ein Lied, das alle Jungen kannten:
„Hänschen klein, ging allein, in die weite Welt hinein!"
Das war ganz gut. Da konnte ich mitmachen. Das Lied kannte ich schon lange. Meine Mutter und Oma hatten es mir immer vorgesungen.
Dann erklärte uns Herr Görlich noch, wie wir in den Bänken zu sitzen hätten: ganz gerade auf der Klappbank, die Hände beide

auf dem Pult und beide Daumen unter der Tischplatte. Wenn man etwas fragen oder sagen wollte, sollte man sich mit der rechten Hand melden. Mit den Fingern durfte auf gar keinen Fall geschnippt werden.

Schließlich mußten wir aufstehen und uns direkt neben unser Pult stellen. Wir sollten immer darauf achten, ganz gerade zu stehen und auf die Schüler achten, die vor uns stehen, damit die Reihe nicht krumm wie ein Rattenschwanz aussähe.

„Jedesmal, wenn ich in die Klasse komme, der Herr Rektor oder andere Lehrer, stellt ihr euch unaufgefordert auf! Habt ihr verstanden?"

„Ja, Herr Lehrer!" rief die ganze Klasse, und ich brüllte mit.

Zuletzt erklärte er uns noch, daß es in der Schule nicht „Guten Morgen!", oder „Guten Tag!" heißt, sondern immer „Heil Hitler!"

Na, das war ja nicht schwer zu begreifen. In dieser ersten Schulstunde hatte ich schon eine Menge gelernt.

Das „Heil Hitler!" war für mich auch nichts Neues. In jedem Geschäft mußte man es sagen. Wenn man es mal vergessen hatte, wurde man bestimmt gefragt, ob man nicht anständig grüßen könne.

Am Schluß der Schulstunde sollten wir gleich beweisen, was wir schon alles gelernt hatten. Gemeinsam mußten wir „Heil Hitler" brüllen, und der Herr Görlich war ganz zufrieden mit uns, denn er schmunzelte.

Erwartungsvoll standen die Erwachsenen draußen auf dem Flur. Meine neuen Klassenkameraden liefen gleich zu ihren Vätern oder Müttern hin. Die Oma konnte ich erst gar nicht sehen. Sie war viel kleiner als die anderen Leute. Aber dann entdeckte ich sie doch mit ihrem schwarzen Kleid und dem großen Hut. Sie gab mir die blaue, selbstgebastelte Schultüte. Darauf hatte ich mich eigentlich am allermeisten gefreut. Die anderen Jungen hatten meistens schöne, neue, glänzende, gekaufte Schultüten. Aber dafür hätte die Oma wohl nicht genug Geld gehabt.

Sie drückte mir noch den kleinen Blumenstrauß in die Hand. Nun hatte ich beide Hände voll. Am liebsten hätte ich gleich in der Schultüte nachgesehen, aber Oma sagte mir, ich solle warten, bis wir zu Hause seien.

Hinter dem Café Irmer auf der Berliner Straße war das Fotogeschäft. Die Bilder im Schaufenster hatte ich mir schon oft angesehen. Es waren meistens Soldaten in ihrer besten Uniform.
Nun betraten wir den Laden. Oben an der Tür war eine Klingel. Der Fotograf kam hinter einem Vorhang hervor in den Laden.
„Guten Tag!" sagte die Oma. „Der Junge ist heute in die Schule gekommen. Er soll fotografiert werden!"
„Heil Hitler!" habe ich die Oma eigentlich nie sagen hören. So auch jetzt nicht. Sie hielt nicht viel vom Führer und seinen Nazis. Das konnte ich immer wieder feststellen.
„Das mit dem Krieg haben wir nur dem Hitler und den anderen Nazis zu verdanken!" hatte mir die Oma mal gesagt. Ich hatte sie erschrocken angesehen. Für mich war der Führer natürlich ein mutiger Held, der beste Deutsche überhaupt. Davon waren ich und auch alle meine Freunde überzeugt.
Ich mußte mich auf einen Hocker setzen. Dann knipste mich der Fotograf dreimal hintereinander. Einmal mit der Schultüte, einmal mit dem kleinen Blumenstrauß, und einmal mit einem niedlichen Teddy im Arm.
Die Bilder wollte Oma nach Wesermünde zu meiner Mutter und zu der Tante Lisa nach Berlin schicken.
Dann konnten wir endlich nach Hause gehen. Ich machte mich über die Schultüte her und freute mich darüber, daß wir überhaupt keine Schularbeiten aufbekommen hatten.
„So schlimm wird es schon nicht werden," dachte ich bei mir.
Nach dem Mittagessen lief ich gleich nach unten, und bis zum Abend spielte ich mit meinen Freunden auf der Insel.

In der Schule

Seitdem ich nun jeden Morgen zur Schule mußte, hatte das zwanglose Spielen auf dem Hof unten oder auf der Insel aufgehört. Nach der Schule saß ich über den Schularbeiten. Die Oma achtete genau darauf, daß ich sie auch machte. So saßen wir nach dem Essen am Küchentisch. Ich mußte Buchstaben und Zahlen auf die Schiefertafel malen. Das war gar nicht so einfach, denn es galt, ganz genau auf die Zeilen zu achten. Manche Buchstaben waren doch ziemlich schwer. Aber die Oma verlor nie die Geduld. Sie führte meine Hand mit dem Griffel, wenn ich es überhaupt nicht schaffte.

Besonders schön war der morgendliche Schulweg. Viele Kinder aus der Kaserne und der Friedrichstadt hatten den gleichen Schulweg. Einige mußten auch zur Hilfsschule, aber die war noch weiter in der Stadt.

Spätestens auf der Neißebrücke sah man die Kinderkarawane in Richtung Hindenburgstraße ziehen. Komischerweise war niemand aus unserem Wohnblock in meiner Klasse. Und die anderen Jungen aus meiner Klasse beachteten mich kaum.

Im Winter war es draußen noch dunkel, wenn wir uns auf den Schulweg machten. Die Neiße war schon lange zugefroren und auf dem Eisengeländer der Neißebrücke lag dicker Rauhreif. Größere Kinder hatten uns schon auf eine Gefahr hingewiesen. Wenn man mit seiner Zunge auf den Rauhreif kommt, klebt die Zunge fest und man kommt nie mehr los. Das war ja wirklich gefährlich: An der Neißebrücke festkleben und dann nie mehr loskommen. Das wollte wohl niemand!

In unserer Klasse blieb ich erst einmal ganz hinten sitzen. Ich glaube, die ganze Zeit bei dem Lehrer Görlich in der Schule habe ich mich kein einziges Mal gemeldet. Dazu war ich viel zu schüchtern.

Ich bewunderte die Jungen, die ganz vorne am Pult saßen. Kaum hatte der Herr Görlich irgend etwas gefragt, schon flogen

die Finger in die Luft. Und gleich wurden sie auch drangenommen. Das hätte ich ja nie gewagt!
Die anderen Jungen waren auch viel besser angezogen als ich. Sie hatten neue Pullover, Hemden, Hosen und Schuhe. Was mußten die für Geld haben.
Die Zahlen und Buchstaben hatten wir bald gelernt. Jeden Tag waren beide Seiten der Tafel vollzuschreiben. Aber wir sangen auch schöne Lieder im Unterricht, und der Herr Görlich erzählte uns spannende Geschichten. Er war auch ein Jäger und kannte um Neisse herum alles, was es gab. Alle Bäume, Pflanzen und Tiere und die schönen Wälder.
Mit Omas Hilfe hatte ich bald schreiben gelernt. Und eines Tages fiel bei mir der Groschen: Ich konnte lesen!
Überall, wo ich Wörter entdeckte, versuchte ich sie zu entziffern. Und dann kamen die Bücher dran, die Oma zu Hause hatte. Zuerst las ich den „Struwwelpeter" selbst. Den hatte mir die Oma oft genug vorgelesen. Dann kamen die anderen Kinderbücher. Unten im Kleiderschrank lag eine dicke Bibel mit schönen Bildern. Die sah ich mir zu gerne an. Und ich wußte nun, was auf den Bildern war, denn darunter war alles erklärt!
So klappte auch in der Schule das Lesen und Schreiben ganz gut. Meine Fibel konnte ich bald auswendig. Wenn mich der Herr Görlich zum Vorlesen drannahm, war er immer ganz erstaunt, daß ich weder stockte noch stotterte.
Neben meiner Bank hing ein großes Bild. Es zeigte ein Dorf mit einem zugefrorenen Weiher und vielen Eisläufern. Ich sah es mir immer wieder an. Es war zu schön. Gern hätte ich da mitgespielt. Oder ich wäre pfeilschnell über das Eis gelaufen, wie die Kinder auf dem Bild auch.
Draußen war nun schon lange wieder Winter. Die Neiße war zugefroren und unzählige Kinder bewegten sich auf der Neiße hin und her, sie tobten sogar auf der Insel herum, wo sie ja eigentlich nichts zu suchen hatten!
Und in der Schule lernten wir das schöne Lied: ABC, die Katze lief im Schnee...

Bald hatte ich keinerlei Schwierigkeiten mehr mit der Schule und dem Lernen.
Morgens nach dem gemeinsamen „Heil Hitler!" wurde immer gebetet. Am Anfang sprach es Herr Görlich vor, aber später konnten wir alle mitbeten. Jedesmal baten wir auch darum, „unseren lieben Führer Adolf Hitler und das deutsche Vaterland zu beschützen".
Der Führer mußte schon sehr wichtig sein, wenn jeden Morgen für ihn sogar gebetet wurde.
Unser Schulklo war unten im Keller. Eigentlich ging ich nie in den Pausen auf Klo. Das stank immer so komisch da unten. Manche Kinder aus der Klasse fragten Herrn Görlich sogar während der Stunde, ob sie mal auf Klo dürften. Das hätte ich ja nie gewagt! Einmal habe ich deswegen sogar in die Hose gemacht. Meine Sitznachbarn sagten es Herrn Görlich, und der schickte mich gleich nach Hause. Ich schämte mich fürchterlich vor den anderen Kindern und auch vor der Oma. Aber die schimpfte überhaupt nicht. Sie zog mir nur sauberes Zeug an, nachdem sie mich natürlich gründlich gewaschen hatte.
„Das nächste Mal gehst du zu deinem Lehrer und sagst ihm, daß du mußt. Der wird dir schon nicht den Kopf abreißen," ermahnte mich die Oma.
An diesem Tag ging ich nicht mehr nach draußen. Ich hatte Angst, daß mich vielleicht einige Kinder sehen und auslachen könnten. Man konnte ja nie wissen!
Ich holte mir lieber die dicke Bibel aus dem Kleiderschrank und vertiefte mich in die vielen schönen Bilder.
Da waren ganz vorne Adam und Eva im Paradies, die von der bösen Schlange getäuscht wurden. Ein Engel mit riesigen Flügeln und einem feurigen Schwert stand vor dem Tor des Paradieses, und die beiden sündigen Menschen schlichen traurig davon. Der Kain wurde wütend und erschlug sogar seinen einzigen Bruder. Schrecklich, und mit einer so großen Keule! Und der Stammvater Abraham wollte sogar seinen einzigen Sohn opfern. Er hatte ihn gefesselt und wollte ihn gerade verbrennen,

als doch noch ein Engel vom Himmel kam und ihn glücklicherweise davon abhielt, sein einziges Kind zu töten.

Dann gab es noch das zerschlissene Struwwelpeter-Buch, das genauso spannend war.

Daß man so frech sein konnte wie der böse Friederich, darauf wäre ich nie gekommen. Die Oma hätte mir schon was erzählt! Ich verstand damals auch noch nicht, warum das dumme Lenchen immer mit dem Feuer spielen mußte. Es war ihre eigene Schuld, daß sie verbrannte. Warum hat sie auch nicht auf ihre Eltern gehört!?

Nein, ein Zappelphilipp war ich auch nicht. Und warum der Suppenkaspar seine Suppe nie aß, konnte ich überhaupt nicht verstehen. Ich hatte immer Hunger und freute mich, wenn die Oma ihre schönen Suppen kochte.

Ja, das Lenchen! Mit dem Feuer mußte man wirklich sehr vorsichtig sein! Mir war einmal auch etwas Schreckliches passiert. Es war aber anders als bei dem Lenchen im Buche. Ich muß damals noch sehr klein gewesen sein. Ich spielte im Kinderbettchen. Die Oma war schon aufgestanden und arbeitete in der Küche. Ich lief im Bettchen hin und her. Dann sah ich den Leuchter mit der brennenden Stearinkerze auf dem Stubentisch stehen. Ich versuchte, ihn mit meiner Hand zu erreichen. Um mein weißes Gitterbettchen hatte die Oma Gardinenstoff gespannt. Nun fiel der Leuchter um und schon brannte der Gardinenstoff lichterloh.

„Oma, Oma!“ rief ich. „Es brennt!“

Die Oma sah sofort, was passiert war. Sie kam mit einer Schüssel voll Wasser aus der Küche gelaufen und schüttete es blitzschnell über die Flammen. Die waren sofort aus, aber mein Bettchen und ich selber waren klitschnaß.

Ich merkte sofort, daß ich etwas Dummes angestellt hatte. Mein Gewissen meldete sich. Gleich würde die Oma bestimmt losschimpfen. Aber sie sagte kein Wort. Das wirkte bei mir mehr als alles Geschimpfe. Und ich hatte etwas Wichtiges gelernt: Mit Feuer und Streichhölzern, bei Kerzen und Petroleumlampen, am

Herd oder Stubenofen, immer mußte ich sehr vorsichtig sein. Wie schnell hätte es mir an diesem Morgen gehen können wie dem Lenchen im Struwwelpeter-Buch! Wäre die Oma nicht ganz schnell aus der Küche gekommen, ich hätte auch als Häufchen Asche enden können!
Einmal traf die Oma meinen Lehrer, den Herrn Görlich, auf der Straße. Er wohnte auch in der Friedrichstadt, ich glaube, draußen am Eiskellerberg. Er erzählte ihr, daß er mir gar nicht zugetraut hätte, wie schnell ich lesen gelernt habe. Wenn er mich einmal im Unterricht drannähme, ginge es ganz flott. Von alleine würde ich mich ja nie melden. Die Oma strahlte übers ganze Gesicht, als sie es mir erzählte. Und auch ich war froh, daß der Herr Görlich etwas Gutes über mich erzählt hatte. Von da an ging ich mit noch mehr Begeisterung zur Schule.

Das erste Schuljahr war bald vorüber. Das „Erste Klasse - Nukkelflasche", das die größeren Kinder mir nachriefen, war ja nicht sehr angenehm. Nun mußten wir schon ins Heft schreiben. Zuerst mit dem Bleistift, aber bald auch schon mit Tinte. Das war nicht einfach. Von der Schiefertafel konnte ich eine unsaubere Reihe schnell mit dem kleinen Schwamm abwischen. Das war im Heft unmöglich. Da mußte auf die Linien, die Größe der Buchstaben und den Heftrand genau geachtet werden. Manchmal kratzte die Feder oder es gab einen Klecks beim Schreiben. Dann sah die ganze Seite unsauber aus. Der Herr Görlich mochte es gar nicht gerne, wenn ins Heft geschmiert wurde. Ja, das Schreiben mit der Stahlfeder war nicht so einfach, wie es aussah.
Ich hatte einen hölzernen Griffelkasten. Darin wurden der Federhalter, einige Federn und Bleistifte aufbewahrt. In jedem Pult gab es ein Tintenfaß mit einem Metalldeckel. Wenn es mal leer war, holte der Herr Görlich eine riesengroße Flasche aus seinem Schrank und füllte die kleinen Behälter wieder voll.
Herr Görlich war auch katholisch. Das machte mich sehr stolz. Wir hatten getrennten Religionsunterricht. Einige Mitschüler

waren evangelisch und mußten dann in eine andere Klasse. Sie hatten bei einem anderen Lehrer Religion.
Während der Religionsstunde war der Herr Görlich noch viel freundlicher zu uns. Da beteten wir nicht für unseren Führer. Er erzählte uns auch nichts vom Krieg und den Soldaten. Er sprach über die Geschichten, die ich aus unserer Bilderbibel schon kannte, von Josef und seinen gemeinen Brüdern, vom Kampf zwischen dem kleinen David und dem Riesen Goliath. Diesen Geschichten hätte ich stundenlang zuhören können. Es war schön in den Religionsstunden.
Einmal kam der Herr Görlich nicht zur Schule. Es war überhaupt das erste Mal, daß er fehlte. Wir hatten bei einem anderen Lehrer Unterricht. Der erzählte uns, daß der Sohn von Herrn Görlich im Krieg für den Führer gefallen sei.
Aber schon am nächsten Tag war der Herr Görlich wieder da. Einige meiner Mitschüler hatten Blumen mitgebracht und sie vorne auf das Lehrerpult gelegt. Und dann saß der Herr Görlich hinter seinem Pult. Er hatte einen schwarzen Anzug an, einen schwarzen Schlips um, und sah ganz blaß aus. Ich hatte sogar den Eindruck, daß seine Wangen eingefallen waren. In diesem Augenblick tat mir mein Lehrer sehr leid. Er saß da zusammengefallen und sah uns ganz traurig an.
Alle Jungen waren gespannt, was er jetzt sagen würde. Aber er sagte nichts von seinem gefallenen Sohn und auch nichts vom Krieg. Er machte ganz normalen Unterricht.
Nun waren wir ja nicht mehr die kleinsten Kinder in der Schule. Wenn Appell auf dem Schulhof war, mußten wir mit antreten. Alle Schüler der Schule standen klassenweise in einem großen Viereck um den Fahnenmast herum, an dem die Hakenkreuzfahne hochgezogen wurde. Das machten die großen Jungen vom Jungvolk oder von der Hitlerjugend, die meistens in ihrer Uniform in die Schule gekommen waren. Ich fand das schick, wie sie in Reih' und Glied standen. Ich war noch viel zu klein für das Jungvolk, aber liebend gern hätte ich da mitgemacht. Unser Rektor und einige Lehrer kamen oft in ihren SA-

Uniformen in die Schule. Der Rektor hielt meistens eine kleine Ansprache über den Krieg und den Führer. Später sangen wir dann noch das Lied „Ich hatt' einen Kameraden" oder „Die Fahne hoch, die Reihen fest geschlossen."
Bald mußte unsere ganze Klasse aus der Hindenburgschule hinaus. Man sagte uns, daß in dem ganzen Gebäude ein Lazarett eingerichtet würde. Den Herrn Görlich habe ich nie wiedergesehen.

Nach den Osterferien 1944 meldeten wir uns in der Stadtschule neben der Jakobuskirche. Es wurde eine ganz neue Klasse gebildet und wir bekamen auch neue Lehrer. Neben der Schule war ein Waisenhaus für Jungen, das Mendikantenstift. Man sagte uns, daß diese Jungen beim Gottesdienst in der „Großen Kirche" singen mußten. Manchmal sah ich auch, wie sie in einer langen Reihe vom Waisenhaus in die Kirche gingen. Sie hatten alle schwarze Talare an und weiße Kragen darüber. Es würden Trauergottesdienste gehalten, sagte man uns einmal. Das mußten aber ziemlich viele sein in diesen Wochen.
Auch in meiner neuen Klasse kannte ich keinen Jungen aus der Friedrichstadt. Die anderen Mitschüler kamen alle aus der „Stadt". Unser neuer Lehrer fiel sofort auf. Ich weiß gar nicht mehr, ob er sich bei uns überhaupt vorgestellt hat. Ich kann mich an seinen Namen nicht erinnern. Er kam immer in seiner Soldatenuniform in die Klasse. Er war sogar ein Offizier, Leutnant oder Oberleutnant. Im Gegensatz zum Herrn Görlich, den ich sehr gern mochte, denke ich an ihn nicht gerne zurück.
Wir mußten auch immer gleich strammstehen, und wehe, jemand bewegte sich. Er hatte eine dicke Weidenrute in der Hand und schlug sofort zu.
Er erzählte uns, daß er gerade von der Ostfront käme und in seinem Urlaub an der Schule aushelfen wolle. Andere Lehrer kämpften jetzt draußen im Felde, und das wäre eine große Ehre für sie und auch für unser deutsches Vaterland. Im Unterricht sprach er viel über seine Kriegserlebnisse und seine Heldentaten.

Obwohl mich das sonst sehr interessiert hätte, ging ich nicht gern in seinen Unterricht. Er prügelte bei jeder Gelegenheit. Einmal eine falsche Antwort geben, mal nicht aufpassen, unsauber schreiben, in der Pause etwas anstellen, gleich schlug er los mit dem Weidenknüppel. Die ganze Klasse zitterte vor ihm.
Ein Mitschüler war etwas größer als wir. Es hieß, er sei einmal sitzengeblieben. Den hatte er besonders auf dem Kieker. Aber der ließ sich durch nichts einschüchtern, auch nicht durch tägliches Prügeln. Einmal hatte er wieder etwas angestellt. Er mußte nach vorne zum Lehrer kommen und sich vor ihm bükken. Der brutale Lehrer in Uniform fing an, ihm mit voller Wucht auf den Hintern zu hauen. Vor Wut und Anstrengung lief er richtig rot an. Er war unbeschreiblich wütend an diesem Morgen, und seine ganze Wut ließ er an dem Jungen aus. Aber der gab keinen Laut von sich. Er gab sich keine Blöße vor dem gemeinen Prügler. Ich bewunderte ihn in diesem Moment. Er erschien mir viel mutiger als der Lehrer mit seinen Heldentaten im Krieg, von denen er uns dauernd erzählte.
Auch am Geburtstag des Führers hatten wir bei ihm Unterricht. Schon auf meinem Schulweg von der Friedrichstadt über den Ring und an der Jakobuskirche vorbei hatte ich das gewaltige Fahnenmeer an den Häusern bewundert. Und im Unterricht merkte ich dann gleich, daß unser Lehrer auch ein begeisterter Führeranhänger war. Er erzählte uns, was er vor genau einem Jahr am Geburtstag des Führers an der Front in Rußland erlebt hatte. Seine Kompanie lag im Schützengraben. Plötzlich wären ganze Horden von Russen angelaufen gekommen. Die deutschen Soldaten hätten sich heldenhaft mit Maschinengewehren, Gewehren, Pistolen und Handgranaten, mit Messern und Bajonetten verteidigt. Trotzdem schien der Kampf aussichtslos. Es waren zu viele Russen.
Plötzlich kamen aber deutsche Tiefflieger und ballerten mit ihren Bordkanonen wie verrückt in die russischen Horden, daß bald von denen nichts mehr übrigblieb. So hätte sie der Führer an seinem Ehrentag aus der schlimmen Lage befreit. Das sei das

allerschönste Führergeburtstagsgeschenk gewesen, das er sich hätte denken können.
Auch heute sei er dem Führer noch dankbar dafür, daß er vor einem Jahr die Jagdflugzeuge geschickte hätte. Sonst würde er heute nämlich nicht vor uns stehen.
Die Erzählungen der Heldentaten in Rußland wurden trotzdem unerwarteterweise bald unterbrochen. Die Sirenen der Stadt heulten laut. Ein seltener Fliegeralarm. Zuerst wußten wir nicht, ob es Übungsalarm war oder tatsächlich ein Luftangriff auf Neisse bevorstand.
Die Lehrer schickten uns komischerweise nach Hause. Uns machte das natürlich nichts aus. Wir waren froh, aus der Enge des Schulhauses entfliehen zu können.
Wir liefen über den Ring in die Berliner Straße, am wuchtigen Torturm und der Post vorbei, passierten die Garnisonskirche, aber kurz vor der Neißebrücke hörten wir ein lautes, unbekanntes Gebrumm in der Luft. Am Neißedamm auf der Erholungsseite legten wir uns ins Gras und sahen in den Himmel. Es war ein wunderschöner, blauer Frühlingshimmel, den kein Wölkchen trübte. Und dann sahen wir sie: zehn, zwanzig, fünfzig, hundert viermotorige Bomber. Wir gaben bald das Zählen auf. Sie flogen ganz langsam in ihren Geschwadern in Richtung Westen, also in Richtung der Bergketten der Sudeten. Man hätte diese Bomberflugzeuge alle abschießen können. Aber keine Flak war zu hören, und wir sahen auch nicht die vielgelobten deutschen Abfangjäger.
Dann waren die Bomber am Himmel verschwunden, das Motorengebrumm der Flugzeuge war in weiter Ferne langsam verklungen. Über der Stadt ertönten die Entwarnungssirenen. Keiner von uns kam auf die Idee, wieder in die Schule zu gehen. Die Lehrer hatten vorhin in der allgemeinen Hektik nichts gesagt. So nahmen wir unsere Tornister aus dem hohen Gras und liefen über die Neißebrücke nach Hause.

War das ein Abenteuer! So viele Flugzeuge auf einmal, und dann noch feindliche Bomber, das hatte ich noch nie gesehen - und nun mit eigenen Augen! Ein unvergeßliches Erlebnis!

Dann ging auch das zweite Schuljahr zu Ende. Wir freuten uns alle auf die Sommerferien. Und ich war froh, endlich von diesem Lehrer in Uniform, dem es Spaß machte, kleine Jungen zu verprügeln, erlöst zu sein.
Ob wir damals ein Zeugnis bekommen haben, weiß ich nicht mehr. Es hat mich wohl in diesem Alter auch nicht sonderlich interessiert. Vielleicht hat es die Oma auch gleich in Verwahrung genommen, um es für die Mama aufzuheben.
Ich jedenfalls hatte das Lesen gelernt. Nun brauchte ich eigentlich keine Schule mehr. Ich konnte in den vielen Büchern der Oma lesen. Und sie brachte mir auch immer wieder welche aus der Pfarrbücherei mit.
Für die Sommerferien hatte ich mir vorgenommen, endlich schwimmen zu lernen. Mit sieben Jahren sollte man das eigentlich können. Einige meiner Freunde aus der Kaserne konnten es schon. Ich bewunderte sie, wenn sie im Volksbad an der Breiten Straße, in der Neiße oder sogar in den gefährlichen Tümpeln herumschwammen. Das wollte ich unbedingt auch bald können!
Ob wir nach den langen Sommerferien wieder in die Schule sollten, war noch gar nicht entschieden. Wir sollten uns danach erkundigen oder es in der Neisser Zeitung lesen. Heute weiß ich, daß meine Ferien zwei Jahre dauern sollten. Aber das konnte ich in dem wunderschönen Sommer des Jahres 1944 noch gar nicht wissen.

Ferienbesuch

Unsere Reise nach Berlin und Wesermünde hatten Oma und ich noch in guter Erinnerung. Wir sprachen oft davon. Aber wir waren doch froh, wieder in Neisse zu sein.

Im folgenden Jahr besuchten uns dann unsere Mutter mit Lona und Heinerle. Meine große Schwester schrieb sich noch mit einigen Mädchen aus dem Block. Eines Tages sagte mir die Renate Warmbrunn aus unserem Haus: „Ihr bekommt bald Besuch! Die Lona kommt wieder mal nach Neisse."
Als ich das der Oma erzählte, sagte die bloß: „Na, deine Mutter wird ja hoffentlich auch noch schreiben!" Das tat sie dann auch ein paar Tage später.
Dann kam der Tag, an dem der Besuch aus Norddeutschland eintrudeln sollte. Ich war schon ganz aufgeregt. Meine Mutter brachte immer ein kleines Geschenk mit.
Oma und ich warteten den ganzen Tag. Aber sie kamen nicht. Ich spielte nur vor der Haustür auf dem Hof, um sie bloß nicht zu verpassen.
Die Dämmerung kam. Draußen wurde es schon dunkel. Und dann waren sie plötzlich da.
Meine Mutter war noch immer aufgeregt. Der Zug war sehr voll gewesen, und dann hatte er noch stundenlange Verspätung.
Natürlich freuten wir uns, sie alle wiederzusehen. Heinerle war noch größer geworden. Er lief gleich überall in der Wohnung herum und grapschte alles an. Das habe ich ihm aber schnell abgewöhnt!
„Komm her, ich zeig dir was!" sagte ich zu ihm und zeigte auf die große weiße Salzschüssel, die unten im Küchenschrank stand. „Das ist Zucker!"
Er schnappte sich gleich einen großen Klumpen und steckte ihn in den Mund. Das bekam ihm aber gar nicht gut! Er fing gleich an zu husten und zu würgen, zu krächzen und zu heulen. Meine Mutter und Oma schimpften mich natürlich aus, aber ich hatte dem kleinen Bruder gleich gezeigt, wer hier der eigentliche Herr im Hause war.
In den nächsten Tagen wurden wir immer wieder ganz sauber angezogen, und Mama schleppte mich zu allen möglichen Bekannten und Verwandten mit. Sie wollten denen wohl zeigen,

wie gut es ihr jetzt geht und wie sie sich auch um den kleinen Hansl kümmert.
Lona blieb meistens bei der Oma. Die beiden waren ein Herz und eine Seele.
Natürlich spielten wir auch unten mit den anderen Kindern im Hof oder auf der Insel. Lona wurde von den anderen Mädchen mit großer Hochachtung angesehen, als wenn sie aus einer fremden Welt käme. Natürlich gingen wir auch zum Tümpel, um in der Neiße zu baden. Und da wäre die Lona fast ertrunken.
Sie konnte zwar schon ganz gut schwimmen. Aber gerade an diesem Tag hatte die Neiße eine besonders starke Strömung. Die Lona wollte den anderen Kindern imponieren und zeigen, was sie schon alles kann. Sie versuchte, ans andere Ufer zu schwimmen. Aber da wurde sie von der starken Strömung erfaßt und ganz schnell in Richtung Neißebrücke abgetrieben. Sie schrie laut um Hilfe, aber ich konnte ihr natürlich nicht helfen.
Da sprangen zwei größere Jungen aus unserer Kaserne mutig ins Wasser. Kurze vor der Brücke hatten sie meine leichtsinnige Schwester eingeholt, packten sie und brachten das heulende Mädchen an's rettende Ufer. Sie legten sie ins Gras. Aber es war nichts passiert. Sie war nur ein bißchen schlapp. Vielleicht hatte sie auch nur zuviel Wasser geschluckt.
„Sag bloß nichts der Mama!“ flehte sie mich an, als sie mich unter den herumstehenden Kindern entdeckte. Sie wußte genau, wie sich meine Mutter dann aufgeregt hätte. Aber Verrat war sowieso nicht meine Sache. Ich hielt nichts davon, mich bei anderen wichtig zu machen.

Auch die beste Freundin meiner Mutter, die Tante Trude aus Leipzig, verbrachte mit ihrem Jungen, dem Dieter, der in meinem Alter war, die Sommerferien in Neisse. Oft gingen wir zusammen ins Volksbad. Das Bad hatte einen schönen Sandstrand und eine Rutschbahn im Nichtschwimmerbecken.

Mit dem Dieter konnte ich gut spielen. Am meisten bewunderte ich seine schöne, neue Lederhose. So eine hätte ich auch gern gehabt. Aber die Mama mochte ich nicht darum bitten.
Als ich an einem Sonntag vom Spielen nach oben kam, lag ein Mann auf unserem Sofa. Die Oma hielt gleich den Finger an den Mund. Das bedeutete: Sei still!
Onkel Heini, der Mann von meiner Mama, war überraschend mit dem Zug nach Neisse gekommen. In Brieg hatte er keinen Anschlußzug mehr bekommen. So hatte er seinen Koffer ans Bein gebunden, auf der Bahnhofstreppe geschlafen und so auf den allerersten Zug nach Neisse gewartet.
Als er so auf dem Sofa lag, hatte ich ihn zuerst gar nicht erkannt. Die Oma flüsterte mir nur zu, daß der Onkel Heini viele leckere Sachen mitgebracht hätte: ein Kaninchen, das schon in der Pfanne auf dem Herd schmorte, Würste, Schinken und viel frisches Obst. Solche riesigen Äpfel hatte ich noch nie gesehen. Für mich lag schon einer davon auf dem Tisch.
Nun waren sechs Leute in unserer kleinen Wohnung. Und die Oma hatte viel zu tun. Aber ich habe sie nie klagen oder jammern hören. Trotzdem waren wir froh, daß alle nach ein paar Wochen zurückfuhren. Die Oma sollte sie nie mehr wiedersehen. Aber das wußten wir damals natürlich noch nicht.
Ich jedenfalls war froh, die Oma wieder ganz allein für mich zu haben. Und sie konnte sich auch ausruhen, von der Arbeit und der Aufregung der letzten Wochen.

Kinoträume

Wann ich zum allerersten Mal im Kino war, weiß ich nicht mehr. Vielleicht hatte mich meine Cousine Eva, die damals noch bei uns wohnte, oder auch meine Schwester Ilona in einen Märchenfilm in die „Erholung“ mitgenommen.
Die „Erholung“ war ein großes Gartenlokal auf der anderen Neißeseite. Es lag direkt gegenüber von unserer Kaserne. Aus

dem Küchenfenster konnte ich es immer gut sehen. Im Sommer saßen viele Soldaten mit den Frauen oder auch allein an langen Tischen und tranken Bier. Aber das interessierte uns überhaupt nicht. Wir gingen zur „Erholung“ wegen des großen Kinosaales, der in einem Rotsteinhaus neben dem Gartenlokal war. Die breite Eingangstür zum Kino lag etwas höher. Man mußte einige Treppen hochgehen, um in den Vorraum des Kinos zu kommen. Da hingen immer die großen Filmplakate, und in Glaskästen große Fotos aus den Filmen, die gerade liefen. Schon an diesen spannenden Bildern konnten wir uns gar nicht sattsehen, besonders, wenn sie von Filmen stammten, die wir schon kannten.

In diesem Vorraum war auch die Kinokasse. Sie war das fast unüberwindbare Hindernis, denn ohne Kinokarte kam niemand an der Kartenabreißerin und der Platzanweiserin vorbei, die immer vor der breiten Eingangstür zum Kinosaal stand.

Dort waren die unzähligen Holzsitze unten und auch oben auf dem Balkon. Ich bin aber nie auf die Idee gekommen, die Seitentreppe nach oben zu gehen. Ich glaube, da durften nur größere Kinder hinauf.

Ganz hinten saßen wir nicht gerne, aber ganz vorne auch nicht. Die ersten drei Reihen hießen nur „Rasiersitz“, weil man seinen Kopf ganz in den Nacken legen mußte, um oben auf der Leinwand alles mitzubekommen.

Vor der Kasse stand immer eine lange Schlange. Meistens ging die Schlange bis nach draußen, die Treppenstufen hinab und sogar am Eingang des Gartenlokals vorbei. Bei den Kindervorstellungen am Sonntag war das Kino regelmäßig überfüllt. Eine kleine Katastrophe war es, wenn am Kassenfenster das Pappschild „Ausverkauft“ hing. Deshalb paßten wir immer auf, möglichst früh genug in der Kinderschlange zu stehen, meistens schon ein oder zwei Stunden vor Beginn der Kinovorstellung.

Aber wir brauchten glücklicherweise nicht alle anzustehen. Es reichte schon, wenn einer von uns möglichst vorn in der Reihe stand.

Das Kino kostete in der Kindervorstellung am Nachmittag 20 Pfennig. Das war scheinbar nicht sehr viel, aber es kam oft vor, daß ich nicht soviel Geld hatte und die Oma darum anbetteln mußte. Meistens gab es mir die Oma auch, aber manchmal sagte sie auch: „Junge ich hab' selber kein Geld mehr."

Die Oma ging auch gern ins Kino. Manchmal wurde sie von der Frauenschaft dazu eingeladen. Dann erzählte sie mir von den Filmen, und ich erzählte ihr von meinen.

Am Anfang sah ich mir nur Märchenfilme an. Ich muß wohl vier oder fünf Jahre alt gewesen sein. Da gab es „Hänsel und Gretel", „Rumpelstilzchen" oder „Der gestiefelte Kater". Vor jedem Film liefen zuerst die Wochenschau und dann noch ein lustiger Kasparfilm. In den Wochenschauen wurde viel vom Krieg gezeigt. Der Führer war immer zu sehen und viele andere Dinge, die mich aber überhaupt nicht interessierten.

Bei den Kasparfilmen bebte das ganze Kino. Der Kaspar wandte sich gleich an alle Kinder im dunklen Kinoraum. Wir mußten ihn auf alle möglichen Gefahren aufmerksam machen oder ihn vor den schrecklichen Untaten des Teufels, eines Räubers oder der Hexe warnen.

Jeder Kinonachmittag war für mich ein einmaliges Erlebnis. Tagelang gingen mir die Bilder und Geschichten der Filme durch den Kopf.

Sehr gut war es, wenn ich mal mit meinen Freunden im Kino war, dann unterhielten wir uns stundenlang über die Filme. Und jeder hatte noch mehr gesehen als der Freund.

Später wurde es immer besser mit dem Kino. Ich durfte in die normalen Filme für die großen Leute. Zuerst lachten wir uns über die „Pat und Patachon-Filme" kaputt, und Kinonachmittage mit Heinz Rühmann, Hans Moser und Theo Lingen wurden zu unvergeßlichen Erlebnissen.

Nun war ich schon älter und verstand auch die Wochenschauberichte viel besser. Es war Krieg. Deutschland kämpfte gegen viele andere Länder. Die hatten unser Vaterland angegriffen, und unsere Soldaten wehrten sich. Für mich hatte der Krieg

überhaupt nichts Schreckliches an sich. Im Gegenteil! Ich bewunderte die deutschen Soldaten, die an vielen Fronten kämpften und sich gegen mächtige Feinde zur Wehr setzen mußten, um unser schönes deutsches Vaterland zu verteidigen.
In Neisse bekamen wir ja kaum etwas von diesem Krieg mit. Überall sahen wir zwar die Soldaten aus den vielen Kasernen. Sie wurden in Neisse im Marschieren und Schießen ausgebildet, und im Brückenbauen bei uns hinten an der Neiße.
Bevor sie dann an die Front nach Rußland, Polen oder Frankreich mußten, gingen sie meistens noch einmal geschlossen ins Kino. Bei unserer „Erholung" habe ich sie oft in ihrer Paradeuniform gesehen, wie sie in Reih' und Glied anmarschierten.
Selbst Fliegeralarm gab es bei uns in Neisse sehr wenig. Da hatte ich in Wesermünde ja etwas Anderes erlebt! Fast jede Nacht gingen die Sirenen, und die ganze Familie mußte in den Keller, ob wir wollten oder nicht. Meine Freunde sahen mich ganz ehrfürchtig an, wenn ich es ihnen erzählte. Das hätten sie auch gerne mal erlebt!
Dann schrieb aber meine Mutter in einem Brief, daß in der Stadt nun schon viele Bomben gefallen seien und zahlreiche Häuser und Straßen in Schutt lägen. Ich dachte so bei mir, daß es wohl ganz so schlimm nicht war. Dann erzählten sich die Leute von einem ganz schlimmen Bombenangriff auf Hamburg. Ich wußte schon, daß Hamburg nicht weit weg von Wesermünde war. Meine Freunde bewunderten mich, daß ich schon einmal da oben in Norddeutschland gewesen war, wo jetzt die vielen Bombenangriffe geflogen wurden.
Auch die Tante Lisa schrieb der Oma aus Berlin von schrecklichen Bombardierungen. Aber ihr Haus in der Graunstraße war noch nicht getroffen worden. „Gott sei Dank!" sagte die Oma, als sie mir den Brief vorgelesen hatte. Dann schickte uns die Tante Lisa jede Woche ein Paket mit Wäsche und Tischdecken. Sei meinte, in Neisse wäre alles sicherer als in Berlin, denn bei uns gäbe es ja keine Fliegerangriffe.

Es stimmte ja auch. In Neisse war alles ruhig. Hier waren wir in Sicherheit. Deshalb sind meine Mutter und Tante Lisa auch erst gar nicht auf die Idee gekommen, uns aus Neisse zu sich zu holen. Eher wären sie alle zu uns gekommen. Die Oma erzählte mir mal, daß viele Kinder aus den Bombenstädten nun in ruhige Gebiete geschickt wurden: nach Schlesien, Böhmen und Mähren und nach der Ostmark. Und einmal kam es sogar in der Wochenschau. Da hieß es Kinderlandverschickung.
Eines Tages gab es für uns in Jungen in Neisse ein unglaubliches Ereignis. Ein feindliches Flugzeug war von einem deutschen Jäger abgeschossen worden. Es muß wohl so gewesen sein wie im Film „Kampfgeschwader Lützow", den wir uns mit großer Begeisterung angesehen hatten.
Das Flugzeug trudelte über Neisse, warf in den Wallanlagen in der Friedrichstadt noch eine Bombe ab und zerschellte dann draußen in Heidersdorf auf einem Acker. Die Bombe war mit einem lauten Donner explodiert. Und so machten sich viele Jungen auf, bei der Ziegelbarriere nach Bombensplittern zu suchen. Ich war auch dabei, aber ich fand leider keinen. Ein größerer Junge von der Hitlerjugend hatte einen Splitter gefunden. Er zeigte ihn uns, und wir sahen ihn mit allergrößter Hochachtung an. Den hätte jeder von uns auch gerne gehabt. Wir wollten zu gern etwas Richtiges vom Krieg besitzen.
So blieb uns vorerst nichts weiter übrig, als in der „Erholung" die großen Heldentaten der deutschen Soldaten mitzuerleben. Ich muß wohl gerade in die Schule gekommen sein, als ich meinen ersten Kriegsfilm sah. Er hieß „U-Boote westwärts".
Da saß ich in meinen kurzen Hosen auf den harten Klappstühlen im Kinoparkett und kämpfte, litt und siegte schließlich mit unseren tapferen U-Bootfahrern. Am meisten imponierte uns der bärtige Kapitän, wenn er durch das lange Sehrohr ein feindliches Schiff sichtete und dann den Befehl „Torpedo marsch!" gab.
In den vielen Kriegsfilmen, die wir sahen, kam die Spannung vor, die uns allen Spaß machte. Später kam dann noch der Film

„Kampfgeschwader Lützow“ hinzu mit dem tollen Lied „Wir fliegen gegen Engelland“, das wir bald mit Begeisterung singen konnten.
Die „Sturzflugzeuge“ der Luftwaffe lernten wir durch den Film „Stukas“ kennen. Carl Raddatz spielte einen mutigen Piloten, der sich aus großer Höhe mit ohrenbetäubendem Lärm auf feindliche Panzer und Stellungen stürzte. Kurz vor dem Ziel ließ er seine Bombe fallen und zog dann das Flugzeug wieder nach oben in Sicherheit. Wenn die Bombe einschlug, war der Pilot mit seiner Maschine schon lange weg, unerreichbar für Bombensplitter oder die feindlichen Flaks.
Wenn die Vorstellung aus war und wir über den Neißedamm nach Hause gingen, sprachen wir natürlich nur von den einmaligen Heldentaten der deutschen Soldaten, U-Bootfahrer und Kampfpiloten.
Dann kam der Film „Quax, der Bruchpilot“ mit Heinz Rühmann. Wir lachten uns nicht nur über unseren Lieblingsschauspieler kaputt, sonder wir lernten auch, daß die Fliegerei eigentlich eine ganz einfache Sache ist, die selbst so ein Blödmann wie der Heinz Rühmann schnell begreifen konnte.
Natürlich wußten wir damals alle, daß wir später einmal Soldaten werden würden. Mir war nur noch nicht ganz klar, ob ich einmal U-Bootfahrer oder Kampfpilot werden wollte. Zu den Infanteristen oder Pionieren, die immer an der Neiße übten, zog mich nichts hin. Höchstens Panzerfahrer wäre für mich noch in Frage gekommen.
Wir kannten natürlich alle Waffengattungen. In Neisse gab es die verschiedensten Soldaten in ihren Uniformen. Manchmal sah man auch einen Matrosen in seiner dunkelblauen Uniform auf der Straße oder einen Soldaten der Luftwaffe in seiner blaugrauen Montur. Und wir lernten auch die verschiedenen Dienstgrade der Soldaten kennen. Da gab es Gefreite, Unteroffiziere und Offiziere. Ein Hauptmann war natürlich viel mehr als ein Gefreiter. Darüber gab es sogar ein Lied: „Geh'n se weiter, geh'n se weiter! Sie sind ja nur Gefreiter!“ Das sangen manchmal

die Mädchen aus unserem Block, und wir sangen es mit Begeisterung mit.
Unsere Hochachtung stieg, wenn uns einmal ein Soldat mit dem EK I oder dem EK II begegnete. Ganz selten sah man auch einen Ritterkreuzträger. Das war der mutigste Soldat, den man sich vorstellen konnte.
Das waren unsere Helden und Vorbilder. Und in den Kinofilmen wurde es jedesmal bewiesen. Am liebsten wären wir gleich nach einem solch spannenden Film in den Krieg gezogen, um die Feinde an der Front zu bekämpfen.
So lernten wir in unserer „Erholung" auch, daß Leben Kampf und Krieg bedeutet und es eigentlich gar nicht schlimm war, für seine Kameraden und für's deutsche Vaterland zu sterben.
Den Film „Kadetten" haben wir uns jedesmal angesehen, wenn er im Kino lief. Er zeigte uns die Geschichte von preußischen Offiziersanwärtern, Jungen, die teilweise auch nicht viel älter waren als wir selber. Die richtigen Soldaten hatten schon aufgegeben. Aber die Jungen kämpften gegen die Kosaken weiter, die einfach so in Berlin eingefallen waren.

Überhaupt, die Preußen! Über den „Großen König" und den „Alten Fritz" gab es viele Filme. Die mußte jeder von uns gesehen haben. Sonst konnte er ja gar nicht mitreden.
„Neisse war seine Lieblingsfestung! In unsere Stadt ist er immer gerne gekommen." Das sagte einmal ein großer Junge aus unserem Block zu mir. „In der „Alten Apotheke" oben in der Königstraße ist er immer abgestiegen!" Ich sah ihn ungläubig an. „Der „Alte Fritz" aus den Filmen?"
„Ja, was meinst du denn, warum unsere „Friedrichstadt" Friedrichstadt heißt?"
Ich wußte es natürlich nicht.
„Na, weil Friedrich der Große sie damals gegründet hat. Und hier hat er auch immer gewohnt. Nicht drüben in Neisse im Schloß. Das wäre ihm viel zu vornehm gewesen."

Friedrich der Große, der Preußenkönig. Die Preußen waren zwar Preußen, aber auch Deutsche. Nein, alle Deutschen waren Preußen. So mußte es wohl richtig sein. Immer ehrlich, tapfer und heldenhaft im Krieg. Damals gegen die Engländer, Franzosen und Russen, und heute gegen die ganze Welt!

Der König aus diesen Filmen hatte also sogar in Neisse gewohnt. Das war wirklich toll. Schade, daß ich damals noch nicht gelebt hatte. Vielleicht wäre ich ihm dann mal auf der Königstraße oder auf dem Luisenplatz begegnet.

Auch der Fürst Bismarck war ein Preuße. Aber der Film war ziemlich langweilig. Nur zum Schluß gab es einige Kampfszenen. Aber die waren nicht so aufregend wie beim „Alten Fritz".

In der „Erholung" sahen wir uns natürlich nicht nur Kriegsfilme an. Es gab auch andere Filme, die lustig und spannend waren, „Das Ferienkind" mit Hans Moser oder „Zirkus Renz" mit René Deltgen. Mit großer Begeisterung habe ich mir sogar einen Tanzfilm mehrere Male angesehen. Ich glaube, der Film hieß „Ein Lied geht um die Welt". Es war die Geschichte einer Ballettgruppe, die sogar noch weitertanzte, als das ganze Theater schon abgebrannt war. Die gaben nicht auf. Aber das Theater war nicht etwa durch eine Bombe zerstört worden, sondern weil ein Mann seine Zigarette in den Papierkorb fallen ließ.

Die großen Jungen sprachen immer wieder mit Hochachtung und Bewunderung von einem Karl May. Der hatte wohl viele unvergleichliche Abenteuer bei den Indianern und den Muselmanen erlebt und dann darüber viele Bücher geschrieben. Einen „Karl-May-Film" habe ich sogar mal in der „Erholung" gesehen. Das war wirklich spannend, als der Held durch unterirdische Gänge tauchte, um tatsächlich mitten im Brunnen des bewachten Schlosses hochzukommen, um dann jemand aus den Händen der überraschten Verbrecher zu befreien.

„...reitet für Deutschland" war auch so ein Film, den wir uns unzählige Male ansahen. Willy Birgel, der Hauptdarsteller, wurde für uns alle zu einem Begriff für spannende Filme. Aber „Diesel" war dann doch ziemlich langweilig.

Den allernachhaltigsten Eindruck hinterließ bei mir allerdings weder ein Kriegs- noch ein Unterhaltungsfilm. Es war „Fährmann Maria“, eine Geschichte, die mir jahrelang nicht aus dem Kopf ging. Der Tod persönlich ritt mit seinen Kumpanen über das Land und verbreitete überall Furcht und Schrecken. Es waren Gerippe mit ihren Pferden. Kein Mensch konnte etwas gegen sie ausrichten. Die Menschen wurden nur so von der Pest hinweggerafft. Nur ein Mann konnte entkommen, und gerade den wollten die Geisterreiter haben. Aber der Tod war machtlos, denn der erschöpfte Mann wurde von einer jungen Frau gerettet, eben der „Fährmann Maria“, die eine Flußfähre von ihrem kranken Vater übernommen hatte und nun dessen schwere Arbeit verrichtete.
Mit allerletzten Kräften kam der verfolgte Mann am Flußufer an. Aber die Maria rettete ihn und brachte ihn zu sich in Sicherheit. Aber der Tod schaffte es doch, mit seinen Gehilfen ans andere Ufer zu kommen. Maria lief zur Dorfkirche und versuchte die Kirchenglocke zu läuten, um die anderen Menschen zu warnen. Aber die Klöppel der Glocken hatten plötzlich eine Pelzschicht, und so kam aus den Glocken kein einziger Laut.
Doch die Maria gab nicht auf. Sie lockte den Tod ins Moor und der versank langsam im Morast, bis er ganz verschwunden war.
Ein Aufatmen ging durch die Kinoreihen. Der Mann im Fährhaus und alle Menschen im Dorf waren in Sicherheit. Und das hatten sie alle der mutigen „Fährmann Maria“ zu verdanken.
Ich dachte mir nur, daß die Gehilfen des Todes ja weiterlebten. Nicht auszudenken war, wenn sie nachts mal zu mir und der Oma kämen. Wie sollten wir uns davor schützen?
Aber vor dem Tod hatte die Oma überhaupt keine Angst. Außerdem beteten wir jeden Abend vor dem Einschlafen. Da konnte uns nichts passieren.
Später erfuhr ich, daß es in Neisse noch zwei weitere Kinos gab. Das waren die „Ring-Lichtspiele“ direkt am Ring und das „Palast-Theater“ in der Zollstraße.

Als ich dann endlich lesen konnte, sah ich, daß die Filmprogramme jede Woche in der Neisser Zeitung abgedruckt waren. Oma hatte zwar keine Zeitung, aber bei Hans und Helmut Rieger, meinen besten Freunden, konnten wir immer nachsehen, was es in den Kinos gab.
Die „Erholung" war mit den anderen Kinos überhaupt nicht zu vergleichen. Die waren viel größer, hatten gepolsterte Sessel und außerdem noch eine riesige Leinwand.
Eines Tages wurde ich beim Kinogehen in der „Erholung" sehr enttäuscht. Meine Freunde hatten mich auf einen grausamen Film aufmerksam gemacht, der vor langer, langer Zeit spielte. Von der Pest war da die Rede und von Menschen, die wie die Fliegen starben. Als sie noch lebten, liefen sie durch die Straßen und peitschten sich selber aus. Den Film wollte ich natürlich sehen. Als ich über die Neißebrücke kam, sah ich schon die lange Reihe vor der Kinokasse. Kurz bevor ich drankam, sprach mich ein größerer Junge an und bat mich, ihm eine Kinokarte mitzubringen. Das tat ich natürlich gern, aber als ich ihm die Karte gab und meine 20 Pfennig wiederhaben wollte, redete er sich damit heraus, daß er sein Geld verloren hätte, ich es aber nach der Vorstellung wiederbekäme.
Als der spannende Film aus war, wartete ich draußen auf den Jungen, der bestimmt schon beim Jungvolk war. Er sagte mir, daß er in der Stadt wohne, ich mitkommen solle, dort würde er mir schon das Geld wiedergeben. Ich hatte nichts dagegen. Ich war sogar ein wenig stolz, daß ich mit einem so großen Jungen durch die Straßen gehen konnte. Manche Leute dachten vielleicht, wir wären Freunde oder Brüder.
Wir gingen also von der „Erholung" an der Garnisonskirche vorbei zum Ring, dann durch die Brüderstraße, am Brunnen vorbei in die Zollstraße. Zwar war ich mit der Oma hier schon mal lang gegangen, aber richtig kannte ich mich in diesem Stadtteil nicht aus. Am Ende der Zollstraße waren einige Torbögen und flache Häuser. Vor einem Torbogen sollte ich war-

ten. Der große Junge wollte das Geld aus seiner Wohnung holen. Gleich wollte er wieder zurück sein.
Ich wartete und wartete. Aber der Junge ließ sich nicht mehr sehen. Zuerst wollte ich es nicht glauben, daß man so gemein sein kann. Aber dann begriff ich doch, daß der Junge nicht mehr zurückkommen würde. Mindestens eine Stunde lang wartete ich. Ich ging auch die Häuser entlang und in die Nebenstraßen. Aber von dem Jungen war nichts mehr zu sehen. Es wurde schon langsam dunkel. Mir wurde bewußt, daß der Junge mich betrogen hatte. So ein gemeiner Kerl! 20 Pfennig waren für mich viel Geld. Davon hätte ich einmal ins Kino gehen können. Da hatte ich jemandem aus der Patsche geholfen und nun das. Einen kleinen Jungen einfach hinterhältig betrügen. Das hätte ich nicht für möglich gehalten. Ich hätte heulen können.
Unterdessen war es schon ganz dunkel geworden. Betrübt ging ich den langen Weg bis zu unserem Haus in der Friedrichstadt. So etwas Unkameradschaftliches! Einen kleineren Jungen betrügen! Und der war beim Jungvolk; ich mochte es lange nicht wahrhaben. Der Oma erzählte ich aber nichts davon. Ich schämte mich jetzt sogar, daß ich so dumm und vertrauensselig gewesen war.
Aber meinen Freunden erzählte ich es am nächsten Tag. Sie lachten mich nicht aus und waren auch kein bißchen schadenfroh.
„Guck dir die Leute an, denen du etwas leihst!“ sagte der Helmut, „und wenn du sie nicht genau kennst, dann laß es lieber! Sonst bist du nämlich immer der Dumme!“
Ja, das waren meine richtigen Freunde. Auf die konnte ich mich verlassen!

Die Riegers

Ich kann mich noch genau an den Tag erinnern, als die Riegers in unser Nachbarhaus einzogen. Zu der Familie gehörten zehn oder elf Kinder. Hans und Helmut Rieger waren ungefähr in meinem Alter. Sie sollten meine besten Freunde werden. Mit denen konnte ich mich am besten unterhalten und auch am besten spielen. Den Eltern machte es auch überhaupt nichts aus, wenn ich mit den beiden in deren Wohnung ging und mit ihnen 17 und 4 oder „Bank“ spielte. Und das, obwohl es da schon so viele Kinder gab. Die Mutter war sehr freundlich zu ihren Kindern und auch zu mir. Sonst war es in unserem Block nicht üblich, in anderen Wohnungen zu spielen.

„Bank“ war überhaupt das spannendste Spiel, das ich bis dahin kennengelernt hatte. Dazu brauchte man zwei Kartenspiele. Ein Spieler hatte mit einem Kartenspiel die Bank. Vom zweiten Spiel wurden einige Karten an die Mitspieler verteilt. Dann legte der Bankdirektor neun Karten seines Kartenspiels in zwei Reihen auf den Tisch. Hatte man eine der ersten beiden Karten, war man um fünf Pfennig reicher, dann zehn Pfennig, 15 Pfennig usw. Die oberste und neunte Karte war am wertvollsten. Wer die hatte, war gleich um 50 Pfennig reicher. Dieses Spiel spielten wir tagelang in Riegers Wohnung, besonders, wenn es draußen regnete. Herr Rieger war bei der Bahn beschäftigt. Der war meistens nicht zu Hause. Die Frau Rieger störte es überhaupt nicht, wenn wir in ihrer Wohnküchc am großen Küchentisch spielten. Sie redete auch nie dazwischen. Ich habe sie auch nie mit meinen Freunden schimpfen hören. Wenn der Vater abends von der Arbeit nach Hause kam, setzte er sich zu uns und las seine Zeitung. Auch er war immer sehr freundlich zu uns Kindern.

Meine beiden Freunde hatten auch sehr nette Schwestern. Eine von ihnen war Ursula, ein sehr hübsches Mädchen. Sie war schon zwölf oder 13 Jahre alt, eine „Große“ also. Aber sie gab sich trotzdem hin und wieder mit uns ab. Ihre Meinung wurde von uns allen anerkannt. Ich hätte mich in sie verlieben können, so hübsch war sie mit ihrem ovalen Gesicht und den schönen schwarzen Haaren. Aber das war wohl unmöglich: ich war sieben und sie fünf oder sechs Jahre älter.

Die Riegers hatten einen Garten direkt vor dem Neisser Bahnhof. Neben vielen Gartenblumen und Gemüse gab es zwei phantastische Apfelbäume. Wenn die Früchte im August goldgelb waren, durfte ich mit meinen Freunden in den Garten mitgehen, und wir aßen soviele Äpfel, wie wir nur konnten. Niemand verbot es uns.
Hans Rieger hat mir ja einmal großzügig das Taschenmesser überlassen, das wir beide gleichzeitig entdeckt hatten. Das habe ich ihm nie vergessen. Und der Helmut hat mich sogar einmal vor schweren Verletzungen bewahrt, ja vielleicht sogar das Leben gerettet. Und das kam so.
Wir waren wieder einmal zusammen in der Stadt, vier oder fünf Jungen aus unserer Kaserne. Vielleicht kamen wir gerade aus einem der beiden Stadtkinos.
Es war schon ziemlich dunkel, als wir von der Berliner Straße kommend die Neißebrücke passierten. Vor uns lag die Friedrichstadt; gleich hinter der Brücke begann der Luisenplatz, wo unser langer Wohnblock stand. Es muß im Herbst 1944 gewesen sein, dem Jahr meiner lebensgefährlichen Unfälle. Ich weiß nicht mehr, ob ich noch sieben oder schon acht Jahre alt war. Kindergeburtstage wurden bei uns nicht gefeiert. Jedenfalls bin ich nie dazu eingeladen worden und habe auch nie ein Kind zu meinem Geburtstag eingeladen.
Damals war bei uns ein gefährliches Spiel modern. Wenn uns ein Bauernwagen überholte, versuchten wir immer, hinten aufzuspringen, um nicht laufen zu müssen. Und das Mitfahren auf einem Pferdewagen machte ja auch wirklich Spaß. Man sah täglich viele Bauernwagen nach Neisse hineinfahren. Das ganze Jahr über brachten sie Kartoffeln oder Rüben in die Stadt, und bei Eis und Schnee kamen sie mit ihren Pferdeschlitten. Das konnten wir schon von weitem hören, denn die Pferde hatten fast immer kleine Glöckchen an ihrem Geschirr. Aber da sind wir natürlich nicht aufgesprungen. Der Kutscher hätte uns greifen können und die Schlitten fuhren sehr schnell.

An diesem Abend überholte uns ein Leiterwagen direkt vor der Neißebrücke. Es waren zwei zusammengekoppelte Leiterwagen. Ehe ich mich versehen hatte, saßen schon zwei meiner Freunde hinten auf dem letzten Wagen. Die hatten es gut. Die wurden jetzt bequem nach Hause gefahren. Für uns war da nichts mehr zu machen. Es blieb nur der erste Wagen übrig, auf dem vorn der Bauer saß, oder die Deichsel des hinteren Wagens, die an dem ersten Wagen befestigt war.

Und gerade auf diese Deichsel wollte ich springen. Ich rutschte aber ab und fiel auf die Straße. Erschrocken und etwas benommen lag ich auf dem nassen Asphalt der Brücke. Im nächsten Augenblick würde mich der zweite Wagen überrollen, und der hatte eisenbeschlagene Holzräder. Entweder waren meine Beine, mein Bauch oder der Brustkorb dran.

Ehe ich mich versah, überhaupt nachdenken konnte, was eigentlich passiert war, packte mir jemand blitzschnell unter die Achselhöhlen und riß mich unter dem Wagen hervor. Es war mein Freund Helmut Rieger, der in Sekundenbruchteilen die gefährliche Lage, in der ich mich befunden hatte, richtig erkannte und blitzschnell handelte.

Ich stand benommen auf. Helmut sagte nichts. Erst nach und nach wurde mir bewußt, in welcher Lebensgefahr ich mich befunden hatte. Der Schrecken sitzt mir bis heute in den Gliedern. Wir gingen still nebeneinander her. Als ich dann aufblickte, sah ich die Umrisse unserer Kaserne am Neißedamm. Die Fenster waren nun alle verdunkelt. Das war Vorschrift, damit die feindlichen Flugzeuge nicht von oben unsere Häuser erkennen und bombardieren konnten.

Oben in unserer Wohnung würde es wieder sehr gemütlich sein. Die Oma hatte bestimmt schon den grünemaillierten Ofen in der Stube angemacht, der immer so angenehme Wärme ausstrahlte. Sie saß jetzt bestimmt in ihrem Sessel und las, oder sie betete den Rosenkranz.

Für den Führer habe ich sie nie beten hören, aber für ihre Kinder und die Soldaten an der Front, und daß der Krieg bald aus sein sollte.
Ich betete gern mit der Oma. Sie hatte mir erklärt, daß man beim Beten mit dem lieben Gott spricht und daß er jedem Menschen zuhört, der sich an ihn wendet.
Vor dem Einschlafen sprach sie mit mir immer das Abendgebet:

Müde bin ich, geh zur Ruh,
schließe beide Äuglein zu.
Vater, laß die Augen dein
über meinem Bette sein.
Gib, daß kein böser Traum mich weckt,
kein nächtlich' Wahnbild mich erschreckt.

Amen

Auch am Morgen betete die Oma mit mir. Am Türrahmen im Schlafzimmer hatten wir ein kleines Weihwasserbecken. Da machten wir nach dem Aufstehen das Kreuzzeichen.
Kein Brot wurde von der Oma angeschnitten, auf dem sie vorher mit dem Messer nicht drei Kreuze gemacht hätte.
Wir beteten auch vor und nach dem Mittagessen. Alles das fand ich ganz selbstverständlich. Einen anderen Tagesablauf konnte ich mir nicht mehr vorstellen.
Und einen Schutzengel hatte ich auch gerade gehabt. Der hatte wieder einmal auf mich aufgepaßt, genauso, wie damals beim Schlangennest am Kiefernpüschl. Es war zwar der Helmut Rieger, der mich vor schweren Verletzungen bewahrt hatte, aber ihm hatte bestimmt mein Schutzengel geholfen, so blitzschnell zu schalten.
Gleich würde ich zu Hause sein. Dort war ich bei der Oma in Sicherheit. Da konnte mir nichts mehr passieren. Ich freute mich auf die Oma und unsere gemütliche Stube.

Unsere Haustür war eigentlich immer offen. Der Hausflur und auch das Treppenhaus waren nur spärlich beleuchtet. Diese Dunkelheit bewirkte bei mir immer ein komisches Gefühl in der Magengrube. Wie leicht konnte sich jemand hinter der Holztreppe verstecken. Aber es ist nie etwas passiert.
Die Oma freute sich jedes Mal, wenn ich gesund nach Hause kam. Auch heute schimpfte sie nicht, obwohl es schon sehr spät war. Von dem Vorfall auf der Neißebrücke erzählte ich ihr nichts. Das hätte sie nur unnötig aufgeregt. In diesem Jahr hatte sie schon genug mit mir erlebt. Nicht auszudenken, wenn sie mich ein drittes Mal, und nun mit zerquetschten Knochen, vom Dr. Sonntag aus dem Neisser Krankenhaus hätte abholen müssen!

Die Geschichten des Pfarrer Gerigk

Zusätzlich zum Religionsunterricht bei meinem Lehrer Görlich gingen viele Jungen aus der Friedrichstadt einmal in der Woche an einem Nachmittag in unser Pfarrhaus in der Eichendorffstraße, das direkt neben unserer schönen Dominikanerkirche war. Die Oma kannte den alten Pfarrer Gerigk gut und sie sorgte dafür, daß ich keinen Unterricht vergaß. Aber ich bin immer sehr gern dorthin gegangen. Und das hatte seine guten Gründe.
Unsere Kirche war nicht so groß wie die anderen Kirchen in der „Stadt“, aber ich fühlte mich da immer sehr wohl. Als ich größer geworden war, nahm mich die Oma zu den Andachten mit. Da gab es die Mai-, Sakraments-, Rosenkranz-, Herz-Jesu-, Marien- und Litanei-Andachten. Wir saßen später häufig oben auf dem „Chor“, direkt vor der schönen Orgel. Da sah ich von oben nicht nur den Pfarrer Gerigk auf seinem Betschemel, sondern auch die Ministranten und die anderen Leute in der Kirche.
Ich wäre auch zu gerne Ministrant geworden, aber die Oma sagte mir, daß ich dafür noch viel zu klein sei.

Am tollsten fand ich neben den schönen Liedern die Litaneien. Der Pfarrer betete vor und wir antworteten darauf. Entweder „Erbarme dich unser“ oder „Bitte für uns“. Beim Segen mit der goldenen Monstranz wurde die ganze Kirche fast immer mit Weihrauch eingenebelt. Ein großer Ministrant holte dann einen silbernen Behälter aus der Sakristei und schwenkte ihn an langen Ketten hin und her. Dann kamen dicke Rauchschwaden aus dem Behälter, und schon bald roch die ganze Kirche angenehm nach Weihrauch. Dann kuschelte ich mich an die Oma, hörte den Liedern zu und beobachtete genau, was sich da unten tat. Wenn ich dann noch meine Augen zukniff, entstanden um die Kerzen am Altar und die elektrischen Deckenlampen wunderschöne Strahlenkränze. Es war schön in unserer Kirche!
Einmal ging die Oma mit mir nach vorne zum Taufbecken, das neben dem Altar stand, und sagte: „Hier bist du getauft worden, Hansl! Unser Pfarrer Gerigk hat dich getauft.“
Später konnte sich der Pfarrer noch ganz gut an mich erinnern. „Deine Mutter ist schon zu mir in den Kommunionunterricht gekommen,“ begrüßte er mich bei meiner allerersten Religionsstunde.
Meistens erzählte uns der Pfarrer Geschichten aus der Bibel. Viele kannte ich schon von der Oma und aus unserem alten Buch aus dem Kleiderschrank, das mit den schönen Bildern. Die habe ich später auch alle nachgelesen. Aber der Pfarrer Gerigk beschrieb alles noch viel spannender. Ich hatte immer das Gefühl, ich sei mitten drin in den Geschichten. Wochenlang gingen mir manche Erzählungen nicht aus dem Kopf.
Mit der Oma hatte ich mich schon über viele Bibelgeschichten unterhalten. Manchmal hatte ich ihr „Löcher in den Bauch“ gefragt, wie sie es ausdrückte. Da kamen Himmel und Hölle vor, das Fegefeuer, der liebe Gott und der Teufel. Am meisten interessierte mich, was nach dem Tod mit den Menschen geschieht. Den Tod hatte ich ja schon zweimal im Kino gesehen. Einmal in „Fährmann Maria“ und dann in „Paracelsus“, wo der große

Junge mich um 20 Pfennig betrogen hatte. Nein, so einem Gerippe wollte ich lieber nicht begegnen.
Ich kann mich noch ganz gut an den Abend erinnern, als ich aus dem einen Gruselfilm kam. Zu Hause war es wie immer schön gemütlich und die Oma fragte mich gleich nach dem Film. Alles hatte ich noch nicht verstanden. Ich wußte nur, daß die Menschen von einer furchtbaren Seuche heimgesucht wurden. Es war die Pest, die auch der „schwarze Tod" genannt wurde. Viele Menschen zogen durch die Stadt und peitschten sich selber aus.
„Diese Menschen hatten Angst vor dem Tod und vor der Hölle", erklärte mir gleich die Oma. „Das gab es auch früher hier in Neisse. Unzählige Menschen sind an der Pest gestorben. Aber das war lange, bevor ich auf die Welt kam. Draußen in St. Rochus ist damals der letzte Pestkranke gestorben. Deshalb hat man dann später auch die Rochuskapelle gebaut, an der Straße nach „Maria Hilf" und direkt vor der Franziskanerkirche."
Ich erzählte der Oma gerne meine Kinogeschichten. Meistens bürstete ich ihr dabei ihre langen, grauen Haare. Die waren sonst hinter dem Kopf zu einem Dutt zusammengeflochten. Als sie ihre Haare zum ersten Mal vor mir aufgemacht hatte, sah ich auch den Grund für diesen Dutt. Mitten auf dem Hinterkopf hatte die Oma eine dicke Griesbeule. Durch die Haare war die Beule nicht mehr zu sehen. Und zur Sicherheit setzte sie dann auch noch immer einen Hut auf.
Vor mir schämte sich die Oma nicht. Jedenfalls nicht, was die Beule betraf. Ich kämmte der Oma gerne die Haare. Sie reichten ihr weit über die Schulter.
An diesem Abend war ich richtig ausgehungert. Die Oma machte mir ein Brot mit Griebenschmalz. Dazu gab es den süßen Lindenblütentee. Als ich mit dem Essen fertig war, setzte ich mich hinter sie und kämmte ihre langen Haare. Ich mußte es ganz langsam und vorsichtig machen, damit es bloß nicht ziepte. Die Beule konnte ich ruhig anfassen, ja sogar hineinkneifen. Die Oma merkte nichts davon. Beim Haarebürsten erzähl-

ten wir uns alle möglichen Dinge. Wenn uns der Pfarrer Gerigk eine spannende Geschichte erzählt hatte, erfuhr es die Oma mit Sicherheit am gleichen Abend.
Auch der Pfarrer erzählt uns Jungen hin und wieder etwas vom Tod und vom Sterben. Bei ihm war der Tod aber überhaupt nicht gefährlich. Da zog kein Gerippe mit seiner Sense über das Feld. Ich spürte auch, daß der Herr Gerigk überhaupt keine Angst vor dem Sterben hatte. Das war so ähnlich wie bei der Oma.
„Unser Glauben hat den Tod überwunden!" erklärte er es manchmal. „Erst nach dem Tod eines Menschen fängt sein richtiges Leben an!"
Der Pfarrer Gerigk war ein alter Mann. Der wußte schon, was er sagte. Dem konnten wir ruhig glauben.

Eines Tages erzählte er uns eine seiner unheimlichen Geschichten.
Es war in einem alten Kloster. Ein Klosterbruder mußte nachts aufstehen und sah in dem langen Klostergang vor sich plötzlich zwei rotweiß gekleidete Ministranten. Er rieb sich verblüfft die Augen. Aber er träumte nicht. Die Ministranten winkten ihm freundlich zu. Er sollte ihnen folgen. Das tat er dann auch. Er verfolgte sie über mehrere Gänge. Plötzlich stand er vor einer Nische. Die beiden Meßdiener waren vom Erdboden verschwunden.
Er blickte sich um. Niemand war da. Er sah nur das fahle Licht in dem langen Gang, durch den er gekommen war. Er faßte sich an den Kopf. Hatte er geträumt? War er zum Schlafwandler geworden? Er konnte sich nicht erklären, was er eben gesehen und erlebt hatte. Die Mauer jedenfalls, vor der der Mönch stand, war undurchdringlich.
Am nächsten Tag sprach er mit keinem seiner Mitbrüder über sein nächtliches Erlebnis. Er wartete ungeduldig den Abend und die Nacht ab. Er wollte wissen, ob sich die unglaublichen Dinge der letzten Nacht wiederholen würden.

Gegen Mitternacht, es war Geisterstunde, verließ der Mönch wieder seine Klosterzelle. Und tatsächlich, am Ende des Ganges sah er die beiden Ministranten wieder. Er folgte ihnen in gehörigem Abstand, aber wie in der letzten Nacht verschwanden die beiden wieder hinter der undurchdringlichen Mauer.
Noch einige Male erlebte der Mönch die gespenstischen Erscheinungen. Schließlich erzählte er dem Abt von den schaurigen Erscheinungen.
Dieser durchforschte alte Pläne und sah in der Klosterchronik nach. Endlich fand er einen Hinweis. Vor vielen hundert Jahren waren plötzlich einmal zwei Klosterschüler spurlos vom Erdboden verschwunden. Nach einem Gottesdienst in der Klosterkirche, bei dem die beiden als Ministranten gedient hatten, waren sie plötzlich weg. Niemand hatte es bemerkt. Tagelang suchte man nach ihnen in allen Räumen des Klosters, im Garten und sogar in den umliegenden Wäldern. Sie blieben verschwunden. Kein Mensch hatte sie je wieder zu Gesicht bekommen. Bald war der Vorfall vergessen. Niemand sprach mehr von ihnen. Nur der Chronikschreiber trug den Vorfall in die dicke Klosterchronik ein.
Der jetzige Abt gab schließlich den Auftrag, die Wand, hinter der die Meßdiener angeblich verschwunden waren, genauer zu untersuchen. Und tatsächlich! Man fand eine Geheimtür, hinter der eine Treppe in einen unterirdischen Gang führte. Unten entdeckte man dann zwei kleine Gerippe. Sie waren noch in ihren rotweißen Ministrantenröckchen.
Die Mönche nahmen an, daß die beiden Jungen vor vielen hundert Jahren durch einen Zufall oder durch ihre Neugier auf die Geheimtür gestoßen waren. Sie seien dann die Treppe hinuntergestiegen, aber die schwere Türe wäre allein zugegangen. Nun saßen sie in einer Falle. Sie hatten bestimmt tagelang um Hilfe gerufen, aber niemand im Kloster hatte ihre Schreie gehört. Dann waren sie verhungert und verdurstet und schließlich vor Erschöpfung gestorben.

Ihre kleinen armen Seelen hätten aber nie die himmlische Ruhe gefunden. Aber nun sollten sie diese Seelenruhe endlich bekommen. Man nahm die kleinen Skelette und legte sie ehrfürchtig in kleine weiße Kindersärge. Dann wurden sie in einem gemeinsamen Grab auf dem Klosterfriedhof eingesegnet und beerdigt. Seitdem gab es im Kloster nie wieder irgendwelche Erscheinungen. Auch der Mönch, der die beiden kleinen Geister gesehen hatte, blieb von weiteren mitternächtlichen Begegnungen verschont. Die beiden Jungen hatten endlich ihre Ruhe gefunden.

Ja, der Pfarrer Gerigk konnte spannend erzählen. Ich hing an seinen Lippen. Da stand der alte, weißhaarige Pfarrer in seinem schwarzen Priesterrock, und vor ihm saß seine kleine Jungengemeinde und lauschte innerlich erregt seinen Worten.
Ich glaubte ihm jedes Wort. Und ich war auch überzeugt davon, daß er selbst alles als wahr ansah, was er uns Jungen erzählte.
Natürlich war er felsenfest davon überzeugt, daß es einen Himmel gibt, in dem nach dem Tod alle guten und gerechten armen Seelen bei Gott eine ewige Heimat finden. Von da an glaubte ich es auch, und die Oma brauchte von mir nicht darin überzeugt zu werden.
Auch sie erzählte mir gerne solche Geschichten. An eine kann ich mich noch sehr gut erinnern. Ich weiß sogar noch genau, wann und wo es war. Essig und Senf holte die Oma immer aus einer Essigfabrik in der Altstadt, ich glaube in der Weberstraße. Es war Herbst. Draußen war es schon dunkel, als wir mit den zwei Flaschen Essig und dem Glas Senf den Heimweg zur Friedrichstadt antraten. Wie wir darauf kamen, weiß ich nicht mehr, jedenfalls waren wir plötzlich beim Thema „Tod".
„Der Tod kündigt sich immer irgendwie an," sagte die Oma, „ich habe es schon oft erlebt!"
Und dann erzählte sie mir die Geschichte ihres Vaters. Als er im Sterben lag und sie an seinem kerzenerleuchteten Sterbebett wachte, hörte sie plötzlich Schritte im Nebenzimmer. Jemand

ging auf den knarrenden Dielen hin und her. Sie öffnete die Tür, weil sie dachte, ihre Mutter oder ein anderer Verwandter wären gekommen, um sie abzulösen. Aber kein Mensch war in diesem stockdunklen Raum. Sie schloß die Tür wieder und setzte sich an das Bett des sterbenden Vaters. Nur die zwei flakkernden Kerzen warfen ihr Licht in das Sterbezimmer. Und sofort waren die Schrittgeräusche aus dem Nebenraum wieder da. Plötzlich hörte der Sterbende auf zu atmen. Ihr Vater, mein Urgroßvater, war friedlich eingeschlafen.
„Der Tod hat sich bemerkbar gemacht. Er hat den Vater abgeholt."
Obwohl die Oma neben mir ging, wurde mir ganz unheimlich zumute. Das mochte ich nicht gerne erleben. Der Tod im Nebenzimmer, der über die Dielen schlurft und sie knarren läßt. Wir gingen gerade über den Ring und an der Stadtwaage, dem schönen Kämmereigebäude, vorbei, als die Oma weitererzählte.
„Immer wenn ein Käuzchen draußen in der Nacht schreit, dann stirbt jemand. Das Käuzchen ist der Bote des Todes. Ich habe es oft gehört, und dann ist ein Mensch aus der Nachbarschaft gestorben."
„Was rufen denn die Käuzchen?" fragte ich die Oma, denn ich hatte noch nie den Totenvogel gehört.
„Na, zieh mit! Zieh mit!" antwortete sie.
„Auch als dein Großvater vor zehn Jahren gestorben ist, haben sie nächtelang geschrien."

Den Opa hatte ich nicht mehr erlebt. Er war schon lange tot, als ich auf die Welt kam. Ich kannte nur sein Bild auf unserem Vertiko und das Grab auf dem Garnisonsfriedhof, das wir im Sommer mindestens einmal in der Woche besuchten, um die Blumen zu gießen.
„Deinen Opa haben die Nazis auf dem Gewissen!" sagte die Oma plötzlich in die Dunkelheit.
Zuerst wußte ich gar nicht, was sie damit meinte. Und als ich fragend zu ihr nach oben sah, erzählte sie es mir.

„Dein Opa war kein Nazi. Er war in der Malergewerkschaft. Bei den Maiumzügen der Arbeiter trug er immer die große Fahne. Er war Soldat im Weltkrieg und wurde schwer verwundet. Er konnte nur noch mit einer Krücke laufen. Arbeiten konnte er überhaupt nicht mehr. Wir bekamen nur eine kleine Rente. Aber die Nazis mochte er überhaupt nicht leiden. Den Hitler hat er sogar mal in einer Wirtschaft bei uns in der Friedrichstadt erlebt, direkt um die Ecke in der „Breiten Straße". Seitdem war er für ihn nur noch der „Hetzer" und der „Schreihals".
Wenn der Opa ein paar Groschen hatte, ging er gern in eine Wirtschaft unten am Luisenplatz, um noch ein Bier zu trinken. Da bekam er Streit mit zwei SA-Männern. Sie wurden wütend auf den Opa und warfen ihn, den Kriegsinvaliden, vor die Tür. Er konnte sich natürlich nicht wehren. So schlug er mit dem Kopf auf die Pflastersteine. Ein paar Männer haben ihn mir schwerverletzt nach oben gebracht. Er lebte noch drei Tage, aber er kam nie mehr zu Bewußtsein. Er ist dann an Gehirnbluten gestorben. Die Käuzchen in unseren Bäumen am Neißedamm schrien die ganzen drei Nächte durch."
„Was hat denn der Führer dazu gesagt?"
„Ach, der Führer! Als der an die Regierung kam, haben sie mir sofort die Invalidenrente gestrichen. Jetzt lebe ich von der Wohlfahrt. Dein Opa hat sein ganzes Leben lang schwer gearbeitet. Wir haben neun Kinder großgezogen. Und schließlich hat er sich noch seine Knochen kaputtschießen lassen. Aber darauf haben die Nazis keine Rücksicht genommen!"
„Ist denn unser Führer nicht gut, Oma?"
„Das haben damals viele Menschen in Neisse geglaubt. Dein evangelischer Opa hat dem nie getraut. „Das wird schlimm ausgehen, wenn die mal an die Regierung kommen," hat er immer gesagt. Und ich habe nur die katholische Partei gewählt. Und jetzt haben wir den Krieg, und von Tag zu Tag wird es schlimmer. Viele Städte sind schon zerbombt worden, und jeden Tag sterben unzählige Menschen. Die beiden Warmbrunn-Jungen aus unserem Haus sind auch schon gefallen. Jeden Tag kann

man die Todesanzeigen in der Neisser Zeitung lesen. Gefallen für Führer, Volk und Vaterland! Der Opa hatte schon recht. Es wird einmal alles schlimm ausgehen!"
„Oma, aber unsere Soldaten sind doch toll! Es sind die besten und die mutigsten der Welt. Überall hört man das. Und meine Freunde sind auch dieser Meinung. In der Wochenschau kann man das immer sehen. Wenn ich einmal groß bin, will ich auch Soldat werden! Entweder U-Bootfahrer oder Stuka-Pilot."
„Na, ich hoffe ja, daß dann der ganze Kriegsspuk endlich vorbei ist und wir endlich in Frieden leben können. Wir einfachen Leute haben doch wirklich nichts vom Krieg. Nur immer mehr Tote in den Familien, und die vielen zerbombten Städte. Hoffentlich bleibt unser schönes Neisse verschont! Du darfst aber mit keinem Menschen darüber reden, was ich dir eben erzählt habe. Die Nazis nehmen auf keinen Menschen Rücksicht! Auch auf alte Leute nicht! Aus der Friedrichstadt sind schon viele Menschen abgeholt worden, die nicht mit den Nazis einverstanden waren. Man hat sie nie wiedergesehen."
Vieles verstand ich damals noch nicht, aber ich wäre auch nie auf die Idee gekommen, das alles meinen Freunden weiterzuerzählen, was mir die Oma gesagt hatte. Die Oma hielt nichts von den „Braunen", das hatte ich schon verstanden. Aber gerade unser Führer, die SA, die HJ und die vielen Soldaten in der Stadt, das konnte doch nicht alles schlecht sein!
So ging mir manches durch den Kopf. Der Tod und das Sterben, der Krieg und die Nazis.
Na, ja, die Oma war alt! Die verstand das mit dem Krieg und den Soldaten nicht mehr richtig.
Ich fand unsere Soldaten toll. Ich kannte schon fast alle Uniformen und auch die meisten Dienstgrade. Die SA-Männer fand ich überhaupt nicht schlecht. Ich sah ihnen gerne zu, wenn sie mit einer SA-Kapelle durch die Stadt marschierten. Und es gab noch die SS. Da wurden überhaupt nur die allerbesten Männer aufgenommen. Das war die Elitetruppe des Führers. Da mußte man ein sehr guter Sportler sein und der Beste in der Schule.

Das hatte ich einmal von großen Jungen, die schon bei der HJ waren, aufgeschnappt.

Auch der Herr Luda aus unserem Haus war ja in der SA. Er schlug sogar in der SA-Kapelle die Pauke. Das konnte der ganz toll. Zu uns Kindern war er immer ganz freundlich. Den Sommer über hatte er unten auf der „Insel" ein Ruderboot liegen. Bevor es im Frühjahr in die Neiße gelassen wurde, strich er den ganzen Boden unter dem Boot mit Teer an. Auch in diesem Jahr hatte er neben seinem Boot ein Feuer gemacht. Neben dem Feuer waren zwei große Feldsteine und darauf stand ein Blecheimer mit Teer. Wir sahen dem Herrn Luda zu, wie er sein Boot anstrich. Es lag umgekippt auf dem Rasen. Wir hatten uns alle kleine Fackeln gemacht und liefen damit um das Feuer herum. Einige Jungen hatten Teer an der Fackelspitze. Damit brannte die Fackel noch besser. Ich wußte gar nicht, woher sie den Teer hatten.
Also nahm ich auch meinen glühenden Stock und steckte ihn in den Teereimer auf dem Feuer. Und da geschah etwas Unerwartetes! Der ganze Eimer stand sofort in hellen Flammen. Sofort schmiß ich meine Fackel weg und lief davon.
Der Herr Luda bekam wohl einen großen Schrecken. Er schnappte sich nun einen leeren Marmeladeneimer, holte Wasser aus der nahe vorbeifließenden Neiße und goß es in den brennenden Teereimer. Sofort schoß eine riesige Stichflamme in den Himmel. Die schwarzen Rauchschwaden hüllten die ganze Insel ein. Aber das Feuer im Teereimer war aus.
Herr Luda sagte nichts. Er schimpfte mich auch nicht aus, obwohl der Teer in seinem Eimer völlig verbrannt war und er nun sein Ruderboot nicht weiterstreichen konnte.
Der Herr Luda war also in der SA-Kapelle. Ich war auch dabei, als die Kapelle bei uns unten vor dem Haus spielte. Die Luda-Trudl heiratete. Ihr Mann war Leutnant bei der Luftwaffe. Das fanden wir alle ganz enorm! Kurz vor der Hochzeit beobachteten wir das junge Paar in Herrn Ludas Ruderboot draußen auf

der Neiße. Die Luda-Trudl hatte ein geblümtes Sommerkleid an, und der Herr Leutnant trug seine blaugraue Paradeuniform. Wir standen am Ufer und machten unsere Witze über die beiden. Es fehlte nur noch, daß sie sich um den Hals fielen und abküßten, wie ich es schon mal in langweiligen Liebesfilmen gesehen hatte. Aber es passierte nichts. Der Leutnant ruderte nur das Boot hin und her. Auf uns am Ufer achteten sie überhaupt nicht.
Dann kam der Tag der Hochzeit. Die Luda-Trudl war eine schöne weiße Braut, und ihr Leutnant trug seine Uniform. Die SA-Kapelle spielte, als die Brautleute unser Haus verließen. Aber der Herr Luda war heute nicht dabei. Ein anderer Musiker schlug die Pauke für ihn. Der Herr Luda war ja der Brautvater. Er schritt mit seiner Frau stolz hinter den jungen Brautleuten her.
Aber schon wenige Wochen nach diesem nicht alltäglichen Ereignis ging eine Schreckensnachricht durch die Kaserne. Der Leutnant von der Luda-Trudl war tot. Er war im Luftkampf über Berlin mit seinem Flugzeug abgeschossen worden.
Ob die Soldaten auch in den Himmel kamen? Bestimmt, dachte ich so bei mir. Es wurden ja auch Trauergottesdienste abgehalten, und dabei wurde für ihre armen Seelen gebetet.

Beim nächsten Religionsunterricht hatte der Pfarrer Gerigk wieder eine Totengeschichte auf Lager. So verging fast kein Tag, an dem ich nicht etwas über Tod und Sterben gehört hätte. Aber diesmal war es, wie beim letzten Mal, eine Geschichte aus vergangenen Zeiten.
Es geschah in einer mittelalterlichen Stadt. Auf dem höchsten Turm saß der Nachtwächter und paßte auf, ob irgendwo ein Feuer ausbrach oder Feinde die Stadt angriffen. Am Fuße des Turms war direkt der Kirchhof mit den vielen Gräbern.
Eines Nachts bei hellem Mondschein, die Uhr hatte gerade zwölf geschlagen, traute der Türmer seinen Augen nicht, als er aus luftiger Höhe auf die weißen Grabsteine hinuntersah. Es öffneten sich alle Gräber. Die Toten stiegen in ihren weißen

Totenhemden heraus und fingen an zu tanzen. Zuerst war der Türmer wahnsinnig erschrocken, aber dann beruhigte er sich und mußte über die klappernden Gerippe lachen. Oben auf dem Turm konnten sie ihm sowieso nichts anhaben. Wie hätten sie auch in ihren weiten, weißen Hemden nach oben kommen sollen? Die schwere Turmtür unten war natürlich abgeschlossen und verriegelt.

Und dann fand er es ganz lustig, als ein Gerippe nach dem anderen aus seinem Hemd schlüpfte und sie es fein säuberlich auf der Friedhofsmauer ablegten. Das Tanzen auf dem Friedhof, das Verrenken der Glieder, das Knarren und Quietschen der Knochengelenke, alles sah und hörte sich so witzig an, daß der Türmer auf die Idee kam, den zappelnden Skeletten da unten einen Streich zu spielen.

Gedacht, getan! Er eilte die Wendeltreppe hinunter, schloß leise die wuchtige Turmtür auf, schlich sich vorsichtig von außen an die Kirchhofmauer, zog ein Totenhemd herunter, nahm es schnell unter den Arm, verschwand wieder im Turm, verschloß hurtig die schwere Tür und stieg dann wieder die gewundene Treppe hinauf.

Oben angekommen sah er, daß der Tanz unten zwischen den Gräbern noch weiterging. Er nahm das entwendete Leichenhemd und befestigte es an der Fahnenstange, die weit über die Brüstung des Turmrundgangs hinaus in die helle Nacht ragte. Dann lehnte er sich schadenfroh über die brusthohe Mauer, um gespannt abzuwarten, was nun passieren würde. Zuerst geschah noch gar nichts. Die Gerippe tanzten weiter, und niemand von ihnen kümmerte sich um das heimlich gestohlene Totenhemd.

Plötzlich schlug die große Turmuhr dreimal. Es war genau dreiviertel eins. Ein Ruck ging durch das tanzende Gewimmel unten auf dem mondbeschienenen Gottesacker. Die Gerippe hörten auf zu tanzen. Langsam gingen sie an die Friedhofsmauer, schlüpften in ihre schneeweißen Totenhemden und verschwanden wieder in ihren Gräbern, die sich wie von Geisterhand wie-

der schlossen. Schon bald sah der Friedhof so aus, als sei nichts geschehen.
Nur ein Gerippe war übriggeblieben. Es suchte sein verschwundenes Totenhemd. Zuerst lief es die lange Friedhofsmauer entlang, einmal an der einen, dann an der anderen Seite. Aber das Hemd war nicht mehr zu finden. Es blieb verschwunden. Das Skelett wurde nun schon sehr unruhig, denn ohne sein Totenhemd durfte es natürlich nicht mehr ins Grab zurück.
Schließlich witterte es etwas in der luftigen Höhe des Turms. Es blickte nach oben, und da entdeckte es auch sein Hemd an der waagerechten Fahnenstange. Wie eine weiße Flagge bewegte sich das Hemd im kühlen Nachtwind.
Schnell bewegte sich das Gerippe klappernd und ächzend auf den Turm zu. Es rüttelte an der wuchtigen Klinke der Turmtür und pochte an das dicke Holz. Aber nichts bewegte sich. Die Tür blieb zu. Der Türmer hatte sicherheitshalber von innen noch den breiten Riegel vorgelegt.
Ängstlich blickte das Gerippe nach oben zu seinem Hemd. Es mußte bis zum Ende der Geisterstunde sein Totenhemd wiederhaben. Deshalb begann es in seiner Not an den Mauervorsprüngen und Zinnen des Turms langsam nach oben zu klettern, um sein für die Ruhe im Sarg wichtiges Kleidungsstück wiederzubekommen.
Der Türmer hatte alles von oben beobachtet, zuerst mit hämischer Schadenfreude, aber dann mit wachsendem Erschrecken. Das Schlurfen an der grauen Mauer des Turms sagte ihm, daß unser Skelett immer höher und näher kam. Unheimlich war das Scharren und Klappern der Knochen. Der nun von Angst geplagte Turmwächter ahnte wohl, daß sein letztes Stündlein geschlagen hatte. Er verkroch sich in die äußerste Ecke des Rundgangs und sah nun mit weit aufgerissenen Augen, wie das Totengerippe in das Hemd an der Fahnenstange schlüpfte. Da ertönte wuchtig die dumpfe Glocke der Turmuhr. Die Geisterstunde war vorüber. Krachend fiel das Skelett nach unten und zerschellte vor dem Turmeingang.

Am nächsten Morgen wunderten sich die frühen Kirchgänger über die vielen herumliegenden Menschenknochen. Der Küster sah, daß die Turmtür noch verschlossen und verriegelt war. Der Türmer mußte also noch oben in seiner luftigen Behausung sein. Ob dem etwas geschehen war? Durch eine andere Tür im Inneren der Kirche gelangte er schließlich auch in den Turm. Keuchend stieg er die hölzerne Wendeltreppe hinauf. Zuerst konnte er den Türmer nirgends entdecken. Doch schließlich sah er ihn im äußersten Winkel schreckensbleich und mit weit aufgerissenen Augen hocken. Er mußte bei seinem nächtlichen Rundgang etwas Schreckliches gesehen haben und dann zu Tode erschrocken sein. Der Küster wunderte sich nur noch über das schneeweiße Hemd draußen an der Fahnenstange. Ob es etwas mit dem Tod des Türmers zu tun hatte?

Wir Jungen hatten dem alten Pfarrer mit atemloser Spannung zugehört. Niemand wäre auf die Idee gekommen, ihn durch Räuspern oder Schwätzen zu unterbrechen. Niemand zweifelte den Wahrheitsgehalt seiner spannenden Erzählung an.

Innerlich aufgewühlt schlich ich nach dieser Religionsstunde nach Hause. Draußen war es schon dunkel geworden. Aber vom Pfarrhaus in der Eichendorffstraße bis zu unserem Block am Luisenplatz war es glücklicherweise nicht weit.

Natürlich erzählte ich der Oma gleich die eben gehörte Geschichte des Pfarrers. Sie mußte lachen.

„Der Herr Pfarrer Gerigk hat ja eine blühende Phantasie. Du mußt nicht alles glauben, was er euch erzählt! Vor Toten braucht man keine Angst zu haben. Sieh dich lieber bei lebendigen Menschen vor!“

Und dann erzählte sie mir eine Geschichte von einem Mann, der ganz freundlich junge Männer in seine Wohnung einlud. Zuerst setzte er ihnen ein gutes Essen vor, aber dann schlich er sich mit einem Beil hinter sie und erschlug sie.

„Bei unbekannten Fremden mußt du immer sehr vorsichtig sein! Geh nie mit ihnen mit, auch wenn sie dir die schönsten Sachen versprechen.“

Einige Wochen später trafen wir uns wieder zum Religionsunterricht im Pfarrhaus. Aber diesmal wurden wir draußen von einer Schwester freundlich empfangen.
„Heute fällt der Religionsunterricht aus. Der Herr Pfarrer ist gestern abend gestorben. Er ist jetzt beim lieben Gott im Himmel."
Dann führte sie uns in den großen Pfarrsaal, wo wir sonst immer dem alten Pfarrer zugehört hatten. Doch die Stühle hatte man alle an die Seite gestellt. Mitten im Saal stand ein schwarzer Sarg. Darin lag in weißem Bettzeug unser lieber Herr Pfarrer. Er hatte sein goldenes Priestergewand an, das er immer bei der Heiligen Messe getragen hatte. Auf dem Kopf hatte er seinen schwarzen viereckigen Priesterhut. Seine Hände hielt er gefaltet auf dem Bauch. Dazwischen war ein Rosenkranz.
Unser Pfarrer sah ganz bleich aus, wie ein Weißkäse. Seine Augen hatte er geschlossen. Er mußte wohl ganz friedlich gestorben sein und nicht so wie der Türmer, der sich über den Totentanz lustig gemacht hatte.
Wir stellten uns alle um den Sarg. Dann betete die Schwester mit uns ein „Vater unser" und ein „Gegrüßet seist du, Maria". Danach durften wir wieder nach Hause gehen.
Die Oma ging am nächsten Tag mit zur Beerdigung unseres alten und freundlichen Pfarrers. Ich mußte nicht mit. Ich hatte mich ja schon mit den anderen Jungen von ihm verabschiedet.
„So etwas hast du noch nicht gesehen," sagte die Oma, als sie von der Beerdigung nach Hause kam.
„Der Jerusalemer Friedhof war schwarz von Menschen. Sein Grab ist neben der Friedhofskapelle, ganz in der Nähe vom Eichendorffgrab."
Beim nächsten Friedhofsbesuch würde mir die Oma das Grab schon zeigen. Vielleicht würden wir sogar ein paar Blumen mitnehmen.
Wir bekamen bald einen anderen Pfarrer. Der war zwar auch nett und freundlich zu uns, aber so spannende Geschichten konnte er nicht erzählen. Dafür versprach er uns, daß einige

von den Jungen bald Ministranten werden dürften. Da wollte ich unbedingt dabeisein!

Die Stadt der Soldaten

Es war an einem schönen Sommertag. Wir hatten wieder einmal im Wald hinter der Ziegelbarriere gespielt. Nun wollten wir wieder nach Hause. Aber vor dem Garnisonsfriedhof mußten wir erst einmal zugucken. Da war etwas los. Eine Kompanie von Reichsarbeitsdienstsoldaten war aufmarschiert. Die Männer hatten hellbraune Uniformen und eine schmucke Mütze auf dem Kopf. Sie trugen auch keine Gewehre, sondern blitzblanke, grell leuchtende Spaten.

Das Kommando des Hauptmanns war aber so wie bei anderen Soldaten.

„Abteilung, halt!"

„Rechts um!"

„Stillgestanden!"

„Präsentiert den Spaten!"

Das hörte sich ja toll an! Und es klappte auch so gut. Nur ein Mann hatte nicht aufgepaßt, ihm war der Spaten hingefallen. Doch niemand bewegte sich. Es sah aus, als wäre gar nichts passiert. Als später das Kommando „Rührt euch!" kam, hob der Arbeitsdienstsoldat schnell wieder seinen Spaten auf.

Ein Mann vom Arbeitsdienst war gestorben. Deshalb war die ganze Kompanie anmarschiert. Hier wurde er nun beerdigt.

Soldaten sahen wir häufig in Neisse. Uns machte es immer Spaß, ihnen bei ihren Aufmärschen zuzusehen.

Eigentlich war ich immer von Uniformierten umgeben. Schon in der Schule liefen viele Jungen in ihren HJ- oder DJ-Uniformen herum. Manche zogen sie sogar am Nachmittag nicht mehr aus und gingen damit ins Kino. Aber sie hatten ja auch „Dienst". Dienst war eine ganz wichtige Angelegenheit! Zum Dienst mußte man unbedingt erscheinen, da durfte keiner feh-

len. Wer unentschuldigt wegblieb, wurde hart bestraft. Das hatte ich von den großen Jungen aus unserem Wohnblock aufgeschnappt.
Manche Lehrer kamen in ihren SA-Uniformen in die Schule. Und der Prügellehrer war ja sogar in Soldatenuniform erschienen.
Im Unterricht sangen wir nicht nur Kinderlieder wie „Hänschen klein“ oder „ABC - die Katze lief im Schnee“, sondern auch „Die Fahne hoch“ und „Ich hatt' einen Kameraden“.
Das letzte Lied fand ich sehr schön, wie alle Lieder, die etwas mit Soldaten und dem Krieg zu tun hatten.
Häufig wurde ich schon in aller Herrgottsfrühe durch ein Soldatenlied geweckt. Es sangen die Pioniere, die auf unserem Neißedamm zu ihrem Übungsplatz marschierten, direkt an unserem Block vorbei. Sie übten hinter der Schleuse auf einem eingezäunten Platz. Lange bevor ich zur Schule kam, kannte ich fast alle bekannten Soldatenlieder. Und ich sang sie begeistert mit. Die Oma hörte das nicht so gern, aber als meine Mutter uns besuchte und ich ihr einige Lieder vorsang, kam sie aus dem Staunen nicht mehr heraus. Ich mußte dann bei jeder Gelegenheit singen: „Oh, du schöner Westerwald“, „In einem kleinen Städtchen“, „Die blauen Dragoner“ oder „Mein Schlesierland, mein Heimatland“.
Das Singen und Marschieren der Soldaten hörte sich zu schön an. Sie marschierten im Gleichschritt. Unter die Stiefel waren Schuhzwecken genagelt. Dann stimmten immer Tritt und Takt des Liedes genau.
Die Soldaten hatten meistens ihre Stahlhelme auf dem Kopf, Brotbeutel und Feldflasche hingen hinten gleichmäßig am Koppel und die Karabiner waren geschultert.
Manchmal bin ich hinter einer Kompanie hergelaufen. Ich sah ihnen zu gerne beim Üben zu. Vor dem Übungsplatz hinter der Neißeschleuse war ein Maschendrahtzaun. Leider durften wir nie auf den Platz, aber durch den Drahtzaun oder von der Schleusebrücke aus konnten wir eine ganze Menge sehen.

Zuerst stellten die Soldaten ihre Gewehre zusammen. Dann nahmen sie ihre Helme ab und setzten Käppis auf. Und schon ging die Übung los. Die Soldaten holten große, zusammengerollte Schlauchboote aus einem Schuppen. Die wurden ganz schnell ausgerollt und dann ganz schnell an mehreren Stellen gleichzeitig aufgepumpt. Dann wurden sie in die Neiße gelassen. Zehn oder zwölf Soldaten sprangen in ein Boot und setzten sich breitbeinig auf die dicken Wulste, ergriffen kurze Ruder, und schon ging es nach dem Kommando des Unteroffiziers, der hinten im Boot saß und nicht mitrudern mußte, hinüber an's andere Neißeufer.

An anderen Tagen wurden Fähren gebaut. Dabei wurden drei Schlauchboote zusammengebunden. Oben drauf wurden viereckige Balken und dicke Bretter gelegt, und schon konnte ein ganzer Zug Soldaten oder sogar ein Auto über die Neiße gerudert werden.

Wie gerne wären wir mal mitgefahren, aber normale Zivilisten durften nicht hinter den Zaun, und Kinder schon gar nicht.

Am „Tag der Wehrmacht" war das anders. Da setzten uns die Pioniere umsonst über die Neiße. Aber der Andrang war so groß, daß ich höchstens zweimal drankam.

An diesem Tag gab es noch genug andere Dinge zu bestaunen. Die Kasernen waren geöffnet. Überall standen Wehrmachtsautos herum, und es gab sogar Flakgeschütze und richtige Kanonen zu sehen. An vielen Stellen dampften Gulaschkanonen, und jeder konnte sich billig Erbsensuppe holen. Ich hatte von der Oma kein Geld bekommen. Ich war sowieso allein mit meinen Freunden bei diesem großen Soldatenfest. Die Oma wäre nie mitgegangen. Sie hielt wohl nicht viel von den Soldaten, die mich und meine Freunde so begeisterten.

Ein besonderes Ereignis war es immer, wenn irgendwo eine Militärkapelle spielte. Dann war ich nicht mehr zu halten. Auch die Fanfarenzüge der HJ hörte ich zu gerne oder die Blaskapelle der SA, in der ja der Herr Luda aus unserem Haus mitspielte.

Ein Musikerlebnis habe ich bis heute nicht vergessen. Es war im Winter. Ich spielte draußen auf unserem Hof. Vielleicht war ich gerade dabei, einen Schneemann zu bauen. Andere Kinder hatten sich sogar Schneehöhlen gebaut. Plötzlich ertönte von der Königstraße Militärmusik zu uns herüber. Es war ein ganz gewöhnlicher Wochentag, und so wunderte ich mich zuerst, als ich die Musik hörte. Komisch war nur, daß die Musik viel langsamer war als sonst. Ich ließ alles stehen und liegen und lief gleich zur Neißebrücke hinauf. Da stellte ich mich an den Straßenrand, um alles aus nächster Nähe sehen zu können. Und schon kam ein langer Trauerzug. Vorneweg marschierte die Militärkapelle. Dahinter kam eine ganze Kompanie Soldaten. Die trugen ihre Paradeuniformen und blankgeputzte Stiefel. Auf dem Kopf hatten sie ihre Stahlhelme. Jeder Soldat hatte seinen Karabiner steil auf der Schulter. Alle marschierten im Gleichschritt, aber viel langsamer, als ich es vom Neißedamm her gewohnt war. Die Kapelle gab den Takt an, und alle richteten sich danach. Zum Schluß kam ein offener Leichenwagen, auf dem ein Sarg zu sehen war. Der war mit einer Hakenkreuzfahne zugedeckt. Neben dem Leichenwagen, der von vier Rappen gezogen wurde, gingen auf beiden Seiten Offiziere, die auch Stahlhelme aufhatten und sogar einen langen Degen an der Seite trugen. Das hatte ich noch nie gesehen. Ich staunte nur noch. Wo die wohl alle hinmarschierten? Jedenfalls lief ich neben dem Zug in Richtung Stadt her. Ich hatte auch völlig vergessen, was die Oma mir immer wieder gesagt hatte: „Lauf nicht vom Hof weg!“ Daran dachte ich nun überhaupt nicht mehr.
Der Zug bewegte sich am Berliner Torturm vorbei zum Ring hin und bog dort nach links in die Breslauer Straße ein. Überall standen Menschen an den Straßenrändern. Ich lief nun auf der Straße weiter, denn hinter den Erwachsenen auf den Bürgersteigen hätte ich nichts mehr gesehen. Die Soldaten am Straßenrand nahmen Haltung an und grüßten so lange, bis der ganze Trauerzug vorbei war.

Hinter dem Breslauer Torturm marschierten die Soldaten in Richtung Bahnhof. Auch dort hatte sich schon eine große Menschenmenge versammelt. Direkt vor dem Bahnhofsgebäude befahl ein Offizier: „Trauerzug, halt!" Dann ertönte das Kommando: „Links um!" und schließlich: „Achtung! Stillgestanden! Augen rechts! Richt' euch! Augen gerade aus! Präsentiert das Gewehr!"
Die Offiziere nahmen nun den Sarg vom Leichenwagen und trugen ihn durch ein geöffnetes Tor neben dem Bahnhofsgebäude zu einem schwarzgeschmückten offenen Güterwagen, der neben dem Bahnsteig stand. Die Sargträger kamen dann im Gleichschritt zurück und stellten sich neben die Musikkapelle. Die spielte gerade „Ich hatt' einen Kameraden". Das hörte sich sehr gut an. Ich staunte nun über die vielen Instrumente, die in der Nachmittagssonne glänzten. Als das Lied aus war, ertönte das Kommando: „Gewehr ab! Gewehr anlegen! Feuer frei!"
Die Soldaten hatten ihre Gewehre schräg in die Luft gehalten und schossen dreimal hintereinander in den blauen Winterhimmel. Dann wurde noch „Deutschland, Deutschland über alles „und „Die Fahne hoch" gespielt. Der kleine Zug mit dem Sarg setzte sich nun in Bewegung, und direkt vor mir ertönten wieder die Soldatenkommandos. Dann setzte die Musik wieder ein und alle Soldaten marschierten los. Diesmal wurde ein normales Marschlied gespielt, und bald war die ganze Kompanie in der Breslauer Straße verschwunden. Schnell versuchte ich hinterherzulaufen, aber mit meinen kleinen Beinen kam ich nicht mit. Ich weiß nicht mehr, ob ich noch vier oder schon fünf Jahre alt war. Jedenfalls sah ich nichts mehr von der Straße, sondern nur noch viele Menschen mit langen Beinen. Zwischen denen irrte ich umher. Und dann wußte ich nicht mehr, wie ich nach Hause kommen sollte. So weit war ich noch nie von unserem Wohnblock weggelaufen, jedenfalls nicht allein. Doch die Musik war zu schön gewesen. Nun sah ich auch, daß zwischen der Pferdestraße und dem Bürgersteig ein hoher Schneewall war. Wie sollte ich je wieder nach Hause kommen? Und es wurde

langsam dunkel. Ich sah nur noch hohe Häuser und die vielen Menschen. Da stellte ich mich einfach an den Straßenrand und fing an zu heulen. Ein Mann kam auf mich zu und fragte mich freundlich, warum ich denn weine.
„Ich weiß nicht mehr, wie ich zu meiner Oma kommen soll,“ schluchzte ich.
„Wo ist denn deine Oma? Hier im Laden?“
„Nein am Luisenplatz, in der Kaserne!“
Da begriff der Mann, daß ich mich verlaufen hatte.
„Komm her! Ich zeig dir den Weg!“
Er nahm meine Hand. Ich ging neben ihm her. Ein Mann war noch nie mit mir spazierengegangen. Es war das erste Mal, daß ich mit einem Mann durch die Straßen ging. Mit der Oma war ich natürlich schon oft gelaufen, mit meiner Mutter, wenn sie mal da war; auch meine Schwester Lona oder Eva, meine Kusine, waren mit mir spazierengegangen, aber ein Mann noch nie. Einen Vater hatte ich ja nicht.
Der Mann hatte eine warme Hand. Sie hielt meine ganz fest. Ich fühlte mich geborgen bei diesem fremden Mann.
Bald kamen wir an der großen roten Post vorbei und schließlich beim Café Irmer. Vor der Garnisonskirche hielt er an.
„Na, weißt du jetzt, wo du bist?“
Das wußte ich glücklicherweise. Nun konnte ich mich nicht mehr verlaufen. Ich brauchte nur noch über die Neißebrücke, dann war ich wieder zu Hause.
Der Mann verabschiedete sich von mir. Er trug keine Uniform. Das merkte ich aber erst, als ich mich noch einmal umdrehte und ihm zuwinkte. Das war ja ein wirklich freundlicher Mann. Ob die großen Männer alle so waren? Von dem Tag an glaubte ich es jedenfalls.
Die Oma war ganz aufgeregt, als ich endlich wieder oben in unserer Wohnung ankam. Sie hatte mich schon auf dem Hof und in der Nachbarschaft gesucht. Selbst auf der „Insel“ war sie gewesen. Aber ich war wie vom Erdboden verschwunden.

„Ich habe dir schon hundertmal gesagt, daß du nicht von zu Hause weglaufen sollst!“ schimpfte sie.
Ich merkte, daß sie wirklich ärgerlich war.
„Oma, das war doch so schön! Die Musik, die Soldaten und der Leichenwagen!“
Und dann erzählte ich ihr gleich ausführlich, was ich alles an diesem Nachmittag erlebt hatte. Erst der Trauermarsch zum Bahnhof, die Musik, die Kommandos und das Schießen in die Luft.
„Der Soldat war ein ganz junger Offizier, der bei einer Übung gestorben ist. Jetzt wird der Sarg in seine Heimatstadt zurückgefahren. Die armen Eltern, die so ihren Jungen zurückbekommen. In einem Sarg!“ erklärte mir die Oma.
Als ich später im Bett lag, mußte ich immer wieder an den langen Trauerzug und die schöne Musik denken. Auch der Soldat im Sarg fiel mir ein. Wie der jetzt wohl aussah? Er war so jung gestorben. Wo seine Seele jetzt wohl war? Seine Eltern und Großeltern waren bestimmt sehr traurig. Besonders die Großeltern. Oma wäre auch sehr traurig, wenn ich jetzt schon sterben müßte. Sie trauerte jetzt noch um den kleinen Franzl, den wir im Sommer jede Woche auf dem Friedhof besuchten. Und der war schon lange tot.
Dann fiel mir der freundliche Mann ein, der mich einfach an die Hand genommen und fast nach Hause gebracht hatte.
Die Oma hatte mir zwar immer wieder gesagt, ich dürfe nie mit fremden Männern mitgehen. Aber sie hatte mir noch nicht erklärt, warum ich das nicht tun sollte. Der Mann von heute nachmittag war doch ganz hilfsbereit und freundlich zu mir gewesen. Ohne ihn würde ich vielleicht noch jetzt in der Stadt herumlaufen.
Aber nun lag ich ja glücklicherweise in meinem schönen warmen Bett. War das ein aufregender Tag! Ich würde auch Soldat werden, wenn ich groß bin. Musiker würde ich wohl nicht schaffen. Das war viel zu schwer. Aber im Gleichschritt mar-

schieren und dann noch dreimal in die Luft schießen, das würde ich bestimmt schnell lernen.
Oma war noch in der Küche. Sie räumte auf. Aber ich war bald eingeschlafen.

Der vorletzte Zwerg

Die Mutter von Sigrid Schmidt, dem Mädchen aus unserem Nachbarhaus, war Garderobenfrau beim Neisser Stadttheater. Sigrid erzählte oft vom Theater. Sie sei schon mehrere Male im Theater gewesen und hätte auch schon viele Theaterstücke gesehen. Für sie war ganz klar, daß sie später einmal Schauspielerin würde. Ich konnte es mir überhaupt nicht vorstellen. Schauspieler gab es nur im Kino! Aber auch im Theater? Das hätte ich zu gern gesehen. Eines Tages erzählte mir die Sigrid, daß sie sogar beim diesjährigen Weihnachtsmärchen richtig auf der Bühne mitspielen dürfe. Das Märchen hieß „Schneewittchen". Die Geschichte von der armen Königstochter kannte ich natürlich. Die Oma hatte mir das Märchen früher oft genug vorgelesen. Sigrid sollte einer der sieben Zwerge sein.
Mich wunderte zwar, das Mädchen so einfach Zwerge spielen konnten, denn bisher hatte ich gedacht, daß Zwerge und Wichtel kleine Männchen seien.
Die Sigrid war also jetzt schon eine kleine Schauspielerin. Mich würde kein Mensch fragen, einen Zwerg im Theater zu spielen. Und ich könnte es auch gar nicht.
Natürlich erzählte ich diese Neuigkeit gleich der Oma. Sie schmunzelte.
„Früher war ich mit dem Opa oft im Theater. Fast jede Woche haben wir eine Vorstellung besucht. Der Opa hörte zu gerne Musik. Wir ließen keine Oper oder Operette aus. Später konnten wir uns nur noch die billigsten Plätze leisten, weil wir kaum Geld hatten. Einmal hat dein Opa sich sehr geärgert. Wir saßen ganz oben im zweiten Rang, aber unten im Parkett saß unser

Sohn Reinhold mit seiner Verlobten. Und die taten so, als wenn sie uns gar nicht kennen. Danach ist dein Opa nie mehr ins Theater gegangen. Er ist kurze Zeit später gestorben. Aber deswegen natürlich nicht. Den haben die Nazis auf dem Gewissen!"

Onkel Reinhold war Malermeister. Er wohnte mit der Tante Trude und seinen drei Kindern Regina, Jochen und Michael auch am Luisenplatz, Ecke Eichendorffstraße, aber in einem viel schöneren gelben Haus, viel schöner als unsere alte Kaserne.

Denen ging es auch viel besser als uns. Aber nun war der Onkel Reinhold im Krieg. Er war Rottenführer bei der Gendarmerie in Polen. Darunter konnte ich mir überhaupt nichts vorstellen. Ich kannte fast alle Soldatenuniformen und Abzeichen, aber von einer Rotte hatte ich noch nie etwas gehört. In Neisse gab es alle möglichen Soldaten, aber keine Rotten.

Die Tante Trude besuchte ich mehrmals in der Woche. Ich brachte ihr immer in einer weißen Emailleschüssel unsere Küchenabfälle hinüber. Die Tante hatte bei der Ziegelbarriere einen kleinen Garten und einen Kaninchenstall. Diese bekamen dann unsere Kartoffelschalen und Gemüsereste zu fressen. Mit der Oma war ich mal in dem Garten. Dabei hatte ich auch die niedlichen Kaninchen gesehen. Ich hätte auch gerne eins gehabt, aber in unserer kleinen Wohnung war dafür kein Platz. Zu Weihnachten bekamen wir immer ein Kaninchen als Festtagsbraten geschenkt.

„Oma, ich möchte auch einmal ins Theater! Ich möchte die Sigrid gerne sehen, wie sie den Zwerg spielt."

Oma sah mich verständnisvoll an. Auch sie ging zu gern ins Neisser Stadttheater. Manchmal kam eine Frau von der Frauenschaft vorbei und schenkte ihr eine Theaterkarte. Die Oma machte sich dann immer besonders fein, denn sie hörte gerne Operetten- und Konzertmusik. Nun überlegte sie.

„Da muß ich die Ulla mal fragen, ob sie mit dir hingeht."

Ulla war eine andere Cousine von mir. Sie war die älteste Tochter von der Tante Grete und dem Onkel Richard. Sie wohnten

in der Jesuitenstraße. Wir haben sie oft besucht. Ich glaube, die waren noch ärmer als wir, weil der Onkel Richard blind war.
„Der Onkel Richard hat früher in einer Gerberei gearbeitet. Da hat er viele giftige Dämpfe eingeatmet. Dadurch ist er blind geworden."
Das hatte mir die Oma früher schon mal erklärt. Aber was eine Gerberei war, wußte ich immer noch nicht.
Die Familie wohnte in einem uralten Haus direkt neben der stinkigen Biele. Das war ein kleiner Nebenfluß der Neiße, an dem man schon im Warmbrunnpark entlang gehen konnte. Das Wasser sah immer ganz schwarz aus und hatte oben weiße Schaumkronen. In der Jesuitenstraße war die Strömung der Biele ziemlich stark. Da hätte ich nicht hineinfallen mögen. Ich wäre rettungslos verloren gewesen.
Zu der Tante Grete ging ich aber immer ganz gerne. Sie wohnten ganz oben unterm Dach in einem riesengroßen Zimmer. Links hinter der Tür stand ein Küchenherd. Die Tante Grete saß meistens am hinteren Fenster und nähte Knöpfe auf Pappkarten, die dann im Geschäft verkauft wurden. Neben ihrem Sessel stand ein kleines schwarzes Radio, das immer spielte.
„Das hat uns der Führer geschenkt," sagte einmal mein Cousin Heinz zu mir. Er war schon beim Jungvolk, lief meistens in seiner Kluft herum und hielt viel von unserem Führer.
„Wenn der Hansi zehn ist, kommt er auch zum Jungvolk!" versuchte er der Oma zu erklären. Aber die Oma hörte das gar nicht gerne.
„Der Junge kommt nicht in eure HJ, dafür werde ich schon sorgen!" entgegnete ihm die Oma.
„Na, Oma, hoffentlich hast du dir das gut überlegt, was du da sagst. Eigentlich müßte ich dich jetzt bei meinem Gruppenführer melden. Der Führer braucht nämlich jeden deutschen Jungen!"
„Ich werde dir helfen, so frech zu deiner Oma zu sein. Mich beim Gruppenführer melden. Vorher kriegst du aber erst einmal ein paar hinter die Löffel!"

Die Oma war richtig wütend geworden, und der Tante Grete paßte auch nicht, was der Heinz gesagt hatte. So hatte ich die Oma noch nie erlebt. Und der Heinz verzog sich ganz schnell. Ich wäre gern zum Jungvolk gegangen. Schon wegen der Kluft, dem Koppel und dem Fahrtenmesser. Aber ich wollte die Oma nicht noch wütender machen und hielt mich lieber zurück.
Fest stand jedenfalls, daß uns der Führer kein Radio geschenkt hatte. Dabei hörten Oma und ich so gerne Musik. Ob der Führer die Oma nicht leiden mochte? Jedenfalls hatte die Oma was gegen den Führer. Das war vielleicht der Grund. Unser großes Grammophon war schon lange kaputt. So konnten wir zu Hause nicht mehr die schönen Schallplatten vom Opa hören. Ich mußte mich mit der Marschmusik auf der Straße, den Soldatenliedern auf dem Neißedamm und der Musik in der Kirche begnügen. Schade, denn wir hatten so schöne große und kleine Musikplatten. Der Schrank hatte an seiner rechten Seite eine Kurbel zum Aufziehen. Das war gar nicht so einfach. Nach jeder abgespielten Schallplatte mußte das Grammophon neu aufgedreht werden. Und auch das Auswechseln der Nadeln durfte man nicht vergessen. Als der Musikschrank noch in Ordnung war, bin ich immer in das Holzgehäuse hineingekrochen, so gern hörte ich die schöne Musik. Aber einmal hatte es beim Aufdrehen geknackt, und die Oma sagte, daß jetzt eine Feder gesprungen sei. Nun war es vorbei mit dem Musikhören. Das Reparieren des Grammophons wäre für die Oma zu teuer geworden. Dafür hatte sie kein Geld.
Das kleine Radio bei der Tante Grete war ganz einfach zu bedienen. Sie mußte nur an einem kleinen Knopf drehen. Es dauerte einen Moment, und dann war gleich die Musik da. Das Radio spielte den ganzen Tag über. Meistens kam Musik aus dem kleinen Gerät. Hin und wieder gab es Nachrichten und die vielen Sondermeldungen von den Kämpfen der deutschen Soldaten in Ländern, unter denen ich mir weiter nichts vorstellen konnte, eben nur, daß sie Deutschlands Feinde waren: England, Amerika, Rußland, Ural, Donbecken und Kaukasus.

„Der Junge möchte mal ins Theater, ins Weihnachtsmärchen. Ob die Ulla ihn da mal mitnehmen kann?“ fragte Oma die Tante Grete.
Ich glaube, die Ulla mußte schon arbeiten. Deshalb hatte sie nicht immer Zeit.
„Wenn sie Zeit hat, macht sie es bestimmt,“ antwortete die Tante Grete.
Und an einem Sonntag in der Adventszeit klappte es tatsächlich. Die Oma hatte mir meinen besten Anzug angezogen. Dann kam die Ulla aus der Stadt und holte mich ab. Es war zwar noch am Nachmittag, aber kurz vor Weihnachten wurde es schnell dunkel. Wir gingen zum Ring, dann die Breslauer Straße entlang bis zur Grabenstraße. Dort war unser Stadttheater. Unsere Mäntel mußten wir an der Garderobe abgeben. Aber die Frau Schmidt, Sigrids Mutter, konnte ich nirgends sehen. Wir hatten einen Platz im ersten Rang. Von dort aus war die Bühne gut zu sehen, vor der jetzt allerdings noch ein dunkelroter Samtvorhang war. Alle Plätze oben auf den Rängen und unten im Parkett waren besetzt. Es waren meistens Kinder mit ihren Müttern. Ganz selten sah ich einen Mann.
Und plötzlich verdunkelte sich wie im Kino der Zuschauerraum, der große rote Vorhang ging nach beiden Seiten auf und das Märchenspiel fing an. Die Geschichte vom armen Schneewittchen hatte ich ja oft genug gehört und später sicher auch in meinem Märchenbuch gelesen. Aber was da unten auf der großen Bühne passierte, war doch ganz anders, viel spannender und aufregender.
Das Schneewittchen war ein wunderschönes schwarzhaariges Mädchen. Aber die eitle und böse Stiefmutter versuchte mit allen Mitteln, das viel hübschere Fräulein aus dem Weg zu räumen.
Der Jäger in seiner schmucken Uniform hatte glücklicherweise Mitleid mit dem Mädchen. Aber er ließ es doch ganz allein im Wald zurück. Schneewittchen kam schließlich in das Haus der sieben Zwerge, aß von jedem Tellerchen etwas und legte sich

dann schlafen. Und nun erschienen sie endlich auf der Bühne. Deshalb war ich ja eigentlich nur ins Theater gegangen. Ich wollte die Sigrid sehen, den vorletzten Zwerg. Aber ich konnte sie überhaupt nicht erkennen. Alle Zwerge waren gleich gekleidet und hatten eine enganliegende spitze Mütze auf dem Kopf. Man sah überhaupt nur das Gesicht, aber von meinem Platz aus sahen sich alle Zwerge ähnlich.
Die Sigrid war nun völlig unwichtig geworden. Das Geschehen da unten wurde viel zu spannend. Da kam doch die Stiefmutter als alte Frau verkleidet und drehte dem gutgläubigen Mädchen zuerst einen vergifteten Kamm an, schnürte es bis zur Ohnmacht, und die biß dann auch noch in die vergiftete Seite des Apfels. Und das Schneewittchen war auch noch immer höflich und freundlich zu der gemeinen Alten. Ich hatte es bis dahin nicht für möglich gehalten, daß es überhaupt solche gemeinen Menschen geben könnte. Doch nun sah ich es mit eigenen Augen. War das traurig, als das wunderschöne Mädchen tot auf dem Erdboden vor dem Zwergenhaus lag und die kleinen Männchen von ihrer schweren Arbeit aus dem Bergwerk nach Hause kamen und sich erschrocken über das arme Schneewittchen beugten. Und als es dann schließlich noch in den Glassarg gelegt wurde, konnte ich mich nicht mehr zurückhalten: Ich weinte los. Laut mußte ich schluchzen. Die Leute vor mir sahen sich schon nach mir um, und Ulla fragte mich, ob mir schlecht sei oder ob ich auf Klo müsse. Die Augen voller Tränen schüttelte ich nur den Kopf. Es war alles so schön auf der Bühne, so traurig und spannend zugleich. Wie taten mir das Schneewittchen und die Zwerge leid. Ob der Prinz wirklich noch kam, um das Schneewittchen zu retten?
Glücklicherweise kam er bald mit seinem Gefolge. Die Diener wollten den Glassarg gerade hochheben, als der Sarg abrutschte. Das Schneewittchen spuckte das vergiftete Apfelstück aus und schlug die Augen auf. Der Prinz nahm die Prinzessin mit auf sein Schloß, und es wurde eine große Hochzeit gefeiert.

Daß die böse Stiefmutter in glühenden Schuhen tanzen mußte, wurde leider nicht mehr gezeigt. Verdient hätte sie es ja. Wie sie das arme Mädchen behandelt hatte!
An meine Freundin Sigrid hatte ich bei der ganzen Aufregung nicht mehr gedacht. Zum Schluß kamen noch einmal alle Schauspieler auf die Bühne, aber die Sigrid erkannte ich wieder nicht.
Wehmütig verließ ich mit meiner Cousine das Theater. So schön hatte ich mir das alles gar nicht vorstellen können. Das war ja sogar schöner als im Kino. Ich war wie verzaubert. Schweigend gingen wir durch die verschneiten Straßen in Richtung Friedrichstadt. Ulla holte mich in die Wirklichkeit zurück.
„Na, Hansi, hat es dir gefallen?“ fragte sie mich.
Zuerst fand ich keine Worte. Ich war noch immer benommen.
„So schön habe ich mir das Theater nicht vorgestellt. Einmalig!“
„Jetzt bist du schon groß genug. Nun kannst du immer in die Weihnachtsmärchen gehen. Vielleicht geht beim nächsten Mal auch die Oma mit oder Gerda, meine Schwester. Wer weiß, wo ich im nächsten Jahr bin. Ich muß ja noch zum Arbeitsdienst.“
Ulla lieferte mich bei der Oma ab. Die Oma freute sich mit mir, als ich ihr von dem einmaligen Märchenspiel erzählte.
Als ich die Sigrid am nächsten Tag vor unserem Haus sah, machte ich ihr die größten Komplimente zu dem schönen Weihnachtsmärchen. Aber sie reagierte kaum darauf. Ich hatte den Eindruck, daß sie etwas eingebildet war. Das konnte ich sogar verstehen. Sie war nun eine berühmte Schauspielerin, obwohl ich sie auf der Bühne gar nicht erkannt hatte.

Die Sonderzuteilung

Die Oma hatte wieder einen großen Adventskranz unter die Küchendecke gehängt. Der gehörte bei uns zur Vorweihnachtszeit, genauso wie die Roratemessen am frühen Morgen in der Kirche, das Warten auf den Heiligen Nikolaus oder das

Neisser Konfekt. Die Oma hatte mir von den Pfefferkuchenfabriken in Neisse erzählt. Artelt war ganz in unserer Nähe, an der Ecke Luisenplatz und Breite Straße. Aber jetzt in der Kriegszeit sei es immer schwieriger geworden, das braune Konfekt zu bekommen.
Doch die Oma wußte sich zu helfen. Zuerst kochte sie aus Zuckerrüben einen braunen Sirup. Der wurde später in den Teig gerührt, und es entstanden die leckeren braunen Kuchen. Die Oma konnte sowieso gut backen. Es verging kein Sonntag, an dem es nicht Streuselkuchen oder zumindest eine Babe, das war ein Topfkuchen ohne besondere Zutaten, gegeben hätte. Schokolade gab es schon lange nicht mehr, und Kakao natürlich auch nicht. Dafür machte die Oma zum Heiligen Abend und den Weihnachtstagen ihre herrlichen Mohnsemmeln.
Eines Tages kam die Oma mit einer freudigen Nachricht nach Hause. Sie hatte die neuen Lebensmittelmarken für den Dezember vom Landratsamt abgeholt und sagte:
„In diesem Jahr gibt es für alle Kinder eine Sonderzuteilung. Ich habe Zuckermarken für 125 Gramm Süßigkeiten bekommen!"
Ich hatte natürlich überhaupt keine Vorstellung, wieviel das sein könnte, und bat die Oma, die leckeren Sachen so schnell wie möglich zu besorgen. Das tat sie dann auch bald, aber ich war doch etwas enttäuscht, als sie damit vom Einkaufen nach Hause kam. Sie legte eine braune spitze Tüte auf den Tisch und sagte:
„Hier hast du deine Sonderzuteilung. Etwas anderes hatte unser Kaufmann nicht."
Ich machte die Tüte gleich auf. Bunte Bonbons, die wie Glassteine aussahen, waren drin. Sie rochen sehr gut.
„Oma, darf ich mal einen probieren?"
„Ja, probier mal! Aber denk daran, sie sind für Weihnachten gedacht!"
„Oma, nur einen einzigen!"
Die Bonbons waren ganz hart. Ich durfte nicht darauf beißen, sondern ließ sie langsam im Mund zergehen. Es waren Kräuter-

bonbons. Sie schmeckten wirklich gut. Die Oma wäre nie auf die Idee gekommen, ein Bonbon zu nehmen. Sie gehörten mir allein. Es war herrlich. Ein Bonbon im Mund, auf dem Fußboden sitzen und spielen oder lesen, das konnte ich stundenlang so aushalten.

Natürlich glaubte ich an das Christkind. Es würde am Heiligen Abend zu allen lieben Kindern kommen, um einige der gewünschten Geschenke abzuliefern. Ich hatte der Oma von meinen Wünschen erzählt. Sie hatte verständnisvoll zugehört. Mein allergrößter Wunsch in diesem Jahr war ein Kugelspiel. Ich hatte den bunten Karton mit den vielen Kugeln einmal in einem Schaufenster entdeckt. Dazu gehörte eine Unterlage aus Pappe. Und so konnte man mit den bunten Kugeln die allerschönsten Bilder legen.

Die Tage wollten überhaupt nicht vergehen. Die Zeit in der Schule war scheinbar endlos, und die kurzen Nachmittage, die wir am Neißedamm mit Schlittenfahren verbrachten, vergingen nur im Schneckentempo.

Auch die gemeinsamen Abende mit der Oma in unserem warmen Zimmer wurden unendlich lang, und die Zeit bis zur sehnlichst erwarteten Bescherung war immer noch viel länger als die Tage, die schon vorüber waren.

Jeden Tag bettelte ich die Oma um ein Kräuterbonbon an. Und es kam, wie es kommen mußte, die Adventszeit war noch lange nicht vorbei, aber die braune Tüte war leer.

„So, jetzt hat die arme Seele Ruh'!" sagte die Oma, „vielleicht schickt dir deine Mutter auch noch etwas aus Wesermünde."

Auch die Oma machte kleine Pakete für Berlin und Wesermünde. Aber die Pakete, die bei uns ankamen, waren natürlich viel interessanter. Doch die Oma zeigte mir nichts davon. Ich sollte mich bis Heiligabend gedulden!

Endlich war es dann wieder soweit. Wir hatten schon Ferien, und ich wäre nie auf die Idee gekommen, jetzt die Wohnung zu verlassen. Die Oma hatte einiges in der Küche zu tun. Ich sah ihr bei der Zubereitung der Mohnsemmeln zu. Sie nahm altbakkene Semmeln und weichte sie in kalter Milch ein. Dazu nahm sie den großen, hellbraunen Bunzeltopf, der aber innen ganz weiß war. Die Oma hatte das ganze Jahr über die kostbaren Zutaten gesammelt. Das waren eine Tüte Rosinen und kleingehackte Nüsse. Mohn hatte sie immer genug. Den gab es noch zu kaufen, und den tat sie auch in die herrlichen Mohnbaben. Heute kochte sie den Mohn auf dem Herd auf. Später rührte sie die Rosinen und Nüsse hinein. Das alles zusammen wurde über die eingeweichten Semmeln geschüttet. Sie rührte noch einmal alles im Bunzeltopf um, deckte ihn ab und stellte ihn nach draußen auf die Fensterbank. Am Nachmittag würde sie den gefrorenen Topf mit dem köstlichen Inhalt wieder in die Küche holen, damit er dort bis zum Abend wieder auftaute. Vor dem Essen würde die Oma noch etwas Zucker über unsere Weihnachtsdelikatesse streuen. Doch zuerst gab es die heißen Weißwürste, die auch einmalig schmeckten. Aber noch war es leider nicht soweit.

„Du mußt noch das Kaninchen von der Tante Trude abholen!" sagte die Oma am Nachmittag.

Das tat ich sehr gern, denn um so schneller verging die Zeit bis zur lange erwarteten Bescherung.

Schnell zog ich meinen Mantel und die hohen Schuhe an und lief hinüber auf die andere Seite des Luisenplatzes.

Die Tante Trude war auch mit ihren Weihnachtsvorbereitungen beschäftigt. Doch unser Kaninchen war schon geschlachtet, abgezogen und ausgenommen. Das mußte die Oma nicht auch noch machen.

„Na, freust du dich auf den heutigen Abend?" fragte die Tante.

Welche Frage! Ich konnte seit Tagen an nichts anderes mehr denken.

„In diesem Jahr bekommst du die schönen Süßigkeiten von der Sonderzuteilung."

„Die sind schon alle."

„Was, schon alle? Dann hast du ja zu Weihnachten nichts mehr!"

Für einen Moment dachte ich, sie holt jetzt noch eine Ersatztüte mit Bonbons aus dem Küchenschrank. Aber sie schenkte mir nur einen roten Apfel, und so schnappte ich das in Zeitungspapier eingewickelte Kaninchen und lief wieder nach drüben. Ja, die Süßigkeiten waren alle. Aber vielleicht hatte mir meine Mutter doch noch welche aus Wesermünde geschickt.
Draußen war es schon ganz dunkel geworden, aber überall glänzte der Schnee. Ich polterte die Holztreppe hinauf. Vor unserer Tür angekommen wunderte ich mich, daß in der Küche überhaupt kein Licht brannte. Als ich mit dem Kaninchen unterm Arm die Küche betrat, war die Oma gar nicht zu sehen. Nur die Kerzen am Tannenbaum, der links vor dem Erkerfenster stand und vom Fußboden bis an die Decke reichte, brannten wunderschön. Plötzlich hörte ich ein leises Glockengeläute. Das kam aus dem anderen Zimmer. Ich ging schnell ins dunkle Wohnzimmer. Die Oma hatte das Fenster geöffnet. Als sie mich bemerkte, fragte sie: „Hast du das Glöckchen gehört?"
Ich sah sie erstaunt an.
„Ich glaube, das Christkind war gerade hier. Ich habe aus dem Fenster gesehen, wie es fortgeflogen ist."
Ich sah nach draußen. Aber da waren nur die schneebedeckten Lindenzweige, die fast bis an unser Fenster reichten.
„Sieh mal, der Tannenbaum! Das Christkind hat die Kerzen angezündet!"
Und da bemerkte ich meine Geschenke unter dem Tannenbaum neben der Krippe. Das Kugelspiel war dabei und viele andere Sachen. Auf einem bunten Blechteller lagen Süßigkeiten, Konfekt und einige Äpfel.
Das Christkind hatte mich nicht vergessen. Die Oma freute sich mit mir. Auch sie hatte kleine Geschenke vom Christkind bekommen. Das hatte sie auch wirklich verdient. Ein ganzes Jahr lang, Tag für Tag, hatte sie für mich gesorgt.
Die Oma hatte Mühe, mich vom Kugelspiel wegzubekommen. Sie hatte die Weißwürste heiß gemacht, und als Nachtisch gab

es die langersehnten Mohnsemmeln. Wie die auf der Zunge zergingen. Diese Süße und Kühle. Einmalig!
Die ganzen Weihnachtstage würden wir beide davon essen können. Zu Besuch würde ja sowieso niemand zu uns kommen.
Bald schlüpfte ich glücklich und zufrieden ins Bett. Das neue Kugelspiel hatte ich neben mich auf einen Stuhl gestellt. Danach würde ich gleich nach dem Aufwachen greifen.
Die Oma ging nachher noch in die Christmette zur „Großen Kirche" in die Stadt, aber ich würde davon nichts mehr merken.
Als ich am nächsten Morgen aufstand, schmorte das Kaninchen schon lange im blauen Bratentopf auf dem Kohleherd. Heute gab es zur Feier des Tages ein Festessen. Mit dem Sonntagsessen machte sich die Oma schon genug Arbeit, aber am ersten Weihnachtstag sollte es für uns beide doch etwas Besonderes werden. Jedenfalls gab es Nudelsuppe und Kaninchenbraten mit Klößen und Rotkohl. Am besten schmeckten mir die Kartoffelklöße mit der braunen Soße. Fleisch aß ich nicht so gerne. Und zum Nachtisch gab es wieder die köstlichen Mohnsemmeln. Davon konnte ich nicht genug kriegen. Glücklicherweise waren noch genug davon im Bunzeltopf vorhanden.
Nach unserem Festessen hatte die Oma eine Überraschung für mich. Sie nahm mich zur Krippenfeier nach „Sankt Jakobus" mit. Dazu mußten wir ganz in die Stadt. Die Oma zog mir den Wollmantel an und setzte mir die warme Mütze auf. Es war sehr kalt draußen. Die Straßen waren verschneit. Autos sahen wir kaum. Hin und wieder überholte uns ein Pferdeschlitten. Vermummte Gestalten saßen bequem auf den Holzbänken. Zu gern wäre ich auch einmal auf einem Schlitten gefahren.
Was ich gestern am Luisenplatz nicht sehen konnte, weil alle Fenster verdunkelt waren, bemerkte ich jetzt an den Häusern in der Berliner Straße und am Ring. Viele Fenster waren geschmückt. Die Frauen hatten buntes Spielzeug an den Fensterscheiben befestigt. Manchmal erkannte ich sogar einen Tannenbaum, an dem die Kerzen brannten. Meistens waren es elektrische Kerzen. Was mußten das für reiche Leute sein, die sich

solch kostbaren Kerzen leisten konnten? Wir hatten nur die Wachskerzen. Aber die fand ich auch schön.
Jedenfalls sah alles sehr festlich aus. Die sonst so belebten Straßen waren heute fast leer. Nur zur Jakobuskirche strömten viele Kinder mit ihren Müttern. Drinnen waren die Bänke fast alle besetzt. Glücklicherweise fanden wir zwei Plätze direkt vor der Kanzel.
Zuerst sangen wir das schöne Lied „Oh du fröhliche, oh du selige, gnadenbringende Weihnachtszeit“, natürlich mit Orgelbegleitung. Dann kam der Herr Kanonikus und sprach zu uns Kindern. Die Oma freute sich, denn zum Kanonikus ging sie gerne in die Messe. Zuerst erzählte er uns etwas vom Jesuskind in der Krippe, von seinen armen Eltern Maria und Josef und den noch ärmeren Hirten. Die waren bestimmt noch ärmer als wir, sie hatten nicht einmal ein eigenes Zimmer und ein eigenes Bett. Doch dann kam das Allertollste. Der freundliche Pfarrer bat uns Kinder, mit ihm nach vorne zur Krippe zu kommen. Sie war mitten in der Kirche aufgebaut, direkt neben der Kanzel. Wir stellten uns im Halbkreis um die Krippe herum, und der Kanonikus stellte sich neben uns. Nun sangen wir „Ihr Kinderlein kommet...“ und „Oh, du liebes Jesuskind“. Ich kannte die Lieder von der Oma, aber am schönsten war, daß so viele Kinder neben mir standen und laut mitsangen. Das mußte das Jesuskind in seiner armseligen Krippe hören. Bei dieser Lautstärke!
Über der Krippe schwebten zwei Engel. Sie hielten ein Spruchband zwischen sich. Nach den Liedern fragte uns der Kanonikus erst einmal, ob jemand vorlesen könne, was auf der weißen Fahne der Engel stünde. Ich hatte es schon längst gelesen, wußte aber nichts damit anzufangen. Einige Kinder meldeten sich. Ein Junge sagte: „Gloria in excelsis Deo.“
Dann fragte er noch, ob jemand wisse, was das bedeutet. Ich wußte es nicht, doch gemeldet hätte ich mich sowieso nicht. Doch ein Junge, der ungefähr so groß wie ich war, wußte es. „Ehre sei Gott in der Höhe.“

Ich bewunderte den Jungen. Der hatte ja wirklich Ahnung. Das sah der Kanonikus auch so. Er lobte den Jungen und meinte, daß dazu eigentlich noch ein zweiter Satz gehörte. Doch den kannte niemand von den Kindern.
„Und Friede den Menschen auf Erden, die guten Willens sind!" erklärte uns der Kanonikus.
Dann erzählte er uns, daß es für ihn am schönsten zu Weihnachten sei, sich für den Frieden in der Welt einzusetzen und auch für den Frieden zu beten. Das gelte für alle Menschen auf der Welt, nicht nur für die deutschen. Gerade jetzt, wo wir mitten im Krieg seien und viele unschuldige Menschen sterben müßten, sei es wichtig, daß bald der Frieden zurückkomme. Die Menschen könnten das wohl allein nicht mehr schaffen. Deshalb sei es wichtig, das Jesuskind in der Krippe, das ja in Wirklichkeit unser aller Herrgott sei, um den Frieden in der Welt zu bitten. Dann könnten auch die Familien wieder gemeinsam das Weihnachtsfest feiern, und niemand müßte mehr an die Front. Das wünschte er sich auch für unser schönes Neisse. Wie wäre es früher schön gewesen, wenn die Familien zusammen zu den Christmetten und Krippenandachten gekommen seien. Heute hätten viele Frauen und Mütter Angst um ihre Männer und Söhne, die draußen im Feld ständen.
Anschließend beteten wir gemeinsam für den Frieden in der Welt. Und dann kam das Allerschönste. Zwei Ordensschwestern verteilten kleine weiße Kerzen an alle Kinder. Die Flamme wurde zuerst von einer Krippenkerze genommen und dann von Kind zu Kind weitergegeben. Nun sangen wir im Schein unserer Kerzen das Lied „Stille Nacht, heilige Nacht". So laut hatte ich noch nie gesungen. Es war alles so wunderschön. Der Kanonikus segnete uns alle, und wir konnten zurück zu unseren Plätzen.
Die Oma strahlte mich an. Sie freute sich mit mir. Mir war die ganze Krippenfeier wie im Fluge vergangen. So etwas Schönes hatte ich noch nicht erlebt!

„Oma, das war der schönste Gottesdienst, den ich je erlebt habe", sagte ich noch in der Vorhalle der Kirche. „Du kannst mich jetzt immer mit in die Kirche nehmen!"
Die Oma sagte nichts. Sie hatte ein paar Tränen in den Augen. Von unten aus konnte ich das ganz genau erkennen. Aber ich wußte nicht, ob es Freudentränen waren oder ob die Oma traurig war.
Über die Weihnachtstage waren wir immer allein. Niemand besuchte uns oder lud uns zu sich ein. Weil ich es nicht anders kannte, machte es mir auch nichts aus. Ich hatte ja die Oma, aber sie war bestimmt traurig darüber, daß viele ihrer Kinder jetzt so weit weg waren.
Das waren für mich unvergeßliche Weihnachtstage. Unser Tannenbaum stand weit über Silvester und das Dreikönigsfest hinaus. Erst am Tag „Mariä Lichtmeß" wurde er abgeräumt.
„Jetzt ist die Weihnachtszeit vorüber," sagte die Oma. Nun konnten wir uns auf die schönen Frühlingstage freuen, die auch bald kommen würden.

Versuchungen

Der Gerhard wohnte in einem unserer Nachbarhäuser. Er war älter als ich, und ich fand es schon mal gut, daß er überhaupt mit mir spielte. Und wir waren zusammen im Kino gewesen, in der „Erholung" drüben auf der anderen Neißeseite.
Eines Tages wollte er wieder mit mir hingehen, aber ich hatte kein Geld. Zwanzig Pfennig, soviel kostete das Kino für uns Kinder, hatte ich nicht. Und die Oma war auch nicht zu Hause.
„Mensch, du weißt doch wohl, wo die Oma ihr Geld hat!" sagte er zu mir.
Natürlich wußte ich das. Aber die Oma hatte ihre zerschlissene Geldbörse bestimmt mit in die Stadt genommen. Außerdem hatte die Oma keine Geheimnisse vor mir.

„Na, da nimmst du dir einfach zwei Groschen aus dem Portemonnaie. Das merkt die doch gar nicht. Zwanzig Pfennig sind doch nichts."
Der hatte gut reden. Zwanzig Pfennig war für uns eine ganze Menge. Dafür bekam ich zwei große Semmeln beim Bäcker. Und immer konnten wir die uns nicht leisten.
Aber ich wollte mich vor dem Gerhard nicht blamieren. Nachher hätte er mich noch als Feigling angesehen und es vielleicht sogar den anderen Jungen erzählt. Das wollte ich ja nicht gerade. Außerdem ging ich viel zu gerne ins Kino. Trotzdem hatte ich ein komisches Gefühl im Bauch. Vielleicht hätte ich auch auf die Oma warten und sie nach dem Geld fragen sollen. Aber dann hätte sie mir das Geld nicht gegeben, weil sie nichts übrig hatte, und ich wäre nicht mehr ins Kino gekommen.
Ich konnte es ja mal versuchen. Möglicherweise war die Geldbörse gar nicht da. Vielleicht merkte die Oma auch nicht, daß zwanzig Pfennig fehlten. Der Wohnungsschlüssel lag unter der Fußmatte. Ich lief schnell nach oben, schloß die Tür auf und sah in den Küchenschrank, wo die Oma immer ihr Geld hinlegte. Und tatsächlich, die Geldbörse lag da! Es war auch etwas Kleingeld drinnen. Schnell nahm ich mir zwei Groschen raus und ging dann hinunter zu Gerhard, der auf dem Hof auf mich wartete. Zuerst war ich sogar ein wenig stolz, aber dann bekam ich doch ein ziemlich schlechtes Gewissen. Ob die Oma etwas gemerkt hatte? Sie sagte nichts. Doch später stellte ich fest, daß die Oma doch hinter meinen Diebstahl gekommen war. Als ich wieder einmal an die Börse gehen wollte, war kein Geld mehr drin, nicht einmal ein Sechser oder ein paar Pfennige. Die Oma hatte mir nichts gesagt, aber das Geld bewahrte sie nun woanders auf.
Gerhard sagte ich natürlich nichts davon, aber tief innerlich fühlte ich doch, daß ich der Oma gegenüber unehrlich gewesen war. So schwor ich mir, daß es nie wieder vorkommen sollte.
Eines Tages kam der Gerhard weg. Er hatte mir nie etwas davon erzählt. Vielleicht wußte er es auch nicht. Seine Eltern hatten

sich scheiden lassen. Gerhard mußte in ein Heim, in eine „Erziehungsanstalt“. Das Wort hatte ich schon oft gehört, aber ich konnte mir nichts unter einem Heim vorstellen. Ob es was Schlimmes war? Ob die Kinder dort den ganzen Tag über verprügelt wurden, weil sie ungezogen waren, und ob sie nichts Richtiges zu essen bekamen, nur Wasser und Brot? Ich wußte es nicht. Was der Gerhard wohl alles ausgefressen hatte, daß er nun in ein Heim mußte?

Ich hatte ihn bald vergessen. Ich kam auch nie mehr auf die Idee, der Oma Geld zu klauen. Sie bekam nach Opas Tod keinen Pfennig Rente. Ich verstand das alles noch nicht. Aber einmal sagte sie: „Das haben mir die Nazis eingebrockt. Dein Opa hat sein ganzes Leben gearbeitet. Dann haben sie ihm noch im Krieg die Beine zerschossen und er konnte seinen Malerberuf nicht mehr ausüben. Wir bekamen nur eine kleine Kriegerrente. Nach seinem Tod war Schluß damit. Die Nazis wollten wohl Rache an einem kleinen Gewerkschaftler nehmen.“

Die Oma bekam „Wohlfahrt“. Ich bin häufig mit ihr zum Landratsamt gegangen. Das wuchtige Gebäude war draußen hinter der Breslauer Straße. Als ich schon etwas größer war, habe ich gesehen, wieviel Geld die Oma bekam. Es waren 28 Mark und 75 Pfennige. Ich wußte aber nicht, ob das Geld für eine Woche oder für einen Monat war. Meine Mutter schickte der Oma jede Woche 5 Mark für mich. Und häufig kam auch ein Paket aus dem fernen Wesermünde. Das war besonders schön, denn sie tat immer etwas hinein, was wir uns in Neisse gar nicht leisten konnten.

Nein, es war von mir wirklich gemein, die Oma zu beklauen.

Etwas ganz anderes war es, aus fremden Gärten Obst zu stehlen. Da nutzten wir jede Gelegenheit und hatten kein schlechtes Gewissen dabei. Ob es Erdbeeren, Stachelbeeren, Johannisbeeren oder im Herbst die reifen Äpfel, Birnen oder Pflaumen waren: vor unseren Gelüsten war kein Garten sicher. Zwischen unserem Neißedamm und der Insel gab es einige Gärten oder auch am Eiskellerberg an der Chaussee nach Ottmachau. In die

Gärten der Villen neben unserer Schule an der Hindenburgstraße trauten wir uns nicht hinein. Die Häuser standen zu nahe an den Gärten, das wäre zu auffällig und auch zu gefährlich gewesen.
Nach der Schule schlichen wir schon mal in den Nebenstraßen herum, um zu sehen, ob vielleicht der eine oder andere Apfel über die Zäune oder Mauern hing. Und manchmal hatten wir sogar Glück. Eine Frucht war abgefallen und lag jetzt auf dem Bürgersteig oder im Rinnstein.
Das Maikäfersammeln in der Hindenburgstraße war da viel einfacher. Im Frühjahr waren wir von Baum zu Baum gegangen, hatten kurz mit dem Fuß gegen den Baumstamm getreten - und schon regnete es Maikäfer. Die bewahrten wir dann in den mitgebrachten Streichholzschachteln auf und spielten viele Tage damit.
Ich weiß nicht mehr genau, ob es in der Hellman- oder Radloffskystraße war. Horst Pukalla hatte uns beim Spielen auf dem Hof verkündet, daß er einen Garten kenne, wo es die größten Äpfel gäbe, die er je gesehen hätte. Die Leute, denen der Garten gehörte, seien verreist. Kein Mensch würde uns stören, wenn wir uns einige Äpfel aus dem Garten besorgten.
Das hörte sich gut an. Und so zogen wir an einem späten Nachmittag auch gleich los: Horst Pukalla, Hans und Helmut Rieger, einige andere Jungen aus dem Block und ich als der Kleinste von allen. Weil ich klein und schmächtig war, sollte ich unter dem Gartenzaun durchkriechen, schnell zum Apfelbaum laufen, einige Äpfel abpflücken und diese dann ganz schnell zu meinen Freunden nach draußen reichen. Sie würden Schmiere stehen und mir die Äpfel schon abnehmen.
Es war nicht schwer, unter dem Zaun durchzukriechen. Weil es noch Sommer war, lief ich barfuß, und ich hatte wie immer nur Hemd und kurze Hose an. Damit konnte ich schnell laufen und auch überall hinauf- und hindurchklettern.
So war ich blitzschnell im Garten und verließ mich auf meine Freunde, die erwartungsvoll am Zaun standen. Ich raste gleich

zum Apfelbaum, der am Ende des Gartens stand, pflückte blitzschnell einige der herunterhängenden goldgelben Früchte, steckte sie unter mein Hemd, nahm noch einige in die Hände und lief schnell zum Zaun zurück. Ich reichte die Äpfel unten durch, und dann ging es wieder über den schattigen, kühlen Rasen zurück zum Apfelbaum. Das war ja einfacher als ich es mir gedacht hatte. Doch diesmal kam ich nicht mehr zu meinen Freunden zurück. Denn von der angeblich verwaisten Villa her kam eine Frau auf mich zugestürzt. Sie schnitt mir den Fluchtweg ab. Ich saß in der Falle. Ein Entkommen war unmöglich geworden. Wohl oder übel mußte ich mich meinem ungewissen Schicksal ergeben. Niemand konnte mir helfen; meine Freunde draußen waren längst verschwunden.
Die Frau schnappte mich mit einem festen Griff an meinem dünnen Arm und zerrte mich zu der verglasten Veranda des Hauses. Da bemerkte ich erst, wie leichtsinnig es gewesen war, sofort in den Garten zu laufen und nicht vorher die Umgebung des Hauses zu erkunden. Einige gutgekleidete Frauen hatten im Wintergarten gesessen und Kaffee getrunken. Von da aus lag der Garten wie ein Präsentierteller da. Da mußte ein äpfelklauender Junge schnell auffallen.
Das Kaffeegeschirr und der Rest eines leckeren Kuchens standen noch auf dem Tisch. Die anderen Frauen sahen mich erwartungsvoll an. Glücklicherweise war weit und breit kein Mann zu sehen. Der hätte mir bestimmt gleich den Hintern versohlt.
Meine geklauten Äpfel mußte ich erst einmal auf dem Tisch ausbreiten. Die Frauen sahen mich teils streng, teils belustigt an.
„Woher kommst du eigentlich?" fragte mich die Frau, die mich gerade geschnappt hatte.
„Aus der Friedrichstadt!“ log ich nicht.
„Und warum stiehlst du hier Äpfel?“
„Die sahen so schön aus. Ich mag so gerne Äpfel. Wir haben keinen Garten.“
„Gehst du eigentlich schon zur Schule?“
„Ja, in die zweite Klasse der Hindenburgschule.“

„Und wie heißt dein Lehrer?"
„Herr Lehrer Görlich."
Die Schule war gleich um die Ecke. Und meine Freunde sagten mir später, daß es dumm von mir war, den Weibern die Wahrheit auf die Nase zu binden. Ich hätte etwas anderes sagen sollen, daß wir aus der Stadt oder aus Neuland seien. Aber so schlau war ich in diesem Moment, wo mir keine der sauber angezogenen Frauen zu Hilfe kam, schon gar nicht. Ich zitterte eher vor Angst.
"Na, da muß ich morgen mal zu eurem Rektor gehen. Soweit kommt es noch, daß friedliche Bürger am hellichten Tage beklaut werden."
Das saß. Ich bekam einen furchtbaren Schrecken. Wer weiß, was der dicke Rektor mit mir machte. Zuerst würde ich ordentlich Senge bekommen und dann, wie der Gerhard, in eine Erziehungsanstalt geschickt werden. Was die Oma wohl dazu sagen würde? Ich bekam noch mehr Angst, und alles war mir furchtbar peinlich. Die anderen Frauen saßen vor ihren Kuchentellern und nickten streng. Waren die gemein! Keine legte ein Wort für mich ein. Und die Frau, die mich geschnappt hatte, gab mir noch nicht einmal einen der schönen Äpfel vom Tisch.
Glücklicherweise schleppten sie mich nicht gleich zur Polizei, die vorne in der Kochstraße war. Das war schon mal ganz gut. Vielleicht wollten sie auch den restlichen Kuchen aufessen. Mir ein kleines Stück Kuchen in die Hand zu drücken, auf die Idee kam keine Frau. Doch die Sache mit dem Rektor war ja noch nicht ausgestanden.
Die Hausbesitzerin führte mich nun zu einer schmalen Gartenpforte. Ich war wieder in Freiheit.
So schnell ich konnte, lief ich an meiner Schule und am Café Irmer vorbei in Richtung Neißebrücke. Dahinter war ja gleich unser Damm. Da saßen sie alle und lachten sich kaputt, daß die Alte mich geschnappt hatte. Ich konnte gar nicht mitlachen, denn ich erzählte ihnen nun, daß sie zur Schule gehen und es

dem Rektor melden wollte. Aber meine Freunde sprachen mir Trost zu und meinten, daß der Rektor in seiner Jugend bestimmt auch schon mal Äpfel geklaut hätte.
Sie hatten mir wenigstens den schönsten und größten Apfel übriggelassen. Dafür hatte Helmut Rieger gesorgt, wie ich später erfuhr. Ich setzte mich zu ihnen ins Gras und konnte ihn nun in aller Ruhe genießen.
Der Oma erzählte ich nichts von dem Abenteuer. Ich hatte eine unruhige Nacht und ahnte Furchtbares.
Aber die Frau ist dann doch nicht zum Rektor oder zu meinem Lehrer Görlich gegangen. Ich habe jedenfalls nichts mehr vom Äpfelklauen am Nachmittag gehört.

Auch ein anderes Mal bin ich beim Klauen ordentlich reingefallen.
Unser Bäcker war in der Königstraße direkt in der Friedrichstadt. Bei dem mußte ich immer das knusprige, frische, runde Brot holen oder manchmal auch die duftenden Semmeln. Die kannten mich gut, und ich wäre nie auf die Idee gekommen, im Bäckerladen etwas mitgehen zulassen, ohne es vorher zu bezahlen.
Ganz anders war es mit dem Bäcker auf der Berliner Straße. Hans Rieger hatte mich auf einen tollen Trick aufmerksam gemacht. Und einige Male hatte er schon geklappt.
Wenn wir in der Stadt oder im Kino waren, hatten wir natürlich Hunger. Dann wußten wir, wie wir kostenlos an eine Semmel kamen. Unser Trick war ganz einfach. Einer von uns wartete draußen vor dem Schaufenster. Ein anderer ging in den Laden und fragte die immer sehr freundliche Bäckersfrau nach der Uhrzeit. Wir hatten herausbekommen, daß es keine Uhr im Laden gab, sondern nur eine in der Backstube, die gleich hinter einem roten Vorhang anfing. Der Korb mit den Semmeln stand direkt vor diesem Durchgang zur Backstube. In dem Augenblick, an dem die Bäckersfrau hinter dem Vorhang verschwunden war, mußten wir blitzschnell in den Semmelkorb greifen,

ein oder zwei Semmeln schnappen und sie unbemerkt unter dem Hemd oder der Jacke verschwinden lassen. Es klappte auch einige Male ganz gut. Die Frau war wirklich sehr freundlich zu uns. Es war eine große, gemütliche Bäckersfrau. Sie schien nie etwas zu bemerken. Häufig wechselten wir uns beim Brötchenklauen ab.

Heute war ich wieder einmal dran. Wie immer ging ich in den Laden. Und wie immer fragte mich die Frau freundlich: „Na, Kleiner, was möchtest du denn?"

„Können sie mir sagen, wie spät es ist?"

„Ja, das kann ich. Warte einen Moment!"

Schnell verschwand sie hinter dem Vorhang. Ich wußte, was ich zu tun hatte. Eilig griff ich in den Korb, wo die duftenden Semmeln lagen, und schon hatte ich zwei Semmeln in der Hand, die ich nun unter meiner Jacke verschwinden lassen wollte. Aber noch schneller wurde der Vorhang zur Seite geschoben und die Frau stand in bedrohlicher Größe vor mir.

„Das habe ich mir schon immer gedacht, daß da etwas dahintersteckt!"

Ich erschrak und wollte vor Scham im Boden versinken.

„Was hast du dir denn dabei gedacht, hier einfach die Semmeln zu stehlen?"

Ich schluckte. Sie hatte mich bei einer schlimmen Sache ertappt. Verschämt warf ich die Semmeln wieder in den Korb, um den flüchtigen Diebstahl rückgängig zu machen. Nun stand ich wie ein Häufchen Elend vor ihr. Zuerst wußte ich nicht, was ich sagen sollte. Dann kam mir die naheliegende Idee.

„Ich hatte Hunger, aber kein Geld und keine Brotmarken."

Nun schluckte die Frau und sah mich mitleidsvoll an. Die ganze Strenge verschwand aus ihrem Gesicht. Endlich sagte sie etwas.

„Ich mach' dir folgenden Vorschlag. Wenn du wieder einmal Hunger hast, kommst du einfach zu mir in den Laden und sagst es mir. Dann kriegst du auch eine Semmel. Du brauchst doch nicht zu stehlen. Das geht auf die Dauer nicht gut. Hast du mich verstanden?"

Ich nickte. Sagen konnte ich noch immer nichts. Zuerst der Schrecken über das Ertapptwerden, und dann diese unerwartete Wendung des Geschehens, mich straflos laufenzulassen. Hinten in der Backstube war bestimmt ihr Mann, der Bäckermeister. Wer weiß, was der mit mir gemacht hätte.
So verabschiedete ich mich freundlich und dankbar und lief nach draußen zu meinem wartenden Freund. Der hatte sich schon einige Häuser weiter verdrückt, denn er hatte durch die Schaufensterscheibe alles mitbekommen, was sich da drinnen im Laden abspielte.
Ich erzählte ihm gleich alles von der freundlichen Bäckersfrau. Als ich dann noch ihr künftiges Angebot erwähnte, schaltete er sofort.
„Du, das können wir doch gleich mal versuchen! Mal sehen, ob es die Frau wirklich ehrlich gemeint hat!"
Ich hatte zwar ein ungutes Gefühl, noch einmal den Ort unserer vergangenen Untaten zu betreten, aber dann folgte ich doch meinem Freund in den angenehm duftenden Bäckerladen.
Oben an der Tür klingelte das helle Glöckchen, und die Frau kam wieder durch den Vorhang zu uns nach vorne in den Laden. Erstaunt sah sie uns an.
„Na, was wollt ihr denn noch?" fragte sie uns.
„Wir haben Hunger," bettelte der Hans Rieger, „wir wollten nur mal fragen, ob sie für uns eine Semmel übrig haben?"
„So ist es richtig!" entgegnete die Frau. Und sie griff tatsächlich in den Korb und holte zwei Semmeln heraus. Die hielt sie uns hin. Überrascht und völlig überwältigt von so viel Freundlichkeit zögerten wir zunächst, gleich zuzugreifen. Dann nahmen wir doch die beiden Semmeln, verabschiedeten uns schnell und liefen nach draußen auf die belebte Berliner Straße.
„Die Frau war ja toll!" sagte mein Freund. „Das hätte ich nicht gedacht!"
Ruhigen Gewissens konnten wir nun die noch knusprigen Semmeln in uns hineinschlingen. Denn es stimmte ja: Hunger hatten wir immer!

Übrigens, den Bäckerladen der lieben Frau habe ich nie mehr betreten. Die Frau hatte uns durch ihre Güte überzeugt und ganz schnell wieder auf den Pfad der Tugend zurückgebracht. Natürlich wußte ich von der Oma und auch aus dem Religionsunterricht, daß man nicht klauen darf, was einem anderen Menschen gehört. Fürs erste war ich davon geheilt.
Der Oma erzählte ich natürlich nichts von diesem Vorfall. Sie hätte sich sicher für mich in Grund und Boden geschämt.

Ausflüge

Einige Zeit später war plötzlich der Gerhard wieder da. Als er vor mir auf dem Hof stand, habe ich ihn zuerst nicht erkannt. Er sah so ganz anders aus, sauberer und gepflegter, und er hatte eine Glatze. Er war nun noch größer als ich. Mir fiel gleich sein mieser Tip ein, die Oma zu beklauen. Jetzt würde ich das nicht mehr tun. Da konnte er reden, soviel er wollte. Aber er versuchte es gar nicht. Er hatte auch etwas viel Interessanteres anzubieten, das mich sofort in Erstaunen und Bewunderung versetzte. Gerhard hatte ein Fahrrad. Wir träumten alle von Fahrrädern, aber keiner meiner Freunde hatte eins. Radfahren konnte ich natürlich auch noch nicht. Wo hätte ich das auch lernen sollen?
Gerhard drehte gleich mal eine Runde auf dem Hof. Das hätte ich auch gerne gekonnt. Es sah so leicht aus. Er hatte auf alle Fälle in der „Erziehungsanstalt“ radfahren gelernt. Und dann durfte ich mitfahren! Ich setzte mich auf die Querstange. Und schon ging es los. Das war ganz toll und abenteuerlich, beim Gerhard mitfahren zu dürfen. Obwohl ich schon sieben war, hatte ich noch nie auf einem Fahrrad gesessen.
Ich bewunderte den Gerhard. Zuerst fuhr er mit mir am ganzen Block entlang, dann über den Luisenplatz und schließlich die Breite Straße hoch. Am Jerusalemer Friedhof machte er kehrt und wir fuhren zurück. Gerhard war ganz stolz, mir zeigen zu

können, wie sicher er schon mit seinem Fahrrad umgehen konnte. Als er schließlich, etwas außer Atem, vor unserer Haustür hielt, sagte er:
„Ich bitte meinen Vater, daß er mir vorne einen Sattel auf die Stange macht. Dann kann ich dich immer mitnehmen. Und wir können auch längere Strecken fahren."
Ich war ganz begeistert. Der Gerhard war ein völlig anderer Junge geworden. Nun war er ein richtiger Freund.
Und er hatte mir auch nicht zuviel versprochen. Einige Tage später kam er auf seinem Fahrrad angesaust, und vorn auf seiner Fahrradstange war tatsächlich ein kleiner Holzsattel festgeschraubt.
Wir probierten es gleich aus. Es klappte alles gut. Nun konnte ich viel bequemer sitzen, brauchte mich nicht mehr so verkrampft festzuhalten und konnte auch viel mehr während der Fahrt sehen. Wir kurvten auf dem Hof herum. Ich war ziemlich stolz. Die anderen Kinder staunten.
„Am Sonntag machen wir eine Radtour!" überraschte mich schließlich der Gerhard. „Frag deine Oma, ob du mitdarfst. Sie soll dir etwas zu essen und zu trinken einpacken!"
Ich war begeistert. Das war eine unerwartete Überraschung. Und auch die Oma hatte nichts dagegen. Was war ich aufgeregt. Ich war noch gespannter, als damals, wo ich mit der Oma die lange Reise nach Berlin und Wesermünde gemacht hatte. Ich konnte den Sonntag kaum erwarten.

Es war ein wunderschöner Sonntagmorgen, als wir uns früh auf dem Hof trafen. Die Oma hatte mir einige Brote geschmiert und eine Bierflasche mit Pfefferminztee eingepackt.
Gerhard verstaute alles in einer Leinentasche und klemmte sie dann auf den Gepäckträger. Und schon ging es los. Die Sonne schien an diesem Frühlingstag, aber unter den Bäumen auf dem Hof war es doch noch ziemlich kühl.
„Wir fahren nach Ottmachau!" sagte der Gerhard. „Da war ich schon einmal mit meinem Vater. Es ist nicht sehr weit. Das

schaffen wir in einer Stunde. Da ist auch eine große Burg. Die gefällt dir bestimmt."
Wie recht der Gerhard hatte. Ich erinnerte mich an den riesigen Stausee bei Ottmachau, an dem wir damals mit dem Zug vorbeigefahren waren. Natürlich war ich einverstanden. Doch am meisten freute ich mich auf das Radfahren.
Wir bogen zuerst wieder bei der Pfefferkuchenfabrik Artelt auf die Breite Straße ein. Dann ging es am Jerusalemer Friedhof vorbei. Es war kaum jemand auf der Straße. Links im Wald war das Kiefernpüschl, wo wir immer so gern spielten und wo ich einmal fast barfuß in ein Schlangennest getreten war. Aber das war ja überhaupt nichts gegen die Abenteuer, die mich jetzt mit dem Gerhard erwarten würden.
Schnell kamen wir zur Abzweigung nach Heidersdorf. Wir mußten die Ottmachauer Chaussee hinauf. Hier war auch der Eiskellerberg. Die Landstraße war ziemlich steil. Das konnte der Gerhard mit mir vorne drauf nicht schaffen. So stiegen wir ab und gingen langsam die Straße nebeneinander hinauf. Gerhard schob das Fahrrad. Ich hatte es gut. Ich brauchte nichts tragen.
Oben auf dem Berg waren Kasernen, und dahinter gab es viele Wohnblöcke. Sie waren ganz neu. Nicht so alt wie unsere Kaserne. Oben angekommen ging es gleich in rasender Fahrt weiter. Das war ein einmaliges Gefühl. So leicht und unbeschwert durch die herrliche Frühlingslandschaft sausen. Häufig ging es bergab. Da brauchte der Gerhard nicht zu treten, und er hatte soviel Fahrt drauf, daß er auf den nächsten kleinen Hügel fast ohne Anstrengung hinaufkam.
Rechts neben der Straße waren die Eisenbahnschienen nach Ottmachau. Auf denen waren wir nach Berlin gefahren. Auch jetzt keuchte eine Dampflokomotive mit dem Kohlewagen und einigen Anhängern an uns vorbei. Begeistert winkte ich den Leuten im Zug zu, und einige erwiderten meinen Gruß. Die waren eher in Ottmachau. Aber sie hatten nicht die herrliche Frühlingsluft. Der Zug war bald hinter den vielen Hügeln verschwunden. Eine Zeitlang sahen wir noch die Rauchfahne.

Gerhard hielt an. „Ich will dir mal etwas zeigen! Das hast du bestimmt noch nicht gesehen!"
Wir drehten uns um. Hinter uns sahen wir nun aus weiter Ferne alle Türme von Neisse. Zuerst erkannte ich die riesige Jakobuskirche mit dem wuchtigen Glockenturm. Daneben stand der spitze Ratsturm. Dann kamen die Doppeltürme der Jesuitenkirche. Bei der Kreuzkirche sah man von hier oben sogar drei Türme. Das hatte ich in der Stadt noch nie bemerkt. Rechts am Horizont fingen die blauen Berge an, die sich über Ottmachau hinaus unendlich hinzogen.
„Na, ist das ein Ausblick?" fragte mich der Gerhard. „Da hinten hinter Neisse ist das Altvatergebirge."
Ich merkte mir alles. Was war das schön! Die Frühlingssonne, die duftenden Felder, unsere Stadt in der Ferne und die unendlichen blauen Berge und Wälder vor uns.
Die Chaussee war ziemlich glatt. Das Rad fuhr unermüdlich. Bald schon sahen wir die Umrisse von Ottmachau vor uns. Da war die riesige Burg, und daneben die beiden Kirchtürme.
„An der Burg machen wir Pause," sagte der Gerhard. Das wurde auch höchste Zeit, denn mein Hintern begann zu brennen. Nun tat er richtig weh. Ein Holzsattel war wohl doch nicht so bequem, wie es am Anfang ausgesehen hatte. Jedenfalls nicht für eine längere Strecke.
Aber dann ging es den letzten Berg hinab, und schon waren wir in Ottmachau. Ich hielt es auf dem Sattel nicht mehr aus. So gingen wir das letzte Stück zu Fuß. Oben an der Burg setzten wir uns ins Gras und machten Pause. Wir genossen unseren Reiseproviant. Ein herrliches Gefühl kehrte zurück. Die Sonne schien. Unter uns war gerade die Kirche aus. Die Leute strömten aus dem alten Gebäude in die frische Frühlingssonne.
Später zeigte mir Gerhard noch den Ring und das alte Rathaus. Da sahen wir auch die riesige Uhr. So etwas hatte ich noch nie gesehen.

„Die ist ein paar hundert Jahre alt," bemerkte Gerhard beiläufig. „Zum Staubecken fahren wir nicht mehr. Dann wird der Rückweg zu weit."

Ich war natürlich einverstanden, denn ich mußte ja glücklicherweise nicht fahren. Was hatte ich es gut!

So traten wir bald die Heimreise an. Die Mittagshitze machte dem Gerhard ganz schön zu schaffen. Wenn es bergauf ging, keuchte er ganz schön. Auch mir ging es nicht mehr so gut wie am Morgen. Mein Hintern fing wieder an zu brennen. Ich hätte ein kleines Kissen haben müssen. Bei unserem nächsten Ausflug würde ich daran denken.

Immer häufiger mußten wir absteigen, weil ich es einfach nicht mehr aushielt. Und die Sonne brannte auf der schattenlosen Chaussee. Wir bekamen Durst, aber unsere Getränkeflaschen waren seit Ottmachau leer. Als wir nach einigen Strapazen endlich wieder am Eiskellerberg ankamen, sagte Gerhard: „Wir gehen einfach mal in ein Haus und fragen, ob wir ein Glas Wasser bekommen."

Auf die Idee wäre ich allein nicht gekommen. So einfach in ein Haus gehen und nach einem Glas Wasser fragen, das hätte ich mich nicht getraut.

Wir steuerten auf den ersten Wohnblock zu. An der ersten Wohnungstür klingelte der Gerhard. Eine junge Frau öffnete und sah uns überrascht an. Natürlich kannte sie uns nicht.

„Wir möchten sie nur um ein Glas Wasser bitten," sagte der Gerhard.

Da wurde die Frau ganz freundlich. Sie ging in ihre Wohnung zurück, wir hörten das Wasserrauschen, und dann kam die Frau mit zwei Gläsern frischen, kühlen Wassers zurück. Die reichte sie uns. Hastig leerten wir die Gläser. Das schmeckte! Wir waren auch kurz vor dem Verdursten.

Dann bedankten wir uns bei der netten Frau und gingen zurück zu dem an der Hausmauer angelehnten Fahrrad. Nun war es nicht mehr weit bis zum Luisenplatz. Glücklicherweise ging es nun auch noch bergab. Gerhard brauchte sich nicht mehr groß

anzustrengen. Plötzlich hörte ich hinter mir einen Schreckensschrei. Ich sah mich um. Mein Freund hatte ein ganz verzerrtes Gesicht.
„Ich bin von der Pedale gerutscht," stöhnte er.
Den Lenker hatte er jedoch keinen Moment losgelassen, obwohl wir nun eine enorme Geschwindigkeit draufhatten. Bremsen war zwecklos, dafür fuhren wir viel zu schnell. Doch Gerhard behielt die Nerven und lenkte uns sicher in die flache Jerusalemer Straße. Dort ließ er sein Rad ausrollen und steuerte den Straßenrand an. Schnell stiegen wir ab und setzen uns ins Gras.
„Mensch, Hansi, das war knapp. Das hätte schiefgehen können. Und dann so kurz vor Neisse!"
Erst viel später dachte ich darüber nach, in welcher Gefahr wir beide waren. Wenn wir am steilen Eiskellerberg gestürzt wären, hätte das für uns beide schlimme Folgen haben können. Daran mochte ich gar nicht denken. Und Autos begegneten uns jetzt am frühen Nachmittag auch schon häufiger. Wir hatten beide einen guten Schutzengel!
Bald waren wir wieder am Luisenplatz und auf unserem Hof. Niemand spielte in der Mittagshitze vor den Haustüren. Vielleicht waren alle drüben auf der Insel oder gingen mit den Eltern auf dem Neißedamm oder im Warmbrunnpark spazieren.
Oma war froh, daß ich gesund zurückgekommen war. Ich erzählte ihr von Ottmachau und unserer Fahrt. Den Vorfall am Eiskellerberg verschwieg ich lieber. Das hätte sie sicher aufgeregt.
Es wundert mich noch heute, daß sie mich dem Gerhard anvertraut hat, denn er war ja höchstens zwei Jahre älter als ich mit meinen sechs oder sieben Jahren.
Jedenfalls war es ein herrliches Frühjahr. Wir beide fuhren viel herum. Einmal kamen wir fast bis nach Grottkau. Aber dann wurde uns die kilometerlange Chaussee mit herrlichen Alleebäumen an beiden Seiten doch zu lang.

Eines Tages machte der Gerhard mir den Vorschlag, einmal mit dem Zug nach Ziegenhals zu fahren. Auch dagegen hatte die Oma nichts einzuwenden. Gerhard kannte Ziegenhals von seinen Eltern oder der Erziehungsanstalt.
Diesmal war es kein Sonntag. Wir wollten gleich nach der Schule am Nachmittag losfahren.
So gingen wir also zum Neisser Bahnhof. Der Gerhard kaufte zwei Kinderkarten, die gar nicht so teuer waren, und schon konnten wir den richtigen Zug suchen. Das war aber gar nicht schwer. Der Gerhard wußte auch ganz gut Bescheid.
An einem Werktag war der Zug nicht voll. Wir bekamen sogar Fensterplätze. Der Zug fuhr bald los, aber er hielt ziemlich oft, an jedem Baum, wie der Gerhard sagte. Doch mir machte es nichts aus. Ich freute mich über die kleinen Bahnhöfe. Von mir aus hätte die Fahrt ewig dauern können. Doch dann war es schließlich geschafft. Wir erreichten die Stadt mit dem komischen Namen. Gerhard kannte sich hier ganz gut aus. Wir wollten auf den Holzberg wandern. Zuerst mußten wir durch die Stadt, dann ging es durch einen Wald. Es ging immer bergauf. Oben war ein Aussichtsturm. Wir stiegen hinauf und hatten einen herrlichen Blick über das schöne Städtchen Ziegenhals und die bewaldeten Berge ringsherum. Gerhard zeigte mir auch die Richtung, wo Neisse lag. Doch so weit konnten wir nicht sehen.
Dann stiegen wir wieder hinab. Das ging natürlich viel schneller.
Am Ziegenhalser Bahnhof angekommen mußten wir noch eine Weile auf den nächsten Zug in unsere Heimatstadt warten. Ich sah mich in der Wartehalle um. Da war der Fahrkartenschalter, dort die Bahnhofswirtschaft, und hinten hing ein riesiges Plakat vom Kohlenklau. Diese Plakate sah man nun überall, sogar im Kino gab es kleine Filme über den Kohlenklau. Aber ich verstand die Sache mit dem schwarzen Mann nicht so richtig.

So wurde ich wieder an den Krieg erinnert. Aber den hatte ich an diesem Nachmittag völlig vergessen. Es war alles so friedlich und ruhig in diesem Frühjahr.
Endlich kam der Zug, der uns zurück nach Neisse bringen sollte. Draußen wurde es schon dämmrig, als wir vom Bahnhof durch die Breslauer Straße zur Friedrichstadt eilten.
Ich dachte immer gern an die schönen Ausflüge mit dem Gerhard zurück. Damals konnte ich noch nicht ahnen, daß ich wenige Jahre später, dann ganz auf mich allein gestellt, noch abenteuerlichere Ausflüge unternehmen würde. Doch das war dann kein Spaß mehr, sondern lebensbedrohlicher Ernst.

Es gibt nicht nur gute Menschen

Natürlich mußte die Oma auch hin und wieder mit mir schimpfen. Häufig kam ich völlig verdreckt nach Hause. Ich lief unüberlegt mit meinen kostbaren Lederschuhen durch die Regenlachen oder am Ufer in der flachen Neiße herum. Meine Hose war oft zerrissen, Kniee und Schienbeine fast immer wund. Die Oma hatte viel mit mir zu tun. Wenn sie mal richtig ärgerlich wurde, drohte sie mir sogar mit der Erziehungsanstalt. Aber das meinte sie bestimmt nicht ganz ernst.
Meistens war die Oma jedoch sehr lieb und fürsorglich. Sie kümmerte sich um mich, machte gutes Essen, half mir bei den Schularbeiten und konnte gut erzählen. Auch die anderen Leute in unserem Haus waren immer sehr freundlich zu mir. Mein Lehrer, der Herr Görlich, war nett zu uns, und der Pfarrer Gerigk konnte unübertroffen spannende Geschichten erzählen.
So nahm ich an, daß die Erwachsenen immer nett und freundlich zu Kindern seien. Dann bekam ich den brutalen Lehrer, der mit seinem Weidenknüppel rücksichtslos die Jungen verprügelte. Bis dahin hätte ich nicht gedacht, daß Erwachsene so gemein und bösartig sein konnten.

Als ich das dann der Oma erzählte, sagte sie nur, daß es mehr böse als gute Menschen gäbe. Das konnte ich erst überhaupt nicht verstehen. Wo sollten denn die bösen Erwachsenen sein? Ich hatte erst einen kennengelernt, dafür aber viele freundliche Leute.
Dann hatten Oma und ich ein Erlebnis, das mich lange Zeit beunruhigte.
Manchmal gingen wir im Stadtpark spazieren. Dort war es immer so schön kühl unter den hohen Bäumen. Überall standen Parkbänke und die Biele, die so komisch roch, floß direkt durch den Park, verschwand dann in einem unterirdischen Tunnel und kam erst in der Jesuitenstraße kurz vor dem Haus von Tante Grete und Onkel Richard wieder ans Tageslicht.
Ich muß wohl sechs oder sieben Jahre alt gewesen sein. Wieder einmal machten wir unseren Parkspaziergang. Dort traf die Oma häufig Frauen, mit denen sie sich unterhielt. Mich langweilte das immer, denn mich interessierte überhaupt nicht, was die Frauen da redeten.
Eines Tages gingen wir den Hauptweg des Parks entlang. Da kam uns eine ältere Frau entgegen. Ich hatte sie noch gar nicht bemerkt. Doch die Oma wurde unruhig. Ich fühlte das an ihrer Hand, denn die Oma faßte mich beim Spazierengehen meistens an. Ich blickte nach oben und sah der Oma ins Gesicht. Die Oma sah ernst und etwas traurig aus. Ich sah auf die uns entgegenkommende Frau. Und da bemerkte ich es. Die Frau hatte einen schwarzen Mantel an. Darauf war der gelbe Stern, den ich schon manchmal in der Stadt gesehen hatte.
Die Frau sah zu uns herüber. Sie blickte die Oma an. Und da merkte ich ganz plötzlich, daß die Oma die Frau kennen mußte. Schon bekam ich Angst, die beiden würden jetzt stehenbleiben und sich ihre alten Geschichten erzählen. Doch die Oma machte keinerlei Anstalten, auf die Frau zuzugehen. Als diese nun auf unserer Höhe war, grüßte die Oma zur Frau hinüber. Aber ganz leise, fast schüchtern. Weit und breit waren keine anderen Leute. Da merkte ich, daß die Oma irgendwie Angst

hatte, daß es ihr peinlich war, dieser Frau zu begegnen. Diese sah uns nur überrascht an, antwortete aber nicht.
Nun hatte ich den Beweis. Die Oma kannte die Frau, aber warum hatte die dann nicht zurückgegrüßt? Die Oma hatte sie sogar mit ihrem Namen angesprochen, den ich aber nicht verstehen konnte.
Die Frau hatte einen Judenstern an ihrem Mantel. Sie hatte ganz ärmlich und traurig ausgesehen.
„Oma, warum hat denn die Frau nichts gesagt?"
„Sie hatte Angst, uns zu grüßen."
„Warum das denn?"
„Wir dürfen mit den Juden nichts zu tun haben, sie nicht einmal grüßen. Das haben die Nazis verboten."
„Wieso das denn? Was haben die denn gegen die alte Frau?"
„Die erzählen allen Leuten, daß die Juden an allen schlechten Dingen in der Welt schuld sind."
„Stimmt das denn nicht?"
„Natürlich nicht! Die Frau ist genauso eine Neisserin wie ich. Nur die Nazis haben für diese Zwietracht unter den Menschen gesorgt. Sie haben sogar schon Leute ins Gefängnis gebracht, nur weil sie sich um ihre jüdischen Nachbarn gekümmert oder sie nur freundlich gegrüßt haben."
„Deshalb kann man ins Gefängnis kommen?"
„Ja, und jetzt hat natürlich jeder Angst, den Leuten zu helfen. Und sie haben Hilfe bitter nötig. Aber es gibt auch genug Leute, die gleich zur Polizei rennen, wenn mal jemand freundlich zu unseren Juden ist."
„Das versteh' ich überhaupt nicht! Weil ein Mensch zu einem anderen Menschen freundlich ist, kommt er ins Gefängnis?"
„Nein, das kann auch kein vernünftiger Mensch verstehen! Ich will dir mal was sagen. Die Neisser Juden sind genau so gute Neisser wie alle anderen auch. Als junges Mädchen habe ich auch bei einer jüdischen Familie gearbeitet. Die Leute waren immer sehr freundlich und zuvorkommend zu mir. Deine Mut-

ter war übrigens auch bei einer jüdischen Familie, damals in Berlin.
Das mit meiner Mutter hörte ich heute zum ersten Mal.
„Die Frau von eben, die kannte ich von früher, als wir noch in der Brüderstraße gewohnt haben. Wir mußten ja erst in die Kaserne ziehen, als dein Opa zum Krüppel geschossen aus dem Krieg kam. Da bekamen wir nur eine kleine Rente und konnten uns die große Wohnung nicht mehr leisten. Der Mann von dieser Frau war früher ein bekannter Doktor. Er war bei allen Leuten sehr beliebt. Vor einigen Jahren haben die Nazis die Synagoge in Neisse angezündet, das ist die Kirche der Juden. Da haben sie den alten Mann weggeholt. Seitdem hat sie nichts mehr von ihrem Mann gehört."
„Warum haben sie denn den Mann weggeholt? Was hat der denn getan?"
„Das haben sie mit vielen jüdischen Männern aus Neisse gemacht. Die haben die Nazis in Arbeitslager gesteckt. Aber der Mann war doch schon viel zu alt, bald siebzig Jahre, der konnte bestimmt nicht mehr viel arbeiten. Man hat mir erzählt, wie sie die jüdischen Männer aus Neisse abtransportiert haben. Diese armen Menschen! Ich weiß gar nicht, wovon die arme Frau jetzt lebt. Die ist jetzt bestimmt noch ärmer als wir. Und früher hatten sie eine große Villa in der Kochstraße."
Mir fiel wieder das traurige Gesicht der alten Frau ein, und der gelbe Stern an ihrem Mantel. Vielleicht hat die Oma früher sogar mal bei ihr im Haushalt gearbeitet oder bei Bekannten von ihr? Wenn mir zu Hause hin und wieder mal ein Löffel oder eine Gabel unter den Tisch fiel, sagte die Oma gleich: „Wenn wir jetzt Juden wären, dürftest du nicht weiteressen!"
Da war ich aber froh, daß ich kein Jude war. Denn ich hatte ja immer Hunger.
„In den jüdischen Häusern war es immer sehr sauber und ordentlich. Da könnte sich mancher Deutsche eine Scheibe abschneiden!"
„Sind denn Juden keine Deutschen?"

„Natürlich sind die deutschen Juden Deutsche! Sie haben eben eine andere Religion. Und sie haben andere Sitten und Gebräuche. Ihr Sonntag ist der Sabbat, und der ist immer am Sonnabend. Und sie haben eine andere Kirche, die Synagoge. Da dürfen aber nur Männer hinein. Die müssen immer einen Hut aufsetzen, wenn sie zum Gottesdienst gehen. Die Nazis aus Neisse haben vor ein paar Jahren deren Kirche angezündet. Und die hetzen jetzt noch bei jeder Gelegenheit gegen die Juden. Sie erzählen den Leuten, daß sie schuld am Krieg sind. Viele Juden sind aus Deutschland weggegangen. Da waren auch ganz berühmte Leute dabei. Heute stecken sie sie in Arbeitslager. Hoffentlich werden wir nicht einmal schrecklich dafür bestraft. Gewußt haben das alle, daß die Nazis was gegen die Juden haben. Trotzdem haben viele die Nazipartei mit ihrem Hitler gewählt. Ich werde froh sein, wenn dieser Krieg endlich vorbei ist und wir wieder normale Zustände in Neisse haben."
Manchmal sprachen auch wir Kinder über die Juden. Einmal sagte ein Junge, der schon beim Jungvolk war: „Die Juden sind das Letzte! Die haben Schuld, daß jetzt Krieg ist. Überall sind Juden am Werk. In Rußland, Amerika und England. Die wollen das deutsche Volk kaputtmachen. Aber das werden wir nicht zulassen. Das Judenpack wird sich noch wundern!"
Und dann sang er uns gleich ein Lied vor, das sie beim Jungvolk immer sangen:

„Töff, töff, töff, was kommt denn da gefahren?
Töff, töff, töff in einem Kinderwagen?
Da sitzt ein Jude drin.
Der will nach Jerusalem.
Treibt sie raus aus unserm Vaterlande!
Treibt sie raus, die ganze Judenbande!"

Viele Jungen kannten das Lied schon. Sie lachten sich kaputt. Ich wußte nicht, wie ich mich verhalten sollte. Ich fand das Lied

auch ganz lustig. Trotzdem warf ich ein: „Warum sollen die Juden denn weg? Das sind doch auch Deutsche!"
„Wer hat dir denn den Quatsch erzählt? Juden sind doch keine Deutschen. Deutschland wird erst wieder Deutschland, wenn alle Juden raus sind. Das erzählt uns jede Woche unser Stammführer, und der hat ja wohl Ahnung!"
Darauf wußte ich natürlich nichts zu sagen. Der Junge war älter als ich. Und er war bei der HJ. Was die Oma mir erzählt hatte, darüber sagte ich natürlich nichts. Vor meinen Freunden wollte ich mich nicht noch mehr blamieren.
Vorwurfsvoll erzählte ich es später der Oma. Sie bekam einen richtigen Schreck, als sie hörte, worüber wir uns Kinder schon unterhielten. Als ich ihr sagte, daß ich von ihr nichts erwähnt hatte, bemerkte sie nur:
„Es kann nie und nimmer richtig sein, daß Menschen wegen ihrer Religion verfolgt werden." Ich sollte mich da von den anderen Jungen nicht beirren lassen. „Die reden nur nach, was sie von ihren Naziführern hören. Denen kann man aber nichts mehr glauben. Was die Nazis mit den Juden machen, ist schlecht und sehr böse. Du wirst schon noch lernen, daß es viele böse Menschen auf der Erde gibt. Und das Allerschlimmste ist, daß man häufig nicht unterscheiden kann, was wirklich gut und was wirklich böse ist. Das haben die Nazis gut verstanden. Noch heute glauben viele dem Hitler. Aber das wird für uns Deutsche nicht gut ausgehen!"
Immer wieder sah ich die alte, schwarzgekleidete Frau mit ihrem gelben Stern auf uns zukommen. Sie sah so traurig aus. Was sollte die denn Schlimmes getan haben? Nein, wer sogar alte Menschen verfolgt, der kann niemals gut sein. Das verstand ich schon!
Aber die Oma warnte mich auch:
„Sei vorsichtig bei deinen Freunden und in der Schule! Du darfst nicht immer gleich alles sagen, was dir so einfällt oder was du von mir gehört hast! Oder möchtest du, daß deine alte Oma noch im Nazigefängnis landet?"

Das wollte ich natürlich nicht. Ich hatte begriffen: Vorsichtig mußte ich bei allem sein, was mit Nazis, Juden und Krieg zu tun hatte. Das wollte ich mir gut merken!

Die Meute

Es war bestimmt das gute Vorbild der Oma. Mit ärmeren Leuten hatte ich immer Mitleid. Ich wäre nie auf die Idee gekommen, alte Menschen auszulachen. Oder Leute, die komisch gingen oder Grimassen zogen. Deshalb hatte ich auch Mitleid mit den Juden, die ja meistens auch alt und arm waren. Ich machte die Gemeinheiten der anderen Jungen nicht mit.

So war es auch mit der „Fünfbonbon". Ich hatte schon viel von der Frau gehört, sie aber noch nie zu Gesicht bekommen. Alle, die sie schon mal gesehen hatten, redeten mit großer Begeisterung von ihr. So einen Spaß hätten sie noch nie gehabt, wie den mit der „Fünfbonbon". Klassenkameraden in der Schule oder meine Freunde in der Kaserne, alle erzählten, daß man sich über die „Fünfbonbon" nur schieflachen konnte.

Bisher hatte ich noch nicht das Glück gehabt, diese Witzperson zu sehen und zu erleben. Und dann geschah es doch einmal!

Wir gingen wieder einmal von der Friedrichstadt in die Stadtmitte. Vielleicht lief ein schöner Film in den „Ring-Lichtspielen" oder im „Palast-Theater" draußen in der Zollstraße.

Als wir gerade beim Café Irmer vorbeikamen, bemerkten wir drüben auf der anderen Straßenseite einen Kinderauflauf. Dreißig, vierzig, fünfzig Kinder in unserem Alter bewegten sich traubenförmig zum Ring hin. Und ich hörte immer wieder das „Fünfbonbon!" - „Fünfbonbon!" - „Fünfbonbon!"

Sollte es wahr sein? Sollte ich sie wirklich einmal zu Gesicht bekommen? Am liebsten wäre ich gleich auf die andere Straßenseite gelaufen. Es sah ganz witzig aus. Die vielen Kinder bewegten sich geschlossen vorwärts, und plötzlich liefen sie wieder erschreckt, lachend und schreiend ein paar Schritte zurück.

Und dann sah ich die „Fünfbonbon". Ich sah eine alte Frau, die mit ihrem Regenschirm drohend in der Luft herumfuchtelte. Eigentlich hatte sie nichts Besonderes an sich. Es war eine alte, schwarzgekleidete Frau; es hätte auch die Oma sein können. Ich bekam einen Schreck, als ich mir vorstellte, daß die vielen Kinder hinter der Oma herliefen und sie auslachten.
Doch die vielen Kinder da drüben hörten nicht auf. Sie hatten immer mehr Spaß. Sie brüllten im Chor und lachten: „Fünfbonbon!" Immer wieder hörte ich nur „Fünfbonbon!"
Wenn die Frau sich umdrehte, stoppte die Meute oder wich entsetzt zurück. Einige Kinder in meinem Alter wollten wohl besonders mutig sein. Sie wagten sich ganz dicht an die alte Frau heran, streckten ihre Zungen aus und schrien: „Fünfbonbon! Fünfbonbon!" Alle anderen Kinder lachten und kreischten.
Da tat mir die alte Frau plötzlich leid. Am liebsten wäre ich dazwischen gegangen. Aber ganz alleine konnte ich ja doch nichts machen. Und meine Freunde lachten mit den anderen Kindern. Ich sah auch viele Erwachsene auf dem Bürgersteig. Einige blieben stehen, lachten und gingen dann weiter. Niemand unternahm etwas gegen die brüllende Meute.
Nein, da wollte ich nicht mitmachen! Wenn es das war, worüber sich alle kaputtlachten, da war für mich kein Platz. Ich fand es überhaupt nicht lustig. Im Gegenteil! Je mehr ich auf die andere Straßenseite sah, um so mehr schämte ich mich. Mir war auch die Lust vergangen, mit meinen Freunden weiter in die Stadt zu gehen. So drehte ich mich um und lief zurück zur Neißebrücke, ohne den anderen etwas zusagen.
Zu Hause erzählte ich es gleich der Oma. Sie sagte, daß sie die „Fünfbonbon" von früher kenne. Heute sei sie etwas verwirrt, aber das könne jedem passieren, der ein bestimmtes Alter überschritten habe. Das sei aber noch lange kein Grund, die Frau auszulachen und zu verspotten. Sie sei stolz auf mich, daß ich da nicht gedankenlos mitgemacht hätte. Wenn sich Menschen zusammenrotten, käme meistens nicht Gutes dabei heraus.

Schreckensnachrichten

Als ich eines Tages zum Spielen auf den Neißedamm kam, erzählte gerade ein größeres Mädchen eine schreckliche Nachricht: „Hinten im Block hat sich eine Frau umgebracht!“
Wir liefen gleich die ganze Kaserne entlang bis zum letzten Hintereingang und warteten nun gespannt auf irgendwelche aufregenden Sachen. Aber es passierte nichts. Wir bekamen nichts Außergewöhnliches zu sehen.
„Die Frau ist schon lange weg!“ sagte ein anderes Mädchen. „Die haben sie mit dem Zinksarg abgeholt,“ und sie fügte hinzu: „Die war ganz blau. Die hat sich mit Gas vergiftet.“ Dann zeigte sie auf den ersten Stock des Hauses. „Dort oben hat sie gewohnt.“ Aber da waren jetzt nur die schwarzen Rollos herabgelassen.
Ich versuchte mir vorzustellen, was die Frau gemacht hatte. Sie hatte den Gashahn in der Küche aufgedreht, es aber nicht angezündet, sondern langsam eingeatmet. Dann war sie wohl tot umgefallen. Aber warum hatte das die Frau getan? Wie war sie überhaupt auf die Idee gekommen, sich selbst totzumachen?
Als ich es später der Oma erzählten wollte, merkte ich gleich, daß sie auch schon vom Tod der armen Frau gehört hatte. Sie kannte sogar die Frau vom Ansehen. Als sie noch lebte, hatte sie sich einige Male mit ihr unterhalten. Dann versuchte mir die Oma, die Sorgen zu erklären, die diese Frau hatte. Vor ein paar Jahren war ihr Mann gestorben. Nun hatte sie nur noch ihren Sohn. Aber der mußte in den Krieg. Und nun war er an der Front gefallen. Vor ein paar Tagen hatte die Frau die Todesnachricht bekommen. Da war die Frau ganz verzweifelt und wußte nicht mehr, was sie noch allein auf der Welt machen sollte. So hat sie eben den Gashahn aufgedreht.
„Oma, das versteh ich nicht. Deswegen muß eine Frau doch nicht sterben. Es ist doch toll, für den Führer und für Deutschland zu sterben!“
„Jetzt erzählst du auch schon diesen Unsinn, den man nun überall hört! Sterben im Krieg ist immer sinnlos. Der Junge war

gerade neunzehn. Und er war das einzige Kind, das dieser Frau geblieben war. Das hat sie so mitgenommen. Sie war wohl traurig und verzweifelt, daß sie nach dem Mann nun auch noch ihren Sohn verloren hat."

„Aber es war doch gar kein Kind mehr. Der war schon Soldat!"

„Kind bleibt Kind! Und Mutter bleibt Mutter! Ich habe damals auch ein Kind verloren, den kleinen Franzl. Ich muß noch heute an ihn denken. Manchmal träume ich sogar von ihm, obwohl es schon über vierzig Jahre her ist, daß der Junge gestorben ist."

Ja, das Grab auf dem Jerusalemer Friedhof kannte ich. Die Oma ging fast jede Woche im Sommer hin. Früher hatte sie mich immer mitgenommen. Damals konnte ich mir nicht vorstellen, daß da unten mein Onkel liegen sollte, der schon als Kind gestorben war, das noch jünger als ich war.

„Der Franzl war erst fünf," sagte die Oma. „Er ist mit dem Kopf an unseren eisernen Stubenofen gefallen. Zuerst hatte er nur eine Beule am Kopf. Doch dann bekam er plötzlich Fieber, und es dauerte nicht lange und er war tot! Niemand hatte damit gerechnet. Es war ein aufgewecktes und kluges Kind. Wir hatten es alle lieb. Aber jetzt habe ich ja dich dafür vom lieben Gott bekommen. Paß bloß auf, daß dir nicht auch mal etwas Ähnliches passiert!"

„Oma, würdest du denn auch den Gashahn aufdrehen, wenn ich mal sterbe?"

„Das kann ich mir nicht vorstellen. Dafür habe ich ein viel zu großes Gottvertrauen. Der Onkel Reinhold, mein Sohn, der ist doch auch im Krieg. Wer weiß, ob der lebend wiederkommt. Und deine Mutter in Wesermünde. Du hast doch selber die Bombenangriffe erlebt. Es soll sogar noch schlimmer geworden sein. Hoffentlich fällt da nicht mal eine Bombe auf's Haus. Nein, einen Selbstmord würde ich nicht begehen. Da mag kommen, was will! Es ist außerdem auch eine schwere Sünde. Von der Kirche werden diese Leute nicht einmal beerdigt. Ob das allerdings richtig ist, weiß ich auch nicht."

Und dann erzählte die Oma alle möglichen Geschichten von Leuten, die sich selber das Leben genommen hatten. Manche hatten sich mit einem Strick am Hals aufgehängt, bis sie keine Luft mehr bekamen; andere hatten sich in der Neiße ertränkt.
„Als wir noch in der Brüderstraße drüben in der Stadt wohnten, kannte ich eine Frau, deren Mann auch früh verstorben war. Sie hatte noch einen Jungen. Und sie hatte eine Bierhandlung und eine kleine Kneipe. Dafür mußte sie nun allein sorgen. Als der Mann noch lebte, ist der Junge von einem Spielgerät im Stadtpark gefallen. Da hat er sich so sehr verletzt, daß er kaum noch gewachsen ist. Er wurde ein verwachsener Krüppel. Aber es war ein kluger Junge. Nachher hat er sogar in der Neisser Zeitung geschrieben.
Doch die Frau hat den Tod ihres Mann nicht überwunden. Sie ist zu Allerseelen auf den Friedhof gegangen, um eine Kerze auf das Grab zu stellen. Danach ist sie nicht mehr nach Hause gekommen. Sie ist in die Neiße gegangen. Erst ein paar Tage später hat man sie gefunden. Die arme Frau und der arme Junge. Ich weiß nicht, was aus dem ohne Mutter geworden ist. Ja, ja, die meisten Menschen bringen sich um, weil sie in Not und verzweifelt sind. Sie glauben, ihnen könne niemand mehr helfen. Eigentlich sind es alles arme Menschen. Ich kann nur Mitleid mit ihnen haben. Auch die Frau hinten im Block tut mir leid.
Nein, ich würde nie Selbstmord begehen. Dafür vertraue ich viel zu sehr dem Herrgott. Der wird mich schon nicht im Stich lassen, auch wenn meine Sorgen manchmal groß sind. Doch wo die Not am größten, ist Gottes Hilfe am nächsten!"
Ich hörte der Oma gern zu, wenn sie mir solche Geschichten erzählte. Ein verwachsener Krüppel und eine Frau, die in die Neiße geht! Daran mußte ich noch lange denken. Und ich lernte bei der Oma auch, daß die Welt nicht so gut war, wie ich es mir immer vorgestellt hatte. Eigentlich konnte ich mich an überhaupt keine Gemeinheiten erinnern, bis auf den großen Jungen, der mich um die Kinokarte betrogen hatte. Nun gab es

den Tod der Frau in unserer Kaserne. Und da war die alte Frau mit dem gelben Stern im Stadtpark. Auch die „Fünfbonbon“ hatten die Kinder ausgelacht und verspottet.
Es stimmte wohl doch, was die Oma mir schon oft gesagt hatte: „Sei bloß vorsichtig bei Leuten, die du nicht kennst! Nicht alle Menschen sind immer lieb und gut, es gibt auch ganz böse und hinterhältige.“

Einige Tage später gab es eine weitere Schreckensnachricht. Es war noch grauenhafter als der Selbstmord der Frau, obwohl ich mir nicht genau vorstellen konnte, was genau passiert war. Das Wort „Sexualverbrechen“ hörte ich in diesem Zusammenhang zum ersten Mal.
Der Helmut Rieger erzählte uns Kleinen die ganze Geschichte. In der Nähe unserer Stadt hatte man in einem Wald die zerstükkelte Leiche eines kleinen Mädchens gefunden. Jemand hatte das Kind in den Wald gelockt, es dann nackig ausgezogen und mit einem Messer erstochen. Das war ja kaum zu glauben. Wie konnte das jemand mit einem kleinen Mädchen machen, das dem Erwachsenen doch bestimmt nichts getan hatte. Ich konnte es nicht begreifen. Bisher hatte ich immer angenommen, alle Erwachsenen seien lieb, nett und freundlich zu uns Kindern. Das war auch gar nicht schwer. Wenn man erst groß war, dann war man auch schlau, man brauchte keine Fehler zu machen, weil man ja alles wußte. Und man wußte vor allem, was sich so gehört. Wir Kinder konnten das gar nicht wissen. Wir begingen noch manchen Fehler. Manchmal ärgern Kinder auch die Großen, und dann ist es nur recht, wenn sie auch mal versohlt werden.
Aber ein Kind töten und so zurichten. Das hatte ich noch nie gehört.
Das Mädchen war bestimmt viel kleiner als die Sigrid oder die Renate aus unserem Haus. An die Ursel Rieger hätte der Mann sich bestimmt nicht herangetraut. Die hätte dem Kindermörder schon was erzählt. Die war schon elf oder zwölf.

„Wenn die den Mörder schnappen, hau'n sie ihm gleich die Rübe ab," meinte der Helmut beiläufig. Und wir stimmten ihm alle zu. Wir hofften nur, daß der Kerl bald geschnappt würde.
Warum aber der Mörder das kleine Mädchen nackig ausgezogen hatte, das verstand ich überhaupt nicht.
„Dazu bist du auch noch viel zu klein," sagte der Helmut. „Werde erst mal größer! Dann wirst du das schon noch begreifen!"
Auch die Oma wollte mich zum ersten Mal nicht richtig aufklären.
Ich machte mir jedoch Gedanken darüber, ob ich noch allein zum Kiefernpüschl oder zur Ziegelbarriere gehen könnte. Aber einem Jungen würde ein Verbrecher bestimmt nichts tun. Der war nur hinter kleinen Mädchen her.
Und da fiel mir auch gleich das Lied ein, das ich in der letzten Zeit immer öfter von den großen Mädchen gehört hatte:

„Die Männer sind alle Verbrecher,
ihr Herz ist ein finsteres Loch!"

Ob das stimmte? Nein, das war mit Sicherheit eine Lüge. Viele Männer kannte ich zwar nicht. Ich hatte weder einen Vater noch einen Opa. Aber diejenigen, die ich kannte, das waren bestimmt keine Verbrecher.
Da gab es meinen Lehrer Görlich, den freundlichen Pfarrer Gerigk, meinen blinden Onkel Richard, den Herrn Luda aus unserem Haus und den Vater von Hans und Helmut Rieger, der seine vielen Kinder und auch mich sehr gern hatte.
In Berlin hatte ich den Onkel Bruno kennengelernt und in Wesermünde den Onkel Heini, den Mann von meiner Mutter. Beide waren eigentlich sehr lieb zu mir.
Und es gab noch den Wirt unten in der Gaststube am Luisenplatz, zu dem mich die Oma hin und wieder zum Bierholen schickte. Ein Liter Bier halb und halb für fünfzig Pfennige. Der

Mann war immer freundlich zu mir. Manchmal gab er mir sogar eine Brause, und ich brauchte sie nicht bezahlen.
„Der hat deinen Opa gut gekannt. Der war Stammgast bei ihm. Aber das ist schon lange her!"
Die Oma freute sich immer, wenn ich mit der graublauen Emaillekanne voller Bier zurückkam. Sie trank gern mal einen Schluck von dem kühlen Bier zum Abendbrot. Ich bekam manchmal auch schon ein kleines Glas ab, und mir schmeckte es auch.
Das lag wohl besonders an dem dunklen Bier, das der Wirt nach dem hellen in die Henkelkanne füllte.
Der Wirt war also immer sehr nett, und die vielen Neisser Soldaten auch.
Es stimmte also nicht, daß alle Männer Verbrecher waren. Diejenigen, die ich kannte, waren es nicht. Aber es gab wohl doch „Teufel in Menschengestalt", wovon die Oma manchmal redete. Und der Mädchenmörder draußen im Wald gehörte bestimmt dazu.

Die Trauerweide

Tante Grete und Onkel Richard hatten in ihrer Wohnung ein kleines Radio, einen Volksempfänger. Es war ein kleines schwarzes Gerät mit einer kreisrunden Öffnung vorne, die aber mit einem bräunlichen Tuch überspannt war. Daraus kam fast immer Musik.
Onkel Richard war ja blind. Der konnte keine Zeitung lesen. Aber wir hatten auch keine. Doch durch das Radio kamen immer die neuesten Nachrichten, besonders von den Fronten.
Wenn wir ins Kino gingen, sahen wir immer die Wochenschau. So wurden wir bestens unterrichtet. Jedenfalls waren wir davon überzeugt. Auch in diesen Filmen wurde meistens von den verschiedenen Fronten berichtet, an denen unsere tapferen Soldaten kämpften. Das waren unserer Meinung nach sowieso die

besten der Welt, und sie besiegten überall die Feinde, zu Wasser, zu Lande und in der Luft, auch noch in diesem schönen Sommer 1944.
Die Radios in den Wohnungen waren jedoch bald überflüssig, denn direkt bei uns am Luisenplatz und an anderen Stellen in der Stadt wurden große Lautsprecher aufgestellt. Durch diese grauen Trichter bekamen wir immer die neuesten Nachrichten zu hören. Immer, wenn eine bestimmte Musik ertönte, die mir ganz gut gefiel, gab das „Oberkommando der Wehrmacht“ die neuesten Meldungen von der Front bekannt. Beim Spielen auf dem Hof oder auf dem Neißedamm konnte man die Meldungen nicht überhören.
An einem Sommertag kam jedoch eine Meldung durch den Lautsprecher, die uns alle sehr erschreckte. Unser Führer sollte von feigen Offizieren getötet werden. Aber er hatte glücklicherweise überlebt. Die Offiziere wurden gleich verhaftet und erschossen. Das fanden wir alle auch ganz gerecht, denn wir waren überzeugt, daß der Führer alles für Deutschland tat.
Doch die Oma, mit der ich am Abend darüber reden wollte, hatte wieder einmal eine ganz andere Meinung, und erst viele Jahre später sah ich ein, daß sie doch recht hatte:
„Jetzt geht der Krieg weiter! Und ich habe gehofft, daß er bald zu Ende sein würde und wir alle davon verschont bleiben!“
Ach, die Oma! Die verstand nichts vom Krieg. Wir Jungen bedauerten schon lange, daß wir bei uns in Neisse überhaupt nichts vom Krieg mitbekamen.
Eine Bombe war mal abgeworfen worden, aber nur aus Versehen. Das war doch nichts! Noch nicht einmal einen Bombensplitter hatten wir gefunden, obwohl wir tagelang in den Wallanlagen am Kiefernpüschl danach gesucht hatten.

Aber wir lernten in diesem Sommer wenigstens schwimmen. Fast jeden Tag gingen wir in unser Volksbad an der Breiten Straße. Es kostete zwar Eintritt, für uns Kinder zehn Pfennige,

aber es lohnte sich, denn solche Schwimmhilfen hätten wir an der Neiße nicht gehabt.
Man zog sich in einem langen Holzhaus um, das immer nach frischem Teer roch, und wir gaben dann unser Zeug bei einem Bademeister ab. Jemand von uns hatte immer eine Wolldecke mit, und so konnten wir uns einen bequemen Platz am langen Sandstrand suchen. Da fing auch gleich das flache Wasser für Nichtschwimmer an, das bis zu einem Seil ging. Dahinter durften nur Schwimmer hinein, denn hier ging es steil abwärts. Im Nichtschwimmerteil gab es auch eine Rutschbahn, wo Kinder fast immer Schlange standen, um mal mit Karacho ins Wasser zu rutschen. An der rechten Ecke des riesigen Bades war eine Treppe. Aus den Stufen kam eiskaltes Quellwasser und floß ins Bad.
Hans und Helmut hatten bald schwimmen gelernt. Auch ich hatte es schon im letzten Jahr versucht, aber es hatte noch nicht richtig geklappt. Doch in diesem Jahr wollte ich es unbedingt schaffen. Meine Freunde zeigten mir noch einmal die Schwimmbewegungen auf dem trockenen Sand, aber im Wasser war es doch wieder anders. Obwohl es flach war, sackte ich schnell auf den Grund.
Beim Bademeister konnte man sich zweierlei Sachen zum Schwimmlernen ausleihen, einen Korkgürtel oder einen großen Blechbehälter, die man sich dann um den Bauch schnallen mußte. Die Leihgebühr betrug für eine halbe Stunde zehn Pfennig, genausoviel, wie der Eintritt ins Bad kostete. Das war für mich eine Menge Geld. Meistens war ich froh, wenn mir die Oma die zehn Pfennig nur für's Bad gab.
Der Korkgürtel war nicht so gut. Ich lag damit nicht richtig im Wasser, ganz schnell konnte man zur einen oder anderen Seite kippen. Viel besser war der große Blechkanister, der wie eine große Brottrommel aussah, blank wie eine Dachrinne und luftdicht verschweißt war. Deshalb kam in den Behälter auch kein Wasser hinein.

Man schnallte sich den Kanister auf den Rücken. Wenn man sich ins Wasser legte, war es unmöglich, umzukippen oder unterzugehen. Und ich konnte mühelos die Schwimmbewegungen machen, die mir meine Freunde auf dem Sand beigebracht hatten. Ich kam auch ziemlich schnell vorwärts. Einige Male im Nichtschwimmerbecken hin- und herschwimmen: es klappte. Ich war ziemlich stolz. Nachdem ich meinen Schwimmgürtel dann wieder beim Bademeister abgegeben hatte, versuchte ich sofort die gleichen Schwimmbewegungen von eben: Ich konnte auch ohne Schwimmhilfe oben bleiben. Ich hatte ganz allein schwimmen gelernt.
Gegen Abend gingen wir dann nach Hause. Wir hatten es nicht weit. Die Kinder aus der Stadt mußten viel weiter laufen!
Aber der Tag war für uns noch lange nicht zu Ende. Draußen war es noch lange hell, und so lange durften wir draußen spielen.
Nachdem ich bei der Oma einige Brote gegessen hatte, ging ich gleich wieder nach unten auf den Hof, wo noch viele Kinder spielten.
Meine Freunde und ich spielten lieber unten auf der Insel. Da waren die großen Jungen, die schon mal ein Feuer machten und dann Platzpatronen hineinwarfen. Das knallte ganz schön und alle gingen in Deckung, denn auch bei Platzpatronen konnten Metallsplitter umherfliegen. Manchmal gingen wir an den seichten Stellen des Flusses auf Fischfang. Wir fuhren mit den Händen durchs Wasser und schnappten uns einige Fische aus den großen Schwärmen, warfen sie aber sofort wieder zurück.
Manchmal kletterten wir auch auf die Bäume am Neißedamm. Doch die kannten wir bald alle, und so wurde es uns auf die Dauer langweilig.

Neben der Berliner Neißebrücke standen einige schöne Trauerweiden. Ihre langen Äste berührten fast das Wasser der Neiße. In den Weiden konnte man sich gut verstecken. Von der Brücke oder der Neißepromenade aus waren wir nicht mehr zu sehen. Und es machte Spaß, in den Weiden herumzuklettern, sich hinter den dichten Zweigen zu verstecken und dann die Leute aus luftiger Höhe zu beobachten.

An diesem Abend hatten wir uns wieder einmal die Trauerweiden zum Klettern ausgesucht. Hans und Helmut waren dabei, und auch noch einige anderen Jungen aus unserem Block. Wir kletterten wie immer um die Wette nach oben. Es dämmerte schon etwas. Die Sonne war verschwunden. Zur Oma nach oben mußte ich erst, wenn es draußen dunkel wurde.

Und da passierte es. Ich griff nach einem Aststummel, um mich weiter nach oben zu ziehen. Doch der war morsch, brach ab, und ich sauste durch das dichte Geäst nach unten. Dort schlug ich auf dem ausgetrockneten Erdboden auf. Ich war gleich bewußtlos.

Als ich die Augen wieder aufschlug, standen meine Freunde und eine große Menschenmenge um mich herum. Am Kopf hatte ich eine klaffende Wunde, die stark blutete. Jemand hielt mich in seinen Armen. Zwei Soldaten, die gerade mit ihrem Geländewagen über die Neißebrücke in die Stadt fahren wollten, wurden angehalten. Sie trugen mich vorsichtig in ihren Wagen. Dann fuhren sie schnell ins Krankenhaus an der Kreuzkirche. Man trug mich gleich nach oben in ein Behandlungszimmer. Eine Krankenschwester reinigte meinen Kopf. Dann kam der Arzt. Er hieß Doktor Sonntag. Er untersuchte die Wunde an der Stirn.

„Die muß genäht werden!" sagte er.

Die Schwester drückte mir einen komisch riechenden weißen Verband auf die Nase und forderte mich auf zu zählen.

Schnell schlief ich ein. Ich merkte nichts mehr.

Als ich wieder zu mir kam, sah ich das besorgte Gesicht der Oma über mir. Es mußte ihr jemand von meinem Mißgeschick erzählt haben. Jedenfalls war sie jetzt hier.

Glücklicherweise hatte ich mir nichts gebrochen. Die Wunde war zugenäht worden. Nun hatte ich einen riesigen Verband

um den Kopf. Am Kinn hatte ich noch eine Schürfwunde. Da hatten sie nur ein Pflaster draufgeklebt.
Ein Krankenwagen brachte uns nach Hause. Mir war kotzübel.
„Das kommt von der Narkose. Hoffentlich mußt du nicht brechen," sagte die Oma.
Sie machte mir keinerlei Vorwürfe. „Es hätte schlimmer kommen können," sagte sie nur. „Du hattest mal wieder einen guten Schutzengel!"
Da saßen wir nun beide am Küchentisch, und ich hatte das Gefühl, gleich brechen zu müssen. Die Oma saß auf der Ritsche, und seifte mir die dreckigen Beine und Füße ab. Den Kopf brauchte sie nicht mehr zu waschen. Der war sowieso ein einziger Verband.
Dann steckte mich die Oma ins Bett. Jetzt fühlt ich mich kaputt und ganz elend. Mein Magen schien sich umzudrehen. Die Oma stellte einen Eimer mit Wasser neben das Bett. „Falls du brechen mußt," sagte sie.
Aber ich war nun hundemüde und muß wohl auch bald eingeschlafen sein. Die Oma hat mich bestimmt die ganze Nacht nicht aus den Augen gelassen.
Als ich am nächsten Morgen erwachte, sah ich zuerst Omas Gesicht. Aber es ging mir schon viel besser. Draußen schien die Sonne, und ich hatte einen Riesenhunger.
Als ich aufstehen wollte, wurde mir gleich wieder schwindelig. Ich ging zum Spiegel und sah hinein. Mein ganzer Kopf war mit einer weißen Binde umwickelt. Und am Kinn war das breite Heftpflaster. Von meinem Gesicht war kaum etwas zu sehen. Als ich den Mund aufmachen wollte, spannte es am ganzen Kopf.
„Junge, Junge! Was hätte da alles passieren können? Du kannst dich wirklich bei deinem Schutzengel bedanken!" sagte die Oma mit etwas Lachen in der Stimme.
„Oma, der Ast war morsch. Es ging alles so schnell! Ich konnte nichts mehr machen."
„Ja, um Ausreden warst du noch nie verlegen!"

Ich glaube, die Oma war noch immer erschrocken über meinen Sturz. Und ich wußte, daß sie ein ganz schwaches Herz hatte. Das hatte sie mir schon ein paar Mal gesagt. Ihr war bestimmt das Herz stehengeblieben, als sie von meinem Unfall hörte.
Dabei wußte sie doch, wie gerne ich auf Bäume kletterte. Wie hatte ich sie erschreckt, als ich sie aus der Linde direkt vor unserem Fenster rief. Oder als ich die Wildkirschen aus dem Wald an der Ziegelbarriere nach Hause brachte. Die Stämme der Kirschen waren ganz glatt. Erst ganz oben gab es die Zweige mit den Kirschen. Die waren hier ganz dunkel, fast schwarz, und viel kleiner als die roten Kirschen in den Gärten auf der Insel. Ich hatte eine Kanne mitgenommen. Die Oma staunte nicht schlecht, als ich sie vollgefüllt mit Kirschen wieder zurückbrachte. Die Oma hat die Kirschen dann gleich in Gläser und Flaschen eingekocht.
„Dann haben wir im Winter schönes Kompott," sagte sie. „Und unser Grießbrei schmeckt dann noch besser!"
Den Saft mit den Wildkirschen füllte die Oma in einige Flaschen. Eine davon explodierte nach einigen Tagen. Der Korken schoß unter die kleine Mansardendecke in der Küche und etwas Saft gleich hinterher. Jetzt sah ich jeden Tag den rötlichen Fleck unter der Decke und lachte mich innerlich kaputt, daß der Oma auch einmal ein Fehler passiert war.
„Heute darfst du nicht nach draußen. Du mußt deinen Kopf schonen, damit die Wunde am Kopf nicht aufplatzt. Vielleicht hast du auch noch eine Gehirnerschütterung. Ich muß auch aufpassen, daß du kein Fieber bekommst. Ich möchte nicht das Gleiche erleben, was ich damals mit meinem Franzl mitgemacht habe!"
So lag ich nach dem Frühstück wieder in meinem viel zu warmen Bett und träumte halbwach in den schönen Sommertag hinein, der mich durch die grünen Bäume vor unserem Fenster grüßte.

Da unten war es wie immer. Die Kinder aus der Kaserne spielten auf dem Neißedamm. Ich hörte immer wieder ihr lustiges Geschrei. Wie gerne hätte ich da mitgemacht.
Aber dann kam es doch zu einer unerwarteten Überraschung. Es hatte sich überall im Block herumgesprochen, was mir gestern abend passiert war, was ich für einen schrecklichen Unfall an der Neißebrücke hatte, und daß mich Soldaten ins Krankenhaus gefahren hatten. Unterdessen wußten wohl auch alle, daß ich längst wieder zu Hause bei der Oma war.
Zuerst kamen Hans und Helmut Rieger, meine besten Freunde. Sie brachten mir eine riesengroße Tüte mit den schönen gelben Augustäpfeln aus ihrem Garten mit. Sigrid Schmidt brachte mir eine Flasche Saft. Gerhard wußte schon, daß ich gern lese. Er schenkte mir das Buch „Hurra, wir fliegen!“ Auf dem Umschlag war eine JU 52 abgebildet. Ein Pilot stand in seinem Kampfanzug daneben, und einige Jungen waren bei ihm. Die hatten noch kurze Hosen an und waren kaum älter als ich.
Mich besuchten sogar Kinder, die ich nur flüchtig kannte. Ich hatte nur ein paar Mal mit ihnen auf der Insel gespielt.
Alle bedauerten mich mit meinem riesigen Turban auf dem Kopf. Ich fühlte mich schon bald als kleiner Held. Denn so einen Verband hatte nicht jeder.
Die Oma war ganz stolz, daß so viele Kinder und ihre Eltern an mich gedacht hatten. Bisher war ich kaum einmal krank gewesen, und nun merkte ich, daß Kranksein auch ganz schön und angenehm sein kann.
Einige Tage mußte ich noch im Bett bleiben. Meistens las ich in verschiedenen Büchern. Natürlich wäre ich lieber unten bei den anderen Kinder gewesen, aber am Nachmittag hörte ich nichts mehr. Da waren alle beim Baden an der Neiße oder im Volksbad.
Fieber hatte ich glücklicherweise nicht bekommen. Dann durfte ich meine ersten Schritte machen, zuerst in der Wohnung und dann draußen auf dem Hof.

Die Oma warnte mich, nicht zu laufen und auf keinen Fall zu nahe ans Wasser zu gehen.
Was war ich glücklich, als ich endlich wieder durch die Hintertür unseres Hauses nach draußen konnte und die Steintreppe zum Neißedamm hochstieg. Erst war ich doch enttäuscht. Weit und breit war kein Kind zu sehen. Und das bei diesem schönen Wetter! Doch dann vernahm ich das Geschrei von der Insel unten. Barfuß wie immer im Sommer ging ich vorsichtig den Sandweg hinunter. Und da sah ich schon alle: Hans und Helmut, die Warmbrunn-Jungen, Gerhard und auch Horst Pukalla. Direkt an der Neiße hatten sie sich ein Sprungbrett gebaut, und nun sprangen sie mit Begeisterung und großem Lärm immer wieder ins Wasser. Wie gerne wäre ich da mitgesprungen. Gerade hatte ich schwimmen gelernt. Aber mein Turban machte es unmöglich.
Sie begrüßten mich alle mit großer Freude. Ich setzte mich ins Gras am Neißeufer und sah den Jungen zu. Sie überboten sich mit waghalsigen Kunstsprüngen.

Es war ein wunderbarer Sommer. Er wollte gar nicht mehr aufhören. Jeden Tag waren wir unten an unserem geliebten Fluß, aber nur meine Freunde konnten schwimmen und springen. Den ganzen Tag über liefen sie nur in ihren Badehosen herum, und ich saß am Ufer und sehnte mich auch nach dem Wasser der Neiße.
Dann kam der langersehnte Tag, an dem ich mit der Oma wieder ins Krankenhaus mußte. Eine Krankenschwester entfernte den dicken, angegrauten Verband. Der Doktor Sonntag kam und sah sich die Wunde an. „Sie ist gut verheilt!“ sagte er.
Dann zog er die Fäden heraus. Es zwickte zwar ein wenig, aber ich ließ mir nichts anmerken. Auch das Kinnpflaster wurde entfernt. Auf die Stirnwunde bekam ich nun ein breites Heftpflaster.

„Du mußt vorsichtig sein!“ ermahnte mich die Krankenschwester. „Es darf nichts an die Narbe kommen. Sie kann immer noch aufplatzen. Und dann wird alles noch viel schlimmer!“
„Darf ich denn wenigstens zum Baden gehen?“ fragte ich sie.
„Das würde ich dir ja nicht gerade raten. Die Wunde kann sich entzünden, wenn Wasser dran kommt.“
Natürlich war ich etwas enttäuscht. Aber vielleicht konnte ich an einer flachen Stelle in der Neiße herumlaufen. Ich mußte ja nicht gerade tauchen, und Kopfsprünge kamen sowieso nicht in Frage.
Schön war es, daß ich nicht mehr oben in der Wohnung bleiben mußte, sondern wieder überall in der Friedrichstadt herumlaufen konnte. Die Kasernen an der Königstraße übten seit einiger Zeit eine unwiderstehliche Anziehungskraft auf mich aus. Bei diesen backsteinroten Gebäuden konnte man direkt zum Schatzsucher werden. Die langen Häuser standen direkt an der Straße. Es gab weder einen Zaun noch eine Mauer. Oft sahen wir die Soldaten an den Fenstern sitzen und ihre Gewehre reinigen. Dann flogen leere Patronenhülsen oder sogar richtige Platzpatronen nach unten. Im Rasen vor den Gebäuden und in einer gemauerten Regenrinne lagen dann die kostbaren Schätze. Auf den leeren Hülsen konnte man ganz gut pfeifen, und die Platzpatronen mit ihren roten Holzköpfen eigneten sich gut zum Sprengen auf der Insel. Das hatte ich oft genug bei den großen Jungen gesehen.
Und ich hatte Glück. Ich fand beides, Hülsen und Platzpatronen.
Natürlich nahm ich meine Schätze nicht mit nach oben. Die Oma hätte mir wer weiß was erzählt. Ich hatte verschiedene „Schatztruhen“ auf der Insel. Büsche gab es da ja genug. Ein Loch graben und es dann mit einem Stein verdecken und tarnen, das konnte jeder von uns.
Da tat ich meine neuen Schätze hinein. Natürlich durfte man sein Versteck niemandem verraten, selbst den besten Freunden nicht!

Die Roten und die Blauen

In diesem Sommer spielten wir auch gern in den Wallanlagen an der Ziegelbarriere. Dort hatten wir zufällig die Wildkirschenbäume entdeckt, aber es gab auch andere spannende Schauspiele zu beobachten. Häufig übten dort die Soldaten. Diesmal waren es nicht die Pioniere von der Neiße, sondern die Infanteristen. Wenn sie aus der Kaserne marschierten, liefen wir gleich hinterher. Sie sangen die schönen Soldatenlieder und sahen gefährlich aus. Immer hatten sie Stahlhelme auf dem Kopf und die Karabiner geschultert. Zu jedem Zug gehörten auch die MG-Schützen. Die marschierten immer in der ersten Reihe. Ein Soldat hatte das Maschinengewehr auf seiner Schulter, und zwei andere Soldaten trugen die Metallkästen, in denen die langen Patronenketten der MG-Munition verstaut waren.
Wir setzten uns dann am Ziegeltor hinter dem Garnisonsfriedhof auf einen Berg und verfolgten das spannende Geschehen da unten auf der großen Wiese. Die Soldaten wurden ganz schön durch die Gegend gejagt. Immer wieder kamen die Befehle „Hinlegen! - Sprung auf! Marsch! Marsch! - Hinlegen!" So ging es einen ganzen Nachmittag lang. Manchmal mußten sich die Soldaten auch tarnen. Sie beschmierten sich die Gesichter und steckten sich Grasbüschel und Zweige an ihre Stahlhelme. Wenn sie sich dann durch das hohe Gras bewegten, waren sie kaum zu erkennen.
Dann mußten sie mit ihren kurzen Spaten Löcher graben. Sie legten sich hinein und warteten auf den Feind. Die MG-Stellungen waren meistens größer. Da lagen mindestens zwei Soldaten nebeneinander.
Am schönsten war es für uns, wenn die Soldaten eine richtige Übung machten. Von unserem Berg aus konnten wir alles genau beobachten. Zuerst kam eine Kompanie singend anmarschiert. Die Soldaten versteckten sich drüben im Wald. Alle hatten rote Armbinden und rote Bänder um ihren Stahlhelm. Bald sah man nichts mehr von ihnen. Man konnte denken, sie

wären durch den Wald in Richtung Heidersdorf marschiert. Aber sie hatten sich nur gut im Wald getarnt.
Kurze Zeit später kam noch eine Kompanie. Das waren die Angreifer. Die hatten zwar die gleichen Uniformen wie ihre Kameraden, aber blaue Binden und Bänder. Außerdem gab es noch Soldaten mit weißen Binden. Zuerst dachte ich, es wären die Sanitäter, aber Helmut erklärte mir, daß es die Schiedsrichter seien, die sogar jemanden für tot erklären konnten. Diese Soldaten mußten dann regungslos im Gras liegenbleiben.
Und dann ging es richtig los. Das war noch spannender als im Kino. Uns wurde bald klar: Die Blauen mußten den Wald der Roten erobern. Sie bewegten sich geräuschlos durch das hohe Gras. Kommandos hörten wir überhaupt nicht mehr.
Drei Maschinengewehre wurden in Stellung gebracht. Die anderen Soldaten lagen mit ihren Gewehren in Stellung. In der Mitte krochen einige Soldaten durchs Gras, die gar keine Gewehre hatten. Sie zündeten Nebelwerfer und warfen diese zum Wald hin. Dicke Nebelschwaden stiegen auf, und vom Wald war nichts mehr zu sehen. Und dann ging es los. Zuerst ratterten die drei Maschinengewehre. Aus dem Wald wurde durch den Nebel hindurch zurückgeschossen. Und es gab auch kleine Explosionen. „Das sind Übungshandgranaten!" erklärte mir der Helmut.
Vor der Nebelmauer hatten sich die blauen Angreifer formiert. Sie schossen aus den Gewehren, sprangen auf, liefen vorwärts, warfen sich wieder ins Gras, rollten sich ab, sprangen wieder auf, schossen erneut, warfen sich wieder hin, luden die Karabiner nach und sprangen wieder auf und liefen in die Nebelwand.
Die Schiedsrichter mit den weißen Binden gingen aufrecht hinter den Angreifern her und erklärten mal diesen oder jenen Soldaten für tot. Die blieben dann im Gras liegen und konnten sich ausruhen, bis der Kampf zu Ende war.
„Die wären jetzt in Wirklichkeit alle tot, gefallen!" bemerkte der Helmut. Ich staunte, was der schon alles wußte.
Nach ungefähr einer halben Stunde war der Angriff vorbei. Der Nebel hatte sich längst aufgelöst. Aber es hatte die ganze Zeit

über richtig geknallt. Die Soldaten mußten ganz schön ins Schwitzen gekommen sein! Nun stellten sie sich friedlich nebeneinander auf. Kommandos ertönten, und alle marschierten zurück in die Kaserne.
Als sie endlich aus unserem Blickfeld verschwunden waren, kam unsere Zeit! Jetzt stöberten wir durch das hohe Gras, das an vielen Stellen richtig plattgedrückt war. Überall lagen leere Patronenhülsen herum. Doch die interessierten uns schon gar nicht mehr. Wir hielten Ausschau nach richtigen Platzpatronen. Hin und wieder fanden wir auch einige davon.
Zwei Patronen waren schon in meiner Hosentasche, und meine Freunde gingen auch nicht leer aus. Das hatte sich mal wieder gelohnt. Stolz machten wir uns auf den Heimweg. Wir liefen an den Wallanlagen entlang bis zur Bergstraße. Nun hätten wir auch die Königstraße hinunter gehen können, aber da wären wir direkt an den Kasernen vorbeigekommen. Das wollten aber wir nicht, nachher wäre noch die Militärpolizei auf uns aufmerksam geworden. So bogen wir bald in die Eichendorffstraße ein, kamen am Eichendorffhaus und der Dominikanerkirche vorbei und erreichten so auf dem kürzesten Weg den Luisenplatz, wo wir alle wohnten.
Das war wieder ein spannender Nachmittag. Was hatten wir alles erlebt! Meine Kopfverletzung störte mich schon nicht mehr. Das breite Pflaster an der Stirn würden sie mir bald abnehmen, und dann würde ich auch endlich wieder in der Neiße oder im Volksbad baden gehen können.
Meine gefundenen Schätze brachte ich gleich zu meinem geheimen Versteck unten auf der Insel.

Köstlichkeiten

Als ich anschließend in unsere Wohnung wollte, stellte ich fest, daß die Tür verschlossen war. Die Oma war nicht zu Hause. Es kam zwar nicht oft vor, daß ich vor der verschlosse-

nen Flurtür stand, aber heute hatte die Oma den Wohnungsschlüssel mitgenommen.
So setzte ich mich auf die Treppe und wartete und wartete. Mehrmals lief ich auf den Neißedamm, um zu sehen, ob die Oma nicht bald kam. Ich bekam Angst. Hoffentlich war der Oma nichts passiert. Sie hatte doch ein so schwaches Herz!
Unter der Treppe vor dem Hinterausgang war eine Holzstange angebracht. Da konnte ich ganz gut turnen. Ich machte ein paar Klimmzüge und Überschläge. Meinen Kopf spürte ich nicht mehr. Doch lange hielt ich es nicht aus. Schnell lief ich dann wieder nach draußen, um nach der Oma Ausschau zu halten. Und dann kam sie endlich! Zuerst erkannte ich nur den schwarzen Hut. Oma kam aus der Stadt. Vielleicht hatte sie ihre Mutter in der Weberstraße besucht oder die Tante Grete. Ob heute eine Andacht in der „Großen Kirche“ war? Jedenfalls lief ich schnell der Oma entgegen. Ich freute mich, daß ich sie endlich wiederhatte. Ihr war nichts passiert! Und sie hatte mir etwas aus der Stadt mitgebracht. Es war ein kleines, buntes Buch. Es hieß „Wenn das Gnadenbrünnlein fließt“.
Es wurde in den nächsten Wochen mein Lieblingsbuch. Immer wieder blätterte ich im Buch herum, sah mir die bunten Bilder an und las immer wieder die kleinen Geschichten.
Da kamen Kinder vor, die lieb und freundlich zu ihren Eltern waren. Sie gingen auch regelmäßig in den Gottesdienst. Der liebe Herr Jesus kümmerte sich um sie. Auf einem der Bilder floß direkt ein kleiner Bach vom Himmel auf die Erde. Unten saßen die Kinder am Bach und tranken mit bloßen Händen das klare Wasser.
Am Abend war es noch immer lange hell. Mein Bett stand vor dem Fenster, ich lag auf der Zudecke und konnte bequem lesen. Die frische Abendluft kam ins Zimmer, draußen zwitscherten die Vögel, und ich hatte meine schönen Bücher. Sie lagen alle auf einem Stuhl neben dem Bett. An dem „Gnadenbrünnlein“ konnte ich mich nicht sattlesen!

In diesen Tagen gab es für die Oma noch eine Überraschung. Eigentlich war sie nicht für mich bestimmt, aber sie wurde es dann doch. Und das kam so.
Meine Tante Kläre hatte der Oma wieder einmal ein Paket geschickt. Doch der Inhalt war diesmal nicht für uns, sondern für meine Cousine Eva bestimmt, die uns in den nächsten Tagen besuchen wollte. Darauf freute ich mich, denn die Eva mochte ich sehr gern.
Im Paket waren auch zwei Schachteln mit Pralinen. Die Oma hatte sie gleich zwischen die Wäsche ins Vertiko gelegt. Nun kannte ich das Versteck.
Ich lag zufrieden und gutgelaunt in meinem Kinderbett. Immer wieder mußte ich zum Vertiko hinübersehen. Da lagen nun die Pralinen, Köstlichkeiten aus Schokolade, die ich gar nicht kannte. Aber ich hatte die bunten Bilder auf den Pappschachteln gesehen.
Da lag ich nun in meinem Bett und las. Ich sah hinüber zum Vertiko, und manche Gedanken gingen mir durch den Kopf.
Nein, eine einzige Praline würde nicht auffallen.
Schließlich schlich ich mich an den Schrank, holte eine Schachtel heraus und öffnete sie ganz vorsichtig. Da lagen die Pralinen wohl geordnet nebeneinander. Mir lief gleich das Wasser im Mund zusammen. Nur eine einzige wollte ich versuchen! Ich holte mir eine Praline heraus, steckte sie gleich in den Mund, schloß die Schachtel wieder und legte sie zurück an Omas geheimen Ort. Die Köstlichkeit ließ ich langsam auf der Zunge zergehen. Der Geschmack war einmalig. Aber bei der einen Praline sollte es an diesem Abend bleiben!
Doch schon am nächsten Tag ergab sich wieder eine Möglichkeit, an den unverschlossenen Schrank zu kommen. Und so ging es weiter. Ich kam mir vor wie im Schlaraffenland. Da waren meine Bücher neben dem Bett und die Köstlichkeiten im Wäscheschrank.
Bald hatte ich für meine Bücher einen geheimen Platz gefunden. Ich packte sie unter das Keilkissen meines Bettes. Jetzt lagen sie

nicht mehr überall herum; ich wußte immer, wo ich meine Bücherschätze finden konnte. KeinTag verging mehr, an dem ich nicht in irgendeinem Buch las. Die Oma staunte nur noch. Es waren Ferien, und ihr kleiner Junge wurde eine Leseratte. Oma las ja selber viel zu gerne.
Aber neben dem Lesen gab es die Pralinen im Schrank. Auch die zweite Schachtel war längst angebrochen. Und schließlich waren beide Schachteln leer.
Nun fing mein Gewissen an zu pochen. Irgendwann mußte die Oma dahinterkommen. Und es passierte auch eines Tages. Oma entdeckte die leeren Schachteln. Aber es geschah ein Wunder. Sie schimpfte mit keinem Wort. Sie drohte auch keine Strafe an. Ja, sie machte sich auch keine Sorgen, was sie der Eva sagen sollte. Vielleicht hat sie auch gedacht, daß diese Köstlichkeiten für den kleinen Hansl wichtiger waren als für die große Cousine. Aber Eva besuchte uns gar nicht in diesem Sommer. Ob die Tante Kläre nach den Pralinen für ihre Tochter gefragt hat, habe ich nie erfahren. Die Oma wird ihr schon das Richtige gesagt haben!
Und ich hatte in diesen Tagen das Paradies auf Erden erlebt! Ich lag bei geöffnetem Fenster in meinem Bett, die laue Abendluft strömte herein, die Linden dufteten und die Vögel zwitscherten, bevor sie sich schlafen legten. Ich hatte ein schönes Buch vor mir. Und in meinem Mund zerging langsam die verbotene Kostbarkeit aus dem Vertiko der Oma. Später träumte ich dann, schon im Halbschlaf, in die Abenddämmerung hinein.
Es war das Paradies auf Erden. Im Himmel konnte es bestimmt nicht schöner sein.

Die Platzpatronen

Eines Tages waren die Sonnentage erst einmal vorbei. Enttäuscht sah ich aus dem Fenster. Draußen war alles grau. Die Dachziegel waren naß. Heute nacht hatte es geregnet. Also

würde es mit dem langersehnten Baden auch heute nichts werden.
Trotzdem hielt mich nichts mehr im Bett. Die Oma war zur Frühmesse in der Dominikanerkirche gewesen und hatte anschließend frische Semmeln vom Bäcker mitgebracht. Und die schmeckten frisch so gut, besonders mit dem dunklen Sirup, den die Oma selbst aus Zuckerrüben machte.
Meine Oma war doch die allerbeste! Wenn ich die nicht hätte. Meine Mutter hatte uns in diesem Jahr nicht besucht. Mein kleiner Bruder war in Wesermünde durch ein Glasdach gefallen und hatte sich den Bauch an den Scherben aufgeschnitten. Die Oma war ganz aufgeregt, als sie mir den Brief von meiner Mutter vorlas.
„Was habt ihr bloß in euren Köpfen? Wohl nur Hummeln und Schmetterlinge! Müßt ihr denn immer so wild und leichtsinnig spielen?"
Ja, die Oma hatte genug Sorgen in den letzten Wochen. Ich nahm mir vor, vorsichtiger zu sein und besser auf mich aufzupassen. Doch dieser Vorsatz sollte nicht lange anhalten.
Obwohl die Sonne sich an diesem regnerischen Morgen gar nicht blicken lassen wollte, ging ich nach unten auf den Neißedamm. Irgendein Kind würde sich schon sehen lassen. Draußen war es noch etwas kühl. Der Regen tropfte noch immer von den Bäumen, und die Wege, das Gras und die Büsche waren ziemlich naß. Aber glücklicherweise hatte es zu regnen aufgehört. Die Nässe war nicht schlimm, denn ich lief in den Sommermonaten immer barfuß.
Auf dem Neißedamm war niemand zu sehen. Also ging ich den Sandweg zur Insel hinunter. Vielleicht waren dort schon einige Kinder. Als ich an meinem Versteck mit der Schatztruhe vorbeikam, wollte ich gleich sehen, ob der kostbare Inhalt trocken geblieben war. Also kroch ich in die Büsche. Da lag mein Stein. Er war unberührt. Unter dem Stein war alles trocken. Das dichte Gebüsch hatte den Regen abgehalten.

Da lagen noch die beiden Platzpatronen von der Ziegelbarriere. Und auch die Schachtel Streichhölzer. Ein Streichholz probierte ich gleich aus. Es flammte kurz auf. Die Schachtel war also auch nicht verdorben. Die Platzpatronen und die Streichhölzer ließ ich gleich in meiner Hosentasche verschwinden.
Enttäuscht sah ich, daß auf der Insel kein Kind war. Wo waren die denn alle? Kein einziger Freund war da. Ich ging den anderen Weg wieder zum Neißedamm hinauf. Da war endlich ein Junge. Er gehörte zwar nicht zu meinen Freunden, aber es war immer noch besser, mit ihm was zu unternehmen, als allein durch die Gegend zu laufen.
„Na, was wollen wir machen?" fragte ich ihn gleich.
„Das weiß ich auch nicht," antwortete er mir.
„Hast du Lust, mit mir unten an der Neiße ein kleines Feuer zu machen? Ich habe etwas zum Sprengen dabei!"
Zum Beweis holte ich gleich die beiden Platzpatronen aus der Hosentasche. Er staunte über die olivgrünen Hülsen mit den roten Holzkappen. Das war was!
Schnell liefen wir nach unten ans Neißeufer. Dort war eine kleine Bucht. Dahinter war ein schmaler Sandstrand mit einer ausgefransten Böschung. Wenn wir direkt am Wasser ein Feuer machten, konnte eigentlich nichts passieren.
Doch zuerst mußte trockenes Gras und etwas Holz besorgt werden. Das war an diesem grauen, verregneten Morgen gar nicht so leicht. Alles war feucht, das Gras auf der Wiese und auch das Gebüsch vor den Schrebergärten. Aber unter den Büschen und Bäumen fanden wir dann doch etwas vertrocknetes Gras und morsches Holz. Das schichteten wir am Neißeufer auf. Dann warf ich ein brennendes Streichholz in das Gras. Es brannte gleich wie Zunder. Schnell warf ich beide Platzpatronen auf das Holz, und dann hieß es, in Deckung gehen! Wir kauerten uns flach auf die Wiese. Die hohe Sandböschung würde uns schützen, aber drüben auf der anderen Neißeseite würde es durch die Explosion ganz schön knallen.

Wir warteten und warteten. Wir spitzten die Ohren und lauschten angestrengt zum Feuer hin. Ob es nur ein wenig geknallt hatte? Ob das Knistern der Zweige schon das Sprengen war? Nichts passierte!
„Mensch, das dauert heute aber lange!“ versuchte ich den Jungen zu beruhigen. Er sollte ja auch nicht den Eindruck von mir bekommen, daß ich keine Ahnung vom Sprengen hatte.
Der sagte aber nichts. Er sah mich nur erwartungsvoll an. Ich hatte schon oft den größeren Jungen bei ihren Sprengungen zugesehen. Hatte ich etwas falsch gemacht?
Dann wurde es mir doch zu lange. Nach einigen Minuten des Wartens schlich ich mich vorsichtig an die Feuerstelle. Das Holz war niedergebrannt. Nun lag nur noch ein Gluthaufen da. Und die beiden Platzpatronen waren gut in der Glut zu erkennen. Ich angelte nach einem Stock und pirschte mich vorsichtig an die Feuerstelle heran. Der andere Junge folgte mir. Nun standen wir beide neben unserem Feuer. Ich fing an, mit dem Stock in der Asche herumzustochern.
Und da passierte es!
Wir hörten einen furchtbaren Knall. Die graue Holzasche wurde meterhoch aufgewirbelt, und mein neuer Freund sah plötzlich auch ganz grau aus, denn er hatte einiges ins Gesicht bekommen. Das sah so witzig aus, daß ich erst einmal loslachen mußte. Doch das dauerte nur einen Augenblick. Ich war froh, daß weiter nichts passiert war. Es hatte mit dem Patronensprengen doch noch geklappt.
Aber plötzlich merkte ich, daß ich mit dem rechten Fuß im Wasser der Neiße stand. Ich hatte einen Schlag ans Bein bekommen und war einen Schritt zurückgetreten. Und da war auf einmal ein leichter Schmerz in meinem Bein. Ich sah nach unten und erschrak. Am Bein lief Blut hinunter. Am Schienbein war eine Wunde. Ich bückte mich und fuhr mit dem Finger über das Blut. Da merkte ich, daß im Beinknochen etwas Hartes steckte. Kein Zweifel: Das war ein Splitter von einer Platzpatrone!

Dem anderen Jungen war weiter nichts passiert. Die Asche hatte er sich schon abgewaschen. Nun sah er mich unschlüssig an. Ich fing an zu heulen und lief, so schnell es mit dem schmerzenden Bein ging, hinauf auf unseren Block zu.
Weinend rief ich zum Dachfenster hinauf: „Oma! Oma!“
Die Oma kam ans Fenster.
„Oma, ich habe einen Patronensplitter im Schienbein!“
„Komm herauf!“
Ich humpelte schnell nach oben. Mein Bein schmerzte immer mehr.
Die Oma hatte schon die Wohnungstür geöffnet. Sie sah mich ängstlich und sorgenvoll an.
„Was hast du denn jetzt wieder angestellt?“
„Wir haben Patronen gesprengt!“
„Was habt ihr?“
„Ein Feuer gemacht und Platzpatronen hineingeworfen!“
„Ach deshalb hat es vorhin so geknallt. Ich dachte schon, es seien die Soldaten.“
„Und dabei habe ich den Splitter ins Bein bekommen.“
Die Oma suchte erst mal einen Stuhl. Sie mußte sich vor Schreck hinsetzen.
„Zeig mal dein Bein her!“ sagte sie nun ganz aufgeregt.
Ich hielt es ihr hin. Da war die längliche Wunde und die Blutspur. Der scharfe Splitter ragte ein wenig aus dem Knochen hervor.
Zum ersten Male ahnte ich, daß mir die Oma nicht helfen konnte. Sie wirkte ängstlich und hilflos. Endlich sagte sie:
„Wir müssen wieder ins Krankenhaus!“
Vorsichtig wischte die Oma beide Beine sauber. Sie zog ihre Kittelschürze aus, nahm sich ihre schwarze Strickjacke und den Hut und packte mich, barfuß und nur mit Hemd und Hose bekleidet, wie ich war.
„Komm her, wir dürfen keine Zeit verlieren!“
Wir eilten durch Treppenhaus, über den Hof und durch das Hoftor am Luisenplatz.

„Was machst du bloß für Sachen?“ fragte sie mich besorgt, als wir über die Neißebrücke gingen.
Eigentlich hatte die Oma immer einen schnellen Trippelschritt. Und ich war auch immer mitgekommen, wenn sie es eilig hatte. Aber heute mußte sie mich hinter sich herziehen. Mein Bein tat immer mehr weh. Bei jedem Schritt war es, als bekäme ich tausend Nadelstiche ins Bein. Als ich zu jammern anfing, fauchte mich die Oma an: „Das hättest du dir vorher überlegen sollen!"
Vor uns war der Berliner Torturm. Nun mußten wir rechts in die Zerbonistraße einbiegen. Mitten in der Straße waren Grünanlagen. Auch Parkbänke standen unter den Bäumen und Büschen. Wir hatten uns schon oft auf einer dieser Bänke ausgeruht, wenn wir vom Laufen in der Stadt müde waren oder die Oma zufällig eine Bekannte getroffen hatte.
Aber heute hatte sie dafür keine Zeit. Ich hätte mich gern ausgeruht, doch die Oma zog mich unnachgiebig hinter sich her.
„Mensch Junge, was hätte da alles passieren können. Du könntest jetzt auch tot sein! Der Splitter hätte auch in deinen Bauch oder in den Kopf gehen können. Bedanke dich bei deinem Schutzengel!“
Wie recht die Oma hatte! Der Splitter hätte wer weiß wohin fliegen können. Auch mein neuer Freund hätte getroffen werden können.
Was der Doktor Sonntag wohl zu meiner neuen Verletzung sagen würde?
Endlich erreichten wir das Krankenhaus neben der Kreuzkirche. Wir gingen gleich in den ersten Stock. Da war das Wartezimmer. Die Krankenschwester erkannte uns gleich wieder, und als die Oma ihr sagte, was heute morgen an der Neiße passiert war, untersuchte sie das Bein. Sie nahm mich gleich in einen Nebenraum mit. Dort setzte sie mich auf einen runden Hocker. Oma stand neben mir. Sie sah mich sorgenvoll an. Doch sie hatte keine Zeit, mir ernsthafte Ratschläge zu geben, denn eine weitere Tür wurde aufgerissen und der Doktor kam aufgeregt herein.

Vor nicht allzu langer Zeit hatte er mir die Kopfwunde genäht, und nun saß ich da schon wieder, mit dem verletzten Bein.
„Was machst du denn für Sachen? Du bist wohl ein ganz Wilder?"
Ich mochte nichts sagen. Ich sah ihn nur ängstlich an.
Der Doktor untersuchte das Schienbein und tastete die Wunde vorsichtig ab.
„Der Splitter muß natürlich raus!“ sagte er, „ich werde ihn gleich herausziehen.“
Diesmal bekam ich keine Narkose. Der Arzt machte die Schublade eines weißen Schranks auf. Mit einer silbernen Zange in der Hand kam er zu mir zurück.
Ich hatte gar keine Zeit, einen Schreck zu bekommen. Die Schwester hatte mein Bein mit beiden Händen fest umklammert. Der Doktor faßte den Splitter mit der Zange und zog ihn vorsichtig aus dem Knochen wieder heraus.
Die Oma hatte sich hinter mich auf einen Stuhl gesetzt. Das Bein tat nun furchtbar weh. Doch ich biß die Zähne zusammen und gab keinen Laut von mir. Nur ein paar Tränen liefen mir über die Backen.
Die Oma war aufgestanden.
„Du hast Glück gehabt, mein Lieber!“ sagte schließlich der Arzt, „daß es nur das Bein war. Patronen rührst du überhaupt nicht mehr an! Hast du mich verstanden?“
„Ja,“ sagte ich kleinlaut. Ich sah ihn ängstlich an. Die Schwester nahm nun eine Flasche mit brauner Flüssigkeit und reinigte die Wunde am Bein. Es brannte fürchterlich. Dann wickelte sie eine Binde um das Bein.
Eine Narkose hatte ich diesmal nicht bekommen. Doch der ganze Raum roch danach. Mir wurde dabei ganz schlecht.
„Der Junge muß ein paar Tage im Bett bleiben, bis die Wunde verheilt ist,“ sagte der Arzt zur Oma.
„Hoffentlich entzündet sie sich nicht! In einer Woche kommen sie wieder. Dann wollen wir sehen, was daraus geworden ist!“

Mir zog er mit einem unerwarteten Griff das Pflaster vom Kopf ab. Er befühlte den Wulst der Narbe und entschied, daß nun kein Pflaster mehr nötig war.
„Na, wenigstens etwas!" dachte ich so bei mir. Aber zum Baden durfte ich trotzdem nicht. Der Kopf war zwar wieder in Ordnung, aber am rechten Bein hatte ich den neuen Verband. Nun konnte ich nicht einmal im flachen Wasser planschen.
Schließlich konnten wir das Krankenhaus wieder verlassen. Mein Bein tat zwar immer noch weh, aber nicht so stark wie auf dem Hinweg, als die Oma mich sorgenvoll hinter sich hergeschleppt hatte.
Unterdessen war auch die Sonne aus dem wolkenverhangenen Himmel hervorgekommen. Die Büsche und Bäume dampften. Heute nachmittag würden meine Freunde bestimmt wieder zum Baden gehen. Aber ich durfte das Bett hüten!
Die Oma und der Arzt hatten recht! Es hätte alles viel schlimmer kommen können. Und dabei hatte ich mir noch heute morgen vorgenommen, der Oma keine Sorgen mehr zu machen.

Endlich klappt es doch noch

Nach dem Mittagessen steckte mich die Oma gleich wieder ins Bett. Und durch die Fenster lockte die schönste Sommersonne. Unten auf dem Neißedamm hörte ich nun wieder Kindergeschrei, das ich heute morgen so sehr vermißt hatte. Die Mädchen spielten bestimmt Ball oder Kreisel oder Seilspringen. Vielleicht auch Himmel und Hölle. Ich hörte ihr Lachen, Schreien und Singen.
„Kauf mir einen bunten Luftballon! Nimm mich fest in deine Hand!" sang da ein Mädchen. Das war bestimmt die Sigrid. Wie gerne hätte ich da jetzt mitgespielt. Ich humpelte zum Fenster. Da waren sie alle aus unserer Kaserne: die Sigrid, die Warmbrunn- und die Rieger-Mädchen, und noch viele andere Kinder, die noch kleiner als ich waren.

Ich kroch in mein Bett. Dort griff ich unter das Keilkissen in meinen Bücherschatz und angelte mir ungesehen ein Buch. „Hurra, wir fliegen!“ hatte ich da in der Hand. Nein, dazu war ich heute nicht aufgelegt. Das Buch war viel zu lang. Ich steckte es gleich wieder weg. „Wenn das Gnadenbrünnlein fließt“ gefiel mir schon viel besser. Zuerst blätterte ich das ganze Buch durch und sah mir jedes Bild genau an. Dann fing ich von vorne an, die Geschichten zu lesen. Alle Kinder waren in Gottes Hand! So fühlte ich mich auch. Die Oma hatte recht. Der liebe Gott hatte mich und meinen Freund am Morgen beschützt. Oder er hatte unsere Schutzengel geschickt. Die Oma hatte mir immer wieder erzählt, wer sein Leben dem lieben Gott anvertraut, dem kann nichts Schlimmes passieren. Die Oma glaubte felsenfest daran. Und so dankte ich nun auch dem lieben Gott, daß mir nichts Schlimmeres beim Feuermachen da unten an der Neiße passiert war.

Mein Bein lag ausgestreckt auf der Bettdecke. Nun tat es auch nicht mehr sehr weh.

Die Oma war am Nachmittag in die Stadt gegangen. Sie hatte mich gefragt, ob sie mich allein lassen könne.

„Geh nur, Oma! Ich habe alleine in der Wohnung keine Angst!“ hatte ich geantwortet.

Dann muß ich wohl doch eingeschlafen sein. Verschwitzt wachte ich wieder auf. Unsere Wohnung lag nun im Schatten. Die Oma war noch nicht zurückgekommen. Es war schon 5 Uhr. Mein Magen machte sich bemerkbar. Und ich hatte Durst. Zuerst trank ich ein Glas frisches Wasser. In der runden Emailletrommel lag nur ein halbrundes Brot. Aber ich hatte keine Lust, mir eine Scheibe abzuschneiden. Da wollte ich lieber so lange warten, bis die Oma zurückkam.

Plötzlich fielen mir die leckeren Pralinen ein. Das war auch vorbei. Es war aber eine tolle Sache gewesen, als die Schachteln versteckt unter der Wäsche im Vertiko lagen.

Endlich kam die Oma zurück. Sie hatte jemanden in der Stadt drüben besucht. Sie war froh, daß es mir gutging und keinen

heißen Kopf bekommen hatte. Und sie freute sich, daß ich wieder in ihrem schönen Buch las, das neben meinem Bett auf dem Lehnstuhl lag.
Oma machte mir zwei Quarkbrote.

„Mit Quark wachsen deine Knochen schneller zusammen!
Butter, Brot und Quark
die machen stark!
Quark alleene
macht krumme Beene!"

Die Oma machte manchmal diese lustigen Sprüche. Aber ihre Brote schmeckten wirklich gut. Bei soviel Quark würde das Bein bald wieder zugewachsen sein. Und dann könnte auch kein Badewasser mehr ins Bein kommen!
Ja, das war ein aufregender Tag, der nun zu Ende ging. Das hätte ich mir am Morgen nicht träumen lassen, als ich alleine zur Insel hinunterging.
In den nächsten Tagen besuchte mich keiner meiner Freunde. Die dachten wohl, daß ein Patronensplitter im Bein keine richtige Krankheit sei.
Nach ein paar Tagen im Bett durfte ich wieder aufstehen. Meine Wunde schmerzte nicht mehr.
Und schließlich kam der Tag, an dem wir wieder ins Krankenhaus mußten. Die Wunde war gut verheilt. Die Krankenschwester klebte nur ein Pflaster darüber. Aber zum Baden durfte ich immer noch nicht. Das hatte mir der Doktor ausdrücklich verboten.
Meine Enttäuschung wollte ich gleich bei der Oma unterbringen. Doch bei ihr hörte es sich noch gefährlicher an als beim Arzt:
„Du willst wohl auch noch Knochenfraß kriegen?"
Bei diesem Wort bekam ich wirklich einen Schrecken. Ich stellte mir gleich vor, wie kleine Tiere mein Schienbein nach und nach auffraßen.

„Du bist ein alter Taugenichts!“ sagte die Oma. „Was ich mit dir wohl noch alles erleben werde?“
Doch wie sie „Taugenichts“ aussprach, da merkte ich gleich, daß sie es gar nicht so ernst meinte.

Unsere Sommerferien waren längst vorüber. Normalerweise hätten wir schon lange wieder in der Schule sein müssen. Doch für uns war da kein Platz mehr. Verwundete Soldaten wurden jetzt in den Gebäuden untergebracht. Aber darüber war niemand von uns traurig.
Meine Wunde am Bein war nun fast verheilt. Nur noch das Heftpflaster bedeckte die verkrustete Narbe, die jedoch manchmal furchtbar juckte. „Jetzt heilt es!“ sagte die Oma.
Auch die Tage wurden nun wieder kürzer. Der herrliche Sommer ging langsam zur Neige. Aber meine ersten Schwimmversuche hatte ich doch nicht machen können. Glücklicherweise hatte das Volksbad noch geöffnet. Meine Freunde überredeten mich, noch ein letztes Mal zum Baden zu gehen. Der Oma sagte ich lieber nichts. Ich versteckte nur meine schwarze Badehose in der Hosentasche und traf mich dann mit Hans und Helmut unten im Hof. Handtücher oder Decken nahmen wir selten mit. Die brauchten wir auch heute nicht.
Es war eigentlich ein trüber Spätsommertag. Die Sonne schien schon nicht mehr. Es sah eigentlich viel eher nach Regen aus.
Auch in der Badeanstalt waren kaum Leute. Deshalb gaben wir unsere Sachen auch nicht in der teerriechenden Umkleidekabine ab, sondern legten sie unter einer Birke ins Gras.
Vorne am Sandstrand wollte ich nicht ins Wasser gehen. Es sollten kein Schmutz oder aufgewühlte Sandkörner in die Wunde kommen. Die beiden Riegers liefen, ohne sich abzukühlen, gleich ins Wasser. Dann kletterten sie auf die Rutschbahn und schossen auf dem Bauch in die grünlichen Fluten.
Ich ging vorsichtig um das riesige, mit großen Steinquadern ausgelegte Becken herum bis zu der langen Holzbrücke, die weit ins Wasser ragte. Normalerweise war das lange Holzgerüst von

jungen Männern belagert, die sich auf den dicken Bohlen sonnten und dann mit einem Kopfsprung ins Wasser schossen. Heute war kein Mensch auf der Seebrücke.

Ich ging nach vorne zur Holzleiter. Ich wollte nicht ins tiefe Wasser springen, wer weiß, wie das meinem Bein bekommen wäre?

Nun stieg ich vorsichtig die Holzleiter hinab und ließ mich behutsam ins Wasser gleiten. Das Wasser war angenehm warm. Ich war schon bis zum Bauchnabel im Wasser. Da hörten unten die Stufen auf. Ob ich es wagen sollte? Hier war das Wasser tief, das wußte ich. Trotzdem stieß ich mich mit einem Fuß ab und glitt ins Wasser. Ich versuchte es mit den erlernten Schwimmbewegungen. Es klappte! Ich lag im Wasser und ging nicht unter. Ich zog meine Beine an den Bauch, wie ich es oft bei Fröschen gesehen hatte, und stieß sie dann kräftig nach hinten. Dann sah ich zum Sandbadestrand. Ob ich die lange Strecke schwimmend schaffen würde? Doch ich fühlte mich überhaupt nicht schlapp, und das Schwimmen strengte mich kein bißchen an. Ich legte mich nun auf die Seite. So konnte ich meine Beine unter dem klaren Wasser sehen. Da bemerkte ich, daß sich das Pflaster an einer Seite gelöst hatte. Nun bewegte es sich wie ein kleines Fähnchen unter Wasser. Ich mußte lachen. Innerlich spürte ich ein unbändiges Gefühl der Freude. Ich konnte tatsächlich schwimmen! Es hatte also doch noch in diesem Sommer geklappt.

Hans und Helmut sahen mich schließlich erstaunt auf sich zuschwimmen.

„Mensch, du kannst ja doch schwimmen!“ rief mir der Helmut entgegen.

Nun konnte ich wirklich stolz sein!

Als ich dann vorsichtig zu unseren Sachen im Gras ging, bückte ich mich schließlich und riß das Pflaster ab. Jetzt sah ich zum ersten Mal die ganze Narbe. Die Haut über der Wunde war ganz weiß. Ob es durch das Wasser kam? Aber sie war dicht geblieben. Ich sah weder Blut noch Eiter an der Narbe.

Zuhause würde mir die Oma ein neues Pflaster über die Narbe kleben. Ob ich ihr sagen sollte, daß ich zum Baden war? Bestimmt! Ich war ja viel zu stolz, daß ich endlich schwimmen konnte!

Das Fußballspiel

Der Sommer war nun endgültig vorbei. An Badengehen war nicht mehr zu denken. Langeweile kannten wir trotzdem nicht. Es gab ja die endlosen Wiesen und Wälder um die Friedrichstadt herum. Da waren die geheimnisvollen Wallanlagen mit den unterirdischen Gängen am „Kiefernpüschl", und es gab unsere „Insel", wo nun einige größere Jungen aus der Kaserne jeden Tag Fußball spielten. Ich sah ihnen gerne dabei zu. Das war ja auch ein spannendes Spiel. Der Ball durfte nur mit den Füßen und dem Kopf berührt werden. Von draußen sah das ziemlich gefährlich aus, obwohl alle Jungen nur barfuß gegeneinander spielten.
Dann durfte ich tatsächlich auch mitmachen. Es war nicht einfach, den Ball mit dem Fuß zu treffen. Ich war dann froh, wenn ich ihn überhaupt mal traf, ganz egal, in welche Richtung er schließlich flog.
Mein Freund Gerhard, mit dem ich die schönen Ausflüge gemacht hatte, fragte mich eines Tages, ob ich mit ihm nicht einmal zu einem richtigen Fußballspiel mitgehen wollte. In Neisse gäbe es ein richtiges Stadion, es sei allerdings weit hinten in der Stadt, links von der Zollstraße.
Ich war begeistert, mal wieder etwas Neues kennenzulernen. Und so gingen wir eines Tages ins Stadion, ich glaube, es war an einem Sonntagnachmittag.
Wir waren nicht allein. Ich staunte, daß so viele Männer, meistens Soldaten in Uniform, und Kinder zu diesem Fußballspiel kamen.

Es kostete Eintritt, sogar für uns Kinder, aber Gerhard bezahlte für mich mit.
Zuerst fiel mir das riesige Spielfeld auf. An beiden Seiten standen die Tore, über die Netze gespannt waren. Um das Stadion herum gab es lange Holzbänke, aber wir liefen gleich ganz nach unten und stellten uns direkt hinter die weißen Eisenrohre, die um den Sportplatz gingen. Zwischen den Stangen und dem Spielfeld gab es noch eine graue Aschenbahn, auf der ich lange weiße Striche sah. Ich fragte den Gerhard nach der Bedeutung dieser Striche und er erklärte es mir.
„Da laufen die Sportler um die Wette, 100 Meter, 200 Meter und sogar 5000 Meter. Vor einigen Wochen war ich mit meinem Vater hier. Da waren die Soldatenmeisterschaften. Die sind gelaufen, gesprungen und haben geworfen."
„Das hätte ich auch gern gesehen! Warum hast du mich nicht mitgenommen?"
„Da hattest du gerade deine Unfälle und mußtest im Bett liegen."
Plötzlich kam Unruhe unter die Leute. Einige johlten und klatschten. Ich sah mich neugierig um.
„Da kommen die Spieler," machte mich der Gerhard auf das Geschehen auf dem Spielfeld aufmerksam. Und da sah ich die Männer. Alle hatten kurze Hosen und bunte Hemden an. Eine Gruppe hatte blaue, die andere rote Trikots.
Schließlich kam noch ein schwarzgekleideter Mann mit einer Trillerpfeife. Der pfiff zweimal ganz laut, und alle Spieler stellten sich in der Mitte des Platzes auf.
„Jetzt ist Seitenwahl und es wird ausgelost, wer Anstoß hat," erklärte mir der Gerhard.
Genau verstand ich es aber nicht, denn es war ja das allererste Fußballspiel, das ich überhaupt zu sehen bekam. Dann verteilten sich die Spieler auf dem ganzen Platz, ein lauter Pfiff des schwarzen Mannes, und das Spiel ging los. Die Männer spielten mit einem braunen Lederball. Das knallte richtig, wenn ein

Spieler gegen den Ball trat. Die Männer in den Toren hatten Schiebermützen auf und die Knie verbunden.
Der Ball flog hin und her. Es wurde geschossen und mit dem Kopf dagegen gestoßen, und wenn der Ball ins Aus flog, durfte er mit beiden Händen wieder ins Spielfeld geworfen werden. Und plötzlich und unerwartet war der Ball bei einer Mannschaft im Netz.
„Tor! Tor!" brüllten die Zuschauer.
„Das war ein Tor für Neisse!" sagte der Gerhard.
„Wieso, woher kommen denn die anderen Spieler?"
„Aus Oppeln!"
Also spielte eine Stadt gegen eine andere. Das war ja sehr interessant. Ich war natürlich für Neisse. Das war unsere Mannschaft. Die Zuschauer waren sehr aufgeregt. Mal johlten sie, dann schimpften einige, dann klatschten sie wieder Beifall. Wir machten bald alles mit. So toll hätte ich mir ein richtiges Fußballspiel gar nicht vorgestellt. Ich war dem Gerhard dankbar, daß er mich großzügigerweise mitgenommen hatte.
Das Spiel dauerte schon ziemlich lange. Dann war Pause. In der zweiten Halbzeit fielen noch einige Tore, und ich glaube, die Mannschaft aus Neisse hat schließlich gewonnen, aber ganz genau weiß ich es nicht mehr.

Die Wallfahrt

Der Sommer war nun endgültig vorbei. Ans Badengehen war nicht mehr zu denken, und bald hörte auch das Barfußlaufen auf. Ich mußte auch zum Spielen meine Schuhe anziehen.
Dann überraschte mich die Oma eines Sonntags mit der Ankündigung: „Ich gehe heute nach „Maria Hilf", hast du nicht Lust, mal mitzugehen?"
Die Oma hatte mir schon oft von dem kleinen Wallfahrtsort, der noch weit hinter Rochus lag, erzählt. Oma hieß mit Vor-

namen Anna, und in jedem Jahr am Sankt-Anna-Tag pilgerte sie nach „Maria Hilf".
Wallfahren bedeutete für die Oma „laufen". Aber noch nie hatte sie mich den langen Weg mitgenommen. Jetzt war ich sieben, im Oktober acht, und da traute mir die Oma den weiten Weg schon zu.
Die Oma verehrte die Heilige Anna. Sie war überzeugt davon, daß sie ihr schon oft geholfen hatte und auch weiterhin helfen würde.
„Die Heilige Anna ist die Schutzpatronin aller Frauen und Witwen, aber auch von uns armen Leuten. Wenn ich sie um etwas bitte, dann hilft sie mir auch!"
Das glaubte ich der Oma, denn immer wieder merkte ich, wie ernst sie unseren Glauben nahm.
„Für uns Schlesier hat die Heilige Anna eine besondere Bedeutung. Als der Opa noch lebte, war ich sogar schon einmal bei einer Wallfahrt auf dem Annaberg hinter Oppeln. Aber in Maria Hilf kann mich die Heilige Anna auch erhören.
Die Heilige Anna war die Mutter von unserer Jungfrau Maria. Deiner Mutter habe ich bei der Taufe beide Namen gegeben: Anna-Maria. Und dich haben wir nach dem Heiligen Joachim getauft. Das war der Mann der Heiligen Anna, also der Vater der Heiligen Maria."
Natürlich wußte ich, daß ich eigentlich Hans-Joachim hieß, aber die Oma rief mich nur Hansl und meine Freunde Hansi.
Ich hatte an diesem Morgen nichts dagegen, mit der Oma nach „Maria Hilf" zu wallfahren. Es war ein freundlicher Septembermorgen, als wir losgingen. Oma hatte mich sauber angezogen. Ich trug sogar Sandalen.
Wir gingen die Neißepromenade entlang bis nach Rochus. Den Weg war ich schon einige Male gegangen, zum Rummel hinter der Eisenbahnbrücke oder zur Weihnachtskrippe in der Franziskanerkirche im vorigen Jahr.
Bei der kleinen Andachtskapelle vor dem Kloster erklärte mir die Oma, daß an genau dieser Stelle vor vielen, vielen Jahren

der letzte Pestkranke aus Neisse zusammengebrochen war. „Der Heilige Rochus wird von uns als Schutzpatron der Kranken verehrt," erklärte mir die Oma beiläufig.

Heutzutage gab es glücklicherweise keine Pest mehr, aber als die Oma davon sprach, fiel mir gleich wieder der Film ein, wo die Menschen durch die Straßen liefen und sich selbst auspeitschten. Alle hatten Angst vor der Hölle. Sie dachten, wenn sie sich selber geißeln, hat der liebe Gott ein Nachsehen mit ihnen.

Mich wunderte immer wieder, wie schnell die Oma laufen konnte. Da kam ich kaum mit. Heute hatte sie wieder ihr schwarzes Kleid angezogen, aber sie hatte den breiten Hut zu Hause gelassen, den sie sonst immer zum Kirchenbesuch aufsetzte. Statt dessen hatte sie ein schwarzes Kopftuch umgebunden. Ihre Strickjacke hatte sie schon ausgezogen; durch das Laufen wurde uns ganz schön warm.

Die Oma trug außerdem noch einen Regenschirm unter dem Arm. In dieser Jahreszeit rechnete sie mit allem. Und so ein Wallfahrtstag war lang. Da konnte mit dem Wetter viel passieren.

Hinter der Rochuskapelle verließen wir bald die Straße und gingen nun auf einem schmalen Weg direkt an der Neiße entlang. Der Fluß hatte hier eine starke Strömung und sah mit seinen Strudeln gar nicht so ungefährlich aus wie bei uns an der Insel.

„Wir hatten viel Glück mit dir in diesem Jahr. Vielleicht hatte die Heilige Anna ein Auge auf dich. Sie hat dich auch beschützt, sonst wäre bestimmt etwas viel Schlimmeres mit dir passiert."

Beim Gehen erzählte mir die Oma noch von dem Wasser aus Maria Hilf. Ich wußte zwar, daß wir es das ganze Jahr über als Weihwasser benutzten. Neben unserer Stubentür hing ein kleines Porzellanbecken, und die Oma schüttete immer Wasser aus Maria Hilf nach, wenn es im Behälter zur Neige ging.

Aber das geweihte Wasser hatte für die Oma noch eine andere Bedeutung. Das war die Geschichte mit dem Opa und seinem Bein.
„Dein Opa war schwer verwundet, als er aus dem Weltkrieg zurückkam. Sein ganzes Bein war zerschossen. Er konnte nicht mehr richtig laufen, und erst recht nicht mehr auf eine Malerleiter steigen. Einige Wunden am Bein wollten überhaupt nicht heilen. Da habe ich in Maria Hilf ein Gelübde abgelegt. Sollten die Wunden an Opas Bein endlich verheilen, dann würde ich in jedem Jahr eine Wallfahrt nach Maria Hilf machen."
„Was ist denn das, ein Gelübde, Oma?"
„Das ist ein Versprechen vor dem lieben Gott, der Heiligen Maria oder anderen Heiligen. Man verspricht beim Beten, etwas Bestimmtes zu tun, das nicht ganz leicht ist, und bittet dann um eine bestimmte Sache, zum Beispiel, daß jemand, der schwer erkrankt ist, bald wieder gesund wird. Das habe ich für den Opa auch gemacht."
„Ist er denn wieder gesund geworden?"
„Ja, sehr bald. Ich habe seine Beine immer mit dem Wasser aus Maria Hilf abgewaschen. Und die Wunden waren bald verheilt. Da hat sogar unser Doktor gestaunt."
Ich kannte den Opa nur vom Bild, das auf dem Vertiko stand. Als ich auf die Welt kam, war er schon lange tot. Jetzt lag er auf dem Garnisonsfriedhof vor der Ziegelbarriere und nicht auf dem Jerusalemer Friedhof, weil er evangelisch war. Ich war im Sommer oft mit der Oma bei seinem Grab. Es hatte nur ein einfaches Holzkreuz.
„Mehr Geld hatte ich nicht!" sagte die Oma. „Wir sind eben arme Leute."
Ich fand aber gar nicht, daß wir arm waren. Eigentlich ging es uns ganz gut. Wir hatten unsere schöne Wohnung und auch immer genug zu essen. Betteln brauchten wir nicht. „Arm" war das Mädchen im Sterntalermärchen oder Hänsel und Gretel, die von ihren Eltern in den Wald geschickt wurden, weil sie nichts mehr zum Essen hatten. Nein, schlecht ging es uns nicht!

Auch der Opa sah auf dem Bild gar nicht arm aus. Er hatte einen schwarzen Anzug und ein weißes Hemd an. Um den Hals hatte er einen Schlips. Allerdings sah er mich immer sehr streng an. Bei dem hätte ich es wahrscheinlich nicht so gut gehabt wie bei der Oma.
„Der Opa war zwar evangelisch, aber an das Wasser aus Maria Hilf hat er auch geglaubt. Er hat ja auch gesehen, wie es ihm geholfen hat."
„Oma, was ist evangelisch?"
„Die Evangelischen glauben auch an den lieben Gott, genauso wie wir. Aber sie verehren nicht die Mutter Gottes und die Heiligen. Und vom Heiligen Vater in Rom wollen sie überhaupt nichts wissen. Bei gutem Willen kann man sich mit Evangelischen ganz gut verstehen. So war das mit mir und dem Opa. Und der Onkel Heini in Wesermünde, der Mann deiner Mutter, ist auch evangelisch. Die beiden verstehen sich ganz gut, obwohl deine Mutter katholisch geblieben ist."
Eigentlich interessierte mich das alles gar nicht. Ich wußte nur, daß die Garnisonskirche an der Neißebrücke eine evangelische Kirche war. Wir Katholischen hatten in Neisse viel mehr Kirchen!
Was meine Freunde eigentlich waren, katholisch oder evangelisch, wußte ich nicht. Darüber haben wir uns nie unterhalten. Damals in der Hindenburgschule war mir nur aufgefallen, daß die paar evangelischen Jungen aus der Klasse beim Religionsunterricht zu einem anderen Lehrer mußten. Ich konnte glücklicherweise bei meinem Lehrer Görlich bleiben.
Die Wallfahrt mit der Oma war gar nicht langweilig. Wir waren schon sehr lange unterwegs, aber das Laufen machte uns nichts aus. Zuletzt gingen wir noch durch einen kleinen Wald, und dann sahen wir auch schon die kleine rote Kirche.
„Das ist Maria Hilf!" freute sich die Oma.
Ich sah nur die vielen Leute vor der Kirche stehen.

„Es ist wohl gerade Hochamt," erklärte mir die Oma, „aber da brauchen wir jetzt nicht hin. Nachher ist noch einmal Gottesdienst."
Wir gingen an den Menschen und der Kirche vorbei in den Wald hinter dem Gotteshaus. Auf der linken Seite fiel mir gleich die Felswand auf, aus der mehrere Rohre herausragten. Aus denen lief ununterbrochen frisches Wasser heraus. Jetzt waren nur wenige Leute an dem Felsen. Manche wuschen sich ihr Gesicht und ihre Hände ab. Andere hatten große Flaschen mitgebracht und ließen sie vollaufen.

„Unsere Flaschen können wir nachher mit frischem Wasser füllen. Jetzt gehen wir erst einmal den Kreuzweg entlang. Komm, ich zeig' ihn dir!"
Der Kreuzweg bestand aus vielen kleinen Denkmälern. Sie sahen alle aus wie schöne Altäre, in deren Mitte es schöne bunte Bilder gab. Auf jedem Bild war unser Heiland zu sehen. Einmal stand er vor dem Hohen Rat, dann wurde er von den Henkersknechten ausgepeitscht, dann mußte er das Kreuz schleppen, aber weil es so schwer war, fiel er ein paar Mal hin. Dann wurde er mit dicken Eisennägeln ans Kreuz geschlagen. Schließlich hing er am Kreuz. In seiner Nähe standen einige Frauen, auch seine Mutter Maria, und sein Lieblingsjünger Johannes. Beim allerletzten Bild wurde der Heiland vom Kreuz abgenommen. Sein Körper war ganz weiß. Jesus war tot.
Oma und ich gingen mit einigen anderen Leuten von Station zu Station. Die Oma hatte ihren Rosenkranz herausgeholt und betete leise. Auch die anderen Leute bewegten die Lippen und murmelten kaum hörbar ihre Gebete. Einige weinten sogar. Ich konnte die Tränen genau entdecken, wenn ich nach oben in ihre Gesichter sah.
Anschließend gingen wir zur Quelle mit den vielen Wasserrohren zurück. Wir setzten uns auf eine schattige Bank. Oma packte die Brot aus. Jetzt gegen Mittag hatte ich Hunger bekommen. Wir waren früh aufgestanden und lange gelaufen. Die Sonne

funkelte durch die Bäume. Hier im Schatten war es angenehm warm. Ich nahm eine Flasche und ließ sie an einem Wasserrohr vollaufen. So hatten wir auch etwas zu trinken.
Es war ein tolles Mittagessen: geschmierte Schmalzbrote von der Oma und das frische Wasser direkt aus der heiligen Quelle.
„Wenn man richtig Hunger hat, dann schmeckt alles," sagte die Oma.
Nach dem Essen holte die Oma noch einmal Wasser aus einem Wasserrohr und füllte ihre beiden Flaschen voll.
„Das nehmen wir mit zu uns nach Hause, es muß ein ganzes Jahr reichen."
Dann gingen wir zu der kleinen roten Kapelle. Die vielen Leute saßen unter den Bäumen oder waren zu den Altären am Kreuzweg unterwegs. Wir konnten nun sogar in die Kirche hinein und bekamen sogar noch einen Sitzplatz.
Obwohl es schon Nachmittag war, wurde noch eine Heilige Messe gelesen. Dabei sang man die Lieder, die ich aus den anderen Neisser Kirchen schon kannte und die mir alle so gut gefielen: „Maria zu lieben, ist allzeit mein Sinn" oder„Meerstern ich dich grüße, oh Maria hilf!"

Nach dem Gottesdienst machten wir uns bald wieder auf den Heimweg. Fast zwei Stunden Fußweg lagen noch vor uns. In der Sonne war es nun sehr warm.
„Das ist ja noch ein schöner Sonntag geworden," bemerkte die Oma, „wir hatten wirklich Glück mit dem Wetter! Den Regenschirm hätte ich nicht mitzuschleppen brauchen."
Ich bewunderte die Ausdauer der Oma beim Laufen. Meine Beine wurden schwer und müde. Aber noch ließ ich mir nichts anmerken. Jetzt spiegelte sich die Sonne im Wasser der Neiße, und alles sah viel freundlicher aus.
Als wir wieder durch Rochus kamen, sahen wir viele Leute in ihren Gärten sitzen. Kinder liefen herum, und die Großen saßen am Kaffeetisch und aßen ihren Sonntagskuchen. Das hätte

ich mir jetzt auch gewünscht, ein Stück Streusel- oder Mohnkuchen.
„Oma, die Leute sind aber reich," sagte ich und zeigte auf eine besonders schöne Villa.
„Ja, denen geht es wohl besser als uns. Früher haben wir uns auch immer ein eigenes Haus gewünscht. Aber der Opa hat nie viel Geld verdient. Und dann waren wir mit unseren vielen Kindern froh, überhaupt genug Essen zu haben. Nach dem Krieg ging es uns oft genug sehr schlecht. Der Opa immer krank und nur die kleine Rente. Die Mädchen sind alle früh genug aus dem Hause weggegangen. Und nun habe ich nur noch dich. Eigentlich können wir zufrieden sein. Wir haben unser Auskommen. Wenn nur bald Frieden wäre. Hoffentlich erlebe ich den Tag noch! Dann hört auch das schreckliche Sterben auf. Die Zeitungen sind voll mit den Todesanzeigen der gefallenen Soldaten. Hoffentlich bleibt Neisse von den schlimmen Bombenangriffen verschont. Wesermünde ist schon zu einem großen Teil zerstört worden. Das Haus deiner Mutter steht zwar noch, aber das von Tante Kläre ist völlig zerbombt. Die hat alles verloren. Auch in Berlin fallen jetzt jede Nacht Bomben. Die Tante Lisa schickt mir jede Woche ihre Wäsche. Sie meint, bei uns in Neisse ist sie besser aufgehoben als in Berlin. Sie hat Angst, daß auf ihr Haus in der Graunstraße auch noch eine Bombe fällt. Deshalb bleiben wir auch in Neisse. In anderen Städten wäre es für uns viel zu gefährlich. Die haben dort jeden Tag Angst um ihr Leben."
Auch in unserer schönen Stadt heulten hin und wieder die Sirenen. Aber einen Bombenangriff hatte es noch nicht gegeben. Vielleicht waren unsere Abfangjäger auch zu gut, oder die vielen Flakgeschütze.
Jeden Tag sah ich die vielen Soldaten. In der letzten Woche waren wir wieder einmal in der „Erholung" zu einer Kinovorstellung. Das Kino war voller Soldaten. Es lief der Heinz Rühmann-Film „13 Stühle". Nach der Vorstellung mußten sich die Solda-

ten vor dem Kino in Reih' und Glied aufstellen. Dann marschierten sie geschlossen zur Kaserne zurück.
„Die kommen nach Rußland," hörte ich jemanden sagen, und ich fand es ganz nett, daß sie noch einmal ins Kino durften.
So verging die Zeit auf unserem langen Rückweg von Maria Hilf bis zur Friedrichstadt. Endlich erreichten wir die Eisenbahnbrücke. Auf der Neißepromenade waren jetzt viele Spaziergänger unterwegs. Und dann waren wir endlich wieder in unserer schönen, kühlen Wohnung.
Schnell aßen wir einen Teller Suppe zum Mittagessen.
Doch dann war ich nicht mehr zu halten. Ich hatte längst die Kinder unten auf dem Neißedamm gehört. Da wollte ich für den Rest des Tages nicht fehlen. Von der Schlappheit und der Müdigkeit, die mich zuletzt befallen hatten, merkte ich nichts mehr. Vielleicht lag es auch am Wunderwasser von Maria Hilf, mit der die Oma meine Beine eingerieben hatte.

Zirkuszauber

Der Herbst hatte nun endgültig Einzug gehalten. Es regnete öfter, und die Tage waren viel kürzer geworden. Die schönen Badetage an der Neiße oder im Volksbad waren vorbei.
Dafür gingen wir nun wieder jede Woche mindestens einmal ins Kino. Manche Filme konnten wir uns immer wieder ansehen, „Kadetten", „.. reitet für Deutschland", „Das Ferienkind" und natürlich „Pat und Patachon". Die Oma gab mir jetzt immer die 20 Pfennig für einen Kinobesuch. Mehr brauchte ich ja nicht. Meistens gingen wir natürlich in unsere „Erholung" drüben auf der anderen Neißeseite. Doch meine größeren Freunde nahmen mich auch in die anderen Kinos mit, in die „Ring-Lichtspiele" und das „Palast-Theater" in der Zollstraße.
Das waren tatsächlich riesige Paläste, fast so groß wie unser Stadttheater. Und es gab Polstersitze. Da konnte man einen

Film ganz anders genießen. Die Holzstühle in der „Erholung“ waren hart und quietschten bei jeder Bewegung.
Zum ersten Mal war ich im Kino am Ring, als „Zirkus Renz“ gespielt wurde. Der Film war viel schöner als die Kriegs- und Witzfilme. Es traten zwar auch Clowns auf, über die man sich kaputtlachen konnte, aber man sah auch dressierte Tiere wie Löwen oder Tiger und die atemberaubenden Trapezkünstler, die unter der Zirkuskuppel federleicht dahinflogen, von Schaukel zu Schaukel und mit Saltos in der Luft. Einen Zirkus hätte ich zu gern einmal selbst erlebt. Aber wo sollte ich den sehen? Den gab es nur in ganz großen Städten oder eben im Kino.
Doch dann kam tatsächlich in diesen Herbsttagen ein Zirkus nach Neisse. Zuerst wollte ich es nicht glauben, als es mir der Gerhard erzählte. Doch dann gingen wir zum Kartoffelmarkt, das war ein großer Schlackenplatz hinter der Kreuzkirche. Und da sah ich nun mit eigenen Augen das riesige Zirkuszelt. Rundherum war ein bunter Zaun. Dahinter standen die Wohnwagen der Zirkuskünstler. Und am prächtigen Eingangstor war auch die Zirkuskasse. Da sahen wir, daß die billigste Karte für Kinder 50 Pfennig kostete.
Zu Hause angekommen bettelte ich die Oma gleich an, und sie gab mir das Geld sofort.
Gerhard und ich liefen gleich in die Nachmittagsvorstellung. Als wir ankamen, standen viele Leute an der Kasse. Doch wir bekamen noch eine Karte. Wir saßen ganz hinten auf der allerletzten Bank. Von dort hatten wir einen guten Überblick. Fast alle Plätze waren schon besetzt. Manche Kinder saßen mit ihren Müttern ganz vorn an der Manege. Das waren die teuersten Plätze. Ich war froh, daß ich überhaupt drin war.
Dann begann auch bald die Vorstellung. Zuerst spielte die Zirkuskapelle. Die saß auf einem Balkon über der Manege. Das hörte sich schon mal ganz toll an. Und von nun an ging es Schlag auf Schlag. Clowns kamen, die über ihre eigenen Füße stolperten, Jongleure ließen Keulen und Bälle durch die Luft wirbeln, und Pferde trabten in der Manege umher. Ein unver-

geßlicher Höhepunkt war für mich die kleine Seiltänzerin. Zuerst spannten zwei Männer ein Seil in der Manege ganz stramm. Dann kam ein kleines Mädchen in einem weißen Kleid. Es war kaum älter als ich, aber ich war ganz verzaubert, wie sie auf dem Seil tanzte und nur mit einem weißen Schirm das Gleichgewicht hielt.
So schön hatte ich mir den Zirkus nicht vorgestellt. Und dazwischen immer wieder die flotte Musik und die Fanfarenstöße.
Nach der Pause, die viel zu lange dauerte, gab es neue und unerwartete Überraschungen. Ein Zauberkünstler zog weiße Tauben aus seinem schwarzen Zylinder, dann schnippte er in die Luft, und schon brannten einige Fackeln. Unsichtbar knotete er in seiner Jacke viele bunte Tücher zusammen, die er vorher einzeln in die Jackentasche gesteckt hatte. Schließlich nahm er ein großes Glas und goß eine rote Flüssigkeit hinein. Als er Wasser dazugab, war die Flüssigkeit plötzlich blau, dann rosa, dann grün, und am Schluß sah man nur noch klares Wasser.
Wir waren alle begeistert. Die Leute klatschten wie verrückt, und ich war ein bißchen traurig, als die Vorstellung zu Ende war.
Auf unserem Nachhauseweg, es war unterdessen stockdunkel geworden, gab es für uns kein anderes Gesprächsthema als die einmaligen Zirkusnummern. Auch der Oma mußte ich natürlich sofort mein schönes Nachmittagserlebnis erzählen. Ich nahm mir vor, von jetzt an in jeden Zirkus zu gehen, der in unsere Stadt käme. Die Oma sagte noch, daß das wohl in jedem Jahr sei. Und ich wunderte mich nur, daß ich vorher noch nie etwas davon erfahren hatte.

Herbsttage

Im Oktober war ich acht geworden. Aus Wesermünde hatte ich ein Paket bekommen. Sonst hätte ich wohl gar nicht an meinen Geburtstag gedacht. Bei uns in der Kaserne wurden

keine Kindergeburtstage gefeiert. Erst viele Jahre später erfuhr ich, daß es sowas überhaupt gibt.
In der „Erholung“ liefen zwei neue Filme, „Bismarck“ und „Diesel“. Ich fand aber beide ziemlich langweilig. Dafür wurde in den „Ring-Lichtspielen“ ein Film angekündigt, der die gewohnte Spannung versprach. Er hieß „Schwarzer Jäger Johanna“. Helmut sagte gleich, der Film wäre so gut, da bekäme man an der Kasse keine Karten mehr. Die wären schon alle vorher weg. Ich hörte zum ersten Mal das Wort „Vorverkauf“. Das bedeutete, daß man sich die Kinokarten schon einige Tage vorher für eine bestimmte Vorstellung kaufen konnte. Als ich darüber nachdachte, fand ich das nicht übel. Das lange Warten in einer langen Menschenschlange war dann nicht mehr nötig. Dadurch waren wir oft zu spät in eine Vorstellung gekommen. Manchmal war die Wochenschau schon vorbei. Und die sah ich immer sehr gern. Da wurde viel über den Krieg gezeigt. Früher hatten immer nur die deutschen Soldaten an allen Fronten gesiegt, aber nun wurde auch von „Terrorangriffen“ auf deutsche Städte berichtet, und der Kampf gegen „bolschewistische Horden“, die Deutschland erobern wollten, wurde immer öfter erwähnt.
Der Führer kam nun nicht mehr so häufig in der Wochenschau vor. Dafür trat der dicke Hermann Göring mit seinem Marschallstab auf und ein Doktor Goebbels, der so gut reden konnte, daß er sogar die Leute im Kino in Begeisterung versetzte.
Natürlich war für uns Jungen klar, daß Deutschland den Krieg gewinnen würde. Uns begeisterten die V1 und die V2, die nun in jeder Wochenschau vorkamen, und wir warteten auf andere Wunderwaffen, die uns der Führer versprochen hatte. Da würden sich die Feinde Deutschlands schon noch wundern!
Mit der Oma konnte ich mich über solche Sachen nicht unterhalten. Die hatte eine ganz andere Meinung über den Führer und den Krieg. Aber das erzählte ich meinen Freunden nicht. Die hätten mich mit Omas Ansichten glatt für verrückt erklärt.

„Der Hansl ist nun ein großer Junge," schrieb die Oma in einem Brief nach Wesermünde, „er hilft mir schon schön beim Einkaufen."

Das stimmte. Ich ging zum Bäcker in die Königstraße, um Semmeln und Brot zu holen, ich besorgte das Bier von der Gastwirtschaft Hanisch am Luisenplatz, und ich ging auch schon mal zum Fleischer in die Berliner Straße. Da gab es einmal in der Woche frisches Blut vom Schlachten. Die Oma machte damit in ihrer großen Eisenpfanne die Grütze, die mit den frischen Kartoffeln einmalig schmeckte. Manchmal gab es auch Gelinge, kleingeschnittene Lunge, mit süßsaurer Soße. Zusammen mit Kartoffelbrei war das schon eine richtige Delikatesse.

Mit meinen Freunden stöberte ich nun öfter auch auf der anderen Neißeseite durch die Stadt. Ich lernte viele neue Straßen und Geschäfte kennen, die ich vorher noch nie gesehen hatte. Das „Kaufhaus am Ring" war ein riesiger Laden, in dem man fast alle Sachen bekam. Es hatte auch eine Spielwarenabteilung. Eine solche Vielfalt hatte ich höchstens damals in Berlin gesehen. Man konnte hier alles kaufen. Das glaubte ich jedenfalls. Und dann sah ich manche Preise: 10 RM, 20 RM, 50 RM. Wer konnte soviel Geld für Spielsachen ausgeben? Die Oma jedenfalls nicht!

Mit der Zeit lernte ich auch andere Kinder näher kennen. Die wohnten in hohen Häusern an der Königstraße. Manchmal nahmen sie mich sogar mit zu sich nach oben, um dort besser spielen zu können. Da staunte ich nur, wie groß Wohnungen überhaupt sein konnten!

Mit einem Jungen, der etwas kleiner war als ich, freundete ich mich bald an. Er wohnte allein mit seiner Mutter in einer riesengroßen Wohnung. Der Vater war als Offizier an der Front. Die Frau war immer sehr freundlich zu mir. Sie hatte es gern, wenn ich mit ihrem kleinen Jungen spielte.

Dann erzählte ich ihr auch, daß wir Jungen uns alle auf den Film „Schwarzer Jäger Johanna" freuten. Als ihr Junge das hörte, wollte er unbedingt mit ins Kino. Ich bot der Frau an, Karten im Vorverkauf zu besorgen. Die Frau willigte ein. Der kleine Junge war begeistert. Sehr oft war er bisher noch nicht im Kino gewesen.

So ging ich dann am nächsten Tag zu den „Ring-Lichtspielen“ und besorgte zwei Karten, für mich und den Jungen. Auch meine Freunde aus der Kaserne wollten mit. Zusammen würden wir uns schon um den kleinen Burschen kümmern. Für uns war es nichts Besonderes. Wir waren ja fast immer allein unterwegs und auch im Kino.

Als ich den Jungen zur Vorstellung abholen wollte, war die Frau erstaunt, daß ich keine Karte für sie hatte. Aber mir wäre nicht eingefallen, daran zu denken, daß sie mit uns ins Kino wollte. Unten warteten meine Freunde. Der Junge wäre gern mitgegangen. Doch die Frau hatte Angst, ihn mir anzuvertrauen. Vielleicht hat sie auch einen Schreck bekommen, als sie meine Freunde durchs Fenster sah.

„Du kannst die Karte behalten! Ich schenke sie dir. Du kannst sie vor dem Kino weiterverkaufen!“

Meine Freunde wunderten sich, als ich allein zurückkam. Sie konnten nicht verstehen, daß die Frau Angst hatte, uns ihren Jungen anzuvertrauen. Dabei hätten wir schon auf ihn aufgepaßt. Ihm wäre bestimmt nichts passiert! So machten wir uns allein auf den Weg in die Stadt.

Meine Karte war ich schnell los, die Vorstellung war ausverkauft. Und der Film war wieder einmal ganz nach unserem Geschmack. Er zeigte den Kampf gegen die Franzosen vor vielen, vielen Jahren. Sie waren in unser Vaterland eingefallen, und die Lützower Jäger kämpften gegen sie. Eine junge Frau wurde - zuerst unerkannt - bei den schwarzen Jägern aufgenommen. Doch sie kämpfte genauso heldenhaft wie ihre männlichen Kameraden gegen die Feinde.

Wir waren vom Film wieder einmal sehr begeistert. Auch wir wären sofort ins Feld gezogen, wenn es uns jemand befohlen hätte. Aber leider waren wir alle noch viel zu jung. Wir waren ja noch nicht einmal in der Hitlerjugend!

Heißgetränke

Eines Tages, es war schon Winter geworden, fragte mich der Helmut Rieger, ob ich etwas Geld hätte. Viel Geld hatte ich ja nie, aber diesmal kam ich doch auf einige Groschen.
Helmut nahm mich mit in die Stadt. Er wolle mich überraschen, sagte er. Ich war schon ganz neugierig, als wir über den Ring in die Zollstraße einbogen. Zuerst dachte ich an eine Kinovorstellung im „Palast-Theater", aber wir gingen daran vorbei und steuerten eine Gaststube an. Wir gingen hinein. Kein einziger Gast war da, und der Raum war ziemlich dunkel. Als wir nach hinten zur Biertheke gingen, kam ein älterer Mann aus einem Raum, der durch einen Vorhang von der Gaststube abgeteilt war. Helmut kannte den Mann, denn er begrüßte ihn wie einen alten Bekannten.
Helmut bestellte zwei Heißgetränke.
„Ein Glas kostet nur 20 Pfennige!" erklärte er mir. Aber ich fand es ziemlich teuer. Dafür wäre ich auch einmal ins Kino gegangen. Ob das die ganze Überraschung war?
Der Mann verschwand hinter dem Vorhang. Nach einiger Zeit kam er mit zwei dampfenden Wassergläsern zurück. Ein Löffel steckte in dem roten Saft. Als wir uns an einen Ecktisch gesetzt hatten, roch ich an meinem Glas. Wie Himbeeren, dachte ich.
Ich fand es nun ganz gemütlich in diesem dämmerigen Raum. Das sollte die ganze Überraschung sein? Der Saft war noch ziemlich heiß. Aber er schmeckte sehr gut. Ich konnte nur leicht an dem Glas nippen. Dafür hatte sich der Weg aus der Friedrichstadt bis hierher schon gelohnt. Draußen war es eiskalt. Es ging schon wieder auf Weihnachten zu.

Doch die „Überraschung“ kam erst noch. Helmut ging zur Theke und fragte den Mann, der die Neisser Zeitung las: „Dürfen wir spielen?“
Der Mann stand auf und ging zu einem gläsernen Kasten, der in der Ecke der Gaststube stand, mir aber bis jetzt noch gar nicht aufgefallen war. Er bückte sich und hantierte an den Beinen des Kastens herum. Plötzlich erleuchtete der Kasten in den allerschönsten Farben. Der Wirt hatte also einen Stecker in die Steckdose gesteckt. Aber es waren nicht nur bunte Lampen unter dem Glas angegangen, einige fingen auch an zu blinken. Sie gingen immer wieder an und aus.
Das war ja ein toller Kasten!
Wir waren aufgestanden und staunten nun vor diesem gläsernen, blinkendem Apparat.
„Sollen wir mal spielen?“ fragte mich der Helmut. „Komm, ich zeige dir, wie man es macht!“
Helmut nahm einen Groschen aus seiner Hosentasche und steckte ihn in einen Schlitz an der Seite des Kastens. Dann drückte er vorn einen Aluminiumknopf hinein, und es begann in dem Kasten zu rumpeln. Helmut zeigte auf eine Anzahl silberner Kugeln, die ich durch die Scheibe glitzern sah.
„Jetzt zeig' ich dir mal, wie man es macht!“ sagte der Helmut.
Er zog vorn mit der Hand einen runden Knopf heraus. Eine silberne Kugel rollte vor den mit Stahlfedern umspannten Hebel, der vorn ganz flach war. Helmut ließ den Hebel los. Die Kugel schoß mit Wucht nach vorne. Sie prallte zuerst gegen die eine und dann an die andere Seite im Innern des Kastens. Dann berührte sie einen dicken, runden, bunt erleuchteten Knopf in der Mitte, direkt unter der Glasscheibe. Der leuchtete noch einmal auf. Ein Klingelzeichen ertönte. Das alles ging furchtbar schnell. Als die silberne Kugel an der rechten Seite nach unten laufen wollte, betätigte der Helmut schnell einen Seitenhebel. Wie beim Eishockey bekam die Kugel einen Schlag mit einem quer gestellten Schläger und schoß wieder nach oben. Alles ging wieder von vorn los.

Oben auf der hochstehenden bunten Scheibe befand sich ein kleines Fenster. Da waren weiße Zahlen zu sehen. Sie bewegten sich ganz schnell. Immer, wenn die Kugel einen erleuchteten Knopf berührte, bewegten sich die Zahlen. Es funkelte und klingelte ununterbrochen. Und dann begriff ich es auch. Alle Knöpfe, die von der Kugel berührt wurden, hatten einen bestimmten Wert, 10, 20, 50 und 100.
„Wenn man mehr als 500 hat, bekommt man eine Freikugel," erklärte mir der Helmut.
Der konnte schon ganz geschickt spielen. Ich war ganz begeistert vom Spiel. Schließlich lief die Kugel nach unten und verschwand mit einem leisen Rumpeln im Kasten. Oben am Fenster sah ich die Zahl 650. Helmut hatte also schon mal eine Freikugel. Sie lag auch schon von ganz allein am Ende der Reihe hinter den anderen Kugeln.
„Die schenke ich dir!" sagte mein Freund.
„Ich weiß nicht, ob ich es schon kann," bemerkte ich schüchtern.
„Versuch's doch mal, am Anfang klappt es meistens nicht so gut."
Und dann probierte ich es auch.
Hebel herausziehen! Dann loslassen!
Die Kugel schoß mit großer Geschwindigkeit nach oben, und bevor ich überhaupt mitbekam, welchen Seitenhebel ich betätigen mußte, war sie an der linken Seite nach unten gerollt und in einem Loch verschwunden. Es hatte kein einziges Mal geblinkt oder geklingelt. Oben am Fenster sah ich nur 000.
Keinen einzigen Punkt hatte ich bekommen, und der Helmut hatte 650!
Das Spiel war wohl doch nicht ganz einfach, und beim Helmut hatte es so leicht ausgesehen.
„Das macht nichts!" tröstete mich mein Freund. „Du hast die Kugel zu stark angestoßen. Dann haut die Kugel zu schnell ab. Du mußt es mit Gefühl machen! So!"

Er schoß wieder eine Kugel los. Und gleich blinkte, klingelte und zählte der ganze Kasten.
Mir schien, der Kasten war durch Helmuts Zauberkraft plötzlich wieder lebendig geworden. Diesmal reichte es zwar nicht zu einer Freikugel, aber der Helmut ließ mich trotzdem beim nächsten Mal dran.
Nun ging es schon etwas besser. Ich bekam tatsächlich schon 120 Punkte.
War das ein tolles Spiel! Es machte riesigen Spaß. Das war wirklich eine gelungene Überraschung!
Und gleich ging unser Spiel weiter. Wir wechselten uns immer ab. Helmut war natürlich viel besser als ich, aber bei mir klappte es von Kugel zu Kugel besser.
Schließlich waren die Kugeln alle und einige Lämpchen erloschen.
„Jetzt bist du dran!“ forderte mich der Helmut auf.
Ich griff gleich in die Hosentasche und fummelte einen Groschen heraus. Helmut steckte ihn in den Geldschlitz. Ich drückte den dicken Knopf, und alle Kugeln waren wieder da. Zehn neue Spiele konnten beginnen. Es gelang mir von Mal zu Mal besser, die Seitenhebel zu bedienen. Ich mußte bei der Schnelligkeit der Kugeln ganz schön aufpassen. Ich schaffte zwar keine Freikugel, aber das Spielen an diesem Wunderkasten machte mir doch einen Riesenspaß.
Zwischendurch nippten wir an unseren Heißgetränken. Beim Spielen an diesem Automaten war mir ganz warm geworden, und das aromatische Getränk im Wasserglas ließ mich mit der Zeit vergessen, daß draußen strenger Frost war.
Wir blieben zwei oder drei Stunden in der Gastwirtschaft. Kein weiterer Gast hatte den Weg in die gemütliche Gaststube gefunden. Den Wirt störte das Klimpern des Kastens und unser gegenseitiges Anfeuern nicht.
Unsere Mützen, die Jacken und die Wollhandschuhe lagen auf der Eckbank bei unserem Tisch. Wir zogen uns an, verabschiedeten uns vom Gastwirt und gingen hinaus auf die Straße. Es

war schon dämmrig geworden. Drinnen hatten wir das nicht gemerkt. Wir waren viel zu sehr mit Spielen beschäftigt. Und kalt war mir auch nicht. Das Heißgetränk tat seine Wirkung. Ich war fröhlich und glücklich wie lange nicht mehr. Und dem Helmut war ich sehr dankbar, daß er gerade mir diese einmalige Vergnügungsstube gezeigt hatte.
Als wir nach dem Gang durch die verschneiten Straßen wieder zu Hause am Luisenplatz ankamen, hatte ich das Gefühl, kaum einen schöneren Spielenachmittag erlebt zu haben.
Als ich mein einmaliges Erlebnis der Oma erzählte, sagte sie nur, und ich verstand nicht, ob sie es ernst oder spaßig meinte: „Du fängst ja mit Kneipenbesuchen früh an! Das hast du wohl von deinem Opa!"
Ich nahm mir jedenfalls vor, jeden Pfennig zu sparen, um noch oft die Heißgetränke und das Spielen an diesem himmlischen Ort in der Zollstraße genießen zu können.

Das Kommißbrot

So vergingen die kalten und dunklen Tage der Adventszeit. Bald würde wieder Weihnachten sein. Die Oma besuchte jeden Morgen die Roratemesse. Alles, was mit dem Krieg zu tun hatte, war weit weg. Ich dachte nicht daran, und die Oma redete mit mir auch nicht darüber.
Wir hatten wieder einen riesigen Tannenbaum. Das Weihnachtsessen war wie immer. Weißwürste und natürlich Mohnsemmeln am Heiligen Abend, und Kaninchenbraten mit Kartoffelklößen an den beiden Feiertagen.
Das Christkind hatte mir diesmal ein Hütchenspiel und noch ein anders Brettspiel geschenkt. Damit konnte ich mich nun wieder stundenlang beschäftigen.
Die Hütchen mußten mit einer kleinen Wippe in ein viereckiges Feld mit Löchern geschossen werden. In den Löchern standen verschiedene Zahlen. Die 100 war genau in der Mitte des Feldes.

Wenn ich sie manchmal zufällig traf, freute ich mich genauso wie beim Automatenspiel in der Gaststube.
Wir gingen auch nach Weihnachten hin und wieder dorthin. Als wir eines Tages aus unserem Spieleparadies kamen, sahen wir auf einem Platz vor dem Nachbarhaus einen Soldaten-LKW stehen. Wir wollten natürlich sehen, was die Soldaten da zu tun hatten. Ein Soldat nahm von einem riesigen Stapel immer zwei Brote weg und warf sie gekonnt seinem Kameraden zu, der oben auf dem LKW stand und sie dort verstaute. Das Brot war scheinbar ganz frisch, denn es duftete verführerisch. Als der eine Soldat einmal kurz ins Haus ging, warf der Soldat vom LKW jedem von uns ein Brot zu. Wir waren freudig überrascht, bedankten uns schnell und liefen gleich nach Hause. Die Oma freute sich über das frische Kommißbrot.
Die Oma hatte immer so gut für mich gesorgt. Nun war ich froh, daß ich ihr auch einmal eine Freude machen konnte.
Eigentlich hatte ich früh angefangen, für uns zu sorgen. Da war das Sammeln der Lindenblüten für den duftenden Tee im Winter, der Brennesseln vom Neißedamm für die Graupensuppe am Sonntag und schließlich der Wildkirschen von den Wallwäldern. Aber ein ganzes Brot hatte ich noch nicht nach Hause gebracht.
Manchmal hatte ich der Oma auch schöne Wildblumen auf den Kohlsdorfer Wiesen gepflückt, Margeriten, Glockenblumen und Maiglöckchen. Darüber freute sie sich immer besonders.
Durch das Brotgeschenk vom Soldaten kam Helmut auf die Idee, es einmal in der roten Ziegelkaserne zu versuchen. Er wollte mit mir in die Kaserne gehen und nach Brot fragen.
„Die Brotreste schmeißen die Soldaten sonst weg!" erklärte er mir.
Als ich ihn fragte, wie wir beim Wachposten am Schilderhäuschen vorbeikommen sollten, sagte er nur:
„Laß mich das nur machen!"
So gingen wir bald danach zur Kaserne an der Königstraße. Ich war schon oft an dem langen roten Bau vorbeigelaufen.

Manchmal hatten wir auch den Soldaten durch den Gitterzaun beim Marschieren und Üben zugesehen. Am „Tag der Wehrmacht" durften wir sogar auf den Kasernenhof, um uns die Panzer und Flakgeschütze anzusehen oder das Scheibenschießen mit den MGs.
Aber sonst stand immer ein Wachposten am Eingangstor. Der hatte sein Gewehr geschultert und immer einen Stahlhelm auf dem Kopf. Er paßte auf, daß kein Unbefugter das Kasernengelände betrat, und er bediente den weißroten Schlagbaum, wenn ein Auto durch wollte.
Wir Kinder hätten nie eine Chance gehabt, so einfach am Posten vorbeizuschleichen. Und dann gab es ja auch die Wachstube, wo immer einige Soldaten drinsaßen. Mir war schleierhaft, wie der Helmut da vorbeikommen wollte. Aber es war dann doch sehr einfach. Helmut ging ganz selbstsicher auf den Posten zu und sagte zu ihm:
„Wir möchten nur die Brotreste abholen!"
Der Wachposten war nicht einmal überrascht und ließ uns beide ohne weiteres durch. Wir steuerten gleich auf den ersten Block zu. Durch die Glastür kamen wir nach einigen Treppenstufen auf einen langen Gang. Helmut klopfte gleich an die nächste Tür. Als er nichts hörte, drückte er mutig die Türklinke runter. In dem Raum standen doppelstöckige Betten und schmale Schränke. Kein Mensch war im Zimmer. So ging es uns mit mehreren Türen, bis wir plötzlich an eine Tür kamen, wo wir gleich nach dem Anklopfen ein „Herein!" hörten. Wir öffneten die Tür und sahen, wie sich ein Soldat und eine junge Frau von einem Bett erhoben. Die Frau hatte ein blaues Kleid an, und der Soldat hatte die Jacke ausgezogen. Sie sahen uns überrascht an, waren dann aber wohl doch erleichtert, daß es nur zwei kleine Jungen waren, die an die Tür gepocht hatten.
„Wir wollen nur fragen, ob sie Brotreste haben. Die möchten wir für Zuhause sammeln!" bemerkte der Helmut.
Der Soldat erhob sich blitzschnell und griff auf einen der Schränke. Von dort holte er ein braunes Tablett herunter. Ne-

ben anderen Eßwaren sahen wir auch ein halbes Kommißbrot. Das reichte uns der Soldat. Wir bedankten uns und verließen schnell den Raum. Vor der Tür grinste mich Helmut an.
„Da sind wir ein paar Minuten zu früh gekommen. Was meinst du wohl, was die gerade machen wollten?"
Ich sah meinen Freund fragend an.
„Das weiß ich doch nicht!"
„Kannst du dir das nicht denken?"
„Vielleicht küssen?"
Das war doch nichts Aufregendes. Im Kino langweilten mich diese komischen Liebesszenen immer wieder. Helmut sagte nichts. Er machte nur aus dem Daumen und dem Zeigefinger seiner linken Hand einen Kreis und steckte dann den Zeigefinger der rechten Hand hindurch. Aber darunter konnte ich mir nichts vorstellen.
In einigen Räumen waren nur Soldaten, und die schenkten uns die Brotreste. Wir hatten beide Hände voll. Zufrieden machten wir uns auf den Heimweg. Die Riegers mit ihren vielen Kindern konnten das Brot bestimmt gut gebrauchen, aber der Oma war es unangenehm, als ich bei ihr mit den Brotresten auftauchte.
„Ich habe es nicht gern, wenn du bei den Soldaten bettelst. Das haben wir wirklich nicht nötig!"
Ich bin dann auch nicht mehr mitgegangen, obwohl der Helmut mich mehrmals darum bat.
Langeweile bekam ich trotzdem nicht. Die Neiße war schon lange zugefroren. Jeden Tag lief ich auf der dicken Eisdecke umher. Und von einigen großen Jungen lernte ich wieder etwas Neues. Sie nahmen einige Karbidstückchen, die man damals mühelos für die Lampen in der Drogerie kaufen konnte, und legten sie auf das Eis. Es fing gleich an zu dampfen. Den Dampf zündeten sie an, und es entstand ein kleines Feuerchen. Für mich war das sehr aufregend und neu, daß man ganz ohne Papier und Holz und mitten im Winter Feuer machen konnte. Zurück blieben kreisrunde Löcher auf der Eisdecke, wenn die Feuer ausgingen.

Das Feuermachen mit Karbid sah ziemlich einfach aus, aber die großen Jungen warnten uns davor, Karbid mit Wasser in Flaschen zu füllen. Das könne zu schweren Explosionen führen. Das leuchtete mir schnell ein. Ich hatte noch genug von meiner Sprengung im Sommer. Ich spürte noch täglich die Narbe am Schienbein, besonders, wenn ich vom Kalten ins Warme kam. Nein, so dumm würde ich mich nie mehr anstellen!
Es war damals gar nicht schwer, sich Karbid zu besorgen. Selbst wir Kinder bekamen es problemlos in der Drogerie. Wir brauchten nur zu sagen, es sei für unsere Karbidlampen, und schon bekamen wir es.

Ein Winterabenteuer

Wochenlang war es im neuen Jahr nicht nur sehr kalt, es schneite auch unaufhörlich. Zum Rodeln genügte uns der kleine Neißedamm schon nicht mehr. Hans und Helmut hatten einen aufregenderen Rodelplatz entdeckt. Eigentlich kannte ich die Hügel an der Ziegelbarriere ganz gut. Wir hatten oft genug im Sommer auf ihnen gesessen und den Soldaten beim Üben zugesehen.
Auch nach Weihnachten gab es für uns keine Schule. So trafen wir uns gleich nach dem Frühstück unten im Hof mit unseren Schlitten und marschierten geschlossen zuerst die Eichendorffstraße hoch, bogen in die Bergstraße ein und erreichten dann über schmale Waldwege unseren abenteuerlichen Rodelplatz. Die Berge waren wirklich sehr steil, und es gehörte Mut und Überwindung dazu, von oben aus nach unten zu rasen.
Manche Jungen hatten richtige Kunststücke erfunden, gegen die das einfache Sitzen auf dem Schlitten sehr leicht aussah. So legte sich ein Fahrer bäuchlings auf den Schlitten, ein anderer setze sich auf ihn, und schon ging die Fahrt los. Andere versuchten es rückwärts. Sie fuhren sozusagen blindlings in die Tiefe. Viele Rodler kamen unten gar nicht an, weil ihr Schlitten

unterwegs umkippte. Aber das machte keinem etwas aus. Im Gegenteil! Sie ließen sich einfach den Schneehang hinabrollen, und das mit viel freudigem Geschrei.
Als ich mit meinem Schlitten zum ersten Mal oben auf dem Hügel stand, wurde mir doch ganz schön mulmig. Von unten hatte der Berg gar nicht so hoch ausgesehen. Es sah eher leicht aus, wenn die vielen Kinder in die Tiefe rasten.
Nun stand ich da oben und zögerte. Meine Freunde kamen zu mir und ermunterten mich, die Abfahrt zu wagen. Zuerst recht freundlich: „Hansi, das schaffst du!"
Aber dann mit der bohrenden Frage: „Du bist doch wohl kein Feigling?"
Nein, feige wollte ich natürlich nicht sein. Am liebsten hätte ich meinen Schlitten genommen und wäre allein zurückgelaufen, ohne ein einziges Mal hinabgefahren zu sein. Aber das konnte ich nicht machen. Meine Freunde hätten es mir nicht verziehen. Dabei sah doch alles so einfach aus. Trotzdem hatte ich ein komisches Gefühl im Bauch. Vielleicht saßen mir auch noch mein Baumsturz oder die Platzpatronenexplosion in den Knochen. Es fiel mir sehr schwer.
Aber dann überwand ich doch meine innere Angst. Ich biß die Zähne zusammen, achtete darauf, daß gerade nicht viele Schlitten auf der steilen Piste waren, setzte mich auf den Schlitten, schloß die Augen, stieß mich ab und sauste mit hoher Geschwindigkeit den Berg hinunter. Ich krallte mich am Schlitten fest. Und dann war es schon vorbei. Unten heil angekommen, schoß ich den gegenüberliegenden Hügel hinauf und der Schlitten kam zum Stehen. Ein wunderbares Gefühl durchfuhr mich: „Ich habe es geschafft! Ich habe es geschafft!" Das sagte ich mir immer wieder. Ich suchte meine Freunde. Ob sie es alle gesehen hatten? Es war einmalig schön. Der Schnee, der Berg, die anderen Kinder, und ich war kein Feigling!
Nun war meine Angst wie weggeblasen. Immer wieder stieg ich den Berg hinauf und raste hinunter.

Es ging schon gegen Mittag, als wir aufbrachen. Schwitzend und frierend zugleich machten wir uns auf den Heimweg. Diesmal gingen wir am Garnisonsfriedhof vorbei, wo mein Opa begraben lag, bogen in die Seufzer-Allee ein, passierten in der Königstraße die Bergapotheke und die Kasernen, erreichten das Winterfeldt-Denkmal mitten auf dem Luisenplatz, und dann waren wir auch schon an unserer Kaserne.
Meine Füße und Hände spürte ich schon gar nicht mehr. Schuhe, Strümpfe, Jacke und Handschuhe: alles war vereist. Hoffentlich war die Oma zu Hause!
Ich stellte den Schlitten unter die Treppe und stolperte gleich nach oben. Die Oma saß in der Küche. Hier war es schön warm und gemütlich. Neben dem Küchenherd hatte die Oma auch schon den Stubenofen angemacht.
„Oma, Oma, meine Hände und Füße sind abgefroren! Die tun vielleicht weh!“
Schnell zog mir die Oma die vereisten Sachen aus und rieb mir die Hände und Füße.
Langsam kam wieder Farbe in die kalkweißen Glieder. Je wärmer sie wurden, um so mehr taten sie weh.
„Komm her, ich pack' dich in den Backofen!“ scherzte die Oma.
Sie holte die weiße Emailleschüssel, goß warmes Wasser aus dem vollen Kessel vom Herd hinein, und dann saß ich neben dem warmen Stubenofen und in meine Füße und Beine kam zuerst ein angenehmes Kribbeln und dann die richtige Wärme zurück.
Oma trocknete mich ab und zog mir neues Zeug an. Jetzt fühlte ich mich richtig wohl. Wenn ich die Oma nicht hätte!
Sie gab mir noch eine Tasse vom duftenden Lindenblütentee, der im Winter immer auf dem Herd stand. Der schmeckte nicht nur gut, er wärmte mich auch innerlich auf.
Nun merkte ich, daß ich riesigen Hunger hatte. Die frische, eiskalte Neisser Morgenluft hatte dem kleinen Körper die letzten Energiereserven entzogen, und das machte sich durch den leeren Magen bemerkbar. Wegen der Kälte hatte ich das auf dem Heimweg gar nicht bemerkt.

Die Oma hatte mit dem Mittagessen auf mich gewartet. Es gab Kartoffelbrei und Gelinge in süßsaurer Soße. Niemand konnte so gut kochen wie die Oma!
„Oma, das Schlittenfahren bei der Ziegelbarriere war wirklich toll. Ich bin den steilen Berg hinuntergefahren!"
„Sei bloß vorsichtig bei deinem Herumtoben! Du weißt ja, noch einen Unfall möchte ich nicht mehr erleben!"
Ich dachte oft und lange an diesen schönen Wintermorgen. Es gab nichts Schöneres, als gemeinsam mit seinen Freunden etwas zu unternehmen. Und das Schlittenfahren in dieser herrlichen Winterlandschaft war ein einmaliges Abenteuer!
Später saßen wir dann in unserer Stube. Ich hatte die vielen Spiele und Bücher, und die Oma machte ihr Nachmittagsnikkerchen im Sessel.
Dann durfte ich ihr wieder die grauen Haare bürsten. Das hatte die Oma immer wieder gern. Aber bei ihrer Grießbeule auf dem Kopf mußte ich sehr vorsichtig sein.
Dabei erzählten wir uns alles Mögliche, die Erlebnisse, die wir hatten, wir sprachen über die Filme und Bücher, die Leute in der Kaserne, andere Menschen, die Oma nach der Kirche oder in der Stadt getroffen hatte. Es war schön, sich mit der Oma zu unterhalten. Unsere Stube war warm und gemütlich. Es hätte ewig so bleiben können!

Das ferne Donnern

Unsere Gemeinde St. Dominikus in der Friedrichstadt hatte unterdessen einen neuen Pfarrer bekommen. Beim ersten Religionsunterricht nach Weihnachten sagte er gleich, daß er noch einige Ministranten suche. Ich meldete mich sofort, denn das hatte ich mir ja schon lange gewünscht, auch einmal in diesen rotweißen Röckchen am Altar zu dienen. Der Pfarrer bestellte die Jungen, die sich mit mir gemeldet hatten, gleich für den nächsten Tag ins Pfarrhaus.

Als ich das der Oma zu Hause erzählte, war sie froh und ein wenig stolz auf mich.
Unser neuer Pfarrer, ich glaube, er hieß Herr Jaritz, war immer sehr freundlich zu uns Jungen. Er erzählte zwar nicht so spannende Geschichten wie sein Vorgänger, der Pfarrer Gerigk, aber er begeisterte uns auf ganz andere Weise.
Zuerst wies er uns darauf hin, daß wir von jetzt an einen großen Ehrendienst in der Kirche verrichten durften. Dazu gehöre viel Fleiß und Disziplin. Wir müßten lateinische Gebete auswendig lernen, was bestimmt nicht immer leicht sei. Und wenn wir Dienst am Altar hätten, dann sollten wir jeden Quatsch unterlassen. Wir müßten immer kerzengerade gehen und die Hände fromm gefaltet halten.
Das erste lateinische Gebet übten wir gleich ein, das Kreuzzeichen. Auf deutsch hatte ich es von der Oma gelernt:
„Im Namen des Vaters und des Sohnes und des Heiligen Geistes. Amen!"
Der Pfarrer Jaritz betete es uns auf lateinisch vor, und wir mußten es gemeinsam ein paar Mal wiederholen:
„In nomine patris et filio et spiritus sancti. Amen!"
Das war ja wirklich nicht schwer. Der Pfarrer sagte uns, daß wir von nun an in jeder Ministrantenstunde ein kleines lateinisches Gebet lernen würden. Und wer möchte, könne die Gebete auch im Gebetbuch nachlesen, da ständen alle Meßgebete auf deutsch und lateinisch drin.
Ich hatte eine schöne, neue Aufgabe, die mir viel Spaß machte. Ich wollte ein guter Ministrant werden, das nahm ich mir fest vor.
Da wir keine Schule hatten, blieb immer noch viel Zeit zum Spielen mit meinen Freunden. Manchmal gingen wir auch ins Kino oder in die Wirtsstube in der Zollstraße mit dem Spielautomaten und dem aromatischen Heißgetränk.
Es war ein sehr kalter Januar. Alles war weiß. An den Straßenrändern lagen hohe Schneehaufen, und die Bauern kamen nur noch mit ihren lustigen Pferdeschlitten in die Stadt. Das Klin-

geln der Pferdeschellen konnte man schon von weitem hören. Die Neiße war noch immer dick zugefroren, und ein kalter Ostwind fegte über die dunkle Eisfläche.
Jeden Abend saß ich mit der Oma in unserer gemütlichen Stube, spielte auf dem Fußboden oder las in meinen Büchern.
Unsere Fenster tauten schon gar nicht mehr auf. Das Eis war so dick, daß ich auch durch ein Gegenhauchen kein Guckloch mehr in die von Eisblumen übersäte Scheiben bekam. Ob es jemals wieder Frühling und Sommer werden würde?

Eines Tages wurden wir durch ein fernes Dröhnen und Donnern überrascht. Es hörte sich wie ein heranziehendes Gewitter an. Ein Gewitter im Winter? Ob es das überhaupt gab? Ich wußte jedenfalls nicht, was das Donnern zu bedeuten hatte. Aber die Oma wurde ganz traurig. Sie betete viel ihren Rosenkranz.
Das Donnern hörte von nun an nicht mehr auf. Ich hörte es gleich nach dem Aufstehen am Morgen und auch noch am Abend, bevor ich einschlief.
Nach ein paar Tagen hatte ich mich an das pausenlose Donnern gewöhnt.
Eines Morgens ging ich nach drüben auf das andere Neißeufer zu meiner geliebten „Erholung". Es machte mir immer wieder Spaß, die neuen Filmplakate und die Bilder in den Schaukästen anzusehen. Diesmal wurde ein „Karl-May-Film" angekündigt. Ich betrachtete jedes Bild und erinnerte mich, daß ich den Film schon früher einmal gesehen hatte. Aber damals war ich noch zu klein, um das ganze spannende Abenteuer zu verstehen.
Ein Mann räumte in dem Kassenhäuschen auf. Ich fragte ihn höflich:
„Ab wann läuft denn der Film?"
Ich bekam eine schnelle Antwort, und die klang ganz unerwartet:
„Erstmal muß der Krieg aus sein. Bis dahin gibt es kein Kino mehr!"

Ich sah ihn erstaunt an.
„Woher wissen sie denn, daß der Krieg bald aus ist?“ fragte ich ihn verblüfft.
„Bist du taub? Hörst du nicht das Donnern? Das kommt von der Front. Da wird ganz schön geballert. Die Russen sind in Schlesien einmarschiert. Jetzt heißt es nur noch: Vorwärts Kameraden, es geht zurück! Ich hoffe nur, daß sie nicht bis nach Neisse kommen, daß der Krieg vorher vorbei ist!“
Nun konnte ich mir auch das ununterbrochene Donnern erklären. Aber vielleicht konnten unsere Soldaten den russischen Angriff auch abwehren.
Kein Film mehr! Ich mochte es nicht glauben. Aber warum hingen denn die neuen Bilder in den Schaukästen? Vielleicht hatte der Mann mich auch bloß veräppelt! Jedenfalls nahm ich mir vor, es in den nächsten Tagen wieder zu versuchen, vielleicht am Nachmittag, wenn es die Kindervorstellungen gab. Dann würde ich es genau wissen.
Anschließend lief ich in die Stadt zum Ring. Es war alles so friedlich. Da war das wuchtige Turmtor, der spitze Ratsturm und die noch von Weihnachten her geschmückten Fenster. Ich ging gleich in das Kaufhaus, um mich aufzuwärmen. Und da traute ich meinen Augen nicht. Auf Sondertischen waren riesengroße Stapel mit den allerschönsten Spielen ausgebreitet, Spiele, die man sonst nie zu Gesicht bekommen hätte. Es kam mir vor, wie im Traum. Da lagen sie nun alle. Und sie waren nicht einmal teuer! Sie kosteten nur eine, zwei oder drei Mark. Ich mochte es nicht glauben. Ich schlich mehrmals um die Tische herum. Schließlich fragte ich eine Verkäuferin: „Kann jeder die Spiele kaufen?“ „Natürlich, mein Junge, dazu liegen sie hier!“
Wie hätte ich mich zu Weihnachten gefreut, wenn mir das Christkind einige davon gebracht hätte. „Die gibt es nur mit Beziehungen!“ hatte die Oma gesagt. Ich wußte nicht, was das Wort eigentlich bedeutete, aber die Oma gebrauchte es oft. Und

nun lagen die Spiele haufenweise da. Ich hatte sie rein zufällig entdeckt.
Natürlich hatte ich am Vormittag keinen Pfennig in der Tasche. Ob die Oma zu Hause noch etwas Geld übrig hatte?
Schnell lief ich zurück in die Friedrichstadt, aufgeregt und erwartungsvoll zugleich. Was die Oma wohl dazu sagen würde? Da gab es massenweise Spiele, und alle ganz ohne Beziehungen! Ob das nicht ein Irrtum war?
Das Donnern von der Front war überall zu hören. Aber es beunruhigte mich nicht mehr. Ich dachte nur an die Spiele im Kaufhaus und wie ich die Oma überreden könnte, mir ein paar Mark zu geben. Um soviel Geld hatte ich die Oma bisher noch nie gebeten.
Die Oma hörte sich meine Neuigkeiten an. Und dann geschah das Unerwartete. Oma holte ihre zerschlissene Lederhandtasche, nahm die Geldbörse heraus, nestelte darin herum und gab mir tatsächlich einen Fünfmarkschein. Das war viel Geld. Damit mußten wir sonst fast eine ganze Woche auskommen. Zuerst wollte ich es nicht glauben. Aber die Oma nickte mir freundlich zu. Überglücklich raste ich gleich los. Hoffentlich waren die Spiele nicht schon ausverkauft. Ich konnte es kaum erwarten, wieder im Kaufhaus am Ring zu sein.
Bald passierte ich die Jakobuskirche mit dem wuchtigen Glokkenturm. Ich sah die spitze Eingangspforte. Mich wunderte, daß jetzt zur Mittagszeit einige Leute in der Kirche verschwanden. Mir kam ganz kurz der Gedanke, auch in die Kirche zu gehen, um dem lieben Gott zu danken, daß ich heute morgen das Kaufhaus mit den schönen Spielen entdeckt hatte. Aber ich hatte den Geldschein fest in der Hand und lief schnell weiter.
Die Spielestapel im Kaufhaus waren in der Zwischenzeit kaum kleiner geworden. Ich ging mehrmals um die bunten Bauwerke herum. Da war das Pferderennspiel. Fünf oder sechs Reiter machten einen Wettlauf auf einer Pferderennbahn. Wer als erster ins Ziel kam, der hatte gewonnen. Und das ganze Spiel kostete nur zwei Mark. Das würde ich auf alle Fälle nehmen! Und

es gab auch eine Spielesammlung mit Halma, Mühle und Dame, vielen bunten Figuren und mehreren Würfeln. Für drei Mark! Nicht zu glauben! Das war ja fast geschenkt!
Noch vor wenigen Wochen wäre es undenkbar gewesen, solche Schätze einfach kaufen zu können. Schnell nahm ich beide Schachteln und ging damit zur Kasse. Ich gab der Verkäuferin den Fünfmarkschein. Sie brauchte die Spiele gar nicht erst einzupacken. Jeder sollte sehen, welchen Schatz ich mit mir nach Hause trug!
Schnell lief ich nochmals um den Ring herum, vorbei an der Breslauer Straße und gleich hinein in die Haferstraße. Bei der Schlageterstraße bog ich links ab und kam dann beim Torturm wieder heraus. Ich hatte ein schönes Stück vom Heimweg abgeschnitten. Dann noch über die Neißebrücke, und schon war ich vor unserem Haus. Die Treppen flog ich hoch. Die Oma staunte nicht schlecht, daß ich schon wieder zurück war. Ich zeigte ihr gleich meine neuen Spiele. Ich erklärte ihr alles. Sie konnte nicht glauben, daß beide zusammen nur fünf Mark gekostet hatten. Oma freute sich mit mir.
Nach dem Mittagessen lag ich auf dem Fußboden in der Stube und baute die Spiele auf und wieder ab und auf und ab.
Beim Pferderennspiel gab es sechs verschiedenfarbige kleine Pferdchen mit einem Reiter. Auf dem Spielfeld waren sechs Laufbahnen mit den entsprechenden Farben.
Die Pferde mußten die Laufbahnen umkreisen. Jedesmal mußte neu gewürfelt werden. Und soweit durfte das jeweilige Pferd vorrücken. Am Anfang des Spiels bestimmte ich für mich eine Farbe. Dann mußte mein Pferd gegen die anderen kämpfen. Natürlich durfte ich mich nicht selber beschummeln, obwohl ich es manchmal gern getan hätte. Doch hin und wieder war mein Pferd doch das schnellste von allen.
Bei der Spielesammlung freute ich mich vor allem über die kleinen bunten Figuren für Halma und die schwarzen und weißen Holzplättchen für Mühle und Dame. Ich war glücklich! Nun gehörte mir schon ein ganzer Stapel Spiele. Natürlich zählte ich

auch das Hütchenspiel mit, das mir das Christkind gebracht hatte, und die anderen Spiele von früher.
Vor dem Schlafengehen stellte ich sie alle auf den Stuhl neben meinem Bett. So konnte ich mich bis zum Einschlafen darüber freuen, und am nächsten Morgen auch.
Das Dröhnen und Donnern war auch jetzt noch zu hören. Aber das war weit weg. Ich dachte nur an meine schönen Spiele und das Glück, sie zufällig entdeckt zu haben.

„Oh, Maria hilf!"

Das Donnern war auch am nächsten Tag noch da. Ich hörte es gleich wieder, nachdem ich wach wurde. Mich wunderte, daß die Oma nicht in der Nähe war. Doch schon bald hörte ich sie die Treppe heraufkommen. Sie hatte die Morgenmesse in der Dominikanerkirche besucht.
„Heute nachmittag ist in unserer Kirche ein Bittgottesdienst. Du mußt hingehen! Unser Pfarrer hat mich angesprochen. Du sollst bei der Messe mitdienen!"
Das war wirklich eine Überraschung. So früh hatte ich nicht damit gerechnet. Natürlich konnte ich die meisten lateinischen Gebete noch nicht auswendig. Aber es waren ja immer auch große Ministranten dabei. Die würden es am Altar schon richtig machen. Na ja, und beim Beten brauchte ich nur die Lippen zu bewegen. Es würde kein Mensch merken, daß ich die Gebete noch nicht konnte!
Meine Spiele hatte ich schnell vergessen. Ich dachte nur noch an das Messedienen am Nachmittag.
Nach dem Frühstück ging ich nach unten auf den Hof. Als ich ihnen von meinem Dienst in der Kirche erzählte, lachten sie nur. Sie hatten davon keine Ahnung. Ich hatte auch noch nie einen von ihnen in einer Kirche gesehen. Wahrscheinlich waren sie auch gar nicht katholisch.

Nach dem Mittagessen konnte ich es kaum erwarten, bis es endlich soweit war. Die Oma wusch mich gründlich, wie sie es sonst nur am Sonnabend tat. Außerdem zog sie mir die besten Sachen an. Bei dem „Ehrendienst für den Herrn“ sollte ich nicht gerade auffallen. Ich merkte, wie stolz die Oma auf mich war.
Und dann war es endlich soweit.
Wir machten uns gemeinsam auf den Weg in die Pfarrkirche. Die Oma ging gleich hinein. Sie wollte einen Sitzplatz bekommen. Ich wartete auf die anderen Jungen, und wir gingen dann mit pochenden Herzen in die Sakristei, die hinter der Kirche war.
„Gelobt sei Jesus Christus!“ sagten wir beim Eintritt.
„In Ewigkeit, Amen!“ antwortete die Gemeindeschwester.
Einige größere Jungen waren schon da. Wir probierten zuerst die roten Röcke an. Die durften nicht zu lang sein, damit man nicht darüber stolperte. Der Rock wurde stramm über den Bauch gebunden. So konnte er nicht nach unten rutschen. Darüber zogen wir ein sauberes weißes Hemd an. Die hingen alle in einem großen Wandschrank. Von meinem sauberen Anzug sah man nun nichts mehr. Schließlich bekam noch jeder von uns einen breiten roten Kragen, den wir uns über die Schulter legen mußten. Er wurde vorne am Hals mit zwei Druckknöpfen zusammengehalten.
Ein älterer Ministrant war mit einem langen Stock, an dem oben ein Docht befestigt war, in die Kirche gegangen, um die Altarkerzen anzuzünden. Ich hatte die Ministranten früher immer bewundert, daß es bei ihnen so gut klappte und bald alle Kerzen brannten.
Schließlich kam auch unser Herr Pfarrer. Er schien mir heute besonders freundlich zu uns zu sein. Als er sich sein weißes Priesterhemd und das goldene Meßgewand angezogen hatte, mußten wir uns im Halbkreis um ihn herum aufstellen. Er ermahnte uns noch einmal, gleich im Gottesdienst fromm und andächtig zu sein, die Hände gefaltet zu halten und keinerlei Faxen zu machen.

„Ihr werdet gleich sehen, daß unsere Kirche heute so voll ist wie selten in den letzten Wochen. Wir werden heute einen Bittgottesdienst abhalten und dabei besonders unsere Heilige Gottesmutter darum bitten, daß unsere schöne Stadt Neisse und alle Menschen, die hier leben, vom Krieg verschont bleiben. Vielleicht geht mit diesen Fürbitten und der Hilfe Gottes die Geißel des Krieges an uns allen vorbei."
Dann segnete er uns. Wir stellten uns zu zweit hintereinander auf. Ein größerer Meßdiener trug den silbernen Weihrauchschwenker mit den langen Ketten, in dem schon Kohle glühte, ein anderer hatte den Behälter mit den Weihrauchkörnern in den Händen.
Ich stand mit einem anderen Jungen ganz vorn, weil wir die kleinsten Ministranten waren. „Hoffentlich mache ich alles richtig!" dachte ich bei mir.
Die Gemeindeschwester zog nun an einer langen Kordel, öffnete die Tür zur Kirche, und es ertönte das helle Glöckchen. Wir gingen langsam los. In der Mitte der Altarstufen angekommen, verteilten wir uns nach rechts und nach links. Laut hatte die Orgel schon eingesetzt. Und die ganze Gemeinde sang: „Großer Gott, wir loben dich!"
Wir standen nun alle nebeneinander. Als der Pfarrer in der Mitte des Altars angekommen war, machte er eine Kniebeuge, und wir alle gleichzeitig mit ihm.
Die beiden Meßdiener mit dem Weihrauch hatten sich an der Seite des Altars aufgestellt. Aus dem Weihrauchschwenker quollen dicke Rauchwolken. Es duftete herrlich nach dem süßlichen Weihrauch.
Nun knieten wir uns alle auf die erste Altarstufe, und der Herr Pfarrer begann mit dem Stufengebet: „In nomine patris, et filio, et spiritus sancti. Amen!"
Wir antworteten: „Ad deum qui laetificat juventutem meam."
Mehr konnte ich noch gar nicht. Doch die älteren Ministranten, die direkt neben dem Pfarrer knieten, konnten alle lateinischen Gebete auswendig. Wir Kleinen murmelten nur mit. Aber

das konnte hinter uns sowieso niemand hören, denn die Orgel und das laute Singen der Leute übertönte unsere Gebete.
Beim Confiteor mußten wir uns alle tief verneigen, als das „Mea culpa, mea culpa, mea maxima culpa“ kam.
Nach dem Stufengebet standen wir alle auf. Der Pfarrer ging zu den beiden Ministranten mit dem Weihrauchschwenker und füllte aus dem silbernen Behälter neue Körner auf die glühende Holzkohle. Neue, dicke Rauchschwaden quollen heraus.
Zuerst kniete er sich vor den Altar und segnete ihn mit dem Weihrauch. Dann stellte er sich vor die Kirchenbänke und schwenkte das Gefäß dreimal in Richtung der vielen Leute.
Schließlich stellte er sich vor die Mitte des Altars, und der Meßdiener mit dem Weihrauchfaß kniete sich vor ihm hin und segnete den Pfarrer.
Das laute Singen der Leute und die Orgel waren verstummt, aber der Gottesdienst ging weiter. Wir Kleinen brauchten weiter nichts zu machen. Die großen Ministranten konnten alles allein.
Der Pfarrer hielt nur eine kurze Ansprache. Er machte uns auf den fernen, pausenlosen Kanonendonner aufmerksam. Durch das laute Singen der Gemeinde hatte ich gar nicht mehr daran gedacht. Doch jetzt hörte man es wieder, selbst hier in der übervollen Kirche.
Er sprach von der nahen Front. Seine Predigt endete mit dem Ausruf:
„Herr, laß diesen Kelch an uns vorübergehen! Aber nicht unser, sondern dein Wille geschehe!“
Dann ging die Messe weiter. Wir knieten die ganze Zeit vorne auf den Altarstufen. Hin und wieder mußten wir gemeinsam aufstehen, dann knieten wir uns wieder mit gefalteten Händen hin. Ich paßte genau auf, daß ich alles richtig machte.
Die Oma hatte mich schon oft in Messen und Andachten mitgenommen. Ich hatte dem gemeinsamen Singen gerne zugehört, aber an ein so lautes Singen wie heute in der Kirche konnte ich mich nicht erinnern. Bei dem Lied „Meerstern, ich dich grüße“

wurde oft „Oh, Maria hilf" wiederholt. Das war aber kein Singen mehr, sondern nur noch lautes Schreien. Es kam mir wirklich vor, als wenn alle Leute, die hier in der Kirche versammelt waren, um Hilfe schrien.
Viele der Kirchenbesucher gingen zur Heiligen Kommunion. Ein Ministrant ging mit einem goldenen Tablett vor dem Pfarrer her und hielt es den Gläubigen unter das Kinn. Das machte er, damit nichts von den Hostien auf den Kirchenboden fiel.
Die Oma hatte mir gesagt, daß ich im nächsten Jahr zur Ersten Heiligen Kommunion gehen würde. Heute saß ich mit den anderen an der Seite des Altars und wartete, bis alle Leute durch waren. Auch die Oma war zur Kommunion gegangen.
Dann war der Gottesdienst vorbei. Er hatte länger gedauert als sonst, aber mir war es nicht langweilig geworden. Es hatte mir Spaß gemacht, und ich freute mich schon auf das nächste Mal. Ich nahm mir vor, das Stufengebet nun noch schneller zu lernen.
Wir gingen geschlossen in die Sakristei zurück. Der Pfarrer lobte uns gleich, daß wir alles so gut gemacht hatten. Wir zogen unsere Ministrantenröcke aus, die Schwester nahm sie uns ab und hängte sie in den großen Wandschrank. Dann verließen wir die Sakristei mit einem erleichterten „Gelobt sei Jesus Christus!"
Oma wartete mit zwei Frauen vor der Kirche auf mich. Sie sah mich stolz und freundlich an. „Das hast du aber gut gemacht!" empfing sie mich gleich. Auch die anderen Frauen nickten mir freundlich zu. Dann verabschiedete sich die Oma, und wir gingen die Eichendorffstraße hinab zum Luisenplatz.
Ununterbrochen hörten wir das ferne Donnern.
„Ich habe Angst, daß die Russen unsere Stadt angreifen! Dann Gnade uns Gott!"
Daran hatte ich noch gar nicht gedacht. Der Krieg war bisher immer woanders gewesen. Krieg in Neisse? Das konnte ich mir beim besten Willen nicht vorstellen. Unsere Soldaten würden schon dafür sorgen, daß kein Russe hier hereinkam. Und dann gab es ja schließlich noch den Volkssturm. Auch diese Männer

hatten Gewehre und Panzerfäuste. Die Russen würden sich schon wundern, wenn sie die alle zu Gesicht bekämen!
Draußen war es schon dunkel geworden. Nur der Schnee glänzte auf den Straßen und von den Dächern der Häuser. Draußen spielen konnte ich nicht mehr. Ich sah auch kein einziges Kind auf dem großen Hof vor unserer Kaserne. Aber das bedauerte ich nicht. Oben hatte ich ja meine schönen neuen Spiele. Damit würde ich mich bis zum Schlafengehen beschäftigen. Ich freute mich schon darauf.
„Heute war wieder ein ereignisreicher Tag!" dachte ich so bei mir. Noch immer war ich erregt und auch ein bißchen stolz, daß ich nun ein richtiger Ministrant war. Und selbst vor dem Einschlafen freute ich mich noch darüber, daß unser neuer Pfarrer auch an mich gedacht hatte, als er die Meßdiener für den Bittgottesdienst bestimmte.

Die Flucht

Mitten in der Nacht rüttelte mich die Oma aus tiefsten Träumen wach. Es war so schön mollig und warm in meinem Bett. Zuerst wußte ich nicht, wo ich war.
„Steh schnell auf, Hansl, und zieh dich an! Wir müssen aus Neisse weg. Der Hauswart hat laut durchs Treppenhaus gerufen. Wir müssen alle zum Bahnhof!"
Ich war noch ganz schlaftrunken. Hier war das warme Bett, und nun das eiskalte Zimmer. Mein guter Anzug von heute mittag lag noch auf dem Stuhl. Den wollte ich ja nicht gerade anziehen. Der war für den Bahnhof viel zu schade. Zuerst suchte ich meine Spielsachen zusammen, mit denen ich gestern auf dem Fußboden herumgerutscht war. Die Oma hatte schon die große Einkaufstasche gepackt. Nun nahm sie ihr Federbett und wikkelte die braune Wolldecke darüber. Im grauen Koffer verstaute sie alles Notwendige. Ich sollte den kleinen Koffer nehmen, in dem sie unsere Unterwäsche verstaute.

„Der ist nicht so schwer. Den kannst du gut tragen!"
„Oma, darf ich nicht meine neuen Spiele mitnehmen?"
„Nein, das geht nicht! Dafür haben wir keinen Platz und auch keine Zeit!
„Oma, die schönen Spiele!"
„Vielleicht sind wir in wenigen Tagen wieder hier. Die wird dir schon niemand wegnehmen."
Die Oma hatte es sehr eilig. Sie war auch kein bißchen müde. Nun saß sie am Küchentisch und schmierte Brote. Die kamen noch in ihre Tasche. Dann zog sie ihren schwarzen Wintermantel an und band ihr wollenes Kopftuch um. Auch ich mußte meinen Mantel anziehen und die Pudelmütze aufsetzen.
Draußen hörten wir noch einmal eine laute Männerstimme im Treppenhaus, daß unser Block sofort geräumt werden müsse. Alle Leute sollten sich am Bahnhof treffen. Die Oma überprüfte noch einmal die beiden Erkerfenster, den Stubenofen und den Küchenherd. Dann nahmen wir das Gepäck, Oma löschte das Licht, und wir gingen vorsichtig die Holztreppe hinunter. Im Haus war es sehr ruhig. Ich glaube, wir waren die einzigen Bewohner, die dem Blockwart Folge leisteten. Es war stockdunkle Nacht. Nirgends sahen wir Licht. Alles war seelenruhig. Weit und breit war kein Mensch zu sehen.
Die Oma hatte ganz schön zu schleppen. Auf dem Rücken das Federbett, in der einen Hand den Koffer und in der anderen die Einkaufstasche. Ich hatte nur meinen kleinen Koffer.
Wir eilten über die Neißebrücke dem Ring entgegen. Aber die Oma bog schon beim Berliner Torturm in die Wilhelmstraße ein; wir eilten durch die Haferstraße, und schon waren wir auf der Breslauer Straße. Gerade hier sah man tagsüber viele Leute. Doch jetzt war die Straße menschenleer. Es war bitterkalt. Von vorn kam uns ein schneidender Wind entgegen. An der Straßenseite lagen immer noch die hohen Schneeberge.
Nein, mein Koffer war wirklich nicht schwer. Ich konnte ihn leicht von einer Hand in die andere wechseln. Aber die Oma tat mir leid. Sie mußte schwer schleppen.

Bald erreichten wir den Neisser Bahnhof.
Es war lange her, daß wir an einem heißen Sommertag die Reise nach Berlin und Wesermünde gemacht hatten. Damals war ich noch ein kleines Kind und brauchte nicht einmal zur Schule. Jetzt war ich schon ein großer Junge; im Oktober war ich acht geworden, und gestern hatte ich zum allerersten Male in der Kirche beim Gottesdienst gedient!
In der Dunkelheit vor dem Bahnhof sahen wir nur wenige Menschen mit ihrem Gepäck. Hoffentlich hatte die Oma das Rufen im Treppenhaus auch richtig verstanden! Aber ich hatte es ja nachher auch ganz deutlich gehört.
Wir gingen durch die schwach beleuchtete Bahnhofshalle an den ersten Bahnsteig, und da stand auch tatsächlich ein Personenzug. Wir konnten gleich in den erstbesten Wagen einsteigen. Wir fanden ein leeres Abteil. Es war ein Dritte Klasse-Wagen mit einfachen Holzbänken. Die waren noch eiskalt. Auch die Fensterscheiben waren mit einer dicken Eisschicht überzogen. Die Deckenbeleuchtung brannte nur sehr spärlich. Die kleine Oma hatte es alleine geschafft, das Bett und den Koffer in das Gepäcknetz zu wuchten. Ich saß auf der kalten Holzbank direkt am Fenster. Aber nach draußen konnte ich nicht sehen. Oma saß mir gegenüber. So saßen wir da und warteten. Nichts tat sich. Hin und wieder hörten wir Schritte auf dem Gang und leises Sprechen, aber noch blieben wir allein in unserem Abteil.
Wie schön war es in meinem warmen Bett gewesen. Hier war alles kalt und ungemütlich. Zu Hause in der Stube standen meinen Spiele. Da waren meine Bücher und die vielen Freunde. Da war der Hof vor der Kaserne, die Insel und die zugefrorene Neiße, auf der wir die letzten Tage gespielt hatten. Wir waren noch gar nicht weg. Aber ich hatte schon Heimweh. Ich konnte mir nicht vorstellen, noch einmal von Neisse weg zu sein, wie damals während unserer langen Reise. Am liebsten wäre ich gleich wieder in die Friedrichstadt zurückgegangen. Ich hoffte nur, daß unsere Flucht vor den Russen nicht so lange dauern würde. Hoffentlich war der Krieg bald vorbei und wir konnten

zurückkommen. Ich würde wieder in die Schule gehen, Lazarette wären dann überflüssig, weil es keine verwundeten Soldaten mehr gab. Jeden Sonntag könnte ich in der Messe dienen, und die Kinovorstellungen in der „Erholung“ fänden wieder statt.
„Komm wieder, wenn der Krieg vorbei ist!“ Das hatte der Mann von der Kinokasse gesagt. Und der mußte es ja wissen.
Angst vor den Russen brauchte niemand zu haben, und auch nicht vor Fliegerangriffen. Es würde Frieden sein, von dem die Oma oft geredet hatte. Nein, Frieden hatte ich nie erlebt. Es hatte immer Krieg gegeben, solange ich zurückdenken konnte. Und wir waren richtige Kriegshelden, die zu gerne an die Front gezogen wären, um für Deutschland und den Führer zu kämpfen. Alles hatte so abenteuerlich und heldenhaft ausgesehen, wenn wir aus dem Kino kamen und mal wieder einen der spannenden Kriegsfilme gesehen hatten, wie „Kampfgeschwader Lützow“, „Stukas“, „U-Boote westwärts“ oder „Kadetten“. Dann wären wir am liebsten sofort für unser geliebtes Vaterland in den Krieg gezogen!
Doch nun sah der Krieg auf einmal ganz anders aus. Wir sollten aus Neisse weg. Wo die uns wohl hinbringen würden? Nein, Krieg war blöd! Ohne Krieg säßen wir jetzt nicht in diesem kalten Zug.
Doch tagelang hatten wir den fernen Kanonendonner gehört. Und er war von Tag zu Tag näher gekommen und immer lauter geworden.
Aber in Neisse war noch nichts passiert. Neisse angreifen, das würden die Russen auch gar nicht wagen. Die vielen Soldaten würden die Stadt schon heldenhaft verteidigen. Die Russen würden sich ganz schön wundern!
Oma hatte den Krieg immer verdammt. Ich hatte das nie verstanden. Sie hatte die Menschen bedauert, die durch den Krieg starben oder leiden mußten. Die alles verloren hatten, wie Tante Kläre ihre Wohnung bei einem Bombenangriff in Wesermünde, oder die Luda-Trudl aus unserem Haus, deren Fliegerleutnant mit seinem Flugzeug über Berlin abgestürzt war, kurz

nach ihrer glanzvollen Hochzeit. Die beiden Söhne von Warmbrunnns waren gefallen. Wie war die Oma von der Frau Warmbrunn im Treppenhaus angegiftet worden, wenn sie frühmorgens in die Kirche ging: „Die Schwarze geht wieder beten!“ hatte sie die Oma angezischt. Sie ahnte wohl, wer so fromm ist wie die Oma, der hält nicht viel vom Führer und der braunen Nazipartei.
Die beiden Warmbrunn-Jungen waren gleich bei der HJ, dann beim Arbeitsdienst, und schließlich bei den Soldaten. Und schon wenige Wochen nach Kriegsbeginn waren sie für Führer, Volk und Vaterland gefallen. Das hatte die Frau Warmbrunn ganz schön mitgenommen. Sie wurde wieder freundlich zur Oma, und dann ging sie auch wieder in die Kirche. Horst Warmbrunn, der so gut malen konnte, wurde später ein guter Freund von mir, und mit seiner Schwester Renate, die in meinem Alter war, habe ich oft unten auf dem Hof oder auf der Insel gespielt.
Die Geschichten von der Frau Warmbrunn hat mir die Oma später erzählt. Zuerst verstand ich nicht, was sie meinte, denn ich fand es überhaupt nicht schlimm, für das deutsche Vaterland zu fallen. Aber einige Sätze von der Oma habe ich mir doch gemerkt:
„Ja, ja, Gott läßt seiner nicht spotten! Wer auf den lieben Gott hört, macht sich lächerlich! Aber nur eine Zeitlang!“
Nun saß die Oma mir gegenüber. Sie sah ganz elend und eingefallen aus. Wie ein kleines schwarzes Häufchen Elend. Sie sah mich ganz traurig an. In ihrem Alter mußte sie nun noch unsere geliebte Heimatstadt verlassen und dann noch auf den kleinen Jungen aufpassen, daß dem bloß nichts passiert.
Auch mir war es kalt und ungemütlich in meiner Abteilecke. „Hoffentlich fährt der Zug bald ab!“ dachte ich, oder „Alle aussteigen! Ihr könnt wieder nach Hause gehen! Es war nur Probealarm!“ würde gleich der Schaffner durch den Gang rufen.
Damals auf unserer Ferienreise im Sommer war es so gemütlich im Zug. Alle Menschen waren freundlich zu uns. Draußen

grünte und blühte alles. Zuerst unser Besuch in Berlin und dann in Wesermünde. In Bremen hatten sie uns abgeholt. Wo die jetzt wohl alle waren? Wir hatten schon lange nichts mehr von ihnen gehört. Weder von der Tante Lisa aus Berlin noch von meiner Mutter und den anderen aus Wesermünde. Nein, da hätten wir nicht noch einmal hinfahren können. Täglich waren dort jetzt Fliegerangriffe. Da war es viel gefährlicher als in unserem ruhigen Neisse. Bis zu dem fernen Donnern vor einigen Tagen. Und nun sollten wir weg. Wie hatte ich mich damals gefreut, als wir nach der langen Rückreise aus Berlin über unsere Neißebrücke fuhren. „Neisse! Neisse!“ hatte ich geschrien und war aufgesprungen. Und alle Leute im Abteil hatten laut gelacht. Die Oma hatte sich mit mir gefreut. Auch sie war so froh, daß wir endlich wieder zu Hause waren. Und dann fiel mir noch der Eisenbahnausflug mit dem Gerhard nach Ziegenhals ein. Kurz vor Neisse mußte unser Zug halten. Gerhard hatte sich aus dem Fenster gelehnt und festgestellt: „Wir haben keine Einfahrt!“ Ich hatte mich gewundert, was mein Freund schon alles wußte.
Wohin würde unsere Reise jetzt wohl gehen? Nach Ziegenhals? Ins Riesengebirge zum Berggeist Rübezahl? In der anderen Richtung, in Oberschlesien, war die Front, das hatte ich schon mitbekommen. Dahin würden wir mit Sicherheit nicht fahren. Und es war nicht zu überhören. Auch nachts donnerte es ununterbrochen. Ob die Soldaten dort nie schliefen?
Immer mehr Leute kamen nun in den Zug. Plötzlich wurde die Schiebetür zu unserem Abteil geöffnet. Eine jüngere Frau und zwei Mädchen traten zu uns herein. Beide waren ungefähr in meinem Alter. Zwei Jungen wären mir lieber gewesen. Mit denen hätte ich etwas anfangen können.
Sie verstauten über uns ihr Gepäck. Dann zogen die Mädchen ihre dicken Wintermäntel aus. Sie hatten noch mindestens zwei Pullover an. Sie saßen mir gegenüber, flüsterten miteinander und kicherten ununterbrochen. Manchmal sahen sie mich an und ich hatte das Gefühl, daß sie über mich sprachen und mich auslachten.

„Dumme Gänse!“ dachte ich. „So dumm können nur Mädchen sein!“
Aber ihre Mutter war sehr nett. Sie redete gleich mit der Oma. Sie hoffte auch, daß wir bald wieder nach Neisse zurückkommen könnten und der Krieg bald aus sei. Ihr Mann sei Soldat an der Front in Rußland. Lange hätte sie nichts mehr von ihm gehört. Hoffentlich sei ihm nichts passiert. Sie hätte schon immer Angst um ihn gehabt. Und nun das noch. Wer weiß, wo wir noch landen würden. Aber vielleicht sei es auch besser so. Von den russischen Soldaten hätte sie schon schlimme Sachen gehört. Die fielen wie wilde Tiere über die Frauen her und schreckten auch vor Mord und Totschlag nicht zurück.
Ich hörte es bruchstückweise. Alles verstand ich nicht, was die Frau und die Oma miteinander redeten.
Die beiden Gänse gackerten immer noch. Ich saß in meiner Ecke, hatte die Beine angezogen und starrte gegen das eisige Fenster. Draußen fing es schon an, Tag zu werden.
Plötzlich ruckte der ganze Zug. Man hatte wohl eine Lokomotive angekoppelt. Jetzt würde es bald losgehen. Endlich! Überall zischte und knatterte es. Und tatsächlich, die Heizung unter meinem Fenster wurde langsam warm. Später war sie so heiß, daß ich sie nicht mehr anfassen konnte. Im Abteil wurde es richtig gemütlich.
„Jetzt kannst du auch den Mantel ausziehen!“ sagte die Oma zu mir.
Ich tat, was die Oma wollte, kletterte auf die Holzbank und hing den Mantel an den Haken in der Ecke. Dann setzte ich mich schnell wieder hin. Auch die Holzbänke wurden warm. Ich wartete darauf, daß der Zug endlich losfuhr. Mir gegenüber erscholl ein Plustern und Kichern. Beide Mädchen zeigten mit ihren Fingern auf meine Hose. Ich wußte zuerst nicht, worüber sie lachten. Aber dann sah ich es mit großem Schrecken. Ich hatte in der Eile meine Spielhose angezogen, und die war wieder einmal zwischen den Beinen aufgeplatzt. Durch den Riß schimmerte meine weiße Unterhose. Das war natürlich besonders

peinlich. Und dann mußte ich ausgerechnet auch noch zwei Mädchen gegenübersitzen. Nun merkte es auch die Oma. Auch ihr war es sichtlich unangenehm:
„Sein neuer Anzug lag auf dem Stuhl!“ versuchte sich die Oma bei der Frau zu entschuldigen, „den hat er liegenlassen. Er mußte ja seine älteste kaputte Spielhose anziehen!“
Die Oma hatte recht. Aber es ging alles so schnell und ich war noch ziemlich verschlafen. Der Sonntagsanzug, den ich in der Kirche anhatte, der lag jetzt zu Hause über dem Stuhl. Da lag er gut. Und ich saß hier zum Auslachen. Das fand ich ziemlich gemein.
Beschämt und verlegen stierte ich gegen das Fenster. Meine Beine drückte ich fest zusammen. Langsam tauten die Eisblumen auf. Erste Tropfen liefen an der Scheibe herunter. Sie hinterließen lange Spuren. Bald würde ich nach draußen sehen können. Das war ja auch nicht schlecht!
Plötzlich ruckte der Zug an. Langsam setzte er sich in Bewegung. Und dann wurde er immer schneller.
Draußen auf dem Gang liefen einige Kinder hin und her. Da waren glücklicherweise auch Jungen dabei. Ob jemand aus unserer Kaserne darunter war?
Ich ging auch nach draußen. Die Zugfenster waren fast alle aufgetaut. Mit den Fingern malten wir Gesichter auf die Scheiben:
„Punkt, Punkt, Komma, Strich! Fertig ist das Mondgesicht!“
Draußen war es nun hell. Es war ein trüber Wintermorgen. Alles war mit Schnee bedeckt, Bäume, Häuser, Wiesen und Felder. Selbst auf den Telegrafendrähten lag eine dicke Schneeschicht. Und die Porzellanhalter an den Holzmasten hatten kleine spitze Schneehüte auf.
Der Zug fuhr ziemlich schnell. Er hielt nirgends an. Auch an einem großen Bahnhof hielt er nicht, aber ich konnte das weiße Schild lesen: Ziegenhals.
Schnell riß ich die Tür unseres Abteils auf und rief hinein: „Oma, Ziegenhals! Hier war ich schon einmal mit dem Gerhard

aus unserem Haus. Hier ist auch der Holzberg. Da sind wir damals hinaufgewandert!"
Oma und die junge Mutter lächelten mir zu. Die beiden Mädchen sahen mich erstaunt und mit offenen Mündern an.
Die Orte, durch die unser Zug jetzt ratterte, hatten alle ganz komische Namen, die ich kaum lesen konnte. Schließlich fuhren wir in einen ziemlich großen Bahnhof ein. Ich konnte den Namen lesen und merkte ihn mir gleich, obwohl ich ihn noch nie gehört hatte: Olmütz. Hier hielt der Zug zum ersten Mal. Es kamen einige Rotkreuzschwestern am Zug entlang und schenkten heißen Tee aus. Die Oma kramte zwei Tassen aus ihrer Einkaufstasche und holte auch die geschmierten Brote heraus. Die Oma hatte wirklich an alles gedacht. Unser Frühstück hatte ich vor Aufregung ganz vergessen. Nun war bald Mittag, und ich hatte wirklich großen Hunger.
Brünn war die nächste Stadt, an die ich mich erinnere. Das mußte dem Bahnhof nach eine noch größere Stadt sein als Olmütz. Beide Städte waren gewiß größer als unser Neisse. Ob das unser Ziel war?
Der Zug hielt auf einem Nebengleis. Wir warteten alle gespannt, was nun passieren würde. Jemand hatte gehört, daß alle Leute im Zug bleiben sollten. Ich hielt mich nun meistens auf dem Gang auf. Hier hatte ich schon einige Spielkameraden gefunden. Die beiden Mädchen saßen in unserem Abteil ganz ruhig auf ihren Plätzen. Hin und wieder blinzelte ich ihnen zu, und dann sahen sie mich erstaunt an. Aber sie lachten mich nicht mehr aus.
Schließlich ging unsere Fahrt doch weiter. Draußen war es schon dunkel geworden. Bald waren der Bahnhof und die Stadt verschwunden und wir fuhren in die Dunkelheit hinein. Es muß schon mitten in der Nacht gewesen sein, als wir in einer anderen Stadt ankamen. Ich las das weiße Bahnhofsschild: Budweis. Hier mußten wir unseren Zug mit allem Gepäck verlassen. Ich war schon ein bißchen müde und froh, endlich irgendwo unterzukommen. Auch die Oma war bestimmt kaputt von der langen

Bahnfahrt. Irgend jemand sagte uns, daß wir zu einem anderen Bahnhof müßten. Wir verließen das große Bahnhofsgebäude und folgten den anderen Leuten aus dem Zug. Die Oma hatte wieder viel zu schleppen.
Auf dem Bahnhofsvorplatz stand die riesige Menschenmenge nun an einer Straßenbahnhaltestelle und wartete auf die Straßenbahn, die uns zu dem anderen Bahnhof bringen sollte. Eine Straßenbahn kam auch bald angequietscht. Oben an der Leitung sprühten die Funken. Das mußte auch wieder eine große Stadt sein, wenn sie eine Straßenbahn hatte, vielleicht so groß wie Wesermünde, wo ja meine Mutter wohnte. Aber diese Straßenbahnen hier sahen ganz anders aus. Sie hatten oben eine lange Stange, die an der Stromleitung entlangglitt. Von weitem sah das wie eine Angel aus.
Mit der ersten Straßenbahn kamen wir gar nicht mit. Die war überfüllt von den vielen Leuten. Einige Männer standen sogar draußen auf den Trittbrettern und hielten sich nur an einer blanken Messingstange fest.
Doch schon bald kam eine andere Straßenbahn mit Anhänger. Einige Männer waren der Oma beim Einsteigen behilflich. Viele Neisser waren nicht mehr da. Auch die Frau mit ihren Mädchen aus dem Zug war verschwunden. Plötzlich merkte ich, daß die Leute in der Straßenbahn gar nicht deutsch sprachen. Als die Oma aber eine junge Frau nach dem anderen Bahnhof fragte, antwortete sie auf deutsch. Die Straßenbahn klingelte oft. Durch die beschlagenen Scheiben war nichts zu sehen. Aber die junge Frau aus Budweis sagte der Oma, wo wir aussteigen mußten, und half ihr auch dabei.
Wir standen direkt vor dem anderen Bahnhof. Oben auf dem Bahnsteig stand wieder ein Zug. Ich sah gleich, daß es diesmal ein Schnellzug war. Die Wagen waren viel länger als die beim Neisser Personenzug. Schnell stiegen wir ein. Der Zug war nicht sehr voll. Mich wunderte, wo die vielen anderen Leute waren. Wir bekamen noch einen schönen Platz. Die Sitze waren sogar gepolstert. Jemand half der Oma, unser Gepäck zu verstauen.

Dann sagte die Oma: „Junge, wir fahren nach Wien!“ Den Namen hatte ich schon oft gehört. Vielleicht war das unser Zielort. Aber dann war ich plötzlich sehr müde. So muß ich bald eingeschlafen sein. Hin und wieder hörte ich im Halbschlaf das Rattern des Zuges, das aber viel leiser war als beim Zug von Neisse nach Budweis. „Tack, tack!“ „Tack, tack!“ „Tack, tack!“ machte der Zug ununterbrochen. Aber im Abteil war es warm und gemütlich. Ich wachte nur kurz auf, wenn die Bremsen quietschten oder der Zug einmal anhielt.

Es war schon hell, als ich aufwachte. Wir fuhren gerade durch eine große Stadt. Die Müdigkeit von gestern abend war verschwunden. Schnell lief ich zum Klo im Gang. Es war glücklicherweise frei. Meine Augen klebten noch von der Wärme der Nacht. Ich wollte mein Gesicht waschen, aber aus dem Wasserkran kam nichts heraus. So ging ich ungewaschen in unser Abteil zurück. Ich hatte großen Hunger und Durst. Aber die Oma hatte nichts mehr. Vielleicht würde uns ja jemand ein paar Stullen und etwas zu trinken bringen. Jetzt eine Semmel mit Sirup oder Leberwurst. Das wäre schön! Der Zug hielt in einem riesigen Bahnhof. Ich sah, daß wir in Wien angekommen waren. Plötzlich ertönte draußen eine laute Sirene. Zuerst wußten wir gar nicht, was eigentlich los war. Dann rief jemand: „Fliegeralarm! Fliegeralarm!“

Ein Bahnschaffner lief am Zug entlang und rief: „Verlassen Sie den Zug! Alles aussteigen! Sie müssen in den Luftschutzbunker!“ Die Leute schnappten sich ihr Gepäck und rannten los. Der Oma half niemand. Ich brauchte mich nur um meinen kleinen Koffer zu kümmern. Aber die Oma hatte wieder die vielen Sachen. So schnell wir konnten, bewegten wir uns hinter den anderen Leuten her. Vor dem Bahnhof fielen mir gleich die großen Häuser auf. „Wie in Berlin!“ dachte ich kurz.

Wir liefen durch einige Häuserschluchten und kamen schließlich bei einem riesigen Hochbunker an. Es war ein grauer Betonklotz. Wir verschwanden alle in einer großen Öffnung. Der Bunker war noch gar nicht fertig. Die rauhen Treppen hatten

keine Geländer. Trotzdem mußten wir nach oben. Dort angekommen konnten wir durch eine große Maueröffnung über die hohen Häuser hinwegsehen. Mir fiel gleich eine riesengroße Kirche mit einer runden Kuppel auf. Ich hatte schon einmal gehört, daß es in manchen Großstädten Kirchen gab, die man Dom nannte. Das da drüben war bestimmt der Wiener Dom!
Wir standen alle dicht nebeneinander. Es gab weder Bänke noch Stühle in dem zugigen Raum.
Alle warteten gespannt, aber glücklicherweise fielen an diesem Tag keine Bomben in Wien.
Und bald kam auch der lange Sirenenton der Entwarnung. Wir durften den Bunker wieder verlassen. Ich warf noch einen letzten Blick auf die riesige Kirche, und dann ging es treppab und schließlich in einer langen Menschenkarawane zurück zum Bahnhof.
Dort brauchten wir nicht mehr zum Zug zurück, der uns nach Wien gebracht hatte. Wir mußten in der großen Bahnhofshalle warten. Endlich bekamen wir auch etwas zu essen und zu trinken. Dann führte man uns alle wieder auf einen Bahnsteig. Dort stand ein neuer Zug. In den stiegen wir ein, und bald ging die Fahrt weiter in eine unbekannte Richtung.
Ich war froh, daß die Oma wieder sitzen konnte. Mir machte das Stehen und Herumlaufen nichts aus. Ich war die meiste Zeit draußen auf dem Gang bei den anderen Kindern. Da sahen wir auch viel von der Landschaft draußen. Es gab schneebedeckte Wälder und Berge. „Das sind die Alpen!“ belehrte uns ein größerer Junge.
Sofort dachte ich an den Film „Das Ferienkind“, den ich einige Male in Neisse gesehen hatte. Der spielte in den Alpen und endete so traurig. Ein junger Mann wollte unbedingt eine Edelweißblume auf einem Berggipfel pflücken und stürzte dabei in die Tiefe.
„Das sind also die Alpen!“ dachte ich bei mir. Na ja, wenn es der Junge sagte, würde es schon stimmen.

Der Zug rauschte dahin. Zwei Tage waren wir fast ununterbrochen unterwegs. Ich dachte an mein Bett zu Hause. Wie schön wäre es, mal wieder richtig auszuschlafen. Die Oma war auch ziemlich hilflos. Sie hatte keine Ahnung, wo wir einmal landen würden.

Endlich hielt der Zug in Linz. Aber das war auch noch nicht unser Ziel. Eine andere Stadt hieß Wels. Das waren für mich komische Namen. Jemand sagte, wir seien in Österreich. Aber Österreich gehörte ja auch zu Deutschland. Das wußte ich schon lange. Da kam sogar unser Führer her!

Es wurde schon wieder dunkel draußen, als der Zug endlich an einem kleinen Bahnhof hielt.

Nun mußten alle Leute aussteigen. Vor dem Bahnhof standen einige Busse. In einen davon stiegen wir ein. Als er voll war, fuhren wir los. Aber es dauerte gar nicht lange, da hielt der Bus wieder an und wir mußten aussteigen. So standen wir dann alle auf einem großen Platz.

Ich sah ein gelbes Gebäude und eine Kirche mit einem hohen Kirchturm. Direkt vor der Kirche sah ich einen dicken Baum, der aber keine Blätter hatte. Es war ja noch immer Winter. Wir mußten in das gelbe Gebäude gehen.

„Das ist unsere Schule!" hörte ich einen Mann sagen. Der führte uns dann in einen großen Saal. Es war kein Klassenraum, denn ganz normale Tische und Stühle standen an den vier Wänden. Davor hatte man Stroh ausgebreitet. Wir bekamen Wolldecken. Die breiteten wir auf dem Stroh aus. Unterdessen waren alle Leute mit ihrem Gepäck aus den Bussen in den großen Saal gekommen. Ich sah fast nur Frauen und Kinder. Im Nu waren alle freien Plätze auf dem Stroh verteilt. Ich ließ mich gleich auf unsere Wolldecke fallen. Es war schön, endlich wieder einmal alle Viere von sich zu strecken. Oma hatte sich einen Tisch an der Wand besorgt und unsere Sachen daraufgelegt. Zwei Stühle stellte sie vor unser Strohlager.

Später kamen noch einige Frauen aus dem Dorf und brachten warme Milch für die Kinder und Tee für die Großen. Endlich

bekamen wir auch wieder etwas zu essen. Das war eine Wohltat. Einen solchen Hunger hatte ich noch nie!
Schließlich kam auch noch der Pfarrer in den Saal. Er hatte seinen langen schwarzen Talar an, und um den Hals einen steifen festen Kragen. Er sah so aus, wie alle Pfarrer aussehen. Ich kannte es von Neisse her. Und ich wußte auch gleich, daß es ein katholischer Pfarrer war. Er begrüßte uns und hieß uns herzlich willkommen. Wir seien jetzt in Österreich, in Oberdonau, der alten deutschen Ostmark. Das Dorf hier hieße Michaelnbach.
Die Dorfbewohner hätten erst heute nachmittag erfahren, daß Flüchtlinge aus dem schönen Schlesien kämen. Im Dorf wohnten nicht sehr viele Menschen, aber alle würden sich bemühen, damit wir einen schönen Aufenthalt im Dorf hätten. Er hoffe mit vielen Menschen, daß der Krieg bald vorbei sei und wir alle wieder in Frieden leben könnten.
Er lud uns auch zu den Gottesdiensten ein. Jeden Morgen würde in der Kirche nebenan die Heilige Messe gefeiert.
Das hörte die Oma bestimmt gerne. Sie würde sicherlich gleich morgen früh in die Kirche gehen und dem lieben Gott dafür danken, daß uns auf der langen Bahnreise von Neisse bis nach Oberdonau nichts Ernsthaftes passiert war.
Nach dem Abendessen durften die Kinder noch einmal nach draußen. Wir tobten auf dem Platz herum und liefen um den dicken Baum, der zwischen Kirche und Schulgebäude stand.
Hier war es nicht so kalt wie bei unserer Abfahrt in Neisse. Und das Toben machte wirklich großen Spaß.
Wir waren also in Österreich gelandet. Das hatte sich die Oma bestimmt nicht träumen lassen!
Neisse war weit weg. Wie es da jetzt wohl aussah? Ich dachte an meine neuen Spiele, die oben in unserer Wohnung standen. Und auch an den Tannenbaum in der Küche. Anfang Februar mußten wir auf alle Fälle wieder in Neisse sein. Da wurde der Tannenbaum abgeräumt, und erst dann war für uns Weihnachten vorbei.

Ja, meine Spiele. Die hätte ich hier gut gebrauchen können. Kinder waren genug hier in dem großen Saal. Zum gemeinsamen Spielen gab es genügend Zeit und Gelegenheit.
Doch jetzt konnten wir nichts mehr anstellen. Manche Kinder und einige ältere Leute lagen schon auf ihrem Strohbett und schliefen. Jetzt mußten wir Rücksicht nehmen und sehr leise sein. Es wurde nur noch geflüstert.
Oma hatte das mitgebrachte Federbett ausgepackt. Ich zog meine Sachen aus und das Nachthemd an. Danach krabbelte ich unter das weiche Bett. Sehr bald war ich eingeschlafen, obwohl die Lampen an den Seitenwänden nicht ausgemacht wurden und die ganze Nacht hindurch brannten.

In Oberdonau

Ich muß wohl doch sehr müde gewesen sein, denn ich schlief die ganze Nacht durch. Es war schon heller Tag, als ich gutgelaunt und ausgeschlafen aufwachte. Die Oma saß schon angezogen an einem Tisch.
Seit zwei Tagen konnte ich mich wieder waschen. Aber es hatte mir nichts ausgemacht, ungewaschen herumzulaufen.
Zum Frühstück gab es knusprige Semmeln. Die rochen nach Backstube und schmeckten auch sehr gut.
Anschließend durfte ich gleich nach draußen. Jetzt war es hell, und ich konnte alles erkennen. Neben der Schule war die Kirche mit dem hohen Kirchturm. Davor stand der große Baum, an dem wir Kinder schon gestern abend gespielt hatten. Ich glaube, es war eine Kastanie. Um den großen Kirchplatz standen die Häuser des Dorfes. Ich sah gleich die Schrift an einem Haus, „Gastwirtschaft“, und zwei Kaufläden an den gegenüberliegenden Seiten des Platzes.
Am Kirchplatz ging auch die Dorfstraße vorbei. Hinter der Kirche schlängelte sie sich einen Berg hoch. Mir gefiel es hier schon mal ganz gut. Vielleicht gab es in der Nähe auch noch Wälder

und hohe Berge, wo ich mit den anderen Kinder Räuber und Gendarm spielen konnte.
Viele der Kinder waren in meinem Alter. Doch kein einziges kannte ich. Außer mir war niemand vom Luisenplatz aus unserer Kaserne. Ob die einfach zu Hause geblieben waren?
Vorne an der Dorfstraße sah ich gelbe Wegweiser. Ich lief gleich hin und las: Grieskirchen, Waizenkirchen und Neukirchen. Ich wunderte mich, daß alle Ortsnamen mit „kirchen“ endeten. Dann ging ich allein die Dorfstraße hinab bis zum Dorfeingang. Da sah ich auch das große viereckige Ortsschild. Da las ich den Namen, den der Pfarrer gestern abend gesagt hatte: Michaelnbach. Aber jetzt wollte ich ihn mir merken.
Anschließend ging ich wieder zur Schule zurück. Die Oma stand vor der breiten Eingangstür und unterhielt sich mit einigen anderen Frauen.
„Oma, das hier ist ein sehr schönes Dorf!“ unterbrach ich sie gleich. „Hier gibt es ganz viele Orte, die mit „kirchen“ enden. Zwei Lebensmittelgeschäfte gibt es auch. Und dort drüben ist eine Gastwirtschaft.“
„Na, die Gastwirtschaft ist ja das Richtige für dich,“ bemerkte die Oma spöttisch, und alle Frauen lachten. Seit unserem nächtlichen Weggang aus Neisse sah ich die Oma zum ersten Mal wieder lachen.
Da freute ich mich auch. Jetzt hatte die Oma bestimmt nicht mehr so viel Sorgen wie auf der langen Zugreise.
Mit der Gastwirtschaft hatte die Oma gar nicht so unrecht. Einige größere Jungen hatten schon herausbekommen, daß es dort ein köstliches Getränk gab, das wir noch gar nicht kannten. Es hieß Apfelmost. Für 20 Pfennige bekam man ein großes Glas davon. Und die Oma war sehr freigiebig. So saß ich mit den anderen Jungen fast jeden Tag in der Wirtsstube und trank ein Glas köstlichen Most.
Am zweiten Tag nach unserer Ankunft bekam jede Flüchtlingsfamilie aus Neisse eine Partnerfamilie aus dem gastlichen Dorf.

Das hatte der Pfarrer so geregelt, und es klappte gut während unseres Aufenthaltes in Michaelnbach.
Uns hatte man einem Bauernhof zugeteilt, der außerhalb des Dorfes direkt an der Chaussee lag. Irgend jemand muß mir das Gehöft beim ersten Mal gezeigt haben. Jedenfalls ging ich von nun an jeden Morgen noch vor dem Frühstück zu „unserem“ Bauernhof. Ich mußte ungefähr eine halbe Stunde laufen. Am Anfang lag Schnee an den Straßenrändern und auf den Feldern. Nachts fror es noch. Aber mir machte die Kälte nichts aus. Die Oma zog mich warm an, und beim Laufen kam ich schnell ins Schwitzen.
Beim Bauernhof angekommen, holte mich die Großmutter gleich in die warme und gemütliche Küche. Sie zog mir Mantel, Schal, Mütze und Handschuhe aus. Dann setzte sie mich auf eine Bank an den langen Familientisch direkt neben den braunen Kachelofen.
Die Frau war immer nett und freundlich zu mir. Von einem Tellerregal holte sie jeden Morgen eine braune Tonschüssel, goß warme Milch hinein und zeigte mir dann, wie man seine Semmeln da hineintunkt. Das Brot saugte sich gleich voll mit Milch. Es zerging auf der Zunge. Es schmeckte mir einmalig gut.
Da saß ich nun jeden Morgen. Zuerst durchgefroren, dann aber schnell angewärmt vom Kachelofen in der gemütlichen Stube. Und da war die alte, freundliche Frau, die mir jeden Morgen das köstliche Milchfrühstück machte. Besser konnte es im Schlaraffenland auch nicht sein!
Satt und aufgewärmt ging ich dann wieder zurück in unser Dorf. Jeden Morgen bekam ich eine kleine Emaillekanne mit frischer Milch mit. Oma und ich mußten einen Tag damit auskommen. Natürlich mußte ich auf der holprigen Landstraße aufpassen, daß ich nicht ausrutschte und hinfiel oder beim Herumschwenken der Kanne die Milch vergoß. Aber ich bin immer unversehrt und mit gefüllter Kanne unten im Dorf angekommen.

So ging es uns hier sogar etwas besser als in Neisse, denn dort hatte die Oma beim Milchhändler immer nur Magermilch bekommen.
Vom Bürgermeister des Dorfes bekamen wir auch bald die neuen Lebensmittelmarken. Ob die Oma auch Geld bekam oder das Geld aus Neisse mitgebracht hatte, weiß ich nicht mehr. Eigentlich hatte die Oma ja nie viel Geld. Aber in Michaelnbach bekam ich jeden Tag die 20 Pfennige für den Apfelmost.
Neben der Milch, die ich jeden Morgen bei Wind und Wetter von der freundlichen Frau auf dem Bauernhof holte, mußten wir uns für Frühstück und Abendbrot selbst versorgen. Mittags bekamen wir ein warmes Essen, das mit einem Lastwagen in großen Wärmebehältern gebracht wurde. In unserem Schlafsaal konnten wir natürlich kein Feuer zum Kochen machen. Es gab auch überhaupt keinen Herd.

So vergingen die Tage und Wochen im Frühjahr 1945. Bald war der Winter vorbei, und auf den Feldern war der letzte Schnee verschwunden. Die Sonne schien wärmer, und die Tage wurden wieder länger. In den Gärten vor den Häusern sah ich die ersten Frühlingsblumen, und überall wurden die Büsche und Bäume grün.
Oma und ich bekamen Heimweh nach Neisse. Vom Krieg hatten wir in dem abgeschiedenen österreichischen Dorf kaum etwas mitbekommen. Vielleicht war auch alles gar nicht so schlimm. In Michaelnbach hörten wir keinen Kanonendonner, und es gab auch keine Fliegerangriffe. Die Frauen erzählten sich schlimme Sachen. In Dresden sollten bei einem Luftangriff viele tausend Menschen verbrannt sein, in der Ostsee hatten feindliche U-Boote Schiffe mit Frauen und Kindern im Meer versenkt. Und selbst über Neisse hörten wir kaum glaubliche Geschichten. Jemand sagte, Neisse sei ausgebrannt und vernichtet. Weil die Russen das Ottmachauer Staubecken gesprengt hätten, sei die ganze Stadt überschwemmt worden. Doch Oma und ich wollten das nicht glauben. Die Leute konnten viel erzählen.

Hier in Oberdonau waren wir in Sicherheit. Hier war es ruhig und friedlich. Auch in Schlesien wird es schon nicht so schlimm sein. Das dachten wir jedenfalls.
Die Oma hatte auch meiner Mutter in Wesermünde geschrieben. Die antwortete sofort. Sie meinte, wir sollten unbedingt bis Kriegsende in Österreich bleiben. Hier seien wir sicher. Wir sollten in diesen unsicheren Zeiten auf keinen Fall wegfahren, man wüßte nicht, was alles passieren könnte. Das Haus in Wesermünde stand noch. Aber in der Stadt sei viel durch Bombenangriffe zerstört worden. Daß das Haus in der Feldstraße noch stand und alle gesund waren, freute die Oma. Vielleicht war es ja in Neisse und in unserem Haus am Luisenplatz auch nicht so schlimm. Jedenfalls überlegte sich die Oma, mit mir auf eigene Faust nach Neisse zurückzufahren. Ich hatte natürlich nichts dagegen. Immer wieder mußte ich an meine Spiele denken, an die Neiße, die Insel, die Wälder bei der Ziegelbarriere, das Kiefernpüschl und an die vielen Freunde in der Kaserne.
Eines Tages sagte mir die Oma, daß sie beim Bürgermeister gewesen sei und eine Fahrt zurück nach Neisse beantragt hätte. Es würde zwar noch eine Zeitlang dauern, aber schlecht sähe es nicht aus. Nur der Ortsgruppenleiter müsse noch zustimmen. Wir freuten uns sehr. Wieder nach Hause fahren! Die Zeit bis dahin würde auch vergehen, und eigentlich ging es uns ja gut hier in Michaelnbach.
Unterdessen war der Frühling wirklich in das Dorf eingekehrt. Wir Kinder spielten den ganzen Tag draußen, und am Abend saßen wir in der Wirtsstube und tranken Apfelmost.
Eines Tages schickte mich die Oma zum Brotholen in einen der beiden Läden des Dorfes. Aber das Brot war ausverkauft. Schnell lief ich zum gegenüberliegenden Laden. Auch hier gab es kein Brot. Doch der Kaufmann machte mir ein unglaubliches Angebot. Für 500g Brotmarken würde er mir 100g Wurst verkaufen. Ich lief schnell zur Oma und erzählte es ihr. Sie dachte zuerst, ich wolle sie veräppeln. Dann ging sie aber doch mit mir in den Laden, um sich selbst von diesem unglaublichen Ange-

bot zu überzeugen. Wurst auf Brotmarken! Sie kaufte gleich eine große Wurst.

„Wer weiß, ob es eine solche Gelegenheit noch einmal gibt," klärte sie mich auf.

Nun gab es jeden Tag zum Abendbrot ein großes Stück Wurst. Soviel Wurst hatte die Oma den ganzen Krieg über nicht gehabt. Das sagte sie jedenfalls. Mir ging es sehr gut. Morgens die warme Milch mit den Semmeln und abends ein Brot mit der köstlichen Mettwurst. So würden wir schon nicht verhungern.

Eines Tages empfing mich die Oma mit der freudigen Nachricht, daß endlich die Genehmigung für unsere Heimreise nach Neisse eingetroffen war. Schon am nächsten Tag sollte es losgehen. Und tatsächlich waren wir nicht die einzigen Leute, die sich selbständig auf den Weg nach Schlesien machen wollten.

Jedenfalls packte die Oma schnell unsere Sachen zusammen.

Am nächsten Morgen verabschiedete ich mich von der alten Bauersfrau. Sie war ganz traurig, daß ich nun nicht mehr kommen würde.

Dann ging es mit dem Auto nach Wels. Wir fuhren zuerst mit der Eisenbahn nach Linz. Von dort aus sollte es wieder zurück nach Neisse gehen. Ich verließ mich ganz auf die Oma. Aber ob sie es so genau wußte?

Es war wieder ein Schnellzug mit gepolsterten Waggons, den wir dann in Linz bestiegen. Im Zug waren wieder viele Kinder. Ein größerer Junge war mit seiner Mutter aus Wien gekommen. Er erzählte mir, daß sie an einem Zug vorbeigekommen seien, den Tiefflieger angegriffen hätten. Die Dächer des Zuges waren von den Bordkanonen richtig durchsiebt. Der ganze Zug sei entgleist und hätte neben dem Bahndamm gelegen. Die vielen toten Frauen und Kinder lagen aufgereiht davor.

„Die waren feige!" dachte ich, „wenn sie sogar Züge mit Frauen und Kindern angreifen! Hoffentlich versuchen sie es nicht auch noch bei uns."

Der Oma erzählte ich diese traurige Geschichte lieber nicht. Sie hätte sich bestimmt darüber aufgeregt.

Unser Zug raste nur so dahin. Die Namen der Bahnhöfe konnte ich kaum lesen. Der Zug hielt auch ganz selten. Aber den Namen einer großen Stadt hatte ich schon mal gehört:
„Oma, wir sind in Prag!“ rief ich ins Abteil.
„Was Prag?“ staunte sie, „dann ist es nicht mehr weit nach Schlesien!“
Hier bekam der Zug eine neue Lokomotive. Und schon ging die Fahrt weiter. Als wir aus dem Bahnhof fuhren, sah ich, daß es draußen schon wieder stockdunkel war. Oma hatte keine Uhr. So wußten wir auch nie, wie spät es eigentlich war. Auch die Tage, Wochen und Monate interessierten uns nicht besonders. Es war Frühling, und die Oma freute sich schon auf das Osterfest. „Dann sind wir bestimmt wieder in Neisse!“ sagte sie. Ich wollte es kaum glauben.
Wieder fuhr uns ein Zug durch die Nacht. Die Oma saß mir gegenüber. Sie hatte ihr schwarzes Kleid an, das sie schon trug, als wir im Winter aus Neisse wegfuhren. Ihr Gesicht sah müde und eingefallen aus.
Im Zug waren viele Soldaten. Es war also kein Flüchtlingszug. Wo die wohl alle hinwollten? Als die Oma den Leuten im Abteil erzählte, daß wir nach Schlesien wollten, sahen die uns nur erstaunt an.
„Das wird wohl nicht möglich sein!“ sagte ein Soldat. „Wissen Sie denn nicht, daß halb Schlesien schon von den Russen besetzt ist? Auch Breslau ist gefallen.“
Nein, das wußten wir nicht. Das erfuhren wir jetzt zum allerersten Mal.
Wie es wohl in Neisse aussah? Ob da auch schon die Russen waren? Ob unser Haus am Luisenplatz noch stand? Als ich mir diese Gedanken machte, bekam ich starke Sehnsucht nach unserer Wohnung und meinen Spielsachen und Büchern.
Mit diesen Gedanken muß ich wohl eingeschlafen sein. Aber ich wurde oft wach. Mal quietschte und bremste der Zug, dann wurde ich aus schlimmen Träumen aufgeschreckt.

Tiefflieger kamen auf unseren Zug zugeflogen und schossen alles kaputt. Dann sah ich plötzlich brennende Häuser und viele Leichen, die man nebeneinander auf einen Acker legte.
Im Zug war es warm. Mein Hals war sehr trocken. „Jetzt ein Glas Wasser!“ dachte ich. Aber Oma schlief. Woher hätte sie auch ein Glas Wasser nehmen sollen? Die Nacht wollte nicht aufhören. Wo wir wohl am nächsten Morgen ankommen würden? Bis dahin mußte ich es mit meinem Höllendurst wohl noch aushalten.

Irrwege

Es war noch dämmrig, als ich aufwachte. Wir fuhren in eine große Stadt. „Dresden“ stand auf dem weißen Schild im Bahnhof.
Der Zug endete hier, und alle Leute mußten aussteigen. Bald standen Oma und ich allein auf dem langen Bahnsteig. Sie fragte einen Bahnbeamten, welchen Zug wir nach Schlesien nehmen mußten.
„Das ist nicht möglich, liebe Frau!“ antwortete er. „Oder möchten sie mit dem Kind unbedingt noch an die Front? Aber ich will mich erkundigen, wie sie von hier weiterkommen!“
Nun sah ich auch, was mit dem Bahnhof passiert war. Aus der riesigen Bahnhofskuppel waren alle Scheiben herausgeflogen. Ob das von einem Fliegerangriff gekommen war?
Kurze Zeit später sahen wir dann auch, was mit Dresden geschehen war. Der Bahnbeamte hatte Oma erklärt, daß von einem anderen Bahnhof in Dresden ein Zug in Richtung Schlesien fährt. So zogen wir mit unseren Habseligkeiten los, um zu dem anderen Bahnhof zu kommen. Vor dem Bahnhofsgebäude bekamen wir einen großen Schreck. Vor uns lag ein riesiges Trümmerfeld. Ruinen von ausgebrannten Häusern ragten in den Himmel, soweit unser Auge reichte. Viele Häuser waren

einfach zusammengefallen. Überall lagen Trümmer auf der Straße und den Bürgersteigen. Die Oma sah mich traurig an.
„Sieh dir das an! Hier haben einmal überall Menschen gewohnt!"
Zwischen den vielen Trümmern waren kaum Menschen zu sehen. Als wir zufällig dann doch einen alten Mann trafen, fragte ihn die Oma nach dem Weg zum anderen Bahnhof. Der Mann sah uns mitleidsvoll an.
„Da haben sie noch eine schöne Strecke zu laufen, liebe Frau! Die Straßenbahnen fahren noch nicht wieder."
„Wann war denn dieser furchtbare Fliegerangriff?" fragte ihn die Oma.
„Im Februar. Vor ein paar Wochen. Es war furchtbar. Die ganze Stadt brannte. Hier in Dresden sind viele tausend Menschen in einer Nacht umgekommen. Die meisten von ihnen sind verbrannt oder erstickt. Es waren auch viele Flüchtlinge aus Schlesien darunter, die am Bahnhof auf ihre Züge gewartet haben. Wir haben wochenlang die Leichen aus den Häusern geholt oder von den Straßen geräumt. Viele waren so sehr verbrannt, daß man sie nicht mehr erkennen konnte. Und wir dachten schon, unsere schöne Stadt bleibt von Bombenangriffen verschont. Ich wünsche Ihnen viel Glück. Kommen Sie gesund nach Hause. Wohin wollen sie denn eigentlich?"
„Nach Schlesien, nach Neisse!"
„Ich glaube nicht, daß Sie dahin kommen. Vielleicht nach Görlitz oder nach Hirschberg."
„Das wäre nicht schlimm," sagte die Oma, „dann wären wir nicht mehr weit weg von unserer Heimatstadt."
Nachdem wir uns von dem freundlichen und traurigen Mann verabschiedet hatten, gingen wir weiter durch die Trümmerlandschaft. Unterwegs fiel mir plötzlich etwas ein.
„Ob da auch Kinder verbrannt sind, Oma?"
„Das glaube ich wohl. In diesen großen Häusern haben bestimmt viele Kinder gewohnt."

Aber ich wollte es nicht glauben. Was hatten denn die Kinder mit dem Krieg zu tun?
„Das hätte auch uns treffen können!“ sagte die Oma. „Wenn wir früher von Michaelnbach weggefahren wären, dann gäbe es uns vielleicht schon gar nicht mehr!“
„Oma, du machst wohl Witze!“ erwiderte ich.
Nein, uns wäre das bestimmt nicht passiert.
„Das hier ist eine richtige Geisterstadt,“ klagte die Oma, „womit haben das die armen Menschen bloß verdient? Und wieder hat es wohl nur die Unschuldigen getroffen. So ist es meistens im Krieg!“
Der Himmel über Dresden war ganz grau. Aber es war nicht kalt. Wir gingen weiter. Kein einziges Haus war bewohnt. Nirgends gab es Geschäfte. Wir sahen weit und breit nur Ruinen und Trümmerberge.
„Jetzt eine frische Semmel,“ dachte ich. Doch kein Bäckerladen war zu sehen. Aber ich sagte nichts. Die Oma konnte ja auch nichts dafür, daß es hier nichts gab.
Wie hatte ich früher gequengelt, wenn ich Hunger oder Durst hatte. Wie oft hatte ich am Neißedamm gestanden und die Oma ans Fenster gerufen:
„Oma, ich habe Hunger! Wirfst du mir eine Stulle herunter?“
Und die Oma hatte mir gleich zwei geschmierte Brote heruntergeworfen. Meistens mit Griebenschmalz, das sie selbst aus Speck ausgelassen hatte. Schön eingewickelt in Pergamentpapier. Das war schön. Aber es war schon so lange her!
Nein, die Oma konnte ich jetzt nicht danach fragen. Sie hatte ja selber nichts. Und wenn sie nachher am Bahnhof etwas bekommen sollte, würde sie es mir schon geben. So lange mußte ich es noch aushalten.
Schließlich erreichten wir nach einem langen Fußweg doch noch den anderen Bahnhof in Dresden-Neustadt. Oma fragte gleich den erstbesten Bahnbeamten, und der sagte uns, daß gerade ein neuer Flüchtlingszug ins Sudetenland zusammenge-

stellt würde. Wir sollten nach oben zu den Rotkreuzschwestern gehen, die würden uns weiterhelfen.
Die schrieben unsere Namen in eine Liste. Und dann bekamen wir auch endlich etwas zu essen und zu trinken. So standen wir auf dem Bahnsteig und warteten auf den Zug. Wieder waren es fast nur Frauen und Kinder. Männer gab es wohl kaum noch.
Endlich kam der Zug, und wir konnten einsteigen.
Den Namen „Sudetenland" hatte ich schon einmal gehört. „Das ist bestimmt ganz in der Nähe von Neisse," dachte ich so bei mir.
Und dann ging es zurück in Richtung Heimat. In der Dämmerung erkannte ich noch das Bahnhofsschild „Zittau". Es war schon wieder dunkel, als wir an unserem Ziel ankamen. Die Stadt im Sudetenland hieß Reichenberg. Alle Leute aus dem Zug wurden in verschiedene Gruppen eingeteilt. Wir wurden im Saal einer Gastwirtschaft untergebracht. Dort gab es wieder ein langes Strohlager.
Oma machte wieder unsere Schlafstelle zurecht. Wir bekamen auch etwas Warmes zu essen und durften uns hinlegen. Ich war müde und kaputt. Ich schlief sofort ein und wachte erst am nächsten Morgen wieder auf.
Das von Michaelnbach bekannte Lagerleben fing wieder an. In unserem Gasthof waren 40 bis 50 Leute untergekommen. Viele Kinder waren darunter. Bald hatte ich einen netten Freund gefunden.
Weil das Wetter nun sonnig und warm war, machten wir zusammen kleine Erkundungsgänge in die nähere Umgebung. Mir gefiel die Stadt gut. Hier gab es glücklicherweise keine Trümmer. Es fuhr sogar eine Straßenbahn, und da dachte ich, daß die Stadt größer sein müsse als Neisse. Rund um die Stadt gab es hohe Berge. Wir hatten bald erfahren, daß der höchste Berg Jeschken hieß. Von unserem Gasthof sahen wir direkt auf den bewaldeten Berg. Sogar eine Seilbahn war oben zu erkennen.
1010 Meter hoch sollte der Jeschken sein. Der Berg war also viel höher als damals der Holzberg in Ziegenhals, den ich mit dem

Gerhard bestiegen hatte. Auf den Jeschken hätten wir es nicht geschafft. Aber dafür gab es ja die Seilbahn. Doch wir haben sie nie fahren sehen.
Der Berg war das Schönste von ganz Reichenberg. An fast jedem Tag sah er anders aus. Wenn die Sonne schien, leuchtete er in einem dunklen Blau. Dann war er wieder grün oder ganz schwarz, wenn es regnete. Manchmal war der hohe Berg sogar in Wolken oder Nebelschwaden eingehüllt. Zu gerne wäre ich einmal auf den Jeschken gefahren. Aber jetzt im Krieg war es leider unmöglich. Den Berg würde ich aber nie vergessen!
Uns hatte jemand erklärt, daß einige Berge auf der anderen Seite von Reichenberg schon zum Riesengebirge gehörten. Da wäre auch die schöne Stadt Hirschberg. Bei dem Wort Riesengebirge dachte ich gleich an den Berggeist Rübezahl. Auf der Ferienfahrt nach Berlin und Wesermünde waren wir an diesem unheimlichen Gebirge vorbeigefahren. Es stimmte also doch. Wir waren gar nicht mehr weit entfernt von unserem Neisse.
Schneller als gedacht war meine schöne Zeit in Reichenberg und am Jeschken vorbei. Wir packten unser Gepäck zusammen. Es sollte doch zurück nach Schlesien gehen.
Ein Lastwagen brachte uns nach Glatz. Der Name war mir sehr bekannt, denn an der Ottmachauer Chaussee in Neisse war ein Wegweiser nach Glatz, und daran konnte ich mich noch gut erinnern.
Im Dunkeln kamen wir in Glatz an. Wir wurden in einer großen Schule untergebracht. Der Geruch in den Gängen erinnerte mich gleich an die Hindenburgschule, aber es war schon ziemlich lange her, daß ich eine richtige Schule von innen gesehen hatte.
In dem schwach beleuchteten Gebäude waren schon viele Leute untergebracht. Wir wurden in einen Klassenraum geführt, in dem sogar richtige Notliegen standen. Zum Abendbrot gab es heißen Pfefferminztee und frische Semmeln mit Leberwurst. So gut hatte mir lange nichts mehr geschmeckt!

Wir wollten uns gerade zum Schlafen hinlegen, da hieß es plötzlich, die Schule müsse sofort geräumt werden. Wir fügten uns in unser Schicksal, packten die Sachen wieder zusammen und gingen mit den anderen Leuten die breiten Treppen hinab auf den Schulhof.
Dort standen schon ein paar Wehrmachtswagen. Einige Soldaten warteten neben den Fahrzeugen und halfen uns beim Aufsteigen. Auf den Wagen gab es nur einfache Holzbänke. Das Verdeck fehlte ganz. Oma setzte sich auf eine Bank. Ich war müde und wollte schlafen. Deshalb legte ich mich auf den Fußboden, eingewickelt in eine Wolldecke.
Und dann ging die Fahrt los, hinein in die stockdunkle Nacht. Auch einige Soldaten in ihren Uniformen fuhren mit uns. Glücklicherweise war es draußen nicht mehr kalt. Es regnete auch nicht.
Obwohl es auf dem Boden des Lastwagens hart und unbequem war, muß ich wohl doch bald eingeschlafen sein. Aber ich wurde immer wieder wach. Einmal heulte der Motor des Wagens auf. Dann quietschten die Bremsen, und manchmal rukkelte und zuckelte das Auto über eine unebene Landstraße.
Plötzlich erschreckte mich das Rattern von Maschinengewehren und das dumpfe Knallen der Karabiner.
Hoffentlich schossen die nicht gerade auf unseren Wagen. Ich sah nach oben. Über uns waren die grauen Wolken. Bald würde es wieder Tag sein.
Die Soldaten unterhielten sich unruhig. Vielleicht überlegten sie, ob sie in den Wald schießen sollten, aus dem das Gewehrgeknatter kam. Sie hatten ja ihre Waffen bei sich.
Doch dann muß ich doch noch einmal eingeschlafen sein.
Als ich wieder wach wurde, war es schon ganz hell. Die Frühlingssonne schien. Unser Wagen hatte auf einer langen Chaussee halten müssen. Plötzlich wurde die hintere Wagenklappe heruntergelassen. Ich sah die Köpfe von zwei Soldaten in fremden Uniformen und mit fremden Mützen.

Wir mußten alle vom Wagen runter. Die Soldaten lieferten gleich ihre Karabiner, Pistolen und die Munition ab. Die fremden Soldaten warfen die Waffen der Deutschen einfach in den Straßengraben. Unsere Soldaten stellten sich in langen Reihen auf und wurden abgeführt.
Oma und ich standen plötzlich ganz allein auf der Landstraße. Niemand kümmerte sich um uns.
Es war noch sehr früh am Morgen, etwas kühl, obwohl die Sonne schien. Wir gingen einfach geradeaus die Chaussee entlang. Soweit wir sehen konnten, standen an der rechten Straßenseite deutsche Wehrmachtautos, Geländewagen und Flak- und Pak-Geschütze. Im Straßengraben lagen Karabiner, Maschinengewehre, Panzerfäuste und Munitionskästen. Einer der fremden Soldaten lag im Gras auf dem Bauch und probierte eine Pistole aus. Er zielte auf eine Vogelscheuche, die ich hinten auf dem Acker sah.
Oma und ich gingen weiter. Niemand fragte uns, woher wir kamen und wohin wir wollten.
Weit vor uns hatten wir am Ende der Straße die Umrisse einer Stadt erkannt. Wir sahen hohe Häuser und Kirchtürme.
Dahin wollten wir erst einmal laufen. Wo wir genau waren, wußten wir nicht.
Ich hatte wieder nur meinen kleinen Koffer, aber die Oma schleppte sich mit dem Bett, der Tasche und dem großen Koffer ab.
Dann wurde es immer wärmer. Es sollte ein herrlicher Frühlingstag werden. Überall sahen wir blühende Bäume und Büsche.
„Der Krieg ist aus!“ schnappte ich plötzlich einen Gesprächsfetzen auf.
„Oma, hast du gehört? Der Krieg ist aus!“ freute ich mich. „Jetzt können wir wieder nach Hause!“
Die Oma ging neben mir. Sie sagte nichts. Ob sie sich nicht freute? Was ihr wohl durch den Kopf ging?

Ich hatte sie mit meiner freien Hand angefaßt. Da trug sie nur die Tasche, aber da war nichts mehr drin. So zogen wir gemeinsam Hand in Hand auf die unbekannte Stadt zu.
Wenn es wirklich wahr sein sollte und der Krieg endlich aus war, dann konnten wir wieder nach Neisse zurück. Dann würde nun nichts mehr schiefgehen.
Wir waren nun schon einige Monate unterwegs. Damals lag noch Schnee, und überall war es bitterkalt. Nun war der herrliche und duftende Frühling zurückgekommen. Wie lange waren wir eigentlich von Zuhause weg? Waren es drei, vier oder sogar fünf Monate?
„Oma, welchen Monat haben wir eigentlich?“ fragte ich sie.
„Es ist Anfang Mai,“ antwortete sie mir gleich, „aber den genauen Tag weiß ich auch nicht.“
Ja, wir hatten richtige Irrwege und Irrfahrten hinter uns. Was uns wohl jetzt noch alles erwarten würde?
Unterdessen waren wir der unbekannten Stadt immer näher gekommen. Bis an den Stadtrand standen deutsche Militärfahrzeuge. Dazwischen liefen die fremden Soldaten herum.

Der Krieg ist aus

Komischerweise konnte ich kein gelbes Ortsschild entdecken. So wußten wir nicht, in welcher Stadt wir gelandet waren. Aber wir gingen immer an der breiten Hauptstraße entlang. Bald waren wir mitten in der Stadt. Die Häuser wurden immer größer. Kein einziges war zerstört. Aus vielen Fenstern hingen weiße oder blau-weiß-rote Fahnen. Es waren keine deutschen Flaggen. Die waren rot und hatten ein Hakenkreuz in der Mitte.
„Oma, was sind das für Fahnen?“ fragte ich sie.
„Ich weiß es auch nicht genau. Ich glaube, wir sind in der Tschechei,“ erklärte sie mir etwas unsicher.

Gehörte das denn nicht auch zu Deutschland? Doch bald merkte ich, daß kein Mensch deutsch sprach. Ich verstand kein einziges Wort.
Wir waren schon einige Stunden marschiert. Es mußte bald Mittag sein. Unzählige Menschen standen nun an den Straßenrändern der Hauptstraße. Es sah aus, als wenn sie auf etwas Bestimmtes warteten. Und dann sah ich es auch. Viele Militärfahrzeuge fuhren langsam die Straße entlang. Sie waren vollbesetzt mit fremden Soldaten. Die Leute am Straßenrand jubelten ihnen zu, sie lachten und freuten sich. Manche warfen mit Blumen nach den Soldaten. Wenn einmal ein Lastwagen anhalten mußte, liefen junge Frauen auf die Autos zu und küßten die fremden Soldaten einfach ab.
Wir hatten Mühe, mit unserem Gepäck durch das Menschengewühl zu kommen. Die Leute sahen uns erstaunt an. Das muß ja auch wirklich ein komisches Paar gewesen sein, die alte Frau mit dem Gepäck und der kleine Junge an ihrer Hand.
Als wir dann die Stadt wieder verließen, sahen wir, daß wir nicht die einzigen waren, die mit Sack und Pack auf der Chaussee gingen. Viele Menschen liefen mit ihren Koffern und Taschen auf der Landstraße entlang. Ich hörte bald, daß es alles Deutsche waren.
Nun schien die Sonne erbarmungslos auf uns herab. Mir machte die Hitze nichts aus, aber ob die Oma das lange Gehen mit dem Gepäck aushalten würde?
Am späten Nachmittag kamen wir in ein Dorf. Viele Menschen standen am Straßenrand und sahen uns an. Plötzlich winkte uns eine alte Bäuerin zu sich her. Sie nahm uns mit in ihr Haus. In der Bauernküche durften wir uns hinsetzen. Sie gab uns Milch zu trinken und sogar Kuchen zu essen. Das tat gut. Seit gestern abend in Glatz hatten wir nichts mehr bekommen. Aber vor lauter Aufregung hatte ich keinen Hunger verspürt. Und Oma hatte nicht den Mut gehabt, in ein Haus zu gehen und um etwas zu bitten.

Die Oma und die alte Bäuerin verstanden sich gleich ganz gut. Sie sprach auch ganz gut deutsch. Aber das Deutsch hörte sich komisch an.
Dann öffnete die Oma den Koffer und holte ihre schwarze Bluse heraus. Die schenkte sie der alten Frau. Die freute sich sehr darüber und schenkte uns den Rest der gutschmeckenden Babe.
Dann verabschiedeten wir uns von der freundlichen tschechischen Frau. Nun hatten wir keinen Hunger und Durst mehr. Wir hatten uns etwas ausgeruht und gestärkt. Das Laufen ging gleich wieder besser.
Plötzlich waren wir ganz allein auf der Landstraße. Der Menschenstrom von vorhin war verschwunden. Bald waren wir von den Bauernhäusern weg und in Gottes freier Natur. Überall sahen wir gepflegte Äcker, am Horizont die dunklen Wälder und direkt vor uns Berge, in denen unsere graue Chaussee verschwand. Die Sonne war hinter diesen Bergen untergegangen. Es wurde schon wieder kühl. Bald würde es Abend werden und dann die dunkle Nacht kommen. Ob wir eine Schlafstelle finden würden?
Dann kamen wir an eine Stelle, wo von der Hauptstraße eine andere abzweigte. Wir entschieden uns für die Chaussee, die bergaufwärts führte. Von dort kamen uns zwei Männer auf Fahrrädern entgegen. Sie hatten um den rechten Arm und um ihre Mützen rote Binden. Sie hielten an und fragten uns, wohin wir wollten. Wir verstanden sie nicht. Als sie merkten, daß wir Deutsche waren, sprachen sie auch deutsch. Die Oma sagte ihnen, daß wir aus Schlesien kämen und nun wieder in unsere Heimat gingen.
Die Männer erschraken. Das sei doch viel zu weit für uns, erklärte uns der etwas ältere Mann. Mich wunderte, daß er die Oma mit „Mutter“ anredete. Er war nun ganz freundlich. Wir könnten auf keinen Fall weiter laufen, meinte er.
Zufällig kam ein deutscher Wehrmachtswagen auf der Landstraße gefahren, auf der wir gerade gegangen waren. Der ältere Tscheche stellte sich mitten auf die Straße und hielt den Last-

wagen an. Er sprach mit dem Chauffeur. Der stieg dann aus dem Führerhaus und ging mit uns nach hinten. Der Fahrer entriegelte die Wagenklappe und ließ sie herab. Da sah ich, daß der ganze Lastwagen voll mit verwundeten deutschen Soldaten war. Die mußten nun noch mehr zusammenrücken, und die beiden Tschechen halfen der Oma und mir auf den Wagen hinauf. Die Wagenklappe wurde geschlossen, und bald setzte sich das Lastauto wieder in Bewegung. Wir saßen ganz hinten auf einer einfachen Holzbank. Nun sah ich auch die vielen Soldaten. Einige hatten Binden um ihre Köpfe, anderen fehlten Arme und Beine.

Der Soldat mit verbundenem Kopf, der direkt neben mir saß, holte eine runde kleine Blechdose aus seiner Uniformjacke. Er öffnete den Deckel und hielt sie mir hin. Es waren Schokoladenbonbons darin. Ich durfte mir eines herausnehmen. Auch die Oma bekam ein Bonbon.

Die Soldaten sprachen kaum miteinander. Vielleicht waren sie müde oder ihre Wunden taten ihnen weh. Niemand wußte, wohin die Fahrt eigentlich ging.

Wir fuhren die ganze Nacht durch. Ich nickte immer wieder ein. Aber richtig schlafen konnten wir auf der engen Holzbank nicht.

Als es gerade hell geworden war, wurde der Wagen angehalten. Alle mußten absteigen. Die verwundeten Soldaten wurden gefangengenommen. Um uns beide kümmerte sich niemand. Wieder waren wir in einem fremden Dorf gelandet. Wir gingen ziellos die Dorfstraße entlang. Alle Häuser waren mit weißen oder den blau-weiß-roten Fahnen geschmückt. Eine junge Frau holte uns in ihr Haus. Sie erklärte uns, daß wir im Sudetenland seien. Im Dorf wohnten fast nur Deutsche. Sie erzählte uns, daß sie sehr froh sei, daß es mit dem Krieg ein Ende hätte. Leider wären viele deutsche Männer von den Tschechen schlimm behandelt wurden. Sie warte nun auf ihren Mann, der noch an der Front sei. Aber sie wüßte gar nicht, ob er überhaupt noch lebte. Die Berge hinter dem Dorf seien das Erzgebirge. Da müßten wir hinüber, dann seien wir wieder in Deutschland. Das Dorf gehöre zur Tschechei.

Wir verabschiedeten uns von der Frau. Sie freute sich, daß sie uns geholfen hatte. Wir gingen einen Sandweg entlang auf einen Berghang zu.

Plötzlich kam uns ein fremder Soldat entgegen. Wir hatten ihn kaum bemerkt. Nun stand er vor uns mit einem Karton unterm Arm. Er redete uns an, aber wir verstanden kein einziges Wort. Ich merkte nur, daß er sich über den Karton freute. Er lachte unaufhörlich. Schließlich öffnete er seinen Karton und zeigte uns den Inhalt. Es waren lauter viereckige Margarinewürfel. Einen davon gab er der Oma. Dabei lachte er. Die Oma sollte sich auch freuen. Das tat sie dann auch. Sie steckte die Margarine in ihre Tasche, erst dann durften wir weitergehen.

Der Soldat zog lachend dem Dorf zu, aus dem wir gerade gekommen waren.

Der Oma fiel es sehr schwer, den Berg hinaufzugehen. Wir mußten oft anhalten. Und sie hatte immer noch so viel zu schleppen. Den ganzen Tag über begegneten wir keinem einzigen Menschen.

Gegen Abend kamen wir in ein kleines Dorf, das völlig von Wäldern umgeben war. Dort war auch ein kleiner Bahnhof. Wir klopften an die Tür eines Hauses. Niemand öffnete uns. Dann merkten wir, daß die Tür gar nicht abgeschlossen war. Das Haus war nicht bewohnt, und komischerweise gab es auch keine Möbel in den Räumen. Aber wir hatten ein Dach über dem Kopf. Bei anbrechender Dunkelheit legten wir uns in einem Zimmer einfach auf den Fußboden. Dort schliefen wir bald ein.

Mitten in der Nacht wurden wir plötzlich wach. Zwei Männer waren in das Haus gekommen und leuchteten uns mit Taschenlampen an. Erschreckt richtete sich die Oma halb auf. Ich blinzelte in das grelle Licht. Ich erkannte die beiden Gewehre über den Schultern der Männer. Doch sie sagten nichts. Sie löschten die Taschenlampen und verließen den Raum, ohne ein Wort

gesagt zu haben. Oma und ich waren sehr erschrocken, wir konnten kaum weiterschlafen.
So standen wir gleich nach Tagesanbruch wieder auf, packten unsere Habseligkeiten zusammen und verließen das Haus und das Bahnhofsgelände. Bald erreichten wir eine Landstraße, gingen sie ein Stück entlang und waren plötzlich wieder in Deutschland. Wir sahen das an dem Ortsnamen und merkten, daß alle Leute deutsch sprachen und sehr freundlich zu uns waren, wenn wir sie um einen Schluck Wasser oder etwas zu essen baten.
Am Nachmittag erreichten wir eine kleine Stadt mit einem Bahnhof. Und es fuhr sogar ein Zug nach Freiberg in Sachsen. Dort angekommen nahmen wir den nächstbesten Zug und stiegen ein. Ob uns jemand eine falsche Auskunft gegeben hatte? Jedenfalls landeten wir nach einer ziemlich langen Bahnfahrt in Magdeburg. Hier endete der Zug. Wir stiegen aus. Da standen wir wieder einmal auf einem völlig fremden Bahnhof. Magdeburg mußte eine ziemlich große Stadt sein. In dem Bahnhofsgebäude liefen viele Menschen umher, auch Soldaten in fremden Uniformen.
Ich weiß nicht, wen die Oma fragte. Jedenfalls führte uns jemand zu einem großen Haus, daß nicht weit vom Bahnhof entfernt war. Dort sollten wir eine Nacht schlafen dürfen. Am nächsten Tag würde uns ein Zug wieder nach Schlesien bringen.
Die Familie, die uns in ihrer Wohnung aufnahm, bestand nur aus Frauen und Mädchen. Die ältere Frau war ungefähr so alt wie die Oma. Die etwas jüngere Frau war die Mutter von zwei Mädchen, die aber bedeutend größer waren als ich. Alle waren sehr freundlich zu uns. Obwohl wir sie nicht kannten, behandelten sie uns wie gute Verwandte. Und wir bekamen seit vielen Tagen wieder einmal etwas Richtiges zu essen.
Danach zeigte uns die jüngere Frau unsere Schlafstube. Wir sollten in einem riesengroßen Doppelbett schlafen. In unserem Zimmer gab es zwei Türen. Die eine Tür ging zum Flur. Hinter der gegenüberliegenden Tür gab es noch ein weiteres Zimmer.

Als wir uns gerade auszogen, kamen die beiden großen Mädchen und gingen in das Nebenzimmer. Dort wollten sie schlafen. Dann kamen die beiden anderen Frauen und schoben einen Kleiderschrank, der in unserer Stube stand, vor die Tür des Nebenzimmers. Er verdeckte die ganze Tür. Niemand konnte ahnen, daß dahinter noch ein weiteres Zimmer war. Es sah aus, als wenn der Schrank direkt vor der Mitte der Wand stand.
„Das machen wir jeden Abend," erklärte es uns die Mutter der beiden Mädchen. „Wenigstens unsere Mädchen sollen in Sicherheit sein. Es soll ihnen nichts passieren!"
Ich verstand nicht, was sie damit meinte. Auch die Oma sah sie etwas ungläubig an.
„Unsere Häuser sind an den letzten Tagen oft von russischen Soldaten überfallen worden. Wir haben schon schlimme Dinge erlebt. Viele Frauen sind vergewaltigt worden. Ich hoffe, daß wir heute nacht durchschlafen können."
Das Wort „vergewaltigt" hörte ich heute zum allerersten Mal. Was das wohl bedeutete? Was die Russen dabei wohl mit den Frauen machten? Ich konnte es mir nicht vorstellen. Vielleicht konnte es mir die Oma morgen erklären.
Dann krochen wir unter unsere Bettdecken. Seit Neisse lagen wir das erste Mal wieder in einem richtigen Bett. Durch die Tür hinter dem Kleiderschrank hörte ich noch leises Sprechen. Aber ich war viel zu müde, um genau hinzuhören. Bald war ich eingeschlafen.
Es war schon hell, als ich am nächsten Morgen aufwachte. Zuerst wußte ich nicht, wo ich überhaupt war. Doch dann bemerkte ich die Oma, die auf meiner Bettkante saß.
„Na, Hansl, hast du gut geschlafen? Wie war das schön, sich endlich wieder einmal richtig waschen zu können!"
Die Oma sah sauber und gepflegt aus. Vom Waschen hatte ich ja nie viel gehalten. Deshalb hatte es mir in den letzten Monaten auch nichts ausgemacht, ungewaschen herumzulaufen. Doch nun nahm mich die Oma mit ins Badezimmer. Da war ein weißes Klo und daneben eine große Badewanne. Ich drehte vor-

sichtig den Wasserhahn über dem Waschbecken auf. Ich brauchte mir nur das Gesicht und die Hände waschen. Das dachte ich aber nur! Die Oma zog mir das Unterhemd aus, nahm einen Waschlappen und seifte mir den Hals ein.
„Wasch' dich mal richtig! Auch die Haare!" befahl sie.
Dazu hatte ich so früh am Morgen zwar keine Lust, aber ich tat es der Oma zuliebe dann doch. Ich ließ mir das kalte Wasser über den Kopf laufen und seifte ihn ein. Dann spülte ich alles mit frischem Wasser ab. Ich wunderte mich über die dunkle, fast schwarze Brühe, die im Abfluß des Waschbeckens verschwand.
Dann seifte mir die Oma sogar noch den Oberkörper ab. Das war am Anfang sehr unangenehm, aber als sie mich dann abgetrocknet hatte, fühlte ich mich doch sehr frisch und sauber. Schade war nur, daß ich meine alten, ungewaschenen Sachen wieder anziehen mußte.
Als wir in unsere Schlafstube zurückkamen, war der breite Kleiderschrank schon wieder zur Seite geschoben. Die Tür stand offen, und ich sah die beiden aufgedeckten Betten der beiden Mädchen. Durch das Zimmerfenster sah ich auf einen großen Fluß, der viel breiter war als die Neiße bei uns an der Insel.
Die freundlichen Frauen hatten schon das Frühstück vorbereitet. Wir durften uns an den gedeckten Tisch setzen. Es gab Brot und Kaffee für die Oma und für mich ein Glas warme Milch. Dann kamen auch die beiden großen Mädchen. Sie waren freundlich und lustig, genau wie ihre Mutter.
„Wir hatten viel Glück im Krieg!" erklärte uns die Frau. „Unser Haus ist stehengeblieben. Deshalb sind wir auch sehr dankbar. In Magdeburg ist viel zerbombt worden. Es gab auch viele Tote unter der Zivilbevölkerung. Ein Glück, daß der Krieg nun endlich vorbei ist. Unser Vater ist noch vermißt. Hoffentlich kommt er gesund nach Hause. Die Mädchen sollen endlich ihren Vater richtig kennenlernen. Den haben sie in den letzten Jahren kaum gesehen. Der war in den letzten Jahren immer irgendwo an der Front, zuletzt im Osten."

„Mein Sohn ist auch in Polen,“ sagte die Oma. „Ich habe schon monatelang nichts mehr von ihm gehört.“
Damit meinte sie den Onkel Reinhold. Das war der Mann von der Tante Trude, die auch bei uns am Luisenplatz gewohnt hatten. Ob die in Neisse geblieben war? Oder sie war wie wir nach Österreich gebracht worden. Vielleicht konnten wir sie bald zu Hause wiedersehen!
„Wenn das nur mit den Russen nicht so schlimm wäre. Sie betrachten uns Frauen als Freiwild. Nachts, wenn sie betrunken sind, ist es besonders schlimm!“
Die Frau war richtig aufgebracht.
„Wie heißt eigentlich der große Fluß, den man vom Fenster aus sehen kann?“ fragte ich schnell.
„Das ist die Elbe! Magdeburg liegt doch an der Elbe, mein Junge!“
Unsere Neiße kannte ich natürlich. Auch von der Oder hatte ich schon mal etwas gehört. Und die breite Weser hatte ich damals in Wesermünde kennengelernt. Da fuhren sogar riesige Schiffe aufs Meer hinaus. Über die Donau waren wir bei Linz und Wien gefahren. Aber von der Elbe hatte ich noch nie etwas gehört. Den großen Fluß wollte ich mir aber auf alle Fälle merken!
Nach dem Frühstück nahmen wir unser Gepäck. Die beiden Mädchen brachten uns zum Bahnhof. Dort verabschiedeten sie sich von uns. In Magdeburg hatten wir freundliche Gastgeber. Ob wir sie je wiedersehen würden?

Zurück nach Schlesien

Am Magdeburger Bahnhof war wieder viel Betrieb. Es fuhren auch einige Züge. Aber sie waren alle sehr voll. Ob wir bei diesem Menschengewühl den richtigen Zug finden würden? Die Oma fragte sich durch. Und wir fanden tatsächlich den Zug, der uns nach Schlesien zurückbringen sollte. Alle Wagen waren überfüllt. Wir bekamen nur einen Stehplatz auf dem Gang. So sah ich mir die Landschaft aus dem Fenster an und merkte mir einige Städte, durch die wir kamen. Dessau fiel mir auf, Leipzig, Dresden, Bautzen und später Görlitz. Vielleicht mußten wir auf einem der Bahnhöfe auch umsteigen. Jedenfalls endete ein Zug tatsächlich in Breslau, der Hauptstadt Schlesiens. Wir mußten die ganze Nacht auf einer Sitzbank auf dem Bahnhof verbringen.

Am nächsten Morgen nahmen wir den erstbesten Zug nach Oberschlesien. Die Oma dachte bestimmt, daß wir auch durch Neisse kämen. Aber wir landeten in Kreuzburg. Da konnte Neisse ja nicht mehr sehr weit weg sein, denn hinter dem Ortsnamen stand O/S, und das hieß Oberschlesien. Ich freute mich schon. Doch als die Oma dann einen Bahnschaffner fragte, gab der uns eine enttäuschende Antwort:

„Nach Neisse werden sie von hier nicht kommen. Sie fahren am besten zurück nach Breslau!"

„Aber da kommen wir doch gerade her!" sagte die Oma.

„Versuchen Sie es von Breslau aus. Zuerst müssen Sie nach Brieg fahren, und dann ist Neisse auch nicht mehr weit!"

Wir mußten in Kreuzburg noch einige Stunden warten. Glücklicherweise war wunderschönes Frühlingswetter mit Sonnenschein und milder Luft.

Auch in Kreuzburg sah ich nun viele russische Soldaten. Sie hatten alle rote Sterne an ihren Mützen. Auch an einer Lokomotive war vorn ein riesengroßer roter Stern und darüber der Kopf eines Mannes mit einem Schnurrbart.

„Das ist Stalin!" erklärte mir die Oma. „Der Führer der Russen!"

Es war gar nicht so weit nach Breslau. Dort angekommen, irrten wir erst einmal wieder durch den riesigen Bahnhof. Als die Oma einen Bahnbeamten ansprach, machte der uns nicht viel Hoffnung.

„Nach Neisse fahren keine Züge. Die Bahnstrecke ist noch zerstört!"

Jemand schickte uns erst mal zu einem Haus, wo sich Flüchtlinge und Menschen, deren Haus kaputt war, melden konnten. Das kleine Amt lag an einer Hauptstraße. Zwei deutsche Männer kümmerten sich um uns. Wir bekamen ein Zimmer im gleichen Haus. Später bekam ich mit, daß zwei andere Männer, die nur schlecht deutsch sprachen, den deutschen Männern verboten, sich um die Flüchtlinge zu kümmern. Einer sagte sogar, sie sollen von hier verschwinden, sie hätten nichts mehr zu sagen!
Oma und mich störte das nicht. Wir wollten ja sowieso nicht in Breslau bleiben. Am liebsten wären wir gleich losgegangen. Aber es war schon wieder später Nachmittag, und wir wären nicht mehr sehr weit gekommen.
So schliefen wir in dieser Nacht in Breslau.
Aber am nächsten Morgen machten wir uns auf den Weg. Die Oma fragte sich durch. Wir konnten sogar ein Stück mit der Straßenbahn bis an den Stadtrand von Breslau fahren. Da sahen wir auch, daß viele Häuser zerstört waren.
Von dort machten wir uns auf in Richtung Ohlau. Einmal hatten wir sogar Glück. Ein Bauer ließ uns auf seinem Pferdewagen mitfahren.
„Als ich noch eine junge Frau war, hatten wir bei uns an der Jakobuskirche einen jungen Kaplan. Der kam auch aus Ohlau. Später ist er aber Pfarrer in Berlin geworden. Wir haben alle bedauert, daß er von Neisse wegging. Im Krieg haben ihn die Nazis umgebracht. Aber darüber durfte man nur hinter vorgehaltener Hand reden."
Mich interessierte das nicht. Ich wunderte mich nur, an welche komischen Dinge die Oma dachte.
In der Stadt Ohlau kamen wir auch irgendwo unter.
Am nächsten Morgen ging es weiter nach Grottkau. Ein Wegweiser zeigte 30 km. Aber wir haben es an diesem Tag geschafft. Im ersten Dorf hinter Grottkau baten wir in einem Bauernhof wieder um eine Unterkunft. Die Leute waren sehr freundlich zu uns. Im Dorf war es sehr ruhig und friedlich. Es war Mai, und

gegen Abend läuteten sogar die Kirchenglocken. Ob so der Frieden war?

Ob wir es am nächsten Tag bis nach Neisse schaffen würden? Mir machte das lange Laufen eigentlich nichts aus. Aber die Oma mit ihrem Gepäck? Jedenfalls war ich schon sehr aufgeregt. Endlich wieder zu Hause sein! Hoffentlich stand das Haus noch. Wir hatten unterwegs genug zerbombte Häuser gesehen. Zuletzt in Breslau. Aber am schlimmsten war es doch in Dresden. Da stand ja kaum noch ein Haus.

Von Neisse hatten wir lange nichts mehr gehört. Wir trafen auch niemanden, der uns etwas über unsere Heimatstadt sagen konnte.

Die Bauern, bei denen wir in dieser Nacht waren, konnten uns auch nichts Genaues sagen. Sie erzählten uns nur von der Front, die bei ihnen direkt übers Land gegangen war. Sie wußten, daß Brieg, Grottkau und Oppeln stark zerstört waren. Auch in manchen Dörfern wäre viel gekämpft worden.

„Die Leichen lagen manchmal tagelang auf den Straßen. Und dann die Plünderungen der Häuser und die Vergewaltigungen der Frauen. Es war schlimm. Wir können nur Gott danken, daß wir alles überstanden haben. Hoffentlich wird nicht alles noch schlimmer!"

„Ja, nun ist der Krieg zwar aus," sagte die Frau, „aber richtiger Frieden ist immer noch nicht. Jedenfalls nicht für uns. Erst sind die Russen gekommen, die alles mitgenommen haben, was nicht niet- und nagelfest war, auch das meiste Vieh. Unser Haus haben sie mehrmals auf den Kopf gestellt. Und in letzter Zeit kommen immer mehr Polen, die sich schon wie neue Herren aufführen. Sie haben uns sogar gedroht, daß wir Deutschen bald verschwinden müßten. Wie die sich das wohl vorstellen? Die können uns doch nicht alle vertreiben!"

Oma sah mich sorgenvoll an. „Uns wird man bestimmt nichts tun," dachte ich bei mir.

„Ja, was das wohl alles noch geben wird?" fragte die Oma. „Die letzten Monate haben wir ja auch überstanden. Und schlimmer

wird es wohl auch nicht mehr werden. Unser Herrgott wird uns schon nicht im Stich lassen! Hauptsache, wir bleiben gesund!"
Nach einer ruhigen Nacht und einem guten Frühstück machten wir uns wieder auf den Weg. Es sollte wieder ein herrlicher Frühlingstag werden. An den schnurgeraden Chausseen gab es viele Kirschbäume. Aber die Kirschen waren noch gelb. Trotzdem schmeckten einige schon ganz gut. Ich ließ sie leicht auf der Zunge zergehen. Das war in der Mittagshitze schön erfrischend. Nicht alle Häuser, an denen wir vorbeikamen, waren bewohnt. Aber wir bekamen von hilfsbereiten Menschen immer einen Schluck Wasser und etwas zu essen. So kamen wir immer näher an Neisse heran. Wir konnten es an den Wegweisern ablesen: Neisse 28 km, Neisse 20 km, Neisse 16 km, Neisse 10 km. Und dann war wieder Abend. Wir hatten es doch nicht geschafft. Wir mußten noch einmal übernachten.
Am nächsten Morgen standen wir schon ganz früh auf. Heute würden wir mit Sicherheit unsere Heimatstadt erreichen.
Gegen Mittag war es endlich soweit. Kilometerweit waren wir an einer schnurgeraden Chaussee entlang gegangen. Und dann sahen wir das Ortsschild. Es stand noch. Schon von weitem las ich: Stadt Neisse O/S. Und klein darunter Landkreis Neisse. Wir waren wieder zu Hause! Unter uns im Tal lag die Stadt. Die Sonne schien. Dunst stieg auf. In der Ferne war der Bergrücken des Altvatergebirges. Alles war ruhig und friedlich.
„Oma, es steht noch alles!" rief ich. Ich hatte gleich die Doppeltürme der Jesuitenkirche und der Kreuzkirche erkannt. Auch den wuchtigen Glockenturm der „Großen Kirche" sah ich. Aber das Dach des Kirchenschiffes war abgebrannt.
Nun ging es bergab, hinein in die Stadt. Ich freute mich. Die schönen Häuser und Villen am Stadtrand standen noch alle. Aber je näher wir zur Stadtmitte kamen, desto mehr erschraken wir. Der Breslauer Torturm stand noch, aber die ganze Breslauer Straße war ein einziges Trümmerfeld. Auch am „Ring" sahen wir nur noch Schuttberge. Es stand kein Haus mehr. Sogar der

hohe Ratsturm war verschwunden. Auf einem Trümmerberg lag eine Glocke vom Ratsturm.

Als wir in die Berliner Straße zur Friedrichstadt einbogen, sahen wir jedoch, daß noch viele Häuser standen: die Post, das Café Irmer und auch die Garnisonskirche vor der Neißebrücke.

Aber die Brücke war gesprengt worden. Die Trümmer lagen mitten in der Neiße. Man hatte schon einen Holzsteg über die Trümmer und die Brückenpfeiler gebaut. So liefen wir ungehindert hinüber zur Friedrichstadt.

Ich freute mich gleich über den Neißedamm und die vielen grünen Bäume. Doch unsere Kaserne war verschwunden. Auch das vordere Haus an der Königstraße war ausgebrannt, aber die Wände standen noch. Dahinter gab es noch einige unzerstörte Häuser und auch der rote Backsteinbau der Kaserne war zu erkennen.

Wir bogen nach links auf den Neißedamm. Das einzige Haus auf der Inselseite stand unversehrt, aber auf der Kasernenseite sahen wir nur einen riesigen Schutthaufen. Von dem langen Block stand nichts mehr.

Wir gingen vom Damm die Steintreppe hinab, stellten das Gepäck ab und krabbelten auf den Trümmern herum. Aber wir fanden nichts Brauchbares. Von unserer Wohnung gab es nichts mehr. Nichts war mehr da. Keine Möbel, kein Zeug, keine Bücher, keine Spiele.

Eigentlich war es zum Heulen. Aber die Oma vergoß keine Träne.

Wir lebten noch! Der Krieg war endlich aus, und wir waren gesund in unser geliebtes Neisse zurückgekommen. Was hatten wir seit dem Weggehen in der kalten Januarnacht nicht alles gesehen und erlebt! Wien und Österreich, das zerstörte Dresden, Reichenberg mit dem Jeschken, das Kriegsende in der Tschechei, Magdeburg und schließlich auch noch Breslau. Und wir hatten es ganz alleine geschafft, wieder nach Hause zu kommen.

Aber am Luisenplatz waren alle Häuser zerstört, auch drüben das von Tante Trude und Onkel Reinhold.

Oma und ich gingen die Eichendorffstraße hinauf. Dort standen tatsächlich noch einige kleine Häuser. Vielleicht gab uns jemand ein Zimmer zum Wohnen und Schlafen!
Wir sahen kaum Menschen auf den Straßen. Hier in der Friedrichstadt liefen jedoch viele russische Soldaten herum. Doch von denen nahm keiner Notiz von uns.
Unsere Dominikanerkirche stand noch, aber das Pfarrhaus, wo ich so schöne Stunden bei dem Pfarrer Gerigk erlebt hatte, war völlig ausgebrannt. Hinten rechts sah ich das Eichendorffhaus, doch es hatte auch nur verkohlte Fensterlöcher. Auch das spitze Dach fehlte.
Zwischen dem Luisenplatz und der Kirche standen noch einige Häuser. Davor spielten sogar einige Kinder. Mir fiel gleich auf, daß sie barfuß waren. Darauf freute ich mich jetzt schon. Endlich wieder barfuß laufen!
„Na, Frau Brandt, von Ihrem Haus steht auch nichts mehr!“ sprach uns eine Frau an, die sich aus einem Fenster lehnte.
„Ja, das haben wir gerade gesehen,“ erwiderte die Oma etwas traurig. „Wir wissen nicht, wohin wir sollen. Das Haus meines Sohnes ist auch ausgebrannt.“
„Ziehen Sie doch hier ein! Eine kleine Wohnung ist noch frei. Dann haben Sie wenigstens ein Dach über dem Kopf. Viele Neisser sind seit ihrer Flucht noch nicht zurückgekommen.“
Dabei zeigte sie auf eine Erdgeschoßwohnung im Haus nebenan. Die Tür war nicht verschlossen. Von der Straße ging es über eine Steinstufe sofort in ein großes Zimmer. Wir gingen hinein und sahen uns um. An beiden Seiten der Tür waren Fenster zur Straße hin. Hinten stand ein Herd. Es gab zwei Betten, einen Tisch, Stühle und auch einen Kleiderschrank. Doch irgend jemand hatte den Schrank leergeräumt und alle Sachen einfach auf den Holzfußboden geworfen.
Die Oma stellte ihr Gepäck ab und fing sofort an, das Zimmer aufzuräumen. Ich half ihr dabei, so gut ich konnte. Und schon nach kurzer Zeit hatten wir ein schönes, sauberes Zimmer.

Nun mußten wir uns um das Essen kümmern. Wir hatten natürlich nichts mitgebracht. Und Geschäfte gab es wohl auch keine mehr. Jedenfalls hatten wir bei unserem Gang durch die Stadt kein einziges gesehen.

Die Gruft

Unsere Friedrichstadt hatten wir wieder. Aber was aus uns werden sollte, wußten wir an diesem Tag noch nicht. Jedenfalls hatte ich jetzt eine Vorstellung, was Heimweh war. Doch das war ja nun alles vorbei.
Von meinen früheren Freunden hatte ich noch keinen einzigen zu Gesicht bekommen. Unser Block war zerstört. Aber vielleicht hatten sie wie wir woanders Wohnungen bezogen?
Wir hatten endlich wieder eigene Betten. Das Leben in den Lagern und das endlose Zugfahren waren vorbei. Niemand würde uns aus Neisse mehr wegbekommen!
Die Nachbarin gab uns etwas zu essen. Dann ging es bald in die neuen Betten. Oma hatte sie frisch bezogen. Ich weiß nicht, woher sie die neue Bettwäsche hatte.
Es war noch hell draußen. Milde Luft und Vogelgezwitscher. Mir war, als hätte es nie Krieg, Flucht und Zerstörungen gegeben. Wie war das alles schön!
Auch am nächsten Morgen wurde ich durch die Vögel wach. Noch im Halbschlaf nahm ich mir vor, nachher gleich zur „Insel“ zu laufen. Vielleicht traf ich dort einige Kinder von früher, den Gerhard oder den Helmut, Hans, Horst oder die Sigrid. Die konnten ja nicht alle weg sein. Wir waren ja auch zurückgekommen.
Ob ich in der Neiße schon baden konnte? Im letzten Jahr hatte ich mir das Schwimmen beigebracht, aber wegen der dummen Verletzungen konnte ich es kaum ausnutzen. Das würde nun anders sein! Ob es das Volksbad noch gab? Da würde ich bald

hingehen, und natürlich auch zum Kiefernpüschl, zur Ziegelbarriere und in die Wälder bei den Wallanlagen.
In der Eichendorffstraße gab es ja genug Kinder. Einen Freund würde ich schon finden, mit dem ich das alles unternehmen könnte.
Hinter unserem Haus gab es eine Pumpe. Von dort holten wir uns das Wasser. Zu essen hatten wir noch nichts. Ich würde mich nachher mal in der Friedrichstadt umsehen, vielleicht gab es ja doch irgendwo einen Kaufmannsladen.
Auf der Straße fand ich gleich einen Spielkameraden. Der Junge in meinem Alter fragte mich gleich, ob ich schon mal richtige Gerippe mit Totenschädel und allem drum und dran gesehen hätte. Nein, das hatte ich natürlich nicht. Höchstens im Kino, in „Fährmann Maria", aber die Knochen waren nur auf die Kostüme gemalt, trotzdem war das gruselig genug.
„Richtige Gerippe? Wo sind die denn?" fragte ich neugierig.
„Auf dem Jerusalemer Friedhof!" antwortete er schnell und tat sehr geheimnisvoll. „Soll ich sie dir mal zeigen?"
Welche Frage? Das interessierte mich sofort. Und der Friedhof war ja ganz in der Nähe. Wir brauchten nur die Straße hochlaufen, am Eichendorffhaus vorbei, durch den kleinen Park mit dem Eichendorffdenkmal, und schon sahen wir die gelbe Friedhofsmauer.
Wie oft war ich mit der Oma zu diesem Friedhof gegangen! Nun sahen wir keinen Menschen dort. Auch die Straße nach Ottmachau und Heidersdorf war wie ausgestorben.
Das eiserne Friedhofstor war offen. Schnell verschwanden wir zwischen den Gräbern. Einige sahen schon ziemlich verwildert aus.
Mein neuer Freund steuerte auf ein bestimmtes Grab zu, das eine Grabplatte aus Marmor hatte. Doch die schwere Platte hatte einfach jemand zur Seite geschoben. Die helle Sonne schien direkt in die Gruft hinein. Wir sahen hinunter. Ich erkannte gleich drei Särge, zwei schwarze und einen weißen Sarg. Alle drei Sargdeckel waren aufgebrochen und lagen neben den

Särgen. Und so sah ich ganz genau die weißen Knochen und die Totenschädel in den gepolsterten Särgen.
„Das waren Grabräuber, hat meine Mutter gesagt! Polen oder Russen! Die haben nach Schmuck und anderen Schätzen gesucht!“ erklärte mir mein neuer Freund.
Ich bekam erst einmal einen großen Schrecken, als ich das alles sah. In den weißen Sarg konnte ich am besten sehen, weil er genau unter der Öffnung stand und die Sonne direkt hineinschien.
„Weißt du, wer da im weißen Sarg lag?“ fragte ich.
„Das war entweder ein Kind oder ein junges Mädchen, das noch nicht verheiratet war. Die werden in weißen Särgen beerdigt. Jedenfalls hat das meine Mutter gesagt.“
Ich fand es abenteuerlich und unheimlich, aber auch gemein, einfach die Totenruhe zu stören. „Hoffentlich sind die Grabräuber gleich bestraft worden!“ dachte ich so bei mir.
Nun sah ich auch die alte Friedhofskapelle mit dem Zwiebelturm. Wir liefen schnell hin. Da war ja auch die Grabplatte vom berühmten Eichendorff und seiner Frau. Aber das Grab hatte man nicht geplündert!
Und dann gab es noch eine Überraschung. Zufällig entdeckte ich einen Grabstein, dessen Schrift ich erst gar nicht lesen konnte. „Dr. jur. et Dr. theol. Hubertus Gerigk, Pfarrer von Sanct Dominicus, Neisse“ entzifferte ich langsam.
Sofort stand er wieder vor mir in seinem schwarzen Talar. Der Geschichtenerzähler. An die gruseligen Erzählungen mußte ich immer noch denken. Die beiden Ministranten im Kloster oder der Totentanz auf dem Kirchhof. Dann hatten wir ihn selber im Sarg tot liegen sehen. Und nun lag er da unten im Grab. Wie er jetzt wohl aussah? Auch so wie die Gerippe in der geplünderten Gruft? Diese Gräber hier waren jedenfalls nicht beschädigt. Nur Unkraut wucherte überall.
Und die rotschwarzen Franzosenkäfer waren auch wieder da. Auf allen Wegen und auf allen Gräbern. Die hatten nicht aus Neisse fliehen müssen!

Eigentlich hatte ich für heute schon genug vom Friedhof gesehen. Ich schlug dem Jungen vor, zum Volksbad zu gehen, das drüben an der Breiten Straße war. Der freie Platz vor dem Eingang an der Wallmauer war ziemlich verwildert. Im Kassenhäuschen war kein Mensch. Das riesige Wasserbecken war leer. Die Rutschbahn und der lange Holzsteg, von dem aus ich im letzten Jahr meine ersten selbständigen Schwimmversuche gemacht hatte, standen nun im Sand. Auch das Gras der Liegewiese war schon ziemlich hochgewachsen. Und dann bekamen wir einen Schrecken. Nicht weit von uns lagen ein russischer Soldat und eine Frau im hohen Gras. Sie küßten sich ab. Aber sie hatten uns nicht gesehen. Schnell machten wir kehrt und liefen aus dem Bad hinaus auf den Weg, der direkt zum Neißedamm führte.

Der schmale Weg durch die verwilderten Büsche war ziemlich zugewachsen. Ich sah, daß er wohl lange nicht mehr benutzt worden war.

Wir kamen am ersten Tümpel heraus, einem runden toten Arm des Flusses, und rannten den Weg hinunter zum seichten Durchgang, der die Neiße mit dem Tümpel verband.

Rechts und links vom Weg waren Gärten. Ich bemerkte gleich das wuchernde Gemüse und die Stachel- und Johannisbeersträucher. Hier würde ich mich und die Oma versorgen können!

Wir hatten keine Schuhe an. Es war Barfußzeit, da hätten Schuhe und Strümpfe beim Umherlaufen nur gestört.

Ich ging gleich vorsichtig in das flache Wasser der Neiße hinein. Hier war eine Furt, die bis zu den Sandbänken in der Mitte des Flusses ging.

Vorne am Ufer fielen mir gleich wieder im glasklaren Wasser die Fischschwärme auf, unzählige kleine Schwimmer, die blitzschnell auseinanderstoben, wenn auch nur ein winziger Schatten auf sie fiel.

Und dann roch ich es auch, das Wasser der Neiße. Es roch nach Sommer und nach Gras und Schlamm und nach den getrockneten Kieselsteinen am Ufer.

Ich fuhr mit beiden Händen durch das frische Wasser. Dann schöpfte ich zwei Hände voll und machte mir das Gesicht naß. Dann roch ich an den Händen. Ja, so roch die Neiße. Ich erkannte sie wieder. Jetzt war ich richtig zu Hause.
Dann suchte ich mir flache Kieselsteine. Mit dem alten Schwung warf ich sie auf die Wasseroberfläche. Sie tanzten wie immer über den welligen Strom. Manche verschwanden beim ersten Aufprall in der Flut, andere hüpften tatsächlich bis an das andere Ufer und verschwanden in den überhängenden Büschen.
Nun fiel mir auch die „Erholung" auf der anderen Flußseite auf. Ich konnte auch erkennen, daß sich die Sonne, die wir im Rükken hatten, in den Fensterscheiben unseres alten Kinos spiegelte.
Der Krieg war ja nun aus. Und was hatte der Mann von der Erholung gesagt, als ich ihn im Januar nach dem nächsten Film fragte: „Komm wieder, wenn der Krieg vorbei ist!"
Damals hörten wir ununterbrochen den Kanonendonner von der Front. Aber nun war alles ruhig. Nur das Rauschen des Wassers an der Neißeschleuse hinter uns zischte zu uns her. Alles war friedlich. Der Krieg war wirklich vorbei!
Wie oft war ich mit meinen Freunden von unserer Kaserne aus nach drüben zum Kino gelaufen. Im Sommer über die Brücke und im Winter noch schneller über den gefrorenen Fluß. Wir konnten es kaum erwarten, endlich in der langen Schlange vor dem Kassenschalter zu stehen. Das war eine schöne Zeit!
Flußabwärts war die zerstörte Brücke. Davor badeten einige Männer. Es war also doch schon wieder so warm, daß man in der Neiße baden konnte. Als sie aus dem Wasser stiegen, sah ich, daß sie völlig nackt waren.
„Guck mal, die haben keine Badehose an!" sagte ich zu meinem Freund, den ich fast vergessen hatte.
„Das sind Russen," antwortete er, „die baden immer so. Ich habe auch schon Frauen gesehen, aber die lassen meistens ihre Schlüpfer an. Die haben ganz schön was hier oben!" Und er

führte seine Hände an den Brustkorb, um es mir ganz genau zu zeigen. Das hätte ich wohl auch einmal ganz gern gesehen.
„Du, wir können auch zur Kaserne gehen. Da sind jetzt russische Soldaten drin. Vielleicht geben die uns etwas Brot ab."
Ich war gleich einverstanden. Wir liefen über die Insel bis zur kaputten Brücke. Das Gras war fast so hoch wie wir groß waren. Und es gab viel Sauerampfer. Oma hatte früher oft Sauerampfersalat gemacht. „Der ist sehr gesund!" hatte sie gesagt. Davon könnten wir auch jetzt leben! Jeden Tag würde ich einen Korb voll in unsere neue Wohnung bringen.
Mit dem Sauerampfer von der Insel waren wir Kinder großgeworden. Wie oft hatten wir zusammen im Gras gesessen und Sauerampfer genossen und Schafgarbe; manchmal pflückten wir auch Mehlbeeren und Schlehen von den Büschen und ließen sie im Mund zergehen. Das waren Köstlichkeiten! Aber diese Zeit würde bald zurückkommen, davon war ich überzeugt!
Ich rupfte mir gleich einige Blätter von den Stauden ab. Sie schmeckten nach früher: frisch, säuerlich und würzig.
Wir schlichen uns an den russischen Soldaten vorbei. Ihre Uniformen lagen im hohen Gras am Neißeufer. Hier hatte der Herr Luda immer sein Boot geteert. Aber von seinem Boot war weit und breit nichts zu sehen.
Den Soldaten machte das Baden in unserer Neiße viel Spaß. Sie planschten im Wasser herum und freuten sich wie Kinder. Uns beachteten sie nicht.
Oben am Neißedamm angekommen liefen wir gleich zur Königstraße hinüber. Die Häuser standen zum größten Teil noch, und auch den Kaserneneingang mit dem Schilderhäuschen kannte ich noch zu gut. Aber jetzt stand kein Wachtposten vor dem breiten Tor. Sogar der rotweiße Schlagbaum fehlte. Wir gingen so hindurch.
Der Junge führte mich zum rechten querstehenden Gebäude.
„Hier sind die Küche und der Speisesaal," erklärte er mir die neue Lage. „Wir setzen uns einfach auf die Eingangstreppe und warten, bis die Soldaten vom Mittagessen herauskommen."

Zuerst kamen einige Trupps Soldaten aus dem gegenüberliegenden Block. Sie hatten Drillichanzüge an und sangen beim Marschieren russische Lieder, die sich aber ganz gut anhörten, obwohl ich kein einziges Wort verstand. Sie gingen dann zwischen uns in einer langen Doppelreihe in den Speisesaal. Alle Soldaten hatten einen flachen Blechteller und ihr Besteck in der Hand.
Unterdessen waren noch andere deutsche Kinder, Jungen und Mädchen, zu uns gekommen. Sie setzten sich zu uns. Wir warteten, bis die Russen mit ihrem Essen fertig waren. Dabei lernte ich schon mal, was Brot auf russisch heißt: Chleb oder Chleber.
Die meisten Soldaten hatten nach dem Essen noch ein Stück Brot in der Hand. Manche beachteten uns überhaupt nicht. Andere lachten uns freundlich an und warfen uns ihr Stück Brot zu, daß wir schnell auffingen.
Es war trockenes Brot, das sie zu ihrer Kohlsuppe gegessen hatten, denn aus der breiten Tür zum Speisesaal strömte der warme Kohlgeruch heraus.
Eigentlich war das Brot gar nicht trocken. Es war eher etwas feucht. Es roch säuerlich. Ich wollte nachher Sauerampfer pflükken. Die Oma konnte dann die Blätter auf das Brot legen. Das würde ihr bestimmt schmecken!
Aber erst einmal aß ich von dem Brot soviel ich konnte, denn ich hatte großen Hunger.
Die russischen Soldaten waren wirklich nett. Sie schenkten uns einfach ihr Brot, das sie sich bestimmt für den Nachmittag mitgenommen hatten.
Einen Behälter für das Brot hatte ich leider nicht. So steckte ich mir erst einmal die Taschen voll und nahm den Rest in beide Hände. Dann stand ich auf und ging zurück zum Kasernentor. Der Junge kam mit. Auch er hatte Brot gesammelt.
Wir liefen gleich die Eichendorffstraße hoch. Da war jetzt unsere neue Wohnung.
Die Oma hatte schon auf mich gewartet. Sie wußte ja nicht, wo ich mich überall herumgetrieben hatte. Aber sie schimpfte mich nicht aus. Sie staunte nur über das viele Brot.

„Oma, das ist Chleb, das haben mir russische Soldaten geschenkt! Wir waren bei der Kaserne an der Königstraße. Da sind jetzt nur noch russische Soldaten. Aber die waren alle sehr freundlich zu uns. Es waren viele deutsche Kinder dort. Morgen gehe ich wieder hin!"
„Na, dann werden wir wohl nicht verhungern. Ich weiß auch nicht, woher wir etwas bekommen sollen. Ich habe vorhin schon etwas Feuerholz gesammelt. Vielleicht kann ich uns etwas kochen. Ich weiß nur nicht, was."
„Oma, du kannst erst mal das Brot essen! Ich will nachher Sauerampfer sammeln. Und dann sehe ich mich in den Gärten am Neißedamm oder an der Ziegelbarriere um. Vielleicht finde ich da etwas Gemüse."
Die Oma sah mich traurig an. Jetzt war sie alt. Aber ich würde schon für uns sorgen!
Auch drüben in der Stadt könnte ich mich umsehen. Vielleicht gab es dort auch etwas Eßbares!

Die zerstörte Stadt

Nach dem spärlichen Essen legte sich die Oma etwas hin. Ich war nicht müde und ging wieder nach draußen. Weil kein Kind auf der Straße war, nahm ich mir vor, allein in die Stadt zu gehen. Hinter der zerstörten Brücke war gleich die evangelische Garnisonskirche. Sie war aus roten Ziegelsteinen gebaut. Ich hatte die Kirche noch nie von innen gesehen. Jetzt bemerkte ich, daß die Kirchentür weit offen stand. Ich ging vorsichtig in die Kirche. Alles sah ziemlich unordentlich aus. Einige Fenster waren kaputt, und die Kirchenbänke standen durcheinander. Einige hatte man sogar umgeworfen. Dazwischen lagen Orgelpfeifen. Da hatte tatsächlich jemand die Orgel zerstört und die silbernen Rohre herausgerissen und von oben herab in das Kirchenschiff geschmissen. Ich konnte mir nicht vorstellen, daß es Menschen gab, die so etwas machten. Der liebe Gott hatte diese

Sünder bestimmt sofort bestraft! Das ließ der sich doch nicht gefallen!
Die Kirche roch anders als unsere katholischen Kirchen, etwas muffig und ungelüftet, obwohl die hohe Tür die ganze Zeit geöffnet war.
Schwarze Gebetbücher lagen unter dem Chor. Eines hob ich auf und las darin. Es waren Liederbücher mit vielen Noten. Einige Lieder kannte ich sogar. „Oh Haupt voll Blut und Wunden“ und „Macht hoch die Tür, die Tor' macht weit!“ Mich wunderte, daß die Evangelischen sie auch sangen.
Zum Altar wollte ich nicht gehen. Da gab es sowieso nur einen breiten Tisch. Der Tabernakel fehlte, und auch das ewige Licht. Deshalb suchte ich schnell wieder das Weite. In der Berliner Straße standen noch die meisten Häuser. Die Türen der Post waren zu.
Den zerstörten „Ring“ hatte ich ja gestern schon gesehen. Diesmal ging ich rechts entlang bis zur Brüderstraße. Auch hier waren alle Häuser ausgebrannt. Am schlimmsten sah es mitten auf dem Ring aus, da wo das Kämmereigebäude und der Ratsturm gestanden hatten. Ich sah nur die Ruinen und riesige Schuttberge. An der Stelle des Ratsturmes lagen nur dicke Steinbrocken und obendrauf zwei Glocken. Eine hatte ich ja gestern von der Breslauer Straße aus erkannt. Ich kletterte auf den Trümmerberg hinauf und sah mir die Glocken näher an. Da lagen sie nun. Sie würden wohl lange Zeit mehr keinen Laut von sich geben.
Hier in der Mitte der Stadt sah ich kaum Menschen. Obwohl es nachmittags war, schienen Ring und Breslauer Straße wie ausgestorben. Auch dort waren die Häuser ausgebrannt. Auch der „Schöne Brunnen“ war verschwunden. Nur sein Natursteinfundament stand einsam auf dem mit Trümmerresten übersäten Bürgersteig.
Ich sah schon, hier gab es nichts zu holen. Nirgends war ein Geschäft zu entdecken. Die Tür des Glockenturms neben der „Großen Kirche“ war aufgebrochen. Ich stieß sie an. Sie ging

nach innen auf. Aber ich hatte keine Lust, jetzt über die Wendeltreppe auf den hohen Turm zu steigen. Vielleicht konnte ich ja meinen neuen Freund dazu überreden, mit mir den Turm zu besichtigen. Die Kirche war ausgebrannt. Vor der wuchtigen Eingangstür war ein Gitter angebracht.
Mir war die Lust vergangen, weiter nach etwas Eßbarem zu forschen. Deshalb machte ich mich auf den Heimweg zur Friedrichstadt. Als ich von der Hafer- in die Wilhelmstraße einbog, sah ich, daß da noch einige Häuser standen. Andere waren auch hier ausgebrannt. In der Hindenburgstraße standen immer noch die Villen der vornehmen und reichen Leute. Auch meine alte Schule stand noch. Aber sie interessierte mich nicht besonders.
Nun hatte ich schon fast ein ganzes Jahr Ferien. Aber weil jetzt ja Frieden war, würde die Schule bestimmt bald wieder losgehen!
Auf der anderen Neißeseite waren russische Soldaten unterwegs. Es fuhren auch einige Militärautos umher. Sie hatten alle rote Sterne an den Türen und vorn auf der Kühlerhaube.
Das erste Haus vorn an der Königstraße, wo die Frau mit dem kleinen Jungen gewohnt hatte, war ausgebrannt. Neugierig ging ich hinein. Da bemerkte ich, daß die Betontreppen noch standen. Ich lief nach oben. Ich konnte in alle Wohnungen gehen, aber für mich gab es nichts zu holen. Alles war verbrannt. In einer Wohnung lagen verkohlte Kochtöpfe herum und sogar eine kohlschwarze Babe in ihrer Kuchenform.
Von der obersten Wohnung konnte ich ganz gut den Luisenplatz und die Eichendorffstraße überblicken. Ich sah auch den Schuttberg von unserem Wohnblock. Von dem Hof, auf dem wir so gerne gespielt hatten, war kaum noch ein freier Platz übriggeblieben. Nur die Bäume standen noch an der Straße.
Dort sah ich keine Menschenseele, auch nicht auf dem Neißedamm.

Die Dominikanerkirche überragte alle Häuser. Die Schule für große Kinder hinten vor dem Jerusalemer Friedhof stand noch. Das war mir heute morgen gar nicht aufgefallen.
Als ich die Treppe wieder nach unten ging, sah ich, daß ich auch noch in den Keller des Hauses gehen konnte. Aber der war dunkel und unheimlich. Nein, so ganz allein würde ich mich da jetzt nicht hineintrauen!
Ich lief nun die Königstraße ganz hinauf. Die rote Kaserne war auch ausgebrannt. Ich bog oben gleich in die Seufzer-Allee hinein. Von hier aus konnte ich das riesige Kasernengelände bis zum Wilhelmplatz gut überblicken. Ich sah sogar die großen Bäume der Neißepromenade.
An der Straße standen große Munitionsbehälter. Alle waren aufgebrochen. Ich entdeckte scharfe Gewehrmunition, richtige Handgranaten und auch geigenförmige Übungsminen. Die Munition schien mir nicht so gefährlich, aber mit Handgranaten mußte ich vorsichtig sein. Im hohen Gras lagen auch viele Karabiner. Als ich einen in die Hand nahm, sah ich, daß er in der Mitte beim Gewehrschloß einfach durchgebrochen war. Damit war nichts mehr anzufangen. Auch die anderen Gewehre waren zerstört. Aber es gab richtige Panzerfäuste im hohen Gras. Mich wunderte nur, daß die da so herumlagen.
Die deutschen Soldaten waren alle verschwunden, und die russischen hatten wohl eigene Waffen und eigene Munition.
Ein kaputtes Gewehr wollte ich mir aber doch zum Spielen mit nach Hause nehmen. Die Oma war glücklicherweise nicht in der Wohnung, als ich von meinem „Stadtbummel" zurückkam. Später erzählte sie mir, daß sie die Gräber auf dem Jerusalemer Friedhof besucht hatte. Ich versteckte das Gewehr unten im Kleiderschrank.
Am nächsten Tag untersuchten mein neuer Freund und ich die unbewohnten Häuser, Keller und Schuppen in unserer näheren Umgebung. Viele Wohnungen waren leer. Aber die meisten Möbel standen noch in den Wohnungen. Die meisten Schränke

und Kommoden waren geplündert. Kleidung und Wäsche lagen auf den Böden. Hier waren Räuber am Werk gewesen.
Doch manches konnte die Oma bestimmt gebrauchen. So brachte ich fast immer irgend etwas für die Oma mit. Mal waren es Bestecke, dann wieder Tassen und Teller, Handtücher und einmal sogar eine Wolldecke, die Oma aber gleich nach draußen warf. „Du bringst mir noch Wanzen und Flöhe ins Haus!“ sagte sie.
Für Spiele und andere Spielsachen interessierte ich mich komischerweise überhaupt nicht mehr. Aber die vielen Bücher, die überall in den Wohnungen herumlagen, zogen mich magisch an.
Ich sah mir die Bücher an, blätterte darin herum, freute mich über Bilder und alte Lesebücher, die ich dann immer mit nach Hause nahm.
Eines Tages fanden wir in einem Schuppen in der Eichendorffstraße eine große Holzkiste. Sie war aufgebrochen. Wir staunten nicht schlecht. Die ganze Kiste war voller elektrischer Eisenbahnen. Da gab es verschiedene Lokomotiven, Personen- und Schnellzugwaggons, Güterwagen und viele Schienen, Brücken und Weichen. Einige Eisenbahnwagen sah ich mir näher an. Ich wunderte mich über die eingeprägte Schrift auf der Unterseite der Waggons. „Made in Germany“ konnte ich da lesen. Ich konnte mir nicht vorstellen, was diese Spielsachen mit „Maden“ zu tun hatten. Aber dieses schöne Spielzeug interessierte uns nicht. Noch zu Weihnachten hätte ich mich über eine elektrische Eisenbahn maßlos gefreut. Nun ließen wir alles liegen und gingen auf andere Schatzsuche.
So kamen wir auch in den Keller des Eichendorffhauses. Oben war zwar alles ausgebrannt, aber der Keller war noch unversehrt. Hinter dem Haus gab es einen kleinen Hof, der nach hinten von einem flachen Haus abgeschlossen war. Es sah eher wie ein Schuppen aus. Früher hatte da bestimmt jemand gewohnt. Das Haus war nicht abgebrannt. Nur in den zwei Zimmern war

es sehr unordentlich, wie in allen leeren Wohnungen in der Eichendorffstraße.
Im Eichendorffhaus war nichts zu entdecken. Da gab es nur verkohlte Wände und eingestürzte Decken. Die Kellertreppe war noch ganz. Alles lag im Halbdunkel. Wir schlichen uns nach unten. Auch hier hatten schon Räuber gehaust. Alles lag durcheinander. Wir entdeckten einige aufgebrochene Holzkisten. Es waren aber nur Bücher drin. Ein Buch mit einem bunten Umschlag fiel mir gleich auf. Ich las: „Oh Täler weit, oh Höhen. Ein Eichendorff-Roman". Ich blätterte in dem Buch herum. Aber es waren keine Bilder drin. So legte ich es wieder in die Holzkiste zurück. Da bemerkte ich noch ein dünnes Büchlein. Es hieß: „Aus dem Leben eines Taugenichts - von Joseph von Eichendorff". Das war also der aus dem Grab auf unserm Friedhof!
„Ach das hat der geschrieben!" dachte ich bei mir. Vorne stand gleich ein Gedicht, das ich aber als Lied kannte: „Wem Gott will rechte Gunst erweisen, den schickt er in die weite Welt!" Das hatten wir oft in der Schule gesungen und manchmal auch auf dem Hof. Doch da hieß es nicht „in die weite Welt", sondern „in die Wurstfabrik". Also das war der berühmte Eichendorff! Der hatte hier im Haus gelebt und war auch hier gestorben. Aber das war vor langer, langer Zeit. Das Buch nahm ich mir jedenfalls mit. Es war ja nicht so dick. Das würde ich auch lesen, zumindest die Gedichte.

Der Schuppen hinter dem Eichendorffhaus

Als ich eines Tages von einem meiner Streifzüge durch die zerstörte Friedrichstadt nach Hause kam, fand ich die Oma in heller Aufregung. Zwei russische Soldaten standen mitten in unserm Zimmer. Einer von ihnen hatte mein zerbrochenes Gewehr in der Hand. Ich hatte die letzten Tage gar nicht mehr

daran gedacht, daß ich es unten im Kleiderschrank versteckt hatte.
Sie sahen mich streng an. Ich merkte gleich, daß die Oma vor ihnen Angst hatte. Aber bald verschwand ihre Strenge. Einen so kleinen Jungen hatten sie wohl doch nicht erwartet. Vielleicht hatten sie mit einem Mann oder einem größeren Jungen gerechnet. Ich zeigte auf das Gewehr:
„Gewehr kaputt!“ Damit meinte ich das zerbrochene Schloß. „Ich wollte nur damit spielen!“
Sie sagten nichts. Aber irgendwie deuteten sie mir an, daß das kein Spielzeug sei. Sie gingen bald. Aber den Karabiner nahmen sie mit.
Als sie draußen waren, schimpfte die Oma mit mir. Ich sei sehr leichtsinnig gewesen.
Ich wollte sie gleich auf andere Gedanken bringen:
„Oma, ich war im Keller des Eichendorffhauses. Da habe ich ein kleines Buch gefunden. Es heißt:
„Aus dem Leben eines Taugenichts“.
Sie sagte nur: „Na, das paßt ja gut zu dir!“
Da hatte ich es wieder. Für die Oma war und blieb ich eben ein Taugenichts.
Am nächsten Tag sah ich mir die Wohnung im Schuppen hinter dem Eichendorffhaus noch genauer an. Eigentlich waren die beiden Zimmer viel größer, schöner und ruhiger als unser jetziger kleiner Raum. Ich sammelte den Abfall vom Fußboden auf, stellte Tisch und Stühle richtig hin, fegte beide Räume und warf den Abfall einfach nach draußen auf den Hof.
Nun hatten wir eine Küche und ein Schlafzimmer. So wie unsere alte Wohnung am Luisenplatz. Freudig lief ich zur Oma.
„Oma, ich habe eine neue Wohnung für uns gefunden. Sie ist hinter dem Eichendorffhaus.“
Widerwillig, aber doch neugierig kam die Oma mit. Sie musterte den langen, flachen Schuppen mit der Tür und den beiden Fenstern, sagte aber nichts.

Als sie aber dann die beiden aufgeräumten Zimmer sah, hellte sich ihr Gesicht auf. Hier gab es alle notwendigen Möbel, einen Küchenherd vorn und einen kleinen Stubenofen hinten. Auch die beiden Doppelfenster waren nicht kaputt.
So zogen wir noch am gleichen Tag um. Viel zu schleppen hatten wir nicht, und der Weg zum Eichendorffhaus war nicht weit. Bald fühlten wir uns sehr wohl in der neuen Wohnung.

Unterdessen war der Neisser Sommer gekommen. Die Sonne schien wieder von morgens bis abends. Ich war immer unterwegs. Aus den verlassenen Gärten am Neißedamm oder beim Eiskellerberg brachte ich alles Eßbare mit nach Hause. Obwohl sich niemand um die Gärten kümmerte, sprießte alles Mögliche aus dem Boden: Gemüse, Kartoffeln, Erdbeeren, Kirschen und manches andere. Ich freute mich schon auf die reifen Pflaumen, Äpfel und Birnen. Unser Brot besorgte ich täglich von der Russenkaserne. Dort trafen sich immer die Kinder aus der Friedrichstadt und manchmal auch erwachsene Frauen. Mit einigen jungen Soldaten hatten wir uns schon angefreundet. Sie schenkten uns nun von sich aus ihr Brot.
Als ich eines Mittags nach Hause kam, war ich sehr überrascht. Eine „Graue Schwester" war mit ihrem Fahrrad zur Oma gekommen und hatte richtiges Mittagessen für uns beide gebracht. Das Essen war in einem mehrstöckigen Aluminiumbehälter. Es war sogar noch warm. Es gab gekochte Kartoffeln, Gemüse und Soße. Irgend jemand mußte den Schwestern am Salzring von der Oma und mir erzählt haben. Von nun an kam sie jeden Tag. Sie war immer sehr freundlich zur Oma, und diese kam sich nicht mehr so verlassen vor. Wenn ich mittags nicht zu Hause war, hob mir die Oma das Essen auf. Es schmeckte auch am Abend noch sehr gut.
Am Kiefernpüschl war alles genau wie früher. Da war noch immer die Kuhle mit dem weißen Sand, oben der bewaldete Gipfel und dahinter die gemauerten Wallanlagen mit den geheimnisvollen unterirdischen Bunkern.

Wir liefen auch durch den Wald bis zur Charlottenhöhe. Das war ein schönes Aussichtshaus. Von dort konnten wir über die Bäume in die Friedrichstadt und bis drüben zur Stadt sehen. Von hier oben sah alles so ruhig und friedlich aus. Da waren die Kirchtürme. Vorne die Dominikanerkirche der Friedrichstadt. An der Neißebrücke die Garnisonskirche und drüben in der Stadt die drei Türme der Kreuzkirche und die Doppeltürme der Jesuitenkirche ganz hinten. Das spitze Dach der „Großen Kirche“ war weggebrannt, aber der wuchtige Glockenturm daneben war nicht zu übersehen.
Als wir aus dem Wald herauskamen, standen wir plötzlich oben auf dem Eiskellerberg.
„Das ist die Chaussee nach Ottmachau!“ sagte ich zu meinem Freund. Ich mußte gleich an die abenteuerliche Fahrt mit dem Gerhard denken. Hier am Berg war er von der Fahrradpedale gerutscht und wäre fast gestürzt. Und ich vorne auf dem harten Holzsattel. Aber wir hatten beide gute Schutzengel.
Als wir die Straße hinuntergingen, sahen wir auf einem Acker an der Landstraße nach Heidersdorf einen deutschen Panzer stehen. Den wollten wir uns natürlich näher ansehen. Eine Panzerkette war gerissen.
Wir kletterten gleich oben auf den Turm und öffneten den Deckel der Kanzel. Das war gar nicht schwer. Wir krochen gleich in den Panzer hinein. Das war ein tolles Gefühl. Ich saß als Panzerkommandant in einem Ledersessel. Vor und neben mir waren zwei Messingräder. Mit dem einen konnte ich den ganzen Turm bewegen. Er konnte nach beiden Seiten hin bewegt werden. Das probierten wir sofort aus. Durch den schmalen Sehschlitz sahen wir, daß die schwere Panzerkanone immer mitging. Mit dem anderen Rad konnten wir das Geschütz nach oben und nach unten bewegen. Und es gab ein Zielfernrohr. Damit konnten wir die Ottmachauer Chaussee genau beobachten.
Das machte Spaß. Auch mein neuer Freund war begeistert. Neben dem Sitz lagen an beiden Seiten griffbereit die schweren

Panzergranaten. An den Zündplättchen sah ich, daß sie noch scharf waren.
Wir konnten auch durch den Panzer hindurch zum hinteren Ausstieg kriechen. Das war wohl der Notausgang. Eine ziemlich schwere Stahlplatte ließ sich nach außen klappen. An der Platte gab es einen geflochtenen Leinenriemen. Werner, so hieß mein Freund, kroch wieder nach vorn zum Turm des Panzers und verriegelte ihn von innen. Dann krochen wir beide durch den Hinterausgang ins Freie. Wir ließen die Stahlplatte langsam nach unten. Wir mußten nur aufpassen, uns nicht die Finger zu klemmen. Die Platte paßte haargenau in die viereckige Öffnung. Einen kurzen, kaum sichtbaren Zipfel des Leinenriemens ließen wir heraussehen. Nun war der Panzer verschlossen, und wir hatten sogar einen Geheimeingang. Das war nun unser Spielgerät, so eins hatte niemand in ganz Neisse.
Dann gingen wir an die Straße, die nach Heidersdorf führte, und sahen uns die schönen Häuser mit den Gärten an. Wer wohl in den Häusern wohnte. In den Gärten gab es Blumen, Beerensträucher und Obstbäume.
Ein Mädchen in unserem Alter spielte vor einem Haus. Wir luden sie gleich zum Mitspielen ein. Aber sie zierte sich ein wenig. Doch dann zeigte sie uns die bewohnten und die leerstehenden Häuser. Die unbewohnten Häuser mußten wir natürlich gleich in Augenschein nehmen. Die meisten Häuser waren noch schön eingerichtet. Aber auch hier hatten schon Wohnungsräuber gewütet. Sie hatten wohl nur nach Schmuck und Uhren gesucht. Wäsche und Kleidungsstücke lagen auf den Fußböden. Selbst die Matratzen hatten sie hochgenommen und darunter nach Schätzen gesucht. Auf den Vertikos standen noch die eingerahmten Familienbilder. Die Leute, die hier mal gewohnt hatten, wären bestimmt sehr traurig, wenn sie diese Unordnung zu Gesicht bekämen.
Achtlos waren auch Bücher in den Wohnungen verteilt. In den Kinderzimmern fanden wir viele Spielsachen; die Burgen und

Puppenstuben standen noch da, und in den Puppenwagen träumten die Puppen von ihren Kindermüttern.
Nein, von diesen Spielsachen würde ich nichts mitnehmen. Denn die Kinder wären bestimmt sehr traurig, wenn sie wieder zurückkämen und nichts wäre mehr da.
Schließlich kamen wir in ein Haus, das mir gleich gut gefiel. Es hatte einen wunderschönen Garten mit einer Gartenlaube. Die Haustür war offen. Das Haus hatte zwei Wohnungen. Die untere war ziemlich in Unordnung gebracht worden. Aber die obere gefiel mir sofort. Ob die Oma in diese Wohnung ziehen würde?
Heute hatten wir schon wieder eine ganze Menge erlebt und gesehen. Von der Heidersdorfer Straße gingen wir nun die lange Strecke am Jerusalemer Friedhof entlang. In der Nachmittagssonne leuchteten die hellen Grabsteine und Figuren auf dem Friedhof. Aber zu den ausgeräuberten Gruften wollten wir nicht wieder hin.
Als ich der Oma vom schönen Haus draußen vor der Friedrichstadt erzählte, war sie nicht gerade begeistert. Sie hatte keine große Lust, schon wieder umzuziehen.
„Oma, da gibt es einen großen Garten mit viel Obst und Gemüse. Da brauchen wir nie mehr zu hungern!"
Aber ich merkte schon, daß ich die Oma nicht so schnell überzeugen konnte. Sie versprach mir aber, sich das Haus bei Gelegenheit einmal anzusehen. Aber es hatte ja noch Zeit. Hinter dem ausgebrannten Eichendorffhaus wohnten wir ganz gut.
Auch unsere „Graue Schwester" kam jeden Tag vorbei und brachte uns warmes Mittagessen.

Unterdessen bevölkerte sich die Stadt. Viele Deutsche waren nach ihrer Flucht nach Neisse zurückgekommen. Aber ich sah auch viele Polen. Zuerst wunderte ich mich, was die hier alle wollten. Sie sprachen auch ganz anders als wir. An der Berliner Straße gab es die ersten Geschäfte. Aber da konnte man nur mit polnischem Geld bezahlen. Das Geld hieß Zloty. Für einen

Zloty mußten zwei Mark eingetauscht werden. Als ich das der Oma sagte, gab sie mir zu verstehen, daß sie kaum noch Geld hatte.

Fast jeden Tag trafen wir uns an der Russenkaserne. Immer bekamen wir etwas Brot. Gegen Abend kamen auch einige Soldaten nach draußen. Sie hatten dann frei. Zu uns Kindern waren sie immer sehr freundlich. Uns Jungen zeigten sie, wie man mit einfachem Zeitungspapier und losem Tabak Zigaretten drehen konnte. Aus Spaß ließen sie uns schon mal an den Zigaretten ziehen. Sie freuten sich dann, wenn wir husteten. Mit der Zeit schmeckte mir der Rauch jedoch sehr gut. Ich hatte auch bald einen jungen russischen Soldaten als Freund, der mir immer eine Zigarette mitdrehte. Er sprach sehr gut deutsch. Einmal fragte ich ihn, wo er unsere Sprache so gut gelernt hatte. Er erzählte mir, daß er in Moskau zur Schule gegangen sei. Da hätten sie auch Deutschunterricht gehabt. Aber das glaubte ich ihm zuerst nicht.

„In Rußland gibt es gar keine Schulen!" behauptete ich.

Er sah mich verwundert an.

„Warum soll es denn bei uns keine Schulen geben?" fragte er erstaunt.

„Das habe ich im Kino gesehen. Russen und Polen können nicht lesen und schreiben! Das weiß bei uns jedes Kind!" beharrte ich auf meiner Meinung.

„Das stimmt aber nicht. Du hast zu sehr dem Hitler und den Nazis geglaubt. Die haben jahrelang solche Lügen über uns verbreitet! Glaub nicht alles, was dir die Leute erzählen! Glaube nur, was du mit eigenen Augen siehst!" beschwichtigte er mich freundlich.

Mein großer Freund hieß Michail. „Das heißt zu deutsch Michael," erklärte er mir.

Vom Michail habe ich einiges gelernt. Nicht nur das Rauchen.

So standen wir fast jeden Abend vor der Kaserne. Und wir Kleinen erfuhren immer wieder etwas Neues. Große Mädchen erzählten uns, daß nachts Russen in ihre Wohnungen kämen und sie und andere Frauen überfielen und vergewaltigten. Sie hatten selbst vor den Neisser Ordensschwestern keinen Respekt gehabt. Einige, die sich wehrten, hätten die Russen sogar erschossen. Auch einige Frauen und Männer seien erschossen worden, weil sie ihre kleinen Mädchen vor den Russen schützen wollten. Einige Neisser Frauen bekämen jetzt sogar schon Kinder von Russen. Aber jetzt dürften die russischen Soldaten keine deutschen Häuser mehr betreten. Einige Offiziere hätten russische Soldaten sogar erschossen, als sie sie beim Überfall auf deutsche Frauen erwischten.

Was eine „Vergewaltigung" war, wußte ich immer noch nicht. Ich schämte mich, die großen Mädchen danach zu fragen, und die Oma hätte es mir wahrscheinlich auch nicht gesagt. Aber es mußte schon etwas ganz Schlimmes sein. Und sie taten den Frauen und Mädchen sehr weh dabei, das war mir schon klar.

Bei den freundlichen Russen, mit denen wir hier jeden Tag zusammen waren, konnte ich mir allerdings nicht vorstellen, daß sie nachts einfach über deutsche Frauen herfielen.

Dann änderte sich das Leben und Treiben in Neisse. Den Grund kannten wir nicht. Wir hatten kein Radio, und wenn ich eins aus einer leeren Wohnung besorgt hätte, woher sollten wir wohl Strom bekommen? Hin und wieder wurden in der Berliner Straße Zeitungen in deutscher Sprache verteilt. Mir fiel nur auf, daß sie auf rötlichem Papier gedruckt waren. Aber mich interessierten sie nicht.

Bald gab es auch polnische Polizisten. Sie hatten witzige viereckige Mützen auf dem Kopf. Und auf den Straßen sah ich immer mehr polnische Leute. Die Deutschen hatten bei denen nichts zu lachen. Das sprach sich bei uns schnell herum. Wenn ein Deutscher nicht sofort das tat, was sie wollten, schlugen sie gleich zu.

Viele deutsche Menschen hofften noch immer auf friedvollere Zeiten. Gerade war der Schrecken der letzten Monate vorbei, Mord und Totschlag, Plünderungen und Vergewaltigungen, nun fing es bei den Polen wieder von neuem an.

Selbst in unserer kümmerlichen Wohnung tauchten immer wieder polnische Männer auf. Sie erschreckten uns mit ihren Pistolen und suchten überall nach Uhren und Schmucksachen. Aber bei der Oma fanden sie natürlich nichts. Woher hätte sie das auch haben sollen? Oma war immer arm. Ich habe bei ihr nie irgendwelche Broschen, Halsketten oder Armbänder gesehen. Manchmal wurde ich Zeuge von solchen Überfällen, ein anderes Mal kamen wir nach Hause und alles war durchwühlt. Weil die feigen Einbrecher nie etwas fanden, warfen sie die Wäsche einfach auf den Fußboden. Und die Oma hatte dann wieder die Arbeit.

Wir wußten aber auch, daß russische Soldaten den Deutschen jetzt beistanden. Wenn man sie um Hilfe bat, jagten sie die polnischen Räuber schnell weg. Selbst wir Kinder merkten, daß die Russen nicht viel von den Polen hielten und auch umgekehrt.

Eines Tages machte mir die Oma den Vorschlag, doch in das Haus an der Heidersdorfer Straße zu ziehen. Ihr war es an der Eichendorffstraße nun zu unsicher geworden.

Ich lief schnell zu dem Haus hin, um nachzusehen, ob es noch frei war. Wir hatten Glück. Es war noch nicht bewohnt. Nur Wohnungsräuber hatten auch hier gehaust. Ich räumte alles zusammen. Sonst hätte die Oma bestimmt einen Schlag bekommen.

Schon am nächsten Tag wollten wir umziehen. Von einer Nachbarin liehen wir uns einen Handwagen aus. Sehr viel hatten wir nicht zu transportieren.

Es muß im Juli oder August gewesen sein. Bis spät in die Nacht war es hell draußen. Ich war fast immer unterwegs. Nachdem ich in mein Bett gekrochen war, muß ich wohl bald eingeschlafen sein. Ich hörte nicht mehr, daß die Oma sich hinlegte.

Aber mitten in der Nacht wurde ich plötzlich wach. Aus dem Nebenzimmer hörte ich leise Stimmen. Das war mir ganz neu und ungewohnt. Ich spitzte die Ohren. Wer sollte das denn sein? Ich erkannte Omas Stimme. Aber da war noch jemand. Ich vernahm eine Männerstimme. Es war eigentlich nur ein

unverständliches Gemurmel. Wer konnte das denn sein? Mitten in der Nacht in „Eichendorffs Schuppen"? So hatte mein Freund Werner unser Haus getauft. War es ein russischer Soldat? Es hörte sich fast so an. Der Mann flüsterte kein richtiges Deutsch. Omas Stimme klang ganz ängstlich. Sie fürchtete wohl, daß ich wach werden könnte. Oma klagte dem Mann unser Schicksal. Wir seien arm und müßten meistens hungern. Oma bat den Mann, uns etwas Eßbares zu besorgen. Der Mann versprach ihr alles. Brot und Butter und Wurst. Dann war es wieder ruhig. Ich hörte kein Wort mehr. Aber plötzlich hörte ich mir völlig unbekannte Geräusche. Es war, als wenn jemand zu schnell gelaufen war und jetzt nach Luft schnappte. Das mochte ich nicht hören. Ich hielt mir beide Ohren zu.
Kurze Zeit später schlich sich der Mann an meinem Bett vorbei und ging nach draußen. Ich stellte mich schlafend, blinzelte aber in das Halbdunkel des Zimmers. Ich glaubte, einen russischen Soldaten erkannt zu haben. Was hatte der denn bei der Oma gewollt? Und dann noch mitten in der Nacht? Woher wußte der überhaupt, wo wir wohnten? Unser Schuppen lag hinter dem Eichendorffhaus, ein ganzes Stück von der Straße entfernt. Ob er Kerzenschein durchs Fenster gesehen hatte? Wie war er denn in unsere Wohnung gekommen?
Ich war nun hellwach und starrte mit großen Augen in die Dunkelheit. Ich erkannte nur die grauen Fensterumrisse. Alles war nun mucksmäuschenstill in der Wohnung. Aber wo blieb die Oma?
Plötzlich hörte ich von draußen das Rufen eines Käuzchens. „Zieh mit!" „Zieh mit!" schrie es. „Bald stirbt jemand!" dachte ich so bei mir.
Es dauerte ziemlich lange, bis die Oma endlich auch ins Bett kam. Ich stellte mich aber schlafend und atmete ganz ruhig und gleichmäßig.
Zuerst konnte ich vor Aufregung gar nicht einschlafen. Und draußen schrien jetzt ununterbrochen die Käuzchen. Aber

schließlich muß es dann wohl doch mit dem Einschlafen geklappt haben.
Als ich am nächsten Morgen wach wurde, sah ich, daß die Oma schon aufgestanden war. Ich fragte sie nicht, was heute nacht passiert war. Aber die Oma war ganz anders als sonst. Sie sah ganz traurig aus.
„Oma, heute ziehen wir von hier weg! Da draußen in Heidersdorf gefällt es dir bestimmt viel besser. Und da hast du auch mehr Ruhe."
Die Oma antwortete nicht.
Schließlich verließen wir die Wohnung hinter dem Eichendorffhaus, wo wir eine schreckliche letzte Nacht erlebt hatten.
„Oma, hast du heute nacht auch die Käuzchen gehört? Die haben immer „Zieh mit! Zieh mit!" gerufen. Ob jemand stirbt?"
„Ich habe nichts gehört. Ich habe fest geschlafen!" sagte die Oma. Es war das erste Mal, daß Oma nicht die Wahrheit sagte. Natürlich mußte sie das Eulengeschrei gehört haben. Es war ja laut genug.
Um das neue Haus herum grünte und blühte alles. Die Wohnung gefiel der Oma, und wir hatten sie schnell eingerichtet.
Mit der Bettwäsche aus dem Schrank überzog die Oma unsere Betten. Unser altes Bett vom Luisenplatz brauchten wir nun nicht mehr. Und die Oma hatte es die ganze Flucht über mitgeschleppt.
Die untere Wohnung war noch frei. Ich weiß nicht, warum wir die nicht genommen haben. Wahrscheinlich fand ich sie zu groß für uns beide. Wir hatten immer unter dem Dach gewohnt. Es war auch sehr gemütlich. Wir hatten zwei Zimmer, eine kleine Küche mit einem Küchenherd und ein Klo. Das Wasser dafür konnten wir von der Pumpe aus dem Garten holen. Ich hatte sie schon ausprobiert.
Im Keller des Hauses lagen noch Kohle und Briketts. So würden wir auch den nächsten Winter überleben.

Dann gingen wir nach unten in den Garten. Ich zeigte der Oma die Beete, die Blumen, die Beerensträucher und die Obstbäume. Hinter dem Haus stand sogar eine Gartenbank.
„Oma, hier kannst du dich ausruhen, wenn du mal frische Luft und Sonne brauchst!“ versuchte ich sie aufzumuntern. Ich hatte das Gefühl, daß die Oma immer noch traurig war. Sie sprach nicht viel mit mir.
Die Gartenlaube war ziemlich groß. Aber es stand kein einziges Möbelstück darin, noch nicht einmal Tisch und Stühle. Wir sahen nur den blanken Holzfußboden.
„Oma, hier könnten wir zur Not auch wohnen,“ sagte ich.
Doch die Oma sah mich nur traurig an.
Bald hatten wir uns in der neuen Wohnung eingelebt und uns an sie gewöhnt. Wir hatten endlich das Haus, von dem die Oma früher immer geträumt hatte. Leider kam die „Graue Schwester“ nicht mehr zu uns. Die Oma hatte wohl vergessen, ihr zu sagen, daß wir nach draußen an die Heidersdorfer Straße zogen. Vielleicht war es ihr auch zu weit, von der Stadt bis hierher zu fahren.
Eines Tages standen zwei junge Frauen vor der Tür. Wir merkten an ihrer Sprache gleich, daß es Polinnen waren. Aber eine von ihnen sprach sehr gut deutsch. Sie fragten nach der leeren Wohnung im Haus. Sie baten uns, dort einziehen zu dürfen. Wir hatten natürlich nichts dagegen, denn es war ja nicht unser Haus.
Wir merkten bald, daß sich die Frauen viel mit russischen Offizieren abgaben. Häufig saßen sie unten in der Wohnung, tranken, feierten und sangen. Sie waren alle sehr fröhlich, denn ihr Lachen konnten wir oben fast die halbe Nacht hindurch hören. Aber eigentlich störte es uns nicht. Oma fühlte sich jetzt sogar sicherer. Sie sagte mir, wenn Offiziere im Haus wären, würde sich kein lichtscheues Gesindel zu uns herauftrauen.
Bald hatte sie auch ihre alte gute Laune wieder zurückbekommen. Was mir aber immer mehr Sorgen bereitete, war, daß die Oma manchmal umkippte und dann ohnmächtig auf dem Fuß-

boden oder in einem Sessel lag. Ich horchte dann an ihrem Herzen, ob es noch schlug. Wenn ich die leisen Herztöne vernahm, war ich doch immer sehr froh.

Die beiden Polinnen brachten Sachen aus der Stadt mit, von denen wir nur träumen konnten. Sie hatten genug Brot, Butter, Käse, Wurst und auch Konservendosen. Häufig schenkten sie uns einige der unbezahlbaren Schätze. Wir fühlten uns nun ganz wohl im neuen Haus. Oma wollte an den Schuppen hinter dem Eichendorffhaus lieber nicht mehr erinnert werden.

Der einzige Nachteil für mich war, daß ich es jetzt viel weiter zur Kaserne an der Königstraße und zur Stadt hatte. Doch bald hatte ich eine Abkürzung herausbekommen. An der Stelle, wo die Ottmachauer Chaussee begann, ging ich gleich links in den Wald. Direkt an der anderen Seite des Jerusalemer Friedhofs gab es einen schmalen Waldweg, der fast bis zur Königstraße führte.

So lief ich jetzt auch wieder jeden Tag zur Kaserne, um Brot zu besorgen und am Abend vielleicht eine Machorkazigarette zu bekommen.

Als ich wieder einmal allein über meinen Trampelpfad durch die herunterhängenden Büsche lief, sah ich plötzlich zwei Füße mit grauen Socken. Ich bekam einen Schreck. „Das kann nur eine Leiche sein!" dachte ich. Ich nahm meine Beine unter die Arme und raste schnell davon.

An der Kaserne erzählte ich es gleich meinem Freund Werner. Beide bekamen wir nun Angst vor dem Wald, in dem wir sonst zu gern spielten.

Ich mied den Weg nun auch tagsüber und machte lieber den Umweg über die Jerusalemer Straße.

Aber dann wurden wir doch wieder mutig und schlichen eines Tages wie Indianer durch die Büsche bis zu der Stelle, wo ich die vermeintliche Leiche vermutet hatte. Aber es war nichts mehr zu sehen. Vielleicht hatte man sie unterdessen entdeckt und auf dem Friedhof nebenan beerdigt.

Bei anbrechender Dunkelheit vermied ich den Weg durch den Wald. Aber auch auf der einsamen Straße nach Ottmachau war

es gespenstisch genug. Da war rechts der unheimliche Friedhof mit den hellen Grabsteinen. Besonders bei Mondschein sah es aus, als wenn die Grabfiguren plötzlich lebendig wurden und auf mich zukämen. Ich dachte gleich an die Totentanzgeschichte des alten Pfarrer Gerigk. Vielleicht war ja wirklich etwas dran und zur Geisterstunde öffneten sich die Gräber.
Nun war sein Grab dort hinter der Friedhofskapelle, an der ich gerade vorbeiging. Ob der sich auch an einem Totentanz beteiligen würde? „Nein," dachte ich so bei mir, „ein Pfarrer tanzt bestimmt nicht!"
Zur Geisterstunde um Mitternacht würde mich kein Mensch zum Friedhof kriegen! Jetzt, wo die Dämmerung gerade angebrochen war, ging es gerade noch.
Noch hatten wir Sommer, aber die Tage wurden doch schon merklich kürzer.
Bald wurde es auch kühler draußen. Der Herbst kündigte sich an.
In der „Erholung" wurden auch wieder Filme gezeigt, aber nur für die russischen Soldaten. Die kamen sogar umsonst hinein. Werner und ich versuchten es auch einmal. Wir schlichen uns gleich nach oben auf den Balkon, was ich früher nie gewagt hätte. Leider verstanden wir kein einziges Wort von den Filmen. Sie mußten aber wohl ganz lustig sein, denn die Soldaten unten im Parkett lachten sich oft kaputt.

Eines Tages gingen wir auch in die Garnisonskirche. Drinnen war nichts verändert. Alles lag noch genau so unordentlich auf dem Fußboden herum wie bei meinem ersten Besuch vor einigen Wochen. Auf kleinen Orgelpfeifen versuchten wir, Töne herauszubekommen. Plötzlich kam ein Mann empört in die Kirche gestürmt und schrie uns an. Er sprach halb polnisch und halb deutsch. „Das ist eine Kirche hier und kein Spielplatz! Habt ihr die Orgel zerstört? Ich werde euch helfen!"
Ich wollte ihm erklären, daß wir mit der Unordnung in der Kirche nichts zu tun hatten. Aber er hatte sich selbst auch

schon eine Orgelpfeife geschnappt und versohlte uns beiden den Hintern damit. Dann ließ er uns laufen. Es tat ganz schön weh. Ich habe die Garnisonskirche nie mehr betreten.
Auf der gegenüberliegenden Seite der Kirche hatten die polnischen Polizisten ein merkwürdiges Lager errichtet. Von der Neißebrücke bis an die Kochstraße war nun ein hoher Zaun. Dahinter sahen wir viele Männer in gestreifter Gefangenenkleidung. Manchmal hörten wir auch das Schreien und laute Weinen der Männer. Dann hatten sie von den Polen wieder Schläge bekommen. „Das sind alles Deutsche!“ hatte mir der Werner erklärt. „Die Polen nehmen nun Rache an ihnen, weil sie früher auch die Polen schlecht behandelt haben!“ Ich verstand nicht, was er damit meinte. Früher hatte ich in Neisse nie irgendwelche Polen zu Gesicht bekommen.
Doch jedes Mal, wenn ich jetzt von der Friedrichstadt über die Neißebrücke ging, hörte ich das Schreien der Männer. Ich verstand nicht, warum Männer andere Männer verprügelten. Früher hatte ich oft gesehen und gehört, daß Kinder von ihren Eltern geschlagen wurden. Die hatten dann etwas ausgefressen oder waren frech gewesen. Kinder wußten vieles nicht. Sie konnten sich auch nicht immer richtig benehmen. Aber Erwachsene? Die wußten und konnten doch alles! Die brauchte niemand zu verprügeln!
Einige Tage später sah ich sogar, daß Frauen und Kinder gefangengenommen und manchmal sogar geschlagen wurden. Werner und ich waren zufällig am Bahnhof gelandet. Wir hatten gehört, daß schon wieder Züge fuhren. Viele Menschen mit ihren Koffern, Rucksäcken und Bündeln wurden von polnischen Polizisten nach Rochus in die Wallanlagen geführt. Am nächsten Tag schlichen wir uns von der Ziegelbarriere aus durch den Wald an den Wallmauern entlang. Von oben konnten wir die vielen Leute beobachten. Sie mußten im Freien lagern. Wir konnten uns nicht erklären, warum die Polen sogar Frauen und Kinder in unserem Alter gefangenhielten. Was sollten die denn angestellt haben?

Vor der Russenkaserne hörte ich dann zufällig, wie sich einige Frauen unterhielten. Eine erzählte, daß in den letzten Tagen viele Dörfer in der Umgebung von Neisse von Deutschen geräumt werden mußten. Aber die Polen hätten nicht genug Züge gehabt, um sie alle wegzuschicken. Eine andere Frau behauptete sogar, daß alle Deutschen auch bald aus Neisse wegmüßten.
Da bekam ich einen großen Schreck. Oma und ich hatten uns so sehr bemüht, wieder in unsere Heimatstadt zurückzukommen. Das würde sie bestimmt nicht glauben und überleben, wenn sie noch einmal aus Neisse wegsollte.
Aber es mußte wohl doch etwas davon wahr sein, was die Frau so erzählte. Als ich eines Morgens von der Heidersdorfer Straße aus in die Stadt gehen wollte, sah ich, daß sich zwei Männer am gelben Ortsschild von Neisse zu schaffen machten. Ein Mann stand auf einer Leiter und pinselte das ganze Schild einfach mit gelber Farbe über. Aber die neue Farbe verdeckte die deutsche Schrift nicht. Am Abend sah ich in schwarzer Schrift das Wort „Nysa" stehen. Das sollte wohl auf polnisch „Neisse" heißen. Ich fand es lachhaft. So konnte man doch nicht den Namen unserer Stadt schreiben. Aber die deutsche Schrift war unter dem neuen Gelb noch immer schwach zu lesen.
Der Oma erzählte ich nichts von all diesen Dingen. Sie sollte sich nicht unnötig darüber aufregen!

Der Panzer

Aber noch gab es genug deutsche Kinder in Neisse. Einige von der Heidersdorfer Straße hatte ich unterdessen kennengelernt. Mit dem Werner von der Eichendorffstraße und mit vielen anderen Jungen und Mädchen aus der Friedrichstadt traf ich mich fast jeden Tag bei der Russenkaserne.
Unser Panzer stand noch immer auf dem Acker. Der gehörte Werner und mir. Wir ließen keine anderen Kinder hinein. Wir spielten Panzerfahrer im Krieg. Bequem saßen wir auf dem Sitz

des Panzerkommandeurs und riefen uns die notwendigen Befehle zu. Wir drehten den ganzen Turm und bewegten gekonnt das schwere Geschütz. Auch das Zielfernrohr konnten wir schon gut bedienen. Wenn vom Eiskellerberg ein Lastwagen herunterkam, wurde sofort der Befehl erteilt: „Geschütz auf den Lastwagen einstellen!" Leichtsinnig, wie ich unterdessen wieder war, nahm ich eine Panzergranate aus der Seitenhalterung und schob sie in das geöffnete Kanonenrohr. Es gelang uns aber nie, die Granate abzuschießen, obwohl wir es immer wieder versuchten.

Als wir wieder einmal eines Morgens zu unserem Panzer kamen, sahen wir zwei russische Offiziere mit ihren breiten Schulterklappen. Sie waren mit einem Geländewagen angekommen und untersuchten nun unseren Panzer. Sie liefen ein paar Mal um ihn herum, stiegen auf den Turm und versuchten, die Kanzel zu öffnen. Aber sie schafften es nicht. Wir hatten, wie immer, den Deckel verriegelt und natürlich auch die Heckklappe mit unserem Trick geschlossen. Etwas hilflos liefen sie umher, aber in den Panzer kamen sie nicht hinein.

Wir beide taten so, als wenn uns das alles gar nichts anginge. Wir ließen sie richtig schmoren. Wenn wir uns von der Seite ansahen, lachten wir uns kaputt. Wir konnten nicht glauben, daß richtige Offiziere zu dumm waren, in einen Panzer zu kommen. Als es bei ihnen ganz und gar nicht klappte, zeigten wir ihnen schließlich den winzigen Stoffzipfel, der wirklich nur wenige Millimeter aus der hinteren Stahlklappe hervorsah. Ich zog den ganzen Leinenriemen heraus. Dann ließ sich die Platte mühelos hochheben.

Die Offiziere staunten. Einer von ihnen kroch gleich in den Panzer hinein. Bald öffnete er auch die runde Luke des Turms. Aufgeregt rief er seinem Kameraden etwas zu, was wir natürlich nicht verstanden. Der kletterte nun auch auf den Panzer. Sie redeten miteinander. Wir sahen ihnen neugierig zu. Dann sprang der eine Soldat herunter und scheuchte uns weg. Er verbot uns, in die Nähe des Panzers zu kommen.

Nun verschlossen sie wieder die beiden Öffnungen unseres Panzers, stiegen in ihr Auto und rasten in die Stadt.
Wir wagten es nicht mehr, in den Panzer zu klettern. Aber wir waren doch sehr neugierig, was jetzt passieren würde. Erst am Nachmittag kam ein Lastwagen mit vielen einfachen Soldaten und den beiden Offizieren an. Einige Männer mußten gleich ein großes Loch im Acker graben. Die anderen Soldaten bildeten eine Menschenkette und reichten die Panzergranaten, unser gefährliches Spielzeug, aus dem Panzer vorsichtig heraus, um sie in das Ackerloch zu legen. Als sie damit fertig waren, gingen alle Soldaten in Deckung. Auch wir und die anderen Kinder mußten von der Straße verschwinden. Dann wurden die Granaten in die Luft gesprengt. Wir hörten die Explosion und sahen auch eine riesige Staubwolke aufsteigen. Diese hatte sich aber schnell aufgelöst. Die Soldaten schippten nun das große Loch wieder zu. Dann stiegen sie auf ihren Lastwagen und fuhren weg. Der Panzer stand noch viele Wochen lang auf dem Acker, aber er konnte wohl keinem Menschen mehr gefährlich werden.
Nachdem die beiden Russen unsere Wohnung in der Eichendorffstraße durchsucht und den zerbrochenen Karabiner gefunden hatten, war ich nie mehr auf die Idee gekommen, Waffen oder Munition mit nach Hause zu bringen. Das war auch gar nicht nötig. Draußen gab es ja überall genug Verstecke und die Kriegsreste lagen überall herum.
Patronen habe ich allerdings nie mehr in einem Feuer gesprengt. Doch ich kannte andere, weniger gefährliche Möglichkeiten, mit Patronen und Schießpulver zu spielen. Die spitze Metallkappe einer Gewehrpatrone ließ sich leicht abknicken und aus dem Gehäuse herausholen. Darunter war etwas Filz. Den holten wir mit einem Nagel heraus. Schon hatten wir das graukörnige Schwarzpulver. Daraus machten wir kleine Häufchen und zündeten sie an. Wenn wir keine Streichhölzer hatten, reichte schon ein einfaches Brillenglas. Aber dazu mußte natürlich die Sonne scheinen. Es machte uns überhaupt Spaß, mit einem Brennglas zu spielen. Manchmal probierten wir es auch auf der

eigenen Haut aus, um herauszufinden, wer es am längsten unter dem Brennpunkt aushält.
Und noch etwas Interessantes hatten wir herausgefunden. In den Munitionsbehältern an der Seufzer-Allee hatten wir Übungsrauchbomben entdeckt. Sie sahen aus wie kleine Geigen und waren aus dicker, roter Pappe. Mit einem Messer ließ sich die Oberschicht leicht ablösen. Darunter waren fünf große, graue Tabletten, die in der Mitte ein Loch hatten. Diese runden Tabletten holten wir heraus. In eine Tablette schütteten wir das Pulver einer Gewehrpatrone. Wenn wir das Pulver dann anzündeten, gab es zuerst eine Stichflamme, und dann fing die Tablette gleich an, stark zu qualmen. Die ganze Gegend war nach kürzester Zeit richtig eingenebelt.
Das machte uns großen Spaß. Die Räucherkerzen waren viel besser als die Stinkbomben, die wir noch im Krieg aus alten Rollfilmen gebaut, kurz angezündet, wieder ausgepustet und dann in die Treppenhäuser geworfen hatten. Der Rollfilm verkohlte langsam, und das ganze Haus stank.
Ja, ja, die schönen alten Zeiten. Oma und ich waren schon seit einigen Monaten in Neisse, aber von meinen alten Freunden aus der Kaserne hatte ich noch keinen gesehen. Gerne hätte ich jetzt mit ihnen gespielt!
Bei den neuen Spielkameraden wurde ich schnell zum Waffen- und Munitionsspezialisten. Mit großem Stolz zeigte ich ihnen, wie man mit Munition richtig umgeht.
Eines Tages kam ich mit Werner an meinem Waffenlager in der Seufzer-Allee vorbei. Ich wollte ihm meine Kenntnisse beweisen. Also Übungsrauchbombe öffnen, Tabletten herausnehmen, Patronenspitze zwischen zwei Pflastersteinen abknicken, Filz herausfummeln, Patronenpulver auf die Rauchtablette schütten, ein brennendes Streichholz dranhalten, und schon ging es los. Eine kleine Stichflamme zischte hoch, und gleich fing alles an zu qualmen.
Ich war so mit meiner Aufgabe beschäftigt, daß ich die beiden Soldaten, die aus der Mährengasse kamen, gar nicht bemerkte.

Wahrscheinlich hatten sie die kleinen Kinder, die da an der Straße spielten, noch nicht wahrgenommen. Als es aber plötzlich zischte und qualmte, stutzen sie erschreckt, machten schnell kehrt und liefen in die Richtung, aus der sie gerade gekommen waren. Die ganze Straße war schon von dicken Rauchschwaden eingenebelt. Als wir aber jetzt die russischen Soldaten weglaufen sahen, bekamen wir beide auch Angst und verschwanden schnell in den Büschen des Garnisonsfriedhofs.

Aber an einem anderen Tag erschreckten uns dafür einige russische Soldaten. Wieder einmal liefen wir am Neißeufer entlang. Vorne am ersten Tümpel waren meistens Kinder, und da konnten wir auch ganz gut im Wasser spielen. Doch heute waren weit und breit keine Kinder zu sehen. Plötzlich hörten wir einen lauten Knall. Er kam vom Tümpel her. Dann sahen wir auch schon eine riesige Wasserfontäne hochspritzen. Vorsichtig schlichen wir uns an den Teich. Am Ufer befanden sich einige russische Soldaten. Sie hatten wohl einfach eine Eierhandgranate ins Wasser geworfen. Nun trieben Fische auf der Wasseroberfläche, Weißfische, Karpfen und sogar Hechte. Mir taten die Fische leid. Ihnen war durch die Explosion bestimmt die Schwimmblase geplatzt. Die Soldaten fischten ihre Beute aus dem Wasser und zogen dann ab.

Auf meiner „Insel“ hatten sich in den letzten Monaten viele Feldmäuse vermehrt. Vielleicht fehlten die Katzen von früher. Überall liefen die kleinen Tierchen herum, die ganze Wiese war von Mäuselöchern übersät, und wir mußten aufpassen, daß wir sie nicht tot traten. So erfanden wir ein grausames Spiel, für das ich mich aber später sehr schämte.

Wir wurden geschickte Mäusefänger. Manchmal konnten wir die kleinen Tierchen mit bloßen Händen fangen, wenn sie im Gras spielten. Dann setzten wir einige Mäuselöcher unter Wasser und warteten an einer anderen Stelle, bis sie ans Tageslicht flüchteten. Oder wir räucherten die Gänge einfach aus. Jedenfalls sammelten wir die Tierchen in einem Blecheimer. Dann warfen wir sie einzeln in die Neiße. Wir wunderten uns, daß sie

auch schwimmen konnten und um ihr Leben paddelten. Ja, wir fühlten uns wie richtige Helden, wenn wir die um ihr Leben kämpfenden Mäuse mit Kieselsteinen bewarfen. Wir lachten sogar, wenn wir ein Tier trafen, das dann mit kläglichem Piepsen im Wasser verschwand.
Diese „Heldentaten“ erzählte ich aber nicht der Oma, wenn ich oft erst in der Dämmerung zu ihr nach Hause kam.

Das nächtliche Feuer

Ich merkte, daß die Oma immer schwächer wurde. Und sie machte sich Sorgen um mich.
„Was soll bloß aus dir werden, wenn ich nicht mehr da bin?“ fragte sie eines Tages.
Vielleicht hatte sie auch Angst, wieder aus Neisse wegzumüssen. Welche Mühen und Strapazen hatten wir auf uns genommen, um wieder in unsere schöne Heimatstadt zurückzukommen. Nun sagte sie: „Ich möchte einmal in schlesischer Erde ruhen!“
Das verstand ich damals überhaupt nicht. Was meinte die Oma damit?
Mit den beiden Frauen unter uns verstanden wir uns sehr gut. Sie waren immer sehr freundlich. Meistens waren sie abends weg. Wenn sie mal in ihrer Wohnung waren, wurde tüchtig gelacht und gefeiert. Wir waren immer sehr dankbar für das schöne Essen, das wir von ihnen bekamen.
Langsam wurde es draußen Herbst. Es wurde kühler, häufig regnete es, und der Wind fing an, die Blätter von den Bäumen zu wehen. Die Oma machte nun auch abends den Herd an, damit es in der Wohnung schön warm war.
Nun gingen wir schon bei anbrechender Dunkelheit ins Bett. Auch an diesem Abend war ich früh eingeschlafen. Ich lag wohl wieder einmal in meinen schönsten Träumen, als die Oma mich wachrüttelte. „Steh auf, Hansl! Bei uns brennt es!“

Ich blinzelte verschlafen und bemerkte mit Schrecken den Feuerschein in der Küche. Schnell sprang ich aus dem Bett. Die Oma versuchte, das Feuer mit dem Waschwasser zu löschen. Aber es war aussichtslos. Das Wasser war bald alle. Oma schlug mit einem Handtuch auf die Flammen, aber sie ließen sich nicht eindämmen.
In der unteren Wohnung war niemand zu Hause. Ich hatte mich unterdessen schnell angezogen, aber ich wußte nicht, was ich tun sollte.
„Geh nach draußen und schrei laut um Hilfe!“ rief mir die Oma zu.
Schnell lief ich nach unten. Draußen rief ich: „Hilfe! - Hilfe! - Hilfe!“
Wieder und wieder schrie ich in die dunkle Nacht. Auch die Oma war nach draußen gekommen. So schrien wir beide. Aber nichts regte sich. In den anderen Häusern wohnten doch auch Menschen. Warum half uns denn keiner? Ob sie dachten, daß wir von Räubern überfallen wurden?
Oma lief noch einmal nach oben in die Wohnung und warf unsere Bettdecken die Treppe hinab. Ich schnappte sie mir schnell und lief damit zur Gartenlaube. Dann holte ich die Oma. Sie stand weinend vor dem Haus. Das ganze Obergeschoß brannte. Vom Garten aus sahen wir, daß die Flammen schon aus allen Fenstern schlugen. Bald brannte der ganze Dachstuhl. Mit Krachen, Knacken, Zischen und großem Getöse fiel er bald zusammen. Nun fraßen sich die Flammen auch in die untere Wohnung, die auch schon bald ihr Raub wurde.
Wir standen allein in der Nacht. Niemand war uns zu Hilfe gekommen. Aber wir hatten wenigstens unser Leben gerettet!
Wir machten uns auf dem Holzfußboden der Gartenlaube ein neues Lager zurecht. Die Oma war völlig erschöpft. Sie weinte und war ganz verstört.
„Ich weiß gar nicht, woher das Feuer kam. Es ging alles so schnell. Glücklicherweise bin ich früh genug wach geworden. Sonst wären wir verbrannt.“

Ich versuchte die Oma zu trösten, aber sie war ganz verzweifelt. „Wohin sollen wir denn jetzt noch?“ fragte sie mich traurig. „Ach Oma, ich suche uns morgen eine andere Wohnung. Ich werde bestimmt noch eine finden. Der Schuppen hinter dem Eichendorffhaus steht bestimmt noch leer. Da können wir erst wieder hin. Dann suche ich nach einer anderen Wohnung in der Stadt.“

Ich weiß nicht, ob die Oma in dieser Nacht überhaupt ein Auge zugemacht hat. Ich schlief jedenfalls bis zum Morgengrauen. Als ich aufstand und nach draußen sah, stand von dem schönen Haus nur noch die rauchende Ruine. Auch die untere Wohnung war völlig ausgebrannt.

Als die Polinnen am frühen Morgen aus der Stadt zurückkamen, waren sie sehr aufgeregt und schimpften mich gleich aus. Sie hatten wie wir alles verloren. Aber ich konnte ja bestimmt nichts dafür.

Später kam noch die polnische Polizei mit ihren viereckigen Mützen. Als ich ihnen die arme Oma auf dem Fußboden der Gartenlaube zeigte, bekamen sie gleich einen Schreck und fuhren bald wieder davon.

In der Gartenlaube konnten wir auf gar keinen Fall bleiben. Da war es jetzt feucht und viel zu kalt. Es war Herbst, draußen war es schon kühl, und es regnete nun häufiger. Bald würde es Frost und Schnee geben. Die Oma durfte auf keinen Fall krank werden. Schon oft hatte ich von einer schlimmen Krankheit gehört. Sie hieß Typhus. Die Leute vor der Russenkaserne hatten oft davon geredet und auch erwähnt, daß schon viele Menschen in Neisse daran gestorben waren.

Ich mußte mich so schnell wie möglich um eine warme Wohnung bemühen. Auch heute war wieder ein sehr kühler und regnerischer Tag. Die Oma war zu schwach, um aufzustehen. Sie lag noch immer eingekuschelt im Federbett auf dem Fußboden der kalten Laube. Für einige Zeit konnte ich sie bestimmt allein lassen. Und dann mußte ich auch etwas Essen besorgen.

Die Totenvögel

Ich lief die lange Straße am Jerusalemer Friedhof entlang bis zur Eichendorffstraße. Ich bat den lieben Gott darum, daß die Wohnung hinter dem Eichendorffhaus noch nicht wieder bewohnt war. Eigentlich war die Wohnung gar nicht so schlecht. Sie war ruhig, wir hatten ein Dach über dem Kopf, und mit dem Ofen in der Stube würden wir über den Winter kommen. Feuerholz und Kohle würde ich schon besorgen. In vielen leerstehenden Kellern hatte ich bei meinen Streifzügen im Sommer die für die kalte Jahreszeit notwendige Feuerung entdeckt.

Als ich über den Hof zur Schuppenwohnung ging, sah ich gleich, daß sie noch unbewohnt war. Die Tür stand offen. Ich merkte, daß sich seit unserm Auszug vor einigen Wochen hier nichts verändert hatte. Nur im hinteren Zimmer tropfte es durch die Decke. Auf dem Fußboden standen schon einige Pfützen. Die vordere Küche war noch trocken. Hier würde ich es der Oma gemütlich machen. Da gab es ja den Küchenherd, den ich heizen konnte.

Heute noch würden wir hierher umziehen! Deshalb lief ich auch schnell zur Oma zurück. Sie lag noch immer geschwächt in ihrem Federbett. Als ich die Tür der Gartenlaube öffnete, richtete sie sich erschrocken auf. Oma hatte riesengroße Augen und eingefallene Wangen.

„Oma, wir können wieder zum Eichendorffhaus zurück. Die Wohnung dort ist noch leer."

Oma sagte nichts. Schwerfällig stand sie auf. Zu packen hatten wir diesmal nichts. Nur die verschmutzten Bettdecken waren uns geblieben. So zogen wir traurig mit unseren kümmerlichen Bündeln zurück in die Friedrichstadt.

Den vorderen Raum fegte ich gleich aus. Dorthin legte ich auch die Matratzen auf den Fußboden. Das hintere Zimmer war viel zu feucht. Die Oma war ziemlich schwach. Sie legte sich gleich wieder hin. Ich wollte etwas zu essen besorgen. Bei der Russenkaserne würde ich vielleicht ein paar Stücke Brot bekommen.

An wen sollte ich mich sonst noch wenden? Wie schön wäre es, wenn die „Graue Schwester“ nun wieder mit ihrem warmen Mittagessen käme! Ich nahm mir vor, an einem der nächsten Tage ins Kloster am Salzring zu gehen. Dort wohnten die Schwestern. Die würde ich dann einfach um etwas warmes Essen bitten.
Meinen Hunger spürte ich nicht. Es war schon Mittag. Heute hatte ich noch nichts gegessen.
Von den russischen Soldaten bekam ich einige Stückchen Brot. Die würden den ersten Hunger stillen. Als ich wieder oben am Eichendorffhaus ankam, lag die Oma noch immer schlafend unter ihrer Bettdecke. Aus einem Nachbarhaus besorgte ich eine Kanne Wasser. Aber die Oma wollte nichts essen. Sie war zu kaputt; sie wollte nur noch schlafen.
Ich ging wieder nach draußen und stöberte allein in den verlassenen Häusern herum. Es war ein regnerischer Tag, und der Wind fegte die letzten Blätter von den Bäumen. Mit einem Arm Feuerholz kam ich zurück. Ich reinigte den Herd und versuchte, das Feuer anzumachen. Der Schornstein zog nicht richtig. Es qualmte in die Küche. Das wollte ich der schlafenden Oma doch nicht zumuten. Morgen würde ich es noch einmal versuchen!
So krabbelte ich auch unter meine Bettdecke.
Ich hatte zwar die Tür zum Nebenzimmer geschlossen, aber das Tropfen und Klatschen der Wassertropfen auf den Fußboden hörte ich durch die Zimmertür. Die ganze Nacht war regnerisches und stürmisches Wetter. Das helle Klopfen der Tropfen hörte nicht auf. Im Halbschlaf glaubte ich Schritte zu hören. Was hatte mir früher einmal die Oma erzählt?
„Wenn der Tod kommt, kündigt er sich vorher an!“
Und mir fiel die Geschichte ein, die mir die Oma damals erzählt hatte. Sie wachte am Bett ihres Vaters und hörte auch Schritte aus dem Nebenzimmer. Als sie nachschaute, war niemand da.
Da waren die Schritte wieder im Nachbarzimmer. Und dann fingen auch noch die Käuzchen mit ihrem „Zieh mit! - Zieh mit!“ an.

„Wenn man die hört, dann stirbt jemand!" Das hatte die Oma oft gesagt. Davon war sie offenbar überzeugt. Aber jetzt schlief sie. Ich hörte ihr gleichmäßiges Atmen.

Der nächste Morgen war wieder grau und trübe. Ich war erstaunt, daß die Oma schon aufgestanden war. Ich richtete mich auf.

„Oma, nachher gehe ich in die Stadt. Da suche ich eine andere Wohnung für uns. In diesem Schuppen ist es im Winter nicht schön. Im Sommer haben wir nicht gemerkt, daß es reinregnet. Das Dach ist wohl kaputt. Hier können wir nicht bleiben."

Oma sah mich mit ihren großen, eingefallenen Augen an. Irgendwie spürte ich, daß ich jetzt alles für uns erledigen mußte. Die Oma hatte keine Kraft mehr.

Hier in der Friedrichstadt wollte ich es erst gar nicht versuchen. Vielleicht hatte ich drüben in der Stadt mehr Glück.

Also lief ich die Eichendorffstraße hinunter, überquerte den Luisenplatz und ging wieder einmal über den jetzt glitschigen Holzsteg der zerstörten Neißebrücke. Mir waren die vielen unzerstörten Häuser in der Nähe des Torturms eingefallen. Links in der Wilhelmstraße standen noch einige Häuser. Auf der rechten Seite der Straße war ein großes Haus. Es schien bewohnt. Das gegenüberstehende Haus war ausgebrannt.

Ich versuchte es gleich bei der ersten Haustür. Sie war unverschlossen. Das Treppenhaus war ziemlich dunkel. Aber durch das graue Tageslicht sah ich auf halber Treppe eine Tür. Ich öffnete sie. Da war ein schöner, kleiner, trockener Raum. Hier konnte es nicht reinregnen. In der linken Ecke war ein Kanonenofen. Mitten im Raum stand ein Tisch. Auf dem Fußboden war viel Zeitungspapier verstreut. „Das kann ich alles verbrennen!" dachte ich gleich. Dann wäre das Zimmer schnell warm.

Zuerst ging ich aber wieder in das Treppenhaus. Oben erkannte ich einige Wohnungstüren. Ich drehte an der ersten Metallklingel. Nach geraumer Zeit öffnete ein älterer Mann die Tür. Er sah mich erstaunt an.

„Guten Tag!“ sagte ich. „Ich wollte nur fragen, ob das Zimmer da unten noch frei ist?“
„Da wohnt niemand!“ antwortete er.
„Ich möchte mit meiner Oma dort einziehen.“
„Das könnt ihr machen, wir haben nichts dagegen.“
Ich war sehr froh. In diesem Zimmer würden wir es aushalten! Hier waren wir auch nicht ganz allein. Die restlichen Möbel würde ich schon besorgen. Ein Tisch und zwei Stühle waren vorhanden. Wir brauchten nur noch zwei Betten und einen kleinen Schrank. Aber Hauptsache, das Zimmer war warm und trocken.
Ich ging gleich wieder nach unten in das neue Zimmer. Zuerst steckte ich eine Zeitung in den Ofen und zündete sie an. Streichhölzer hatte ich nun immer bei mir. Bei meinen russischen Freunden hatte ich mir das Rauchen angewöhnt. Ich hatte gemerkt, daß man nach einer Machorkazigarette keinen Hunger mehr hatte. Außerdem schmeckte mir der Rauch.
Dieser Stubenofen zog gleich sehr gut. Nach und nach knüllte ich alle Zeitungen zusammen und verbrannte sie. Nach kurzer Zeit war das Zimmer schön warm.
Dann ging ich noch einmal zu dem Mann nach oben und bat ihn um einen Besen und eine Kehrichtschaufel. Ich fegte den letzten Dreck zusammen und warf ihn in den Ofen. Nun war das Zimmer ganz sauber. Hier würde es die Oma aushalten! Schon morgen würden wir hier einziehen! Zum Salzring war es von hier auch nicht mehr weit. Die Schwestern würden uns bestimmt etwas zu essen geben.
Ich gab die Sachen oben wieder zurück. Dann ging ich nach draußen. Es war naßkalt und sehr ungemütlich. Drinnen im Haus hatte ich davon nichts gemerkt. Nun regnete und schneite es gleichzeitig.
Ein kalter Wind fegte durch die Straßen. Alles war feucht und unfreundlich. Auch der Holzsteg über die Neißebrücke war naß und sehr glatt. Links von mir lag die Insel. Kein Mensch war weit und breit zu sehen. Alles war trüb und grau. Der naßkalte

Herbstwind hatte schon längst die letzten Blätter von den Bäumen am Neißedamm geweht. Auch der Fluß lag dunkel und träge in seinem Bett. Dabei war es noch gar nicht lange her, daß ich hinten am Tümpel gebadet hatte. Nun sehnte ich mich nach einem schönen warmen Zimmer.
Es würde nicht mehr lange dauern und die Neiße würde wieder von einer dicken Eisschicht bedeckt sein. Der Winter würde seinen Einzug halten mit Schnee und Eis, Frost und Kälte.
Ob ich mir irgendwoher einen Schlitten besorgen konnte? Ich würde natürlich gerne wieder Schlitten fahren, wenn alles mit Schnee zugedeckt war. Entweder hier am Neißedamm oder hinter der Ziegelbarriere, wie letztes Jahr. Das war erst ein Jahr her? Was hatten Oma und ich unterdessen alles erlebt! Damals war noch der Kanonendonner zu hören, und niemand dachte an Flucht. Nun war der Krieg schon lange vorbei und wir waren wieder in unserer Heimatstadt. Leider waren alle meine Freunde aus der Friedrichstadt noch nicht wieder da. Wo die jetzt wohl waren, der Helmut und der Hans Rieger, der Horst Pukalla und der Gerhard, Sigrid Schmidt und Renate Warmbrunn und all die anderen Kinder, mit denen ich so gern gespielt hatte?
Da war der Schutthaufen, wo noch vor einem Jahr unsere Kaserne gestanden hatte.
Da fiel mir die Oma in ihrem kalten Zimmer ein. Ich lief schnell über den Luisenplatz und die Eichendorffstraße hinauf. Ob ich im Keller des Eichendorffhauses noch mal nachsehen sollte? Vielleicht gab es dort noch etwas Brennbares. Oder noch so ein kleines Büchlein vom „Taugenichts". Das letzte mit den schönen Liedern war leider verbrannt mit dem Rest unserer Habe.
„Wem Gott will rechte Gunst erweisen, den schickt er in die weite Welt. Den läßt er seine Wunder preisen, in Berg und Tal, in Strom und Feld!"
„Du bist auch so ein Taugenichts!" Das hatte die Oma oft zu mir gesagt. Aber richtig ernst hat sie es wohl nie gemeint.
Eigentlich habe ich mich mit der Oma immer gut verstanden. Mein Leben lang war ich jeden Tag mit ihr zusammen. Fast

alles, was ich wußte und konnte, hatte sie mir beigebracht. Ich habe ihr gerne zugehört, wenn sie ihre Geschichten erzählte. Und mich wohlgefühlt, wenn sie in ihrem Sessel saß und den Rosenkranz betete. Später hatten wir oft Meinungsverschiedenheiten. Besonders über den Führer und die Nazis, über unsere Soldaten und den Krieg. Nun wurde mir langsam klar, daß die Oma in der Sache immer recht hatte. Sie war eigentlich die einzige Erwachsene, die nicht all das nachplapperte, was man sich überall erzählte von Führer, Volk und Vaterland, von Krieg und Heldentaten.

Nun gab es keinen einzigen deutschen Soldaten mehr in Neisse, nur noch russische und die polnische Miliz mit den viereckigen Mützen.

Die deutschen Helden hatten wohl doch den Krieg verloren, und wir hatten nun darunter zu leiden.

Vom Himmel kamen nun dicke Schneeflocken. Meine Jacke war schon völlig durchnäßt. Heute konnten wir nicht mehr zur Wilhelmstraße umziehen. Schade, denn das neue Zimmer dort war wirklich trocken, warm und sauber.

Es war ein trüber, grauer Novembertag. Bald würde es dunkel sein. Niemand war mehr auf der Straße. Nein, in den Keller des Eichendorffhauses wollte ich heute nicht mehr gehen. Leise schlich ich mich in unsere Wohnung hinter der Ruine. Die Oma lag unter ihrer Bettdecke. Sie schlief schon wieder.

„Oma, ich bin wieder da!"

Sie schlug die Augen auf, sagte aber nichts.

„Oma, ich hab' in der Stadt eine schöne neue Wohnung gefunden. Sie ist in der Wilhelmstraße. Dort ist es warm und trocken. Und es regnet nicht durch die Decke."

Die Oma sagte immer noch nichts. Ob sie krank war? Auch gegessen hatte sie nicht. Die paar Stücke vom Russenbrot lagen immer noch auf dem Tisch. Vielleicht hatte sie jetzt Hunger?

Da merkte ich plötzlich, daß ich auch Hunger hatte. Den ganzen Tag hatte ich nichts gegessen. Jetzt das trockene Brot runterschlingen? Vielleicht bekam ich noch genug Tabak für eine

Zigarette zusammen. Die würde meinen Hunger schnell vertreiben. Zuerst wäre ich etwas benebelt im Kopf, aber dann würde ich schnell einschlafen.
Zur Russenkaserne brauchte ich jetzt nicht mehr zu gehen. Bei diesem Regenwetter war bestimmt keine Menschenseele dort.
Aber jetzt bei der Oma im Zimmer rauchen? Das wollte ich nicht. Die Oma hätte mir auch schon was erzählt!
Ich nahm mir vor, nach drüben in die Eichendorffruine zu gehen. Sehen konnte ich zwar nicht mehr viel, aber eine geschützte Nische würde ich schon finden.
Die Oma hatte ihre Augen wieder geschlossen. Vorsichtig hielt ich mein rechtes Ohr vor ihr Gesicht. Sie atmete ganz leise.
Da schlich ich ganz vorsichtig nach draußen. In der Ruine suchte ich mir eine etwas geschützte Zimmerecke. Dann drehte ich mir die Zigarette, wie ich es bei den Russen gesehen hatte. Hoffentlich waren die Streichhölzer in meiner Hosentasche noch trocken. Ich schaffte es mit dem ersten Versuch. Die ganze Zigarette brannte. Ich blies die Flamme aus. Vorn glimmte es weiter. Ich saugte einen tiefen Zug Rauch ein. Das bekam mir gut. Mir wurde richtig warm im Bauch. Mein Hunger verflog.
Von oben schneite und regnete es herein. Das Regenwasser lief an den verrußten Wänden herunter. Über mir war der graue, trübe Himmel.
Da stand ich nun mutterseelenallein in diesen ausgebrannten Räumen, in denen vor langer, langer Zeit einmal der berühmte Bücherschreiber gelebt hatte. Ob er jetzt oben im Himmel war und mich sehen konnte, wie ich jetzt einsam in seiner alten Wohnung stand?
„Wem Gott will rechte Gunst erweisen, den schickt er in die weite Welt!“
Oma und ich hatten in diesem Jahr viel von der Welt gesehen. Ich versuchte noch einmal, alle Städte zusammen zu kriegen: Olmütz, Brünn, Budweis, Wien, Linz, Wels, Michaelnbach. Später Prag, Dresden und Reichenberg mit dem hohen Jeschken. Glatz, das Kriegsende in der Tschechei, Magdeburg

und Breslau. Kreuzburg und wieder Breslau. Und dann der lange Fußmarsch nach Neisse über Ohlau und Grottkau. Wir hatten viel von der Welt gesehen. Aber ob das eine Gunst war? Oder eine Kunst? Ich wußte gar nicht, was es bedeutet, „jemandem eine Gunst erweisen".
„Lieber Gott! Gib, daß alles wieder gut wird!" betete ich.
„Mach meine liebe Oma wieder gesund! Schick uns jemanden, der uns etwas zu essen gibt!"
Es war mir plötzlich in den Sinn gekommen. Ob der liebe Gott mich jetzt sah und hörte?
Auch sonst betete ich jeden Abend vor dem Einschlafen. Meistens war es das alte Gebet, das mir die Oma schon ganz früh beigebracht hatte.
„Müde bin ich, geh' zur Ruh!"
Aber ich konnte natürlich auch das „Vater unser" und das „Gegrüßet seist du, Maria!"
Die Zigarette war ausgeraucht. Ich warf den Stummel in eine Wasserpfütze. Kurz zischte es auf. Dann verließ ich wieder das naßkalte Eichendorffhaus und ging leise in die Wohnung zurück.
Es war unterdessen noch dunkler geworden. Auf dem Hof war kaum etwas zu erkennen. Aber ich kannte unterdessen jeden Winkel.
Leise schlich ich mich in den Schlafraum. Im hinteren Zimmer leckte der Regen immer noch durch die Decke. Die Wassertropfen klatschten ununterbrochen auf den Holzfußboden und in die Pfützen, die sich dort gebildet hatten.
Von hier mußten wir wirklich schnell weg! Ich zog meine feuchten Sachen aus und legte sie über einen Stuhl. Dann kroch ich in meiner Unterwäsche unter die Bettdecke. Sie war auch schon etwas feucht.
Durch das Getropfe im Nachbarraum konnte ich den Atem der Oma nicht hören. Vorsichtig beugte ich mich über sie. Sie atmete ganz leise und gleichmäßig.

Ich betete noch einmal. Für mich und die Oma. Bald würde es uns besser gehen. Davon war ich nun felsenfest überzeugt. Der liebe Gott würde einen kleinen Jungen schon erhören und nicht im Stich lassen!
Bald war ich eingeschlafen. Ich hatte einen wunderschönen Traum. Plötzlich gab es weder Regen, Schnee, noch Kälte. Die Sonne schien. Ich lief durch die Kohlsdorfer Wiesen. Riesige Margeriten und Glockenblumen waren um mich herum. Sie reichten mir bis zum Bauch. Ich pflückte der Oma einen wunderschönen Frühlingsstrauß.
„Oma, Oma!“ rief ich, „guck mal, die schönen Blumen. Die Oma stand ganz hinten auf der Wiese. Diesmal hatte sie kein schwarzes Kleid an. Sie sah ganz jung aus. Oder war es meine Mutter? Ich lief auf sie zu. Doch plötzlich wurden meine Füße ganz schwer und ich kam nicht mehr von der Stelle.
„Oma, Oma!“ rief ich. Aber die Oma war nicht mehr da. Ich stand ganz alleine auf der großen Blumenwiese. Da bekam ich plötzlich Angst. Ich wollte weglaufen. Doch es ging wieder nicht. Vor Schreck wachte ich auf. Ich lag unter der feuchten Bettdecke. Aber ich fror nicht mehr. Es war schön warm. Nebenan tropfte es immer noch. Aber nein, waren das nicht Schritte? Als ich darüber nachdachte, blieb mir fast das Herz stehen. Da ging jemand hin und her! Ich lauschte zur Oma hinüber. Sie atmete ganz leise. „Gott sei Dank!“ dachte ich.
„Wenn ein Mensch stirbt, dann wird er abgeholt. Das merkt man schon Tage vorher!“
Hatte mir das die Oma nicht früher erzählt? Die Sterbenacht mit ihrem Vater. Damals war die Oma noch ganz gesund. Aber jetzt?
Wir beide hatten damals Senf und Essig aus der Fabrik in der Stadt geholt. Da kaufte die Oma immer diese Sachen ein. „Hier sind sie etwas billiger als beim Kaufmann,“ hatte sie mir gesagt.
Ich hatte lange nicht mehr an unser Gespräch von damals gedacht. Nun hörte ich wieder die Schritte. Das war kein russischer Soldat! Die Oma lag ja neben mir und atmete leise. Da-

mals hatte ich sie sprechen gehört. Aber nun hörte ich nur ein Tapsen und Schlurfen. Ich verkroch mich in's Kopfkissen. Als ich meine Ohren freimachte, waren die Geräusche sofort wieder da. Nun waren auch unsere Fenster hell erleuchtet. Der Mond war aufgegangen. Und plötzlich waren auch die Käuzchen wieder da. Sie schrien. Zuerst nur eines, und dann immer mehr. Das erste schrie: „Zieh mit! Zieh mit!“ Und gleich antworteten die anderen: „Zieh mit! - Zieh mit! - Zieh mit!“
Ein Mensch mußte jetzt sterben. Da war ich ganz sicher!
Der Schneeregen hatte wohl endlich aufgehört. Aber die Geräusche aus dem Nebenraum blieben. Ich betete: „Gib, daß kein böser Traum mich weckt! Kein nächtlich' Wahnbild mich erschreckt!“
Dann fielen mir auch noch die weißen Grabsteine auf dem Friedhof ein. Ich sah in der Gruft den weißen Sarg mit den Knöchelchen. Und die Totenköpfe mit den großen Augenlöchern. Dann ritten die toten Reiter aus dem Film „Fährmann Maria“ übers Land. Und mir fiel der gruselige Totentanz vom Pfarrer Gerigk ein. Ob die jetzt auch auf dem Jerusalemer Friedhof tanzten, diese vielen Gerippe? Und der Pfarrer Gerigk war dabei? Da würde ich jetzt um nichts in der Welt vorbeigehen.
Ich betete ein „Vater unser“ und ein „Gegrüßet seist du, Maria!“ Ich war überzeugt, dann konnte mir nichts passieren!
Bald wurden die Geräusche immer weniger. Das Schlurfen und Tapsen hörte ganz auf. Oma atmete leise. Doch die Käuzchen schrien ihr „Zieh mit! - Zieh mit!“ immer weiter.
Nein, meine Oma würde bestimmt nicht sterben! Was sollte dann aus mir werden? Ich so ganz allein auf der Welt? Nein, das würde mir die Oma nicht antun! Die würde mich doch nicht allein lassen!
Schließlich muß ich dann doch wieder eingeschlafen sein. Als ich aufwachte, war es schon hell. Das Tageslicht kam durch die verregneten Fenster in das Zimmer. Der furchtbare Spuk der vergangenen Nacht war vorbei. Die Oma lag noch neben mir. Sie atmete ganz ruhig. Ich sah sie von der Seite an. Die Augen

waren geschlossen, aber die Wangen waren ganz eingefallen. Und das Haar war noch grauer geworden.
Ich wühlte mich aus der Bettdecke. Dann stand ich auf und ging zum Fenster. Mich fröstelte ein wenig. Der Himmel war nicht mehr ganz so grau wie gestern. Ich hatte sogar das Gefühl, daß gleich die Sonne scheinen würde.
Ich öffnete die Tür zum Nebenraum. Aber da war nichts Besonderes zu entdecken. Einige Pfützen standen noch auf dem Fußboden. Oben an der Zimmerdecke hingen einige Wassertropfen. Ab und zu löste sich einer und klatschte auf den Boden.
Das waren also die Geräusche! Ob in der letzten Nacht hier wirklich die Geister von Verstorbenen herumgelaufen waren? Jetzt bei Tageslicht sah plötzlich alles ganz normal aus. Meine nächtliche Angst war verschwunden.
Aber das „Zieh mit!“ der Käuzchen hatte ich tatsächlich gehört. Das konnte mir niemand ausreden!

Letzte Tage in der Wilhelmstraße

Meine Kleidung von gestern war noch feucht. Ich zog sie trotzdem an, denn ich hatte nichts Anderes.
„Oma, aufstehen!“ rief ich. „Gleich geht die Sonne auf. Heute ziehen wir in unsere neue Wohnung!“
Da öffnete sie endlich die Augen. Sie hatte den vorigen Tag und die ganze letzte Nacht durchgeschlafen.
„Oma, ich habe ein schönes Zimmer in der Wilhelmstraße gefunden. Steh auf und zieh’ dich an! Das Zimmer wird dir bestimmt gefallen! Da ist es warm und trocken. Einen kleinen, eisernen Kanonenofen haben wir dort auch. Den kann man schnell anmachen. Und Brennmaterial gibt es auch.“
„Ich habe wie tot geschlafen. Ich war kaputt, aber jetzt geht es wohl wieder.“
Die Oma stand auf. Sie legte unsere Bettdecken zum Auslüften über die Stühle.

„Oma, wir brauchen nur das Allernotwendigste mitzunehmen! Alles andere finden wir dort im Haus. Da stehen noch einige Wohnungen leer."
Oma machte sich fertig. Sie zog sich an und kämmte sich ihre grauen Haare, die ziemlich zerzaust waren. Dann machte sie sich ihr schwarzes Kopftuch um. Die Betten wickelte sie in die Wolldecken. Alles andere ließen wir zurück. Zur Not würde ich das eine oder andere noch holen können. Dann machten wir uns auf den Weg.
Heute meinte es das Wetter gut mit uns. Die Sonne war tatsächlich aus den grauen Wolken herausgekommen. Die ganze Friedrichstadt dampfte und strahlte. Überall spiegelten sich Sonnenstrahlen: auf den feuchten Dächern, an den Häuserwänden, in den Fenstern, den Pfützen und sogar an den entlaubten Zweigen der Bäume.
Auch die Neiße sah wieder viel freundlicher aus als gestern abend.
Die Oma konnte wieder ganz gut laufen. Wir schleppten jeder ein Bett.
Auf der linken Straßenseite, direkt hinter der Schlageterstraße, war jetzt ein polnischer Lebensmittelladen. Dort wurde auch Brot, Obst und Gemüse verkauft. Ich hatte mir die Sachen schon oft durch die Schaufensterscheibe angesehen. Aber kaufen konnte ich nichts, denn ich hatte ja kein polnisches Geld. Die Oma hatte den Laden noch nie gesehen. Deshalb war ich ganz erstaunt, daß sie gleich in den Laden ging. Ich lief hinterher. Oma holte aus der schwarzen kleinen Handtasche einen Zehnmarkschein heraus und zeigte ihn der Verkäuferin. Aber die schüttelte nur mit dem Kopf. Das sollte wohl bedeuten, daß sie kein deutsches Geld haben wollte. Das fand ich sehr schade. Auf dem Verkaufstisch lagen frische Weißbrote, die nach Bäkkerladen dufteten. Jetzt eine Scheibe Weißbrot mit Leberwurst oder Sirup, das würde schmecken! Mir wurde ganz flau im Magen, als ich daran dachte.

Oma drehte sich um. Sie sah ganz traurig aus. Gerade wollte sie den wertlosen Geldschein wieder in die Tasche stecken, als ein polnischer Mann sie ansprach, der hinter uns im Laden gestanden hatte. Er sprach sogar deutsch.

„Madka, Mutter, hier nimm!"

Oma sah ihn erstaunt an. Sie bedankte sich und wollte dem Mann gleich ihren Geldschein geben. Aber der Mann winkte ab. Er wollte ihn nicht haben.

Nun konnte die Oma das Weißbrot für uns kaufen. Von den zehn Zloty, die uns der freundliche Mann geschenkt hatte, bekam die Oma eine ganze Menge Geld wieder. Das würde dann auch für die nächsten Tage reichen.

Bevor wir den Laden verließen, bedankte sich die Oma noch einmal bei dem Mann. Und da hörte ich zum allerersten mal, daß die Oma auch polnisch sprechen konnte. Das hatte ich noch nie bei ihr gehört.

Draußen vor der Ladentür brachen wir uns gleich ein Stück vom Weißbrot ab. Es schmeckte wunderbar, besser, als Kuchen je geschmeckt hatte. Das Brot war ganz frisch und sogar noch etwas warm.

„Den Mann hat uns bestimmt unser Herrgott geschickt," sagte die Oma gleich, und ich erinnerte mich, daß ich gestern abend darum gebetet hatte. Das sagte ich aber der Oma nicht.

Beim Torturm bogen wir nach links in die Wilhelmstraße.

„Oma, sieh mal! Das ist unser neues Haus!" sagte ich stolz zu ihr.

Die Haustür war auch heute nicht verschlossen. Wir gingen in das Treppenhaus. Zielstrebig sprang ich gleich die wenigen Stufen hoch und öffnete die Tür unseres Zimmers. Die Oma war langsam hinter mir hergekommen. Nun standen wir beide vor der weit geöffneten Tür und wollten gerade den Raum betreten. Da erschraken wir beide. Auf dem Tisch des Zimmers war ein Mann aufgebahrt. Er lag ganz steif auf dem Rücken. Vorne neben seinen Füßen standen zwei Leuchter, aber die Kerzen brannten nicht.

Schnell lief ich die Treppen hoch und schellte an der mir schon bekannten Wohnungstür. Diesmal öffnete eine Frau.
„Guten Tag!“ begrüßte ich sie. „Wir wollten gerade in das Zimmer da unten einziehen. Aber da liegt ja ein Toter auf dem Tisch!“
„Ja, der Mann ist in der letzten Nacht gestorben. Seine Frau wußte nicht, wo sie ihn lassen sollte. Aber morgen wird er begraben. Dann könnt Ihr da einziehen!“
„Wo sollen wir denn jetzt hin? Ich habe meine Oma bei mir. Die muß sich ausruhen!“
„Ganz oben unter dem Dach ist noch eine Wohnung frei. Ihr könnt sie euch ja ansehen. Vielleicht gefällt sie euch!“
„Danke schön!“
Schnell lief ich wieder nach unten.
„Oma, oben ist noch eine Wohnung frei. Da können wir auch einziehen. Komm mit, wir sehen sie uns mal an!“ versuchte ich sie zu beruhigen.
Die Oma kam nur ganz langsam die Treppen hoch. Ich ging vor ihr. Das Haus hatte drei Stockwerke. Ganz oben gab es zwei Wohnungen. Eine davon sah bewohnt aus. Ich drehte an der Türklingel. Eine Frau öffnete uns.
„Wir wollten fragen, ob wir hier einziehen können,“ begrüßte ich gleich die überraschte Frau. „Ich bin mit meiner Oma hier.“
Die war mir nachgekommen. Nun stand sie auch mit ihrem Bündel und dem angebrochenen Weißbrot unterm Arm vor der fremden Wohnungstür.
„Kommen Sie doch erst mal herein!“ bat uns die Frau. Oma setzte ihr Bündel ab. Dann führte uns die Frau in ihre Küche. Da saß ihr Mann. Er stand auf, als wir hereinkamen, und begrüßte uns.
In der Küche war es angenehm warm.
Die Oma stellte uns vor und sagte gleich: „Eigentlich wollten wir unten in das Zimmer einziehen, aber da ist ja jemand aufgebahrt.“

„Ja, der Mann ist in der letzten Nacht gestorben. Aber morgen wird er in Jerusalem beerdigt,“ erwiderte die Frau.
„Unten hat man uns gesagt, daß ihre Nachbarwohnung noch frei ist. Dürfen wir da einziehen, bis unten das Zimmer wieder frei ist?“
„Ja, sie ist noch unbewohnt, aber es regnet etwas rein. Oben das Dach ist nicht ganz dicht. Sehen Sie sich doch die Wohnung mal an!“
Wir gingen gleich über den Flur in die andere Wohnung. Die Tür war nicht verschlossen. Wir sahen uns um. Da gab es eine Küche, zwei Zimmer und ein Klo. Im Schlafzimmer standen ein breiter, braun polierter Kleiderschrank und ein Doppelbett. Neben den Betten waren kleine Schränke. Die Fensterscheiben waren ganz, aber so beschlagen, daß wir nicht nach draußen sehen konnten. Unter der Zimmerdecke waren große Wasserflecken. Auch der Fußboden war feucht. Die Oma ging gleich zum Fenster und öffnete es weit.
„Dann zieht gleich die Feuchtigkeit hinaus,“ sagte sie zur Frau.
„Ja das Dach oben ist undicht. Da müßten sie Behälter auf den Fußboden stellen. Aber über den Betten ist es ja noch trocken,“ erklärte uns die Frau.
Ich sah die Oma an. Mir gefiel die Wohnung.
„Oma, sollen wir hierbleiben?“ fragte ich gleich.
Die Oma nickte mir zu.
Ich ging nach draußen ins Treppenhaus und holte die Bündel herein. Aber unsere feuchten Betten brauchten wir gar nicht auszupacken, denn hier lagen noch die Federbetten und die Kopfkissen unberührt da. Sie waren sogar bezogen.
Die Oma nahm sie gleich und schüttelte sie durch.
Nun war auch der Mann von nebenan dazugekommen.
„Wir wollen hierbleiben!“ sagte ich zu ihm.
„Na, dann alles Gute. Wenn Ihr etwas braucht, könnt ihr bei uns jederzeit klingeln!“

Da hatte es ja doch noch geklappt. Der erste Schreck war vorbei. Die Wohnung war nicht schlecht, und freundliche Nachbarn hatten wir auch.
Die Wohnung war nicht sehr schmutzig. Nur im Kleiderschrank hatte jemand herumgekramt. Da lag alles durcheinander, Bettwäsche, Handtücher und Zeug zum Anziehen. Die Oma brachte gleich Ordnung hinein. Dann setzte sie sich plötzlich auf einen Stuhl. Ihr war schlecht geworden. Das kam bestimmt von der Aufregung und dem Treppensteigen.
„Oma, ruh dich doch aus! Du kannst dich auch auf Bett legen!"
Ich ging in die Küche. Jemand klopfte an die Tür. Es war die freundliche Nachbarsfrau von vorhin. Sie brachte uns eine warme Suppe. Das war eine unerwartete Überraschung. Das Essen konnten wir auch gut gebrauchen, denn außer dem Bissen Weißbrot hatten wir heute noch nichts gehabt. Und jetzt war schon wieder Mittag vorbei.
Ich holte die Oma in die Küche. Zur Suppe aßen wir ein weiteres Stück Weißbrot. Es war das erste warme Essen seit vielen Tagen. Uns schmeckte es wie ein Festessen.
„Ich muß mich gleich hinlegen. Ich fühl' mich nicht wohl!"
Oma ging ins Schlafzimmer und legte sich ins Bett.
Ich bekam Angst um meine Oma. Sie hatte ein schwaches Herz, das wußte ich. Schon öfter war sie ohnmächtig geworden. Ich dachte gleich an „Typhus". Ich wußte zwar nicht genau, was das eigentlich war, aber ich hatte immer wieder gehört, daß besonders kleine Kinder und alte Leute diese Krankheit bekamen und daran starben.
Leise räumte ich die Küche auf. Als ich den Wasserkran über dem halbrunden Spülbecken aufdrehte, war ich sehr überrascht, daß Wasser herauskam. Zuerst war es ganz braun. Das konnte ich nicht trinken. Ich ließ es eine Zeitlang laufen, dann wurde es ganz klar und sauber.
Die kleine Suppenschüssel brachte ich der hilfreichen Nachbarin zurück.

„Hast du denn keine Eltern?“ fragte mich die Frau. „Warum bist du denn allein bei deiner Oma?“
„Doch, ich habe eine Mutter und einen Stiefvater. Aber die wohnen in Wesermünde. Früher hat uns meine Mutter jedes Jahr in Neisse besucht. Aber nun haben wir schon lange nichts mehr von ihr gehört. Wir wissen auch gar nicht, ob sie überhaupt noch lebt. Dort gab es viele Bombenangriffe. Ich habe auch noch eine größere Schwester und einen kleineren Bruder. Aber die sind auch in Wesermünde!“
„Deine Oma sah ja nicht gerade gesund aus!“ erschreckte mich die Frau.
„Oma hat sich hingelegt und ruht sich etwas aus. Wir hatten viel Aufregung in letzter Zeit. Wir haben in der Heidersdorfer Straße gewohnt. Aber das Haus ist letzte Woche abgebrannt.“
„Wie konnte das denn geschehen?“
„Ich weiß es auch nicht!“
„Und dann seid Ihr gleich hier in die Stadt gekommen?“
„Nein, wir waren erst in einem Schuppen hinter dem Eichendorffhaus in der Friedrichstadt. Aber dort war auch das Dach zerstört.“
Dann erzählte ich der Frau, was wir alles seit unserer Flucht aus Neisse erlebt hatten und wie es uns nach unserer Rückkehr ergangen ist.
„Deine Oma wird bestimmt wieder gesund!“ ermunterte mich die Frau.
Und darüber war ich sehr froh. Leise ging ich wieder nach drüben. Vorsichtig sah ich durch einen Türspalt ins Schlafzimmer. Dort war es ganz ruhig. Oma schlief.
Das Klo roch nicht gerade angenehm. Ich zog gleich an der Kette mit dem länglichen Porzellangriff. Auch hier lief zuerst eine braune Brühe durch das Becken. Über mir rauschte Wasser in den Wasserbehälter. Wir hatten wieder ein eigenes Klo! Das war ganz gut. Dann brauchten wir wenigstens keinen Kloeimer mehr. Das war nicht gerade bequem.

Draußen war die Sonne schon längst wieder verschwunden. Es mußte schon später Nachmittag sein. Langsam wurde es dämmerig. Ich zog mir die Wolljacke von gestern über. Sie war fast trocken.
Vielleicht konnte ich noch etwas für unsere neue Wohnung besorgen. Das Mittagessen bei der Russenkaserne war schon lange vorbei. Jetzt könnte ich nur noch um etwas Tabak betteln. Unser Weißbrot würde für morgen noch ausreichen. Ich mußte aber unbedingt Feuerholz und Briketts besorgen. Bei meinen Streifzügen durch verlassene Häuser hatte ich genug Feuerung in den Kellern gesehen. Jeden Tag einen Eimer voll. Das würde wohl reichen!
Aber jetzt mochte ich nicht mehr in einen Keller gehen. Vielleicht gab es am „Ring“ oder in der Breslauer Straße noch etwas Feuerholz. Es konnte ruhig feucht sein. Neben dem Küchenherd würde es bald trocknen. Das hatte die Oma früher am Luisenplatz auch immer gemacht.
Am Ring waren noch immer die Schuttberge vorhanden. Niemand hatte etwas weggeräumt. Ich krabbelte auf ihnen herum, aber ich fand nichts. Menschen war kaum zu sehen. Was sollte ich tun? Heute war es den ganzen Tag über trocken geblieben. Doch nun am Abend wurde es lausig kalt. Na ja, wir hatten ein Dach über dem Kopf. Auch die Fenster waren ganz. Morgen früh würde ich versuchen, den Küchenherd anzumachen.
„Lieber Gott, hilf uns, daß alles wieder gut wird. Laß die Oma wieder gesund werden!“ betete ich für mich.
Heute hatten wir wenigstens etwas zu essen bekommen. Nachher könnte ich mir noch eine Scheibe Weißbrot abschneiden. Ob ich das Wasser aus der Leitung trinken konnte? Doch dann fiel mir ein, daß Wasser immer abgekocht werden muß. Jedenfalls hatte ich das mal irgendwo aufgeschnappt. Die Oma hatte es in den letzten Wochen immer getan. „Sonst werden wir krank!“ hatte sie mir gesagt.
Vielleicht konnte ich auch bei den freundlichen Nachbarn nach einem Schluck Wasser fragen. Die Oma hatte bestimmt Durst!

Von meinem Schuttberg am Ring sah ich die Brüderstraße. Rechts war die Kreuzkirche und dahinter der Kartoffelmarkt.
„Früher haben wir in der Brüderstraße gewohnt," hatte mir die Oma mal erzählt. „Damals konnte dein Opa noch arbeiten. Aber als Kriegskrüppel hatten wir nur wenig Geld. Deshalb mußten wir aus der Wohnung raus. Wir sind dann in die Kaserne am Luisenplatz gezogen. Das konnten wir uns gerade noch leisten!"
Und da war es so schön! Ein Leben ohne die Kaserne, die Insel, die Neiße und meine Freunde konnte ich mir nicht vorstellen.
Im letzten Jahr waren wir dort auf dem Kartoffelmarkt im Zirkus. Das war einmalig! Die kleine, niedliche Seiltänzerin! Und erst der Zauberer, der einfaches Wasser in alle Farben verwandeln konnte. Neben der Kreuzkirche war unser Krankenhaus. Ob der Dr. Sonntag noch da war?
Am Kartoffelmarkt standen einige Bäume. Vielleicht lagen dort einige morsche Zweige herum. Es war ja Herbst, und gestern hatte es ganz schön gestürmt. Die Zweige konnte man leicht brechen. Wenn sie erst getrocknet waren, eigneten sie sich gut zum Feueranmachen.
Deshalb lief ich durch die Brüderstraße zum Kartoffelmarkt. Aber hier fand ich auch nichts.
Nun war es fast dunkel geworden. Es war Zeit, nach Hause zu gehen.
Die ganze Stadt schien mir wie ausgestorben. Drüben in der Berliner Straße gab es eine kleine Gastwirtschaft. Ich sah nur einige Männer. Das waren bestimmt Polen. Durch die halbgeöffnete Tür hörte ich Musik. Das Lied, das gerade gespielt wurde, kannte ich: „Ach Hedwig, ach Hedwig, die Nähmaschine geht nicht!" Ich ging über die Straße. Ich sah an den Männern vorbei in das Lokal. Ganz hinten saß ein Mann mit einer Ziehharmonika. Ich wunderte mich, daß hier ein deutsches Lied gespielt wurde.
Ziehharmonika wollte ich früher auch einmal lernen. Ich fand es schön, Musik zu machen. Ich bewunderte alle, die ein Musikin-

strument spielen konnten. Meistens hatte ich das im Kino gesehen. Aber auch den Militär- oder HJ-Kapellen konnte ich stundenlang zusehen.
Zu Weihnachten hatte ich mir eine kleine Ziehharmonika gewünscht und sie tatsächlich vom Christkind geschenkt bekommen. Ich hatte alleine damit geübt. Aber wir kannten keinen Menschen, der es mir richtig gezeigt hätte. Die Oma konnte es auch nicht.
„Schade, daß dein Großvater nicht mehr lebt. Der konnte mehrere Instrumente spielen. Oben auf dem Boden haben wir ja noch einige davon."
Der Opa war schon lange tot. Und so ließ ich es bald mit dem Üben.
Das Lied hier in der Gaststube hörte sich gut an. Einige Polen sangen sogar mit. „Ach Hedwig! Ach Hedwig! Die Nähmaschine geht nicht!" Auf polnisch. Das hörte sich komisch an. Innerlich sang ich das Lied auf deutsch mit.
Ja, ich hatte immer gern gesungen. Bald kannte ich alle Soldatenlieder. Auch das Singen in der Kirche machte mir Spaß. Und das schöne Orgelspiel. Ich hätte stundenlang zuhören können. Wir hatten ja kein Radio, aber in manchen Filmen wurde ja auch gesungen. Zarah Leander und Marika Röck kannten wir alle, und natürlich Heinz Rühmann mit dem tollen Lied „Das kann doch einen Seemann nicht erschüttern!"
Das war jetzt alles vorbei. Ich hatte genug geträumt. Jetzt schnell nach Hause! Unterdessen war es stockdunkel geworden. Die Straßenlaternen waren noch kaputt. Auch im neuen Haus gab es kein elektrisches Licht. Ich schlich die Holztreppe Stufe für Stufe hinauf. Der tote Mann von unten war heute begraben worden. Das Zimmer war wieder leer. Ob wir da doch einziehen sollten? Zuerst mußte die Oma wieder gesund sein!
Ich sah meine Hand nicht vor den Augen. Mir kam es vor wie in einem Geisterhaus. Ich mußte mich am Geländer festhalten. Stufe für Stufe ging ich langsam und leise nach oben. Ich fand schließlich auch unsere Wohnungstür. Alles war dunkel. Aber

in der Küche stand eine Stearinkerze. Ich suchte meine Streichhölzer und zündete die Kerze an. Gleich war es hell und warm. Jedenfalls kam es mir so vor.
Ich nahm die Kerze und schlich mich vorsichtig ins Schlafzimmer. Die Oma lag noch immer im Bett. Als der warme Kerzenschein über ihr Gesicht glitt, richtete sie sich erschrocken auf und sah mich mit großen Augen an.
„Oma, ich bin es! Du brauchst dich nicht zu erschrecken! Es ist alles in Ordnung. Ich war draußen am Ring. Aber ich habe nichts gefunden. Möchtest du noch eine Scheibe Weißbrot?"
„Ich habe nur Durst!" antwortete sie.
„Ich frag' mal bei den Nachbarn. Vielleicht haben die für uns etwas zu trinken."
Hoffentlich hatte die Oma nichts aus der Wasserleitung getrunken. Aber so leichtsinnig war sie bestimmt nicht!
Ich ging mit der Kerze in der Hand zur Nachbarwohnung. Ich drehte die Metallklingel. Zuerst regte sich überhaupt nichts. Ich hatte schon Angst, daß niemand zu Hause war. Mutig klingelte ich noch einmal. Da vernahm ich endlich ein leises Geräusch hinter der Tür. Danach wurde sie aufgeschlossen und einen Spalt breit geöffnet.
„Wer ist da?" fragte eine Männerstimme.
„Ich bin es, von nebenan. Ich wollte sie nur fragen, ob sie etwas für meine Oma zu trinken haben."
„Komm erst einmal herein! Ich glaube, wir haben noch etwas Tee in der Küche. Kennst du Lindenblütentee? Der wird deiner Oma bestimmt guttun!"
Und ob ich den kannte!
„Ich habe früher immer die Lindenblüten abgepflückt. Und die Oma hat daraus den Tee gemacht."
Die Frau war in der Küche. Sie nahm eine kleine weiße Kanne aus ihrem Küchenschrank. Auf dem Herd stand der Tee in einer Blechkanne. Davon füllte sie etwas ein und gab mir den Tee.

„Hier hast du den Tee. Grüß deine Oma! Und schlaft schön in der Wohnung drüben. Wenn etwas sein sollte, kannst du immer bei uns klingeln!"
Ich bedankte mich und ging wieder nach drüben. Das war gar nicht einfach, in der einen Hand die Teekanne und in der anderen die Kerze. Aber ich schaffte es ins Schlafzimmer.
„Oma, ich habe etwas Lindenblütentee für dich bekommen!"
Ich stellte die Kanne auf das kleine Schränkchen neben dem Bett und holte eine Tasse aus der Küche. Ich goß den Tee hinein und reichte ihn der Oma. Die hatte sich etwas aufgerichtet. Nun schlürfte sie vorsichtig den Tee.
„Ach, Lindenblütentee! Das tut gut!"
„Trink mal, soviel du magst!" ermunterte ich sie.
Sie schaffte nicht die ganze Tasse. Ich stellte sie auf den Nachttisch.
„Oma, möchtest du noch ein Stück Weißbrot? Wir haben aber nichts zum Draufschmieren."
„Ja, gleich" antwortete sie, „ich muß erst mal auf's Klo."
Ich half ihr beim Aufstehen. Nun merkte ich, wie dünn und klein sie geworden war. Dann führte ich sie vorsichtig zur Klotür.
„Warte Oma! Ich hole mal eben die Kerze. Sonst kannst du nichts sehen."
Mit der Kerze aus dem Schlafzimmer leuchtete ich in den kleinen Raum hinein. Die Oma setzte sich auf die Klobrille. Ich schloß die Tür und wartete mit der Kerze in der Hand im Flur, bis sie fertig war. Oben in der Klotür war eine Glasscheibe. So konnte die Oma drinnen auch etwas sehen. Als sie fertig war und an der Kette gezogen hatte, kam sie ganz gebeugt wieder heraus.
„Komm her, Oma! Ich hab' die Küche aufgeräumt. Hier kannst du was essen!"
Auf dem Küchentisch lag noch der Rest des Weißbrots, das wir uns von dem Geld des freundlichen polnischen Mannes gekauft hatten.

„Ich schneide dir ein Stück ab!" sagte ich.
Wie oft hatte sie das für mich gemacht! Dabei fiel mir ein, daß die Oma immer ein Kreuzzeichen auf den frischen Brotlaib gemacht hatte. Das tat ich jetzt auch, obwohl wir das Brot schon zum größten Teil aufgegessen hatten.
Die Oma sah mir zu und sagte nur: „Der Herrgott wird uns schon nicht im Stich lassen. Vertrau nur auf Gott, Hansl, auch dann, wenn ich nicht mehr sein sollte!"
Ich säbelte zwei dicke Scheiben ab. Das war gar nicht so einfach, denn das Brot war immer noch ziemlich weich.
„Wo willst du denn hin, Oma?" fragte ich etwas verwundert. „Du wirst bestimmt bald wieder gesund!"
Nein, ein Leben ohne Oma konnte ich mir nicht vorstellen. Immer war ich bei der Oma gewesen. In Omas Wohnung am Luisenplatz war ich zur Welt gekommen. Am Anfang waren noch meine Mutter und Ilona, meine Schwester, dabei. Seit deren Weggehen war ich mit der Oma allein. Keinen Tag meines Lebens war ich ohne sie gewesen. Oma hatte für mich gesorgt. Sie hatte mich getröstet und bei mir gewacht, wenn ich mal krank war. Ich brauchte die Oma, und sie brauchte mich. Und was hatten wir alles zusammen erlebt und gesehen in dem Jahr der Flucht und der Rückkehr nach Neisse. Die alte Großmutter und der kleine achtjährige Enkel. Oder war ich schon neun Jahre? War eigentlich Oktober oder November? Im Oktober wäre ich neun geworden. Ja, es war bestimmt schon November. Gestern hatte es sogar schon geschneit. Aber an meinen Geburtstag hatten wir nicht gedacht.
„Oma, ich bete jeden Abend, so wie du es mir gezeigt hast!"
„Das ist gut, mein Junge, aber nun bin ich müde und möchte wieder ins Bett."
Sie hatte ihr Brot gar nicht ganz aufgegessen.
Früher hatte mich die Oma jeden Abend ins Bett gebracht. Wir hatten dann zusammen das Abendgebet gesprochen, und sie hat mir immer noch eine Geschichte erzählt. Ich fühlte mich sicher und geborgen. Auch wenn ich schon eingeschlafen war, die

Oma war immer im Zimmer. Das wußte ich. Vor der Nacht und bösen Träumen brauchte ich keine Angst zu haben. Das war eine schöne Zeit. Sie kam mir fast wie im Paradies vor. Damals war die Oma für mich riesengroß. Aber jetzt war sie ganz klein geworden. Eigentlich bestand sie nur noch aus Haut und Knochen.

Im Bettlaken sah ich einen nassen Fleck. Ich sagte aber nichts. Die Oma hätte sich dann nur geschämt. Ich deckte sie aber behutsam zu.

„Oma, schlaf gut! Ich gehe in die Küche und esse das Brot auf."

Es schmeckte wirklich gut. Ich trank auch vom Tee. Ich überlegte mir, ob einmal die Zeit kommen würde, wo wir wieder genug zu essen und zu trinken hätten. Das mußte schön sein. So schön wie damals am Luisenplatz!

Da saß ich nun allein am Küchentisch und blinzelte in die Kerze. Da waren wieder die Lichtsterne. Das hatte ich früher immer in den Kirchen ausprobiert. Einfach in die Kerzen blinzeln, und schon entstanden die allerschönsten Sterne. Wie schön war es damals. Wir wohnten in der Kaserne, ich konnte draußen spielen, aber ich ging auch gern mit der Oma in die vielen Neisser Kirchen. Ob die friedliche Zeit noch einmal zurückkam? Dabei war der Krieg vorbei. Aber so hatten wir uns den Frieden nicht vorgestellt!

Dann fiel mir ein, daß ich noch Tabakreste haben mußte. Ein Stück Zeitungspapier hatte ich vor dem Herd liegen sehen. Morgen würde ich damit Feuer anmachen. In meinem Tabakbeutel hatte ich noch einige Zigarettenkippen. Ich hob jede auf, die ich irgendwo liegen sah. Viel rauchte ich nicht. Vielleicht ein oder zwei Selbstgedrehte am Tag. Aber jetzt sollte die Oma nicht gerade merken, daß ich in der Küche qualmte. Deshalb zog ich vorsichtig die Küchentür zu. Dann drehte ich mir eine Zigarette. Ich steckte sie mir an der Kerze an. Der Tabakrauch roch sehr angenehm. Die ersten Züge taten mir gut. Innerlich wurde mir ganz warm. Und ich wurde müde.

Als ich ausgeraucht hatte, warf ich die Kippe in den Herd. Leise schlich ich mit meiner Kerze ins Schlafzimmer. Ich stellte sie auf mein kleines Schränkchen neben dem Bett. Dann zog ich mich schnell aus. Nur die Unterwäsche ließ ich an. Ich blies die Kerze aus und kroch ganz schnell unter die Bettdecke. Langsam gewöhnten sich meine Augen an die Dunkelheit. Aber es war gar nicht so dunkel. Der helle Mond schien durchs Fenster. Jetzt war ich schön müde. Bald würde ich schlafen und träumen. Das Abendgebet durfte ich aber nicht vergessen!
„Müde bin ich, geh zur Ruh....."
Vielleicht konnte ich durchschlafen. Oma lag neben mir. Sie atmete ganz leise. Ich sah noch einmal zum Fensterkreuz und wunderte mich über das fahle Mondlicht.
Nachts wurde ich dann doch einmal wach. Die Käuzchen waren uns gefolgt. Sie schrien auch hier ihr „Zieh mit! Zieh mit!"
„Es stirbt wieder jemand!" dachte ich im Halbschlaf.
Am nächsten Morgen wollte es gar nicht hell werden. Aber was noch schlimmer war, es hatte wieder zu regnen angefangen. Oben an der Zimmerdecke bildeten sich schon die ersten kleinen Wassertropfen. Vor den Betten standen die kleinen Blechschüsseln. Ich schob sie unter die Tropfstellen. Ich sah durch das beschlagene Fenster. Draußen war alles grau und trübe. Was sollte ich bloß machen?
Die Oma lag immer noch unter ihrer Bettdecke und atmete ruhig. Sie sollte weiterschlafen.
Schnell zog ich mir meine Sachen über. Sie waren kalt und wieder etwas feucht. Das ganze Schlafzimmer war naßkalt. Ich mußte uns unbedingt Feuerung besorgen und den Küchenherd anmachen.
Ich ging in die Küche, schnitt mir ein Stück Brot ab und trank einen Schluck Tee.
Nun sah ich mich um, ob es hier noch etwas Brauchbares gab. Aber ich sah nichts. Ob mir die Flurnachbarn helfen würden? Ich konnte es ja mal versuchen. Die Frau hatte es mir gestern abend versprochen. Ob sie schon aufgestanden waren?

Ich goß den Rest Tee in eine Tasse. Dann ging ich mit der leeren Kanne nach drüben. Ich klingelte.
Der Mann kam gleich an die Tür.
„Guten Morgen!“ sagte ich gleich. „Ich wollte nur die Kanne zurückbringen.“
„Ach, das hätte doch noch Zeit gehabt. Wie geht es denn deiner Oma heute morgen?“
„Sie schläft noch. Ich möchte in der Küche Feuer anmachen. Können Sie mir etwas Holz und Kohle leihen?“
„Jetzt komm erst mal rein! Wir wollen sehen, was sich für euch machen läßt.“
Die Frau war auch schon in der Küche. Der ganze Raum war schön warm. Die Frau gab mir gleich eine Tasse warmen Tee. Das tat gut!
„Hast du schon was gegessen?“ fragte sie.
„Ja, eine Scheibe Brot. Aber ich habe keinen Hunger mehr. Ich will nur unseren Herd anmachen, damit es bei uns auch warm wird. Es regnet wieder rein im Schlafzimmer. Ich besorge gleich Feuerung. Ich kenne einen Keller, wo noch Kohle ist.“
Die Frau schob mir trotzdem eine Scheibe Brot hin. Sie hatte sogar etwas draufgeschmiert.
Natürlich hatte ich noch Hunger. Ich biß auch gleich hinein.
„Eine Scheibe kannst du auch für die Oma mitnehmen!“
Sie stellte einen Teller hin, auf dem das Brot lag.
Der Mann hatte unterdessen eine Kehrichtschaufel mit Kohlen und einige Holzscheite zurechtgelegt.
„Ich komme mit zu euch. Es wäre ja gelacht, wenn wir den Herd nicht anbekämen.“
Ich nahm den Teller mit dem Brot. Dann gingen wir in unsere Wohnung. Den Teller stellte ich gleich neben Omas Bett. Von dem Tee von gestern abend hatte sie nichts getrunken. Ich sah mir ihr schmales Gesicht an. Oma war wirklich ganz dünn geworden.
Dann ging ich in die Küche. Dort hatte der Mann schon die Ofenringe von der Herdplatte herausgenommen. Nun stocherte

er mit einem Stück Holz im Herd herum. Dann zerknüllte er die alte Zeitung, steckte sie von oben in den Herd, legte einige kleine Holzspäne drauf, nahm einige Stücke Kohle von der Schaufel, die er dann auf das Holz legte. Mit den Ofenringen schloß er die Herdplatte. Nun öffnete er die beiden Ofentüren. Bei der unteren zog er den Aschenkasten heraus.
„Den kannst du gleich nach unten bringen!"
Nun nahm er die Streichhölzer vom Küchentisch und zündete damit die Zeitung im Herd an. Es brannte gleich los. Zuerst quoll jedoch aus allen Ritzen des Herdes dicker Rauch heraus.
„Das hört gleich auf," beruhigte mich der Mann. „Die Luft im Schornstein ist noch zu naß und zu kalt. Die drückt den Rauch nach unten. Aber wenn es richtig warm wird, hört das mit dem Qualmen gleich auf."
Im Herd fauchte und knackte es. Und bald brannte es wirklich gut. Vorsichtig nahm der Mann nun das Mittelstück der Herdplatte heraus und ließ noch einige Kohlenstücke auf die Holzglut rutschen. Dann schloß er die Herdplatte wieder.
„Das brennt jetzt gut. Mit einem Eimer Kohle wirst du wohl auskommen. Und Holz wirst du bestimmt auch finden. Paß nur auf, daß der Herd immer gut zieht!"
Dann nahm der Mann wieder seine Schaufel und ging in seine Wohnung zurück.
Ich war sehr froh, daß mit dem Herd alles so gut geklappt hatte, schneller, als ich vorhin gedacht hatte. Nun würde es nicht mehr lange dauern und die ganze Wohnung würde warm sein.
Ich ging zum Spülstein und ließ Wasser über meine Hände laufen. Die waren ziemlich dreckig. Meine nassen Hände wischte ich mir an der Hose ab.
Nun öffnete ich die Küchentür und dann auch die Schlafzimmertür.
„Oma, der Küchenherd ist an. Jetzt wird die ganze Wohnung warm!"
Die Oma richtete sich erschreckt auf und sah mich mit ihren großen Augen an. Dann fiel sie sacht in ihr Kopfkissen zurück.

„Oma, auf dem Nachtschrank stehen noch eine Scheibe Brot und etwas Tee. Ich gehe gleich weg. Ich muß Feuerung besorgen!“

Aber die Oma hatte ihre Augen schon wieder geschlossen und schlief weiter.

Ich ging wieder in die Küche. Eine Zigarette konnte ich mir noch drehen. Aber hier oben konnte ich jetzt nicht rauchen. Die Türen sollten alle offen bleiben, damit sich das Schlafzimmer auch etwas anwärmte.

Ich nahm die Streichholzschachtel vom Küchentisch und steckte sie in meine Hosentasche. Dann holte ich die Jacke aus dem Schlafzimmer und zog sie über. Meine gedrehte Zigarette steckte ich vorsichtig in eine Jackentasche.

Draußen regnete es immer noch. Dicke Wassertropfen kamen nun ununterbrochen von der Schlafzimmerdecke herunter. Die Schüsseln waren schon fast voll. Ich leerte sie schnell in der Küche. Dann stellte ich sie wieder an die Stellen, wo es besonders stark tropfte.

In der Küche schüttete ich die Asche aus dem Aschenkasten in einen weißen Emailleeimer, schob den Kasten wieder in den Herd zurück und verließ die Wohnung. Leise schloß ich die Tür. Die Oma sollte ja nicht wieder wach werden. Es würde ja nicht lange dauern und ich wäre mit einem Eimer Kohlen wieder zurück.

Vor der Haustür sah ich, daß neben dem Regen nun auch Schneetreiben eingesetzt hatte. Ich schlug meinen Jackenkragen hoch und lief auf die andere Straßenseite. Die Asche schüttete ich in den Kellerschacht einer Ruine. Den Eimer stellte ich dann in einen windgeschützten Hauseingang. Nun holte ich meine Zigarette und die Streichhölzer heraus und zündete sie an. Es klappte gleich beim ersten Versuch. Ich machte ein paar tiefe Züge. Das tat sehr gut bei diesem kalten und nassen Wetter. Dann drehte ich mich um und sah zum Haus hinüber. Es hatte die Hausnummer 22. Doch dann erschrak ich. Eine Frau aus dem ersten Stock unseres neuen Hauses hatte mich die ganze

Zeit beobachtet. Nun sah sie den kleinen Jungen mit der brennenden Zigarette. Sie hatte einen staunenden und vorwurfsvollen Blick. Ich werde ihn wohl nie vergessen.
Schnell nahm ich meinen Eimer und lief zur Berliner Straße. Die meisten Häuser hier waren bewohnt. Da gab es für mich nichts zu holen. Ich wollte zum Eckhaus an der Königstraße. Dort waren zwar die Wohnungen ausgebrannt, aber in den Kellern war noch einiges zu holen. Hier hatte ich auch mal Kohle und Briketts gesehen. Hoffentlich war die Feuerung noch da.
Durch den Schneeregen lief ich über die immer noch zerstörte Neißebrücke in die Friedrichstadt. Beim großen Eckhaus an der Königstraße ließ ich unten im Hauseingang den Eimer stehen und ging erst mal das Treppenhaus hoch. In die Wohnungen konnte ich hinein. Die Treppen und alle Fußböden waren aus Beton. Doch alle Türen und Fenster waren verbrannt. Es gab nur windige Öffnungen nach draußen. In einer ehemaligen Küche lag auf dem Fußboden eine verrostete Backform. Der verkohlte Kuchen war noch drin. Ich erinnerte mich, daß hier der kleine Junge gewohnt hatte, dem ich eine Kinokarte besorgt hatte. Aber seine Mutter wollte ihn wohl nicht uns Straßenjungen anvertrauen. Aber sie hätte sich wirklich keine Sorgen machen müssen. Wir hätten ihn schon gesund zu ihr zurückgebracht. Wo die beiden jetzt wohl waren? Ihre schöne Wohnung war auch ausgebrannt.
Von der obersten Wohnung aus sah ich bis zum Berliner Torturm. Da wohnten wir jetzt. Und unter mir war der Schutthaufen unserer Kaserne.
Draußen regnete und schneite es immer noch. Aber hier oben konnte ich nicht naß werden.
Bald würde es wieder richtig Winter werden. Ach ja, ich mußte ja nach der Feuerung im Keller sehen. Deshalb lief ich wieder das Treppenhaus hinab, nahm den Eimer und schlich vorsichtig in den Keller hinunter. Dort war es ziemlich dunkel. Es roch komisch. Hier würde ich es nicht lange aushalten. Die Holzgit-

tertüren der einzelnen Keller waren alle aufgebrochen. Hier hatten schon einige Plünderer herumgewühlt. Viele Sachen lagen auf dem Kellerboden verstreut. Aber Kohle und Briketts gab es noch genug. Ich füllte meinen Eimer voll und legte noch einige Briketts obendrauf. Nun war mein Eimer ziemlich schwer. Aber bis zur Wilhelmstraße mußte ich es schaffen.
Das Wetter war noch immer trübe und regnerisch. Heute konnte ich nicht mehr nach draußen gehen.
Hoffentlich ging es der Oma etwas besser. Ich mußte dafür sorgen, daß unsere neue Wohnung schön warm blieb. Vielleicht fand ich ja auch etwas zu lesen für mich. Dann war es mir nicht zu langweilig! Gestern hatte ich im anderen Zimmer schon einige Bücher auf dem Fußboden liegen sehen.
Jetzt mußte ich erst mal meinen schweren Eimer über die Neißebrücke schleppen. Der schmale Holzsteg war sehr glatt. Das hätte noch gefehlt. Jetzt ausrutschen, und der ganze Eimer wäre im dunklen Fluß gelandet. Menschen sah ich kaum. Es war wie gestern. Aber da hatte es wenigstens nicht geregnet.
Ob die Oma noch schlief oder ob sie schon aufgestanden war? Heute hatte sie etwas zu essen und zu trinken neben sich auf dem Nachtschrank stehen. Das konnte sie eigentlich nicht übersehen.
Mein Eimer wurde immer schwerer. Meine Hände brannten. Ich mußte ihn immer häufiger von einer Hand in die andere wechseln. Zuletzt nahm ich ihn in beide Hände und schwankte damit die Berliner Straße entlang. Ich kam ins Schwitzen. Aber bald würde ich es geschafft haben: Kochstraße, Schlageterstraße, Wilhelmstraße. Da war die Nr. 22. Ich ächzte die drei Treppen hoch und öffnete ganz leise unsere Tür. Ich wunderte mich. Eigentlich hatte ich die Oma in der Küche beim Aufräumen erwartet. So war es ja immer gewesen. Aber heute lag sie noch immer im Bett. Auch der Teller mit dem Brot und der Tee standen unberührt neben ihr.
Ich schleppte meinen Eimer gleich in die Küche und stellte ihn neben den Herd. In der Küche war es jetzt warm. Mit dem

Ofenhaken holte ich die mittlere Ofenplatte heraus. Ich sah nur ein Häufchen Asche. Aber als ich mit dem Feuerhaken darin herumstocherte, kam rote Glut zum Vorschein. Schnell nahm ich zwei Briketts und legte sie vorsichtig auf die glühenden Kohlen. Dann holte ich aus dem Eimer noch einige Kohlestückchen heraus. Die legte ich neben die Briketts in den Herd. Schnell machte ich die Klappe wieder zu, denn es fing schon an zu qualmen.

Meine Hände waren schwarz geworden. Ich zog meine Wolljacke aus und hängte sie über den Küchenstuhl. Hier in der Küche würde sie bis morgen wieder trocken sein.

Dann ging ich zum Spülstein und drehte den Wasserhahn auf. Ich spülte meine Hände ab und scheuerte sie aneinander. So ging der meiste Schmutz ab. Seife gab es nicht. Vielleicht war ein Stück drüben im Wäscheschrank. Da fiel mir ein, daß ich nach einem Handtuch suchen wollte. So schüttelte ich meine Hände erst mal über dem Spülstein ab, dann trocknete ich sie an der Hose. Die war sowieso feucht.

Nun ging ich ins Schlafzimmer und setzte mich an Omas Bett.

„Oma, ich bin wieder da. Ich habe Kohle und Briketts für uns besorgt!"

Die Oma rührte sich nicht. Aber ich merkte, daß sie atmete. Ich faßte sie leicht an die Schulter.

„Oma, Oma! Wach auf!" rief ich.

Da öffnete sie endlich die Augen.

„Hansl, was ist denn?" fragte sie mit leiser Stimme.

„Oma, ich habe Feuerung für uns besorgt. Jetzt wird unsere Wohnung schön warm!"

„Ich habe so schön geträumt. Es war Frühling. Ich bin mit meinem Vater spazieren gegangen. Alles war hell und bunt."

„Draußen regnet und schneit es. Da ist es im Bett viel gemütlicher. Oma, guck mal, hier ist noch Brot und Tee von heute morgen."

„Ach, laß mal! Ich habe keinen Hunger. Ich bin nur sehr müde!"

Ihre Stimme war ganz leise geworden. Und ihre Augen hatte sie schon wieder geschlossen.
Ich stand auf. Was ich nun machen sollte, wußte ich nicht. Vielleicht war die Oma wirklich müde und mußte nur einmal richtig ausschlafen!
In den Behältern am Fußboden des Schlafzimmers hatte sich wieder das Wasser von der Decke gesammelt. Sie waren fast randvoll. Nacheinander kippte ich sie alle über dem Abfluß in der Küche aus. Ich hoffte, daß der Regen bald aufhörte.
Im Schlafzimmerschrank fand ich einige Handtücher. Ich nahm sie mit in die Küche. Ein Handtuch hängte ich gleich an den Haken neben dem Spülstein. Nun konnte ich meine Hände abtrocknen.
Dann ging ich in die Stube. Dort standen ein rotgepolstertes Sofa und ein Vertiko und in der Zimmermitte ein runder Tisch mit vier Stühlen. Auf dem Teppich lagen einige Bücher und Fotos in Bilderrahmen. Ich hob die Bilder auf und sah sie mir an. Auf einem Bild waren Kinder drauf, die ich aber nicht kannte. Auf einem anderen war ein Soldat fotografiert. Ich glaube, es war ein Unteroffizier. Er sah mich ernst an, als wenn er gleich sagen wollte: „Was machst du denn in meiner Wohnung und kramst in unseren Sachen herum?"
Schnell legte ich das Bild auf das Vertiko und griff nach einem schwarzen Gebetbuch, das unten auf dem Teppich lag. Es war etwas feucht und viele Seiten waren zusammengeklebt. Ganz vorne im Buch war ein Bild. Es zeigte, wie Jesus am Kreuz hängt. Daneben standen ein Mann und eine Frau. „Es ist vollbracht!" stand unter dem Bild. Aber ich wußte nicht, was damit gemeint war.
Im Vertiko war sogar noch feines Porzellangeschirr. Mich wunderte, daß es noch ganz war. Darüber würde sich die Oma bestimmt freuen. Sie hatte schönes Geschirr sehr gerne. Unsere Tassen und Teller mit den geblümten Mustern und die große Kaffeekanne lagen jetzt unter dem Schutt am Luisenplatz.

Auch die vielen Bücher waren feucht und aufgequollen. Ich suchte nach einem trockenen Lesebuch. Da waren immer so schöne Bilder drin. Und die Geschichten las ich sehr gern, weil sie nicht so lang waren.
Auf meinen Streifzügen durch die unbewohnten Häuser und Wohnungen hatte ich viele Bücher gesehen. Auch im Keller des Eichendorffhauses standen ganze Holzkisten voll damit. Hier fand ich aber nichts Richtiges. Nur das Gebetbuch nahm ich mit, um es in der Küche zu trocknen. Das würde die Oma bestimmt freuen!
Aber jetzt schlief sie immer noch. Ob ich mal zu unseren Nachbarn gehen sollte? Die Leute waren immer so freundlich und hilfsbereit.
Die Briketts brannten im Herd. Das konnte ich durch die Ritzen der Herdringe erkennen. Nachher würde ich noch einige Kohlen nachlegen, und morgen müßte ich einen neuen Eimer mit Feuerung besorgen.
Die Frau von nebenan öffnete gleich, als ich die Metallklingel gedreht hatte.
„Guten Tag!" sagte ich. „Ich habe vorhin Feuerung geholt. Unser Herd und die ganze Wohnung sind nun warm."
„Wie geht es denn der Oma?" fragte sie gleich.
„Sie ist müde. Sie schläft immer noch. Vorhin war sie mal kurz wach, aber dann ist sie wieder ganz schnell eingeschlafen."
„Hier hast du noch etwas Tee. Den kannst du deiner Oma mitnehmen. Habt ihr denn noch was zu essen?"
„Nur noch ein Stück Weißbrot. Aber wir haben etwas polnisches Geld. Morgen will ich versuchen, frisches Brot dafür zu bekommen."
„Hier hast du noch einen Apfel! Der wird dir bestimmt schmekken."
Ich bedankte mich und ließ ihn gleich in der Hosentasche verschwinden. Dann nahm ich die weiße Teekanne und ging wieder zurück in unsere Wohnung. Die Teekanne stellte ich gleich an den Herdrand, damit der Tee nicht kalt würde. Den Apfel

aß ich auf. Dann schnitt ich mir noch etwas Weißbrot ab. Der Rest sollte für die Oma bleiben.
Als ich aus dem Küchenfenster sah, bemerkte ich die hereinbrechende Dämmerung. Das Haus auf der anderen Straßenseite war ausgebrannt. Und es regnete Immer noch. Einige Regentropfen liefen an den Fensterscheiben hinunter. Ein Glück, daß die wenigstens dicht waren.
Im Schlafzimmer bemerkte ich, daß ich mein Bett gar nicht gemacht hatte. Daneben lag die Oma. Sie war kaum zu erkennen. Ihr kleiner Kopf war fast völlig im Kopfkissen verschwunden.
Lesen konnte ich jetzt nicht mehr. Ich würde bald auch ins Bett kriechen. Was sollte ich im Halbdunkel herumsitzen?
Hoffentlich war das Wetter morgen wieder besser und die Sonne käme wenigstens für ein paar Stunden heraus.
Ich ging wieder in die Küche. Dort nahm ich mir eine Tasse und goß etwas Tee hinein. Mir fiel ein, daß ich Omas kalten Tee dazwischengießen könnte. Dann wäre er wieder warm. Vielleicht trank sie dann noch ein paar Schlucke.
Vor dem Schlafengehen würde ich die beiden letzten Briketts nachlegen. Vielleicht würde sich die Glut im Herd halten, und morgen früh bräuchte ich dann nur ein paar Kohlenstücke auflegen und das Feuer wäre wieder an.
Plötzlich klopfte es an der Flurtür. Ich erschrak. Wer sollte das sein? Ich ging zur Tür und öffnete sie. Unser Nachbar stand draußen.
„Ich wollte nur mal sehen, ob bei euch alles in Ordnung ist."
„Die Oma schläft immer noch. Ich gehe auch gleich ins Bett."
„Braucht ihr noch etwas?"
„Nein, der Herd brennt noch und der Tee ist auch noch nicht alle. Er steht auf dem Herd, damit er nicht kalt wird."
„Dann schlaft mal gut! Morgen früh melde ich mich wieder. Gute Nacht!"
„Gute Nacht!" antwortete auch ich.
Von der Decke des Schlafzimmers tropfte es nicht mehr so stark. Vielleicht hatte es unterdessen zu regnen aufgehört. Ich

leerte noch einmal die Schüsseln und Eimer und stellte sie dann wieder an die alten Plätze zurück. Es tropfte immer noch, und ich wunderte mich, daß ein einziger Wassertropfen so viel Lärm machen konnte. Die Oma hörte das wohl nicht. Sie lag ganz ruhig in ihrem Bett.
Draußen war es ganz dunkel geworden. In der Küche konnte ich jetzt die Kerze anzünden. Ich wollte mich dort auch ausziehen und meine feuchten Sachen über einen Küchenstuhl legen. Bis morgen würden sie dann wieder trocken sein.
Meine Schuhe und Strümpfe waren feucht. Die Schuhe stellte ich auf die Blechplatte vor den Herd und die Strümpfe hängte ich an die Messingstange des Herdes. So hatte es die Oma früher auch immer gemacht. Nun merkte ich, wie feucht und durchfroren meine Füße waren. Was hatte die Oma immer wieder gesagt? „Paß auf, daß deine Füße immer trocken bleiben! Sonst kannst du dich ganz schnell erkälten und eine Grippe oder sogar eine Lungenentzündung bekommen."
Schnell nahm ich das Handtuch und rieb mir die Füße trocken. Gleich im Bett unter der Decke würden sie schnell warm werden.
Ich wusch mir die Hände. Dabei merkte ich, daß ich noch immer keine Seife gefunden hatte. Naja, morgen war auch noch ein Tag. Vielleicht hatte ich Glück und fand irgendwo ein Stück. Es konnte ruhig gebraucht sein.
Die Kerze auf dem Küchentisch blies ich nun aus. Leise schlich ich ins Schlafzimmer. Der Fußboden war ziemlich feucht. Noch immer tropfte es von der Decke. Schnell kroch ich ins Bett. Die Bettdecke zog ich mir soweit über, daß nur noch der Mund zum Atmen frei war. Ich sah an die Zimmerdecke. Zuerst war da nichts zu erkennen. Aber meine Augen gewöhnten sich langsam an die Dunkelheit. Nun sah ich auch den Kleiderschrank und das Fenster. Ich hörte auf zu atmen und horchte zur Oma hinüber, die ja direkt neben mir lag. Sie atmete ganz leise. Ob sie wieder so einen schönen Traum wie heute morgen hatte? Bald würde sie ausgeschlafen haben und wieder ganz gesund sein.

Meine liebe Oma, mit der ich mich immer so gut verstanden hatte!
Dann sprach ich ganz leise mein Abendgebet und bat den lieben Gott, die Oma wieder ganz gesund zu machen.
Auch ich war jetzt richtig müde. Einen Augenblick hörte ich noch die Tropf- und Klopfgeräusche. Dann war ich eingeschlafen. In der Nacht wurde ich wieder durch das Rufen der Käuzchen wach. Aber die störten mich jetzt nicht mehr. Ich hatte mich an ihre Schreie schon gewöhnt.
Gegen Morgen wurde ich wieder wach. Draußen dämmerte es schon. Ich horchte zur Oma hinüber. Komisch, sie atmete nicht mehr. Ich richtete mich auf und hielt mein Ohr ganz nahe an ihren Mund. Ich hörte nichts. Ich bekam einen furchtbaren Schreck. Schnell kroch ich wieder unter meine warme Bettdecke und hielt mir die Ohren zu. Ich wollte an gar nichts mehr denken.
Dann schlug ich die Decke wieder zurück und sah zur Seite. Die Oma lag ganz ruhig da. Ihre Augen waren geschlossen. Ich starrte an die Decke. Zum Aufstehen hatte ich keine Lust.
Plötzlich klopfte es an die Korridortür. Als ich mich nicht regte, wurde die Tür geöffnet. Der Nachbar von nebenan kam herein. Er sah durch die Schlafzimmertür zu uns herüber.
„Na, wie geht es deiner Oma?" fragte er gleich. Er hatte gesehen, daß ich schon wach war und ihn wohl ängstlich anblickte.
„Ich glaube, sie ist gestorben. Sie atmet nicht mehr."
„Was?" schrie der Mann.
Er trat nun ganz ein, ging zum Bett und beugte sich über die Oma. Dann sah er mich an.
„Deine Oma ist jetzt im Himmel beim lieben Gott," tröstete er mich, „steh' schnell auf!"
Er verließ unsere Wohnung. Ich lief in die Küche und zog mir meine Sachen an. Sie waren über Nacht trocken geworden. Doch der Herd war nun kalt. Ich würde ihn nachher wieder anmachen. Vielleicht war noch etwas Glut unter der Asche.

Ich war gerade mit dem Anziehen fertig, da kam auch schon die Nachbarsfrau und holte mich zu sich in die Küche. Da war es wieder schön warm. Die Leute hatten wohl gerade gefrühstückt. Das Geschirr stand noch auf dem Küchentisch. Die Frau stellte mir eine Scheibe Brot und eine Tasse Tee hin. Aber eigentlich hatte ich keinen Hunger. Ich hatte nur ein komisches, unbekanntes Gefühl im Bauch.
„Ich muß gleich mal weg," sagte der Mann, „du solltest hier bei meiner Frau warten, bis ich zurückkomme. Drüben kannst du jetzt nicht bleiben!"
Der Mann zog sich seine Jacke über und verließ die Wohnung. Ich saß mit der Frau allein in ihrer Küche. Sie tröstete mich. Auch sie erzählte mir, daß die Oma jetzt im Himmel sei und es ihr gutginge.
„Mein Mann erkundigt sich im Mendikantenstift, ob sie noch einen Platz für dich haben. Kennst du das Mendikantenstift?"
Ich hatte früher schon davon gehört. Aber wir hatten es immer nur „Medikantenstift" genannt. Das Haus war hinter der Jakobuskirche und direkt neben der Schule, die ich im zweiten Schuljahr besuchen mußte. Dort war auch der Lehrer in Uniform, der immer die Jungen mit seinem Weidenstock verprügelte. Manchmal hatte ich auch die Jungen aus dem Mendikantenstift in ihren schwarzweißen Ministrantenröcken gesehen. Aber sonst wußte ich nichts davon.
„Eigentlich nicht," antwortete ich der Frau auf ihre Frage.
„Im Mendikantenstift sind Jungen, die keine Eltern mehr haben."
„Ist die Oma jetzt wirklich im Himmel?" fragte ich nach.
„Über deine Oma brauchst du dir jetzt keine Sorgen mehr zu machen. Der geht es jetzt besser als uns."
Ich konnte mir noch nicht vorstellen, die Oma nie mehr bei mir zu haben. Sie hatte mich lieb gehabt - und ich sie auch! Ich hatte mich zwar mit meinen Freunden aus der Wohnkaserne gut verstanden, ich hatte den netten Lehrer Görlich kennengelernt, den Pfarrer Gerigk von der Dominikanerkirche und den Dr.

Sonntag vom Krankenhaus. Aber mit der Oma war es ganz anders. Meine Mutter hatte ich nur selten zu Gesicht bekommen, und meinen Vater kannte ich überhaupt nicht. Die Oma aber, die war alles für mich: Mutter, Vater und alle anderen lieben Menschen zusammen.

Ob mich die Oma jetzt sehen konnte, wie ich hier in der Küche saß? Sie würde auf alle Fälle aufpassen, daß mir nichts Schlimmes passierte. Der liebe Gott wird schon gewußt haben, warum er die Oma gerade jetzt zu sich geholt hat. Der würde auch in Zukunft auf mich achten!

Schon bald kam der Mann zurück. „Es hat geklappt!" sagte er gleich zu seiner Frau, und an mich gewandt: „Nachher gehen wir ins Mendikantenstift. Da bist du gut aufgehoben. Um die Beerdigung deiner Oma werde ich mich kümmern. Ich gehe gleich noch einmal weg und frage, wann sie begraben werden kann."

Er trank schnell noch eine Tasse Tee. Dann war er schon wieder weg.

„Hast du drüben noch Sachen?" fragte mich die Frau. „Dann packen wir sie schnell zusammen!"

Ich wußte nicht, was ich noch mitnehmen sollte. Spielsachen hatte ich schon lange nicht mehr, und meine gesammelten Bücher waren alle verbrannt.

„Ich habe nichts!" antwortete ich.

„Wenn mein Mann gleich wiederkommt, dann bringt er dich ins Waisenhaus."

Es dauerte aber doch ziemlich lange, bis er zurückkam. Ich saß immer noch bei der Frau in der Küche. Sie versuchte mich immer wieder zu trösten. Aber so richtig traurig war ich eigentlich nicht. Ich stellte mir den Himmel vor. Die Oma hatte oft genug davon gesprochen. Der ging es dort gut. Da gab es keinen Hunger mehr, keine Krankheit, keine Not und kein Elend. Dort war auch der liebe Gott mit den vielen Engeln. Die Oma hatte sich immer danach gesehnt. Nun war sie endlich dort.

Endlich wurde die Tür im Flur geöffnet und der Mann trat wieder ein.
„Ich war auf dem Pfarramt. Dort haben sie alles aufgenommen. Deine Oma wird schon morgen auf dem Jerusalemer Friedhof begraben. Aber jetzt bringe ich dich endlich ins Mendikantenstift."
In die Wohnung, wo jetzt die Oma lag, ging ich nicht mehr. Vielleicht konnte ich sie morgen noch einmal im Sarg sehen und mich dann von ihr verabschieden.
Wir gingen von unserem Haus in der Wilhelmstraße gleich durch die Haferstraße und über den Ring am wuchtigen Glokkenturm von St. Jakobus vorbei. Hinten war das gelbliche Waisenhaus. Die Schule daneben war ausgebrannt. Einen Prügellehrer würde es dort nie mehr geben!
Der Mann klingelte an der Haustür des Mendikantenstiftes. Die Tür wurde von einer „Grauen Schwester" geöffnet. Sie begrüßte uns freundlich und nahm mich gleich in die Arme.
„Hier bringe ich den kleinen Jungen, der heute nacht seine Oma verloren hat!"
„Wir kümmern uns um ihn. Haben sie besten Dank!"
„Auf Wiedersehen, mein Junge. Morgen kommst du um 10 Uhr zur Wilhelmstraße. Dann gehen wir gemeinsam zum Friedhof. Alles Gute!"
Dann drehte er sich um und ging zurück in Richtung Glockenturm und Ring.

Im Mendikantenstift

Die Schwester nahm mich an die Hand und brachte mich ins Haus. Nach dem kleinen Vorraum kam noch eine Glastür. Mir kam ein herrlicher, warmer Duft entgegen. Auf der rechten Seite war wohl der Speiseraum, denn ich hörte ein Gewirr von Stimmen und das Geklapper von Geschirr und Bestecken.

„Komm mit mir in die Küche," ermunterte mich die Schwester, „du hast doch bestimmt Hunger?"
Da hatte sie recht. Jetzt hatte ich wirklich Hunger bekommen. Ob das an dem süßen Duft lag? Es roch so wie bei der Oma zu Weihnachten, wenn sie Pfefferkuchen backte.
Die Schwester in der Küche war ganz weiß gekleidet. Sie nahm mich gleich in ihre Obhut und setzte mich hinter die Tür an einen Tisch. Mich wunderte die weiße Tracht der Schwester. Sogar ihre Haube war weiß.
„Komm her, mein Kleiner! Jetzt bekommst du erst einmal etwas richtiges zu essen! Wie heißt du denn eigentlich?"
„Hansi! Eigentlich heiße ich Hans-Joachim, aber meine Freunde haben immer Hansi zu mir gesagt. Meine Oma hat mich Hansl gerufen."
„Deine Oma ist jetzt im Himmel! Die hat es gut. Magst du eigentlich Klöße?"
„Klöße sind mein Lieblingsgericht. Ich habe schon lange keine mehr gegessen. Meine Oma hat sie früher an jedem Sonntag gemacht."
Die Schwester stellte mir einen großen Teller hin. Ich zählte vier große Klöße. Darüber hatte sie braune Butter gegossen und süße Krümel gestreut. Es waren tatsächlich Pfefferkuchenkrümel. Deshalb roch es im Haus auch so gut. Ich verschlang die Klöße. Im Nu war der Teller leer. So ein Mittagessen hatte ich lange nicht mehr bekommen.
„Möchtest du noch welche?" fragte mich die Schwester.
„Ja, gerne!" antwortete ich schnell.
Sie nahm meinen Teller und holte noch einmal drei Klöße aus einem riesigen Kochtopf, der hinten auf dem Küchenherd stand. Auch die schaffte ich noch. Die Schwester verfolgte mein Essen mit Staunen und Bewunderung.
„Na, da hat aber jemand Hunger gehabt! Die haben dir aber geschmeckt!"
„So etwas Gutes habe ich lange nicht mehr gegessen," antwortete ich ihr mit großer Dankbarkeit.

Die Schwester, die mich vorhin empfangen hatte, kam nun in die Küche. Sie trug einen Stapel Teller und stellte sie auf den Tisch. Auch einige größere Jungen folgten ihr mit Geschirr in den Händen. Sie sahen mich nur kurz an, sagten aber nichts und gingen dann wieder hinaus.
„Unser Kleiner hatte aber ordentlich Hunger. Sieben Klöße hat er geschafft," sagte die Küchenschwester zu der schwarz gekleideten Nonne.
„Na, dann haben sie Dir ja auch geschmeckt!"
Ich nickte nur.
„Wir gehen gleich nach oben. Da wirst du gründlich gewaschen und bekommst auch neues Zeug zum Anziehen. Dann zeige ich dir auch dein Bett im Schlafsaal."
Sie nahm mich an die Hand und ging mit mir über den Flur und die Holztreppe nach oben. Zuerst zeigte sie mir den großen Schlafsaal. Dort stand eine lange Reihe Betten nebeneinander. Wir gingen an allen Betten vorbei bis zum Fenster am Ende des Saals. Am letzten Bett, direkt vor dem vergitterten Fenster, blieb sie stehen.
„Hier darfst du schlafen. Das ist jetzt dein Bett!"
Es war ein weißes Bettgestell aus Metall. Die Bettdecke war schon bezogen. An der Wand hinter mir standen einige weiße Schränke.
„Hier kannst du deine Sachen aufhängen. Du bekommst nachher welche von mir! Aber jetzt wollen wir dich erst einmal richtig waschen.
Die Schwester hatte bestimmt gemerkt, daß ich mich lange nicht mehr richtig gewaschen hatte. Seit der Heidersdorfer Straße überhaupt nicht. Im Sommer war es nicht schwierig. Da hatte ich fast jeden Tag in der Neiße gebadet.
Sie führte mich nun in einen Baderaum. Der lag direkt neben der Treppe, auf der wir eben nach oben gekommen waren. Hier gab es eine Badewanne. Aus einem Badeofen ließ die Schwester nun heißes Wasser in die Wanne laufen. Dann mußte ich mich ausziehen. Ich setzte mich schnell in das warme Wasser. Es war

ein wunderbares Gefühl. Die Schwester untersuchte unterdessen meine Sachen.
„Wußtest du, daß du Läuse hast?“ fragte sie mich. Es klang aber nicht vorwurfsvoll, sondern eher mitleidig.
„Ja, das weiß ich schon lange. Aber meine Oma wußte auch nicht, wie wir sie wieder loswerden sollen.“
„Am besten wird sein, wir verbrennen gleich alle deine Sachen. Ich komme gleich wieder.“
Schnell überlegte ich, ob ich noch etwas in den Taschen hatte. Aber mir fiel nichts ein. Sie nahm alle meine Sachen und ging damit nach draußen. Ich hätte gerne zugesehen, wie meine Sachen verbrannten. Das Knacken der Läuse mußte sich gut anhören. Die hatten mich auch genug belästigt.
Eigentlich hatten wir seit unserer Flucht aus Neisse Läuse. Das lag wohl an den Strohlagern in den Massenunterkünften und an den langen Zugfahrten. Sie saßen überall. In meinen Hosennähten hatte ich schon ganze Nester entdeckt. Aber wir kamen nicht dagegen an. Je mehr Läuse ich fing und sie zwischen den Fingernägeln knackte, um so mehr wurden es scheinbar.
Doch nun saß ich in der sauberen Badewanne. Meine Kopfläuse würde ich hoffentlich jetzt für alle Zeiten loswerden. In der Wohnung meiner Mutter gab es auch ein schönes Badezimmer. Das hatte die Oma am Luisenplatz nicht. Sie hatte mich samstags immer in eine Zinkwanne gesteckt.
Bald kam die freundliche Schwester zurück. Sie hatte nun auch einen weißen Kittel an. Zuerst seifte sie mich gründlich ab. Dann schmierte sie ein ziemlich stinkendes Zeug in meine Haare.
„Das ist gegen die Läuse. Dann verschwinden sie für immer!“
Ich schämte mich ein wenig, so nackend vor der fremden Frau zu sitzen. Und außerdem war ich ja wirklich ziemlich dreckig. Ich wunderte mich selber, daß überall an meinem Körper wieder rosige Haut zum Vorschein kam.
Als sie meine Haut überall abgeschrubbt hatte, spülte sie mich mit sauberem Wasser ab. Dann mußte ich aus der Wanne her-

aus. Mit einem großen weißen Handtuch trocknete sie mich ab. Dann rieb sie mir noch einmal die komisch riechende Flüssigkeit in die Haare.

„Das ist gegen die Läuse und die Nissen!"

Ich sah sie fragend an.

„Nissen sind die Läuseeier. Die müssen auch weg. Das mit dem Einreiben machen wir jetzt jeden Tag." Sie zog mir ein Hemd über.

„Na, du bist aber dünn! Du hast bestimmt viel Hunger gehabt in den letzten Wochen.

Ich nickte, obwohl ich es gar nicht bemerkt hatte.

„Wie alt bist du eigentlich?"

„Ich muß jetzt wohl neun sein. Im Oktober hatte ich Geburtstag. Aber wir haben nicht daran gedacht. Wir hatten ja keinen Kalender."

„Heute ist der 20. November 1945. Das solltest du dir gut merken. An dem Tag ist deine Oma gestorben und du bist zu uns ins Mendikantenstift gekommen."

Die Oma war zwar in der Nacht gestorben, aber das war jetzt auch egal.

„In unserem Waisenhaus sind nur Jungen. Kannst du eigentlich singen?" fragte mich die Schwester.

„Ja, ich singe sehr gern."

„Wir singen häufig im Gottesdienst. Wenn du gern singst, macht es dir bestimmt Spaß. Unsere Mendikanten sind singende Meßdiener."

„Ich war auch schon Meßdiener, in unserer Kirche in der Friedrichstadt."

„Hast du den Dr. Gerigk noch kennengelernt?"

„Ja, bei dem hatte ich Religionsunterricht. Der hat uns immer so spannende Geschichten erzählt."

„Der ist jetzt im Himmel. Genauso wie deine Oma. Pfarrer Gerigk ist vor über einem Jahr gestorben. Unser Mendikantenchor hat bei seiner Beerdigung gesungen. Er hat nicht mehr erlebt, was aus unserem schönen Neisse geworden ist."

Ich bekam nun saubere Schlüpfer, ein Leibchen, lange Strümpfe, eine lange Hose und ein Hemd, auf dem oben ein weißer Kragen draufgeknöpft war. Die Schwester erklärte mir, was es mit dem Kragen auf sich hat.
„Der Kragen wird eher schmutzig als das Hemd. So werden nur die Kragen ausgetauscht. Das Hemd kannst du dann etwas länger anbehalten. Aber beim Gottesdienst müssen die Mendikanten immer saubere Kragen umhaben."
Zum Schluß zog sie mir noch eine Jacke über. Dann kämmte sie mir die Haare.
„Deine Haare sind aber sehr lang geworden. Du warst bestimmt lange nicht mehr beim Frisör?"
„Fast ein Jahr nicht. Ich glaube, während unserer Flucht im Winter war es das letzte Mal."
„Bei Gelegenheit werden wir dir deine Haare kurz schneiden. Sie sind jetzt aber schön weich. Das macht eine unserer Schwestern. Für heute bist du sauber genug!"
In der Badewanne war nur eine schwarzbraune Brühe zurückgeblieben. Die Schwester zog den Stöpsel heraus. Langsam lief das Wasser ab. Dabei schlürfte und gluckste es.
„Komm her, Hansl, jetzt bringe ich dich nach unten zu den anderen Jungen."
Ich folgte ihr die Treppe hinab.
Unten angekommen gingen wir gleich in den großen Raum, aus dem ich vorhin das Geschirrgeklapper gehört hatte. Das Zimmer war ziemlich groß. Auf der rechten Seite zur Straße hin waren drei vergitterte Fenster. Einige Jungen saßen an einem langen Tisch und spielten. Sie sahen nur kurz zu uns auf, als wir den Raum betraten.
„Hier bringe ich euch den neuen Jungen. Er gehört nun auch zu uns. Er heißt Hans-Joachim, aber ihr könnt ihn ruhig Hansi nennen."
Ich setzte mich auf einen freien Stuhl an den Tisch. Neben mir spielte ein Junge mit Holzbausteinen. Dabei fielen mir gleich meine alten Baukästen ein, die es nicht mehr gab. Einer hatte

sogar richtige Steine, ein anderer bunte Holzbausteine, wie der Junge, der ungefähr in meinem Alter war.
„Komm her, Hansi, wir können zusammen eine Burg bauen!" sagte er gleich, und schob mir einige Bausteine herüber.
„Wie heißt du?" fragte ich ihn.
„Günter," antwortete er, und baute gleich weiter.
Ich hatte schon lange nicht mehr mit Bausteinen gespielt. Es machte wieder richtig Spaß. Ein ganz kleiner blonder Junge kam zu mir und zupfte an meiner Hose. Er war höchstens vier oder fünf Jahre alt.
„Wie heißt du?" fragte er.
„Hansi," sagte ich.
„Und du?"
„Peter."
„Von mir aus kannst du mit uns mitspielen."
Er sah mich strahlend an. Peter war der kleinste Junge im ganzen Raum. Die anderen Jungen hatten nur kurz zu uns herübergesehen und dann weitergespielt. Es waren ungefähr acht oder zehn Jungen.
„Sind das eigentlich alle Jungen, die hier im Mendikantenstift sind?" fragte ich den Günter.
„Nein, wir sind noch viel mehr Jungen. Aber die großen sind weg. Die dürfen nach dem Essen und dem Aufräumen nach draußen."
Hier fühlte ich mich gleich wohl. Die Schwestern waren sehr freundlich, und mit den Jungen würde ich mich auch vertragen. Vielleicht fand ich auch einen neuen Freund unter den vielen Jungen.
Unter einem Waisenhaus und einer Erziehungsanstalt hatte ich mir immer etwas ganz Schreckliches vorgestellt. Da gab es nur Wasser und Brot, und die Kinder wurden bei jeder Gelegenheit verprügelt. Nein, das konnte ich mir bei den beiden Schwestern, die ich bisher kennengelernt hatte, nicht vorstellen.

Wir bauten zu dritt unsere Burg. Aber der kleine Peter hatte bald keine Lust mehr. Er lief weg und spielte in einer anderen Ecke des gemütlichen Zimmers.
Als unsere Burg fertig war, stand ich auf und sah mich im Raum um. Ich bemerkte den braunen Kachelofen in der Ecke und das große Kreuz an der Wand. An einer anderen Wand war ein Marienbild. Darunter hatten die Schwestern einen Altar aufgebaut. Rechts von der Tür war ein großes Bücherregal. Das mußte ich mir gleich ansehen. So viele Bücher! Ein dickes Märchenbuch der Brüder Grimm erkannte ich, ein Buch vom Berggeist Rübezahl und eins von den Schildbürgern. Es gab sogar einige dicke grüne Bände von Karl May, von dem früher immer die großen Jungen erzählt hatten. Und ich entdeckte auch mein Lieblingsbuch, das ja leider am Luisenplatz verbrannt war: „Wenn das Gnadenbrünnlein fließt". Das nahm ich mir gleich vor. Ich sah mir die fröhlichen Kinder auf dem Buchumschlag an. Sie lachten und spielten an einem Bach, der durch eine bunte Wiese floß und direkt vom Himmel herunterkam.
Die anderen schönen Bilder im Buch sah ich mir immer wieder an.
So verging der erste Nachmittag im Mendikantenstift. Draußen dämmerte es schon. Die großen Jungen kamen nach und nach von ihren Streifzügen zurück. Ich freute mich schon darauf, mit ihnen in Neisse auf Abenteuer zu gehen. Jetzt waren bestimmt schon zwanzig Jungen im Raum. Plötzlich ertönte ein Glöckchen im Flur. Alle Jungen standen von ihren Stühlen auf.
„Was kommt denn jetzt?" fragte ich den Günter.
„Der Engel des Herrn!" antwortete er.
Die freundliche Schwester, die mich vorhin gebadet und angezogen hatte, kam herein. Nun hatte sie wieder ihr graues Kleid an. Sie stellte sich vor das Marienbild. Fromm faltete sie ihre Hände. Alle Jungen machten es nach. Ich tat es auch, obwohl es mir niemand gesagt hatte. Wir machten zusammen das Kreuzzeichen und beteten dabei: „Im Namen des Vaters und des Sohnes und des Heiligen Geistes. Amen."

Die Schwester betete vor: „Der Engel des Herrn brachte Maria die Botschaft:“
Alle Jungen antworteten: „Und sie empfing vom Heiligen Geiste.“
Dann sprachen wir zusammen das „Gegrüßet seist du, Maria.“
Nun betete die Schwester wieder allein: „Siehe, ich bin die Magd des Herrn.“
Wir antworteten: „Mir geschehe nach deinen Worten.“
Wieder folgte ein „Ave Maria“.
„Und das Wort ist Fleisch geworden.“
„Und hat unter uns gewohnt.“
„Ave Maria.“
„Bitte für uns, Heilige Gottesgebärerin.“
„Auf daß wir würdig werden für die Verheißungen Christi.“
Dann betete die Schwester allein.
Als sie fertig war, drehte sie sich um. Sie sah mich freundlich an. Mir war es etwas peinlich. Dann sprach sie zu den Jungen, und ich merkte gleich, daß es um mich ging.
„Heute ist ein neuer Junge zu uns gekommen. Seine Oma ist in der letzten Nacht von Gott in den Himmel aufgenommen worden. Er ist nun ganz allein auf der Welt, wie viele von Euch. Nehmt auf ihn Rücksicht und helft ihm, sich bei uns zurechtzufinden. Er heißt Hans-Joachim, aber Ihr könnt ihn ruhig Hansi nennen.“
Ich war ganz verlegen geworden und sah auf den Holzfußboden.
„Morgen wird die Oma von unserem Hansi begraben. Wir wollen auch für sie beten: Herr, gib ihr die ewige Ruhe.“
Alle Jungen antworteten: „Und das ewige Licht leuchte ihr!“
Zum Schluß stimmte die Schwester noch ein Marienlied an, das alle Jungen mitsangen. Es hörte sich gut an. Ich war ganz erstaunt, daß so viele Jungen so gut singen konnten.
Ich mußte an die Oma denken. Über unser schönes Singen würde sie sich bestimmt freuen. Und vom Himmel aus konnte sie mich nun bestimmt sehen und sich freuen, daß ich bei den Grauen Schwestern im Mendikantenstift war.

Der „Engel des Herrn“ wurde an jedem Tag dreimal gebetet. Einmal morgens nach dem Frühstück, vor dem Mittagessen und dann am Abend vor dem Abendbrot. Immer wurde danach ein schönes Lied gesungen. So lernte ich mit der Zeit all die Lieder kennen, die ich mir früher nur angehört hatte, wenn ich mit der Oma in der Kirche war.

Nach dem Beten und Singen gab es Abendbrot. Die größeren Jungen deckten den Tisch und räumten ihn nachher auch wieder ab. Vor und nach dem Essen wurde auch gebetet, aber das war für mich nichts Ungewöhnliches, denn die Oma hatte es mit mir auch immer gemacht.

Die kleineren Jungen, zu denen ich auch gehörte, brauchten beim Küchendienst noch nicht mitzuhelfen. Wir durften schon nach oben gehen. Neben dem großen Schlafsaal gab es den Waschraum. Bevor wir ins Bett gingen, mußten wir uns gründlich waschen: Gesicht und Hände, Hals und Oberkörper. Hier gab es auch Seife. Ich mochte gar nicht glauben, daß es erst einen Tag her war, daß ich allein in der Küche der Wohnung in der Wilhelmstraße gestanden und nach Seife gesucht hatte.

Heute mittag hatte mich die Schwester gründlich gebadet. Trotzdem wusch ich mich. Alle taten es ja, auch die ganz kleinen Jungen. Auf meinem Bett lag ein Nachthemd. Ich zog mich schnell aus und legte meine Sachen auf den weißen Stuhl, der vor meinem Bett stand. Dann zog ich schnell das Nachthemd über und krabbelte unter die Bettdecke. Rechts neben mir hatte Günter sein Bett. Dahinter schlief der kleine blonde Junge, der mit uns die Burg gebaut hatte. Ach ja, er hieß Peter. Er konnte sich noch nicht alleine ausziehen. Er saß auf seinem Bett und wartete. Als schon fast alle Jungen im Bett waren, kam eine Schwester und half ihm beim Ausziehen.

Mir gingen noch viele Dinge durch den Kopf. Nun war die Oma doch gestorben. Aber sie hatte es jetzt gut. Sie war im Himmel beim lieben Gott. Alle hatten es gesagt, und ich glaubte es auch. Darüber brauchte ich nicht traurig zu sein. Aber ich vermißte

sie doch. Keinen Tag in meinem Leben hatte ich ohne die Oma verbracht. Nun war ich wirklich allein.
Ich dachte an heute morgen. Die tote Oma lag neben mir im Bett, der Regen tropfte von der Decke, und die Käuzchen draußen schrien: „Zieh mit! - Zieh mit!"
Die Oma hatte doch recht behalten. Immer wieder hatte sie mir erzählt: „Wenn die Totenvögel schreien, dann stirbt jemand!"
Ob sie die Schreie auch gehört und Angst bekommen hatte? Schon hinter dem Eichendorffhaus hatte es angefangen, und in der Wilhelmstraße war es weitergegangen. Ob die Käuzchen der Oma von der Friedrichstadt in die Stadt gefolgt waren? Vielleicht witterten sie es, wenn jemand im Sterben lag? Meine liebe Oma war nun nicht mehr da. Nie mehr würde ich sie erzählen und lachen hören. Da wurde ich plötzlich doch ganz traurig, und meine Augen waren voller Tränen. Aber ich hatte ja doch großes Glück gehabt. Hier im Mendikantenstift war ich gut aufgehoben. Die Schwestern waren alle sehr freundlich. Ich hatte genug zu essen. Ich konnte spielen und lesen, und einen Freund hatte ich auch schon.
Heute hatten wir schon einige Male gebetet. Aber nun betete ich noch einmal still für die Oma und für mich. Ich bat den lieben Gott, auf mich achtzugeben, damit mir nichts passierte. Die Oma war der liebste Mensch, den ich kennengelernt hatte. So stellte ich mir auch den lieben Gott vor: freundlich, hilfsbereit, humorvoll und lieb zu Kindern!
Oft hatte mir die Oma erzählt, daß der Tod eines Menschen kein Ende sei, sondern nur ein neuer Anfang. Oma war auch nicht richtig tot. Sie lebte irgendwo weiter. Kein Tag war vergangen, an dem ich nicht mit der Oma etwas über Gott, den Himmel, die Engel, die Heiligen und den Tod gesprochen hatte. Natürlich konnte sie mich jetzt auch sehen und hören. Davon war ich felsenfest überzeugt!
So muß ich wohl bald eingeschlafen sein. Erst am nächsten Morgen wurde ich wach, als eine Schwester kam und uns alle weckte.

Das Begräbnis auf dem Jerusalemer Friedhof

Einige Jungen sprangen schnell aus dem Bett und liefen in den Waschraum. Andere zogen sich erst die Unterhose an und ihr Nachthemd aus. Ich beobachtete sie, denn ich wollte nichts falsch machen.

Dann stand auch ich auf. Ich zog meine Unterhose an, die auf dem Stuhl lag. Das Nachthemd warf ich aufs Bett. Dann nahm ich mein Handtuch und ging auch in den Waschraum. Die Jungen wuschen sich, manche unterhielten sich, machten schon am frühen Morgen ihre Späße und lachten.

Ich spülte erst einmal den Mund aus und wusch mich dann mit dem kalten Leitungswasser. Ich trocknete mich schnell ab und ging in den Schlafsaal zurück. Dort zog ich mich an. Dann deckte ich das Bett ganz auf, wie es auch die anderen Jungen gemacht hatten.

Anschließend ging ich nach unten in den Aufenthaltsraum. Dort war es angenehm warm. Die großen Jungen waren schon dabei, den Frühstückstisch zu decken. Ich freute mich. Bald würde es Frühstück geben. Ich brauchte mich nicht darum zu kümmern. Die vielen Bücher im Wandregal zogen mich an. Unglaublich, wie viele schöne Bücher es gab. Und ich konnte sie alle lesen!

Als der Tisch gedeckt und alle Jungen beisammen waren, kam die Schwester Oberin. Gemeinsam beteten wir das Morgengebet. Es gab Pfefferminztee und Marmeladenbrote. Es schmeckte alles sehr gut, und ich war dankbar, daß ich nun nicht mehr hungern mußte. Nach dem Frühstück beteten wir wieder den „Engel des Herrn", den die großen Jungen „Angelus" nannten. Danach fing die „Singstunde" für alle an.

Mich nahm die Schwester mit nach draußen.

„Heute wird deine Großmutter beerdigt. Du gehst gleich zu dem Haus in der Wilhelmstraße. Von dort aus geht ihr gemeinsam zum Jerusalemer Friedhof."

Die Schwester umarmte mich noch einmal, was ich sehr schön fand. Dann zog sie mir einen blauen Wollmantel über. So verließ ich das Waisenhaus. Es war ein kühler Tag. Einige Schneeflocken segelten durch die Luft, aber es schneite noch nicht richtig. Ich überlegte mir, wie die Oma zum Friedhof kommen sollte. Ob sie schon in einem Sarg lag? Ob das Nachbarehepaar ihn bezahlt hatte? Ich hatte ja kein Geld. Einen Leichenwagen hatte ich schon lange nicht mehr gesehen. Wie sollte der über die zerstörte Neißebrücke kommen?

Als ich von der Hafer- in die Wilhelmstraße einbog, war von einem Leichenwagen nichts zu sehen. Vor dem Haus Nr. 22 stand nur ein kleiner vierrädriger Handwagen. Da paßte wohl kein Sarg drauf, vielleicht höchstens ein Kindersarg.

Schnell lief ich nach oben. In unserer alten Wohnung war kein Mensch. Jemand hatte die Betten abgezogen. Auf den Betten sah ich nur die Matratzen. Das Fenster war weit geöffnet.

Ich ging über den Flur und klingelte bei den Nachbarsleuten. Der Mann öffnete mir die Tür.

„Guten Morgen!“ begrüßte ich ihn.

„Guten Morgen!“ antwortete er. „Es ist schön, daß du schon da bist. Komm herein!“

Ich ging gleich in die Küche. Dort saß auch die Frau. Sie sah mich traurig an.

„Wie gefällt es dir im Mendikantenstift?“ fragte sie mich gleich.

„Sehr gut! Die Schwestern sind sehr freundlich und die Jungen auch. Dort gibt es auch viele Bücher.“

„Heute ist bestimmt ein schlimmer Tag für dich. Gleich müssen wir zum Friedhof, aber du brauchst keine Angst zu haben. Deiner Oma geht es jetzt bestimmt besser als uns.“

„Ich weiß. Oma ist im Himmel!“

„Ich habe schon einen Handwagen besorgt,“ sagte der Mann. „Deine Oma liegt unten in dem Zimmer, wo ihr zuerst einziehen wolltet.“

Dann zog er sich eine Wolljacke an. Wir gingen nach unten. Die Frau kam langsam hinter uns her.

Unten im Raum lag ein braunes Bündel auf dem Tisch. Es war einfaches Packpapier, mit Band zusammengebunden. Das sollte die Oma sein? Ich konnte es mir nicht vorstellen. Nun hatte ich sie doch nicht mehr gesehen! Aber ich würde sie auch so in Erinnerung behalten.
Der Mann nahm das zusammengeschnürte Paket vom Tisch und trug es nach draußen. Dort legte er es vorsichtig auf den Handwagen. Auch die Frau war gekommen.
Er ging nach vorn, nahm den Kreuzgriff der Wagendeichsel, und schon ging die Fahrt los. Zuerst lief ich nur neben dem Handwagen her und sah mir immer wieder das Bündel an, das zwischen den Sprossen hin- und herschaukelte. Über die Neißebrücke zu kommen, war gar nicht so einfach. Vorsichtig balancierte der Mann den Wagen auf zwei Rädern über die dicken Bohlen.
Hinter der Brücke gingen wir gleich auf dem linken Bürgersteig entlang und am Schutthaufen vorbei, wo einmal die alte Kaserne gestanden hatte.
Hinter der Pfefferkuchenfabrik Artelt auf der Breiten Straße ging es etwas bergauf. Da lief ich hinter den Wagen, faßte mit beiden Händen die Wagenklappe an und schob mit. Vor mir lag das braune Paket mit der Oma und bewegte sich hin und her.
Meine Hände wurden kalt. Es hatte schon den ersten Frost gegeben. Bald würde wieder der Winter einziehen. Aber nun brauchte ich mich nicht mehr um Feuerung für die Wohnung zu kümmern. Im Mendikantenstift war für mich gesorgt, und die Oma hatte auch keine Sorgen mehr.
Wir kamen am Volksbad vorbei, wo ich mir das Schwimmen beigebracht hatte. Vor mir sah ich schon die Mauer und das Eingangstor vom Jerusalemer Friedhof. Wie oft hatte ich diesen Weg mit der Oma gemacht! Ob sie den kleinen Franzl und den Opa und den Pfarrer Gerigk und den berühmten Eichendorff im Himmel wiedergesehen hatte? Die Oma nahm zu ihren Friedhofsbesuchen immer eine Blechgießkanne und einen kleinen Rechen mit. Sie harkte die verschiedenen Gräber, begoß die

Blumen und blieb immer besonders am Grab ihres kleinen Franzl stehen, der schon mit fünf gestorben war und den die Oma wohl besonders lieb gehabt hatte. Aber dann hatte sie ja mich, und mich hatte sie auch lieb!

„Du bist, wie der Franzl früher war. Der liebe Gott hat dich als Ersatz für den Franzl geschickt. Dir soll es besser gehen als dem kleinen Franzl!“ Das hatte mir die Oma oft genug gesagt.

Wir überquerten mühelos die Breite Straße. Kein Auto, kein Fuhrwerk, kein Mensch war zu sehen.

Als wir durch das Eisengittertor des Friedhofs fuhren, kam ein junger Pfarrer aus dem linken Friedhofsgebäude. Er hatte seinen schwarzen Talar an, darüber ein weißes Hemd und um den Hals eine schwarze Stola. Auf dem Kopf hatte er wie immer das viereckige Käppi mit dem schwarzen Wollbüschel drauf. In der rechten Hand trug er einen silbernen Weihwasserkessel und in der anderen Hand ein dickes Gebetbuch.

Schließlich kamen noch zwei andere Männer in blauer Arbeitskleidung. Das waren bestimmt die Totengräber. Wir folgten dem Pfarrer. Gleich vorn rechts war ein Grab ausgehoben. Davor blieben wir stehen.

Der Nachbar und ein Totengräber nahmen das Bündel aus dem Handwagen. An zwei Stricken ließen sie das Paket mit der Oma ins Grab hinunter. Dann zogen sie die Seile wieder nach oben und legten sie neben das Grab auf den gelbschwarzen Sandhaufen.

Ein leichter, kalter Wind pfiff durch die kahlen Bäume und Sträucher und wirbelte immer noch einige Schneeflocken durch die Luft.

Der Pfarrer hatte unterdessen sein Buch aufgeschlagen und fing mit den lateinischen Gebeten an. Dazwischen nahm er einen silbernen Stab mit einer Kugel aus dem Weihwasserbehälter und besprengte das Grab und das braune Bündel unten mit Weihwasser.

Die Männer hatten ihre Mützen abgenommen und standen mit überkreuzten Händen am Grab. Die Frau hatte mich umfaßt

und hielt mich fest. Sonst war niemand zur Beerdigung der Oma gekommen.
Als der Pfarrer mit den lateinischen Gebeten fertig war, hielt er eine kleine Predigt. Er sprach mich an. Ich hätte ja meine Großmutter verloren und wäre nun ganz allein auf der Welt. Er hoffe aber, daß die liebe Frau Anna Brandt nun ihren himmlischen Frieden gefunden hätte und ich im Mendikantenstift gut aufgehoben sei.
Ich sah dabei die Oma in Gedanken neben mir in der Kirche sitzen. Ihr hätte die kurze Predigt bestimmt gefallen.
„Herr, gib ihr die ewige Ruhe!“ betete der Pfarrer jetzt auf deutsch.
„Und das ewige Licht leuchte ihr!“ antworteten wir alle.
Schließlich beteten wir zusammen noch ein „Vater unser“, und dann war die Beerdigung schon vorbei.
Der Pfarrer bedankte sich bei den Männern. Die Totengräber fingen gleich an, Sand und Erde in das Grab zu schaufeln. Mir strich der Pfarrer über den Kopf und sagte: „Ich wünsche dir Gottes reichen Segen!“ Dann gab er mir noch einen kleinen Zettel, den ich gleich in meine Manteltasche steckte.
Ich sah noch einmal über den Grabesrand nach unten. Von dem bräunlichen Bündel war schon nichts mehr zu sehen. Dann wandte sich einer der Männer an mich. Er zeigte mir eine kleine graue Zementtafel.
„Hier, das merk' dir mal! Das Grab deiner Großmutter hat die Nummer 375. Die Tafel kommt vor das Grab. Dann weißt du gleich, wo deine Großmutter begraben liegt.“
Ich sah mir die kleine Platte genau an. Die Zahl würde ich mir für immer merken!
Der Pfarrer war schon wieder im Friedhofshaus verschwunden. So verließen auch wir mit dem Handwagen den Friedhof. Während der Beerdigung war es mir kalt geworden. Nun beim Gehen taute ich schnell wieder auf. Die Leute sprachen nicht viel mit mir. Trotzdem fand ich sie sehr nett und hilfsbereit. Sie

hatten sich fürsorglich um mich gekümmert, obwohl ich sie nur wenige Tage kannte.
Jetzt lief ich vorn neben dem Mann her. Der Handwagen fuhr fast allein. Auch über die Neißebrücke ging es ohne die Oma nun viel leichter.
Das Ehepaar brachte mich bis zum Mendikantenstift. Sie lieferten mich bei der Schwester Oberin ab, die mich gleich herzlich in die Arme nahm und tröstete.
Die beiden Leute habe ich später noch einige Male gesehen. Dann waren sie weg. Sie mußten Neisse wohl verlassen, wie viele Deutsche in diesen Wochen.
Am Bahnhof sah ich später häufig Menschengruppen mit Rucksäcken, Koffern und kleinen Bündeln stehen. Es waren meistens Frauen mit Kindern. Sie kamen aber nicht in Personenwagen, sondern in rotbraune Güterwaggons. Die hatten noch nicht einmal Fenster. Die Schiebetüren wurden von Milizsoldaten zugemacht. Dann fuhr der Zug ab. Niemand konnte mir sagen, wohin die vielen Menschen eigentlich kamen. Auch die großen Jungen aus dem Mendikantenstift wußten es nicht.
Auch heute war das Mittagessen schon vorbei. Ich durfte wieder in der Küche essen. Die Schwester war heute noch freundlicher als gestern, wo es die besten Hefeklöße meines Lebens gab. Mit brauner Butter und Pfefferkuchenkrümel.

„Ecce Dominus“

Ich gewöhnte mich schnell an mein neues Leben im Neisser Mendikantenstift. Jeden Tag gab es gutes Essen, nachts hatte ich ein warmes Bett, und unten im Aufenthaltsraum gab es die schönsten Bücher der Welt. Mit dem Günter hatte ich bald einen richtigen Freund gefunden. Wir unternahmen jeden Tag etwas gemeinsam. Schon bald wagten wir den Aufstieg auf den wuchtigen Glockenturm der Jakobuskirche, der ja nur wenige Meter von unserem Waisenhaus entfernt war und dessen Turm-

tür immer noch offen war. Wir stiegen die lange Wendeltreppe hinauf. Oben war eine feste Plattform. Das Dach fehlte. Auf dem Fußboden lagen noch viele Patronenhülsen herum. Von hier aus hatten bestimmt deutsche Soldaten die Stadt verteidigt. Wir konnten unter uns auch das Mendikantenstift entdecken, das aber aus der luftigen Höhe ziemlich winzig aussah.
Natürlich durchstöberten wir auch wieder verlassene Häuser und Wohnungen, von denen es auch hier in der Stadtmitte immer mehr gab. Spielsachen interessierten mich nicht mehr. Dafür um so mehr die vielen Bücher in den Wohnungen. Jedes Buch mußte ich erstmal in die Hand nehmen, und so verging kaum ein Tag, an dem ich nicht irgendein Buch mit ins Waisenhaus schleppte. Ich hatte unterdessen einen guten Platz für meine Bücher gefunden. Unter der Keilmatratze meines Bettes ließen sie sich gut aufbewahren. Das war nun mein Schatz. An jedem Abend nahm ich mir vor dem Einschlafen ein Buch aus dem Bett und las noch so lange, bis eine Schwester das Licht ausknipste. Zufällig hatte ich auch ein Lesebuch für das zweite Schuljahr gefunden, mit dem ich damals lesen gelernt hatte. Ich dachte an meinen ersten Lehrer, den Herrn Görlich. Was der jetzt wohl machte? In Neisse hatte ich ihn nicht mehr gesehen. Wo waren die vielen Leute von früher nur alle geblieben? Es war eine schöne Zeit damals in der Schule, bis auf den prügelnden Lehrer in Soldatenuniform.
Mir gehörten nun eine Schulbibel mit schönen Bildern, ein Märchenbuch der Gebrüder Grimm, verschiedene Bilderbücher und auch Lesebücher von höheren Klassen.
Mein Freund Günter interessierte sich überhaupt nicht für Bücher. Ich glaube, er konnte gar nicht richtig lesen, obwohl er so alt war wie ich. Er spielte lieber mit Autos und Holzbausteinen. Oft stand er auf der Holzbank neben dem Kachelofen und wippte hin und her. Das sah komisch und lustig zugleich aus, wie er erst auf einem Bein stand und dann auf dem anderen. Manchmal wippte er stundenlang so. Kein Mensch konnte ihn davon abbringen, selbst ich nicht.

Die größeren Jungen gaben sich kaum mit uns kleineren ab. Wir waren scheinbar für sie völlig uninteressant. Doch eines Abends hatte ich im Schlafraum ein Erlebnis, das mich sehr erschreckte und an das ich noch lange denken mußte.
Peter, der kleine, freundliche, blonde Junge, der mir schon am ersten Tag im Waisenhaus aufgefallen war, kam mit uns allen nach oben in den großen Schlafsaal. Er konnte sich noch nicht selber ausziehen. Meistens kam eine Schwester und half ihm dabei.
Ich war immer schnell fertig mit Ausziehen und Waschen, denn die Zeit bis zum Lichtausmachen wollte ich ja mit Lesen verbringen. Meine kleine Bibliothek hatte ich immer bei mir. Ich lag also schon unter der Bettdecke und las. Die meisten Jungen zogen sich noch aus oder waren im Waschraum. Der kleine Peter saß auf seinem Bett und bettelte: „Wer hilft mir denn beim Ausziehen?"
Warum er es dauernd sagte, wußte ich nicht. Bald schon würde eine Schwester kommen und ihm helfen. Keiner der großen Jungen fühlte sich angesprochen. Und ich war ja kein „Großer", also meinte er mich mit Sicherheit nicht.
Nun lagen die meisten Jungen schon im Bett, und Peter bettelte immer noch. Zuletzt kam noch ein großer Junge aus dem Waschraum. Peter bat auch ihn, ihm beim Ausziehen zu helfen. Der reagierte mit einer unglaublichen Bedingung: „Ich helfe dir! Aber nur, wenn du aus deiner Pinkelflasche trinkst!"
Die flachen Glasflaschen standen unter allen Betten, damit wir nachts nicht auf das Klo laufen mußten. Zuerst dachte ich, mich verhört zu haben. Wie konnte man denn auf eine solche Idee kommen? Oder wollte der große Junge sich nur einen Spaß mit Peter machen? Wollte er ihn anführen oder erschrecken? Aber er wiederholte noch einmal seinen Wunsch, und wir alle im Schlafsaal konnten es hören. Alle sahen gespannt auf den kleinen Peter. Kein Junge unternahm etwas. Ich schämte mich. Und dann geschah tatsächlich das Unglaubliche. Der kleine Junge holte sich die Flasche unter dem Bett hervor, in der komischer-

weise tatsächlich gelbe Pinkelbrühe drin war. Er nahm einen kleinen Schluck aus der Flasche. Der Große war zufrieden und lachte. Auch einige andere Jungen lachten. Er half dem Peter beim Ausziehen, und der konnte nun endlich in sein Bett kriechen.
Ich lag fassungslos in meinem Bett. Ich hörte nur noch, wie die anderen Jungen sich über den Vorfall unterhielten. Manche lachten immer noch. Der große Junge kam sich dabei wie ein Held vor.
Ich sagte nichts und lachte auch nicht. Mit den Großen wollte ich mich nicht anlegen. Aber ich spürte doch, wie gemein sie gegenüber dem Kleinen gewesen waren. Niemand hatte dem Peter geholfen. Auch ich nicht. Jetzt schämte ich mich. Warum hatte ich ihm nicht geholfen? Aber mich hatte der Peter ja nicht gefragt. Ich war auch noch ein Kleiner. Doch dann ging es mir durch den Kopf, daß ich ja eigentlich nun viel größer und älter war, als ich bisher gedacht hatte. Die Oma gab es nicht mehr. Ich mußte nun für mich und auch für andere entscheiden, besonders für kleinere und hilfsbedürftige Kinder. Ich nahm mir vor, es bei der nächsten Gelegenheit zu tun, wenn wieder etwas Ähnliches vorfallen sollte. Solche Jungen möchte ich auch nicht zu Freunden haben. Und früher hatte ich immer gedacht, von Großen etwas lernen zu können.
Dabei hatten es alle Jungen im Mendikantenstift schwer genug. Niemand hatte mehr Eltern oder Verwandte. Manche waren erst in den letzten Monaten elternlos geworden. Günter erzählte mir später, daß sein Vater im Krieg gefallen sei. Er hätte damals mit seiner Mutter in einem Dorf bei Neisse gelebt und wäre erst nach dem Tod seiner Mutter ins Waisenhaus gekommen. Eine Zeitlang war er bei Gemeindeschwestern in seinem Dorf untergebracht. Dort hatte er sich sehr wohlgefühlt. Jedenfalls erzählte er mir oft davon.

Unser Tagesablauf im Waisenhaus war fast immer gleich. Nach dem Frühstück wurde gebetet und gesungen. In der Zeit bis zum

Mittagessen konnten wir im Haus spielen oder auch nach draußen gehen. Schulunterricht hatten wir nicht. Nach dem Mittagessen durften wir wieder nach draußen. Die ganz kleinen Jungen blieben bei einer Schwester im Aufenthaltsraum. Sie spielte dort mit ihnen oder ließ sie einfach spielen. Spätestens zum „Angelus" mußten wir wieder im Haus sein. Vom täglichen Mariengebet ging es bald zum Abendessen über.
Es war nun wieder richtig Winter geworden. Es gab Frost mit Eis und Schnee. Allein oder mit dem Günter stöberte ich in der Stadt umher. Viel zu sehen und erleben gab es aber nicht. Die russischen Soldaten wohnten noch immer in der Kaserne an der Königstraße. Aber zum Brotbetteln brauchte ich ja nicht mehr. Im Mendikantenstift hatten wir immer frisches Brot, und zu essen und trinken gab es für uns alle genug.
Natürlich liefen wir auch zur Neiße, die schon lange wieder zugefroren war. Doch der Neißedamm war wie ausgestorben. Weit und breit sahen wir kein einziges Kind. Vor einem Jahr waren der Damm und die Insel noch von Kindern bevölkert gewesen. Alle fuhren mit Schlitten und Skiern den Damm hinunter, und wir rutschten die langen Eisbahnen hinab.
An Karbid war nun nicht mehr zu kommen. Ich hätte dem Günter gerne gezeigt, wie man mitten im Winter bei Eis und Schnee und ganz ohne Papier und Holz Feuer machen kann.
Vor der Kreuzkirche in der Brüderstraße gab es manchmal einen kleinen Markt. Es waren nur noch Polen, die dort ihre Waren anboten. Aber es gab wenig zu kaufen: Kartoffeln, Eier, Hühner, Gemüse und Äpfel. Spielsachen sahen wir nicht. Aber wir hatten sowieso kein polnisches Geld.
An einem kalten Dezembertag beobachtete ich zwei polnische Männer auf dem Markt. Sie hatten sich eine gelbe Flüssigkeit in zwei Wassergläser geschüttet. Die tranken sie nun in einem Schluck leer. Sie schnappten nach Luft, schüttelten sich und tranken dann schnell ganz normales Wasser hinterher. Dann lachten sie sich an, als wenn sie sich gegenseitig eine große Freude gemacht hätten.

Im Mendikantenstift sangen wir nun jeden Morgen Advents- und Weihnachtslieder. Die meisten kannte ich noch von der Oma. Einige hatten wir auch in der Schule beim Herrn Görlich gelernt, und andere kannte ich aus der Kirche.
Ein Lied lernten wir neu. Es gefiel mir gleich besonders gut und wurde bald mein Lieblingslied. Es hieß: „Schlaf wohl, du Himmelsknabe du, schlaf wohl, du süßes Kind".
Ich freute mich jedesmal, wenn wir es singen sollten. Eigentlich war es ein schönes und trauriges Lied. Das kleine Kind in der Krippe sollte später am Kreuz sterben. Eine Strophe hieß:

„Es schlummert in der Mutter Schoß
noch manches Kindlein ein.
Doch wird das arme Kindlein groß,
so fühlt es Angst und Pein.
O Jesulein, durch deine Huld,
hilf es ertragen mit Geduld.
Schlafe, schlafe, Himmelssöhnchen schlafe."

Ich überlegte mir, daß ich meine Mutter eigentlich nie richtig kennengelernt hatte. Alle Jungen im Waisenhaus hatten keine Mütter mehr, bei denen sie friedlich einschlummern konnten. Die Schwestern hier waren zwar alle sehr freundlich, aber auf ihren Schoß mochte sich bestimmt niemand zum Einschlummern legen. Bei der Oma früher war das ganz anders. Da durfte ich es. Und dafür habe ich ihr dann auch oft die Haare gebürstet.
Bei unseren Schwestern konnte ich mir gar nicht vorstellen, daß es richtige Frauen waren. Vom Kopf sah man nur das Gesicht. Alles andere war mit einer schwarzen oder weißen Haube verhüllt. Ein Junge hatte uns mal erzählt, daß allen Schwestern die Haare abgeschnitten wurden. Dabei hatten Mädchen oder Frauen immer lange Haare. Und eine Frau ganz ohne Haare. Das konnte ich mir nicht vorstellen.

Na ja, die Hauben verdeckten sowieso den ganzen Kopf. Und eigentlich war es auch egal, ob sie Haare hatten oder nicht.
Jeden Sonntag gingen wir geschlossen in die Heilige Messe, meistens in die Jesuitenkirche am Salzring. Die Kirche war wunderschön. Sie hatte zwei Türme, herrliche Deckengemälde und viele vergoldete Figuren.
Die Schwester Oberin erzählte uns einmal, daß unser Mendikantenstift schon viele hundert Jahre alt war. Und immer hätte es Jungen wie uns gegeben. Und immer hätten sie in Gottesdiensten gesungen oder auch in Häusern, wenn jemand im Sterben lag.
Bei den Gottesdiensten sahen wir aus wie Ministranten. Wir saßen immer vorn in den ersten Reihen. Und dann sangen wir deutsche oder lateinische Lieder. In diesem Jahr sangen wir während der Adventszeit immer wieder ein bestimmtes Lied. Ich sang es ganz gerne, und es mußte auf eine bestimmte Weise gesungen werden. Sein lateinischer Text lautete:

„Ecce dominus veniet
et omnes sanctie juscum eo
et erit in die illa lux magna.
Alleluja.“

Die Strophe mußte dreimal hintereinander gesungen werden und jedesmal einen Ton höher. Das hörte sich wirklich phantastisch an. Es machte auch allen viel Spaß, gerade dieses Lied zu singen.
Die Schwester Oberin hatte uns den Sinn des Liedes erklärt, und ich hatte dann immer das Gefühl, daß unser Herr wirklich bald mit allen Heiligen kommt.
Schade, daß es die Oma nicht mehr erleben durfte, wie ich da in meinem schwarzweißen Ministrantenrock zwischen all den Jungen saß und aus voller Kehle sang, wenn die Messe anfing und der Priester mit den lila gekleideten Meßdienern einzog.

Ja, die Oma wäre bestimmt auf mich stolz gewesen, aber vielleicht sah sie ja vom Himmel aus zu und sang mit.

Die Adventszeit im Mendikantenstift war sehr schön. Wir sangen und bastelten mit den Schwestern. Ich stromerte zwar jeden Tag durch die Stadt, aber mit einem Buch am Kachelofen war es doch gemütlicher.
Das Weihnachtsfest rückte immer näher. Doch diesmal zählte ich keine Tage. Worauf sollte ich mich auch freuen? Früher bei der Oma war es ganz anders. Da wußte ich schon Wochen vorher, daß mir das Christkind etwas Schönes bringt. Aber hier im Mendikantenstift? Wer sollte uns da etwas schenken? Ich glaubte zwar nach wie vor an das Christkind, wußte aber unterdessen, daß die Geschenke doch von den Eltern kamen oder, wie bei mir, von der Großmutter.
Ich wollte mich vor den größeren Jungen auch nicht blamieren. Die glaubten alle nicht mehr an das Christkind.
Bei der Oma gab es zu Weihnachten immer die herrlichen Mohnsemmeln oder die Weißwürste am Heiligen Abend und den Kaninchenbraten mit Klößen und Rotkohl an den Feiertagen.
Das war nun alles vorbei. Mir kam es vor, als wären seitdem Ewigkeiten vergangen. Dabei hatten wir das letzte Weihnachtsfest vor einem Jahr noch in unserer gemütlichen kleinen Wohnung am Luisenplatz gefeiert.
Aber dann kam doch der Tag des Heiligen Abends. Draußen war alles weiß. Über Nacht hatte es wieder tüchtig geschneit. Unsere Schwestern waren noch freundlicher als sonst. Nach dem Singen am Vormittag erzählte uns die Schwester Oberin schon die Geschichte von Maria und Josef, die jetzt auf dem Weg nach Bethlehem waren, aber nirgends eine Bleibe fanden. Ein hilfsbereiter Wirt schickte sie schließlich in einen Schafstall, wo aber nur ein Ochse stand, der aus einer Futterkrippe fraß. Aber er verstand sich gleich mit dem Esel, auf dem die Heilige Maria von Nazareth hergeritten war. Der Heilige Josef mußte

die lange Strecke laufen. Dabei fiel mir ein, daß ich mit der Oma durch halb Deutschland gelaufen war. Und die Oma war viel älter als der Heilige Josef. Und sie hatte es auch geschafft.
Am Nachmittag gingen wir zum Krippenamt in die Jesuitenkirche. Wir sangen wieder das „Ecce Dominus“ und viele Advents- und Weihnachtslieder. Viele Leute waren im Gottesdienst, alle sangen mit, und ich hatte für einen Moment den Eindruck, es sei alles wie früher in der Dominikanerkirche, in der Franziskanerkirche bei der riesigen Krippe oder bei der Krippenandacht mit dem Kanonikus in der Großen Kirche.
Ich freute mich, daß es noch viele deutsche Menschen in Neisse gab. Also hatte man sie doch nicht alle in die roten Güterwagen verfrachtet und aus ihrer Heimatstadt weggeschickt. Ich hatte unterdessen auch erfahren, daß die Polen ihre Gottesdienste in der Kreuzkirche feierten. Man hätte ja auch den Gottesdienst zusammen halten können, denn beim lieben Gott gab es keine Unterschiede unter den Menschen.
Wieder im Mendikantenheim mußten wir uns unseren dunklen Sonntagsanzug anziehen. Beim Abendessen sahen wir alle sehr festlich aus. Einige große Jungen machten Andeutungen, daß es nach dem Essen doch noch eine Bescherung gäbe.
Glauben mochte ich es nicht. So war ich auch kein bißchen aufgeregt. Aber als der Tisch abgeräumt und der Raum gesäubert war, mußten wir uns zu zweit aufstellen. Da kam dann doch ein freudiges Gefühl in mir hoch. Sollte es doch eine Bescherung mit richtigen Geschenken geben?
Die Schwester Oberin führte uns nun die Treppen hoch bis in den zweiten Stock. Dort gab es einen großen Saal. Erwartungsvoll und andächtig gingen wir hinein. Rundherum an den Wänden standen weißgedeckte Tische. Lange weiße Kerzen auf allen Tischen gaben dem ganzen Raum eine feierliche Stimmung. Die Schwestern führten uns zu unseren Plätzen. Und da sah ich, daß auf den Tischen für jeden Jungen ein bunter Teller und ein Geschenk bereitlagen. Davor lag ein weißes Namensschild mit unseren Vornamen.

Ich bekam ein Buch geschenkt. Das war für mich eine unerwartete Überraschung. Es hatte einen hellblauen Umschlag und hieß „Wir kreuzen auf der Doggerbank“. Es war ein Buch für Jungen und erzählte die Geschichte eines deutschen Kriegsschiffes, das in der Nordsee umherfuhr, um die Küsten vor den Feinden zu schützen. Das verstand ich aber erst viel später, als ich in dem Buch las. Es war nicht sehr spannend, und ich habe es auch nie ausgelesen.
Wir freuten uns alle über unsere kleinen Geschenke. Als ich mich vom Tisch umdrehte, sah ich, daß unsere Schwestern in die Raummitte getreten waren. Und nun sah ich auch einige Pfarrer. Sie hatten ihre schwarzen Talare an. Die steifen weißen Kragen leuchteten im Halbdunkel des Saales. Die Erwachsenen freuten sich mit uns.
Wir Jungen zeigten uns gegenseitig die kleinen Geschenke. Auf den Tellern lagen außerdem noch Pfeffernüsse und ein Apfel. Es sah alles so schön aus. Ich fühlte mich richtig wohl bei dieser unerwarteten Bescherung. Am Ende der kleinen Feier sangen wir gemeinsam „Stille Nacht, heilige Nacht“, Da sah ich, daß alle Erwachsenen Tränen in den Augen hatten. Durch das Kerzenlicht glänzten und schimmerten sie. Mich wunderte es, denn an einem so schönen Abend brauchte doch niemand traurig zu sein. Ich freute mich jedenfalls riesig.
Wir durften nun unser Geschenk und die Pfefferkuchen mit nach unten in den Aufenthaltsraum nehmen. Dort unterhielten wir uns noch und spielten eine Weile. Die meisten Jungen in meinem Alter hatten kleine Spielsachen bekommen. Mich beneidete niemand wegen meines Buches. Aber ich freute mich. Nun hatte ich wieder ein Buch mehr für meine Sammlung unter dem Kopfkissen.
Die großen Jungen mußten noch einmal zum Singen in die Christmette. Wir durften schon nach oben ins Bett.
So lag ich unter meiner Bettdecke. Auf der Nachtkommode stand der Teller mit den Pfefferkuchen, und daneben lag das neue Buch. Vieles ging mir durch den Kopf. Was war das für ein

wunderschöner Heiliger Abend. Zuerst das Singen in der Kirche und dann die unerwartete Bescherung in der festlichen Umgebung. Ich war froh und glücklich wie lange nicht mehr. Es dauerte an diesem Abend sehr lange, bis ich endlich eingeschlafen war.

Die Tage nach Weihnachten gingen schnell dahin. Es geschah scheinbar nichts Außergewöhnliches. Von den überraschenden Veränderungen im Mendikantenstift merkten wir Kleinen nichts. Niemand bereitete uns darauf vor. Vielleicht kam es auch für die Schwestern zu überraschend. Und die großen Jungen gaben sich sowieso kaum mit uns ab.

Eines Morgens nach Neujahr waren plötzlich alle deutschen Schwestern verschwunden und die größeren Jungen ebenfalls. Wir Kleinen durften im Mendikantenstift bleiben. Niemand hatte sich von uns verabschiedet. So bemerkte ich die Veränderung erst gar nicht. Das ganze Haus schien plötzlich leer und ausgestorben. Wir waren allein im Tagesraum, und niemand kümmerte sich um uns. Aber es dauerte nicht lange, da kamen plötzlich polnische Jungen und Mädchen und einige polnische Ordensschwestern mit ihnen. Die Kinder waren unterschiedlich alt, aber ganz große waren nicht dabei. Die Jungen kamen zu uns in den großen Schlafsaal, und die Mädchen zogen in den zweiten Stock, vermutlich in den Raum, wo die Weihnachtsfeier stattgefunden hatte.

Der kleine Peter, Günter, ich und noch einige andere Jungen waren zurückgeblieben. So waren wir wenigstens nicht allein unter all den polnischen Kindern.

Natürlich sprachen wir deutsch miteinander. Eine der polnischen Schwestern konnte auch ganz gut deutsch. Sie sagte uns dann, was wir tun oder lassen sollten. Aber gebetet und gesungen wurde von nun an nur noch auf polnisch. Wir lernten schnell. Ich konnte sehr bald alle Gebete und Lieder auswendig. Auch mit den polnischen Kindern verstanden wir uns von Tag zu Tag besser. Schon bald sprachen wir fließend polnisch. Aber

etwas war doch anders. Bisher hatte ich fast nur mit Jungen gespielt. Nun waren auf einmal viele hübsche Mädchen da. Das fand ich sehr schön. Mit denen war gut auszukommen.
Mit dem Günter verstand ich mich immer besser. Wir waren jeden Tag zusammen. Natürlich sprachen wir dann deutsch miteinander. Ich zeigte ihm die Friedrichstadt, das Kiefernpüschl, die Wallanlagen und Wälder hinter der Ziegelbarriere. Wir liefen auf der zugefrorenen Neiße entlang. Ich freute mich schon auf den Frühling und Sommer. Dann würden wir zusammen wieder richtigen Spaß haben.

Fluchtpläne

So vergingen die ersten beiden Monate des neuen Jahres. Die Tage wurden langsam länger, und warme Sonnentage kündigten den nahen Frühling an. Im Mendikantenstift gab es den üblichen Ablauf mit gemeinsamem Essen, Beten, Singen und Spielen. Hin und wieder spielten sich kleine Streitereien unter den Kindern ab. Meistens mußte dann eine polnische Schwester schlichten. Aber es war nie etwas Ernsthaftes, und oft waren wir wie früher ohne Aufsicht draußen in der Stadt. Trotzdem redeten Günter und ich uns ein, daß die polnischen Kinder von den Schwestern bevorzugt wurden. Vielleicht lag es an der gemeinsamen Sprache, die wir nun schon ganz gut konnten, aber doch nicht immer jedes Wort verstanden. Jedenfalls fanden wir es mit der Zeit als sehr ungerecht, wie wir deutschen Jungen behandelt wurden. Besonders eine Schwester, die fast den ganzen Tag mit uns zusammen war, die mit uns aß, sang und betete, uns gemeinsam in die Kirche führte und mit den ganz Kleinen spielte, die hatte etwas gegen uns Deutsche. Ich empfand es bald bei jeder Gelegenheit, und dann kam schließlich der Zeitpunkt, wo ich mich überall ungerecht behandelt fühlte, ganz egal, was die Schwester tat oder anordnete. Und es verging kaum ein Tag, an dem die Schwester nicht irgendeinen Vorwand fand, mit mir

lautstark zu schimpfen. Möglicherweise war ich auch einfach frech zu ihr, aber auch mein Freund Günter empfand die vermeintlichen Ungerechtigkeiten.
Was sollten wir machen? Richtig wohl fühlten wir uns nicht mehr. Das hatte es bei den deutschen Schwestern nicht gegeben. Die waren immer freundlich, und an ein lautstarkes Schimpfen konnten wir uns nicht erinnern. Wir wußten keinen Rat.
Jetzt, wo es draußen wieder wärmer wurde, besuchte ich jede Woche Omas Grab auf dem Jerusalemer Friedhof. Das Grab bestand nur aus dem gelbschwarzen Sandhügel, davor stand die Zementtafel mit der Nr. 375. Da unten lag die Oma, die nun schon den ersten Winter überstanden hatte.
Wenn ich so alleine vor dem Grab stand, redete ich mit meiner geliebten Großmutter. Das tat ich natürlich nicht laut, doch in Gedanken konnte ich mich ganz gut mit ihr unterhalten. Ich stellte ihr viele Fragen und glaubte dann auch, die richtigen Antworten zu bekommen.
„Oma, was soll ich denn bloß machen? Ich fühle mich nicht mehr wohl in diesem polnischen Waisenhaus."
„Bete, sprich mit dem lieben Gott!" schien die Oma zu antworten.
„Aber wir beten doch schon jeden Tag genug!"
„Erzähl dem lieben Gott von deinen Sorgen und bitte ihn darum, daß er dir hilft!"
So lernte ich ganz allein, daß ich mit dem lieben Gott wie mit der Oma oder einem anderen lieben Menschen sprechen konnte. Ich brauchte nicht mehr die gemeinsamen polnischen Gebete, die ich meistens gedankenlos dahinsprach. Von nun an betete ich morgens und abends für mich, aber auch tagsüber, wenn ich allein durch die Gegend streifte und meine alten Spielstätten auf der Insel, beim Kiefernpüschl oder hinter der Ziegelbarriere besuchte. Mit der Zeit fielen mir immer mehr meine Mutter und meine Geschwister in Wesermünde ein, von denen ich so lange nichts mehr gehört hatte. Aber sie wußten ja auch

nichts von mir. Woher sollten sie denn auch etwas erfahren? Damals hatte ich der deutschen Schwester Oberin davon erzählt, aber sie wußte auch keine Lösung. Und die polnischen Schwestern verstanden überhaupt nicht, was ich wollte. Eine richtige Post gab es noch nicht, und Eisenbahnzüge verkehrten nur in der näheren Umgebung.

Eines Tages fiel mir dann ein, daß ich ja eigentlich nicht ins Waisenhaus, sondern zu meiner Mutter und ihrer Familie im fernen Wesermünde gehörte. In Neisse gab es keine Verwandten mehr. Die Oma war gestorben, und die Häuser meiner Tanten Trude am Luisenplatz und Grete in der Jesuitenstraße waren ausgebrannt. Seit unserer Rückkehr nach Neisse im letzten Sommer hatte ich auch niemanden von ihnen in der Stadt gesehen.

Was sollte ich bloß machen? Ob es eine Möglichkeit gab, nach Wesermünde zu kommen? Oder zur Tante Lisa nach Berlin? Berlin war ja nicht ganz so weit. Es lag ungefähr auf halber Strecke. Deutsche Schwestern, die ich hätte fragen können, waren weg, und zu den polnischen hatte ich kein großes Vertrauen. Ob ich alleine abhauen sollte? Vielleicht würde auch der Günter mitmachen?!

Jedenfalls verging nun kein Abend mehr, an dem ich dem lieben Vater im Himmel nicht meinen Wunsch mitgeteilt hätte, zu meiner Mutter nach Wesermünde zu kommen. Ich konnte mir zwar noch nicht vorstellen, wie das gehen sollte, aber dann hörte ich plötzlich in Gedanken Omas Stimme: „Bei Gott ist kein Ding unmöglich!"

Und so war ich bald überzeugt davon, daß mich der liebe Vater im Himmel, den ich wirklich als meinen ansah, weil ich ja keinen eigenen kannte, irgendwie und irgendwann von hier fortbringen würde.

Zwischendurch überlegten Günter und ich, aus dem Waisenhaus abzuhauen. Eines Tages machte er mir den Vorschlag, in sein altes Dorf zu gehen. Die Schwestern dort im Gemeindehaus

seien viel netter und freundlicher als die polnischen hier in Neisse.
Ich war sofort damit einverstanden. Wir planten also unsere Flucht. Günter kannte ja sein Dorf, ich glaube, es hieß Altewalde, und er wußte auch den Weg dorthin. Er sagte mir, daß man den Ort zu Fuß bequem an einem Tag erreichen könne.

So machten wir uns eines Tages auf den Weg in unsere vermeintliche Freiheit. Gleich nach dem Frühstück brachen wir auf. Gepäck hatten wir keines. Unser Weggehen sollte ja nicht auffallen. Es war ein wunderschöner Frühlingstag. Bis zum gemeinsamen Mittagessen würde es niemand bemerken, und bis dahin hätten wir schon eine schöne Strecke zurückgelegt.
Die Sonne schien warm vom Himmel. Der Winter war wohl nun endgültig vorbei.
Günter führte mich zuerst durch einen Teil meiner Heimatstadt, den ich noch gar nicht kannte. Früher war ich schon einmal bis zum Ende der Zollstraße gekommen, hatte das Palast-Theater, die Heißgetränk-Wirtschaft, das Fußballstadion und den Bahnhof kennengelernt, aber dieser Stadtteil war mir doch ziemlich fremd.
Hin und wieder sahen wir Wegweiser. Die zeigten nach Ziegenhals, das ich noch vom Ausflug mit dem Gerhard kannte. Aber so weit würde es zum Dorf nicht sein, das hatte der Günter jedenfalls gesagt.
So gingen wir bald eine lange Chaussee entlang. Kein Mensch kam uns entgegen. So konnte uns auch niemand ansprechen oder ausfragen und nach Neisse zurückbringen.
Die Strecke war aber doch länger, als ich gedacht hatte. Wir waren den ganzen Tag unterwegs. Es war schon am späten Nachmittag, als wir endlich in Günters Dorf ankamen. Die warme Frühlingssonne, die uns den ganzen Tag über mit ihrem hellen Schein begleitet hatte, stand nun tief über einem Wald am Horizont. Die Häuser des Dorfes lagen an beiden Seiten einer langen Straße. So dauerte es noch eine Zeitlang, bis wir

endlich die Dorfkirche erreichten. Gleich daneben war das Pfarrhaus.
Günter kannte sich gut aus und klingelte gleich an der Tür. Eine Nonne in Schwesterntracht öffnete.
„Günter, wo kommst du denn her?“ fragte sie erstaunt und wohl auch etwas erschrocken.
„Wir kommen aus Neisse. Das hier ist mein Freund Hansi. Im Waisenhaus gefällt es uns nicht mehr. Da gibt es jetzt nur noch polnische Kinder und polnische Schwestern. Wir wollen lieber hier in Altewalde bleiben.“
Nun erschien auch noch eine andere Schwester. Aber die war ebenfalls mehr erschrocken als erfreut.
„Sie sind aus dem Mendikantenstift weggelaufen. Jetzt wollen sie hierbleiben. Aber daraus wird wohl nichts!“
„Na, ihr seid ja schöne Vagabunden! Wer bist du denn?“ fragte sie mich.
„Ich heiße Hansi. Meine Oma ist im vorigen Jahr gestorben, dann bin ich ins Waisenhaus gekommen. Günter ist mein Freund. Er hat gesagt, daß es bei seinen alten Schwestern viel schöner ist als bei den polnischen in Neisse.“
„Das ehrt uns ja sehr! Doch bei uns könnt ihr auf keinen Fall bleiben. Wir hatten schon genug Ärger. Zuerst durch die russischen Soldaten und nun durch die Polen. Wir müssen wohl auch bald von hier weg.“
Wir sahen wohl enttäuscht und traurig aus. Das bemerkte wohl auch die erste Schwester.
„Heute könnt ihr hierbleiben. Aber morgen müßt ihr nach Neisse zurück!“
Da war wohl nichts zu machen. Unser langer Weg war umsonst gewesen.
„So, jetzt kommt aber erst mal herein. Ihr habt doch bestimmt Hunger und Durst? Seit wann seid ihr denn unterwegs?“ fragte eine Schwester.
„Gleich nach dem Frühstück sind wir losgegangen,“ antwortete der Günter.

„Geht in die Küche und wascht euch die Hände! Dann wollen wir sehen, ob wir für euch noch etwas zu essen haben.“
Als wir am Küchentisch saßen, bekamen wir zuerst einen Becher frische Milch. Dann durften wir vom Brot, dem Käse und der Wurst essen, soviel wir wollten. Unterwegs hatte ich gar nicht gemerkt, wie hungrig und durstig ich eigentlich war.
Die Schwestern saßen die ganze Zeit mit uns am Tisch.
„Ihr dürft doch nicht einfach weglaufen! Die polnischen Schwestern im Mendikantenstift machen sich bestimmt große Sorgen um euch,“ sagte eine Schwester.
Darüber hatten wir uns überhaupt keine Gedanken gemacht. Im Gegenteil. Wir waren froh, endlich abhauen zu können.
„Heute nacht könnt ihr bei uns bleiben, aber schon morgen bringen wir euch nach Neisse zurück. Die Schwester Maria wird euch begleiten!“
Wir Ausreißer sahen uns etwas betroffen an. Hier war nichts zu machen. Wohl oder übel fügten wir uns in unser Schicksal.
Trotzdem waren die beiden Schwestern sehr freundlich zu uns. Sie unterhielten sich mit uns über alle möglichen Sachen. So erzählten sie uns auch, daß nach Weihnachten die vielen Pfarrer und Schwestern Hals über Kopf Neisse verlassen mußten. Sie selber rechneten auch damit, aber noch warteten sie auf einen polnischen Pfarrer und andere polnische Schwestern.
Mich fragte dann noch eine Schwester, was denn mit meinen Eltern sei. Ich redete mich heraus, daß ich nur meine Großmutter gekannt hätte. Meine richtige Mutter und mein Stiefvater seien weit weg in Wesermünde. Aber ob die überhaupt noch am Leben seien, wüßte ich nicht. Die Stadt sei kurz vor Kriegsende fast völlig zerstört worden.
Wesermünde kannten beide Schwestern nicht. Vermutlich waren sie aus ihrem Dorf nie herausgekommen.
Es war schon dunkel, als wir in ein kleines Zimmer mit zwei Betten gebracht wurden. Hier war es ganz gemütlich, viel schöner als in dem großen Schlafsaal des Waisenhauses. Schade, daß wir nicht bleiben durften. Hier hätten wir beide es ausgehalten!

Günter war bald eingeschlafen. Ich lag noch lange wach. Das fahle Mondlicht ließ das ganze Zimmer grau erscheinen. An den hellen Wänden bewegten sich die Schatten der noch blätterlosen Bäume, die direkt vor dem Haus standen. Über meinem Bett hing ein Bild der Mutter Gottes. Als ich eine Zeitlang darauf starrte, schien es lebendig zu werden. Und als ich ein Auge etwas zusammenkniff, wurde aus dem Kopf der Heiligen Maria plötzlich der Kopf meiner Großmutter.
„Ach Oma, kannst du mir nicht helfen?" ging mir durch den Kopf. „Du bist jetzt im Himmel. Du hast es gut. Ich möchte zur Mutti nach Wesermünde gehen. Kannst du mir dabei nicht helfen? Du kannst doch bei der Heiligen Maria ein Wort für mich einlegen, daß es bald klappt!"
Mir schien, als huschte ein Lächeln über das Gesicht an der Wand. Dann sah ich wieder die sich bewegenden Schatten an den Wänden und der Zimmerdecke.
Der Günter schlief fest und atmete ganz leise. Über seinem Bett hing ein großes Kreuz. Wir hatten zwar vorhin schon mit den Schwestern unser Abendgebet gesprochen, aber nun betete ich noch einmal still in Gedanken für mich:
„Lieber Gott, hilf mir, bald nach Wesermünde zu kommen. Ich möchte bei meiner Mutter sein, bei dem Onkel Heini, bei Lona und dem kleinen Heinerle. Ich möchte in einer richtigen Familie leben, und nicht mehr in diesem polnischen Waisenhaus."
Danach war ich sicher, daß der liebe Vater im Himmel mir helfen würde. Zwar wußte ich nicht, wie es geschehen sollte, aber ich hatte doch großes Vertrauen zu meinem Gesprächspartner im Himmel. Irgendwie würde es schon klappen! Und in Gedanken hörte ich Omas Stimme:
„Du mußt Geduld haben! Gottes Mühlen mahlen langsam!"
So muß ich wohl doch bald eingeschlafen sein.
Aus der Küche hörte ich Geschirrgeräusche, die mich am nächsten Morgen weckten. Und die helle Sonne schien schon wieder durchs Zimmerfenster. Ich weckte meinen Freund. Wir waren

beide guter Laune, obwohl wir ja wieder zurück nach Neisse mußten.
Die Schwester Maria öffnete bald die Tür und begrüßte uns fröhlich:
„Guten Morgen, ihr Ausreißer! Ihr müßt aufstehen! Es wird höchste Zeit!"
Schnell zogen wir uns an, benetzten unser Gesicht nur kurz mit etwas Wasser aus der Schüssel, die auf der Waschkommode stand, und gingen dann in die Küche, wo uns die andere Schwester schon am Küchentisch erwartete. Es war warm und gemütlich. Das Frühstück stand schon auf dem Tisch. Wir bekamen warme Milch und geröstete Brote, die kurz auf den heißen Küchenherd gelegt wurden.
„Schwester Maria wird euch heute nach Neisse zurückbringen," erklärte uns die ältere Ordensschwester, „nachher verlauft ihr euch noch. Sie nimmt aber das Fahrrad mit, damit sie heute wieder zurückkommen kann."
Ich hatte schon gedacht, sie würden uns allein zurückschicken. Aber sie befürchteten wohl, daß wir woanders hingingen.
Günter war traurig, als er sich von der zurückbleibenden Schwester verabschieden mußte. Er fing fast an zu weinen. Auch mir hätte es eine Zeitlang in diesem Dorf gefallen. Doch für immer wäre ich nicht geblieben. Ich wollte lieber zu meiner Mutter. Aber dem Günter sagte ich noch nichts davon.
Die Schwester Maria stand schon mit ihrem Fahrrad vor dem Haus. Auf der langen Dorfstraße, die bald in die Landstraße überging, gingen wir nun wieder zurück nach Neisse. Es sollte wieder ein herrlicher Frühlingstag werden. Die Kühle des Morgens wurde bald von der höher steigenden Sonne verdrängt. Uns wurde es so warm, daß wir unsere Jacken auszogen und nun singend und pfeifend nebeneinander gingen. „Hänschen klein, ging allein" und „Wem Gott will rechte Gunst erweisen" sangen wir. Ich wußte jetzt sogar, woher dieses Lied kam. Aber der Günter kannte den Namen Eichendorff überhaupt nicht.
Die Schwester lachte, als sie uns so unbekümmert singen hörte.

Gegen Mittag, wir hatten ungefähr die Hälfte unseres Weges zurückgelegt, machten wir eine Pause. Die Schwester hatte einen Korb an ihrem Fahrrad, worin Verpflegung eingepackt war. Es gab Butterbrote, gekochte Eier und erfrischenden Lindenblütentee. Wir saßen nun auf einer kleinen sauberen Rasenfläche neben der Straße. Wie das schmeckte! Das Gras strömte zwar noch die Kühle des Winters aus, aber die Sonne schien schon so stark, daß es überall dampfte. Ich streckte mich im frischen Gras aus und schnupperte den unverkennbaren Geruch der Erde. So hatte es auf der Insel an der Neiße auch gerochen.

Dann blinzelte ich in den blauen Frühlingshimmel. Nur wenige Wolkengebirge zogen vorbei. Und einige Vögel waren wie schwarze Punkte zu erkennen. Aber sie flogen so hoch, daß man ihr Zwitschern nicht hören konnte.

„Da oben ist nun der Himmel. Hinter dieser hellblauen Kuppel wohnt unser himmlischer Vater. Und die Seele der Oma ist jetzt auch dort," dachte ich so bei mir.

Fast wäre ich bei meinem Wachträumen in einen wohligen Schlaf hinübergesunken. Aber unsere Schwester Maria drängte uns zum Weitergehen.

Bald sahen wir in der Ferne auch schon die Umrisse unserer Heimatstadt. Da waren die drei Türme der Kreuzkirche, die Doppeltürme der Jesuitenkirche, die Ruine der St. Jakobuskirche und daneben der wuchtige Glockenturm, den wir vor kurzem noch bestiegen hatten. Auch die Garnisonskirche war zu erkennen. Dahinter war die Neiße und die Friedrichstadt.

Mich wunderte, daß in Neisse noch viele Häuser standen. Aber am Ruinenfeld des Ringes bekam ich doch ein komisches Gefühl in der Magengegend. Was würden die polnischen Schwestern zu unserer Flucht sagen?

Beklommen gingen wir durch die schmale Gasse zwischen Kirchenschiff und Glockenturm zum Mendikantenstift. Es war schon später Nachmittag. Einige Kinder aus dem Waisenhaus hatten uns gesehen und kamen gleich angerannt. Sie starrten

uns aus einer Mischung von Neugier, Bewunderung, Schadenfreude und Neid an.
Doch die polnischen Schwestern begrüßten uns sehr freundlich. Niemand von ihnen schimpfte. Unsere deutsche Schwester unterhielt sich noch eine Weile mit ihnen. Dann verabschiedete sie sich. Mir gab sie die Hand, aber den Günter nahm sie noch einmal fest in die Arme. Als ich nach oben sah, bemerkte ich kleine Tränen im Gesicht der Schwester.
„Macht es gut, ihr beiden! Ich wünsche euch Gottes reichen Segen. Jeden Abend werde ich für euch beten, damit euch in dieser schlimmen Zeit nichts passiert."
Dann stieg sie auf ihr Fahrrad und radelte in Richtung „Ring" davon. Die Rückfahrt in ihr Dorf würde jetzt schneller gehen als unser Tagesmarsch von Altewalde nach Neisse.
Die polnischen Schwestern waren freundlich wie lange nicht mehr. Obwohl das Mittagessen schon lange vorüber war, machte uns die Küchenschwester noch Essen warm. Danach durften wir nach draußen. Das ließen wir uns nicht zweimal sagen. Wir liefen gleich zur Breslauer Straße, wo schon andere Kinder aus dem Waisenhaus waren. Am „Schönen Brunnen" trafen wir uns oft zum Spielen. Das wunderschöne Eisengitter des Brunnens war zwar weg, aber der steinerne Sockel stand einsam auf dem Bürgersteig. So saßen wir auf seinem Rand und machten unsere Späße.
Mit den polnischen Kindern verstanden wir uns sehr gut. Ich hatte mich etwas mit einem größeren, hübschen Mädchen angefreundet. Wir sprachen und verstanden nun ganz gut die polnische Sprache, obwohl wir keine einzige Unterrichtsstunde gehabt hatten.
Täglich liefen wir durch die zerbombten Straßen, kletterten in den Ruinen herum, durchstreiften die Wildnis an der Neiße und sehnten den Sommer herbei, um wieder baden zu können.
Am meisten war ich jedoch mit dem Günter zusammen. Wir waren nun unzertrennliche Freunde geworden. Er wippte auch nicht mehr so oft von einem Bein auf das andere. Vielleicht

langweilte er sich auch nicht mehr und dachte nicht mehr an all das Schreckliche, was er mit seiner Mutter in Altewalde erlebt hatte.

Ich konnte dem Günter viel von der Friedrichstadt zeigen. Oft waren wir unten auf der Insel. Wir kletterten die Wallmauer hinunter und liefen durch das hohe Gras der Kohlsdorfer Wiesen bis zum einsamen Kiefernpüschl, wo wir so schön im Sand spielen konnten. Natürlich erzählte ich ihm auch die Geschichte von dem Schlangennest und zeigte ihm die Stelle, wo ich fast einmal barfuß hineingetreten wäre.

Dahinter waren gleich die unheimlichen Bunker.

„Hier gibt es unterirdische Gänge und viele verborgene Schätze!“ erklärte ich ihm.

Durch die Wallmauern liefen wir bis zur Ottmachauer Chaussee. Kamen wir am Friedhof vorbei, dann besuchten wir natürlich auch das Grab meiner Oma. Und bald brachte ich auch schon die ersten Frühlingsblumen mit.

Im Waisenhaus nutzte ich jede freie Minute zum Lesen. Natürlich hatte ich nur deutsche Bücher. Ich hatte mal ein polnisches Gebetbuch in die Hand bekommen, konnte aber kein einziges Wort entziffern. Meine Bibliothek unter dem Kopfkeil war nun schon so umfangreich geworden, daß kein einziges Buch mehr hineinpaßte.

Eigentlich konnte ich es im polnischen Mendikantenstift ganz gut aushalten. Aber den Wunsch, zu meiner Mutter nach Wesermünde zu kommen, hatte ich nicht aufgegeben. Jeden Abend betete ich darum. Doch nichts geschah. Bald hatte ich mich zu einem kleinen polnischen Jungen entwickelt.

Der „Ausflug“ nach Breslau

Doch dann geschah eines Tages etwas Unerwartetes und Ungeplantes. Es war eigentlich purer Zufall, daß Günter und ich an diesem Tag zum Neisser Bahnhof gingen. Zu sehen gab es dort immer etwas. Was hatte ich da schon alles erlebt. Da war der Trauerzug für den getöteten deutschen Offizier. Beinahe hätte ich nicht mehr den Weg in die Friedrichstadt zurückgefunden. Damals muß ich noch sehr klein gewesen sein. Mit der Oma hatte ich von hier aus die lange Ferienreise nach Berlin und Wesermünde gemacht. Mit dem Gerhard unternahm ich den Ausflug nach Ziegenhals. Und dann die überstürzte Flucht mit der Oma aus Neisse im Winter kurz vor dem Ende des Krieges. Seitdem wir Zeugen wurden, wie Deutsche am Bahnhof einfach in Güterwagen verfrachtet wurden, meideten wir diese Gegend.

Aber an diesem Apriltag war nicht viel Betrieb am Bahnhof. Allerdings hatten wir schon von weitem den Rauch der rangierenden Lokomotiven gesehen. Vielleicht fuhren heute auch Züge ab. Mutig gingen wir durch die Bahnhofshalle. Der Günter war noch nie mit der Eisenbahn gefahren, wie er mir sagte. Ungehindert gelangten wir auf den ersten Bahnsteig. Die Ortsschilder am Bahnhof waren nun auch durch „Nysa" ersetzt worden. Drüben, auf dem zweiten Bahnsteig, stand ein Personenzug mit einer dampfenden Lokomotive davor. Das wollten wir uns einmal näher ansehen. So liefen wir schnell die Treppen abwärts, durch den Tunnel, dann wieder treppaufwärts zum anderen Bahnsteig. Der Zug mußte bald abfahren. Er stand in Richtung Eisenbahnbrücke. Ich wußte noch, daß es die Richtung nach Berlin war. Dahin war ich damals mit der Oma gefahren, als wir die Tante Lisa besuchten. Wohin dieser Zug fuhr, wußten wir nicht.

„Günter, sollen wir einsteigen und mitfahren?" fragte ich meinen überraschten Freund.

Der sah mich zuerst erstaunt an, aber dann überwog doch seine Neugier, und wir stiegen schnell in den wartenden Zug ein. Wir liefen durch die Gänge. Überall saßen Leute in den Abteilen. Um nicht weiter aufzufallen, blieben wir im Gang stehen. Von hier aus konnten wir auch am meisten sehen. Bald setzte sich der Zug in Bewegung. Wir hörten das Zischen und Dampfen der

Lokomotive, die unsere Wagen immer schneller durch die schlesische Landschaft zog. Wir hatten großen Spaß. So unerwartet Eisenbahn zu fahren, damit hatten wir heute morgen noch nicht gerechnet. Ein Schaffner ging mehrere Male an uns vorbei, ohne uns anzusprechen. Er nahm wohl an, daß wir zu irgendwelchen Erwachsenen im Abteil gehörten.
Bald hatte ich herausgefunden, wohin die Reise ging. Grottkau hatte ich gelesen, und dann Brieg. Wir fuhren wohl bis Breslau. Das kannte ich ja schon. Damals lebte die Oma noch, und wir waren die lange Strecke zu Fuß gelaufen, weil Eisenbahnen noch nicht fuhren.
Ich überlegte mir schon, wie wir von Breslau aus weiterkommen könnten, als uns plötzlich ein Mann ansprach. Er war aus dem Abteil gekommen, vor dem wir eine Zeitlang gestanden hatten. Zuerst versuchte er es auf polnisch und dann auf deutsch. Er hatte wohl gemerkt, daß wir deutsche Kinder waren.
„Wo sind eure Eltern?" fragte er uns.
„Wir haben keine Eltern mehr," antwortete ich schnell.
„Was, ihr habt keine Eltern? Wohin wollt ihr denn?"
„Wir fahren jetzt erst nach Breslau und dann nach Berlin. Da wohnt meine Tante!" sagte ich selbstsicher.
„Was, ihr wollt allein nach Berlin? Habt ihr denn Geld oder etwas zu essen?" hakte er nach.
„Nein, wir haben nichts!"
Danach ging er zurück ins Abteil und sprach mit den anderen Leuten. Die sahen uns neugierig durch die Glastür an. Kurze Zeit später kam er wieder zu uns in den Gang und sagte:
„Ich werde mich in Breslau um euch kümmern. Ihr könnt doch nicht allein durch die Welt reisen. Das ist viel zu gefährlich. Was kann da alles passieren?"
Der Mann blieb die ganze Zeit bei uns stehen, bis wir endlich im großen Breslauer Hauptbahnhof einfuhren und der Zug anhielt. Er ging mit uns zur Bahnhofsmiliz. Da sah ich sie wieder, die Polizisten mit ihren viereckigen Mützen. Eigentlich sahen die ganz zackig aus.

Glücklicherweise fragte uns niemand, woher wir überhaupt kämen. Ein Polizist ging weg, und der freundliche polnische Mann wartete mit uns im Büro der Miliz. Als er zurückkam, forderte er uns auf, ihm zu folgen. Der Mann aus dem Zug ging glücklicherweise auch mit.
„Hoffentlich bringt der uns nicht ins Gefängnis," dachte ich bei mir.
Günter sah mich ängstlich an, sagte aber nichts.
Wir verließen das Bahnhofsgebäude und liefen mit den beiden Männern ziemlich lange durch die breiten Breslauer Straßen. Auch hier waren viele Häuser zerstört oder ausgebrannt.
Endlich kamen wir an ein ziegelsteinrotes Gebäude. Draußen war es schon etwas dämmrig geworden. Im Eingangsflur des Hauses brannte nur ein fahles Deckenlicht. Dort erwartete uns eine ältere Nonne. Die Frau hatte aber eine ganze andere Schwesterntracht an als die Schwestern aus Neisse. Auch ihre Kopfhaube war anders. Sie begrüßte uns auf deutsch.
Die beiden Männer verabschiedeten sich von uns, und die Frau ging mit uns einige Treppen hoch.
„Ihr seid hier im Hedwigsstift. Das ist ein großes Waisenhaus für deutsche Kinder, die ihre Eltern verloren haben. Ich hoffe, es gefällt euch bei uns. Zuerst zeige ich euch den Schlafsaal der Jungen."
Der war riesengroß. Zwei lange Bettreihen sah ich, bestimmt vierzig oder fünfzig Metallbetten. Uns wurden zwei nebeneinander liegende Betten zugewiesen. Wir bekamen wohl beide einen großen Schreck. Aber wir sagten nichts. Da war es im Neisser Mendikantenstift doch schöner gewesen. Aber wir durften uns nicht verraten!
Auch der Speisesaal war riesengroß. Nun sahen wir auch die vielen Kinder und mehrere Schwestern. Nach dem Essen wurde deutsch gebetet. Und dann mußten wir schon ins Bett. Da lag ich nun und starrte an die Decke. Ich vermißte die schönen Bücher unter meinem Kopfkeil.

Am nächsten Tag merkten wir dann, daß das Hedwigsstift doch so eine Art Gefängnis war. Allein durfte kein Kind nach draußen, wenn, dann nur in Gruppen und mit einer Schwester als Begleiterin. Außerdem empfanden wir diese vielen Schwestern nicht gerade als sehr freundlich. Da hatten uns die polnischen Schwestern im Mendikantenstift besser gefallen. Und nachts wurden manche Kinder sogar geschlagen, wenn sie ins Bett gemacht hatten. Uns passierte es auch einmal, denn Günter und ich machten hin und wieder auch ins Bett.
Im Breslauer Hedwigsstift waren wirklich nur deutsche Kinder. Aber Jungen und Mädchen waren immer getrennt. Wir durften noch nicht einmal zusammen spielen.
Günter und ich wären gerne wieder abgehauen. Aber es ging nicht. Wir waren nie allein. Und an der Eingangspforte saß immer eine Schwester, an der wir nie und nimmer vorbeigekommen wären.
Jeden Abend betete ich darum, nur nicht ins Bett zu machen. Und der Wunsch, zu meiner Mutter zu kommen, wurde immer stärker.
Komischerweise hatte uns niemand im Hedwigsstift nach unseren Eltern gefragt oder woher wir überhaupt kämen. Natürlich hatten wir auch keine Ahnung, was der polnische Polizist den Schwestern über uns gesagt hatte. Vielleicht gab es damals so viele elternlose Kinder, daß unser Kommen schon als alltäglich und normal galt.
Aus dem Schlaf gerissen zu werden, das war schrecklich! Wie oft war mir das nun schon passiert. Zu allererst bei unserer überhasteten Flucht aus Neisse, dann während der langen Zugfahrten nach Österreich und durch die Tschechei, durch Sachsen und Schlesien, bis wir dann endlich im zerstörten Neisse ankamen. Da war die Nacht hinter dem Eichendorffhaus, wo plötzlich ein Russe bei der Oma war. Unvergessen war mir auch die Nacht in dem Haus an der Heidersdorfer Straße, als plötzlich das Feuer ausbrach. Erschreckt hatte ich auch die Schritte im Nebenraum gehört und das pausenlose Rufen der Käuzchen, zuerst in der

Friedrichstadt und dann in der Wilhelmstraße. Da tropfte der Regen von der Zimmerdecke in die Schüsseln und Eimer, da war das gespenstische Mondlicht und schließlich die Totenstille im Schlafzimmer, als ich die Oma nicht mehr atmen hörte.

Im Mendikantenstift war ich nie aus dem Schlaf gerissen worden, weder von den deutschen noch den polnischen Schwestern.

Hier in Breslau hatte ich schon vor dem Einschlafen Angst, von einer Schwester geweckt und verprügelt zu werden.

Doch es gab scheinbar für uns keine Gelegenheit, diesem Schwesterngefängnis zu entfliehen.

Da half uns ein unerwarteter Zufall. Wir saßen eines Morgens nach dem Frühstück in unserem großen Tagesraum an einem großen Tisch und spielten gemeinsam mit Bausteinen. Wie immer saß auch eine Schwester bei uns. Statt wie ein kleines Kind mit Bausteinen zu spielen, hätte ich viel lieber gelesen, aber ich wagte es nicht, die Schwester danach zu fragen.

Plötzlich sagte Günter, der neben mir saß, zu mir: „In Neisse war es doch besser, obwohl es dort nur polnische Schwestern gab."

Die Schwester hatte das mitgehört und fragte gleich:

„Was, ihr kommt aus Neisse?"

„Ja, in Neisse waren wir auch in einem Waisenhaus. Aber da war es viel schöner. Da durften wir wenigstens nach draußen!" rechtfertigte sich der Günter.

Ich trat dem Günter unter dem Tisch ans Bein, um ihn am weiteren Erzählen zu hindern. Aber es war wohl schon zu spät.

„Ihr kommt also aus einem Waisenhaus in Neisse und seid da einfach weggelaufen?" fragte mich die Schwester nun und sah mich streng an.

Ich nickte ängstlich.

Da stand sie auf und eilte mit schnellen Schritten nach draußen.

Kurze Zeit später kam sie mit der Schwester Oberin zurück, die uns nun noch einmal ausfragte. Leugnen war zwecklos geworden. Das sahen wir beide ein. Und so erzählten wir alles.
Unerwarteter Weise schimpfte uns die Schwester Oberin nicht aus.
„Wir müssen uns mit dem Waisenhaus in Neisse in Verbindung setzen," sagte sie zu der jüngeren Nonne. Sie ging dann wieder weg, und wir beide warteten gespannt, was nun kommen würde.

Zurück nach Neisse

Aber es dauerte doch noch einige Tage. Wir wurden reisefertig gemacht, und eine Schwester aus dem Hedwigsstift fuhr mit uns nach Neisse zurück. Eigentlich waren wir ganz froh, wieder ins Mendikantenstift zu kommen. Aber ein bißchen Angst vor den Schwestern hatten wir doch. Ob sie jetzt strenger waren als bei unserer ersten Flucht?
Doch die polnischen Schwestern in Neisse nahmen uns wieder freundlich auf. Der Schwester Oberin mußten wir mit Handschlag versprechen, nie mehr fortzulaufen. Das tat ich auch, aber innerlich war ich ganz sicher, daß ich dieses Versprechen nicht halten würde. Einige Versuche hatte ich nun schon hinter mir. Bei allernächster Gelegenheit würde ich vielleicht alleine weglaufen.
Doch vorerst war ich froh, endlich wieder in Neisse zu sein. Die polnischen Schwester und alle Kinder im Waisenhaus waren freundlich, ich hatte meine Bücher wieder, und wir konnten jeden Tag draußen unsere Freiheit genießen.
Der Neisser Frühling hatte endgültig Einzug gehalten. Alles grünte und blühte.
Auch in der ganzen Stadt erwachte neues Leben. Immer mehr Menschen sah man auf den Straßen. Man fing auch an, die Schuttberge abzutragen. Auch an der ausgebrannten Jakobuskirche wurde gearbeitet. Es gab wieder einige Geschäfte, und in

der Brüderstraße zwischen dem Tritonbrunnen und der Kreuzkirche war fast immer Markt. Da gingen wir gern hin, denn immer gab es etwas zu sehen. Einmal beobachtete ich einen Mann, der ein Hühnerei aufschlug und es roh ausschlürfte. Auch hinter unserem Mendikantenstift gab es einige Hühner. Sie liefen auf dem kleinen Hof herum und brüteten im danebenliegenden Schuppen. Ich hatte dort im Stroh schon häufig frische Eier gefunden und sie dann immer in der Küche abgeliefert. Nun hatte ich gesehen, daß man sie auch roh essen konnte. Und so schlürfte ich bei jeder passenden Gelegenheit ein Ei aus. Das bekam mir ganz gut. Auf dem Markt kostete ein Hühnerei zwei Zloty. Das waren nach deutschem Geld vier Mark. Eine ganz schöne Summe! Aber ich hatte nie ein schlechtes Gewissen. Irgendwo hatte ich einmal gehört, daß Mundraub keine schwere Sünde sei.

In der Stadt gab es jetzt fast nur noch Russen und Polen. Fast alle deutschen Einwohner waren verschwunden. Auch die deutschen Pfarrer waren seit Weihnachten weg. In den Kirchen wurden nur noch polnische Gottesdienste abgehalten. Wir gingen gemeinsam in die Kreuzkirche. Die lateinischen Gebete verstand ich noch, aber gesungen und gepredigt wurde natürlich nur noch auf polnisch. Die polnischen Kirchenlieder gefielen mir ganz gut. Sie hatten schöne Melodien, und manchmal wurden sogar Lieder gesungen, die ich auch als deutsche Kirchenlieder kannte.

Einmal sah ich vor der Kreuzkirche einen polnischen Kaplan, den ich von den Gottesdiensten her kannte. Er hatte zwar seine lange schwarze Soutane an, aber seinen steifen weißen Kragen hatte er entfernt. Er trug statt dessen ein weißes Hemd mit offenem Kragen. So stand er vor der Kirchentür und rauchte eine Zigarette. Das hatte ich noch nie gesehen. Ein Pfarrer, der raucht?!

Ich selber hatte mir das Rauchen schnell wieder abgewöhnt, seit ich im Mendikantenstift war. Natürlich war ich der Meinung,

daß alle Männer rauchen mußten. Aber ein Priester, der raucht? Das hatte ich mir nicht vorstellen können. Ich war schockiert!
Nach einigen Wochen von Ruhe und Frieden gab es dann doch wieder die alten Schwierigkeiten im Waisenhaus. Jeder von uns hatte bestimmte Aufgaben im Schlafsaal, dem Waschraum und im Tagesraum zu erfüllen. Ich war eingeteilt, die Tische zu dekken und das Geschirr auch wieder wegzuräumen. Dann wurden die Stühle auf die Tische gestellt und der Raum mußte ausgefegt werden.
Sein Bett mußte jedes Kind selber machen, aber ausgefegt wurde vom Stubendienst. Diese Dienste wurden wöchentlich gewechselt. Alle Kinder kamen dran, aber bei Günter und mir hatte eine polnische Schwester immer etwas zu meckern und zu nörgeln. So stimmten wir bald in unserer Meinung überein, daß diese dumme Nonne nur etwas gegen deutsche Kinder hätte. Wir fühlten uns den polnischen Kindern gegenüber benachteiligt. Eines Tages wurde es uns wieder einmal scheinbar bewiesen. Alle Kinder des Waisenhauses bekamen kleine graue Kartons geschenkt. Darin waren verschiedene ungewohnte Köstlichkeiten: Kekse, Schokoladenstücke, komische platte Pfefferminzstangen, die sich wie Gummi anfühlten, und andere kleine Sachen. Als wir unsere Päckchen verglichen, sahen wir, daß die polnischen Kinder viel mehr in ihren Päckchen hatten als wir deutschen.
Das machte mich innerlich sehr wütend, aber ich sagte nichts. Ich fühlte mich ungerecht behandelt, und meine Sehnsucht, hier endlich wegzukommen, wurde von Tag zu Tag größer.

Zwischen den Schienen

Seit Monaten betete ich nun darum, zu meiner Mutter und ihrer Familie nach Wesermünde zu gelangen. Doch nichts geschah. Ich wurde schon ganz traurig und überlegte mir sogar, daß nur mein Wegkommen von hier ein Beweis für die Güte

Gottes sei. Denn eigentlich war es für mich unvorstellbar, daß der Vater im Himmel die Gebete eines kleinen Jungen nicht erhören sollte.

Aber dann kam doch der Tag einer überraschenden und unerwarteten Entscheidung.

Ich hatte wieder einmal Dienst im Aufenthaltsraum. Wie immer hatte ich nach dem Frühstück das Geschirr von den Tischen geräumt und es in die Küche gebracht. Dann hatte ich mit einem feuchten Lappen die Tische abgewischt und die Stühle hochgestellt. Anschließend fegte ich den Raum aus. Ich war gerade mit allem fertig und wollte den Handfeger und die Schaufel in den Besenschrank stellen, da kam wieder eine Schwester und nörgelte an mir herum. Ich hatte meine Arbeit angeblich nicht gut genug gemacht.

Die anderen Kinder spielten schon längst draußen vor dem Haus, und ich war wieder einmal der Sündenbock. Mein Freund Günter war auch nicht mehr im Haus. Da faßte ich blitzschnell den Entschluß: Heute haue ich von hier ab!

Vorsichtig schlich ich nach oben in den Schlafsaal. Sollte ich etwas einpacken? Es war schon Frühsommer. Ich hatte eine kurze Hose an und ein helles Hemd mit dem bekannten abknöpfbaren Kragen. Schuhe hatte ich keine. Wie früher auch liefen wir schon lange barfuß. So holte ich mir nur einen Ersatzkragen aus meinem Fach und versteckte ihn unter meinem Hemd.

Ich sah mir noch einmal meine Bücher unter dem Kopfkeil an. Es tat mir zwar leid, aber ich mußte mich von ihnen trennen.

So schlich ich wieder nach unten. Im Tagesraum war das erste Fenster noch zum Lüften geöffnet. Ich legte meinen steifen Kragen nach draußen auf den Fenstersims. Mein gewölbtes Hemd sollte keiner Schwester auffallen.

Anschließend ging ich nach draußen, nahm mir den Kragen, steckte ihn unters Hemd und ging durch die schmale Gasse zum „Ring“. Die Sommersonne schien schon, aber hier war es noch kühl und schattig.

„Wem Gott will rechte Gunst erweisen, den schickt er in die weite Welt!“ Das Lied ging mir plötzlich durch den Kopf. Auch ich würde heute in die weite Welt gehen! Noch hatte ich Zeit genug. Es war noch früher Vormittag, höchstens 10 Uhr.
Als ich am wuchtigen Glockenturm vorbeikam, sah ich, daß die schwere Holztür noch immer nicht zugeschlossen war. Das weckte meine Abenteuerlust. Ich wollte noch einmal den Turm besteigen.
Oben angekommen sah ich, daß heute bei Sonnenschein die ganze Umgebung viel freundlicher aussah als bei unserer ersten Turmbesteigung vor einigen Monaten.
Da sah ich sie noch einmal, die schönen Neisser Kirchtürme. Drüben in der „Großen Kirche“ bemerkte ich Bauarbeiter. Die würden einige Zeit zu tun haben, bis das riesige Dach wieder ganz und der spitze Kirchengiebel hochgemauert war.
Fast zum Greifen nahe lag der Berliner Torturm vor mir. Dahinter war die rote Garnisonskirche und das silberne Wasser der Neiße. In diese Richtung mußte ich gleich gehen. Auf der „Insel“ könnte ich die erste Pause einlegen.
So stieg ich wieder nach unten und ging über den „Ring“ zur Berliner Straße. Die Neißebrücke war immer noch kaputt. Schnell lief ich über den Holzsteg zum anderen Ufer. Auf der rechten Seite standen die Trauerweiden. Von der ersten war ich heruntergefallen. Ich faßte unwillkürlich an meine Stirn. Da spürte ich meine wulstige Narbe am Kopf. Auch die Narbe am Schienbein war noch zu sehen. Sie sah aus wie ein senkrecht stehendes, mit weißer Haut überzogenes Auge. Die beiden Unfälle hatte ich vor zwei Sommern. Jetzt nahm ich mir vor, bei meiner langen Wanderung besonders vorsichtig zu sein. Waffen oder Munition wollte ich gar nicht mehr anfassen.
Drüben angekommen, ging ich gleich nach links zur Neiße hinunter. Am Ufer war auch jetzt noch ein Trampelpfad, der bis zum ersten Tümpel ging. Das Gras auf der Insel war schon wieder ziemlich hoch. Ich bemerkte die Sauerampferstauden, aber auch Löwenzahn, Glockenblumen und Margeriten. Früher hat-

ten wir fast jeden Tag hier gespielt, zu jeder Jahreszeit. Das war ja nun alles vorbei. Die Kaserne war verschwunden, meine Freunde waren weg, die Oma gab es nicht mehr. Was sollte ich alleine hier?

Vorne am Tümpel bemerkte ich wieder einige russische Soldaten. Denen war es schon am Vormittag zu warm geworden. Die wollten doch tatsächlich schon schwimmen. Die Neiße war heute ziemlich hoch, sie hatte auch eine stärkere Strömung als sonst. Von den Sandbänken in der Mitte des Flusses konnte ich nichts mehr sehen.

Die Russen waren wie immer splitternackt ins Wasser gesprungen. Ich hatte in diesem Jahr noch nicht im Freien gebadet. Ob das Wasser warm genug war? Den kahlgeschorenen Soldaten machte es offensichtlich Spaß, in der Neiße herumzutoben. Da fiel mir ein, daß ich ja auch keine Haare mehr auf dem Kopf hatte. Die polnischen Schwestern hatte alle Jungen kahlgeschoren.

So zog ich mir schnell Hemd und Hose aus. Ich kühlte mich nicht erst lange ab, sondern sprang gleich vom Grasufer in die erfrischende Flut. Das Wasser war herrlich kühl. Gleich machte ich meine ersten Schwimmbewegungen. Es klappte noch gut. Die Neiße roch und schmeckte wie immer.

Die Soldaten hatten mich staunend beobachtet. Jetzt kamen sie auf mich zugeschwommen. Sie riefen mir etwas zu. Sie dachten wohl, ich wäre ins Wasser gefallen. Aber nun sahen sie, daß ich mit kräftigen Schwimmzügen durchs Wasser glitt. Da drehten sie wieder ab.

Natürlich mußte ich bei dieser starken Strömung aufpassen, nicht in die Mitte des Flusses getrieben zu werden. Mir sollte es ja nicht gerade gehen wie meiner Schwester Lona vor einigen Jahren. Die war auch abgetrieben worden. Aber einige Jungen aus unserer Kaserne hatte sie an das rettende Ufer der Insel gebracht.

Ich schwamm nun zurück an die seichte Stelle zwischen Neiße und Tümpel. Dort stieg ich aus dem Wasser. Weil ich nichts zum Abtrocknen hatte, lief ich hin und her. Durch die warme Sonne waren die letzten Wassertropfen bald von meiner Haut verschwunden, und ich konnte Hemd und Hose wieder anziehen.

Das frische Bad hatte mir gutgetan. Jetzt fühlte ich mich wach und richtig stark. Nun konnte ich aufbrechen.

Auch die russischen Soldaten waren aus dem Wasser an Land gekommen. Nun sahen die nackten Männer zu mir herüber.

Einige Soldaten hatte ich im letzten Jahr kennengelernt. Zu mir und den anderen Kindern waren sie eigentlich immer sehr freundlich. Sie hatten uns ihre Brotreste geschenkt und uns Jungen das Zigarettendrehen und das Rauchen beigebracht. Aber das war schon lange vorbei. Was ich allerdings immer noch nicht verstand, warum Frauen und Mädchen solche Angst vor Russen hatten. Unter einer „Vergewaltigung" konnte ich mir immer noch nichts vorstellen.

Zuerst wollte ich zu den jungen Russen gehen. Etwas russisch konnte ich ja noch. Aber dann ließ ich es doch.

Durch den fast zugewachsenen Trampelpfad ging ich nach oben zum Neißedamm. Ich überlegte mir, ob ich die Wallmauer hinabklettern und über die Kohlsdorfer Wiesen noch einmal zum Kiefernpüschl gehen sollte. Aber dann entschied ich mich doch für einen letzten Gang über den Luisenplatz. Vom Damm aus ging ich noch einmal die Steintreppe hinab. Früher war hier unser hinterer Hauseingang. Nun lag da immer noch der Schuttberg unserer Kaserne. Obwohl ich barfuß war, kletterte ich über die Trümmer und ging nach vorn auf die Straße. Von dem schönen Spielhof war nichts mehr zu sehen. Alles war öde und verwildert. Wie oft hatte ich hier mit meinen Freunden gespielt. Nun war der Hof menschenleer. Vor der Neißebrücke sah ich die Soldaten, die von ihrer Badestelle kamen und jetzt zu ihrer Kaserne an der Königstraße gingen.

Ich lief über den Luisenplatz auf das Haus von Onkel Reinhold und Tante Trude zu. Die ausgebrannte Ruine stand immer noch an der Ecke zur Eichendorffstraße. Wie oft und gerne war ich

diesen Weg gegangen. Besonders zum Religionsunterricht beim Pfarrer Gerigk, der aber schon lange draußen auf dem Friedhof lag, oder mit der Oma zu den schönen Andachten in der Dominikanerkirche.
Das Pfarrhaus neben der Kirche war auch zerstört, aber die Kirche hatte glücklicherweise keine Granate abbekommen.
Rechts war das Eichendorffhaus. Ich überlegte mir, ob ich unten im Keller noch einmal nach Büchern kramen sollte. Aber die hätte ich dann nur mitschleppen müssen. So ließ ich es. Aber in den Wohnschuppen hinter dem Haus ging ich doch noch einmal hinein. Hier war nichts verändert. Es sah fast so aus wie an dem Tag, als ich ihn mit der Oma verlassen und in die Wilhelmstraße gezogen war. Da hatte die Oma noch gelebt, und wenige Tage später war sie gestorben. Jetzt lag sie wie der Pfarrer Gerigk und der berühmte Eichendorff drüben auf dem Jerusalemer Friedhof. Ich nahm mir vor, das Grab gleich noch ein letztes Mal zu besuchen.
„Lieber Gott gib, daß mir auf dem Weg zu meiner Mutter nach Wesermünde nichts passiert."
Das betete ich schnell in Gedanken. Ich hatte mir schon lange angewöhnt, auf diese Weise mit meinem himmlischen Vater zu sprechen.
Es roch komisch im alten Eichendorffschuppen. Und draußen war herrliche Luft und warmer Sonnenschein! Schnell ging ich wieder auf die Straße, durchquerte links den kleinen Park, wo früher einmal ein Eichendorffdenkmal gestanden hatte, und sah durch die Büsche schon auf der anderen Straßenseite die gelbliche Mauer des Friedhofs. Das Gras im Park war ziemlich hochgeschossen. Es blühten aber einige Margeriten und Glockenblumen dazwischen. Schnell pflückte ich einige zu einem kleinen Strauß ab. Das hatte ich früher auch immer gerne gemacht, und die Oma hatte sich immer sehr darüber gefreut. Eine Freude wollte ich heute der Oma auch machen. Ich lief über die menschenleere Straße zum Friedhof. Omas Grab war nahe am Eingang. Den bräunlichen Grabhügel erkannte ich sofort. Nun

ragten schon einige Grasspitzen aus der Erde. Vor dem Grab stand noch immer die Zementtafel 375.
Ich zupfte einige Gräser heraus und legte meine Blumen auf das Grab. Dann stellte ich mich vor das Grab und sprach mit der Oma.
„Ich gehe jetzt aus Neisse weg, Oma. Du bist ja jetzt im Himmel. Bitte für mich, daß ich gesund zu meiner Mutter nach Wesermünde komme!"
Die warme Mittagssonne schien auf das Grab, aber ein ganz leichter Wind bewegte die Büsche und Bäume, die nun wieder voller Blätter waren. Da war mir, als wenn die Oma flüsterte: „Geh' nur, Hansl, dir wird nichts passieren!"
Mutterseelenallein stand ich da auf dem Friedhof. Aber Angst hatte ich nicht. Hinten an der Friedhofskapelle waren die Gräber vom Pfarrer Gerigk und diesem Eichendorff. Ich ging hin und sah mir die Grabsteine noch einmal an. Auch die geplünderte Gruft war dort ganz in der Nähe. Aber die schwere Steinplatte war jetzt wieder über die gemauerte Graböffnung geschoben worden. Die Toten in den drei Särgen da unten hatten jetzt hoffentlich ihre Ruhe gefunden.
Hinter der Kapelle verließ ich den Friedhof. Ich stand auf der Straße, die nach Ottmachau und Heidersdorf führte. Hier kannte ich mich gut aus. Vor dem Eiskellerberg mußte ich nach links abbiegen und den Hügel hinaufgehen. Unser Panzer auf dem Acker war verschwunden. Auf dem gelben Ortsschild las ich „Nysa". So hieß Neisse jetzt. Ich dachte an die Kinder im Mendikantenstift. Die würden wohl gerade zu Mittag essen. Ob die mich vermißten? Komischerweise verspürte ich überhaupt keinen Hunger. Ich schwitzte auch nicht, als ich in der warmen Mittagssonne den Berg hinaufging.
Nun lag die Stadt hinter mir. Jetzt konnte ich gehen ohne anzuhalten. Die Eiskellerbergkasernen waren bald passiert. Heute wollte ich bis Ottmachau kommen. Das Gehen auf der glatten Chaussee machte mir keinerlei Schwierigkeiten. Zufällig drehte ich mich noch einmal um. Da konnte ich alle Türme der Stadt

sehen. Ich kannte sie ja alle. Plötzlich durchschlich mich ein ganz komisches Gefühl. Ich wurde traurig. Mir wurde bewußt, daß ich mein geliebtes Neisse lange Zeit nicht wiedersehen würde.
„Bald werd' ich dich verlassen, fremd in die Fremde zieh'n!"
Mir ging auf einmal dieser Satz durch den Kopf. Ich mußte ihn schon irgendwo gelesen haben. Oder hatte ihn mir die Oma erzählt?
Wie ein graues Band durchschnitt die Landstraße die grünen Felder. An beiden Seiten der Chaussee standen schattige Bäume, und ganz hinten am Horizont sah ich die bewaldeten Berge. Sie leuchteten grün und blau in den Sommerhimmel.
Mir begegnete keine Menschenseele. Ich marschierte barfuß schnurstracks geradeaus.
Dann kam eine Stelle, wo die Bahnstrecke von Neisse nach Ottmachau fast die Landstraße berührte. Da hatte ich plötzlich die Idee, auf dem Bahndamm zwischen den Schienen weiterzulaufen. Ich dachte mir, daß diese Schienen irgendwann einmal nach Berlin führen müßten. Ich wußte noch, daß ich damals mit der Oma über Ottmachau nach Berlin gefahren war.
Es war sehr angenehm, auf den Holzschwellen zu gehen. Ein Schritt paßte ganz genau von einer Schwelle zur anderen. Außerdem sagte ich mir, daß mich auf der Bahnstrecke niemand suchen würde. Ins Waisenhaus wollte ich auf gar keinen Fall zurück.
Mir machte das Gehen nichts aus. Ich hatte auch weder Hunger noch wurde ich müde in den Beinen.
Bald sah ich die Burg von Ottmachau vor mir und daneben die doppeltürmige Kirche. Aber ich wollte gar nicht in die Stadt hineingehen. Die Bahnlinie führte weit an der Stadt vorbei. Auch der Ottmachauer Bahnhof lag außerhalb der Stadt. Der war aber wie ausgestorben. Kein Mensch war zu sehen. Hier fuhren wohl noch keine Züge.
Auch die Schrankenhäuschen waren menschenleer. Die Telegrafenleitungen neben der Bahnstrecke waren teilweise zerstört.

Manche Drähte hingen zerrissen herab. Neben den Schienen liefen ebenfalls Drähte. Damit wurden die Bahnsignale bedient. Auch sie waren gerissen. Aber ich wußte nun, wie es bei der Eisenbahn funktionierte. Von den Bahnhöfen oder den Schrankenwärterhäuschen wurden die Signale eingestellt, damit die Züge fahren oder anhalten konnten. Hier hätte das Spielen mit meinen Freunden Spaß gemacht. Aber ich hatte ja keine Freunde mehr. Und allein war es nicht so schön.
Die Bahnlinie führte nun direkt am Ottmachauer Staubecken vorbei. Ich hätte so ins Wasser springen können. Doch die Luft war nun merklich kühler geworden. Vor mir sah ich die blutrote Sonne am Horizont verschwinden. Rechts von mir auf einer großen Wiese hatte ich schon lange große Heuhaufen bemerkt. Irgendwo mußte ich heute nacht schlafen. Häuser gab es hier keine. Deshalb verließ ich kurzentschlossen den Bahndamm und ging auf den ersten Heuhaufen zu. Mühelos kletterte ich nach oben und machte mir dort ein bequemes Lager zurecht. Ich krabbelte in das warme Heu. Ich mußte nur darauf achten, daß mein Gesicht frei war, damit ich atmen konnte. Im Heu war es weich, wie in einem schönen Bett. Hier würde ich sicher und ruhig meine erste Nacht verbringen.
Dann sah ich nach oben zum Himmel. Schon waren die ersten Sterne als weiße Punkte am tiefblauen Firmament erschienen.
„Da oben wohnt der liebe Gott," dachte ich so bei mir, „ob der mich jetzt wohl sieht?"
Dann betete ich mein Abendgebet, daß mich die Oma vor vielen Jahren gelehrt hatte:

„Müde bin ich, geh zur Ruh.
Schließe beide Äuglein zu.
Vater, laß die Augen Dein
über meinem Bette sein.
Gib, daß kein böser Traum mich weckt,
kein nächtlich' Wahnbild mich erschreckt!
Amen."

Anschließend redete ich den himmlischen Vater persönlich an: „Lieber Vater! Ich danke dir, daß du mich heute beschützt und bis hierher geführt hast. Hilf mir auch weiterhin, daß ich endlich zu meiner Mutter und meinen Geschwistern nach Wesermünde komme."
Dann betete ich noch ein „Vater unser" und ein „Ave Maria". Diesmal jedoch wieder auf deutsch. In den vergangenen Monaten hatten wir immer polnisch gebetet, doch meine deutschen Gebete hatte ich nicht vergessen.
Das Beten machte mich ruhig und sicher. Jetzt konnte mir nichts mehr passieren. Ich hatte keine Angst, allein im Heu zu schlafen. Mich störte nicht einmal das Rascheln der vielen Feldmäuse, die mit mir eine Bleibe im Heu gefunden hatten.

Ich muß wohl bald eingeschlafen sein, aber in der stockdunklen Nacht wurde ich einige Male wach. Über mir sah ich den Sternenhimmel. Doch mir war sehr kalt geworden. Mich fror schrecklich. Ich krümmte mich zusammen, um mich am eigenen Körper zu wärmen. Unter mir hörte ich noch immer das Mäuserascheln. „Ob Mäuse nachts nie schlafen?" dachte ich. So verging die erste kalte, unruhige Nacht.
In der ersten Morgendämmerung kroch ich aus meinem Lager. Ich rutschte den Heuhaufen hinunter und lief dann durch das kühle, feuchte Gras zum Bahndamm zurück. Meine Beine waren ziemlich steif. Ich fror noch immer.
Hinter mir am Horizont war gerade die Sonne aufgegangen. Sie spiegelte sich nun rotgolden im großen See neben mir. Über den Wiesen und dem Wasser des Staubeckens stieg leichter weißer Nebel auf.
Ich ging geradeaus weiter, von Holzschwelle zu Holzschwelle. Durch das schnelle Gehen wurde mir warm, und die Füße und Beine waren bald trocken.
Neben dem Bahndamm hatte ich schon lange die hohen Sauerampferstauden bemerkt. Das würde mein Frühstück sein! Auch die Schafgarbe würde ich gut vertragen. Beide Pflanzen kannte

ich von der „Insel" her. Die hatten wir damals auch immer wieder probiert, aber nur so zum Spaß, denn bei der Oma bekam ich immer genug zu essen.
Bis jetzt hatte ich mir noch gar keine Gedanken über das Essen und Trinken auf meiner Wanderung nach Berlin und Wesermünde gemacht. Die Sauerampferblätter würden mich bestimmt nicht satt machen. So nahm ich mir vor, bei den ersten bewohnten Häusern um etwas Brot zu bitten.
Vor mir lag nun wieder die schnurgerade Bahnstrecke. Mich wunderte immer noch, daß meine Schritte genau von Schwelle zu Schwelle paßten. Ich achtete nur darauf, daß ich keinen Holzsplitter in den Fuß bekam. Aber die Hornhaut unter meinen Füßen war schon ziemlich dick. Immerhin war ich in Neisse einige Wochen barfuß gelaufen.
Bald stand die Sonne wieder hoch am Himmel. Sie schien mir auf den Rücken. Mir wurde angenehm warm. Die Kälte von heute nacht war längst verflogen. Und ich bekam freundliche Begleiter. Über das Wasser des Sees kurvten Schwalben, und über mir schraubten sich Feldlerchen mit ihrem Singsang in die Höhe.
Bald hatte ich den langgestreckten See hinter mir gelassen. An beiden Seiten des Bahndamms waren nun nur noch saftige Wiesen und sandige Äcker.
Links vor mir sah ich eine größere Stadt mit einem wuchtigen Gebäude. Es sah aus wie eine Burg. Auch dieser Bahnhof lag weit von der Stadt entfernt. Aber es gab noch die deutschen Bahnhofsschilder. Die Stadt hieß Patschkau. Den Ortsnamen fand ich ganz witzig. Auch an diesem Bahnhof war kein Mensch zu sehen. Nur auf den Nebengleisen standen einige rote Güterwagen.
So entschloß ich mich, in die Stadt zu gehen. Vielleicht hatte ich in einem der ersten Häuser Glück und bekam etwas zu essen und zu trinken.
Schon beim ersten Gebäude, das von einer hohen Mauer umgeben war, wollte ich es versuchen. Die breite Toreinfahrt stand

weit offen. Eine kleine Allee führte zum Hauseingang. Plötzlich kam mir ein Mann mit einem großen Schäferhund entgegen. Ich kam gar nicht dazu, ihn um ein Stück Brot zu bitten. Er schrie mich gleich an, ich solle verschwinden. Auch der Hund knurrte gefährlich. Da machte ich schnell kehrt und lief auf dem Kiesweg zurück zur Straße. Mir war die Lust vergangen, weiter in die Stadt zu gehen. Vor mir sah ich allerdings einige gelbe Wegweiser. Die wollte ich mir auf jeden Fall ansehen. Man hatte sie auch noch nicht mit polnischen Namen übermalt. Ich las die Orte „Frankenstein“ und „Reichenbach“. Das war vielleicht meine Richtung! Auch die Bahnlinie führte neben der Landstraße dorthin. Also lief ich wieder zum verlassenen Bahnhof zurück und ärgerte mich, daß ich die Schienen überhaupt verlassen hatte. Ich setzte mich in das warme Gras neben den Schottersteinen und ruhte mich vom ersten Schrecken aus. Auch hier gab es Sauerampfer. Ich riß mir einige Blätter ab und kaute sie langsam durch. Der säuerliche Geschmack war nicht nur eine Wohltat für meinen trockenen Gaumen, auch mein Hunger war bald verschwunden.

Ich mußte weiter. So überwand ich die einsetzende Müdigkeit, stand schnell auf und marschierte wieder auf der Schienenstraße weiter. Ich begegnete keinem Menschen. Seit gestern hatte ich auch keinen einzigen Zug gesehen.

Einer der nächsten Orte, an denen ich vorüberging, kam mir irgendwie bekannt vor. Das Dorf hieß Baizen. Und da fiel es mir wieder ein. Davon hatte die Oma oft gesprochen. „In Baizen bei Kamenz,“ hörte ich sie nun in Gedanken sprechen, „da war mein Vater bei der Eisenbahn tätig. Hier bin ich auch geboren. Erst später ist unsere Familie nach Neisse gezogen.“

Das war also das Baizen, an dem ich nun vorbeiging. Das Dorf war nicht sehr groß. Mir fiel nur die Kirche auf. Die lag auf einem kleinen Hügel. In das Dorf wollte ich aber nicht gehen. Ich hatte keine Lust, noch einmal davongejagt zu werden.

Ich dachte an die Oma. Sie hatte in Neisse dann den Opa kennengelernt. Der war Malergeselle. Der Opa war damals schon

Witwer. Er hatte drei Kinder, als er die Oma heiratete. Zusammen bekamen sie dann noch einmal fünf Kinder. Meine Mutter war das jüngste davon. Schade, daß ich den Opa nicht mehr erlebt hatte. Er war schon lange tot, als ich geboren wurde. Mit der Oma hatte ich immer sein Grab auf dem Neisser Garnisonsfriedhof besucht. Auf seinem Grab war ein großes Holzkreuz und daneben stand eine weiße Bank. Wenn die Oma das Grab gegossen hatte, ruhte sie sich auf der Bank aus. Ich lief dann zwischen den Gräbern umher und betrachtete die riesengroßen Grabsteine, die manchmal aus Engeln oder richtigen Soldaten mit Stahlhelmen bestanden.

Seit unserer Rückkehr nach Neisse waren wir nur ein einziges Mal auf dem schönen Friedhof vor der Ziegelbarriere gewesen. Er war aber jetzt ziemlich verwüstet. Grabsteine hatte man einfach umgeworfen und Opas Kreuz war auch weg. Die weiße Friedhofsbank hatte jemand zertreten. Die Oma war sehr traurig nach diesem Friedhofsbesuch. Wir sind später nie mehr hingegangen.

Meinen Opa kannte ich nur vom Bild, daß auf dem Vertiko in unserer Wohnung am Luisenplatz gestanden hatte. Es war verbrannt, wie alles in dem Haus.

Nach Baizen mußte bald Kamenz kommen. Das sollte mein heutiges Ziel sein. Unterdessen war es schon Nachmittag geworden. Nun stand die Sonne vor mir und schien mir ins Gesicht. Mir war ganz schön warm geworden. Ich war froh, daß ich nur dünn angezogen war und nichts schleppen mußte.

Der Kamenzer Bahnhof war ziemlich groß. Da gab es unzählige Schienen, Weichen und Signalmasten. Viele verrostete Lokomotiven standen herum, aber auch Personen- und Güterwagen.

Ich ging an einem Personenzug entlang. An einem Waggon stand ganz groß „Schlafwagen“.

„Mensch,“ dachte ich bei mir, „hier könnte ich heute nacht bleiben!“

Ich stieg die Stufen zu einer Tür hinauf und versuchte, sie zu öffnen. Aber sie war fest verschlossen. Dann versuchte ich es an

der vorderen Tür. Sie ging ganz leicht auf. Schnell schlüpfte ich in den langen Waggon und zog die Tür wieder hinter mir zu. Der ganze Wagen roch muffig. Die Luft war stickig und warm, viel wärmer als draußen an der frischen Luft. Doch der Waggon hatte auch einen Vorteil. Hier würde ich nicht so frieren wie in der letzten Nacht im Heuhaufen am Ottmachauer Staubecken.
Ich lief durch den ganzen Wagen. Überall standen Bettgestelle. Doch die Matratzen dazu fehlten. Auf den Betten lagen nur die Drahteinlagen. Ich legte mich gleich auf ein Bett. Doch das hielt ich nicht lange aus. Die dicken, harten Drähte drangen tief in meine dünne Haut. Das war nicht auszuhalten. Alle Stellen taten mir gleich weh. Nein, das würde ich nicht die ganze Nacht durchhalten!
Aber ich hatte wenigstens ein Dach über dem Kopf. Und vor Wind und Kälte war ich auch geschützt.
Ich ging noch einmal zur Wagentür und öffnete sie. Gleich strömte die frische Luft herein. Bis zum Schlafengehen wollte ich sie offenlassen.
Draußen wurde es nun langsam dunkel. Noch einmal sah ich durch die großen Wagenfenster auf das Bahnhofsgelände. Kein Mensch war zu sehen.
Komischerweise hatte ich weder Hunger noch Durst. Bald schloß ich die Wagentür wieder zu und legte mich auf den glatten, staubigen Fußboden. Zum Zudecken hatte ich nichts. Es war zwar alles hart und ungemütlich, aber der lange Tagesmarsch durch die warme Sommerluft hatte mich doch sehr müde gemacht. Ich sprach mein Abendgebet, krümmte mich zusammen und schlief bald ein.
Trotz des unbequemen „Bettes" auf dem Fußboden schlief ich die ganze Nacht durch. Diesmal störten mich weder Feldmäuse noch machte mich die nächtliche Kälte wach.

Die Morgensonne flutete schon durch den staubigen Waggon, als ich mich von meinem harten Lager erhob. Ich klopfte mir den Schmutz von Hemd und Hose und streckte meine dünnen

Arme und Beine. Auch sie waren etwas dreckig geworden. Ich nahm mir vor, später in einem Bach oder See zu baden, damit ich wieder sauber würde.
Von einem Frühstück konnte ich nur träumen. Jetzt einen Becher warme Milch und eine Mohnsemmel mit Butter und Sirup haben, das wäre der Himmel auf Erden gewesen.
Bei meinem Morgengebet bat ich den himmlischen Vater, mir auch heute beizustehen, mich zu beschützen und mir auch etwas zu essen und zu trinken zu schicken.
Mir fiel die Wanderung der Kinder Israels durch die Wüste ein. Denen ging es auch sehr schlecht. Auch sie hatten nichts zu essen und zu trinken. Da schickte ihnen Gott Vater zuerst die vielen Wachteln, die sie mit bloßen Händen fangen konnten, und dann das süße Manna. Ihr Anführer Moses schlug mit seinem Wanderstab gegen einen Felsen, und mit Gottes Hilfe kam tatsächlich frisches Wasser heraus. Die Kinder Israels hatten grenzenloses Gottvertrauen, und das hatte ich auch. Ich war ganz sicher, daß mir mein himmlischer Vater helfen würde.
Mir kam die frische, kühle Morgenluft entgegen, als ich die schwere Wagentür meines Nachtquartiers öffnete. Vorsichtig stieg ich die Stufen hinab. Ich mußte aufpassen, daß ich mich nicht an den spitzen Schottersteinen verletzte. Vor mir war der rote Backsteinbau des Bahnhofs nicht zu übersehen. Das viele Schienengewirr machte es mir fast unmöglich, den richtigen Weg beizubehalten. Von links kam noch eine Schienenstrecke mit zwei nebeneinanderliegenden Schienensträngen. Ob das meine Richtung war? Ich entschied mich dann aber doch, einfach weiter geradeaus zu gehen.
Nun lief ich erst einmal quer über die Schienen zum ersten Bahnsteig. Alle Türen des Bahnhofsgebäudes standen offen. In den Räumen lag alles durcheinander. Ich traf keinen Menschen, weder in der Schalterhalle noch in den oberen Räumen. Hier gab es für mich nichts zu holen, und auch nichts zu essen.
So verließ ich das Gebäude wieder und überlegte mir, ob ich in die Stadt gehen sollte. Auch dieser Bahnhof lag etwas außer-

halb. Aber ich konnte Häuser sehen. Die Straße vor dem Bahnhof war gepflastert und führte zu einer Eisenbahnunterführung hin. Dort war wieder die Hauptstraße. Hier bemerkte ich auch wieder einen Wegweiser. Er zeigte nach Frankenstein und Reichenbach. Ganz genau wußte ich es zwar nicht, aber eine innere Stimme sagte mir, daß es der richtige Weg sei.
Die Bahnhofsuhr war zerstört. Deshalb wußte ich nicht, wie spät es war. Es mußte noch früh am Morgen sein. Trotz des Hungers und Durstes fühlte ich mich frisch und ausgeruht. Vielleicht traf ich unterwegs ja auf freundliche Menschen, die mir etwas zu essen gaben.
Der polnischen Miliz durfte ich auf keinen Fall in die Hände fallen. Die würden mich möglicherweise nach Neisse zurückbringen. Ich überlegte mir auch, was ich antworten sollte, wenn mich jemand fragte, warum ich so ganz allein unterwegs sei. Ich wollte dann antworten, daß meine Großmutter erst kürzlich gestorben sei und ich jetzt auf dem Weg zu meiner Tante Lisa nach Berlin wäre. Das mit dem Waisenhaus würde ich keinem auf die Nase binden.
So wanderte ich also in der frischen Sommerluft auf der Landstraße von Kamenz nach Frankenstein. Doch bald berührte die Straße wieder die Bahnlinie. Deshalb entschied ich mich für den Bahndamm und die Holzschwellen. Ich lief durch eine feuchte Wiese und kletterte den Bahndamm hinauf. Nun war ich wieder in meinem Element. Auf den hölzernen Schwellen zu laufen fiel mir leichter als auf der kühlen, glatten Chaussee. Hier würde ich auch keinem Menschen begegnen, der mir möglicherweise dumme Fragen stellte.
Schon gegen Mittag erreichte ich Frankenstein. Ich hielt mich in der Stadt jedoch nicht lange auf. Noch heute wollte ich bis Reichenbach kommen. Zu essen hatte ich immer noch nichts. Ich mußte mich wieder mit Sauerampfer am Bahndamm begnügen.
Hinter der Stadt fing eine lange, einsame Bahnstrecke an. Rechts war ein großer Wald. Heute war es wieder sehr warm.

Die Sonne brannte unerbittlich auf mich herab. Aber glücklicherweise hatte ich sie meistens im Rücken.
Am Nachmittag verfinsterte sich der Himmel und ein schweres Gewitter zog auf. Ich konnte meine Bahnstrecke nicht verlassen. Wo sollte ich hin? In den Wald? Bald blitzte und donnerte es ununterbrochen. Und dann kam der Regen. Schnell war ich völlig durchnäßt. Das Wasser lief oben in mein Hemd hinein und kam unten bei der Hose wieder heraus. Was sollte ich machen? Wald, Wiesen und Felder gab es, aber kein Haus weit und breit. Und es goß immer noch in Strömen vom Himmel.
Doch schließlich hörte das Blitzen und Donnern doch auf. Nur noch hinter mir hörte ich aus weiter Ferne ein dumpfes Grollen am Himmel. Ich nahm mir ganz fest vor, beim nächsten Dorf anzuhalten und beim ersten Haus nach etwas Essen und einem Schlafplatz für die Nacht zu fragen.
Es regnete immer noch. Das Hemd und die Hose klebten fest an der Haut. Meinen weißen Ersatzkragen würde ich nicht mehr gebrauchen können. Jetzt war mir alles egal.
„Hoffentlich kommt bald ein Dorf!“ dachte ich. Und in meiner Not betete ich wieder zum lieben Gott und bat ihn, mir in meiner mißlichen Lage beizustehen.
Langsam hörte der Regen auf. Und bald sah ich auf der rechten Seite des Bahndamms ein Dorf, in dessen Mitte eine große Kirche stand. Ich verließ die Schienen und schlich wie ein begossener Pudel durch die menschenleere Dorfstraße. Manche Häuser sahen sehr verlassen aus. Dann ging ich auf einen größeren Gutshof zu. Dort sah ich Licht und hörte schon von weitem Stimmen. Noch konnte ich nicht erkennen, ob es deutsche oder polnische waren. Durch ein breites Tor ging ich auf das große Wirtschaftsgebäude zu. Die Tür der Diele stand offen. Doch kein Mensch war zu sehen. So stand ich erst einmal unentschlossen und hatte Angst, an die nächste Tür zu klopfen, hinter der ein Stimmengewirr zu hören war. Es waren Frauen- und Männerstimmen, und ich hörte tatsächlich deutsche und polnische Laute.

Plötzlich wurde die Tür von innen geöffnet und ein Junge in meinem Alter kam heraus. Als er mich jedoch in der halbdunklen Diele stehen sah, schreckte er zusammen und verschwand schnell wieder im Raum, aus dem er gerade eben gekommen war. Dann hörte ich durch die Tür, wie er den Leuten drinnen auf deutsch erzählte, daß ein bestimmter Junge draußenstände. Eine Frauenstimme fragte auch auf deutsch ungläubig zurück. Ein bestimmter Name fiel immer wieder. Mich konnten sie jedoch auf gar keinen Fall meinen. Schließlich wurde die Tür wieder geöffnet und eine junge Frau kam heraus. Der Junge von eben schlich hinterher.

„Wer bist du denn?“ fragte die Frau mit freundlicher Stimme.

„Ich wollte nur fragen, ob sie ein Stück Brot für mich haben. Ich habe zwei Tage nichts mehr gegessen.“

„Komm erst einmal herein! Du bist ja völlig durchnäßt!“

Etwas eingeschüchtert betrat ich den großen Raum. Es war die Küche des Bauernhofes. Rechts gab es einen großen Herd, der bis zu mir seine Wärme ausstrahlte. Davor stand ein langer Tisch, an dem einige junge Frauen und Männer saßen. Sie sprachen miteinander, teils auf deutsch und teils auf polnisch. Sie sahen mich nur kurz an; dann unterhielten sie sich weiter. Sie hatten gute Laune, denn oft lachten sie miteinander.

Die freundliche Frau trocknete mir unterdessen mit einem Handtuch den nassen Kopf ab. Der Junge kam mit einer Hose und einem Hemd durch die Tür hinter dem Herd. Die nassen Sachen zog ich schnell aus und die trockenen an. Ich schämte mich nicht, vielmehr war ich sehr froh, von der naßkalten Kleidung befreit zu sein.

Die ganze Küche war angenehm warm. Die Frau nahm meine Sachen, wrang sie über dem Spülstein aus und hängte sie zum Trocknen an die Messingstange des Herdes.

Die anderen Leute waren mit ihrem Abendessen fertig. Sie standen auf und gingen nach draußen. Ich durfte mich nun an den langen Tisch setzen, auf dem noch viele Speisen standen.

Die Frau stellte einen großen Teller Suppe vor mich hin. Er dampfte noch und roch wunderbar.
„Du hast doch bestimmt großen Hunger! Iß soviel wie du magst. Wir haben genug zu essen."
Das mußte sie mir nicht zweimal sagen. Fast drei Tage lang hatte ich nichts mehr gegessen, sondern nur von Sauerampfer gelebt. Ich hatte gar nicht gewußt, daß man überhaupt so lange davon leben kann.
„Woher kommst du eigentlich?" wollte die Frau nun von mir wissen. Sie hatte sich neben mich gesetzt und sah mir dabei zu, wie ich Fleischsuppe verschlang.
„Du hast aber Hunger! Iß dich mal schön satt!" ermunterte sie mich.
„Ich komme aus Neisse. Meine Großmutter ist kürzlich gestorben. Nun will ich meine Mutter suchen. Sie hat bis Kriegsende noch in Wesermünde gewohnt. Da will ich jetzt hin."
„Und du bist zu Fuß und barfuß ganz von Neisse gekommen?"
„Ja, das war aber nicht schlimm. Bis auf das Gewitter vorhin."
„Hast du denn etwas zu Essen mitgehabt?"
„Nein, ich habe nur von Sauerampfer gelebt."
„Von Sauerampfer? Da wärst du aber nicht mehr weit gekommen. Iß dich mal richtig satt. Heute und morgen bleibst du bei uns. Morgen ist nämlich Sonntag. Da kannst du dich hier auf dem Hof etwas ausruhen!"
Dann ging sie an einen Tisch in der linken Küchenecke, an dem einige Männer saßen und Karten spielten. Sie sprach mit ihnen, und ich bekam mit, daß ich bei einem Mann im Zimmer schlafen sollte.
Durch das Küchenfenster sah ich, daß es draußen schon dunkel geworden war. Ich hatte großes Glück gehabt, daß ich gerade diesen Gutshof angesteuert hatte.
Nach dem Essen brachte mich die Frau gleich nach oben in eine kleine Kammer, in der zwei Betten standen. Beide Betten hatten weißblaue Bezüge. Alles roch frisch und sauber.

Durch das Erkerfenster strömte frische Luft in den Raum. Ich zog mir das Nachthemd an, das auf dem Bett lag, und kroch schnell unter die Zudecke.
Die Frau löschte das Licht und ließ mich allein.
Heute war ich hundemüde. Zuerst der lange Weg vom Kamenzer Bahnhof bis zu diesem Dorf und dann noch das schreckliche Gewitter.
Doch mein Abendgebet vergaß ich nicht. Dem lieben Gott hatte ich wirklich viel zu danken. Er war bestimmt kein Zufall, daß ich gerade bei diesem Gut mit der freundlichen Frau gelandet war. Danach muß ich schnell eingeschlafen sein.
Mitten in der Nacht wurde ich noch einmal wach. Ein Mann stand am Erkerfenster und rauchte. Doch ich rührte mich nicht. Der Mann brauchte nicht zu merken, daß ich wach war und ihn beobachtete.
Am nächsten Morgen wurde ich erst wach, als es draußen schon taghell war. Das Bett des Mannes war leer. Ich hatte nicht gehört, daß er aufgestanden war. Schnell stand ich auf, wusch mich mit dem Wasser aus der Porzellanschale und trocknete mich ab. Kämmen brauchte ich mich nicht. Meine Haare waren noch immer kurz genug. Gutgelaunt ging ich nach unten in die Küche.

Auf einem schlesischen Gut

In der Küche saßen noch einige Frauen am Frühstückstisch. Sie begrüßten mich alle sehr freundlich. Die Frau von gestern nahm meine Hand und führte mich auf einen leeren Platz.
„So, jetzt wird erst einmal ordentlich gefrühstückt!" munterte sich mich auf.
Ich freute mich. „Glück muß man haben!" dachte ich.
Die Frau stellte mir einen großen Becher warme Milch hin. Dann holte sie noch einen Teller mit geschmierten Broten. Es

war köstlich, wieder einmal Leberwurst, Marmelade und Quark mit Marmelade zu schmecken.
„Du bleibst heute noch bei uns! Heute ist Sonntag. Da kannst du dich ausruhen von deinem Gewaltmarsch. Morgen bringen wir dich zum Bahnhof. Dann kannst du bis Bunzlau mit dem Zug fahren!“
Die Frau saß neben mir und sah mir beim Essen zu. Sie war mir eigentlich fremd, aber durch ihre Freundlichkeit und Hilfsbereitschaft fühlte ich mich wie früher bei der Oma.
Der Teller mit den Broten war bald leer. Aber die Frau fragte mich tatsächlich, ob ich noch einige Schnitten wolle. Aber ich war richtig satt, ich hätte keinen Bissen mehr geschafft!
„Geh' ruhig nach draußen und spiele mit den anderen Kindern!“ sagte die Frau schließlich.
Das ließ ich mir nicht zweimal sagen. Vielleicht war der ängstliche Junge von gestern abend da, und ich war auch schon wieder neugierig, wie es auf einem großen Bauernhof aussah. Die vielen Haustiere, die es hier vermutlich gab, wollte ich auf alle Fälle kennenlernen.
Heute war wieder ein schöner Sommertag. Es war kaum zu glauben, daß gestern das schlimme Gewitter war. Davon merkte ich jetzt nichts mehr.
Draußen auf dem großen Hof vor dem Wirtschaftsgebäude spielten deutsche und polnische Kinder zusammen. Sie kamen gleich zu mir und beäugten mich freundlich. Der Junge, der mich gestern zuerst entdeckt hatte, war auch dabei. Er wollte mir gleich den ganzen Bauernhof zeigen. Neben dem Wohngebäude gab es noch verschiedene Scheunen und Ställe. Wir gingen in die Schweine-, Rinder- und Pferdeställe. Ich staunte nur. Das war wirklich ein riesiger Gutshof. Die Ställe waren sehr sauber. An den Wänden waren große Fliesen. Wenn es den Mistgeruch nicht gegeben hätte, hätte man denken können, hier sei eine Kirche. Schön geformte Steinsäulen sah ich, und darüber Bögen und Gewölbe. Ob so alle Ställe auf den Bauernhöfen aussahen?

Nur die Schweine grunzten uns an. Die Pferde und Rinder waren jetzt im Sommer draußen auf einer großen Weide in der Nähe des Gutes. Ich bemerkte nun auch die Mauer, die um das ganze Gut ging.
„Das Land da hinten gehört noch alles zum Gut," erklärte mir der Junge.
Durch ein schmales Tor führte er mich nun nach draußen auf die Weide. Dort grasten einige Pferde. Kleine Fohlen waren auch dabei.
„Möchtest du mal reiten?" fragte er mich.
Ich sah ihn erstaunt an.
„Das kann ich nicht! Ich habe noch nie in meinem Leben auf einem Pferd gesessen," versuchte ich mich herauszureden.
„Ach, reiten ist doch ganz leicht!" versuchte mir der Junge, Mut zu machen.
Wir gingen zu einem Pferd, das in unserer Nähe friedlich graste. Der Junge sprach mit dem Pferd, streichelte seinen Kopf und packte es in die Mähne. Mich wunderte, daß das Pferd ruhig stehenblieb und nicht ausschlug. Der Junge zog sich nun an der Mähne nach oben und schwupp, saß er auf dem Rücken des Pferdes. Dabei hatte das Pferd weder Sattel noch Zaumzeug. Mein neuer Freund lief genauso barfuß wie ich. Aber er konnte schon reiten. Nun stieß er einen Begeisterungsschrei aus und das Pferd jagte mit ihm über die Weide. Das Pferd hatte wohl auch Spaß dabei. Der Junge hatte sich nach vorne gebeugt, lag nun gestreckt auf dem Pferderücken und klammerte sich nur an der Pferdemähne fest. Mit den nackten Füßen und Beinen preßte er sich an den Bauch des schnellen Vierbeiners. Ich bewunderte den Jungen, daß er schon reiten konnte. Und es sah alles so leicht aus! Er war bestimmt schon sehr oft geritten. Das war kein Anfänger! Am Ende der Weide schlugen die beiden einen großen Bogen und kamen auf mich zugaloppiert. Kurz vor mir stoppte das Pferd, und der mutige Junge ließ sich gekonnt an einer Seite vom Pferd herabgleiten.

„Das war toll! Du kannst wirklich gut reiten. Das habe ich noch nie gesehen!“ bewunderte ich ihn.
„Ach, das war doch leicht! Der Rex ist mein Lieblingspferd. Wir verstehen uns gut! Willst du es nicht doch einmal versuchen? Hier können alle Kinder reiten!“ ermunterte er mich noch einmal.
Ich zögerte. Noch nie hatte ich auf einem Pferd gesessen. Höchstens mal auf einem Holzpferd im Karussell beim Neisser Rummel. Als Feigling wollte ich jedoch auch nicht dastehen. Aber egal, ich entschied mich schließlich gegen das Reiten.
„Nein, lieber nicht! Ich hab' doch ein bißchen Angst. Nachher fall' ich noch runter und brech' mir die Knochen. Ich habe morgen noch einen weiten Weg vor mir.“
„Wohin willst du denn eigentlich?“ fragte mich der Junge.
„Wenn ich es schaffe, bis Berlin. Vielleicht auch noch weiter. Kennst du Wesermünde? Da wohnt meine Mutter. Kennst du die Stadt? Ich war früher schon mal dort.“
„Den Namen habe ich noch nie gehört. Ich war bisher nur einmal in Liegnitz, und oft in Frankenstein auf dem Wochenmarkt.“
Also lag das Gut zwischen diesen beiden Städten. Das wollte ich mir merken. Liegnitz hatte ich früher schon mal gehört. Aber ich konnte mir nichts darunter vorstellen.
Eigentlich wäre ich zu gern geritten. Aber dann hatte ich doch zuviel Angst. Ich konnte ja noch nicht einmal Fahrrad fahren, und dann reiten?
Der Junge lachte mich nicht aus, weil ich nicht auf den Rex wollte. Der hatte sich auch nicht weiter um uns gekümmert, sondern graste nun friedlich bei den anderen Pferden.
Wir spielten den ganzen Tag zusammen auf diesem schlesischen, deutsch-polnischen Gut. Die Mädchen lernte ich auch noch kennen. Sie hatten einfache Kleider an und liefen wie wir auch barfuß. Sie hatten Springseile, und es sah lustig aus, wenn sie so hüpften und ihre Kleider vom Luftzug hochgehoben wurden.

Das hatten die Mädchen aus der Neisser Kaserne auch immer gemacht. Dabei hatten sie die schönsten Lieder gesungen. Das war nun leider alles vorbei. Nie wieder würden wir in unserer alten Heimatstadt zusammen spielen. Wo die jetzt wohl alle waren, die Sigrid Schmidt, die Renate Warmbrunn und die hübschen Rieger-Mädchen?
Heute gab es ein richtiges Sonntagsessen, wie ich es von der Oma kannte. Zuerst Suppe, dann Fleisch, Gemüse und Kartoffelklöße, und zum Nachtisch sogar Vanillepudding mit roter Himbeersoße.
Die vielen Erwachsenen saßen am langen Tisch vor dem Herd, und wir Kinder am runden Tisch der Kartenspieler von gestern abend.
Von drüben hörte ich deutsche und polnische Gesprächsfetzen. Die Frauen und Männer verstanden sich offensichtlich gut. Zum ersten Mal sah ich, daß sich deutsche und polnische Menschen so gut verstanden. Wem allerdings das Gut eigentlich gehörte, das habe ich nicht herausbekommen.
Das schöne Wochenende auf dem schlesischen Gut sollte mir immer in guter Erinnerung bleiben. Was hatte ich für ein Glück gehabt, gerade hier zu landen! Von einem anderen Bauernhof wäre ich möglicherweise wieder fortgejagt worden, wie von dem unfreundlichen Mann mit seinem Schäferhund vor zwei Tagen.

Am nächsten Morgen nach dem Frühstück gab mir die freundliche Frau ein Päckchen mit geschmierten Broten.
„Hier hast du deinen Reiseproviant für heute. Glcich bringt dich jemand zum Bahnhof," sagte sie.
Hier mußten also schon wieder Züge fahren, wie von Neisse nach Breslau. Bei meinem Marsch zwischen den Bahnschienen war mir bisher kein fahrender Zug begegnet.
„Du kannst bis Bunzlau fahren," erklärte mir die Frau, „von dort ist es nicht mehr weit bis Görlitz!"
Bunzlau war die Stadt mit den schönen Tontöpfen, aber Oma hatte sie nur „Punzeltöppe" genannt, und Görlitz kannte ich

noch von unserer Ferienreise nach Berlin. Görlitz, Cottbus, Berlin, das hatte ich mir damals leicht gemerkt.
Geld oder eine Fahrkarte bekam ich nicht. Aber ich hatte keine Angst, auch ohne Billet zu fahren. Einen kleinen Jungen würde schon niemand aus dem Zug werfen. Wir waren ja auch umsonst nach Breslau gekommen.
Ich verabschiedete mich von der freundlichen Frau und dem kleinen Reiter, bedankte mich noch einmal für die zwei schönen Tage und stieg dann auf einen einspännigen Wagen, der vor dem Wirtschaftsgebäude wartete. Der Kutscher war einer der polnischen Männer, die auf dem Gut arbeiteten. Während der Fahrt sprachen wir kaum miteinander. Ich war doch etwas aufgeregt darüber, wie es weitergehen würde.
Ich glaube, es war der Reichensteiner Bahnhof, zu dem mich der Mann brachte. Er ging mit mir durchs Bahnhofsgebäude, erkundigte sich bei einem Bahnbeamten und zeigte mir dann den Zug, der schon am Bahnsteig stand.
Der Mann ging dann wieder zu seinem Wagen zurück. Ich lief erst einmal durch den Zug. Sehr viele Reisende waren nicht drin.
Der Zug fuhr auch bald los, und ich freute mich, wieder einmal Eisenbahn fahren zu dürfen. So kam ich schneller zu meinem Ziel, denn für diese Strecke, die der Zug in schnellem Tempo zurücklegte, hätte ich bestimmt einige Tage gebraucht.
Wegen der fehlenden Fahrkarte hatte ich doch ein wenig Angst. So blieb ich nicht in einem Abteil auf der Holzbank sitzen, sondern lief durch den Zug. Ich hatte mir überlegt, daß mich dann der Schaffner nicht kontrollieren würde. Aber das war gar nicht so einfach, denn die Wagen waren nicht durchgängig miteinander verbunden. Am Ende eines Waggons stand ich erst einmal auf einer kleinen Plattform, die durch eine Gitterabsperrung geschützt wurde. Leichtsinnig kletterte ich darüber hinweg und sprang über die ruckelnden Puffer auf den nächsten Wagen.
Schließlich kam ich in ein Abteil, in dem zwei russische Soldaten saßen. Zu denen setzte ich mich. Ich sah aus dem Fenster

und betrachtete die schönen Wälder, Wiesen und Berge. Der Zug hatte eine ganz schöne Fahrt drauf.
Und dann kam tatsächlich ein polnischer Schaffner, um die Fahrkarten zu kontrollieren. Die Soldaten brauchten erst gar keine vorzeigen. Als er mich fragte, schüttelte ich den Kopf. Er sah mich streng an und ich bekam schon Angst, bei der nächsten Station aus dem Zug zu fliegen. Doch dann redeten die beiden Soldaten mit dem Schaffner. Der zog unschlüssig ab, aber ich hatte ein ungutes Gefühl, obwohl mich die Soldaten anlachten.
Liegnitz hatte einen ziemlich großen Bahnhof, also mußte das auch eine große Stadt sein. Hier hielt der Zug ziemlich lange.
Während der Weiterfahrt hielt der Zug an einigen kleineren Bahnhöfen. Leute stiegen ein und aus. Der Schaffner behelligte mich nicht mehr, obwohl die beiden Russen schon längst ausgestiegen waren. Schließlich kam eine Station, an der alle Reisenden ausstiegen. Ich war in Bunzlau angekommen. Hier endete der Zug.
Es war noch nicht sehr spät, höchstens früher Nachmittag. Ich wußte auch nicht, ob mich ein anderer Zug weiterbringen würde. Fragen wollte ich niemanden, um mich nicht verdächtig zu machen. Und da wieder die herrliche Sommersonne schien, beschloß ich, zwischen den Schienen weiterzulaufen.
Meine Brote hatte ich unterwegs aufgegessen. Ich verließ erst einmal den Bahnhof und ging in die Stadt. Was hatte die Frau mir gesagt? Nach Görlitz sei es von hier nicht mehr sehr weit. Aber wie dahinkommen? Ich versuchte es zuerst auf der Landstraße. Die Chaussee nach Görlitz hatte ich sehr bald gefunden. Hier standen noch überall die deutschen Wegweiser. Doch als ich kurze Zeit später wieder an eine Bahnlinie kam, die in die Görlitzer Richtung führte, entschied ich mich doch für den Schienenweg.

Der Bahnhof der Vertriebenen

Von Görlitz aus käme ich bestimmt auch nach Berlin. Dort könnte ich erst einmal bei der Tante Lisa wohnen. Ihre Adresse hatte ich mir gut gemerkt: Graunstraße 39. Die Oma hatte oft Briefe und Pakete nach Berlin geschickt, und wir hatten auch welche bekommen. Graunstraße 39 stand immer hinter dem Namen der Tante.

Bevor wir Neisse damals fluchtartig verlassen hatten, kam fast jede Woche ein Paket aus Berlin. Die Tante Lisa hatte ihre gesamte Bettwäsche nach Neisse geschickt. Sie dachte, daß sie bei uns sicherer aufgehoben sei. In Neisse gab es ja keine Bombenangriffe. In Berlin mußte es schlimm sein. Fast jede Nacht wurde die Stadt bombardiert.

Aber dann war in unserer Wohnung am Luisenplatz doch alles verbrannt, auch die schöne Wäsche aus Berlin. Ihr Haus in Berlin war sogar stehengeblieben. Aber das habe ich erst viel später erfahren.

Unterdessen war es schon wieder später Nachmittag geworden. Ich lief Schritt für Schritt über die Holzschwellen. Auch hier fuhren schon Züge. Die Bahnschienen glänzten silbrig in der schräg stehenden Sonne; zwischen Neisse und Patschkau waren sie ziemlich rostig.

Hier mußte ich also vorsichtig sein. Aber die Dampflokomotive hätte ich bestimmt schon von weitem gehört.

Die Bahnstrecke führte wieder durch einen dichten Wald. Wo sollte ich heute nacht schlafen? Sich einfach in den Wald unter irgendwelche Bäume zu legen, war zu gefährlich. Da gab es bestimmt wilde Tiere wie Schlangen, Füchse oder sogar Wölfe.

So wanderte ich erst einmal weiter, obwohl nun die Sonne verschwunden war und langsam die Abenddämmerung begann.

Da sah ich vor mir an der Bahnstrecke ein hohes rotes Ziegelgebäude. Wenn es unbewohnt war, konnte ich dort schlafen.

Als ich dem Haus ziemlich nahe gekommen war, trat plötzlich ein blaugekleideter Bahnbeamter aus dem Gebäude. Zuerst bekam ich einen großen Schreck, denn der Mann wollte mich bestimmt ausschimpfen, daß ich so einfach zwischen den Bahnschienen lief.

Aber er begrüßte mich sehr freundlich.

„Na, Kleener, woher kommst du denn so ganz alleene?“

„Aus Neisse,“ antwortete ich.

„Was, aus Neisse? Da hast du aber schon eine schöne Strecke hinter dir. Und das alles ganz alleene?“

„Ja, ich war bei meiner Großmutter in Neisse. Aber die ist vor zwei Wochen gestorben. Nun will ich zu meiner Tante nach Berlin.“

„Da hast du dir ja was Tolles vorgenommen! Komm erst einmal herein!“

Der Bahnbeamte hatte die ganze Zeit deutsch gesprochen. Das freute mich.

„Sind denn hier keine Russen oder Polen?“ fragte ich ihn.

„Doch, das ganze Schlesien bis an die Oder gehört jetzt zu Polen. Ich muß darauf achten, daß die Züge mit den vertriebenen Deutschen aus ganz Schlesien nach Kohlfurt kommen. Da kommst du nämlich direkt hin, wenn du auf dieser Strecke weiter läufst. Dort werden die Güterzüge zusammengestellt, in denen die Menschen abtransportiert werden. Ich muß hier noch die Weichen und Signale stellen.“

Der Mann war ja sehr freundlich. Das hätte ich nicht für möglich gehalten, als er vorhin aus seiner Station herausgetreten war. Vom Mendikantenstift erzählte ich ihm nichts. Aber er fragte auch nicht weiter nach meiner Vergangenheit. Offensichtlich hatte er das von der Oma gleich geglaubt.

„Hast du Hunger?“ fragte er mich.

„Ein bißchen. Heute morgen hat mir eine Bäuerin einige Schnitten gegeben. Die hab’ ich aber schon alle aufgegessen.“

„Komm her! Dann essen wir beide zusammen Abendbrot. Gleich wird es dunkel. Du kannst sowieso nicht weitergehen. Und ich bin nicht so allein. Möchtest du hier schlafen?“

Mir fiel ein Stein vom Herzen. Das war wieder wie ein Wunder. Und der Mann war wirklich sehr freundlich zu mir. So teilten wir uns seine Brote und den Tee aus der Feldflasche.
„Ich lege mich nachher hier unten hin. Du kannst oben schlafen. Nachts kommt kaum mal ein Zug hier durch."
Jetzt bemerkte ich auch die Treppe, die nach oben führte. Der Mann nahm seine Laterne und führte mich ins obere Stockwerk. Dort angekommen, zündete er eine Petroleumlampe an, die auf dem Tisch stand. Aber draußen war es noch nicht ganz dunkel. Ich konnte die Bahnstrecke in beide Richtungen übersehen. Dort ging es nach Kohlfurt und Görlitz, und von Bunzlau war ich gekommen. Aber nun sah ich auch die anderen Schienenstränge, die in die Hauptstrecke einmündeten. Vor dem breiten Fenster sah ich viele Schalthebel. Jeder Hebel war also für eine Weiche oder ein Streckensignal.
An der Rückwand stand ein einfaches Bett, auf dem nur eine Matratze lag.
„Hier kannst du schlafen!" sagte der Mann, „ich habe noch eine Wolldecke für dich!"
Unterdessen war es draußen ganz dunkel geworden. Das Licht aus der Petroleumlampe verbreitete einen schwachen Schein im großen Raum. Der Mann sagte „Gute Nacht" und ging dann wieder nach unten.
Ich breitete die Decke über dem Bett aus. Dann blies ich in den Lampenzylinder hinein. Die Flamme verlöschte sofort.
Die Wolldecke war nicht sehr weich. Sie war etwas rauh an den Armen und Beinen. Aber ich hatte einen Schlafplatz gefunden und mußte nicht im Wald übernachten. Nun war ich doch sehr müde. Heute hatte ich mit der Zugfahrt ein Riesenstück geschafft. Das ging ja bisher besser, als ich mir damals in Neisse geträumt hatte.
Vom Treppenaufgang kam ein matter Lichtschein zu mir nach oben. Da unten saß der freundliche deutsche Bahnbeamte. Ich konnte hier ruhig schlafen. Der würde schon darauf achten, daß mir nichts passierte.

Ich zog die Wolldecke über mich. Sie roch etwas muffig.
Natürlich betete ich noch kurz zu meinem himmlischen Vater.
Und dann muß ich wohl schnell im Reich der Träume gewesen sein.

Ich wurde erst wieder wach, als es draußen schon hell war. Die Sonne war schon aufgegangen und blinkte in den großen Fensterscheiben, durch die ich gestern abend das Schienengewirr betrachtet hatte. Ich kroch aus meinem Nachtlager. Ich hatte durchgeschlafen, ohne ein einziges Mal wachzuwerden. Ich legte die Wolldecke zusammen. Durch die Scheiben sah ich nun den Frühnebel, der aus dem gegenüberliegenden Wald nach oben stieg.
Ich war richtig ausgeschlafen. Ich spürte kein bißchen Müdigkeit, und die Beine taten auch nicht mehr weh.
Also lief ich die Treppe hinab nach unten. Da saßen nun zwei Männer in ihren blauen Uniformen am Tisch. Beide begrüßten mich freundlich.
„Meine Nachtschicht ist gerade zu Ende," sagte der Mann von gestern abend, „mein Kollege hat mich eben abgelöst."
„Hier hast du etwas zu essen!" begrüßte mich der andere Mann.
„Du kannst es heute bis Kohlfurt schaffen. Du mußt nur aufpassen, wenn ein Zug kommt. Für heute ist wieder einer angekündigt," bemerkte der Beamte, der mich gestern so freundlich aufgenommen hatte.
Ich war beruhigt, daß wohl beide nichts dagegen hatten, wenn ich auf der Bahnstrecke weiterlief.
Als ich mein Brot aufgegessen hatte, bedankte ich mich bei den Männern und verabschiedete mich. Obwohl hier ein ziemliches Schienengewirr war, konnte ich die gerade Strecke nicht verfehlen. Zuerst führte sie wieder kilometerweit durch einen dichten Wald. Neben dem Bahndamm standen die braunen Telegrafenmasten mit den vielen dünnen Drähten. Manchmal war ein Draht gerissen. Er hing herunter und verschwand im hohen Unkraut.

Auch mit dem Wetter hatte ich Glück. Es sollte wieder ein wunderschöner Sommertag werden. Innerlich dankte ich dem lieben Gott dafür, denn ich war überzeugt davon, daß er das schöne Wetter nur für mich allein gemacht hatte.
Schon brannte wieder die Sonne vom wolkenlosen Himmel auf mich herab. Fast wurde es mir zu heiß. „Jetzt könnte ich ein kühles Bad gebrauchen!" dachte ich so bei mir. Dabei fiel mir ein, daß ich mich heute morgen nicht gewaschen hatte. Und es geschah wieder ein Wunder, denn gerade hatte ich an kühles, sauberes Wasser gedacht, und schon sah ich die kleine Eisenbahnbrücke. Darunter rauschte das glitzernde Wasser eines Baches.
Vorsichtig verließ ich durch das hohe Unkraut den Bahndamm und ging hinab an das Ufer des Baches. An einer sandigen Stelle konnte ich in den Bach hineinwaten. Das Wasser war klar, kühl und sehr erfrischend in der warmen Sonne. Ich formte meine Hände zu einer Trinkschale und schlürfte das kühle Naß. Es schmeckte ganz gut. Und dann hatte ich einen kühnen Gedanken. Gedacht, getan! Schnell watete ich ans Ufer, zog mich dort splitternackt aus und ging dann vorsichtig in die kühle Flut zurück. Es war ein herrliches Gefühl! Ich rubbelte meine Arme und Beine ab, tauchte ein paarmal unter Wasser und wusch so auch den Kopf. Schwimmen wollte ich lieber nicht, denn ich sah, daß die Strömung in der Mitte des Baches doch sehr stark war.
Erfrischt ging ich wieder ans Ufer. Die Sonne schien warm auf meine Haut, und nach kürzester Zeit waren alle Tropfen verschwunden. Ich zog mich wieder an und ging auf den Bahndamm zurück. Ich rupfte mir noch einige Sauerampferblätter ab. So hatte ich bei meinem Weitermarsch etwas zu kauen.
Schon gegen Mittag erreichte ich Kohlfurt. Hier gab es wirklich ein riesengroßes Bahngelände. Die vielen Schienenstränge waren kaum zu zählen. Überall sah ich Signalmasten und große Eisengestelle; unzählige Lokomotiven, Personenwagen und rote Güterwagen standen überall herum.

Ich lief erst einmal geradeaus weiter. Irgendwann mußte ja das Bahnhofsgebäude kommen.
An den weißen Ortsschildern sah ich, daß es tatsächlich Kohlfurt war.
Bisher hatte ich viele menschenleere Bahnhöfe auf meiner Wanderung gesehen. Doch hier war es anders. Die Bahnsteige waren mit vielen Menschen bevölkert, die alle auf etwas warteten. Es waren wohl die vertriebenen Deutschen, die da auf ihren Koffern und Bündeln saßen, von denen der Mann gestern abend gesprochen hatte. Viele Kinder liefen umher.
In diesem Menschengewühl fiel ich schon gar nicht mehr auf. Zuerst lief ich ziellos umher. Ich wußte nicht so recht, was ich nun eigentlich tun sollte. Da stutzte ich überrascht. Vor mir stand der Mann, der uns damals in Breslau ins Hedwigsstift geschafft hatte. Auch er hatte mich gleich erkannt.
„Woher kommst du denn?" fragte er überrascht.
„Ich komme direkt aus Breslau," log ich, „jetzt will ich zu meiner Tante nach Berlin."
„Da hast du aber noch einen weiten Weg vor dir!"
Darauf wußte ich nichts zu erwidern. Andererseits war ich froh, jemanden getroffen zu haben, der mich schon kannte und mit dem ich hier unter den vielen Menschen reden konnte. Wir gingen zusammen über das Bahngelände, durch das Bahnhofsgebäude, und dann zum Bahnhofsvorplatz. Es schien, als suche er jemanden. Es waren meistens Frauen und ältere Leute, die wir überall sahen. Niemand nahm Notiz von uns. Die meisten Menschen sahen sehr traurig aus.
Ich hatte mich wie eine Klette an den Mann gehängt. Dem wurde es wohl unangenehm, daß ich immer neben ihm herlief. Plötzlich sagte er zu mir und zeigte dabei auf die überall sitzenden Leute: „Hier mußt du warten! Da gehörst du hin!"
Ich spürte, daß der Mann mich loswerden wollte. Also setzte ich mich draußen auf den Bahnsteig hin. Der Pole verschwand dann ganz schnell im Menschengewühl. Ich habe ihn danach nie mehr gesehen.

Da saß ich nun allein unter den vielen Leuten. Ansprechen wollte ich niemanden. Ich wußte auch gar nicht so recht, was ich nun eigentlich tun sollte. Weiterwandern wollte ich heute nicht mehr. Aus Gesprächsfetzen der neben mir sitzenden Frauen hörte ich, daß sie alle aus ihren Häusern und Dörfern vertrieben worden waren und nun auf einen Zug warteten, der sie in einen anderen Teil Deutschlands bringen sollte. Hin und wieder sah ich auch Soldaten. Es waren aber keine Russen oder Polen. Die hatte ich in Neisse zur Genüge kennengelernt.
Dann verschwand die Sonne und die Dämmerung kam. Irgendwo mußte ich mir eine Schlafstelle suchen. Aber wo? Hier unter den vielen Menschen war es nicht gerade bequem. Außerdem hatte ich ja noch nicht einmal eine Wolldecke.
Vor mir auf den vielen Gleisen standen unzählige rote Güterwagen. Ich stand auf und lief über die Schienen. Niemand kümmerte sich um mich. Vielleicht war ein Wagen offen und ich fand dort ein Schlafplätzchen.
Ich lief an einem langen Güterzug entlang, doch alle Wagen waren verschlossen. Am Ende des Zuges war der Wagen mit dem Bremserhäuschen. Ich hangelte mich die Holztreppe hinauf und versuchte, die schmale Tür zu öffnen. Endlich hatte ich Glück, die Tür ging auf. Schnell sah ich durch die Fenster nach beiden Seiten, aber es hatte mich wohl niemand bemerkt. In der Mitte meiner neuen Unterkunft war nur die große, eiserne Kurbel, mit der die Züge abgebremst wurden. Zu gern hätte ich daran herumgedreht, aber ich wußte ja nicht, was dann alles passieren würde. Außerdem wollte ich niemandem auffallen.
Vielleicht hätte ich doch gleich weiter nach Görlitz gehen sollen. Ich hätte es wohl auch getan, wenn ich nicht den Polen zufällig getroffen hätte. Doch nun war es zu spät. Draußen wurde es schon dunkel und die vielen Menschen warteten noch immer am Bahnsteig.
Ich legte mich auf den bloßen Holzfußboden und krümmte mich zusammen. Die Wärme des Tages steckte noch in den

Bohlen und im ganzen Raum. Hier würde ich es schon eine Nacht aushalten!
Zum Zudecken hatte ich nichts. Da war das Matratzenbett in der vergangenen Nacht doch bequemer. Aber ich vertraute mich wieder meinem himmlischen Vater an und war wohl bald eingeschlafen.

Mitten in der Nacht wurde ich plötzlich wach. Der Zug setzte sich langsam in Bewegung. Aber was noch viel schlimmer war, er fuhr in die Richtung, aus der ich gestern gekommen war. Ich sah die Bäume und Telegrafenmasten im Dämmerlicht des frühen Morgens am Zug vorbeihuschen. Ich bekam einen großen Schreck. Hoffentlich fuhr der Zug nicht bis Bunzlau oder Liegnitz. Ich hatte keine Lust, die lange Strecke noch einmal zu laufen.
Es war schon ziemlich hell. Als der Zug plötzlich auf einer schnurgeraden Strecke anhielt, mußte ich nicht lange überlegen. Schnell riß ich die Tür des Bremserhäuschens auf und stieg hinab. Das war gar nicht so einfach, denn der Abstand von der letzten Treppenstufe bis zum Schotter des Bahndamms war groß. Glücklicherweise fuhr der Zug nicht sofort weiter. Er hatte wohl keine Einfahrt, oder ein anderer Zug kam ihm entgegen.
Ich lief nun über die feuchten Holzschwellen nach Kohlfurt zurück. Bald fuhr der Zug weiter und ich hatte den Bahndamm für mich allein.
Als ich auf der linken Seite der Bahnstrecke eine Landstraße bemerkte, verließ ich den Bahndamm. An einem der ersten Wegweiser las ich: Rothwasser 3 km, Kohlfurt 10 km. Es hätte schlimmer kommen können. 10 km, das war die gleiche Strecke wie von Neisse nach Ottmachau. Im Laufe des Tages würde ich wieder in Kohlfurt sein, aber dann wollte ich mich nicht erst lange aufhalten, sondern gleich weitermarschieren.
Es wurde wieder ein schöner Sommertag. Die feuchte Morgenkühle war bald verschwunden, und mir wurde wieder angenehm warm.

Und dann merkte ich, daß ich Hunger und Durst hatte. Seit gestern morgen hatte ich nichts mehr gegessen. Ich dachte an die freundlichen Bahnbeamten. Ob ich heute wieder das Glück hatte, hilfsbereite Menschen zu treffen, die mir etwas abgaben?
So rupfte ich mir wieder ein paar Sauerampferblätter ab. Sie schmeckten gut und erfrischten den ganzen Mund. Weit ab von der Landstraße sah ich hin und wieder ein Haus. Ob ich dort versuchen sollte, etwas Eßbares zu bekommen? Eigentlich konnte ich wenigstens fragen. Mehr als wegjagen würde mich niemand! So bog ich beim nächsten Haus von der Straße ab. Ein breiter Weg führte direkt auf das Bauernhaus zu. Es lag still und friedlich mitten in der grünen und blühenden Natur. Die Leute dort konnten eigentlich nur freundlich sein.
Bald hatte ich das Haus erreicht. Mutig ging ich gleich zur Haustür und drehte an der Metallklingel. Dann wartete ich, aber nichts regte sich. Ich versuchte es noch einmal. Wieder nichts!
Da bemerkte ich, daß die Tür nur angelehnt war. Ich ging in den Hausflur. Weil ich nicht wie ein Einbrecher aussehen wollte, rief ich: „Hallo!" Aber nichts regte sich. Ich ging in das erstbeste Zimmer. Hier sah ich eine große Unordnung. Da wußte ich gleich, auch hier hatten wieder Wohnungsräuber gehaust. Sie hatten in den Schränken etwas gesucht und alles auf den Fußboden geworfen. Da lagen nun Wäsche, Porzellan und Bücher durcheinander. Ich bückte mich nach einem schwarzen Gebetbuch. Gleich vorne auf der ersten Seite war wieder ein Bild von Jesus am Kreuz. „Es ist vollbracht!" las ich. Ich konnte mir nicht erklären, was dieser Satz eigentlich bedeutet. Ich las ihn ganz anders: „Es ist vollpracht!" Pracht. Prachtvoll! Es ist prachtvoll, daß unser Herr Jesus für alle Menschen gestorben ist! Aber im Gebetbuch stand komischerweise: „Es ist vollbracht!"
Ich fand es schade, daß so viele Bücher auf dem Fußboden lagen. Hier hatten einmal Menschen gelebt, die in diesen Büchern gelesen hatten. Nun war das Haus leer und verlassen. Ob man

die auch aus dem Haus vertrieben hatte, wie die vielen Leute auf dem Kohlfurter Bahnhof?

Ich suchte nach eßbarem Sachen, aber ich konnte nirgends etwas finden. In der Küche und den anderen Räumen gab es die gleiche Unordnung wie im ersten Zimmer. Von der Küche aus konnte ich durch eine Glastür direkt nach draußen in den Garten gehen. Hier blühten die allerschönsten Sommerblumen. Dann sah ich einen aus Feldsteinen gemauerten Brunnen. Davor stand eine eiserne Pumpe. Und ich hatte Durst! Der Brunnen war bis oben hin voller Wasser. Zuerst fuhr ich mit beiden Händen durch. Es war sauber. So schöpfte ich mit beiden Händen das Brunnenwasser und schlürfte es gierig in mich hinein. Das tat gut. Mit einem Hemdsärmel wusch ich den Mund ab. Nun merkte ich meinen leeren Magen noch stärker. Aber woher sollte ich etwas Eßbares bekommen?

Unschlüssig ging ich um das ganze Haus herum. Keine Menschenseele war zu sehen. Ich hatte heute kein Glück, hier war nichts zu holen!

Schnell lief ich den Sandweg zur Straße zurück. Auf der Chaussee ging ich weiter in Richtung Kohlfurt. Hin und wieder zupfte ich mir einige Blätter Sauerampfer oder Schafgarbe vom Straßenrand und kaute sie bedächtig. Und so war mit der Zeit mein Hunger tatsächlich verschwunden. Doch ein anderes Unheil schien sich anzudeuten. Am Himmel hatten sich graue Wolken zusammengezogen. Die schöne Sommersonne war bald dahinter verschwunden. Hoffentlich gab es kein Gewitter, wie vor einigen Tagen auf der einsamen Bahnstrecke. Diesmal würde ich wohl keine so freundliche Frau finden wie auf dem Gut in der Nähe von Frankenstein.

Aber heute hatte ich Glück. Es sollte nicht regnen. Aber der Himmel war grau und die Luft merklich abgekühlt.

So schaffte ich es doch noch, trocken nach Kohlfurt zu kommen.

Ich ging gleich zum Bahnhof. Von dort aus wollte ich zwischen den Schienen weiter nach Görlitz laufen.

Heute sah ich keinen einzigen Menschen, weder vor dem Bahnhofsgebäude noch auf den Bahnsteigen. Das wunderte mich zuerst, aber dann bemerkte ich, daß viele Menschen in der großen Bahnhofshalle standen. Ich ging hinein, um zu sehen, was dort los war.
Die vielen Leute standen im Halbkreis und hörten einem Soldaten zu, der vorne stand. Die Uniform war mir schon gestern aufgefallen. Es war jedenfalls keine polnische oder russische.
Der Soldat sprach deutsch. Dann hielt er einen Bogen Papier hoch und fragte in die Menschenmenge, wer noch nicht in der Liste eingetragen sei. Niemand meldete sich.
„Ja, ich!" rief ich laut von hinten.
Der Soldat sah erstaunt in die Richtung, wo ich stand. Auch die anderen Leute sahen mich an.
„Wer bist du denn?" fragte der Soldat, „komm doch mal her!"
Die vor mir stehenden Leute machten Platz, und ich ging auf ihn zu. Neben ihm stand ein Tisch. Daran saß eine Frau auf einem Stuhl, die aber auch eine Uniform anhatte.
„Woher kommst du denn?" fragte mich der Mann.
„Aus Neisse," antwortete ich.
„Und wohin willst du?"
„Zu meiner Mutter nach Wesermünde," log ich diesmal nicht.
„Wesermünde? Wo liegt das denn?" fragte er mich und dann auch die junge Frau.
Sie wußte es auch nicht, denn sie zuckte die Schulter.
„Wesermünde kenne ich nicht! Ich kenne nur Swinemünde und Peenemünde," antwortete sie.
„Warum bist du denn allein hier?" fragte mich nun der Soldat.
„Ich war bei meiner Großmutter in Neisse, aber die ist vor zwei Wochen gestorben."
„Und wie bist du hier nach Kohlfurt gekommen?" bohrte er weiter.
„Zu Fuß! Ich bin gelaufen!"
Ein Murmeln ging durch die Menschenmenge, die um mich herumstand.

„Was, gelaufen? Ganz allein?" staunte der Soldat.
„Ja."
„Und jetzt willst du nach Wesermünde?"
„Ja."
„Dann schreiben sie ihn mal auf!" sagte er zur Frau am Tisch.
Die fragte mich, wie ich hieße, wann ich Geburtstag und wo ich früher gewohnt hätte. Natürlich erwähnte ich nicht meine Zeit im Mendikantenstift. Die konnten ruhig annehmen, daß die Oma erst zwei Wochen tot sei und auf dem Jerusalemer Friedhof begraben liegt. Aber den hätte hier sowieso niemand gekannt!
„Du kannst mit dem nächsten Zug mitfahren," sagte der Soldat. „Der geht heute abend los. Du kommst in den Krankenwagen. Da ist eine Schwester, die kann sich um dich kümmern! Viele Leute sind da nicht drin."
Am ersten Bahnsteig war unterdessen schon ein langer Güterzug bereitgestellt worden. Die vielen Menschen wurden nun von den Soldaten auf die verschiedenen Wagen verteilt. Sie nahmen ihre Bündel und Koffer und gingen auf die Wagen zu, an denen große weiße Zahlen standen.
Ein älterer Mann nahm mich zum Krankenwagen mit. Wir stiegen ein, denn die Schiebetür war schon geöffnet. Auf der vorderen Wagenseite war Stroh ausgebreitet. Dieser Mann und noch einige ältere Leute waren diesem Wagen zugeteilt. Ob sie alle krank waren? Jedenfalls nahm sich jeder Kranke eine Wolldecke und breitete sie auf dem Stroh aus. Mit einer anderen konnten wir uns zudecken.
Im halben Wagen waren Pappkartons aufgestapelt. Daneben standen auch einige große Wasserbehälter. Ich erfuhr bald, daß der Krankenwagen auch gleichzeitig der Verpflegungswagen war.
Draußen war es noch hell. Es sah noch immer nach Regen aus, aber bisher war es trocken geblieben. Ich hatte großen Hunger, aber der Mann sagte mir, daß die Leute alle schon heute mittag ihren Reiseproviant bekommen hätten. Der mußte immer für einen ganzen Tag reichen. Ich mochte ihm aber nicht sagen,

daß ich schon zwei Tage nichts gegessen hatte. Nach draußen wollte ich auch nicht mehr. Nachher wäre der Zug noch ohne mich abgefahren.
„Ja, jetzt müssen wir unser schönes Schlesien verlassen," sagte der alte Mann. „Das haben wir dem Hitler und den Nazis zu verdanken. Das ganze Land soll nun polnisch werden. Aber was wollen die denn mit soviel Land? Ich hoffe, daß wir bald wieder zurück in unsere Heimat können."
„Aber der Soldat war doch gar kein Pole," warf ich ein.
„Nein, das sind Engländer oder Kanadier. Die organisieren die Vertreibung der Menschen aus ihrer Heimat. Die sollen aufpassen, daß uns die Polen nicht auch noch das letzte Hemd wegnehmen."
Dazu fiel mir nichts mehr ein. Ich stellte mir nur vor, wie sie mir mein Hemd wegnehmen würden. Dann würde ich eben mit nacktem Oberkörper herumlaufen, wie damals an der Neiße oder im Volksbad.
Ich lag ganz am Rand des Wagens und konnte gut nach draußen sehen, den langen Bahnsteig entlang. Schon von weitem sah ich den englischen Soldaten von vorhin am Zug entlang kommen. Unter dem Arm hatte er einen Stapel brauner Schachteln. Er kam schnurstracks auf unseren Krankenwagen zu, sah zu uns hinein und sagte dann zu mir: „Hier, das ist für dich! Du hast doch bestimmt Hunger?"
Ich wurde erst mal verlegen.
„Danke, danke!" stotterte ich.
„Laß es dir schmecken!" sagte der Soldat, drehte sich um und ging am Zug entlang zurück.
Die Schachteln legte ich schnell auf mein Lager. Es müssen fünf oder sechs gewesen sein. Eine öffnete ich gleich. Es waren Kekse drin. Ich nahm gleich einige heraus und schlang sie herunter. Sie waren nicht sehr süß und ziemlich trocken. Aber sie schmeckten ganz gut. Bei meinem Heißhunger hätte mir wohl alles geschmeckt!

Die alten Leute im Wagen hatten mir zugesehen. Nun sagte der Mann: „Komm her! Hier gibt es auch etwas zu trinken."
Er reichte mir ein Glas Wasser herüber, das er vorher aus einer Tonne geschöpft hatte. Das tat gut, denn in meinem Mund hatte sich schon eine richtige Kekspampe gebildet. Die spülte ich nun schnell mit einem Schluck Wasser hinunter. Draußen war es unterdessen dunkel geworden. Bald würde der Zug sicher abfahren. Alle warteten gespannt auf irgendein Zeichen. Ich saß immer noch auf meiner Decke und kaute Kekse, obwohl mein größter Hunger nun schon gestillt war. Aber dann wurde mir kotzübel. Ich merkte schon, wie alles hochkam. Ich konnte gerade noch zur glücklicherweise geöffneten Schiebetür stürzen, um dann in großem Bogen loszubrechen. Der alte Mann war hinter mich getreten und hielt mich fest, damit ich nicht vornüber aus dem Wagen fiel. Als ich fertig war, legte ich mich gleich auf mein Strohlager und deckte mich zu. Ich bekam Schüttelfrost. Ich zitterte am ganzen Körper und fing an, laut mit den Zähnen zu klappern.
Wer sie benachrichtigt hatte, weiß ich nicht, aber plötzlich war eine Krankenschwester bei mir. Sie legte mir die Hand auf die Stirn und sagte nur: „Der Junge hat Fieber!"
Sie fragte mich, was ich gegessen und getrunken hätte.
„Nur die Kekse und Wasser," antwortete ich mühsam.
„Und davor?"
„Gar nichts seit gestern morgen. Ich habe nur Wasser aus einem Brunnen bei einem Bauernhof getrunken, und zwischendurch einige Sauerampferblätter gekaut."
„Hoffentlich war das Wasser sauber und du hast keinen Typhus bekommen Wir bringen dich gleich ins Lazarett. Bleib' ruhig liegen. Wir holen dich gleich ab!"
„Na, da müssen wir wohl ohne dich fahren," sagte der alte Mann nur.

Schon bald kamen zwei Sanitäter mit einer Bahre. Sie legten mich drauf und deckten mich mit einer weichen Wolldecke zu.

Dann trugen sie mich den ganzen Zug entlang. Mir war nun alles egal. Mein Magen rumorte noch. Aber ich mußte nicht mehr brechen. Mein Kopf war ganz heiß, und trotzdem hatte ich Schüttelfrost.

Draußen war es stockdunkel. Über mir sah ich nur graue Wolken. Dazwischen leuchteten einige Sterne. Vom Bahnhof her hörte ich das Zischen und Pfeifen einer Lokomotive. „Jetzt fährt der Zug ab," dachte ich bei mir.

Dann kamen wir endlich am Lazarett an. Es war in einer Villa ganz in der Nähe des Bahnhofs untergebracht. Mich brachten die beiden Sanitäter gleich nach oben in den ersten Stock. Ich kam in einen Raum, in dem zwei weiße Krankenbetten standen. Man legte mich gleich in eines davon. Das andere Bett war leer.

Eine Frau in einem weißen Kittel kam. Sie fühlte zuerst meine Stirn und dann den Pulsschlag am Arm.

„Mußt du noch brechen?" fragte sie freundlich.

Ich schüttelte den Kopf.

„Wir stellen dir erst einmal einen Eimer ans Bett. Wenn du mal mußt oder wenn das Brechen wiederkommt. Verstehst du mich?"

Ich nickte. Dann ließ sie mich allein. Nur über der Tür brannte ein schwaches Licht. Ich fühlte mich hundeelend. Aber ich lag wenigstens in einem schönen, weißen Bett und nicht auf dem Strohlager im Güterwagen, der jetzt wohl schon durch die Nacht raste.

Dann muß ich wohl doch eingeschlafen sein. Ich wurde in der Nacht auch kein einziges Mal wach.

Als am nächsten Morgen eine Krankenschwester in mein Zimmer kam, schien schon die Sonne durch die weißen Fenstergardinen. Sie war sehr freundlich.

„Na, wie fühlt sich unser Kleiner?" fragte sie.

Ich wußte gar nicht, was ich sagen sollte. Ich sah sie nur mit großen Augen an.

„Du bist wegen Typhusverdacht hier. Weißt du, was das ist?"

Ich nickte und dachte sofort an die vielen Menschen, die damals in Neisse gestorben waren. Da hatte ich auch zum ersten Mal das Wort Hungertyphus gehört.
„Durchfall hast du glücklicherweise nicht!“
Sie hatte sich das Wasser im weißen Emailleeimer angesehen.
„Wir werden dich hier einige Tage beobachten! Du darfst erst weiterfahren, wenn du wieder ganz gesund bist!“
Eine andere Schwester brachte mir nun eine Tasse Tee und eine Schale mit Haferbrei. Außerdem mußte ich eine schwarze Tablette schlucken, die nicht besonders gut schmeckte. Obwohl es hellichter Tag war, schlief ich bald wieder ein.
Ich schlief überhaupt viel in diesen Tagen. Und bald ging es mir wieder besser. Das Fieber war weg. Nun bekam ich jeden Tag gutes Essen. Die Schwestern kümmerten sich viel um mich. An jedem Tag wurde ich warm gebadet. Ich bekam auch jeden Tag ein neues Nachthemd.
„Deine Sachen haben wir auch gewaschen, die sind wieder sauber!“ sagte eine Schwester.
Das zweite Bett in meinem Zimmer blieb die ganze Zeit leer. Ich habe auch gar nicht mitbekommen, ob es noch andere Kranke in diesem kleinen Lazarett gab.
So war ich schon bald wieder zu meinen alten Kräften gekommen.
Weil es mir mit der Zeit langweilig wurde, fragte ich eine Schwester nach einem Buch.
Sie sah mich erstaunt an und fragte: „Kannst du denn schon lesen?“
„Ich lese sehr gerne. Früher hatte ich viele Bücher!“ antwortete ich nur.
Kurze Zeit später kam sie mit einem Märchenbuch der Gebrüder Grimm wieder. Als ich das Inhaltsverzeichnis sah, merkte ich gleich, daß ich die meisten Geschichten schon kannte. Und mir fiel ein, daß ich einige Märchenfilme damals in der „Erholung“ gesehen hatte, „Rumpelstilzchen“, „Hänsel und Gretel“, „Dornröschen“, „Froschkönig“, „Gestiefelter Kater“ und „Schneewitt-

chen". War das schön in diesen Kindervorstellungen. Die Märchenfilme gab es meistens am Sonntag, gleich am frühen Nachmittag. In einem Vorfilm traten immer Kaspar und Seppl auf. Was wurde da im Kino geschrien und gelacht. Aber diese schöne Zeit war nun wohl für alle Zeiten vorbei.
Wie schön war es bei meinem ersten Besuch im Neisser Stadttheater mit meiner Kusine Ulla! Da wurde „Schneewittchen" gespielt, und als das arme Mädchen in seinem Glassarg lag, mußte ich laut weinen. Und die Sigrid Schmidt aus unserem Nachbarhaus hatte einen Zwerg gespielt. Ulla hatte mir damals gesagt, daß wir jetzt jedes Jahr zum Weihnachtsmärchen gingen. Und wenn ich erst groß sei, dann könnte ich Opern, Operetten und lange Theaterstücke erleben. Aber daraus wurde jetzt nichts mehr. Aus meinem geliebten Neisse war ich nun für alle Zeiten weg. Was wohl dort unterdessen alles passiert war? Ob die im Mendikantenstift noch an mich dachten? Und nun lag ich in einem richtigen Lazarett wegen Typhusverdacht. Dabei hatte ich immer gedacht, daß es Lazarette nur für Soldaten gibt! Nun konnte ich den ganzen Tag lesen. Wie war das schön. Ich sehnte mich nach meinen schönen Büchern, die ich unter meiner Kopfkeilmatratze hatte. Ob sie die weggeschmissen hatten? Es waren ja deutsche Bücher. Und deutsch sprach in diesem Waisenhaus niemand mehr. Wie es dem Günter wohl ging? Der wird bestimmt nicht ganz allein abgehaun sein!
Bald durfte ich auch wieder aufstehen. Ich bekam die frischgewaschenen Sachen zurück, meine Hose, das Hemd und sogar den weißen Ersatzkragen zum Anknöpfen. Dann sagte mir eine Schwester, daß ich nun wieder gesund sei und schon morgen weiterfahren dürfe. Typhus hätte ich ja glücklicherweise nicht bekommen.
Nun fühlte ich mich wieder gesund und stark. Ich überlegte mir sogar, ob es nicht besser wäre, zu Fuß weiterzugehen. Aber Zugfahren war doch angenehmer. Es gab zwar nur einen Schlafplatz auf einem Strohlager, dafür aber etwas zu essen. Betteln brauchte ich dann auch nicht mehr!

Am nächsten Tag verabschiedeten mich die Schwestern ins Ungewisse. Ein Paar Schuhe hatte ich nicht bekommen. Na ja, vielleicht gab es bei ihnen keine Kinderschuhe.
Man brachte mich an den Bahnsteig des Kohlsdorfer Bahnhofs. Da stand schon wieder ein langer Güterzug mit den braunroten Viehwagen. Sie waren schon alle voll belegt. Mich wunderte, daß es in Schlesien so viele Leute gab. Fast an jedem Tag ging ein Zug von hier ab.
Ich bekam wieder einen Platz im Sanitätswagen. Dort war auch die Verpflegung für den Zug untergebracht. Aber das kannte ich ja schon.
Doch diesmal gab es kein Strohlager im Wagen, sondern nur drei Leinenpritschen. Ich belegte gleich die eine Pritsche, die direkt an der Schiebetür stand.
Ein alter Mann und ein Sanitäter fuhren außer mir noch im Krankenwagen mit. Ich hatte es ganz gut, denn später erfuhr ich, daß in den anderen Wagen 30 bis 40 Menschen zusammengepfercht waren.
Bald wurde die Schiebetür von außen zugeschoben. Jetzt war es im Wagen stockdunkel. So konnte ich nichts von der Landschaft sehen und auch nichts von den Orten, durch die unser Zug fuhr. Häufig hielt der Zug an, manchmal sogar mit ohrenbetäubendem Quietschen auf gerader Strecke.
Die Schiebetüren konnten auch von innen aufgeschoben werden. Später ließen wir sie einen Spalt offen, so konnten wir wenigstens sehen, wann Tag und Nacht war.
Klos gab es in keinem Wagen. Die Menschen mußten sich mit Eimern begnügen, die dann beim Halten an den Bahndämmen einfach ausgeleert wurden. Wir hatten auch nur einen Zinkeimer, aber bei drei Leuten war das nicht so schlimm wie bei den vielen Menschen in den anderen Wagen.
Einmal wurde von unserem Wagen aus die Verpflegung ausgeteilt. Dann stand eine Menge Leute Schlange vor unserer Tür und holte sich ihre Portionen ab. Ich durfte beim Austeilen sogar mithelfen, und das machte mir Spaß. Jedenfalls gab es in

unserem Wagen immer genug zu essen, aber richtigen Hunger hatte ich nicht.
Waschen konnten wir uns während der ganzen Fahrt nicht. Meistens lag ich auf meiner Pritsche und schlief.
Die beiden Männer unterhielten sich über alle möglichen Sachen, die mich aber nicht sonderlich interessierten.
Hin und wieder betete ich im Stillen. Meistens sprach ich zum lieben Gott, wie zu einem Vater. Jedenfalls stellte ich mir so einen Vater vor, meinen eigenen hatte ich ja nie kennengelernt. Dann fielen mir die schönen Litaneien ein und die Gesetze des Rosenkranzes. Die kannte ich noch von der Oma oder von den Rosenkranzandachten in der Dominikanerkirche.
Lange Zeit hatte ich meinen himmlischen Vater darum gebeten, mich zu meiner Mutter nach Wesermünde zu bringen. Nun war ich auf ganz wundersame Weise dorthin unterwegs, obwohl uns bisher niemand gesagt hatte, wohin wir eigentlich fuhren. Der Sanitäter hatte zwar gesagt, wir führen in die „Britische Zone“ nach Norddeutschland, aber darunter konnte ich mir noch nichts vorstellen.

Die Ankunft im Norden

Unser Zug war Tag und Nacht unterwegs. Dann hielt er wieder irgendwo stundenlang, und alle waren froh, wenn es endlich wieder weiterging.
Auch eines Tages gab es wieder so einen stundenlangen Aufenthalt. Wir hofften schon auf die Weiterfahrt, als plötzlich alle Türen von außen geöffnet wurden. Es war ein grauer, regnerischer Tag. Ich konnte gar nicht glauben, daß der Sommer schon vorbei sein sollte. Es sah jedenfalls aus wie im Herbst.
Wir standen wieder an einem langen Bahndamm, doch unterhalb sah ich viele Holzhäuser mit flachen Dächern. Unzählige Menschen liefen dort hin und her.

Auch wir mußten den Wagen verlassen. Vom Bahndamm aus ging eine Holztreppe nach unten. Es mußte wohl gerade geregnet haben, denn der Sandweg war noch matschig. Man führte uns zu einem der Holzhäuser. An langen Tischen saßen Frauen und Männer in Uniformen, die unsere Listen überprüften. Anschließend mußten alle aus dem Zug in einen Nebenraum. Dort wurden wir mit einem stinkenden Pulver eingenebelt. Später hörte ich, daß wir in der Entlausungsbaracke waren.
Dann wurden wir in einen großen Speisesaal geführt. Dort bekamen wir einen Teller heiße Suppe und eine Schnitte Brot. Es war die erste warme Mahlzeit nach vielen Tagen.
Danach durften wir zu unserem Zug zurück. Glücklicherweise blieben wir nicht in diesem riesigen Holzbudenlager. Hier hätte es mir mit Sicherheit nicht gefallen. Dann las ich zufällig den Namen des Ortes, in dem wir gelandet waren. Er hieß „Uelzen“, ein komischer Name, den ich noch nie gehört hatte.
Dann ging unsere Fahrt auch bald weiter. Nach ein, zwei Stunden hielt der Zug schon wieder. Durch den Türspalt sah ich, daß wir mitten in einem großen Bahnhof gehalten hatten. Ich schob die Tür etwas weiter auf und erkannte nun das große, weiße Ortsschild des Bahnhofs. „Bremen“ konnte ich da überraschenderweise lesen. Das war ja der Bahnhof, von dem uns damals meine Mutter, Onkel Heini und meine Geschwister abgeholt hatten, als wir unsere große Sommerreise von Neisse nach Berlin und Wesermünde gemacht hatten.
Ich sah nach oben zur riesigen Bahnhofskuppel, deren kleine Scheiben zum größten Teil zerstört waren.
Da fiel mir ein, daß das Haus meiner Mutter in Geestemünde direkt an einer Bahnstrecke lag. Das mußte die Bahnlinie Bremen - Wesermünde sein! Ich überlegte sogar, ob ich hier nicht aussteigen und zu Fuß auf dem Bahndamm nach Wesermünde laufen sollte, wie ich es ja noch vor einigen Tagen in Schlesien gemacht hatte. Aber dann sah ich meine Gänsehaut an Armen und Beinen. Bis vor wenigen Minuten hatte ich noch unter meiner warmen Wolldecke gelegen und geschlafen. Jetzt fror ich.

Außerdem regnete es draußen. Durch die kaputten Scheiben der Bahnhofskuppel fielen die Regentropfen direkt auf den Bahnsteig. Und schließlich war schon später Nachmittag. Weit wäre ich sowieso nicht mehr gekommen. Und dann im Regen?
„Nein, lieber nicht!“ dachte ich.
Also kroch ich wieder unter meine Wolldecke und wartete ab, was noch kommen würde. Vielleicht blieben wir ja hier in Bremen, dann konnte ich an einem der nächsten Tage bequem nach Wesermünde-Geestemünde fahren. Die Feldstraße, wo die Wohnung meiner Mutter war, würde ich schon finden!
Doch unser Zug setzte sich bald wieder in Bewegung. Draußen war ein regnerischer Tag, und ich war froh, daß ich nicht ausgestiegen war. Der Zug hielt noch ein paar Mal in Bahnhöfen. Ich las Oldenburg und Varel. Und dann kam tatsächlich unsere Endstation Nach dieser langen Reise wollte ich es erst gar nicht glauben. Doch alle Menschen stiegen aus ihren Güterwagen aus. „Zetel“ las ich auf dem weißen Schild dieser kleinen Bahnstation. Nein, diesen Namen hatte ich noch nie gehört. Wo waren wir gelandet?
Man führte uns alle in einer langen Reihe in eine Gastwirtschaft, die in der Nähe des Bahnhofs lag. Den großen Saal hatte man rundherum schon mit Stroh ausgelegt. Glücklicherweise mußte ich nichts schleppen. Im Gegensatz zu den anderen Leute hatte ich kein einziges Gepäckstück. Ich trug noch die Sachen aus dem Neisser Mendikantenstift: Hemd, Hose und Kragen. Den Ersatzkragen hatte ich schon längst weggeschmissen.
Ich suchte mir gleich einen schönen Platz, besorgte mir zwei Wolldecken und breitete sie auf dem frischen Stroh aus. Die anderen Leute stellten ihre Koffer und Bündel vor ihre Schlafplätze. Ich kroch unter die Wolldecke und muß wohl auch bald wieder eingeschlafen sein.
Als ich kurze Zeit später wieder wach wurde, saßen die Menschen an den Tischen und aßen Abendbrot. Keiner hatte mich wachgemacht und mir etwas gesagt.

Als ich aufstand, merkte ich, daß mein rechtes Bein eingeschlafen war. Es war ganz steif und schmerzte etwas, Ich humpelte über den Parkettboden zu einem leeren Stuhl hin. Das muß wohl sehr witzig ausgesehen haben, denn die Leute sahen zu mir her und lachten.
Ich war sehr erstaunt, denn ich wollte gar nicht glauben, daß ich plötzlich im Mittelpunkt stand und daß über mich gelacht wurde.
Mein Bein tat verdammt weh, und deshalb habe ich wohl mein Gesicht zu einer Fratze verzogen. Aber die Taubheit im Bein war bald vorbei. Ich setzte mich an einen Tisch. Dort standen Teller mit Brotschnitten, Margarine und Wurst. Dieses Brot sah ganz anders aus als das helle schlesische Brot, wie ich es kannte. Es war dunkel, und ich sah die ganzen Körner in den viereckigen Brotscheiben. Aber es schmeckte doch sehr gut.
Während des Essens sah ich, daß immer mehr Leute mit ihrem Gepäck den Tanzsaal verließen. Sie wurden wohl alle in den Häusern des Dorfes untergebracht.
Auch mein Name wurde bald aufgerufen. Mich nahm ein älteres Ehepaar mit. Es hieß Jürgens und war gleich sehr freundlich zu mir. Die beiden älteren Leute wunderten sich, daß ich überhaupt kein Gepäck hatte.
Es dämmerte schon, als wir bei ihrem Haus ankamen. Vor dem Haus ging ein Sandweg vorbei, rund herum war ein großer Garten, und ganz in der Nähe bemerkte ich eine alte Kirche auf einem kleinen Hügel.
Wir gingen zusammen in die Küche. Frau Jürgens wollte mir gleich etwas zu essen machen, aber ich hatte keinen Hunger, weil ich gerade das herzhafte Schwarzbrot gegessen hatte. Da holte sie eine Babe aus dem Schrank. Und da konnte ich natürlich nicht nein sagen, denn es war ziemlich lange her, daß ich überhaupt ein Stück Kuchen gegessen hatte.
So saßen wir gemütlich am Küchentisch, und meine Gasteltern fragten mich, woher ich überhaupt käme. Ich erzählte ihnen meine ganze Geschichte, von Neisse, der Oma und dem Wai-

senhaus, und daß ich vor einigen Wochen abgehauen und mich ganz allein auf den Weg gemacht hatte, um zu meiner Mutter nach Wesermünde zu kommen.
Sie wollten es mir nicht glauben, daß ich tagelang ohne Erwachsenenbegleitung und ohne Essen unterwegs war, und dann noch barfuß und zu Fuß.
Aber für mich war das nun alles nichts Außergewöhnliches mehr. Ich war an einem sicheren Ort gelandet, und ich erfuhr auch, daß Wesermünde gar nicht so weit von Zetel entfernt war. Sie sagten mir aber, ich solle mich erst einmal ein paar Tage ausruhen, dann würden sie auch meine Mutter benachrichtigen. Herr Jürgens erzählte, daß er in einer Schuhfabrik arbeite. Er wollte versuchen, ob er schon morgen ein Paar Sandalen für mich bekäme. Er meinte, es wäre nicht gut, immer nur barfuß zu laufen. Darüber war ich sehr erstaunt, denn ich hatte bisher nichts Anderes kennengelernt, als im Sommer ohne Schuhe nach draußen zu gehen.
Das freundliche Ehepaar hatte auch eine Tochter, die aber schon verheiratet war und nicht im Elternhaus wohnte. Am nächsten Tag sollte ich sie auch kennenlernen.
Ich durfte in einem Zimmer schlafen, das zum Garten hinausging und ein breites Fenster hatte. Ein Sofa wurde zu einem Bett hergerichtet. Es war weich und bequem. Hier schlief ich gleich die ganze Nacht durch, ohne einmal wachzuwerden.
Als mich die freundliche Frau am nächsten Morgen weckte, war der Mann schon zur Arbeit gegangen. Ich bekam ein schönes Frühstück mit Milch und Semmeln, die aber viel kleiner waren als in Schlesien und Brötchen hießen.
Hinter dem Haus gab es einen kleinen Hof, daran schloß sich ein Obst- und Gemüsegarten an. Die Obstbäume waren aber noch sehr klein. Mich interessierten mehr die Erdbeerbeete und die vielen Beerensträucher. Sie hingen noch voll mit Stachel- und Johannisbeeren. Mir lief das Wasser im Munde zusammen. Die Erdbeerzeit war zwar vorbei, aber ich entdeckte unter den

grünen Blättern hin und wieder doch noch eine kleine rote Beere. Die durfte ich dann auch abpflücken.
Der Sandweg vor dem Haus führte direkt zur alten Dorfkirche hin. Sie war aus roten Ziegeln gebaut und hatte nur einen kurzen Turm. Ich verspürte gleich den starken Wunsch, das Gotteshaus zu besuchen und meinem himmlischen Vater dafür zu danken, daß er mich in den letzten Wochen beschützt und sicher nach Norddeutschland geführt hatte.
Nach Weihnachten, als die polnischen Schwestern ins Mendikantenstift eingezogen waren, hatte ich mit dem Beten angefangen. Manchmal hatte ich schon fast die Geduld verloren. Aber dann fielen mir wieder Omas Worte ein: „Gottes Mühlen mahlen langsam!"
Nun würde ich bald bei meiner Mutter in Wesermünde sein! Es war ein komisches Gefühl, denn ich wußte nicht so recht, ob ich mich darüber freuen sollte. Hoffentlich stand das Haus noch und sie lebten noch alle. An einem der nächsten Tage würde ich nach Wesermünde schreiben, die alte Anschrift wußte ich noch ganz genau.
Langsam ging ich nun den Sandweg hinauf. Der Sommer war wieder zurückgekehrt. Die Sonne schien, kein Lüftchen bewegte sich, es war herrliche Stille ringsherum.
Von weitem sah die Kirche wie ein kleines Schloß aus. Sie hatte auf dem Dach nur einen winzigen Turm. Als ich aber einmal um das Kirchengebäude herumging, sah ich, daß neben dem Kirchenschiff ein wuchtiger Glockenturm stand.
Eine alte Seitentür der Kirche ließ sich leicht öffnen. Vorsichtig betrat ich die Kirche. Sie war drinnen nicht sehr groß. Ich sah die uralten Holzbänke. Auf dem Altar lag ein dickes Buch. Es war aufgeschlagen. Hinter dem Altar waren viele bunte Figuren. Die sah ich mir etwas genauer an, und ich bemerkte gleich, daß es ein Krippenbild war. Maria und Josef erkannte ich, die das Jesuskind in ihrer Mitte hatten. Auch die Heiligen Drei Könige waren gerade angekommen. Ein König zeigte auf den Stern von Bethlehem, und der Mohr hatte einen goldenen Kelch in der

Hand. Neben dem Altar war eine alte Uhr, die ganz langsam und laut tickte. Ich setzte mich in die erste Bank, um mir alles genau ansehen zu können. Hinknien konnte ich mich nicht, denn es waren gar keine Kniebänke vorhanden. Hier war also eine evangelische Kirche. An der Tür gab es kein Weihwasserbecken, und neben dem Altar fehlte das rote „ewige Licht", an dem man sehen konnte, daß der liebe Gott in der Kirche war.
Trotzdem machte ich ein stilles Kreuzzeichen. Dann betete ich zuerst ein „Vater unser" und dann noch ein „Ave Maria". Ich bedankte mich, daß ich den langen Weg bis hierher gesund geschafft hatte. Mir hätte bei meinen tagelangen Märschen auch einiges passieren können. Was hatte ich für ein Glück, daß ich in Kohlfurt krank wurde und gleich in ein Lazarett kam, und nicht unterwegs an einem Bahndamm!
Aber eigentlich fühlte ich mich immer beschützt. Ob die Oma bei mir war? Wenn nicht, dann bestimmt ein Schutzengel, der mir früher auch schon einige Male geholfen hatte.
Diese Kirche roch anders als die Kirchen, die ich von Neisse her kannte. Viel später habe ich dann erfahren, daß es in evangelischen Kirchen keinen Weihrauch gibt, deshalb wohl auch der etwas muffige Geruch!
Ich betrachtete noch einmal die schönen Altarbilder, machte ein Kreuzzeichen und ging wieder nach draußen.
Unter mir sah ich das Haus der Familie Jürgens. Froh und beschwingt lief ich zu meiner Gastmutter zurück. Sie war gerade beim Essenkochen. Als ich ihr von meinem Kirchenbesuch erzählte und ihr sagte, daß sie aber ein schönes Gotteshaus hätten, sah sie mich doch etwas erstaunt an. Sie sagte jetzt aber nichts.
Als ihr Mann am späten Nachmittag von der Arbeit nach Hause kam, war es allerdings die erste Neuigkeit, die sie ihm erzählte.
Später kam noch die Tochter mit ihrem Mann zu Besuch. Nun saßen wir alle in der Küche und tranken Tee. Alle waren nett, freundlich und sehr fürsorglich zu mir.

In den nächsten Tagen sah ich mir die nähere Umgebung des Hauses an. Ich fand es schön, die einsamen Feldwege entlang zu laufen. Leider hatte ich niemanden, mit dem ich spielen konnte. Fast jeden Tag ging ich einmal kurz zur Kirche hinauf, wo ich mich sehr wohl fühlte.
Nach ein oder zwei Wochen ging die Frau Jürgens endlich auf meinen Wunsch ein, meiner Mutter einen Brief zu schreiben. Sie glaubte nicht, daß ich schon allein schreiben konnte. Aber ich durfte mich an den runden Tisch in der „guten Stube" setzen, die direkt neben der Küche war. Sie gab mir Briefpapier, einen Federhalter und ein Faß Tinte. Seit über zwei Jahren hatte ich keine Schule mehr besucht. Trotzdem war ich ganz sicher, noch schreiben zu können. Ich hatte unterdessen viele Bücher gelesen. Dazu brauchte ich keine Schule, also würde ich auch schreiben können!
Ich setzte mich also an den Tisch und fing gleich an. Es klappte sehr gut, was mich selber überraschte. Schneller, als Frau Jürgens wohl gedacht hatte, war ich mit dem Brief fertig. Ich ging in die Küche und zeigte ihn der Frau. Überrascht las sie mein Schreiben.

Liebe Mama!

Ich bin hier in Zetel bei Varel. Die Oma ist im letzten Jahr in Neisse gestorben. Sie ist auf dem Jerusalemer Friedhof begraben. Ich war in Neisse im Waisenhaus. Ich bin gesund. Bitte, hole mich von hier ab. Ich bin bei der Familie Jürgens. Viele Grüße

Dein Hansi.

„Das hast du aber fein gemacht! Wo hast du denn so gut schreiben gelernt?" fragte mich Frau Jürgens.
„In Neisse. In der Schule," antwortete ich.

„Das muß aber eine gute Schule gewesen sein, wenn die Kinder dort so gut schreiben lernen!" sagte sie noch.
„Die Adresse und unseren Absender werde ich schreiben. Außerdem auch noch ein paar Zeilen an deine Mutter."
Ich sagte ihr die Anschrift meiner Mutter, und sie schrieb gleich los. Oma hatte von Neisse oft Pakete und Briefe an meine Mutter geschickt, und wenn wir Post bekamen, las ich gleich den Absender, der hinten auf dem Kuvert stand. An das Haus in der Feldstraße konnte ich mich noch ganz gut erinnern, obwohl es schon eine Ewigkeit her war, daß Oma und ich dort waren. Ich konnte mir gar nicht vorstellen, in einem so schönen Haus für immer zu wohnen.
„Hoffentlich steht es noch!" dachte ich.
Ich hatte seit Ende des Krieges viele zerstörte und ausgebrannte Häuser gesehen. Am schlimmsten war es in Dresden. Aber auch in Magdeburg, Breslau und schließlich in Neisse war viel kaputt. Vielleicht lebten meine Mutter, Lona und Heinerle schon nicht mehr. Seit unserer Flucht nach Österreich hatten wir nichts mehr von ihnen gehört. Aber daran mochte ich jetzt gar nicht denken.
Beim Haus in der Feldstraße würde ich gut mit meinem Bruder spielen können. Hinter dem Haus war der große Hof mit vielen Nischen und Ecken, mit unzähligen Lastwagen und dem großen Sandhaufen direkt am Bahndamm. Das würde Spaß machen. Auf der anderen Straßenseite war ein großer Kirchhof. Der war noch viel größer als der Jerusalemer Friedhof in Neisse, und den kannte ich ja wie meine Westentasche.
Wie lange es wohl dauern würde, bis der Brief in Wesermünde war?
Aber die Frau Jürgens kam gar nicht auf die Idee, den Brief gleich zur Post zu bringen.
„Deinen Brief muß ich erst einmal meinem Mann zeigen," sagte sie zu mir, „sonst glaubt der mir nicht, was du da ganz alleine geschrieben hast!"

Am Nachmittag saß die ganze Familie mit Tochter und ihrem Mann und einigen Nachbarn in der Küche, und mein Brief wanderte durch alle Hände. Alle staunten, wie gut ich schon schreiben konnte, und ich war ja selbst überrascht, daß es so gut geklappt hatte mit dem Schreiben. Aber stolz war ich schon, als sie mich alle lobten.

Das neue Zuhause

Am nächsten Tag brachten wir den Brief endlich zur Post. Die Briefmarke durfte ich sogar selber auf den Briefumschlag kleben. Von da an wartete ich ungeduldig auf eine Antwort. Aber nichts geschah.

Es war ein kühler und regnerischer Tag. Ich wollte gerade von der Küche durch die Diele auf den Hinterhof. Die Hoftür hatte keine Klinke, sondern einen Druckverschluß, der mit dem Daumen betätigt wurde. Das hatte ich bei den Jürgens zum ersten Mal gesehen.

Ich drückte also mit meinem kleinen Daumen auf die runde Drückerplatte aus Eisen. Dadurch wurde der Türriegel hochgehoben, und die Tür ging nach draußen auf.

Erschrocken ließ ich die Tür los und wollte wieder zurück auf die Diele. Vor mir stand eine große, schwarzgekleidete Frau, die ich zuerst nicht erkannte. Aber sie rief gleich los:

„Hansi, Hansi, mein Junge!"

Sie umarmte mich und zog mich dicht an sich. Und da roch ich es. Diesen Geruch kannte ich von früher her. So roch nur meine Mutter.

Ich wurde ganz verlegen.

„Mama," sagte ich leise.

Unterdessen war auch die Frau Jürgens aus der Küche gekommen. Sie hatte durch das Küchenfenster alles mit angesehen.

Die Frauen begrüßten sich. Dann gingen wir in die Küche. Meine Mutter hatte nur einen kleinen schwarzen Koffer mit, den sie neben den Küchentisch stellte. Als sie so am Tisch saß, sah ich sie mir erst einmal so richtig von der Seite her an. Alles war schwarz an ihr: die Schuhe, die seidenen Strümpfe, der Rock, die Bluse und auch ihre Kostümjacke. Sonst hatte sie sich kaum verändert.

„Wir wußten gar nicht, wo ihr geblieben seid, du und die Oma," sagte meine Mutter. „Vor ein paar Wochen haben wir noch einen Brief von der Oma aus Österreich bekommen. Aber den hatte sie vor über einem Jahr abgeschickt. Zuerst dachten wir, es sei ein Lebenszeichen von euch. Dann sah ich das Datum: März 1945. Ich habe euch auch durch das Rote Kreuz suchen lassen. Aber die haben auch nur die Adresse von Michaelnbach herausbekommen. Was ist denn mit der Oma passiert?"

Und so erzählte ich der Mama unsere ganze Fluchtgeschichte. Zuerst aus Neisse weg nach Oberdonau, dann nach Dresden und Reichenberg und schließlich das Kriegsende in der Tschechei. Unsere Fußmärsche durch das Sudetenland und Sachsen, die Bahnfahrt nach Schlesien zurück, und schließlich der Fußmarsch in unser zerstörtes Neisse.

„Steht denn die Kaserne am Luisenplatz noch?" fragte sie.

„Nein, die ist abgebrannt. Da ist alles weg!"

„Und wo habt ihr da gewohnt?"

„Zuerst in der Eichendorffstraße in einer kleinen Wohnung, dann direkt hinter dem Eichendorffhaus. Das Haus sah aus wie ein flacher Schuppen, aber die Wohnung war ganz gut. Später sind wir noch in die Heidersdorfer Straße gezogen, aber das Haus ist dann eines Nachts abgebrannt. Von da an sind wir noch einmal in den Schuppen in der Eichendorffstraße gezogen. Aber da war es uns zu kalt. Außerdem hat es da hereingeregnet. Ich habe eine Wohnung in der Stadt gefunden, in der Wilhelmstraße. Und dort ist Oma nach ein paar Tagen gestorben."

„Und wer hat die Oma begraben?"

„Ein Mann aus dem Haus hat die Oma fertiggemacht. Einen Sarg hatte die Oma nicht. Der Mann hat sie in braunes Packpapier gewickelt. Auf einem Handwagen haben wir sie dann

zum Jerusalemer Friedhof gefahren. Dort war aber ein Pfarrer, der sie beerdigt hat. Die Oma hat die Grabnummer 375."
„Warum seid ihr denn nicht gleich zu uns nach Wesermünde gekommen? Uns ist nichts passiert. Das Haus steht noch. Wir wohnen jetzt aber oben. Unten wohnt der Chef vom Onkel Heini. Sein Haus haben die Amerikaner beschlagnahmt. Wir sind alle gesund."
„An Wesermünde haben wir nicht gedacht! Wir wollten nur wieder nach Neisse zurück. Und das haben wir ja auch geschafft. Wir wußten nur nicht, daß Neisse nun zu Polen gehören sollte."
„Und wer hat sich nach Omas Tod um dich gekümmert?"
„Ich bin gleich ins Mendikantenstift gekommen. Dort hatte ich es sehr gut. Als aber polnische Schwestern das Waisenhaus übernommen haben, wollte ich gleich mit einem Freund weg. Zweimal wurden wir wieder zurückgebracht. Beim dritten Mal bin ich alleine abgehauen. Und jetzt bin ich hier:"
„Hast du denn überhaupt keine Angst gehabt, so ganz allein?"
„Nein, hatte ich nicht. Ich habe jeden Tag gebetet, daß mir nichts passiert!"
Meine Mutter nahm mich wieder in den Arm. Da war wieder der Geruch. Und ich hatte es gar nicht mehr gern, so einfach auf den Schoß oder in den Arm genommen zu werden.
Frau Jürgens hatte unterdessen Tee gekocht und für jeden ein Stück Butterkuchen, den ich bei ihr erst kennengelernt hatte, auf den Tisch gestellt. Der schmeckte sehr gut, fast so gut wie der Streuselkuchen der Oma.
Als dann der Herr Jürgens von der Arbeit kam, war er nicht sehr überrascht, meine Mutter hier zu sehen. Er sagte nach der Begrüßung nur:
„Heute kommen sie wahrscheinlich nicht mehr zurück nach Wesermünde. Ich will dem Hansi auch noch ein Paar Schuhe besorgen, damit er etwas für den Winter hat."
So fuhr er nach dem Teetrinken noch einmal in seine Schuhfabrik und kam kurze Zeit später mit einem neuen Paar Schuhe

zurück. Sie waren aus hellbraunen Leder und hatten eine dicke Holzsohle.
„Der Junge hat nichts mitgebracht! Nur das, was er auf dem Leib hatte," sagte Frau Jürgens zu meiner Mutter.
Das war wieder ein aufregender Tag für mich. Meine Mutter sollte in der Wohnstube neben der Küche schlafen, und ich ging auch bald in mein schönes Bett. Ich freute mich, nun ein richtiges Zuhause zu bekommen. Ich dachte an meine Schwester Ilona und meinen kleinen Bruder Heinerle. Nun würde ich nie mehr allein sein! Ich war richtig aufgeregt, denn morgen würden wir nach Wesermünde fahren, und da würde ich sie alle wiedersehen!
Heute betete ich mit Freude und Dankbarkeit. Ich war überzeugt, daß ich es meinem Vater im Himmel zu verdanken hatte, daß ich gesund nach Zetel gekommen war. Es gab ihn also doch, den lieben Gott. Ich hatte ihn viele Monate lang um etwas gebeten, und er hatte mich erhört. So würde ich es von jetzt an immer tun. Auf den himmlischen Vater konnte ich mich verlassen.
Glücklich und zufrieden schlief ich ein. Aber ganz plötzlich war ich wieder hellwach. Jedenfalls schreckte ich hoch und sah zum Fenster. Draußen war es noch nicht ganz dunkel. Aber ich war auf einmal fest davon überzeugt, daß gerade eben die Oma am Fenster vorbeigegangen war.
„Oma!" rief ich leise, „Oma, bist du da?"
Durch die Gardinen sah ich in die graue Dämmerung hinaus. Alles war still. Nicht einmal die Vögel waren zu hören. Vielleicht wollte mir die Oma nur sagen, daß nun alles gut wird.

Am nächsten Morgen standen wir früh auf. Wir frühstückten gemeinsam. Herr Jürgens wollte erst später zur Arbeit gehen. Meine Mutter hatte ja nur ihren kleinen Koffer, in den aber meine neuen Schuhe bequem hineinpaßten.
Die Eheleute Jürgens brachten uns beide zum Bahnhof. Mutter mußte noch eine Fahrkarte für mich kaufen. Der Zug stand auf

dem kleinen Bahnhof schon bereit. Wir bedankten uns nun noch bei den freundlichen Leuten aus Zetel. Obwohl ich nur eine kurze Zeit bei ihnen gewesen war, schienen sie doch etwas traurig zu sein. Aber ich versprach ihnen, sie bald einmal zu besuchen.
Wir fuhren diesmal natürlich mit einem richtigen Personenwagen dritter Klasse. Als ich meiner Mutter erzählte, daß wir in Viehwagen von Kohlfurt nach Zetel gekommen waren, wollte sie es mir nicht glauben.
Schon bald waren wir in Varel. Ich dachte schon, wir müßten nach Bremen, aber wir fuhren weiter nach Rodenkirchen. Hier endete unser Zug. Wir mußten umsteigen.
Wir warteten auf dem offenen Bahnsteig. Heute war wieder ein schöner Sommertag. Die Sonne schien, und der Himmel war strahlend blau.
Endlich kam der Zug mit der fauchenden Dampflok aus Bremen an.
„Wir fahren jetzt bis zur Endstation nach Blexen," sagte meine Mutter. „Das liegt auf der anderen Weserseite. Nach Wesermünde müssen wir mit einer Fähre fahren!"
Vom Zug aus sah ich schon die breite Weser. Da kam die Neiße wirklich nicht mit. Und dann würden wir auch noch Boot fahren, damit hatte ich überhaupt nicht gerechnet.
Vom roten Ziegelbahnhof in Blexen gingen wir hinab zum Fähranleger. Die Fähre sah aus wie ein riesengroßes Floß ohne Dach. Nur der Kapitän hatte eine kleine Bude mit Fenstern. Von dort aus lenkte er das Floß.
Auf der Fähre gab es keine Sitze. Manche Leute hatten sich auf die Balken gesetzt, die an beiden Seiten der Fähre waren. Aber viele mußten stehen, wie wir auch. So konnte ich gut über das breite Wasser sehen. Drüben, am anderen Ufer, da lag Wesermünde.
„Die Stadt ist auch sehr zerbombt," sagte meine Mutter.

Aber das konnte ich aus dieser Entfernung nicht erkennen. Flußabwärts wurde die Weser immer breiter. Das Wasser glitzerte blau von der Himmelsfarbe und golden von der Sonne. Langsam tuckerte die Fähre über den breiten Fluß. Bald konnte ich die Häuser und einige Kirchtürme von Wesermünde erkennen.

Beim Einfahren in den Hafen fielen mir drei braune Soldaten auf, richtige Neger, die auf der Hafenmauer saßen. Ich traute meinen Augen nicht, denn ich hatte noch nie welche gesehen.

„Das sind amerikanische Soldaten," sagte meine Mutter, „Wesermünde gehört zur amerikanischen Zone."

Dann gingen wir mit den vielen Leuten von der Fähre direkt auf eine Straße. Mir fielen gleich die vielen ausgebrannten und zerstörten Häuser auf. Am Hafen und später auf den Straßen sah ich fast nur Militärfahrzeuge. Es waren die gleichen LKWs und Geländewagen wie in Neisse bei den Russen, aber die hier hatten keine roten, sondern weiße Sterne an den Türen und auf der Kühlerhaube.

Auch Straßenbahnen fuhren wieder.

„Wir können zu Fuß gehen!" sagte meine Mutter, „zur Feldstraße ist es nicht sehr weit."

Aber es war dann doch noch eine ganz schöne Strecke. Doch das Laufen machte mir nichts aus. Ich hatte ja kilometerlange Strecken zurückgelegt. Nur die Sandalen waren etwas ungewohnt. Eigentlich wäre ich viel lieber barfuß gelaufen.

Wir kamen durch riesige Trümmerfelder. Doch man hatte schon angefangen, die Trümmer wegzuräumen.

Wir kamen dann zur Georgstraße, wo auch schon eine grüne Straßenbahn der Linie 3 fuhr. Beim Neumarkt stand der große Wasserturm, an den ich mich noch erinnerte. Vorne am Süderwürden zeigte mir meine Mutter den Kaufmannsladen von Kottkamp und die Bäckerei Dröge.

„Das sind unsere Geschäfte! Hier gehen wir einkaufen," sagte sie beim Vorübergehen.

Mich interessierte aber die kleine Lokomotive, die uns gerade mit vielen Lorenwagen und mit Schutt beladen überholte.
Die schmalen Schienen gingen den langen Schlackenweg entlang, die Bahnunterführung hindurch, und dann rechts auf der Feldstraße entlang direkt an dem Haus vorbei, wo meine neue Familie wohnte.
„Der Schutt wird in die Feldmark zum Ihmels-Park gebracht."
Meine Mutter zeigte mir auch meine neue Schule, einen riesigen roten Kasten an der rechten Seite des Weges.
„Bald gibt es Ferien. In den nächsten Tagen melde ich dich dort an. Du kommst in die katholische Schule. Da gehen Lona und Heinerle auch hin.".
Als wir dann vom Schlackenweg in die Feldstraße einbogen, sah ich schon das Haus, das ich noch von früher kannte. Es kam mir jetzt riesengroß vor. Die oberen Fenster waren weit geöffnet. Plötzlich sah ich einen blonden Mädchenkopf am Fenster. Ich erkannte gleich meine Schwester Ilona.
„Hansi! Hansi!" rief sie laut auf die Straße.
Kurze Zeit später kam sie uns auf der Straße entgegengelaufen und fiel mir um den Hals.
Heinerle, mein kleiner Bruder, hatte hinten an einem noch größeren Haus gespielt. Als er uns entdeckt hatte, raste er uns mit seinem Holländer entgegen.
Da standen wir nun alle vier vor dem Haus Nr. 24 in der Feldstraße: der fremde, neunjährige Junge mit den ganz kurzen Haaren, der Hose, dem Hemd und dem weißen Ersatzkragen aus dem Mendikantenstift, das zwölfjährige, strahlende Mädchen, der siebenjährige Junge in seinem Tretauto und meine Mutter.
„Der Papa ist unterwegs," sagte Ilona zu meiner Mutter, „er kommt erst heute nacht nach Hause."
Mir gingen blitzschnell noch einmal die letzten Wochen durch den Kopf. Ich hatte es tatsächlich geschafft, ganz allein von Neisse in Schlesien nach Wesermünde in Norddeutschland zu kommen. Meine Kindheitsheimat hatte ich wohl für alle Zeiten verloren. Vielleicht würde ich hier ja eine neue finden.